제르미날

제르미날

초판 1쇄 인쇄 2015년 8월 25일
초판 1쇄 발행 2015년 9월 1일

지은이 에밀 졸라
옮긴이 최봉림
대 표 김영재·정대진
발행인 이세경
발행처 책마루
주 소 서울 금천구 벚꽃로 18길 36(독산동 1002) 진도1차 806호
전 화 02-445-9513
팩 스 070-7610-2728
이메일 book@bookmaru.org
웹 www.bookmaru.org
트위터 @bookmaru9513
디자인 캠프커뮤니케이션즈

ISBN 978-89-98553-11-1 03860

이 도서의 국립중앙도서관 출판시도서목록(CIP)은 서지정보유통지원시스템 홈페이지(http://seoji.nl.go.kr)와
국가자료공동목록시스템(http://www.nl.go.kr/kolisnet)에서 이용하실 수 있습니다.(CIP제어번호: CIP2015022784)

제르미날
Germinal

에밀 졸라 지음
최봉림 옮김

『제르미날』은 1884년 11월 26일부터 1885년 2월 25일까지 일간지「질 블라(Gil Blas)」에 연재됐고, 1885년 3월에 단행본으로 처음으로 출간됐다. 그리고 소설은 프랑스 제2제정시대(1852-1870)의 전모를 한 가문의 인물들을 통해 보여주기 위해 기획된 총 20권의 '루공마카르 총서(Les Rougon Macquart)' 중 열세 번째에 해당된다. 제목 제르미날(Germinal)은 1792년에서 1806년까지 그리고 1871년 파리코뮌(Commune de Paris) 당시에 사용됐던 프랑스 혁명력 혹은 공화력에서 봄을 개시하는 달의 명칭으로, 그레고리력으로는 3월 21일에서 4월 19일에 해당한다. 군주제와 기독교 전통과 단절을 꾀했던 혁명기의 프랑스는 16세기의 교황, 그레고리13세가 기독교 국가들에 부과한 그레고리력을 공화력으로 대체하기를 원했고, 에밀 졸라는 탄광노동자들의 파업을 모티브로 하는 이 소설에 혁명력의 명칭이 지닌 상징성을 십분 활용했다. 제르미날의 의미는 소설의 몇몇 구절들 속에서 분명히 드러난다. "노동자 군대는 깊고 깊은 수갱 속에서 밀고 올라와 그 속에 뿌려진 씨앗들은 움트고 대지를 터뜨려, 어느 햇빛 찬란한 날에 시민들을 수확할 것이다." "그러나 이제 광부는 막장에서 깨어나 진정한 밀알처럼 땅속에서 움트고 있었다. 어느 날 아침 아름다운 들판에서 광부가 돋아 나오는 것을 보게 될 것이다."

에밀 졸라의 수많은 소설들 중 예전이나 지금이나 최고의 베스트셀러인 『제르미날』은 한국에서는 1989년, 본 역자의 이름으로 초역되었다. 사실은 혼자 한 것이 아니었다. 시간을 줄이기 위해 대학원 후배와 둘로 나눠했는데 출판사는 단독 번역의 행색을 원했다. 졸렬한 번역이었음에도 불구하고 소설의 명성과 당시의 시대 상황과 맞물려 입소문을 탔던 모양이었다. 그리하여 그 번역 원고는 역자도 모르게 1990년, 다른 출판사로 옮겨가 '혁명은 어떻게 시작되는가'라는 자극적인 제목으로 출간되었고, 클로드 베리(Claude Berri)가 감독한 영화 『제르미날』(1993)이 국내에서 개봉되자 또 다른 출판사로 옮겨간 그 초역본은, 아마도 영화의 홍보 효과를 덕 보기 위해, '제르미날'로 원상 복귀되어 재출간되었던 모양이었다. 역자는 1990년 이후 프랑스에서 사진 역사를 공부하고 있었다.

그리고 많은 세월이 지난 뒤 『제르미날』의 재출판을 문의하는 한 출판사의 전화가 있었다. 문학에 대한 열정도 식어버린 데다 그 졸속 번역을 다시 볼 용기도 나지 않았고, 사진 쪽 일이 바빠 재번역을 결심할 수가 없었다. 또 그렇게 시간이 갔는데 책마루에서 재출판 의사를 타진해왔다. 그 당시 역자는 소설 읽는 재미에 빠져 있었고, 해서 소설 공부를 할 요량으로 재출판을 수락했다. 그러나 다시 번역하는 내내 초역본이 부끄러웠고, 그 부끄러움을 씻어낼 기회를 마련해 준 책마루가 고마웠다. 누구보다도 에밀 졸라에게 죄송했고, 그 나쁜 번역을 읽은 옛날 독자들에게 미안했다.

20세기의 뛰어난 문학사가인 에리히 아우어바흐(Erich Auerbach)의 말대로 "『제르미날』은 여전히 충격적인 책이다. 그리고 오늘날에 있어서조차 이 책은 그 의의와 시기적 적절성을 조금도 잃지 않고 있다. 이 책 속에는 고전이 되어 마땅하고 또 시화집에 넣어서 마땅한 대목들이 있다. 모범적으로 명석하고 간명하게 우리가 살고 있는 변화 시대의 초기에 있어서의 제4계급의 상황과 각성을 그리고 있기 때문이다." 시적 언어의 숭고함과 역동적인 플롯 그리고 충격적인 애깃거리로 『제르미날』은 자본과 노동의 투쟁, 신이 된 자본, 자본의 노예가 된 인간, 19세기의 혁명 이론, 군중 심리학, 선동의 기술, 권력에의 의지, 권력의 메커니즘, 사회적 환경과 인간성의 관계를 전혀 시들지 않을 통찰력으로 보여준다. 그리고 성적 욕망과 억압, 계급과 성, 계층별 부부생활의 양상들을 오늘날 정신분석에 비추어 생각하게 한다. 어디 그뿐이겠는가. 물의 상상력, 신화적 세계의 귀환, 물활론(hylozoism)* 이 주술사의 언어로 독자를 현혹한다.

이 소설의 고전을 우리말로 옮기면서 느끼는 한계는 우선, 빈번하게 등장하는 자유간접화법(free indirect speech)**이었다. 19세기 후반 이후 많은 유럽의 소설가들이 애호한 이 기법을 화법의 구분이 엄격하지 않은 우리말로는 그것이 지닌 문체 효과에 도달하기가 쉽지 않았다. 두 번째는 제유(synecdoche)와 은유(metaphor)를 애호하는 작가의 문채(figure)였다. 자연스런 우리말 표현을 위해 적지 않게 제유가

---

* 세계의 모든 사물, 물질은 그 자체로 생명을 지니고 있다는 세계관으로 졸라에게 있어서 물활론의 대상은 자연에 국한되지 않는다. 수갱은 물론이고 심지어는 케이지, 펌프와 같은 인공물도 생명체로 간주된다.
** 자유간접화법은 등장인물(character)의 발화내용, 즉 대화, 방백, 독백, 생각을 간접화법처럼 종속절에 담지 않는다. 다시 말해 주절의 동사들, 즉 말하다(dire, parler/say, speak), 생각하다(penser/think) 등이 존재하지 않으며, que/that 등으로 연결되는 종속절도 없다. 그러나 직접화법과도 달리 등장인물은 1인칭으로 발화하지 않는다. 등장인물에 대한 화자(narrator)의 관점이 인칭을 결정한다. 따라서 거의 대부분 3인칭으로 나타나며 시제도 화자의 시점을 따른다. 직접화법임을 알리는 인용부호가 없으며, 거의 대부분 반과거(imparfait), 대과거(plus-que-parfait)로 나타난다. 제라르 즈네트(Gérard Genette)에 따르면, 자유간접화법은 "등장인물의 목소리를 화자의 목소리로 부분적으로 매개하여 제시하는 기법이며", "화자가 등장인물의 발화내용을 취하거나 혹은 등장인물이 화자의 목소리를 통해 말하여 그 둘이 융합되는" 소설 기법이다.

사라졌고*, 종종 은유는 직유로 대체됐다**. 사실 문체는 그저 글쓰기의 테크닉, 단순한 멋부림이 아니다. 그것은 일정부분 작가의 세계관과 사물을 바라보는 태도와 관련을 맺을 뿐만 아니라, 각기 고유한 미학적 효과를 지니고 있다. 그럼에도 불구하고 그것을 지키지 못하는 것은 번역의 한계, 번역자의 역량 부족이라고 밖에는 달리 얘기할 수가 없겠다. 또한 작가가 즐겨 쓰는 성서적 중문*** 역시 적지 않게 종속접속사를 동반한 복문으로 바뀌거나****, 두어 개의 문장으로 나뉘었다.

에밀 졸라와 『제르미날』에 대한 보다 나은 이해를 위해 다음 글들을 추천하고 싶다. 우선 작가의 전반적 이해를 위해서는 유기환, 『에밀 졸라, 예술과 과학의 행복한 융합』, 건국대학교출판부, 1996을 추천하겠다. 그리고 본 소설에 대한 개괄적인 해설과 기존의 다양한 해석 방법에 대한 비판적 소개의 글로는, 정명환, 〈졸라의 『제르미날』과 노동자〉, 「외국문학」, 1985년 가을, 제6호를 읽기 바란다. 소설의 역사적 문맥과 문학사적 중요성에 대해서는, 에리히 아우어바흐, 〈제르미

---

* 사물을 구성하는 부분으로 사물 전체를 나타내거나 그 역의 비유법이다. 예를 들면 사람의 일부분인 '얼굴'은 '사람' 전체를 지시하며, 얼굴의 일부분인 '코'는 얼굴 전체를 가리킨다. 『제르미날』의 예를 들면, "무크와 본모르는 땅에 코를 향하고"는 "무크와 본모르는 얼굴을 땅에 숙인 채"로 바뀌었다.

** 본래 지시대상을 그 속성과 형상이 유사한 다른 대상으로 대체하는 비유법이다. 은유는 '정열'을 '불꽃'으로, '아름다운 여자'를 '장미'로 대체하며, 직유와 구분된다. 직유는 'A는 B처럼' 혹은 'B같은 A'의 형식으로 나타나지만, 은유는 'A는 B'나 'B인 A'의 형태로 나타난다. 『제르미날』의 예를 들면, "수정의 반사로 갑자기 불이 켜지며"라는 은유는 자연스런 우리말을 위해 "갑자기 수정처럼 빛나며"라는 직유로 바뀌었다. 그러나 은유와 직유는 근본적으로 의미론적 차이를 동반한다. "수정의 반사"와 "수정처럼 빛나며"는 결코 같을 수 없다. 전자는 귀한 광물 자체의 빛이지만 후자는 그것과 비슷한 모조이기 때문이다.

*** 두 개의 문장이 등위접속사, 관계대명사와 관계부사의 계속적 용법 혹은 콤마를 통해 이어지는 문장으로 성서의 예를 들면, "여호와여 일어나옵소서, 하나님이여 손을 드옵소서, 가난한 자들을 잊지 마옵소서…", 『제르미날』의 예를 들면, "한 번은 온몸의 털이 죄다 그을렸고, 또 한 번은 밥통에까지 흙이 들어갔고, 세 번째는 뱃속까지 물이 차서 개구리처럼 배가 튀어 나왔었어…"

**** 한 문장 속에 시간, 장소, 원인, 결과를 나타내는 종속접속사를 동반한 부사절 그리고 관계대명사절을 포함하는 문장으로 『제르미날』의 예를 들면, 중문 "게다가 그는 회사의 손 안에 있었고, 회사는 그에게 조그만 집과 가게를 짓게 해주었다."는 자연스런 우리말을 위해 복문, "게다가 그는 회사에 고분고분했기 때문에 회사는…"으로 바뀌었다.

니 라세르뜨 II -졸라와 그의 동시대인들〉 in 『미메시스』(김우창/유종호 공역), 민음사, 2012를 권한다.

번역을 위한 프랑스어 원본으로는 Emile Zola, 『Les Rougon Macquart, Histoire naturelle et sociale d'une famille sous le second Empire III』, Gallimard, 1964를 사용했고, 미심쩍은 부분은 영문 번역판 『Germinal』(translation Havelock Ellis), Centaur Editions, 2013을 참조했다.

차례

일러두기

1. 프랑스어 발음 표기는 외국어 표기법보다는 실제 발음을 존중했다.
2. 숫자 표기는 일, 이, 삼, 사 등으로 읽힐 때는 아라비아 숫자로, 그 밖의 경우에는 우리말로 표기했다. 단 10,000이상의 경우 아라비아 숫자로 표기하지 않았다.
3. 첫 줄 들임과 문단 나누기는 프랑스어 판본을 그대로 따랐다.
4. 각주는 모두 역자가 행한 것이다.
5. 『 』는 작품과 저작물을, 〈 〉는 논문, 에세이를, 「 」는 잡지와 신문을 표시한다.

제1부

I

별도 없는 짙은 잉크빛 어둠이 덮인 밤이었다. 훤히 트인 벌판에서 한 사내가 마르시엔*에서 몽수**에 이르는 10킬로미터의 사탕무밭을 가로지르는 포장도로를 홀로 걷고 있었다. 너무 어두워 사내는 눈앞에 펼쳐져 있을 벌판의 검은 흙조차 가늠하기가 힘들었다. 불어오는 3월의 바람을 통해 거대한 벌판의 지평선을 느낄 뿐이었다. 마치 바다 위를 불어오는 듯한 그 거대한 광풍은 수십 리에 이르는 습지와 헐벗은 대지를 휩쓸었고 얼음처럼 차가웠다. 텅 빈 하늘에는 나뭇가지 그림자 하나 어려 있지 않았고, 포장도로는 아무 것도 보이지 않는 암흑의 물보라 속에서 직선으로 난 선창처럼 곧게 뻗어 있었다.

사내는 두 시경에 마르시엔을 출발했다. 닳아빠진 면 윗도리와 융으로 만든 바지를 입은 그는 추위에 떨면서 큰 걸음으로 걸었다. 그는 거추장스런 바둑판무늬 손수건으로 싼 작은 보따리를 양쪽 팔꿈치로 번갈아 가며 옆구리에 끼고, 동쪽에서 불어오는 매서운 채찍 바람에 살이 터져 피가 흐르는 곱은 두 손을 주머니 깊숙이 집어넣었다. 오직 한 생각만이 집도 일자리도 없는 사내의 텅 빈 머릿속을 채우고 있었

---

* Marchiennes. 벨기에에 인접한 프랑스의 북서 지역의 마을
** Montsou. '푼돈으로 이뤄진 산' 정도의 뜻이며, 이것은 가상의 마을이다.

다. 그것은 날이 밝으면 추위가 조금은 가시리라는 희망이었다. 한 시간쯤 내쳐 걷던 그는 몽수에서 2킬로미터쯤 되는 곳에 이르러 왼편 위쪽에서 공중에 매달린 듯이 붉게 타오르는 불덩이 세 개를 발견했다. 그것을 처음 본 순간 그는 두려움에 사로잡혀 잠시 머뭇거렸다. 그러나 그는 잠시만이라도 손을 녹이고 싶다는 고통스러운 욕구를 물리칠 수가 없었다.

길은 움푹 패여 있었다. 순간 모든 것이 사라졌다. 사내의 오른쪽에는 기다란 방책이 쳐져 있었고 그것은 철길의 통행을 막는 커다란 판자로 만든 벽이었다. 왼쪽에 솟아 있는 풀언덕 위로는 잣나무들이 어렴풋이 보였고, 똑같은 모양의 낮은 지붕들이 들어차 있는 마을이 보였다. 그는 약 200보 정도를 걸었다. 길모퉁이를 돌아서자 갑자기 불덩이들이 지척에서 다시 나타났다. 그는 뿌연 달과 같은 그 불덩이들이 맥빠진 하늘 속에서 어떻게 저렇게 높이 불타고 있는지 여전히 알 수가 없었다. 그런데 땅 높이에서 그는 또 다른 광경에 걸음을 멈추었다. 그것은 무너져 내린 건물들의 육중한 폐허 더미였고, 그 너머로는 공장 굴뚝의 음영이 솟아 있었다. 희미한 빛이 때가 잔뜩 낀 창문에서 드문드문 새어나왔고, 거대한 작업대의 윤곽이 희미하게 늘어서 있는 그 바깥쪽에는 대여섯 개의 창백한 등이 시커먼 나무 골조들에 매달려 있었다. 그리고 밤과 연기 속에 잠긴 이 환각적 풍경 속에서 단 하나의 소리만이 올라왔다. 그것은 수증기가 빠져 나오는 굵고 긴 숨소리였는데 전혀 보이지 않았다.

그리고 사내는 그곳이 수갱*임을 알아차렸다. 그는 다시 자괴감에 사로잡혔다. 물어본들 무슨 소용이 있겠는가. 일자리는 없을 것이다. 건물 쪽으로 가지 않고 그는 용기를 내어 경석장** 위로 올라갔다. 거기에는 주철통 속에서 타고 있는 세 개의 석탄불이 탄광 일을 밝혀주고

---

* 수직으로 파 내려간 광산
** 운반갱을 통해 올라온 굴착물에서 석탄을 가려내는 작업 이후에 버려진 돌멩이나 흙 등을 쌓아 두는 곳

몸을 덮혀주고 있었다. 폐기물이 계속 나오고 있었기 때문에 정지인 부*들은 늦게까지 일해야만 했다. 이제 탄차하역부들이 작업대 위에서 탄차를 미는 소리가 들렸고, 석탄불 가까이에서 탄차들을 뒤집는 사람들의 그림자가 보였다.

"안녕하세요." 그가 주철통 가까이 다가서며 말했다.

불덩어리 쪽으로 등을 돌린 채 짐수레꾼이 서있었다. 그는 보라색 털실로 짠 옷을 입고 토끼털 모자를 쓴 노인이었다. 반면 그의 커다란 황색 말은 자기에게 묶여 있는 여섯 개의 탄차가 비워지기를 기다리며 돌처럼 꼼짝도 하지 않고 있었다. 탄을 부리는 인부는 적갈색 머리카락의 바싹 마른 사내였는데 그는 전혀 서두르는 기색 없이 곱은 손으로 지렛대를 누르고 있었다. 그 위를 스쳐가는 바람은 더욱 거세어져 그 싸늘한 삭풍의 규칙적이고도 거대한 숨결은 낫으로 내리찍는 듯이 매서웠다.

"안녕하시오." 노인이 대답했다.

잠시 침묵이 흘렀다. 경계하는 듯한 시선을 의식한 사내는 곧장 자기 이름을 말했다.

"저는 에티엔 랑티에라고 합니다. 기계공이죠. 여기서 일자리를 좀 구할 수 있을까요?"

불꽃에 비친 그는 스물한 살 정도 되어보였고, 팔다리는 호리호리했지만 강한 인상을 풍기는 진한 갈색 머리의 미남이었다.

마음이 놓인 짐수레꾼은 머리를 절레절레 흔들었다.

"기계공 일자리는 없어… 어제도 두 명이 왔었지만 어떤 일자리도 없었어."

광풍이 그들의 말을 가로막았다. 잠시 후 에티엔은 경석장 기슭에 몰려있는 어둑한 건축물들을 가리키며 물었다.

"저건 수갱 아닙니까?"

---

* 수갱의 굴착물로 땅을 메우고 고르는 인부

노인은 이번에는 대답할 수가 없었다. 심한 발작성 기침에 숨이 막혔던 것이었다. 마침내 그는 가래를 뱉어냈고, 그 가래는 검붉은 흙 위에 검은 반점을 남겼다.

"맞아, 수갱이야, 보뢰*… 저기! 탄광촌이 아주 가깝지."

그는 팔을 뻗어 청년이 탄광촌의 지붕이라고 짐작했던 어둠 속의 마을을 가리켰다. 그러나 여섯 대의 탄차가 비워지자 그는 곧 채찍소리 한 번 내지 않고 류머티즘으로 뻣뻣해진 다리를 끌며 탄차 뒤를 따라갔다. 커다란 황색 말은 알아서 움직이기 시작했고, 또 한 차례 광풍이 불자 꼬리를 치켜 올리며 힘들게 레일 사이로 탄차를 끌고 갔다.

보뢰 수갱이 꿈에서처럼 이제 모습을 드러내기 시작했다. 석탄불 앞에서 얼어 터져 피가 흐르는 손을 녹이느라 여념이 없던 에티엔은 수갱의 이곳저곳을 바라보았고, 타르 칠을 한 선탄장**과 운반갱***의 권양탑****, 넓은 권양기계실, 배수펌프가 있는 정방형 좌대 등을 살펴보았다. 움푹 꺼진 땅속에 눌러앉은 이 수갱은 다부지게 생긴 벽돌 건물들과 함께 위협적인 뿔처럼 생긴 굴뚝을 우뚝 세우고 있어, 탐욕스런 짐승이 사람을 잡아먹기 위해 저만치서 못되게 웅크리고 앉아 있는 듯했다. 수갱을 자세히 살펴보면서 그는 1주일 전부터 일자리를 찾아 떠돌아 다녔던 자신과 자신의 삶을 생각해보았다. 그는 철로 공사장에서 상관의 뺨을 때리고 해고된 후 릴*****에서뿐만 아니라 모든 곳에서 쫓겨났다. 토요일에 그는 마르시엔에 도착했고, 그곳에서 포르즈 제철소에 일이 있다는 얘기를 들었다. 그런데 포르즈 제철소에도 손느빌 건설현장에도 전혀 일자리가 없었다. 그는 수레공장 창고의 목재 틈에 숨어서 일요일을 보내야만 했지만, 경비원에게 들켜 새벽 두 시에

---

* 수갱의 이름 'Voreux'는 '게걸스럽게 먹다'의 뜻을 지닌 접미사 'vore'를 연상시킨다.

** 채굴한 석탄을 정탄과 버력으로 분리하는 작업장

*** 지면으로부터 지하를 향해 수직으로 뚫린 구멍. 이 구멍을 통해서 케이지가 오르내리며, 케이지는 석탄을 바깥으로 내보내고 광부들을 실어 나른다.

**** 운반갱을 오르내리는 케이지를 올리고 내리는 도르래가 설치된 탑

***** Lille. 프랑스 북서부 지역의 최대 도시

쫓겨나고 말았다. 그에게는 돈 한 푼, 빵 한 조각 없었다. 무얼 하겠다고 목적지도 없이 이 삭풍을 피할 곳조차 알지 못한 채 이렇게 거리를 떠돌아다닌단 말인가? 그래, 바로 이 수갱이다. 드문드문 켜진 등들이 집탄장*을 비추고 있었고, 갑자기 열린 문을 통해 그는 생생하게 밝은 빛 속에 있는 권양기 화실들을 언뜻 볼 수 있었다. 그는 목이 막힌 괴물의 호흡처럼 쉬지 않고 들려오는 굵고 긴 숨소리가 펌프의 배기음이라는 것도 알아차렸다.

탄차를 뒤집는 기계를 부리는 인부는 등을 잔뜩 구부린 채 에티엔에게 눈길조차 주지 않았다. 에티엔이 땅에 떨어진 작은 봇짐을 주우려 할 때 짐수레꾼이 돌아오는지 발작적인 기침소리가 들려왔다. 새로 가득 채운 여섯 대의 탄차를 끌고 올라오는 황색 말 뒤에서 노인은 천천히 어둠으로부터 빠져나왔다.

"몽수에는 공장들이 있나요?" 청년이 물었다.

노인은 검은 가래를 뱉었고 바람을 맞으며 대답했다.

"아! 공장들이 없는 것은 아니지. 서너 해 전의 이곳을 봤어야 하는 건데! 그땐 아주 좋았어. 도무지 사람을 구할 수가 없었으니까. 그렇게 벌이가 좋았던 적은 없었지… 그런데 이제 다시 허리띠를 졸라매게 됐어. 정말로 딱한 것은 이 고장에서 사람들이 쫓겨나고 공장들이 계속해서 문을 닫는 거야… 황제의 잘못은 아니겠지만, 황제는 왜 미국에서 싸움을 벌이려는 거지?** 짐승들도 콜레라로 사람들처럼 죽어가는 것은 생각지도 않고 말이야."

두 사람은 가쁜 숨을 몰아쉬며 짤막한 문장으로 계속 불평을 했다. 에티엔은 일주일 전부터 허탕을 치며 돌아다닌 얘기를 했다. 그렇다면 굶어죽으란 말인가? 조만간 거리는 거지들로 가득 찰 것이다. 맞다, 노인이 말했다. 결국 사정은 더 나빠질 것이다. 그렇게 많은 기독교인들이 거리로 내쫓기는 것을 보면 하나님은 없는 듯하다.

---

* 석탄을 쌓아두는 곳

** 멕시코에 친 프랑스 정권을 수립시키기 위해 1862년에서 66년 사이에 행해졌던 파병

"고기는 전혀 먹을 수가 없어."

"빵이라도 있으면 좋겠어요!"

"정말, 빵이라도 있어야지!"

거센 바람이 구슬프게 울부짖으며 목소리를 실어가 그들의 말소리는 거의 들리지 않았다.

"저기 좀 보게! 저기가 몽수일세…" 짐수레꾼이 남쪽으로 몸을 돌리면서 아주 큰 목소리로 말을 이었다.

그리고 또다시 팔을 뻗어 어둠에 묻혀 보이지 않는 지점들을 가리키면서 그곳의 이름들을 말했다. 저 아래 몽수의 포벨 제당은 여전히 제대로 돌아가고 있지만 오통 제당은 감원시켰고, 뒤티엘 제분과 광산 케이블을 만드는 블뢰즈 철강만이 겨우 버티고 있다. 그리고 이번에는 큰 몸짓으로 북쪽 지평선을 절반이나 차지하는 곳을 가리켰다. 손느빌 건설현장은 예전의 3분의 2 정도의 물량도 받지 못하고 있고 마르시엔의 포르즈 제철소는 세 개의 용광로 중 두 개만 가동 중이며, 마지막으로 가즈보아 유리는 감봉 얘기가 나오고 있어서 파업할 기미가 있다.

"알아요, 알고 있어요." 공장 얘기가 나올 때마다 청년은 되풀이해서 말했다.

"거기서 오는 길이에요."

"그러나 우리는 지금까지 그럭저럭 괜찮았어." 짐수레꾼이 말을 덧붙였다. "그렇지만 수갱의 채탄량이 줄었어. 저기, 정면에 있는 빅토아르 수갱은 이제 코크스* 화로 두 열만 불을 때고 있다네."

그는 가래를 뱉으며 비워진 탄차를 말에 달고는 몽유병에 걸린 말을 앞세우고 다시 출발했다.

이제 에티엔은 이 고장의 전 지역을 굽어보고 있었다. 칠흑의 어둠이 아직도 짙게 머물고 있었다. 그런데 노인의 손은 그 어둠을 커다란

---

* 석탄을 건류하여 만든 탄소질의 고체 연료

비참함으로 가득 채운 듯했고, 청년은 자신도 모르게 지금 자기 주변에 끝없이 펼쳐진 모든 곳에서 그 비참함을 느끼고 있었다. 이 헐벗은 들판을 가로지르며 굴러가는 저 3월의 바람소리는 바로 굶주림의 외침이 아니겠는가? 갑작스런 바람은 더욱 거칠어져 일자리를 휩쓸고 수많은 사람들을 굶겨 죽일 것만 같았다. 그래서 그의 방황하는 시선은 어둠을 꿰뚫어 보고 싶은 욕망과 두려움에 고통스러웠다

모든 것이 어두운 미지의 밤의 심연 속으로 없어져버렸고, 그는 아주 멀리 있는 용광로와 코크스 화로만을 알아볼 수 있었다. 비스듬히 줄서 있는 코크스 화로의 100개의 굴뚝에서는 붉은 불꽃들이 경사면을 이루며 타오르고 있었다. 반면 보다 왼쪽에 있는 두 개의 굴뚝에서는 파란 불이 하늘 한복판에서 타오르고 있었다. 그것은 슬픔의 화재 현장이었고, 별도 뜨지 않은 이 위협적인 지평선에서 석탄과 철의 고장에 켜져 있는 유일한 밤의 불빛이었다.

"벨기에 출신 같은데?" 에티엔 뒤에서 되돌아온 짐수레꾼이 다시 말을 걸었다.

이번에는 그는 탄차 세 대만을 가져왔다. 저것들은 제대로 비울 수 있었다. 채탄 케이지*에 사고가 났다. 너트가 부러져 적어도 15분가량 작업이 중단될 것이다. 경석장 아래는 정적이 찾아왔고, 탄차하역부들은 더 이상 탄차를 굴리며 작업대를 뒤흔들지 않았다. 수갱에서는 철판을 때리는 망치질 소리만이 멀리서 들려올 뿐이었다.

"아녜요, 남부 출신입니다." 청년이 대답했다.

인부는 탄차를 비운 후 땅바닥에 앉으며 사고가 생긴 것을 좋아했다. 그는 무뚝뚝하게 입을 다문 채 짐수레꾼의 수다가 귀찮다는 듯 생기 없는 큰 눈으로 그를 치켜 보았다. 사실 짐수레꾼은 평소에는 그렇게 말이 많은 사람이 아니었다. 낯선 사람의 얼굴이 마음에 들고 속내를 털어놓고 싶어 근질근질할 때만 떠들었다. 종종 노파들이 혼자 큰

---

* 권양기에 의해 탄을 싣고 운반갱을 오르내리는 바구니 모양의 기구

목소리로 떠들 때처럼 말이다.

"난 말이야, 몽수 출신이고 본모르*라고들 불러." 노인이 말했다.

"별명인가요?" 에티엔이 놀라서 물었다.

노인은 실실 웃어대며 보뢰 수갱을 가리켰다.

"맞아, 맞아… 나는 세 번 저 안에서 박살 난 채 꺼내졌어. 한 번은 온몸의 털이 죄다 그을렸고, 또 한 번은 밥통에까지 흙이 들어갔고, 세 번째는 뱃속까지 물이 차서 개구리처럼 배가 튀어 나왔었어… 그래도 죽지 않은 나를 보고 사람들은 우스갯소리로 본모르라고 불렀어."

그는 신이 났고 기름칠이 안 된 도르래처럼 목소리는 삐걱거리다 결국 끔찍한 발작성 기침으로 변해버렸다. 석탄불통이 이제 그의 듬성듬성 난 흰 머리와 납빛처럼 창백하고 푸른 반점으로 얼룩진 평평한 얼굴을 훤히 비추었다. 그는 키가 작았고 목은 엄청나게 굵었다. 장딴지와 발뒤꿈치는 불쑥 튀어나와 있었고 긴 팔에 달린 넓적한 손은 무릎까지 내려왔다. 게다가 꼼짝 않고 서 있는 황색 말처럼 그는 고통스런 바람에도 아랑곳 않았고, 석상처럼 추위나 귓가를 세차게 스치는 광풍에도 전혀 개의치 않는 듯했다. 가슴속을 긁어내며 목구멍을 쥐어뜯는 듯한 기침을 하면서 그는 불통 바닥에 가래를 뱉었다. 그러면 흙은 검게 변했다.

에티엔은 그를 바라보았고, 그렇게 얼룩지는 흙을 바라보았다.

"탄광에서 일한 지 오래 됐어요?" 에티엔이 말을 이었다.

본모르는 두 팔을 크게 벌렸다.

"오래 됐지, 그럼! 오래됐고말고… 여덟 살도 안 돼서 바로 저 보뢰 수갱으로 내려갔으니까. 그런데 이제 쉰여덟이야. 계산 좀 해보게… 저 속에서 모든 일을 했지. 견습광부로 시작해서 탄차를 굴릴 힘이 생기자 조차부** 노릇을 했고, 다음에는 18년 동안 채탄부 일을 했어. 그

* Bonnemort. '죽고도 남았을 사람' 정도의 뜻이다.
** 짐실이와 짐 부리기와 같은 일을 하는 노동자

22

러다가 이 망할 놈의 다리 때문에 그들은 내게 땅을 고르고 메우는 일, 갱도 수선을 시켰지. 어쩔 수 없이 막장 밖으로 나를 내보내야 했을 때까지 말이야. 의사가 죽을 거라고 말했거든. 그래서 그들은 5년 전부터는 짐수레꾼 일을 시켰지… 어때 대단하지? 탄광생활 50년 중 막장에서 40년을 보냈으니!"

그가 말하는 동안 이따금씩 불붙은 석탄 조각이 불통에서 튀어나오며 그의 창백한 얼굴을 핏빛으로 물들였다.

"그들은 나에게 그만 쉬라고 해." 그는 말을 계속했다.

"나는 그렇게 하고 싶지 않아, 그들은 날 바보로 알아!… 나는 2년 더 일해서 예순 살을 채울 거야. 그래야 180프랑의 연금을 탈 수 있거든. 내가 지금 그들에게 '안녕히 계십시오'하면 그들은 바로 150프랑을 내주겠지. 약은 놈들이야!… 게다가 나는 다리만 빼면 아직 튼튼하거든. 자네도 알겠지만 갱 속에는 물이 흥건하니까 내 살 속에 물이 들어간 거야. 며칠 전에는 발이 움직일 수 없을 정도로 아파서 소리를 다질렀어."

기침이 다시 발작적으로 터져 나와서 그는 말을 멈췄다.

"기침도 탄광일 때문인가요?" 에티엔이 말했다.

그러나 그는 아니라고 머리를 세게 흔들었다. 그리고 기침이 멎자 이렇게 말했다.

"아냐, 아니라고. 지난 달에 감기에 걸렸어. 전에는 기침을 한 적이 없었는데 지금은 영 멎질 않고… 이상하게 가래가 나오고 또 나오고 그래…"

그는 목구멍을 긁어내는 듯한 소리와 함께 검은 가래를 뱉었다.

"그건 피가 아닙니까?" 에티엔은 마침내 용기를 내어 물었다.

천천히 본모르는 손등으로 입을 닦았다.

"이건 석탄가루야. 내 몸뚱이 안에는 죽는 날까지 내 몸을 덥힐 만한 석탄가루가 들어 있어. 5년 전부터 막장에 발을 들여놓지 않았지만 몸속에 석탄가루를 쌓아 두고 있나봐. 하긴 의심할 여지가 없지. 까짓

것! 갖고 있지 뭐."

잠시 침묵이 흘렀고 규칙적으로 두드리는 망치질 소리가 멀리 수갱에서 들려왔다. 바람이 저 깊고 깊은 밤에서 외쳐대는 배고픔과 피곤함처럼 신음소리를 내며 지나갔다. 겁에 질린 불꽃 앞에서 노인은 더 나지막이 말을 계속했고 추억을 되씹었다. 아! 당연히 자기와 자기 가족들이 탄맥을 때린 것은 어제, 오늘 일이 아니다! 자기 집안은 몽수 탄광회사가 설립된 이래 줄곧 이곳에서 일해 왔다. 거슬러 올라가면 벌써 160년이나 되었다. 본모르의 조부인 기욤 마외는 그때 열다섯 살의 어린애였다. 그는 레키아르에서 질 좋은 석탄을 발견했는데 그것은 탄광회사의 첫 번째 수갱이었다. 지금은 폐광이 되었지만 저 아래 포벨 제당 근처에 있었다. 온 고장사람들이 그 사실을 알고 그가 발견한 탄맥을 그의 이름을 따서 기욤 탄맥이라 불렀다. 자기는 직접 그를 보지는 못했지만 들은 이야기로는 뚱뚱하고 힘이 무척 센 사내였고 예순 살에 늙어서 죽었다. 그리고 르 루즈*라고 불린 자기 아버지, 니콜라 마외는 겨우 마흔이 되자마자 그 당시 파내려가던 보뢰 수갱에서 죽었다. 낙반사고로 완전히 납작하게 깔려 바위가 피를 먹고 뼈를 삼켰다. 두 명의 삼촌과 세 형제는 나중에 보뢰 수갱에 뼈를 묻었다. 이름이 뱅상 마외인 자기는 그때 온전치 못하게 된 다리 말고는 거의 멀쩡하게 그 곳에서 빠져나와 꾀보로 통했다. 다른 곳에 간들 무엇 하겠는가? 여기서 일해야만 했다. 다른 일도 그렇듯이 아버지에서 아들까지 이곳에서 일했다. 자기 아들 투생 마외도 지금 여기서 죽도록 일하고 있고, 자기 손자들 그리고 살붙이들 모두 정면에 있는 탄광촌에 살고 있다. 106년 동안 노인네들이 그만두면 새끼들이 한 주인을 위해 석탄을 캤다. 이 정도면? 많은 부르주아들이 자기들 거라고 그렇게 말할 수만은 없지 않겠나!

"먹을 걸 나눌 때는 더 그렇죠!" 또 다시 에티엔이 중얼거렸다.

---

* le Rouge. '붉은 사내'라는 뜻이다.

"내가 말하는 게 그거야. 먹을 빵이 있어야 살 수 있지."

본모르는 입을 다물고 탄광촌 쪽으로 눈을 돌렸고, 거기선 불들이 하나 둘씩 켜지고 있었다.

몽수의 종탑에서 네 시를 알리는 종이 울렸고, 추위는 더욱 기승을 부렸다.

"그런데 이 회사는 돈이 많나요?" 에티엔이 말을 이었다.

노인은 어깨를 으쓱하더니 쏟아져 내린 금화에 짓눌린 것처럼 어깨를 늘어뜨렸다.

"암! 많지. 아무렴⋯ 이웃 회사인 앙젱보다는 많은 것 같지 않지만 그래도 백만장자지. 얼마인지는 몰라도 열아홉 개의 수갱들 중 열세 곳에서 채탄을 하고 있으니까. 보뢰, 빅토아르, 크레브쾨르, 미루, 생-토마, 마들렌, 프트리-캉텔. 그 외에도 몇 곳이 더 있어. 그리고 여섯 곳은 배수용 아니면 통기용 수갱이라네. 레키아르 수갱이 그렇지⋯ 노동자가 만 명에 광업권이 있는 지역은 예순일곱 개 코뮌*에 이르고, 하루에 5,000톤을 채굴하네. 모든 수갱들을 작업장, 공장들과 연결하는 철도도 있고⋯ 암! 그럼! 부자지!"

작업대 위로 탄차 구르는 소리가 나자 살찐 황색 말이 귀를 곤두세웠다. 지하에서 케이지 수리가 다 끝났는지 탄차하역부들이 일을 다시 시작했다. 아래로 내려가기 위해 말을 수레에 매는 동안 짐수레꾼은 녀석에게 다정스럽게 말을 건넸다.

"자꾸 수다 떨면 안 돼. 이 게으른 녀석아! 엔느보 씨가 네가 시간 허비하는 것을 알기라도 하면 어쩌려고 그래!"

"그럼 엔느보 씨가 탄광 주인입니까?"

"아니야, 엔느보 씨는 그저 사장일 뿐이야. 우리처럼 돈을 받고 일하고 있어." 노인이 설명했다.

청년은 손을 들어 거대한 어둠을 가리켰다.

---

* commune. 우리나라의 면 정도에 해당되는 행정구역이다.

"그럼 이게 다 누구 건가요?"

그러나 그 순간 본모르는 너무나 심한 기침에 가슴이 막혀 숨을 쉴수가 없었다. 결국 그는 가래를 뱉고 입술의 검은 거품을 닦으며 더욱 거세진 바람 속에서 말했다.

"뭐라고? 이게 다 누구 거냐고?… 아무도 몰라. 여러 사람들 거야."

그리고 손으로 어둠 속에 있는 한 곳을 막연하게 가리켰다. 그들이 사는 곳은 저 멀리에 있어 아무도 알지 못하는 어떤 곳이었고, 그들을 위해 마외 집안사람들은 100년도 넘게 탄맥을 두들겼던 것이었다. 그의 목소리는 일종의 종교적인 두려움에 사로잡혀 있었다. 마치 근접할 수 없는 성전에 대해 말하는 것 같았다. 그곳에는 그들이 온 몸을 바쳤지만 결코 보지 못했던 포만에 지친 신이 몸을 웅크린 채 자신의 모습을 감추고 있었다.

"적어도 빵은 배불리 먹어야지요." 에티엔은 밑도 끝도 없이 이 말을 세 번째 되풀이했다.

"그럼! 빵이라도 매일 먹을 수 있다면 얼마나 좋겠나!"

말이 출발하자 이제 짐수레꾼이 불구자의 질질 끄는 걸음으로 사라졌다. 탄차를 뒤집는 기계 곁에서 인부는 꼼짝도 않은 채 몸을 공처럼 웅크리고 턱을 무릎 사이에 박고는 생기 없는 큰 눈으로 허공을 응시했다.

에티엔은 보따리를 다시 집어 들었지만 여전히 떠나질 않았다. 그의 등은 미친 듯이 불어오는 바람에 얼어붙는 것 같았고, 커다란 불을 마주한 가슴은 타는 듯이 뜨거웠다. 그래도 수갱에서 알아보는 편이 나을 것이다. 노인은 모를 수도 있을 테니까. 그러니 다 포기하고 어떠한 일이라도 받아들이자. 어디에 간들 실업으로 굶주린 이 고장에 무슨 일이 있겠는가? 어느 담장 뒤에서 죽어버린 주인 잃은 개꼴이 되지 않겠는가? 그러는 동안 그는 고통스럽게 주저했고, 이 허허벌판 속에서 너무나 두터운 어둠 속에 잠겨 있는 보뢰가 무서웠다. 돌풍이 불때마다 바람은 더 거세지는 듯했고, 마치 끊임없이 넓어지는 지평선으로부터 불어오는 것만 같았다. 새벽은 죽은 하늘 속에서 밝아올 줄을 몰랐다. 용광로만이 칠흑의 어둠을 피로 물들이는 코크스 화로처럼 미지의 밤을 밝히지 못한 채 불타오르고 있었다. 그리고 갱구 속에서 사악한 짐승처럼 똬리를 틀어 몸을 더욱 웅크리고 있는 보뢰 수갱은 인육을 소화시키기가 불편한 듯 더욱 더 굵고 긴 숨을 내쉬었다.

2

밀밭과 사탕무밭 한가운데 위치한 되-상-카랑트* 탄광촌은 시커먼 밤 속에 잠들어 있었다. 작은 집들이 다닥다닥 붙어있는 네 개의 커다란 동이 희미하게 보였다. 기하학적으로 평행을 이룬 병영이나 병원의 모습을 지닌 그곳은 세 개의 대로에 의해 분리되었고 정원은 똑같은 크기로 나뉘어져 있었다. 그리고 인적이 없는 높은 평지에 있는 그곳의 뜯겨진 울타리 철망 안에는 오직 광풍의 신음소리만이 들렸다.

2동 16호 마외의 집에는 어떠한 움직임도 없었다. 짙은 어둠에 잠긴 2층 단칸방에는 잠의 무게에 짓눌린 인기척이 느껴졌고, 그들은 무더기로 입을 벌린 채 피곤에 쓰러져 있었다. 바깥의 싸늘한 추위에도 불구하고 방안의 무거운 공기에는 삶의 열기가 있었고, 숨 막히는 후텁지근함 때문에 방에 가지런히 누운 사람들은 가축 냄새를 풍겼다.

1층 거실의 뻐꾸기시계가 네 시를 울렸지만 여전히 아무도 움직이지 않았다. 색색거리는 가는 숨소리들과 두 명의 코고는 소리가 함께 들렸다. 벌떡 카트린이 일어났다. 피곤에 지친 그녀는 바닥을 통해 들려오는 네 번의 종소리를 습관적으로 세고 있었지만 완전히 깨어날

---

* 숫자 240이다.

기력이 없었다. 그래서 담요 밖으로 발을 내뻗고 주위를 더듬어 마침 내 성냥불을 그어 초에 불을 붙였다. 그러나 그녀는 앉은 채로 머리가 너무나 무거워 양 어깨를 젖혔고, 눕고 싶은 욕구를 어쩌지 못하고 다시 베개 위에 쓰러지고 말았다.

이제 촛불은 두 개의 창문과 세 개의 침대로 채워진 정방형 방을 밝히고 있었다. 방에는 옷장 하나, 탁자 하나 그리고 늙은 호두나무 의자가 두 개 있었다. 칙칙한 색의 의자는 밝은 노랑으로 칠해진 벽을 생경하고 지저분하게 만들었다. 그리고 못에는 헌 옷가지들이 걸려 있었고 대야로 사용하는 붉은 도기 옆에는 물병이 타일바닥에 놓여 있었다. 그 외에는 아무것도 없었다. 왼쪽 침대에는 스물 한 살의 장남인 자카리*와 이제 막 열한 살 된 동생 장랭이 함께 누워 있었다. 오른쪽 침대에는 여섯 살 난 레노르와 네 살 먹은 앙리가 서로 팔을 잡고 잠들어 있었다. 카트린은 여동생 알지르와 세 번째 침대를 함께 쓰고 있었다. 알지르는 아홉 살 나이에 비해 몸이 너무 약해 카트린의 옆구리를 쿡쿡 찔러대는 곱사등이 없었다면, 그녀가 곁에 있는지 없는지조차 느끼지 못할 정도였다. 유리창이 달린 문을 열면 복도가 보였고, 일종의 교통호와 같은 그곳에는 아버지와 어머니의 침대가 자리 잡고 있었다. 이 네 번째 침대에 그들은 이제 겨우 3개월 된 막내 에스텔의 요람을 덧붙여야만 했다.

그러나 카트린은 일어나기 위해 무진 애를 썼다. 기지개를 켜고는 이마와 목을 덮은 헝클어진 적갈색 머리카락 속에서 두 손을 꽉 쥐었다. 그녀는 열다섯 나이에 비해 호리호리했고 탄가루로 문신한 듯한 푸르스름한 발과 가냘픈 팔은 꼭 끼는 속옷 밖으로 나와 있었다. 흰 우윳빛 팔은 줄곧 흑 비누로 씻어서 이미 거칠어진 창백한 안색과는 대

---

* Zacharie. 자카리는 구약성서의 예언자로 바빌론 포로생활에서 귀환한 백성이 성전을 재건할 때 여러 방해로 재건사업이 중단되면서 백성의 믿음도 흔들리기 시작할 때, 그들을 격려하고 그들의 무관심과 나태함을 깨우치려고 노력했고 예수의 탄생을 예언했다. 자카리의 우리말 표기는 스가랴다.

조를 이루고 있었다. 약간 큰 입으로 마지막 하품을 하자 무척 아름다운 치아와 위황병*에 걸린 파리한 잇몸이 드러났다. 그녀의 회색빛 눈에는 잠과 싸운 탓에 눈물이 고여 있었고, 고통스럽고 기진맥진한 표정은 그녀의 온 알몸으로 번져나가는 듯했다.

이때 투덜거리는 소리가 복도로부터 들려왔다. 그것은 입안에서 중얼거리는 마외의 걸걸한 목소리였다.

"아이고! 벌써 시간이 됐어. 카트린, 네가 불 켰어?"

"네, 아버지(…) 방금 아래에서 종이 울렸어요."

"그럼 서둘러야할 것 아냐, 이 게으름뱅이야! 어제 일요일에 춤 좀 덜 췄으면 좀더 일찍 일어났겠지… 저렇게 게을러서야!"

그는 계속 투덜댔지만 다시 잠이 쏟아졌고 딸을 나무라기도 귀찮았다. 그는 곯아떨어져 다시 코를 골았다.

속옷 차림의 처녀는 맨발로 방을 오갔다. 앙리와 레노르의 침대를 지나칠 때 그녀는 바닥에 떨어진 담요를 그들 위로 다시 올려놓았다. 그래도 그들은 어린애 특유의 곤한 잠에 빠져 죽은 듯이 깨어나지 않았다. 눈을 뜬 알지르는 아무 소리도 하지 않은 채 돌아누워 언니의 따뜻한 잠자리를 차지하였다.

"일어나 자카리! 그리고 장랭 너도 일어나!"

카트린은 코를 긴 베개에 처박은 채 돌아누워 자는 오빠와 남동생 앞에 서서 되풀이해서 말했다.

그녀는 오빠의 어깨를 잡고 흔들어대야 했다. 그러자 그는 욕을 우물거렸고, 카트린은 그들의 몸이 드러나도록 시트를 잡아당겼다. 그 꼴이 우스워 그녀는 웃기 시작했고 둘은 맨다리로 발버둥을 쳤다.

"야, 안 놔!" 자카리는 못된 성미를 부리며 투덜거리며 일어나 앉았다.

"이런 장난 좀 하지 마. 어휴 지겨워! 일어나기 싫어 죽겠네!"

---

* 젊은 여성에게 많이 생기는 철 결핍 빈혈증

그는 마르고 볼품없이 키가 컸고 긴 얼굴에는 지저분하게 턱수염이 드문드문 나 있었으며, 노란 머리에 온 가족이 그렇듯 안색은 빈혈로 창백했다. 속옷이 배위까지 말려 올라가 있어서 그는 그것을 급히 잡아 내렸는데 창피해서가 아니라 몸을 따뜻하게 하기 위해서였다.

"벌써 종이 울렸어. 서둘러! 아버지가 화낸단 말이야." 카트린이 되풀이해서 말했다.

장랭은 몸을 움츠렸고 눈을 다시 감으며 말했다.

"꺼져버려. 나는 계속 잘 거야!"

그녀는 다시 착한 소녀의 미소를 지었다. 장랭은 키가 작고 연주창*에 걸려 관절마디가 엄청나게 굵어진 팔다리는 너무나 가늘어 그녀는 그를 한아름에 붙잡을 수 있었다. 그러자 그는 발버둥 쳤고 쑥 들어간 초록색 눈과 옆으로 퍼진 큰 귀, 곱슬곱슬한 머리 때문에 원숭이와 닮아 보이는 생기 없는 얼굴은 허약한 자신에 분노를 느끼며 창백해졌다. 한마디 말도 없이 그는 누이의 오른쪽 젖가슴을 깨물어 버렸다.

"못된 자식!" 그녀는 비명을 참고 녀석을 바닥에 내려놓으며 중얼댔다.

알지르는 조용히 시트를 턱까지 끌어올렸지만 더 이상 잘 수가 없었다.

그녀는 불구자 특유의 총명한 눈으로 이젠 옷을 입고 있는 언니와 두 오빠를 줄곧 바라보았다. 도기 대야를 둘러싸고 또 다시 말다툼이 일어났다. 누이가 너무 오래 씻는다고 두 형제가 그녀를 떠밀어낸 것이었다. 여전히 잠이 그득한 얼굴을 하고 한 배에서 나와 함께 자란 강아지들의 속편함으로 부끄러운 줄 모르고 변을 보는 동안 속옷들이 바람에 날렸다. 이윽고 카트린이 제일 먼저 일을 끝냈다. 그녀는 광부바지를 추켜올리고 아마포 상의를 걸쳐 입은 다음, 틀어 올린 머리 주위를 푸른 두건으로 감싸 묶었다. 깨끗한 월요일 작업복 차림을 하자

---

* 림프샘의 결핵성 부종

그녀는 사내아이 같은 느낌이 들었다. 엉덩이를 약간 흔드는 것 외에는 여자다운 모습이 전혀 없었다.

"노인네가 돌아와서 침대가 엉망인 것을 보면 아마 좋아하겠다. 바로 네가 한 짓이라고 노인네한테 말할 거야, 알았어?" 자카리가 못되게 말했다.

이 노인네가 바로 밤에 일하고 낮에는 잠을 자는 그들의 할아버지 본모르였다. 언제나 침대 속에는 코고는 사람이 있게 마련이었고 침대의 온기는 식지 않았다.

대답을 하지 않고 카트린은 시트를 당겨 매트 밑에 집어넣기 시작했다. 그러나 조금 전부터 바로 벽 뒤에서 이웃집 소리가 들려오고 있었다. 회사 측이 날림으로 지은 이 벽돌 건물들은 벽이 너무 얇아 이웃집 숨소리까지 들릴 지경이었다. 건물의 한쪽 끝에서 다른 끝까지 서로가 맞붙어 살고 있는 까닭에 심지어 아이들에게까지도 숨겨진 부부생활이란 있을 수가 없었다. 묵직한 발소리에 층계가 흔들렸고, 안도의 숨소리에 뒤이어 부드럽게 쓰러지는 듯한 소리가 들렸다.

"옳지! 르바크가 수갱에 내려갔으니 부틀루가 르바크 마누라를 차지할 모양이군." 카트린이 말했다.

장랭은 히죽히죽 웃었고 알지르의 눈도 반짝거렸다.

그들은 이웃집 세 사람의 부부생활로 매일 아침 이렇듯 흥이 났다. 집주인인 채탄부가 어떤 정지인부에게 하숙을 주면 결국 아내에게는 두 남자가 있는 셈이 되었다. 한 사내는 낮에, 다른 사내는 밤에 남편 노릇을 했다.

"필로멘이 기침을 하네." 카트린이 귀를 곤두세우며 말했다.

필로멘은 르바크의 맏딸로서 열아홉 살이었는데 키가 큰 그녀는 자카리의 여자로 벌써 애가 둘이나 되었다. 그러나 폐가 너무 약해 막장에서는 일을 할 수가 없어 수갱의 선탄부로 있었다.

"필로멘이라구! 웃기지마!" 자카리가 대답했다.

"그 애는 나 몰라라 하고 잠자고 있어! 여섯 시까지 자빠져 잔다고!"

그는 바지를 추켜올리고 창문을 열면서 불현듯 한 생각에 사로잡혔다. 밖은 어두웠지만 탄광촌은 이미 잠에서 깨어나 겉창 틈으로 불빛이 점점 새어 나오고 있었다. 그런데 그 불현듯 떠오르는 생각은 또 하나의 얘깃거리였다. 자카리는 몸을 숙이고 정면에 있는 피에롱의 집에서 피에론*과 같이 잔다고 욕을 먹는 보뢰 수갱의 선임반장이 나오지 않나 동정을 살폈다. 반면 여동생은 피에롱이 전날부터 석탄하치장**에서 낮 근무를 해서 선임반장 당사에르는 이날 밤 그녀와 같이 잘 수 없다고 그에게 소리쳤다. 매서운 강풍이 불자 찬 공기가 들어왔고, 둘은 서로 자기 정보가 정확하다고 우기면서 흥분했다. 그때 울음소리가 터져 나왔다. 추위를 참지 못한 요람 속의 에스텔이 울기 시작한 것이었다.

갑자기 마외가 잠을 깼다. 자기라는 인간은 도대체 왜 이 모양일까? 백수건달처럼 잠만 자려 하니! 그가 어찌나 욕을 퍼부어댔던지 곁에 있던 아이들은 끽소리도 하지 못했다. 자카리와 장랭은 벌써 지친 듯 느릿느릿 세수를 마쳤다. 알지르는 눈을 크게 뜬 채 계속해서 그들을 바라보았다. 레노르와 앙리는 서로의 팔을 잡은 채 이 소란에도 아랑곳하지 않고 똑같이 작은 숨을 내쉬며 꼼짝도 않고 있었다.

"카트린, 촛불 가져와!" 마외가 소리쳤다.

카트린이 윗옷 단추를 채우며 방안에 켜두었던 촛불을 가져가 버려 오빠와 남동생은 문 밖에서 들어오는 희미한 빛으로 옷을 찾아야 했다. 그녀의 아버지가 침대에서 훌쩍 내려왔다. 그러나 그녀는 멈추지 않고 두꺼운 긴 모직 양말을 신은 발로 더듬더듬 계단을 내려와 거실에 있는 또 다른 촛불을 켜고 커피를 준비했다. 전 가족의 나막신이 모두 찬장 밑에 놓여 있었다.

---

* 광부 아내의 이름은 대부분 Pierron/Pieronne처럼 남편 이름의 여성형을 쓴다.
** 수직갱 주위에 있는 수평갱도의 부분으로 채탄한 것을 모아 지상으로 운반한다. 수평갱도는 수직갱으로부터 갈라져 나온 수평 통로들로 보통 일정한 간격으로 만들어진다.

"조용히 못해! 이 벌레 같은 자식아!" 마외는 에스텔이 계속해서 울자 화가 치밀어 소리쳤다.

그는 본모르 영감처럼 키가 작았고 아버지를 닮아 뚱뚱했다. 그는 늠름한 머리와 납빛의 평평한 얼굴에 노란 머리를 아주 짧게 자르고 있었다. 에스텔은 굴곡진 그의 커다란 팔이 자기 위에서 어른거리자 겁에 질려 더욱 울부짖었다.

"그냥 내버려둬요. 그런다고 안 울어요?" 침대 속에서 몸을 펴며 마외드가 말했다.

그녀도 방금 잠에서 깨며 투덜거렸고, 제대로 못 잔 까닭에 멍청한 몰골을 하고 있었다. 도대체 하루를 기분 좋게 시작할 수는 없단 말인가? 그녀는 담요 속에 몸을 파묻고 있어서 윤곽이 크고 기다란 얼굴밖에는 보이지 않았다. 궁핍과 일곱 명의 자식들 때문에 그녀는 서른아홉의 나이에 벌써 둔중하고 미모는 망가져 있었다. 남편이 옷을 입는 동안 그녀는 천장을 바라보며 천천히 말했다. 계집아이는 목 따는 소리로 울어댔지만 이들 부부는 신경 쓰지 않았다.

"돈 한 푼 없다는 것 알죠? 이제 겨우 월요일예요. 15일이 되려면 아직 엿새나 남았는데 그때까지 도저히 버틸 방도가 없어요. 당신이 벌어오는 돈 모두 합해봐야 9프랑이니 내가 어떻게 하겠어요? 우린 식구가 열 명예요."

"뭐? 9프랑이라고!" 마외가 다시 소리쳤다. "나와 자카리가 각각 3프랑, 합해서 6프랑… 카트린과 아버지가 2프랑씩 합해서 4프랑, 4 더하기 6은 10… 그리고 장랭이 1프랑, 그러면 11프랑이잖아."

"그래 11프랑이라고 해요. 그런데 일요일 있지, 휴업 있지. 절대 9프랑을 넘지 못해요. 그렇지 않아요?"

그는 바닥에 떨어진 가죽혁대를 찾는 데에 정신이 팔려 대답을 하지 않았다. 이윽고 그가 몸을 세우면서 말했다.

"불평하지 마. 그래도 몸뚱이는 튼튼하잖아. 마흔두 살의 나이에 갱도 수리로 빠지는 사람도 적지 않아."

"그렇다 칩시다. 그렇지만 여보, 그게 우리에게 빵을 주는 것은 아니잖아요. 어떻게 해야 할지 한번 말해 봐요. 당신 돈 가진 거 없어요?"

"2수* 있어."

"그건 갖고 있다 맥주나 한 잔 마시고… 어휴! 나보고 어쩌란 말예요? 엿새가 지나가려면 아직도 멀었잖아요. 그저께 나를 문밖으로 내쫓은 메그라에게 진 빚이 60프랑이에요. 그를 다시 만나러 가야 할 판이라고요. 그가 고집을 부리며 거절하면…"

마외드는 고개조차 까딱하지 않은 채 슬픈 촛불 빛에 이따금 눈을 깜빡이며 침울한 목소리로 말을 이었다. 그녀는 텅 빈 찬장, 타르틴**을 달라는 아이들, 모자라는 커피, 마시면 설사를 하는 물 그리고 삶은 양배추로 허기로 때우며 보내는 긴 나날들을 이야기했다. 에스텔이 울부짖어서 그녀의 말소리가 들리지 않게 되자 그녀는 점점 목소리를 높여야 했다. 아이의 울음소리는 이제 견딜 수 없는 지경이 되었다. 울음소리와 푸념을 동시에 듣고 있던 마외는 화가 치밀어 요람 속에 있는 아이를 집어 들어 마외드의 침대 위로 던졌고, 분에 못 이겨 말을 더듬거렸다.

"그 애 잘 챙겨. 그렇지 않으면 그 애 뭉개버릴 테니까… 빌어먹을 녀석! 젖을 빠니깐 저는 부족한 게 없잖아. 그런데 왜 다른 녀석들보다 더 크게 우는 거야!"

그의 말대로 에스텔은 젖을 빨기 시작했다. 담요 속으로 들어가 침대의 온기에 진정이 된 아기는 탐욕스럽게 소리를 내며 젖을 빨았다.

"피올렌 저택 양반들이 와보라고 하지 않았어?" 침묵 끝에 마외가 말을 이었다.

애기 엄마는 입술을 꼭 물고는 낙담한 표정으로 의심쩍어 했다.

"그래요. 우연히 만났어요. 불쌍한 애들에게 곧잘 옷가지를 주긴 하

---

* sou. 과거의 프랑스 화폐단위로 1수는 5상팀(centime)에 해당하며 100상팀은 1프랑이었다.
** tartine. 버터 바른 빵

35

지만… 하여튼 오늘 아침에 레노르와 앙리를 데리고 그분들 댁에 가볼까 해요. 그 양반들이 100수만이라도 주면 좋을 텐데."

다시 침묵이 흘렀다. 마외는 나갈 채비를 끝냈다. 그는 잠시 움직이지 않고 서 있다가 나지막한 소리로 말을 끝냈다.

"도대체 뭘 원하는 거야? 늘 그렇잖아. 아침이나 준비해. 얘기해봐야 나아질 게 없어. 그럴 시간에 차라리 저기로 일하러 가는 게 낫지."

"맞아요." 마외드가 대답했다. "촛불 꺼요. 더 생각해봐야 소용없으니까."

그는 촛불을 껐다. 자카리와 장랭은 이미 아래층으로 내려가고 있었다. 그는 뒤를 따랐다. 나무 계단이 긴 모직 양말을 신은 무거운 발밑에서 삐걱거렸다. 그들이 나가자 방들은 다시 어둠에 싸였다. 아이들은 잠이 들었고 알지르의 눈꺼풀도 감겼다. 그러나 엄마는 여전히 어둠 속에서 눈을 뜨고 있었고, 에스텔은 탈진한 엄마의 축 처진 젖을 잡아당기며 새끼 고양이처럼 가르랑댔다.

아래층에서 카트린은 우선 중앙에는 쇠살대가 있고 옆으로 두 개의 화로가 붙어있는 주철 벽난로의 석탄불이 계속 타오르는지 살펴보았다. 회사 측은 매달 각 가정에 갱도에서 주워 모은 단단한 석탄인 아역청탄*을 800리터씩 배급했다. 불을 붙이기가 어려워서 카트린은 매일 저녁 불을 살폈고, 아침에는 꼼꼼하게 고른 부드러운 탄 조각을 넣으면서 불붙은 탄을 흔들어 줘야만 했다. 그리고 쇠살대 위에 작은 주전자를 올려놓고 찬장 앞에 쪼그리고 앉았다.

1층 전부를 차지하는 이 거실은 아주 넓고 푸른 사과 색으로 칠해졌으며 플랑드르** 지방 특유의 정갈함을 지니고 있었다. 바닥에는 물로 흠뻑 씻어낸 포석이 깔려 있었고 그 위에는 하얀 모래가 뿌려져 있었다. 가구로는 니스칠한 전나무 찬장 외에도 같은 나무로 만든 책상과 의자들이 놓여 있었다. 벽에는 생경한 채색 삽화와 회사 측이

---

* 탄맥의 벽과 천장을 형성하는 빛이 나는 조각 물질로 불이 잘 붙지 않는 질이 나쁜 석탄이다.
** 벨기에 서부, 프랑스 북부, 네덜란드 남서부를 포함하는 옛 지역

제공한 황제와 황후의 초상화 그리고 금빛으로 요란하게 치장한 군인과 성자들의 초상화가 붙어 있었다. 그것들은 가구가 거의 없어 휑하니 밝은 거실에서 유달리 두드려져 보였다. 다른 장식물이라고는 찬장 위에 놓인 분홍빛 마분지 상자와 빈 천장을 채울 듯 큰 소리를 내며 돌아가는 뻐꾸기시계뿐이었는데, 그 문자판은 눈에 거슬리는 색으로 더덕더덕 칠해져 있었다. 층계문 가까이에는 지하실로 연결되는 또 다른 문이 있었다. 깨끗한 거실과는 달리 언제나 석탄 냄새로 메케하고 무더운 실내 공기는 어제 구운 양파 냄새와 함께 악취를 풍기고 있었다.

열린 찬장 앞에서 카트린은 곰곰이 생각했다. 남아있는 것이라고는 빵 한 조각과 아직은 충분한 하얀 치즈 그리고 한번 바르면 없어질 버터뿐이었다. 그것으로 네 명이 먹을 타르틴을 만들어야 했다. 마침내 마음을 정한 그녀는 남은 빵을 얇게 잘라 한 조각에는 치즈를 덮었고, 또 다른 조각에는 버터를 바른 후 그것을 함께 붙였다. 두 개의 타르틴을 붙인 이것이 매일 아침 수갱에 가져가는 브리케*였다. 곧바로 그녀는 제일 큰 아버지 것에서부터 제일 작은 장렝의 것까지 엄정공평하게 나눈 네 개의 브리케를 식탁 위에 가지런히 놓았다.

카트린은 집안일에 온통 정신이 팔린 듯했지만 분명히 자카리가 선임반장과 피에론에 대해 한 이야기를 부질없이 생각하고 있는 듯했다. 왜냐하면 그녀는 출입문을 반쯤 열어놓고 바깥으로 눈길을 던지고 있었기 때문이었다. 바람은 계속해서 불고 있었고 탄광촌의 낮은 건물 정면에서는 자명종의 진동음이 약하게 들려오면서 더 많은 불빛이 줄지어 켜지고 있었다. 어느새 문들이 닫혔고 노동자들의 검은 행렬은 어둠 속으로 멀어져갔다. 그녀는 추위에 떠는 바보짓을 하고 있었다. 왜냐하면 석탄하치장에서 일하는 적재부는 여섯 시에 작업을 하러 갈 때까지는 당연히 잠을 자기 때문이었다! 그러나 그녀는 여전

* briquet. 작업장에서 먹는 도시락 빵을 말한다.

히 문을 열고 정원 건너편 집을 바라보고 있었다. 문이 열리자 그녀의 호기심에 불이 붙었다. 그러나 그 사람은 수갱으로 떠나는 피에롱의 딸 리디일 수밖에 없었다.

휘파람 소리를 내는 수증기음에 그녀는 몸을 돌렸다. 그녀는 문을 닫고 서둘러 뛰어갔다. 물이 끓어 넘치며 불이 꺼지려 했다. 남은 커피는 없었고 그녀는 어젯밤에 먹었던 커피 찌꺼기에 물을 붓는 것으로 만족해야 했다. 그리고 커피 주전자에 흑설탕을 넣었다. 바로 그때 아버지, 오빠, 동생이 내려왔다.

"제기랄!" 자카리는 자신의 그릇 속에 코를 대면서 말했다. "한 입거리니 먹는데 힘들지 않겠군!"

"그래도 뜨거우니 괜찮네." 마외는 체념한 듯 어깨를 으쓱했다.

장랭은 타르틴 부스러기를 모아 수프에 담갔다. 커피를 마신 후 카트린은 양철 수통에 남은 커피를 마저 부었다. 네 사람 모두 일어선 채 연기를 내며 타는 촛불의 어두운 불빛 속에서 서둘러 커피를 삼켰다.

"이제 다 먹은 거 아냐?" 아버지가 말했다. "더 남아있는 것처럼 안 일어나고 뭐해!"

그런데 그들이 열어놓고 온 층계 쪽 문에서 목소리가 들렸다. 소리를 지른 사람은 마외드였다.

"빵 다 먹어요. 애들 먹일 버미첼리*가 조금 남았으니까!"

"알았어요!" 카트린이 대답했다.

그녀는 불을 다시 살피며 쇠살대 한쪽 가장자리에 할아버지가 여섯 시에 돌아와 따뜻하게 먹을 수 있도록 남은 수프를 움직이지 않게 올려놓았다. 모두는 찬장 밑에서 나막신을 꺼내 들었고 어깨에 수통 끈을 걸쳐 맸다. 그리고 등 쪽 속옷과 겉옷 사이에 브리케를 쑤셔 넣었다. 남자들이 먼저 집을 나갔다. 딸은 뒤에 나오며 촛불을 끄고 열쇠를 돌려 문을 잠갔다. 집은 다시 어둠 속에 잠겼다.

---

* 수프에 넣는 가는 면

"이봐! 함께 가자고." 옆집 사내가 문을 닫으며 말했다.

바로 르바크와 그의 아들 베베르였다. 베베르는 열두 살이었고 장 랭의 아주 친한 친구였다. 깜짝 놀란 카트린은 웃음을 억누르며 자카 리의 귀에 대고 말했다. 그럼 뭐야? 이제 남편이 나갔으니 부틀루는 기다릴 필요가 없겠네?

이제 탄광촌에는 불이 꺼졌다. 마지막으로 문 닫히는 소리가 났고 모든 것이 또다시 잠들었다. 아낙네들과 아이들은 보다 넓어진 침대 속에서 다시 잠을 청했다. 그리고 불 꺼진 마을에서 숨을 내뿜는 보뢰 까지 광풍을 맞으며 느릿하게 줄서가는 그림자들과 팔이 거추장스러 운 듯 팔짱을 끼고 어깨를 흔들며 일을 떠나는 광부들의 행렬이 이어 졌다. 얇은 천으로 만든 옷을 입은 그들은 추위에 떨었지만 서두르지 않았고, 길을 따라서 가축 떼의 발걸음 소리를 내며 뿔뿔이 흩어졌다.

3

에티엔은 결국 경석장에서 내려와 보뢰 수갱으로 들어갔다. 그리고 몇몇 사람들에게 말을 걸어 일자리가 있는지를 물어보았지만 그들은 고개를 흔들며 선임반장을 기다려 보라고 말했다. 조명이 어둡고 시커먼 구멍들로 가득하며, 여러 방들이 층층이 뒤얽혀 있어 불안감을 주는 건물들 한가운데에 사람들은 그를 홀로 내버려두었다. 반쯤 부서진 어둑한 계단을 올라와서 그는 흔들거리는 구름다리 위에 섰다가, 선탄장 건물을 가로질러 깊은 어둠 속으로 들어갔다. 그곳은 너무나 어두워 부딪히지 않기 위해서는 손을 앞으로 내밀고 걸어야 했다. 갑자기 그의 앞에 아주 큰 노란색 두 눈이 어둠을 꿰뚫고 있었다. 그는 권양탑 아래에 있는 저탄실내의 운반갱 입구에 서 있었다.

반장인 리숌 영감은 선량한 헌병 같은 모습을 한 뚱뚱한 사내로 잿빛 콧수염을 횡으로 기르고 있었다. 그가 마침 사무실 쪽으로 오고 있었다.

"여기 일할 사람 필요 없나요? 아무 일이라도 좋습니다." 에티엔이 또다시 물었다.

리숌은 없다고 말하려다 말을 바꾸어 다른 사람들처럼 대답하면서 가버렸다.

"선임반장인 당사에르를 기다려보게."

거기엔 네 개의 등이 서 있었었고, 모든 빛을 모아 운반갱에 투사하는 반사경은 쇠 난간과 신호기 지렛대와 굄목들, 두 대의 케이지가 활강하는 가이드 장선*들을 생생하게 비추고 있었다. 성당 중앙의 신자석과 비슷한 나머지 넓은 방은 어둠 속에 잠겨 떠다니는 사람들의 커다란 그림자들로 가득 차 있었다. 오직 램프 보관창고만이 저쪽 끝에서 불타올랐고, 사무실의 램프는 별빛처럼 꺼져들고 있었다. 채탄 작업이 조금 전부터 재개되었다. 주철 슬레이트 위로 굉음이 계속 이어졌다. 탄차들이 끊임없이 굴러갔고, 허리를 구부려 등뼈가 보이는 탄차하역부들은 뛰어다녔다. 모든 것이 시커멓고 소란한 움직임 속에서 요동쳤다.

순간 에티엔은 귀가 멍했고 눈앞이 캄캄해 꼼짝할 수가 없었다. 도처에서 흘러들어오는 외풍으로 그의 몸은 얼어붙었다. 그때 그는 강철과 구리로 만들어진 빛나는 권양기를 보았고 그것에 이끌려 몇 발자국 움직였다. 권양기는 운반갱 뒤편 25미터 지점에 있었다. 주변보다 높은 방의 거대한 벽돌 좌대 위에 굳건히 앉아 있는 권양기는 400마력에 달하는 전 속력으로 움직이고 있었지만, 윤활유가 칠해져 부드럽게 오르내리는 그 거대한 크랭크의 움직임은 벽면에 미세한 떨림도 주지 않았다. 기계공은 시동막대를 들고 서서 신호 소리를 들으며 계기판에서 눈을 떼지 않았다. 계기판에는 운반갱의 여러 다른 층들이 수직 홈으로 표기돼 있었고, 케이지를 나타내는 끈에 매달린 납덩이들은 그 홈을 따라 오르내렸다. 매번 권양기가 재가동할 때면 보빈과 반경 5미터의 거대한 두 개의 바퀴는 엄청난 속도로 회전해 그것들은 잿빛 먼지로만 보일 뿐이었고, 바퀴 축에 달린 두 개의 강철 케이블은 서로 반대 방향으로 감기고 풀렸다.

"에이, 조심해!"세 명의 탄차하역부가 소리치며 거대한 사다리를

---

* 일정한 간격으로 가로로 댄 두꺼운 나무

끌고 갔다.

에티엔은 하마터면 사다리에 깔릴 뻔했다. 눈이 어둠에 익숙해지자 그는 30미터가 넘는 강철 케이블이 공중에서 단번에 권양탑에 오른 뒤, 도르래를 지나 운반갱으로 수직으로 풀려 내려와 채탄 케이지에 부착되는 것을 바라보았다. 도르래는 높은 종탑과 비슷한 철근 골조에 달려 있었다. 아무런 소리나 마찰도 없이 재빨리 달아나는 새처럼 미끄러지며 끊임없이 왕복하는 엄청난 무게의 철선은 초당 10미터의 속도로 12,000킬로그램까지 들어 올릴 수 있었다.

"에이 조심해, 염병할!" 또다시 소리치며 탄차하역부들은 왼쪽 도르래를 살펴보기 위해 다른 쪽으로 사다리를 밀었다.

천천히 에티엔은 선탄장으로 되돌아왔다. 그의 머리 위에서 일어나는 거대한 활공에 그는 얼이 빠져 있었다. 외풍 속에서 떨고 있던 그는 고막을 찢는 듯한 탄차의 굉음을 들으면서 사람들이 케이지를 조종하는 모습을 바라보았다. 운반갱 가까이에서 신호를 보내자 바닥에서 밧줄을 잡아당겼고, 무거운 지렛대 망치는 받침대 위에 떨어졌다. 한 번 때리면 멈추고, 두 번 때리면 내리고, 세 번 때리면 올리라는 신호였다. 소요를 진압하는 곤봉질처럼 쉴 새 없이 계속되는 이 소리에 맑은 초인종소리가 덧붙여졌다. 게다가 작업을 지휘하는 탄차하역부는 기계공에게 확성기로 소리를 지르면서 지시를 내렸기 때문에 소음은 더욱 심했다. 이러한 소란 속에서 케이지들은 나타났다 처박히고, 비워지고 채워져서, 에티엔은 이 복잡한 작업들을 전혀 이해할 수가 없었다.

그는 오직 하나만 확실히 이해하고 있었다. 운반갱은 한 입에 스물에서 서른 명을 삼키고 단번에 아주 쉽게 목구멍으로 넘겨버려 그들이 지나가는 줄도 모른다. 네 시가 되자마자 노동자들은 운반갱으로 내려가기 시작했다. 그들은 막사로부터 맨발로 그곳에 도착해 램프를 손에 들고 삼삼오오 짝을 지어 충분한 숫자가 되기를 기다렸다. 밤 짐승이 소리 없이 부드럽게 튀어나오듯 철제 케이지는 어둠 속에서 올라와 네 개 층으로 된 굄목들 위에 고정되었고, 각각에는 석탄이 가득 찬 탄차가 두 대씩 실려 있었다. 탄차하역부들은 높이가 다른 층계참에서 탄차를 꺼냈고, 다시 그곳에 빈 탄차들이나 미리 갱목을 실어둔 탄차들을 밀어 넣었다. 바로 이 빈 탄차 속에 노동자들이 다섯 명씩 채워졌는데, 그들이 모든 칸을 다 채우면 한 번에 마흔 명에 이르렀다. 확성기에서 지시가 떨어졌지만 소리가 울려서 무슨 말인지 잘 들리지 않았다. 그래서 동시에 인육을 다 실었다는 것을 알리기 위하여 '고기 왔소'하고 아래에서 네 번 신호 밧줄을 잡아당겼다.* 그러면 케이지는 가볍게 요동을 친 후 조용히 곤두박질치며 돌덩이처럼 떨어졌고, 그 뒤에는 전율하며 달아나는 케이블만이 남았다.

"깊은가요?" 에티엔은 자기 곁에서 차례를 기다리며 비몽사몽 헤매는 듯한 광부에게 물었다.

"554미터요." 광부가 대답했다. "게다가 바닥갱도 위쪽에 네 개의 석탄하치장이 있고 첫 번째 것이 320미터 아래에 있소."

두 사람 모두 입을 다문 채 다시 올라오는 케이블을 바라보았다. 에티엔이 말을 이었다.

"저것은 언제 끊어지나요?"

"뭐! 언제 끊어지냐고…"

광부는 제스처로 대답을 끝냈다. 그의 차례가 되었고, 케이지가 힘들이지 않고 피곤한 기색도 없이 다시 나타났다. 곧바로 그는 동료들과 함께 케이지에 들어가 몸을 쪼그렸고, 케이지는 다시 곤두박질쳤다. 그리고 겨우 4분도 안 되어 다시 솟아올라와 또 다른 인간 화물을 삼켜버렸다. 30분 동안 운반갱은 이처럼 광부들이 내리는 석탄하치장의 깊이에 따라 게걸스레 그들을 먹어치웠지만, 사람을 소화시킬 수 있는 거대한 내장은 여전히 배가 고픈 듯 쉴 줄을 몰랐다. 인간들은 채워지고 또 채워졌고, 죽음의 어둠은 여전했으며, 케이지는 텅 빈곳으

---

* 82쪽 주를 참조할 것

로부터 언제나 조용히 게걸스럽게 올라왔다.

결국 에티엔은 경석장 위에서처럼 다시 마음이 편치 않았다. 왜 고집을 부리는 것일까? 선임반장도 다른 사람들처럼 자기를 돌려보낼 것이다. 막연한 불안감 속에서 그는 불현듯 그 곳을 떠나기로 마음먹었다. 그는 그곳을 떠나 증기기관실 건물 앞에 이르러서야 걸음을 멈췄다. 활짝 열려진 문 사이로 두 개의 화실에 연결된 일곱 개의 보일러가 보였다. 휘파람소리를 내며 빠져나오는 하얀 증기 속에서 한 화부가 문턱까지 뜨거운 불기운을 뿜는 화실 하나에 분주히 연료를 넣고 있었다. 몸이 따뜻해지자 기분이 좋아진 청년은 수갱에 도착한 새로운 무리의 탄광부들을 마주치자 그들에게 다가갔다. 그들은 마외와 르바크 가족이었다. 맨 앞에 있는 예쁜 소년의 모습을 한 카트린을 보자 그는 미신적인 생각이 들어 마지막으로 한 번 더 물어보았다.

"이봐요, 혹시 사람 하나 여기에 필요하지 않나요? 아무 일이라도 좋아요."

어둠 속에서 갑자기 나온 목소리에 깜짝 놀란 그녀는 두려움이 섞인 눈으로 그를 바라보았다. 그러자 그녀 뒤에서 듣고 있던 마외가 대답을 하며 잠시 이야기를 했다. 아니, 필요하지 않다. 떠돌아다니는 이 딱한 노동자 친구에게 그는 마음이 끌렸다. 마외는 그의 곁을 떠나며 다른 사람들에게 말했다.

"거봐. 우리도 저 꼴 날수 있다고… 불평하지 말아야지. 모두 일자리가 없어 죽을 지경이니 말이야."

이들 무리는 곧장 막사로 들어갔다. 거칠게 초벽질을 한 넓은 방은 자물쇠가 채워진 가구들에 둘러싸여 있었다. 중앙에는 불구멍이 없는 굴뚝 모양의 난로가 붉게 달아올라 있었고, 그 안에는 작열하는 석탄이 꽉 차있어서 다져진 땅바닥에는 석탄조각들이 소리를 내며 튕겨져 나오고 있었다. 이 방을 비추고 있는 빛이라고는 이 불덩이뿐이었고, 그 불빛은 때가 잔뜩 낀 가구들을 따라 시커먼 먼지로 더러운 천장에까지 핏빛으로 반사되며 춤을 추었다.

마외네 식구들이 도착했을 때, 이 엄청난 열기 속에서 웃음이 터져 나왔다. 서른 명 정도의 노동자들이 불꽃에 등을 대고 서서 즐거운 표정으로 몸을 녹이고 있었다. 모든 광부들은 막장으로 내려가기 전, 운반갱의 습기를 견디기 위해 이렇게 불을 쬐며 자신의 몸속에 불기운을 담았다. 이날 아침은 여조차부인 열여덟 살 난 무케트에 대한 농지거리로 더욱 흥이 났다. 그녀는 젖가슴과 엉덩이가 엄청나게 커서 남자 윗옷과 바지가 곧잘 터지기도 했다. 그녀는 마부인 아버지 무크 영감과 탄차하역부인 오빠 무케와 함께 레키아르에서 살고 있었다. 그러나 작업 시간이 같지 않았기 때문에 그녀는 혼자 수갱에 왔고, 여름에는 밀밭 속에서, 겨울에는 벽에 기대어 그녀의 주말 애인과 쾌락을 즐겼다. 탄광의 모든 사내가 그녀를 거쳐 갔고 한 바퀴를 더 돌았지만 결과로 이어지진 못했다. 사람들이 마르시엔의 한 못 제조공과 관계했다고 비난하던 날, 자신은 너무나 정숙하며 만일 누군가가 광부 아닌 다른 사내와 자기가 함께 있는 것을 보았다고 떠벌린다면, 자기 팔하나를 자르겠다고 소리치면서 죽도록 화를 이기지 못했다.

"이젠 꺽다리 샤발도 아니던데?" 한 광부가 이죽거리며 말했다.

"그 꼬마 녀석이 너를 먹었지? 그러나 녀석에게는 사다리가 있어야할 텐데!… 레키아르 뒤에서 너희들을 보았거든. 증거를 대라면 대지. 그 녀석이 경계석 위에 올라갔었잖아."

"그 다음에는?" 무케트가 빈정거리며 대답했다. "그게 너와 무슨상관인데? 아무도 너한테 뺑치라고 하지 않았어."

이 악의 없는 상스런 농담에 사내들은 난롯불에 반쯤 익은 어깨를 으쓱이며 더 큰 폭소를 터뜨렸다. 웃음소리에 기세가 등등해진 그녀는 기형으로 보일 만큼 지나치게 크고 튀어나온 몸매를 우스꽝스럽게 흔들며 노골적인 몸짓으로 사내들이 모여선 가운데를 돌아다녔다.

그러나 그 즐거움은 무케트가 마외에게 플뢰랑스 할멈이 다시는 오지 않을 거라고 말하면서 끝나버렸다. 노파는 어젯밤 침대 위에서 뻣뻣하게 굳어진 채 발견되었다. 어떤 사람들은 심장마비라고 했고, 또

어떤 사람들은 노간주 술* 1리터를 너무 빨리 마시는 바람에 죽었다고
말했다. 이 말을 들은 마외는 침통했다. 그의 여조차부 한 명이 죽었는
데 당장 그녀를 대신할 사람이 없었기 때문이었다. 그는 도급으로 일
하고 있었고, 그의 갱도에 관련된 채탄부는 그와 자카리, 르바크, 샤
발, 네 명이었다. 탄차를 굴릴 사람이 카트린 밖에 없다면 일은 너무나
힘들어질 것이다. 갑자기 그가 소리를 질렀다.

"그래! 일자리를 찾던 그 사람!"

그때 당사에르가 막사 앞을 지나갔다. 마외는 자초지종을 얘기했고
그 사람을 쓰도록 허락해 달라고 말했다. 그리고 그는 앙쟁 탄광처럼
회사 측이 여조차부를 사내들로 교체하려는 욕심을 표명하고 있다는
것을 강조했다. 그러자 선임반장은 미소를 지었다. 왜냐하면 막장에
서 여자들을 배제하려는 계획은 딸들의 순결과 위생문제에는 전혀 개
의치 않고 딸들의 취업에 노심초사하는 광부들에게 일반적으로 반감
을 사고 있었기 때문이었다. 어쨌든 그는 주저하면서 허락했지만 엔
지니어인 네그렐 씨가 승인해야 한다는 조건을 달았다.

"에이 참! 멀리 갔을 거예요. 노상 뛰더라고요!" 자카리가 단호하게
말했다.

"아냐. 보일러 건물에서 멈추는 것을 봤어." 카트린이 말했다.

"그러면 가봐, 게으름뱅이야!" 마외가 소리쳤다.

카트린이 달려가는 동안 광부들은 다른 사람들에게 난롯불을 양보
하고 운반갱으로 올라갔다. 장랭은 아버지를 기다리지도 않은 채 뚱
뚱하고 순진한 소년인 베베르와 몸이 약한 열 살짜리 소녀, 리디와 함
께 자기 램프를 가지러 갔다. 그들 앞을 지나가면서 무케트는 시커먼
계단에서 저것들은 못된 놈들이며, 자기를 꼬집으면 뺨을 갈기겠다고
으름장을 놓으면서 흥분했다.

에티엔은 보일러 건물에서 화실에 석탄을 집어넣는 일을 맡고 있는

---

* 노간주나무는 측백나뭇과의 상록 침엽수로 봄에 녹갈색 꽃이 피고 10월에는 자주색 열매가 열
린다. 노간주 술은 그 열매를 담가 만든 술이다.

화부와 얘기를 나눴다. 다시 밤에 떠돌아다닐 생각을 하니 몸이 으스스했다. 그런데 그가 떠나기로 마음먹었을 때 그의 어깨 위에 누군가가 손을 얹었다.

"가요. 당신 일자리가 있어요." 카트린이 말했다. 처음에는 무슨 말인지 이해하지 못했다. 그리고 그는 솟구치는 기쁨에 처녀의 손을 꼭 잡았다.

"고맙네, 친구… 아! 정말로 도와줘서!"

그들을 희미하게 비추는 화실의 붉은 빛 속에서 그녀는 그를 바라보며 웃기 시작했다. 비록 두건 속으로 머리를 감추긴 했지만 가냘픈 자신을 사내로 여긴다는 것이 재미있었다. 그 역시 만족해하며 웃었다. 그들은 잠시 환한 얼굴로 서로를 마주보며 웃었다.

막사 안에서 자신의 사물함 앞에 쭈그리고 앉은 마외는 나막신과 두껍고 긴 모직양말을 벗었다. 에티엔이 들어오자 단 몇 마디로 일을 마무리했다. 하루 일당 30수, 일은 힘들지만 쉽게 배울 것이다. 채탄부인 마외가 구두를 잘 간수하라고 이르며 머리 보호용 가죽 안전모를 빌려주었지만, 막상 그와 그의 자식들은 안전 사항을 등한시하고 있었다. 그는 사물함에서 작업 도구를 꺼냈는데 마침 거기에는 플뢰랑스의 부삽이 있었다. 마외는 그 사물함 속에 나막신과 양말, 에티엔의 보따리를 집어넣다가 갑자기 짜증을 부렸다.

"도대체 샤발 녀석은 뭘 하는 거야? 아직도 돌무더기에서 계집애를 업어 치나! 우리는 오늘 30분이나 늦었어."

자카리와 르바크는 태연하게 불을 쬐고 있었다. 마침내 르바크가 이렇게 말했다.

"샤발을 기다리는 거야? 그 애는 우리보다 먼저 와서 곧장 내려갔어."

"뭐라고! 자네는 그걸 알면서도 왜 한마디도 얘기하지 않은 거야!… 가세! 서둘러 가세."

손을 녹이고 있던 카트린도 그들을 뒤따라가야 했다. 에티엔은 그녀를 먼저 지나가게 한 후 뒤를 따라 올라갔다. 또 다시 그는 어두운 계단들과 복도들의 미로를 지나갔고, 거기에서는 맨발로 걸어도 낡은 실내화를 신고 걷는 듯한 무른 소리가 났다. 그리고 램프 보관창고가 작열하고 있었다. 창문이 나있는 그 방에는 밤새 점검하고 닦아놓은 수백 개의 데이비 램프*가 받침대에 층층이 가득 정렬되어 있었다. 램프들은 안치소 안쪽에서 불타는 촛불처럼 점등되어 있었다. 노동자들은 창구에서 자기 번호가 찍힌 램프를 받았다. 그리고 그것을 검사한 후 자신이 직접 램프 뚜껑을 닫았다. 그동안 탁자에 앉은 기록원은 수갱에 내려가는 시간을 적었다.

마외는 새로 온 조차부의 램프를 받기 위해 나서서 말해야 했다. 그리고 주의해야 할 사항이 있었다. 노동자들은 검사관 앞에 줄을 섰고, 그는 모든 램프가 제대로 닫혔는지를 확인했다.

"에이! 여긴 따뜻하질 않네." 카트린이 몸을 떨면서 중얼거렸다.

에티엔은 그냥 고개만 끄덕였다. 그는 외풍이 휩쓸고 간 막사의 중앙 운반갱 앞에 있었다. 그는 평소 자신이 용감하다고 생각하고 있었지만 굉음을 내는 탄차와 음험한 타격 신호, 숨 막히는 확성기의 고함 소리, 권양기의 보빈이 전속력으로 감고 푸는 케이블의 끊임없는 비상을 마주 대하자 불쾌한 느낌이 목을 졸랐다. 케이지들은 밤 짐승 같이 유연한 동작으로 오르내렸고, 아가리 구멍은 물을 마시듯 계속해서 사람들을 삼키고 있었다. 이제 자기 차례가 된 그는 너무 춥고 신경이 곤두서서 아무 말도 하지 않았고, 자카리와 르바크는 이 모습을 보고 비아냥거렸다. 왜냐하면 두 사람 모두 이 낯선 사내를 고용한 것이 마음에 들지 않았기 때문이었다. 특히 르바크는 이 일에 대해 자기와 한마디 상의도 하지 않은 것이 서운했다. 그러나 카트린은 아버지가 청년에게 이런저런 설명을 해 주는 소리가 듣기 좋았다.

"케이지 위를 보게. 케이블이 끊어질 경우를 대비해서 가이드에 강

---

* 갱 안에서 광부들이 사용하던 안전 램프로 험프리 데이비(Humphrey Davy)경이 발명했다.

철 꺽쇠가 낙하를 방지하기 위해 박혀있네. 위험한 경우에는 저것들이 작동하지. 항상 그런 것은 아니지만… 운반갱은 세 구간으로 나뉘어져 있어. 위에서 아래까지 널빤지로 벽을 막았고, 중앙으로는 케이지가 다니고 왼쪽엔 사다리가 설치된 통기갱*이 있다네…"

그러나 그는 말을 멈추고 목소리를 낮추며 투덜거렸다.

"근데 어떻게 된 거야. 제기랄! 우리를 얼려 죽일 셈인가!"

리슘 반장 역시 수갱으로 내려갈 참이었고, 그의 램프는 안전모 가죽에 있는 못에 부착되어 있었다. 그가 불평하는 소리를 들었다.

"조심해! 사람들이 들어!" 동료들 사이에서 사람 좋기로 소문난 리슘이 아버지처럼 조용히 말했다. "작업 잘 해야 해… 자! 우린 준비됐어. 자네 사람들 데리고 타게."

접합 철판과 작은 그물눈 철망으로 보강된 케이지가 실제로 괴목 위에 버티고 서서 그들을 기다리고 있었다. 마외, 자카리, 르바크, 카트린이 맨 아래 칸 탄차 속으로 재빨리 들어갔다. 다섯 명을 채워야 했기 때문에 에티엔도 그 안으로 들어갔다. 그러나 좋은 자리는 먼저 탄 사람들이 차지했기 때문에 그는 처녀 곁에 끼어들어야 했다. 그녀의 팔꿈치가 그의 배를 쿡쿡 눌러댔다. 그가 램프 때문에 어찌할 바를 모르자 사람들은 윗옷의 단춧구멍에 그것을 걸라고 충고했다. 그러나 그는 말을 듣지 않고 계속해서 램프를 손으로 어설프게 들고 있었다. 우리에 가축을 쑤셔 넣을 때와 같은 혼란스런 탑승이 위아래에서 계속되었다. 출발할 수 없는 무슨 일이 생긴 것일까? 초조해 보이는 그에게 그 몇 분은 길게만 느껴졌다. 마침내 그의 몸이 요동치며 흔들렸고 모든 것이 가라앉았다. 그 주위의 모든 물체들이 날아가 버렸고, 그는 내장을 잡아당기는 불안한 추락의 현기증을 경험했다. 이 현기증은 소용돌이치며 달아나는 골조 속에서 두 개의 석탄하차장 층을 가로지르며 빛이 와 닿는 한 계속되었다. 이윽고 수갱의 암흑

---

* 환기를 위해 사용되는 좁은 수직갱

49

속에 떨어졌을 때 그는 얼이 빠졌다. 어떠한 감각도 제대로 느낄 수가 없었다.

"자 이제 시작하자고." 마외가 태연히 말했다.

모든 사람은 평온해 보였다. 에티엔은 여러 순간 그가 내려가는 것인지 아니면 올라가는 것인지 자문했다. 케이지가 곧장 줄달음질치며 가이드를 건드리지 않을 때는 움직이는 것 같지가 않았다. 그리고 다음에 갑작스런 진동이 발생했고 장선들 속에서 춤추는 듯한 그 느낌에 그는 천재지변의 공포를 느꼈다. 게다가 얼굴을 갖다 댄 철망 뒤편에 있는 운반갱의 내벽은 전혀 알아볼 수가 없었다. 램프들은 그의 발아래 쌓여 있는 사람들을 흐릿하게 비췄다. 오직 옆 탄차 속에 있는 반장의 안전모에 부착된 램프만이 등대처럼 빛났다.

"이 운반갱은 직경이 4미터야." 마외는 계속해서 그를 교육시켰다. "방수벽을 다시 하는 것이 좋을 것 같은데 말이야. 모든 벽면에서 물이 새… 자! 이제 수평갱도에 도착했네, 알겠나?"

에티엔은 방금 대체 이 소나기 소리는 무엇일까 하고 생각했다. 우선 굵은 물방울이 케이지 지붕 위에서 마치 소나기가 오기 시작할 때처럼 울렸다. 그런데 이제 시냇물처럼 흘러내리며 진짜 홍수로 변해 버렸다. 갱도 천장에 구멍이 나 있음에 틀림없었다. 왜냐하면 물줄기가 어깨 위로 흘러내리며 그의 몸을 흠뻑 적시기 때문이었다. 그는 추위로 얼어붙었고 시커먼 습기가 온몸에 스며들었다. 섬광이 빠르게 관통할 때면 동굴 속 사람들이 번개불에 동요하는 것 같았다. 이미 아무 것도 없는 무의 상태로 추락한 것이었다.

"이곳이 첫 번째 석탄하치장야. 우리는 지하 320미터 지점에 와 있네… 저 속도를 보게."

그는 램프를 들어 가이드 장선을 비추었다. 그것은 전속력으로 달리는 기차 밑 레일처럼 줄달음질치고 있었다. 그러나 저 아래는 여전히 아무것도 보이지 않았다. 나머지 세 곳의 석탄하치장이 날아오르는 빛 속으로 지나가 버렸다. 귀를 먹먹하게 하는 빗소리가 칠흑의 어둠을 때렸다.

"엄청나게 깊네!" 에티엔이 중얼거렸다.

이 추락은 몇 시간 전부터 계속되고 있음에 틀림없다. 그는 그가 취한 나쁜 자세 때문에 힘이 들었고 움직일 수도 없었다. 무엇보다도 카트린의 팔꿈치 때문에 괴로웠다. 한마디도 말하지 않았지만 그녀는 그의 몸에 기대고 있었고 몸이 따뜻해지는 것을 느꼈다. 마침내 케이지가 554미터 아래의 막장에 멈췄을 때 그는 내려오는데 고작 1분밖에 안 걸렸다는 사실을 알고는 깜짝 놀랐다. 그러나 굄목에 고정되는 소리를 듣자 견고하게 받쳐진다는 느낌이 들었고 갑자기 기분이 좋아졌다. 그래서 그는 카트린에게 말을 놓으면서 농담을 했다.

"넌 살 속에 무엇을 가졌니? 무척 따뜻하던데… 분명히 네 팔꿈치가 내 배에 와 닿았거든."

그러자 그녀 역시 웃음을 터뜨렸다. 바보처럼 아직도 자기를 사내로 알고 있다니! 눈이 먼 것 아냐?

"내 팔꿈치가 네 눈을 멀게 한 모양이다." 그녀가 대답하자 한바탕 웃음이 몰아쳤고, 놀란 청년은 영문을 몰라 어리둥절했다.

케이지는 비워졌고, 노동자들은 바위를 깎아 둥글게 천장을 낸 석탄하치장 방을 가로질러 갔다. 세 개의 커다란 이동식 램프불이 그곳을 밝히고 있었다. 주철 슬레이트 위에서 적재부들이 석탄으로 가득 찬 탄차를 거세게 굴리고 있었다. 동굴 특유의 냄새가 벽에서 배어 나왔고, 그 신선한 초석 냄새 속에서 이웃 마구간에서 나온 뜨거운 콧김이 스쳐 지나고 있었다. 네 개의 갱도가 입을 크게 벌리고 있었다.

"이리로 오게." 마외가 에티엔에게 말했다. "자네가 일할 곳은 거기가 아냐. 우리는 2킬로미터 더 가야 돼."

노동자들은 서로 갈라지며 검은 구멍 속으로 무리지어 사라졌다. 열다섯 명이 왼쪽 갱도로 접어든 터였다. 에티엔은 맨 뒤에서 마외를 따라갔고 카트린, 자카리, 르바크가 앞장섰다. 그곳은 훌륭한 운반 갱도였다. 아주 단단한 암석지반을 가로지르고 있었기 때문에 단지 부분적으로만 버팀벽을 만들면 되었다. 한 명 한 명씩 그들은 계속해서 한마디 말도 없이 작은 램프불에 의지해 앞으로 나아갔다. 청년은 발걸음을 뗄 때마다 레일에 걸려 비트적거렸다. 조금 전부터 그는 음험하게 들려오는 소리에 불안했다. 그것은 멀리서 들려오는 소나기 소리였는데 점점 심해졌고 땅속으로부터 들려오는 듯했다. 그들과 바깥을 가로막는 거대한 덩어리를 그들 머리 위에서 으스러뜨리는 낙반의 굉음은 아닐까? 그는 빛이 밤을 꿰뚫고 바위가 흔들리는 것을 느꼈다. 그리고 다른 동료들처럼 벽을 따라 옆으로 비켜섰을 때 그는 살찐 백마가 탄차 대열을 달고 그의 앞을 스쳐 지나가는 것을 보았다. 첫 번째 탄차 위에는 고삐를 잡은 베베르가 앉아 있었고, 반면 장랭은 마지막 탄차의 가장자리에 주먹을 짚은 채 맨발로 뛰고 있었다.

다시 걷기 시작했다. 좀 더 먼 곳에서 십자로가 나타났고 두개의 새로운 갱도가 나 있었다. 같이 온 무리들은 여기에서 또다시 나뉘었고 노동자들은 탄광의 모든 현장으로 조금씩 조금씩 흩어져 갔다. 운반 갱도에는 갱목이 괴어져 있었고 참나무 지주가 천장을 받치고 있었다. 무너지기 쉬운 암석에는 골조용 모르타르가 초벽질돼 있었고, 그 뒤편에는 운모가 반짝이는 편암과 거칠고 윤기 없는 사암 덩어리가 보였다. 가득 실렸거나 혹은 빈 탄차 대열들이 계속해서 지나가며 서로 교차했다. 희미하게 보이는 짐승들은 유령처럼 달리며 어둠 속에서 굉음을 일으켰다. 탄차 차고의 복선 선로 위에는 시커먼 긴 뱀이 잠을 자고 있었는데 그것은 멈춰선 탄차 대열이었다. 그것을 끄는 말은 숨을 내뿜으며 온통 어둠에 잠겨 있어서 그 흐릿한 엉덩이는 둥근 천장에서 떨어진 돌덩이처럼 보였다. 환기용 문들이 덜렁대며 천천히 다시 닫혔다. 앞으로 나아갈수록 갱도는 더욱 좁아졌고 높이가 고르지 못한 천장은 더욱 낮아져서 허리를 계속해서 굽혀야만 했다.

에티엔은 세게 머리를 부딪쳤다. 만약 가죽 안전모가 없었다면 그의 두개골은 금이 가고 말았을 것이었다. 그렇지만 그는 램프의 불빛에 어두운 그림자가 또렷이 보이는 마외의 뒤를 따라가면서 그의 사소한 몸짓에도 주의를 기울였다. 아무도 부딪치는 사람이 없는 것을 보면 그들은 갱목이 휘고 이어진 부분이나 튀어나온 바위를 훤히 알고 있음에 틀림없었다. 게다가 청년은 미끄럽고 점점 더 물이 깊어지는 바닥 때문에 힘이 들었다. 순간순간 그는 늪을 건너야 했지만 진창에 빠진 사람은 오직 그 혼자뿐이었다. 그리고 무엇보다도 그는 급격한 온도 변화에 깜짝 놀랐다. 수갱의 아래쪽은 조금 서늘한 정도였지만, 탄광의 모든 기류가 지나가는 운반 갱도에는 매섭게 찬바람이 불고 있었고, 심할 때는 좁은 버팀벽 사이에서 돌풍으로 변하기도 했다. 그리고 환기용 공기를 조금이라도 더 받아들이려 서로 다투는 다른 갱도들 속으로 빠져 들어가자 바람은 잦아들고, 납처럼 무거운 열기는 심해져 숨이 막혔다.

마외는 더 이상 입을 열지 않았다. 오른쪽 새로운 갱도로 들어서면서 몸을 돌리지 않은 채 에티엔에게 짤막하게만 말했다.

"기욤 탄맥일세."

바로 이 탄맥이 그들이 캐내야 할 곳이었다. 첫걸음을 크게 내딛자마자 에티엔은 머리와 팔꿈치에 상처를 입었다. 경사진 천장이 너무 낮아 30미터 중 20미터는 몸을 절반으로 굽힌 채 걸어야만 했다. 물이 발목까지 찼다. 이렇게 200미터를 가자, 르바크, 자카리 그리고 카트린이 갑자기 사라졌다. 그들은 그의 앞에 있는 갈라진 틈새로 날아오른 듯했다.

"올라가게." 마외가 말을 이었다.

"램프를 단춧구멍에 걸고 갱목을 꽉 잡아."

마외 역시 사라졌다. 에티엔은 그를 뒤좇아야만 했다. 탄맥에 나 있는 이 좁은 환기용 굴뚝은 광부들만 사용했으며 모든 보조 통로와 연결돼 있었다. 이 통로에는 60센티미터도 채 되지 않는 석탄층이 있었다. 다행히 청년은 몸이 날씬했지만 아직 서툴렀기 때문에, 몸을 올리는데 쓸데없이 근력을 소모했다. 어깨와 엉덩이를 펴고 갱목을 꽉 잡고 손목 힘으로 몸을 올렸던 것이다. 15미터를 더 올라가자 1번 보조 통로와 마주쳤다. 그러나 마외와 그의 동료들이 일하는 막장은 그들이 지옥이라고 부르는 6번 통로에 있었기 때문에 계속 올라가야만 했다. 15미터 간격으로 보조 통로가 연달아 있었고, 등과 가슴을 긁혀가며 그는 이 갈라진 틈 사이로 계속해서 올라갔다. 에티엔은 육중한 바윗돌이 그의 팔다리를 짓누르기라도 하는 것처럼 숨을 몰아쉬며 헐떡거렸고, 그의 손과 발에는 상처가 나고 멍이 들었다. 무엇보다도 공기가 부족해 피가 살을 뚫고 나올 것만 같았다. 흐릿하게나마 그는 한 통로에서 탄차를 미는 두 마리의 짐승의 웅크린 모습을 보았다. 한 마리는 작고 다른 한 마리는 뚱뚱했다. 이미 일을 시작한 리디와 무케트였다. 아직도 그는 두 키에 해당하는 높이를 더 기어 올라가야만 했다. 땀이 눈을 가렸다. 다른 사람들을 따라잡으려 무진 애를 써봤지만 그의 귀에는 암반을 길게 미끄러지듯 스치는 그들의 민첩한 팔다리 소리만 들려왔다.

"힘을 내, 다 왔어!" 카트린이 말했다.

그러나 막장에 도착하자 다른 이가 막장에서 소리쳤다.

"이거 뭐야?" 도대체 어떻게 된 거야? 몽수에서 2킬로미터를 와야 하는 내가 제일 먼저니!"

이제까지 그들을 기다린 샤발이 화를 냈다. 키가 크고 마른 그는 스물다섯 살이었고 강한 용모를 하고 있었다. 에티엔을 보자 그는 놀라움과 함께 경멸하는 듯한 표정으로 물었다.

"애는 뭐예요?"

그러자 마외가 그에게 이제까지의 경위를 얘기했고 샤발은 입안에서 중얼댔다.

"그러면 이제 사내자식들이 계집애들의 빵을 빼앗아 먹는 거야!"

두 사내는 갑자기 본능적인 증오감에 사로잡혀 번뜩이는 눈길을 주고받았다. 에티엔은 영문도 모르는 채 모욕감을 느꼈다. 잠시 침묵이 흘렀고, 모두들 일을 하기 시작했다. 마침내 탄맥은 광부들로 서서히 가득 찼고 갱들의 모든 층, 모든 통로 끝에서 작업이 시작되었다. 운반갱은 거의 700명에 달하는 노동자들을 하루치 식량으로 게걸스럽게 삼켜버렸고, 노동자들은 이제 거대한 개미떼가 되어 애벌레들이 고목을 쏠아대는 것처럼 땅 전체에 상처를 내고 구멍들을 뚫어댔다. 깊고 깊은 지층이 짓누르는 무거운 침묵 속에서 암반에 귀를 대면, 채탄 케이지를 올리고 내리며 날아가는 케이블 소리부터 막장에서 석탄을 물어뜯는 작업도구의 소리에 이르기까지 걸어 다니는 인간 벌레들의 요동치는 소리가 들려왔다.

몸을 돌리자 에티엔은 또다시 카트린과 바싹 붙게 되었다. 그러나 이번에는 부풀기 시작한 둥근 젖가슴을 예감했고, 그의 가슴을 파고들었던 그 따스함이 무엇인지 단번에 알아차렸다,

"너, 여자니?" 그는 아연실색하며 중얼거렸다.

그녀는 즐거운 듯 얼굴도 붉히지 않은 채 대답했다.

"물론이지… 정말! 오래도 걸리는군!"

4

이제 네 명의 채탄부는 서로 다른 사람 위에서 몸을 뻗으며 가빠른 채굴면에 달라붙었다. 캐낸 석탄을 받는 걸쇠가 달린 널빤지를 두고 서로 떨어져 있는 그들은 각각 약 4미터씩의 탄맥을 맡았다. 그런데 이곳의 경우 탄맥의 두께가 겨우 50센티미터 밖에 되지 않아 그들은 천장과 벽 사이에 납작 엎드린 채 무릎과 팔꿈치로 기었고, 때문에 몸을 돌리면 어깨에 타박상을 입지 않을 수가 없었다. 그들은 모로 누운 채 목을 틀고 팔을 들어 손잡이가 짧은 채탄 곡괭이를 비스듬히 휘둘러야만 했다.

맨 아래에는 자카리가 있었다. 르바크와 샤발은 그 위에 계단 모양으로 늘어섰고 맨 위에는 마외가 있었다. 그들은 각자 곡괭이로 편암층을 쳐냈다. 그 다음에는 탄층에 두 개의 수직 홈을 내고 윗홈에 강철 쐐기를 박아서 석탄을 덩어리째 떼어냈다. 윤기가 흐르는 석탄 덩어리는 조각으로 부서지며 배와 허벅지를 따라 굴러 떨어졌다. 이 조각들이 채탄부들 아래에 있는 널빤지에 쌓이면 그들은 갈라진 틈 사이로 몸을 숨겼다.

가장 고통스러운 사람은 마외였다. 제일 위쪽의 기온은 35도까지 올라갔고, 공기는 순환되지 않아 나중에는 숨이 막혀 죽을 지경이었다. 그는 보다 밝게 보기 위해 그의 머리 근처의 벽에 못을 박아 램프를 고정시켜야 했다. 그런데 이 램프 때문에 머리가 뜨거웠고 나중에는 피에 불이 붙는 것만 같았다. 그리고 무엇보다도 습기 때문에 그의 고통은 극심해졌다. 얼굴 위로 몇 센티미터 떨어진 곳에는 물이 흥건히 흐르는 암석이 있었고, 그곳에서 커다란 물방울이 빠른 속도로 고집스럽게 박자를 지키며 언제나 똑같은 자리에 계속해서 떨어졌다. 목을 틀거나 목덜미를 젖혀봐야 소용이 없었다. 물방울은 그의 얼굴을 쉬지 않고 때렸고, 으깨지며 흘러내렸다. 15분이 지나자 그는 물로 흠뻑 젖은 채 땀으로 뒤덮였고, 이내 그의 몸에선 뜨거운 세탁물의 김이 피어올랐다. 이날 아침에는 물방울이 악착스럽게 그의 눈에 달려들어 욕이 저절로 나왔다. 그는 채탄을 늦추지 않으려 압사의 위험 속에서도 책갈피 사이에 달라붙은 진딧물처럼 두 암석 사이에 붙어서 몸이 거세게 흔들릴 정도로 곡괭이질을 해댔다.

한 마디의 말도 오고 가지 않았다. 오직 탄맥을 때리는 불규칙하고 둔탁한 곡괭이질 소리만이 아득하게 들려왔다. 그 소리는 탁하게 울려 댔지만 움직이지 않는 공기 속에서 어떠한 반향음도 내지 못했다. 칠흑의 어둠은 미지의 암흑 속에서 날리는 석탄가루로 더욱 두터워졌고, 가스는 눈꺼풀을 짓누르며 어둠을 무겁게 하는 듯했다. 쇠그물 갓 밑은 램프 심지에 붉게 달아있었다. 아무 것도 분간할 수 없었고, 열려진 갱은 평평하고 비스듬히 기운 커다란 굴뚝처럼 위를 향해 올라갔다. 이곳의 깊고 깊은 밤은 10년 겨울 동안 쌓인 그을음이리라. 유령의 형상들이 이곳을 휘젓고 다녔고, 흐릿한 불빛에 둥근 엉덩이와 마디진 팔, 범죄형 같은 난폭하고 지저분한 얼굴들이 언뜻언뜻 보였다. 종종 석탄 덩어리가 벽면과 모서리에서 떨어져 나오면서 갑자기 수정처럼 빛나며 반짝였다. 그리고는 모든 것이 다시 암흑 속으로 떨어졌고, 채탄 곡괭이는 둔탁하고 커다란 소리를 내며 탄맥을 때렸다. 거기에는 헐떡거리는 숨소리와 답답함과 피곤함에 지친 투덜거림, 무거운 공기와 빗물처럼 떨어지는 지하수 외에는 아무것도 없었다.

어젯밤에 재미를 본 자카리는 팔에 힘이 빠지자 갱목을 괴야 한다는 핑계를 대고 재빨리 일을 놓아버렸다. 그리고 어렴풋이 보이는 희미한 어둠 속에서 자신도 모르게 살살 휘파람을 불었다. 채탄부들 뒤편으로 그러니까 탄맥으로부터 3미터 정도 떨어진 지점에는 시간을 아끼려는 욕심 때문에 갱목으로 암석을 받치라는 주의사항을 이행하지 않아 위험스럽게 방치된 공지가 남아 있었다.

"어이! 귀족나리!" 자카리가 에티엔에게 소리쳤다. "갱목 좀 건네줘."

에티엔은 카트린에게 부삽 다루는 법을 배우다 말고 갱에 갱목을 올려줘야 했다. 전날에 쓰고 남은 여분이 약간 남아 있었다. 평상시에는 매일 아침 탄층의 치수에 맞추어 자른 갱목이 지하로 보내졌다.

"서둘러, 빈둥거리지 말고!" 신참 조차부가 네 개의 참나무 갱목을 팔에 들고 어쩔 줄 모르며 서툴게 몸을 치켜 올리는 것을 보고 자카리가 나무랐다.

그는 곡괭이로 천장에 홈을 하나 판 다음 벽에 또 다른 홈을 냈다. 그리고 거기에 갱목 양끝을 박아 고정시켜서 암석을 떠받쳤다. 오후가 되자 정지인부들은 갱도 끝에 채탄부들이 남겨둔 굴착물을 가져다가 채탄한 탄맥 구덩이들을 메웠고, 거기에 갱목들을 박아 넣으면서 탄차를 굴리는 하부와 상부 통로만을 관리했다.

마외가 끙끙 앓는 소리를 멈추었다. 마침내 석탄 덩어리를 떼어낸 것이었다. 위 소매로 땀이 흐르는 얼굴을 닦으며 자카리가 그의 뒤쪽으로 올라가 갱목을 괴려하자 걱정스러운 듯 말했다.

"그 일은 내버려둬." 그가 말했다. "점심 먹고 우리가 손볼 테니… 차라리 탄을 캐도록 해. 그래야 우리 탄차분 몫을 받을 수 있지."

"이게 조금씩 내려앉고 있어요." 자카리가 대답했다. "보세요. 갈라진 틈이 있어요. 무너질까 겁나요."

그러나 아버지는 어깨를 으쓱했다. 아! 그래! 무너지라고 해! 그리고 처음 있는 일도 아니고, 여하튼 빼내주긴 하지 않는가. 그는 결국 화를 내며 아들을 정면에 있는 갱으로 돌려보냈다.

여하튼 모두들 기지개를 켰다. 르바크는 등을 대고 누워서 떨어진 사암에 긁혀 피가 나는 왼쪽 엄지손가락을 유심히 보면서 욕을 했다. 샤발은 더위를 참지 못하고 미친 듯이 웃통을 벗어젖혔다. 그들은 탄가루에 온통 시커멓게 되었고, 땀은 탄가루를 녹이며 흘러내리며 질척거렸다. 마외는 머리가 암석에 닿을 정도로 최대한 몸을 낮추고 다시 제일 먼저 탄맥을 때리기 시작했다. 이제는 물방울이 그의 이마 위에 너무나도 끈질기게 계속 떨어져 그의 두개골이 물방울에 구멍 나는 것 같았다.

"신경 쓸 필요 없어." 카트린이 에티엔에게 설명했다. "저 애들은 항상 그렇게 지껄여."

그녀는 상냥하게 다시 설명을 시작했다. 석탄이 실린 모든 탄차는 갱에서 출발했던 그대로 밖에 도착하게 되며, 탄차에는 담당자가 작업현장의 채탄량을 계산할 수 있게끔 특수한 동전이 붙어 있다. 따라서 탄차를 가득 채우고 제대로 된 탄을 싣는 일에만 신경을 써야 한다. 그렇지 않으면 탄차는 석탄장에서 거절당한다.

청년은 어둠에 익숙해지자 여전히 하얗고 빈혈에 걸린 안색을 한 그녀를 바라보았다. 그는 그녀의 나이를 종잡을 수가 없었지만 너무나 연약해 보여서 열두 살이라고 단정해버렸다. 그렇지만 사내아이와 같은 자유분방함과 그를 조금은 곤혹스럽게 하는 뻔뻔스러운 순진함 때문에 그녀가 좀 더 나이를 먹었을 거라는 느낌을 가졌다. 두건으로 관자놀이를 꼭 누르고 창백한 어릿광대의 얼굴을 한 그녀가 너무나 말괄량이처럼 보여서, 그는 그다지 그녀가 마음에 들지 않았다. 그러나 그는 상당히 숙련된 이 아이의 억센 힘에 깜짝 놀랐다. 그녀는 규칙적이고 재빠른 부삽질로 그보다도 빨리 탄차를 채웠다. 그리고는 천천히 단 한 번에 탄차를 경사면까지 밀어 쉽게 낮은 암반 밑을 지났다. 반면 그는 녹초가 되었고, 탄차는 탈선하기 일쑤여서 참담한 심정이었다.

사실 이 통로는 일반적인 길이 아니었다. 막장에서 경사면까지의 길이는 60미터였지만 정지인부들은 아직 이 통로를 넓히지 않았고, 천장은 마치 내장처럼 돌출물이 튀어나와 매우 울퉁불퉁했다. 어떤 장소에서는 석탄을 실은 탄차가 겨우 지나갈 정도여서, 조차부는 머리를 부딪치지 않기 위해 몸을 납작하게 엎드리고 무릎을 꿇고 밀어야 했다. 게다가 갱목들은 이미 휘어지고 부러져 있었다. 중간에서 끊겨 맥없이 부러져나간 갱목들은 마치 약한 목발처럼 보였다. 이 부러진 부분에 스쳐 상처를 입지 않도록 주의해야 했다. 그리고 천장이 천천히 무너져 내리며 허벅지만큼 굵은 참나무가 부러질 때면, 등이 으스러지는 소리를 듣는 듯한 불안감을 을씨년스레 느끼며 바닥에 배를 깔고 기어 나가야 했다.

"또 그러네!" 카트린이 웃으며 말했다.

에티엔의 탄차가 가장 어려운 통로에서 탈선했다. 그는 축축한 땅의 틀어진 레일에서는 탄차를 똑바로 굴리지 못했다. 그는 흥분하여 욕을 해댔고 탄차바퀴와 씨름을 했지만, 아무리 노력을 해도 탄차를 제자리에 올려놓을 수가 없었다.

"그럼 기다려." 처녀가 말을 이었다. "화를 내면 더 안 돼."

그녀는 민첩하게 다가와 탄차 뒷바퀴를 뒤로 밀어 붙이고는 허리에 힘을 주어 그것을 들어 올려 제자리에 놓았다. 탄차 무게는 700킬로였다. 그는 깜짝 놀랐고 부끄러워 말을 더듬으며 변명을 했다.

그녀는 발을 벌리는 법과 몸을 단단히 받칠 수 있도록 갱도 양쪽에 있는 갱목에 발을 딛는 법을 그에게 보여줘야 했다. 몸은 구부리고 팔은 꼿꼿하게 펴서 어깨와 허리의 모든 근육으로 밀 수 있도록 해야만 한다. 그녀가 출발하자 뒤따라가면서 그는 엉덩이를 내밀고 탄차의 제일 아랫부분을 쥐어 마치 네발 짐승처럼 달리는 그녀를 바라보았다. 그녀는 서커스단에서 일하는 난쟁이 짐승 같았다. 그녀는 땀을 흘리며 헐떡거렸고 뼈마디에서는 우두둑거리는 소리가 났지만, 이렇게 몸을 굽히고 사는 것이 모든 사람이 겪는 비참함인 것처럼 불평 한마디 없이 여느 때와 마찬가지로 담담했다. 그러나 그는 여전히 그녀와 똑같이 탄차를 굴리지 못했다. 신발은 불편했고 머리를 숙이고 그런 식으로 걸으니 몸이 꺾여 나가는 듯했다. 몇 분이 지나자 이 자세는 체형이었고 견딜 수 없는 고통이었다. 너무 힘이 들어 그는 잠시 무릎을 꿇고 허리를 펴며 숨을 내쉬었다.

그런데 경사면에서는 새로운 고역거리가 있었다. 그녀는 그에게 탄을 탄차에 신속하게 채우는 법을 가르쳐주었다. 한 석탄하치장에서 다른 하치장에 이르는 이 경사면의 모든 갱도는 위에서 아래까지 모두 연결되어 있었고, 견습광부 한 명과 제동수 한 명은 위에, 수납꾼 한 명은 아래에 있었다. 열두 살에서 열다섯 살에 이르는 이 망나니들은 고약한 말씨로 떠들고 있었다. 그들에게 연락을 하기 위해서는 악을 써야만 했다. 그러면 다시 올려 보낼 빈 탄차가 있자마자 수납꾼은 신호를 보냈고, 여조차부는 탄차에 탄을 가득 실었다. 채운 탄차의 무게로 빈 탄차가 위로 올라갔고, 그때 제동수는 제동장치를 풀었다. 아래에 있는 막장 갱도에서는 말들이 운반갱까지 끌고 가는 탄차 대열이 형성되었다.

"야! 이 새끼들아!" 카트린이 100미터 정도의 전 구간을 갱목으로 받친 경사면에서 외쳤고, 소리는 거대한 확성기처럼 울렸다.

견습광부들은 휴식을 취하고 있는 듯 어느 누구도 대답을 하지 않았다. 모든 층에서 구르던 탄차소리가 멎었다. 소녀의 가냘픈 목소리가 이렇게 떠벌렸다.

"분명히 한 녀석이 무케트를 올라타고 있어!"

커다란 웃음소리가 울려 퍼졌고 탄맥에서 일하는 모든 여조차부들은 배를 움켜쥐었다.

"누구야?" 에티엔이 카트린에게 물었다.

카트린은 꼬마 리다라고 말했다. 그 말괄량이는 그런 일에 통달했고, 인형의 팔을 가졌지만 성인 여자만큼이나 드세게 탄차를 밀었다. 사실 무케트는 견습광부 두 명과 동시에 할 수 있는 애였다.

탄차를 채우라고 소리치는 수납꾼의 목소리가 올라왔다. 틀림없이 반장이 아래를 지나고 있었다. 아홉 개 층에서 다시 탄차가 구르자 견습광부들의 규칙적인 고함소리와 과도하게 짐을 실은 암말들처럼 콧김을 내뿜으며 경사면에 도착하는 여조차부들의 숨소리만이 들려왔다. 수갱에는 동물적 충동이 숨 쉬고 있었다. 그것은 허리를 흔들며 네 발로 기어 다니며 엉덩이가 터져나갈 듯한 사내 바지를 입은 소녀 하나와 한 광부가 마주쳤을 때 엄습하는 수컷의 욕망이었다.

그리고 한번 운반을 하고나면 에티엔은 질식할 듯한 갱 속에서 둔탁하게 끊기는 규칙적인 곡괭이질 소리와 일에 사로잡힌 채탄부들의 고통스런 한숨소리를 만났다. 웃통을 벗은 네 사람은 모두 석탄으로 뒤범벅되어 있었고 두건까지 진흙이 덮여 있었다. 잠시 헐떡거리는 마외를 비키게 한 후 갱도 위로 널빤지에 쌓인 석탄을 떨어뜨려야만 했다. 자카리와 르바크는 점점 단단해지는 탄맥에 화를 내면서 이렇게 되면 그들의 도급 사정이 끔찍할 것이라고 말했다. 샤발은 몸을 돌려 잠시 등을 대고 누운 채 에티엔에게 욕을 퍼부었다. 그는 에티엔이 있다는 사실에 분명히 분노하고 있었다.

"굼벵이 같은 놈! 계집애만한 힘도 없어! 그러고도 탄차를 채우길 바라니! 힘을 아끼려는 거지… 에이 씨! 너 때문에 우리가 1수라도 못 받으면 네 돈 10수를 내가 가질 거야!"

이 도형장의 일거리라도 찾은 것이 그때까지는 너무나 흐뭇했던 에티엔은 대답을 피한 채 후임과 선임 노동자간의 거친 위계질서를 받아들였다. 그의 발에서는 피가 나고 팔다리는 쥐가 나서 더 나아갈 수가 없었다. 다행히 10시가 되자 작업장은 점심을 먹기로 했다.

마외는 손목시계가 있었지만 시간을 보지도 않았다. 별도 없는 이 밤 속에서 그는 결코 5분의 착오도 없었다. 모두들 속옷과 겉옷을 다시 입었다. 그리고 갱에서 내려와 몸을 웅크리고 팔꿈치를 허리에 붙이고 엉덩이를 발꿈치에 붙였다. 광부들에게는 너무나 익숙한 자세여서 그들은 탄광 밖에서조차 이런 자세를 취했고, 앉는 데에 포석이나 들보를 필요로 하지 않았다. 그리고는 각자 브리케를 꺼내어 오전 일에 대해 몇 마디 내뱉으며 두툼한 부분을 엄숙하게 물어뜯었다. 선 채로 있던 카트린은 마침내 에티엔과 합류했다. 에티엔은 갱목에 등을 기대고 앉아 레일을 가로질러 다리를 뻗고 있었다. 거기에는 거의 마른자리가 하나 있었다.

"넌 안 먹어?" 브리케를 손에 들고 한 입 가득 우물거리며 그녀가 물었다.

그리고 그녀는 이 사내가 밤새 떠돌아다녔고 돈 한 푼 없었으니 틀림없이 빵 한 조각도 먹지 못했을 거라고 생각했다.

"같이 나누어 먹을래?"

그런데 그는 정말 배가고프지 않다고 말하면서 애끓는 목소리로 거절했다. 그녀는 쾌활하게 말을 계속했다.

"아! 그렇게 싫으니! 그래도 자! 난 이쪽밖에 입을 대지 않았어. 다른 쪽을 줄게."

이미 그녀는 타르틴을 둘로 쪼갰다. 청년은 그녀가 준 반쪽을 들고 단번에 먹어치우지 않으려 자제를 했다. 그리고는 그녀가 떨리는 팔을 보지 못하도록 허벅지에 팔을 올려놓았다. 그녀는 친한 친구처럼 차분한 표정을 지으며 그의 곁에 배를 깔고 누워서는 턱을 손에 괴고 천천히 나머지 반쪽을 먹었다. 그들 사이에 놓인 램프가 그들을 비추고 있었다.

카트린은 잠시 말없이 그를 바라보았다. 그녀는 그의 가냘픈 얼굴과 검은 콧수염이 멋지다고 생각했다. 살며시 그녀는 기쁨의 미소를 지었다.

"넌 기계공이라면서 어째서 철로 공사장에서 쫓겨났니?…"

"상관의 뺨을 때렸어."

복종해야 한다는 수동적 순종의 생각을 대를 이어 물려받은 그녀는 혼란스럽고 어안이 벙벙했다.

"솔직히 말하면 술을 마셨었어." 그는 말을 계속했다. "그리고 난

63

술을 마시면 미쳐버려. 내가 나를 잡아먹고 다른 사람들을 잡아먹어… 맞아. 난 두 잔만 마시면 어떤 사람이든 잡아먹으려 해… 그리고는 이틀 동안 앓아눕지…"

"술을 마시면 안 되겠네." 그녀가 심각하게 말했다.

"아! 겁먹지 마. 나는 나를 알거든!"

그리고 그는 머리를 흔들었다. 그는 독주를 증오했고 주정뱅이 족속의 마지막 아이까지도 증오했다. 그는 술에 찌들어 머리가 돈 그 조상의 살붙이였기 때문에 고통을 받았고, 술 한 방울조차도 그에게는 독약이 될 정도였다.

"엄마 때문에 거리로 나 앉게 되었을 땐 난감했어." 그는 브리케를 한 입 삼킨 후 말했다.

"엄마는 행복하지 못해. 그래서 이따금씩 100수짜리 동전 한 닢을 엄마한테 보내곤 하지."

"그러면 네 엄마는 어디에 있는데?"

"파리에… 구트도르 거리*에서 세탁부로 있어."

침묵이 흘렀다. 이런저런 생각들을 하자 그의 검은 눈은 망설임으로 흐릿해지며 고통의 상처를 잠시 느꼈고, 그는 아름답고 건강한 미지의 처녀를 지그시 바라보았다. 순간 그의 시선은 칠흑의 어둠 속에 잠긴 채로 있었다. 그리고 무겁고 숨 막히는 이 대지의 심연 속에서 그의 어린 시절을 다시 보았다. 그의 어머니는 여전히 예쁘고 건강했지만 아버지로부터 버림을 받았고, 그 뒤 다른 사람과 결혼을 했지만 또 그렇게 되었다. 그녀를 먹여주는 두 남자 사이에서 살면서 그들과 함께 타락해 술과 오물 속에서 뒹굴었다. 그것은 지옥이었다. 그가 그 거리를 떠올리자, 가게에 널려 있는 더러운 속옷이며 집안에 악취를 풍기는 술주정과 턱이 부서질 정도로 뺨을 맞았던 세세한 기억들이 되살아났다.

---

* la Goutte-d'Or. 파리시 북쪽에 있는 길 이름

"이제는 30수도 없으니 엄마에게 선물할 수도 없어… 엄마는 비참하게 죽고 말거야, 분명히." 그는 느린 목소리로 말을 이었다.

그는 낙심하여 어깨를 으쓱하고는 다시 타르틴을 깨물었다.

"마실 것 줄까?" 카트린은 수통마개를 따며 물었다. "이래 뵈도 커피야. 나쁘진 않을 거야… 그렇게 삼키면 목이 메잖아."

그러나 그는 거절했다. 빵 반쪽을 먹었으면 됐다. 그러나 그녀는 선의의 고집을 부리며 결국에는 이렇게 말했다.

"좋아. 네가 그렇게 뺀다면 나 먼저 마실게… 그렇지만 또 지금처럼 거절하면 화낼 거야"

그리고는 수통을 그에게 내밀었다. 그녀는 무릎을 대고 몸을 세우고 있었고, 그는 아주 가까이에서 두 개의 램프에 비친 그녀의 얼굴을 바라보았다. 왜 그녀가 못생겼다고 생각했을까? 석탄가루로 까맣게 묻은 얼굴조차 그에게는 기이하게 매력적으로 보였다. 어둠이 덮인 이 얼굴에서 지나치게 큰 입 속의 치아는 하얗게 빛을 발했고, 푸른빛으로 반짝이는 눈은 점점 커지며 암고양이의 눈을 닮고 있었다. 두건에서 빠져나온 적갈색 머리타래가 귀를 간질이자 그녀는 웃었다. 그녀는 더 이상 그렇게 어려 보이지 않았고 열다섯은 충분히 된 듯했다.

"네가 정 그런다면 마실게." 그는 한 모금 마시고 그녀에게 수통을 돌려주면서 말했다.

그녀도 다시 한 모금 삼키고는 나눠 마시고 싶다며 한 번 더 마시라고 그에게 수통을 떠넘겼다. 그들은 얄팍한 수통을 번갈아가며 입을 대고 마시는 것이 즐거웠다. 그는 갑자기 그녀의 팔을 붙잡고 입을 맞추면 안 될까 생각했다. 탄이 묻어 반들거리는 그녀의 도톰하고 창백한 장밋빛 입술에 그는 커져가는 욕망을 참기가 힘들었다. 그러나 그녀 앞에서 겁을 먹고 있어서 엄두를 낼 수가 없었다. 릴에 있는 동안 가장 천한 여자들만 알고 지냈던 그로서는 더욱이 가족과 함께 있는 노동자 애를 어떻게 다뤄야 할지 몰랐다.

"너 지금 열넷이지?" 그는 다시 빵을 먹은 뒤에 물었다.

그녀는 놀라며 화를 내려 했다.

"뭐라고! 열네 살? 나는 열다섯이야! 사실 나는 통통한 편이 아냐. 그렇지만 이곳 여자애들은 성장이 늦어."

그는 계속해서 그녀에게 질문을 했고, 그녀는 창피함이나 부끄러움 없이 모든 것을 얘기했다. 그녀는 남자나 여자에 대해서 모르는 것이 없었지만 그는 그녀가 숫처녀라는 것을 느낄 수 있었다. 그녀는 공기가 나쁜 환경과 피곤한 생활 때문에 여자로서 성숙하지 못하고 있었던 것이었다. 그녀를 놀리기 위해 그가 무케트를 다시 말하자 그녀는 태연하고 아주 명랑한 목소리로 기가 막힌 얘기를 해주었다. 그 애는 정말 끝내줘! 그리고 그가 그녀에게도 애인이 있는지를 알고 싶어 하자, 그녀는 자기 엄마를 거스르고 싶지는 않지만 언젠가는 반드시 생길 거라고 농담조로 대답했다. 그녀의 어깨는 굽어있었고 그녀는 땀에 흠뻑 젖은 옷의 냉기로 약간 떨고 있었다. 체념한 듯한 부드러운 얼굴은 현실과 사람들을 참아 낼 준비가 되어 있었다.

"이렇게 모두 함께 지내다 보면 애인이 생기지 않아?"

"물론이지."

"허긴 그게 누구에게 해를 끼치는 것도 아니고… 주임사제에게 아무 말도 하지 않으면."

"주임사제? 내 알 바가 아니지!… 허긴 검은 인간이 있지."

"뭐라고? 검은 인간?"

"수갱에 되돌아와 못된 여자애들의 목을 비트는 늙은 광부."

그는 그녀가 자기를 놀린다고 생각하며 그녀를 바라보았다.

"너는 그 어리석은 말을 믿니? 그렇게도 아무 것도 몰라?"

"아니야, 난 읽고 쓸 줄 알아… 그것 때문에 우리 집에 도움을 주지. 왜냐하면 아빠와 엄마 시절에는 아무 것도 못 배웠거든."

그녀는 정말이지 마음씨가 예뻤다. 그녀가 타르틴을 다 먹으면 그녀를 붙잡고 도톰한 장밋빛 입술에 키스하리라. 소심한 남자는 결심했지만 격정에 복받쳐 목소리가 나오지 않았다. 윗옷과 바지에 처녀의 몸이 닿자 청년은 흥분했고 거북했다. 그는 남은 타르틴을 마저 삼켰다. 수통에 입을 대고 마시고는 그는 나머지를 비우도록 건네주었다. 이제 일을 시작할 때가 되어 그는 막장에 있는 광부들 쪽으로 불안한 눈길을 던졌다. 그때 한 그림자가 갱도를 막고 섰다.

조금 전부터 샤발이 일어서서 그들을 멀리서 바라보고 있었다. 그는 그들에게 다가오면서 마외가 자기를 볼 수 없다고 확신했다. 카트린은 땅바닥에 앉은 자세로 있었기 때문에 그는 그녀의 어깨를 움켜잡고 머리를 젖혀 거칠게 키스하면서 그녀의 입술을 짓눌렀다. 침착한 태도로 에티엔을 전혀 신경 쓰지 않는 척했다. 이 입맞춤에는 그녀를 소유하려는 질투심이 서려있었다.

그러나 어린 처녀는 반항했다.

"놓으란 말이야!"

그는 그녀의 머리를 붙들고 눈 속을 들여다보았다. 그의 붉은 콧수염과 턱수염이 커다란 매부리코를 가진 검은 얼굴 속에서 불타고 있었다. 결국 그는 그녀를 놓아버리고는 한 마디 말도 없이 가버렸다.

싸늘한 전율이 에티엔을 사로잡았다. 그는 얼이 빠진 채 기다리고만 있었다. 분명히 지금은 아니다. 그녀를 껴안지 않을 것이다. 왜냐하면 자기도 샤발처럼 하기를 원한다고 그녀가 생각할지 모르기 때문이다. 자존심이 상한 그는 정말로 절망감을 느꼈다.

"왜 거짓말을 했니?" 그는 가라앉은 목소리로 말했다. "네 애인이 잖아."

"아니야, 정말로!" 그녀가 소리쳤다. "우리 사이에는 아무 일도 없어. 몇 번 그 애가 장난을 치려고 했지만… 그는 여기 출신도 아니고, 6개월 전에 파-드-칼레*에서 왔어."

둘 모두는 일어났다. 사람들은 일을 다시 시작하려 할 참이었다. 너무도 냉랭한 그를 보고 그녀는 슬픈 표정을 지었다. 분명히 그녀는 그

* Pas-de-Calais. 대서양에 면한 프랑스 북부 지역

가 누구보다도 멋지다고 생각했고 틀림없이 누구보다도 좋아하게 될 것 같았다. 상냥하게 위로해주고 싶다는 생각에 그녀는 괴로웠다. 그리고 놀란 청년이 넓은 테두리를 만들며 창백하고 파랗게 타오르는 램프를 자세히 들여다보자, 그녀는 조금이라도 그의 주의를 딴 데로 돌리려했다.

"이리 와 봐. 보여줄 게 있어." 그녀는 애정 어린 표정으로 속삭였다.

그녀는 갱 끝으로 그를 데려가 탄층에 난 균열을 살펴보도록 했다. 그곳에서는 가벼운 거품이 빠져나오며 새가 부는 휘파람소리와 비슷한 작은 소리가 들렸다.

"손을 대봐. 바람이 나올 거야… 이게 가연성 가스야."

그는 놀라서 그대로 있었다. 이것은 모든 것을 날려버릴 끔찍한 것이 아닌가? 그녀는 웃으면서 오늘은 가연성 가스가 많아서 램프의 불꽃이 이렇게 파랗다고 말했다.

"언제까지 떠들 거야. 이 게으름뱅이들아!" 마외가 거친 목소리로 소리쳤다.

카트린과 에티엔은 서둘러 그들의 탄차를 채우고 뻣뻣하게 굳은 허리로 돌출한 갱도의 천장 아래를 기면서 경사면까지 탄차를 밀었다. 두 번을 갔다 오자 땀이 흘러넘쳤고 뼈마디는 또다시 소리를 냈다.

갱도에서는 채탄부들이 일을 재개했다. 대개 그들은 몸이 식지 않도록 점심시간을 줄였다. 태양과는 멀리 떨어진 곳에서 말없이 게걸스럽게 먹은 브리케는 위를 납처럼 눌렀다. 옆으로 길게 누워 더욱 세게 때리며 그들은 많은 수의 탄차를 채워야 한다는 고정관념에만 사로잡혔다. 아무리 힘들어도 돈을 벌겠다는 이 광적인 집념 속에서 모든 고통은 사라졌다. 흥건히 흘러내리며 그들의 팔다리를 붓게 하는 물도, 무리한 자세에서 생기는 경련도, 숨 막히는 칠흑의 어둠도 더 이상 느끼지 못했다. 그들은 이 어둠 속에서 지하실에 놓인 식물처럼 시들어갔다. 하지만 시간이 지남에 따라 램프의 그을음과 호흡의 악취 그리고 거미줄처럼 눈을 갑갑하게 하는 질식할 듯한 가연성 가스로 인해 공기는 더욱 오염되고 뜨거워졌다. 그럼에도 불구하고 그 공기를 청소하는 환기는 밤에 단 한번만 행해지는 듯했다. 그들은 두더지 굴속에서 땅의 무게를 감당하며 불타는 가슴에 숨도 불어넣지 못한 채 계속해서 탄맥을 두들겨댔다.

5

마외는 윗옷에 넣어둔 손목시계를 보지도 않은 채 일을 멈추며 말했다.

"곧 한 시야… 자카리, 다 끝냈어?"

청년은 조금 전부터 갱목작업을 하고 있었다. 일하는 도중 그는 누워서 흐릿한 눈으로 전날에 했던 스틱게임에 대해 이런저런 몽상을 하고 있었다. 그는 정신을 차리며 대답했다.

"예, 괜찮을 거예요. 내일 두고 보죠."

그리고는 되돌아와 자기 자리를 잡았다. 르바크와 샤발 역시 채탄 곡괭이를 놓았다. 잠시 휴식이었다. 모두들 맨팔로 얼굴의 땀을 닦으며 천장 암석의 편암 덩어리에 금이 간 것을 바라보고 있었다. 그들은 일에 관한 얘기 외에는 아무 말도 하지 않았다.

"운이 좋으면 다시 한 번 흙이 무너져 깔리겠군!… 도급을 맡기고 나면 그들은 그런 건 신경도 안 써." 샤발이 중얼거렸다.

"사기꾼 놈들! 그놈들은 우리를 이 안에 처넣을 생각만 한다니까." 르바크가 투덜거렸다.

자카리가 웃어댔다. 그는 작업 등에는 관심이 없었지만 회사를 욕하는 소리를 들으면 신이 났다. 마외는 태연한 표정으로 지층의 성질은 20미터마다 바뀐다고 설명했다. 정확히 모르면 아무것도 예측할수가 없다. 그리고 나서도 다른 두 사람이 상관들에 대해 계속해서 욕설을 퍼붓자 그는 불안해져 주위를 살펴보았다.

"쉿, 사람들이 많잖아!"

"맞아, 좋을 게 없지." 르바크도 똑같이 목소리를 낮추며 말했다.

그들은 마치 주주들의 석탄과 탄맥 속에는 귀가 있는 것처럼 이렇게 깊은 곳에서조차 밀정에 대한 강박관념에 사로잡혀 있었다.

"만약 돼지새끼 당사에르가 지난번과 같은 말투로 뭐라고 하면 가만두지 않겠어. 그 자식 뱃속에 벽돌을 처넣을 거야… 녀석이 피부 고운 금발들과 제 돈 쓰며 노는 거야 가만 두겠지만 말이야." 샤발은 경멸적인 말투로 아주 큰 목소리로 덧붙여 말했다.

이번에는 자카리가 웃음을 터뜨렸다. 선임반장과 피에론 사이의 정사는 수갱의 계속되는 농담거리였다. 갱 아래에 있던 카트린도 삽에 기댄 채 배를 잡고 웃으며 에티엔에게 말뜻을 알려주었다. 반면 마외는 두려움을 감추지 못하고 화를 냈다.

"이제 그만 입 다물어… 그렇게도 화를 당하고 싶으면 너 혼자서나 당하도록 해."

그가 여전히 말하고 있을 때 발자국 소리가 상부 갱도에서 들려왔다. 곧바로 광부들 사이에서 꼬마 네그렐이라 불리는 수갱의 엔지니어가 선임반장인 당사에르를 대동하고 갱 위쪽에서 나타났다.

"내가 말했잖아!" 마외가 중얼거렸다. "언제나 밖으로 나가는 놈들이 있다니까."

엔느보 씨의 조카인 폴 네그렐은 스물여섯 살이었고, 곱슬곱슬한 머리카락에 갈색 콧수염을 기른 날씬하고 멋진 청년이었다. 뾰족한 코와 생기 찬 눈은 깐깐함과 회의적인 지성의 면모를 풍겼고, 노동자와의 관계에 있어서는 단호한 권위로 탈바꿈했다. 그는 광부들처럼 옷을 입었고 그들처럼 석탄으로 더렵혀져 있었다. 그리고 광부들이 존경심으로 꼼짝 못하게 하기 위해 그는 용기 있게 가장 힘든 곳을 통과하다 뼈가 부러지기도 했고, 붕괴사고나 가연성 가스 폭발 때에도 언제나 제일 먼저 들어갔다.

"당사에르, 다 온 거지?" 그가 물었다.

벨기에 사람으로 두툼한 얼굴과 육감적인 큰 코를 가진 선임반장은 지나칠 정도로 공손하게 대답했다.

"예, 네그렐 씨… 오늘 아침에 고용한 사람이 여기에 있습니다."

두 사람 모두 갱 중앙으로 미끄럼을 타며 내려왔다. 에티엔을 올라오게 했다. 엔지니어는 램프를 들어 그를 보았으나 질문은 하지 않았다.

"좋아." 그가 마침내 말했다. "그러나 낯선 떠돌이들을 긁어모으고 싶지는 않아… 다음부터는 이런 일이 없도록 해."

당사에르는 일의 필요성, 조차부를 여자에서 사내들로 바꾸려는 바람을 설명했지만 그는 전혀 귀를 기울이지 않았다. 그는 천장을 다시 조사하기 시작했고, 그 동안 채탄부들은 다시 채탄 곡괭이를 잡았다. 갑자기 그가 소리를 질렀다.

"마외, 말해봐. 당신, 사람 무시하는 거야!… 당신들 모두 죽고 싶어 염병할!"

"튼튼한 걸요." 마외가 차분히 대답했다.

"뭐, 튼튼하다고!… 암반이 벌써 가라앉았어. 그러니 갱목을 2미터 이상 받쳐야겠어, 아쉽지만 말이야! 아! 어쩌면 그렇게들 똑같소. 채탄작업을 중지하고 갱목 괴는 일에 시간을 들이느니 머리를 깔아뭉개겠다!… 제발 지금 즉시 내 말대로 해. 나무를 이중으로 받쳐, 알겠어!"

그리고 따지며 달려드는 광부들 앞에서 그는 광부들이 자신들의 안전에 대해 잘도 판단했었다고 말하면서 화를 냈다.

"그러니 얼른 해! 당신들 머리가 부서지면 당신들이 뒷감당 해? 아니잖아! 당신이나 당신 마누라들에게 연금을 지급해야 하는 쪽은 회사 측이잖아… 다시 말하는데 우리는 당신들이 무슨 생각을 하는지 알고 있어. 저녁에 두 탄차분의 돈을 더 쥐기 위해 목숨을 내놓겠다는 거지."

점점 울화가 치밀어 올랐지만 마외는 여전히 침착하게 말했다.

"돈을 괜찮게 주면 우리는 갱목을 더 잘 괼 겁니다."

엔지니어는 어깨를 으쓱하고는 대답을 하지 않았다. 갱을 따라 아래까지 다 내려간 다음 그는 목소리를 낮추며 말을 끝냈다.

"한 시간 남았어. 당신들 모두 갱목 일을 해. 경고하는데 이 작업장은 3프랑 벌금이야."

채탄부들은 들리지 않는 목소리로 불평을 했지만 이 말을 순순히 따랐다. 위계질서의 힘만이 그들을 제지했고, 견습광부로부터 선임반장에 이르는 이 군대식 위계질서가 서로 서로를 굴복시켰다. 그럼에도 샤발과 르바크가 격분한 몸짓을 하자 마외는 눈짓으로 그들을 진정시켰다. 자카리는 빈정대듯 어깨를 으쓱했다. 그러나 아마도 에티엔이 가장 분노에 떨고 있는 듯했다. 이 지옥의 막장에 있으면서부터 그의 반항심은 서서히 꿈틀댔다. 그는 허리를 굽히고 체념한 카트린을 바라보았다. 이 죽음의 암흑 속에서 이토록 힘든 일을 죽도록 하면서 몇 푼 안 되는 일용할 빵 값도 벌지 못한다는 것이 있을 수 있는 일인가?

그러는 동안 네그렐은 계속해서 고갯짓으로 동의를 표하기만 하는 당사에르와 함께 그곳을 떠났다. 그런데 그들은 얼마 안 가서 또다시 언성을 높였다. 그들은 다시 걸음을 멈추고 채탄부들이 갱 뒤편에서 수리를 한 10미터에 걸친 갱도의 갱목을 검사했던 것이었다.

"내가 당신에게 말했지. 저들은 나 몰라라 한다고!" 엔지니어가 소리쳤다. "그런데 당신은 도대체 감독을 하는 거야?"

"네, 그럼요, 네." 선임반장은 말을 더듬거렸다. "똑같은 말을 되풀이하는 데 지쳤습니다."

네그렐이 거세게 불러댔다.

"마외! 마외!"

모두가 내려갔다. 그는 말을 계속했다.

"이것 좀 봐. 이게 지탱하는 거야?… 순 엉터리로 했잖아. 얼마나 서둘러 했으면 개발싸개 꼴이야! 빌어먹을!… 이러니까 갱내 보수공사 비용이 많이 들 수밖에 없다고. 안 그래? 당신들 책임감이 이 정도니 언제나 이 모양이라고! 게다가 죄다 부러졌어. 그러니 회사는 갱도 수리공들이 군부대 하나 정도는 있어야 한다고… 바로 아래 좀 봐, 완전 개판이잖아."

샤발이 말을 하려고 했지만 네그렐이 말을 막았다.

"나는 당신이 또 무슨 말을 하려는지 알아. 돈을 더 달라는 거 아냐? 그래서 내가 미리 말해두는데 그렇게 되면 회사 지도부는 부득이 어떤 일을 강행하지 않을 수 없게 될 거야. 맞아, 갱목 수당이 별도로 지불될 거고, 그것에 비례해서 탄차 한 대분 가격이 낮아질 거야. 당신들이 이득을 보게 될지는 두고 보기로 하고… 우선은 즉시 갱목을 다시 받치도록 해. 내가 내일 들를 테니까."

이렇게 소름끼치는 협박을 하고는 그는 떠나버렸다. 네그렐 앞에서 지나치게 비굴한 당사에르는 잠시 뒤에 남아서 노동자들에게 막말을 했다.

"너희들 나를 엿 먹게 만드는데… 내가 너희들 내팽겨 치면 벌금 3프랑 정도가 아냐! 조심해!"

그리고 그가 떠나자 이번에는 마외가 분통을 터뜨렸다.

"제기랄! 옳지 못한 것은 옳지 못한 거야. 난 말이야, 조용한 게 좋다고. 왜냐하면 그게 서로 통하는 유일한 방법이니까. 그렇지만 결국에는 그들이 너희들을 돌아버리게 만들 거야… 알겠지? 탄차 한 대분 가격을 낮추고 갱목작업 수당을 별도로 준다고! 그것도 우리들 임금을 낮추는 한 방법으로! 어이구, 어이구!"

분풀이할 누군가를 찾고 있을 때 그는 팔을 흔들며 오는 카트린과 에티엔을 보았다.

"너희들은 내게 갱목을 갖다 줄 거야, 말 거야! 그게 너희들과 무슨 상관이냐고? 발길로 차여봐야 알겠어?"

에티엔 자신도 간부들에 대해 너무나 분노했기 때문에 이 거친 말에도 화를 품지 않고 갱목을 가지러 갔고, 그는 광부들이 너무나 착은 애들 같다고 생각했다.

르바크와 샤발은 욕설을 내뱉으며 화를 풀고 있었다. 자카리 역시 그들과 함께 분노를 터뜨리며 갱목을 괴었다. 거의 30분 동안 둔중한 타격에 들어박히는 갱목의 삐걱거리는 소리만이 들렸다. 그들은 입을 열지 않고 숨을 몰아쉬며 암석에게 울분을 터뜨렸고, 할 수만 있었다면 바위를 어깨 위로 들어 올려 내던져버렸을 것이었다.

"정말 지겹군!" 너무나 화가 나고 기진맥진한 마외가 마침내 말했다. "한 시 반… 아! 한나절 꼬박 일해 봐야 50수도 안 되니!… 난 나가야겠어. 지긋지긋해."

아직 30분의 작업시간이 남아 있었지만 그는 옷을 갈아입었다. 다른 사람들도 그를 따랐다. 갱에 눈을 돌리자 제 정신들이 아니었다. 한 여조차부가 탄차운반을 다시 시작하자, 그들은 그녀를 불러 무슨 열성이냐며 짜증을 냈다. 석탄에는 발이 달렸으니 제 발로 걸어 나간다. 그리고는 여섯 명은 연장을 들고 출발하여 2킬로미터에 달하는 아침에 왔던 길을 통해 운반갱으로 되돌아왔다.

환기용 굴뚝에서 카트린과 에티엔이 뒤처져 있는 동안, 채탄부들은 밑바닥까지 미끄러지며 내려갔다. 꼬마 리디를 우연히 만났고 그녀는 그들이 지나가도록 통로 중간에서 멈춰 섰다. 그녀는 그들에게 무케트가 너무 코피를 흘려서 한 시간 전에 얼굴을 씻으러 갔는데 어디로 갔는지 보이지 않는다고 말했다. 그리고 그들이 떠나자 기진맥진한 꼬마는 진흙투성이가 되어, 너무나 무거운 먹이를 힘겹게 옮기는 바싹 마른 흑개미와 비슷한 팔과 다리를 꼿꼿이 편 채 또다시 탄차를 밀었다. 그들은 이마를 긁힐까 무서워 등을 대고 어깨를 평평히 한 다음, 모든 광부들의 엉덩이가 반들거리게 닦아 놓은 급경사 암반을 따라 미끄러지며 내려왔다. 그들의 우스갯소리로 엉덩이에 불이 붙지 않도록 그들은 종종 갱목을 붙잡아야만 했다.

아래에는 그들만 있었다. 붉은 별들이 멀리서 갱도 모퉁이로 사라졌다. 그들의 기쁨은 사그라들었고 카트린은 앞에서, 에티엔은 뒤에서 피곤하고 무거운 발걸음으로 걷기 시작했다. 램프는 검게 그을려 그는 자욱한 안개 속에 잠긴 듯한 그녀를 가까스로만 볼 수 있었다. 그녀가 여자라는 생각이 들자 그녀를 껴안지 않은 것이 바보처럼 느껴졌지만, 샤발에 대한 기억 때문에 그녀를 껴안을 수도 없었다. 분명히 그녀는 자기에게 거짓말을 했고, 그자는 그녀의 애인이고, 그들은 모든 아역청탄 더미 위에서 함께 잤다. 왜냐하면 그녀는 벌써 창녀처럼 엉덩이를 흔들기 때문이다. 그녀가 속이기라도 한 것처럼 그는 이유 없이 그녀가 못마땅했다. 그러나 그녀는 순간마다 뒤를 돌아보며 그에게 장애물을 알려주면서 사귀어보자고 하는 듯했다. 너무나 타락하면 친한 친구처럼 저렇게 잘 웃어댈 수도 있으리라! 마침내 그들은 탄차운반 갱도에 이르렀고, 그는 괴로운 갈등에서 벗어날 수 있었다. 반면 그녀의 눈에는 그들이 다시는 되찾을 수 없을 행복에 대한 회한으로 마지막 슬픔이 감돌았다.

이제 그들의 주변에서는 지하의 삶이 우르릉거렸다. 반장들이 계속해서 지나갔고, 속보로 걷는 말들에 끌려 탄차들이 오고갔다. 끊임없이 램프들은 밤하늘의 별처럼 빛났다. 그들은 바위에 몸을 바짝 붙이며 얼굴에 입김을 뿜어대는 짐승들과 사람들의 그림자에게 길을 내주어야만 했다. 탄차 대열 뒤를 맨발로 쫓던 장랭이 그들에게 소리를 지르며 심술을 부렸지만, 그들은 바퀴의 굉음 때문에 그 소리를 알아듣지 못했다. 계속해서 길을 갔지만 그녀는 이제 침묵을 지켰고, 그는 아침에 왔던 십자로도, 다른 길들도 알아보지 못했다. 그는 그녀가 땅 밑으로 자기를 끌고 가 점점 더 길을 잃게 한다고 상상했다. 무엇보다도 그를 괴롭힌 것은 추위였다. 갱의 출구에 이르자 추위는 더욱 심해졌고, 운반갱에 다가가자 더욱 몸이 떨렸다. 비좁은 버팀벽 사이에 난 환기용 굴뚝에서는 또다시 폭풍 같은 바람이 불었다. 결코 지상에 도달할 수 없다는 절망감에 사로 잡혔을 때, 갑자기 석탄하치장이 나타났다.

샤발은 못마땅하여 입을 찌푸리고 그들을 째려보았다. 다른 사람들은 싸늘한 기류 속에서 땀에 젖은 채 샤발처럼 입을 다물고 끓어오르는 화를 삼키고 있었다. 그들은 아주 일찍 도착했지만 30분 전에는 위로 올라갈 수 없다고 거부당하고 있었다. 더욱이 말 한 마리를 내리기 위해서 복잡한 작업을 하고 있었다. 적재부들은 귀가 멍멍할 정도로 요동치는 쇳소리를 내며 탄차를 채웠고, 케이지들은 공중으로 날아오르며 시커먼 구멍에서 쏟아지는 드센 비를 맞으며 사라졌다. 아래에는 이 철철 흘러내리는 물로 채워진 깊이 10미터짜리 집수갱*이 있었고, 그 유수조는 진흙의 습기를 내뿜고 있었다. 사람들은 끊임없이 운반갱 주위를 돌면서 신호 밧줄을 잡아당겼고, 물보라 속에서 흠뻑 젖은 채 지렛대 손잡이를 내리눌렀다. 세 개의 이동식 램프불의 불그스름한 광채는 움직이는 커다란 그림자들을 뚜렷하게 드러냈고, 이 지하실에 악당들의 동굴, 급류에 인접한 도적떼들의 대장간 같은 분위기를 연출했다.

마외는 마지막으로 다시 부탁을 해보았다. 그는 여섯 시에 일을 시작한 피에롱에게 다가갔다.

"이봐. 우리를 좀 올려줘."

그러나 사람 좋고 강인한 팔다리와 부드러운 얼굴을 지닌 그 적재부는 기겁하며 거절했다.

"안 돼. 반장에게 부탁해… 나에게 벌금을 물려."

또다시 치미는 울화를 꾹 눌렀다. 카트린은 몸을 굽혀 에티엔의 귀에 대고 말했다.

"마구간이나 보러 가자. 근사한 곳이야!"

그곳은 금지구역이기 때문에 사람들의 눈에 띄지 않도록 빠져나가야 했다. 마구간은 왼편의 길이가 짧은 갱도 끝에 있었다. 암반을 깎아

---

* 수직갱의 밑 부분으로 여기에서 탄광의 낙숫물을 모은 뒤 펌프로 밖으로 내보낸다.

만든 마구간은 길이 25미터에 높이가 4미터였고, 벽돌로 천장을 둥글게 만들었으며 스무 마리의 말을 들일 수 있었다. 실제로 근사한 곳이었고, 살아 있는 짐승의 열기와 정갈하게 깔아놓은 신선한 잠자리 짚냄새가 좋았다. 하나의 램프가 야등의 은은한 빛을 발하고 있었다. 휴식 중인 말들은 머리를 돌려 귀리를 천천히 먹기 시작했다. 어린아이의 커다란 눈을 가진 녀석들은 모든 사람들로부터 살찌고 건장한 근로자로 사랑받았다.

그러나 카트린이 여물통 위쪽에 붙은 아연으로 된 말의 표찰을 큰소리로 읽고 있을 때, 그녀 앞에서 한 사람이 벌떡 일어나 가벼운 비명을 질렀다. 무케트가 짚더미에서 잠을 자다 깜짝 놀라 일어난 거였다. 그녀는 일요일에 사내들과 놀아나 너무 피곤할 때면, 월요일마다 자기 코를 힘껏 주먹으로 때리고는 물을 찾으러 간다는 구실로 갱을 나와 짐승들과 함께 따스한 잠자리 짚에 몸을 묻었다. 딸에게 대단히 약한 그녀의 아버지는 봉변을 당할 위험을 무릅쓰고 그런 그녀를 묵인했다.

바로 그때 무크 영감이 들어왔다. 그는 키가 작고 대머리에다 초췌했지만 쉰 살쯤 된 전직 광부로서는 드물게 아직도 뚱뚱했다. 마부 노릇을 해온 이래 그는 담배를 너무도 씹어대 검은 입속의 잇몸에서는 피가 흘렀다. 딸과 다른 두 사람을 보자 그는 화를 냈다.

"너희들 거기에서 뭐하는 거야? 아이고! 이년들이 여기까지 사내를 불러들여! … 내 짚 속에서 더러운 짓거리를 하러 오다니 잘하는구나."

무케트는 너무나 우스워 배를 쥐었다. 그러나 에티엔은 난처해진 나머지 밖으로 나가버렸고, 카트린은 그런 그를 보며 웃었다. 셋 모두 석탄하치장에 되돌아왔을 때 베베르와 장랭도 탄차 대열과 함께 거기에 있었다. 케이지 작업을 하는 동안 잠시 일을 멈췄다. 그러자 카트린은 그들 말에게 다가가 손으로 쓰다듬으며 에티엔에게 이 말에 대한 이야기를 해주었다. 바타이유는 탄광의 최고참으로 막장에서 10년을 산 백마다. 이 말은 10년 전부터 이 수갱 속에서 살면서 마구간의 늘 같은 자리를 차지했고, 햇빛을 결코 다시 보지 못한 채 컴컴한 갱도 속에서 똑같은 일을 되풀이했다. 아주 살집이 좋고 빛나는 꼬리와 호인의 풍모를 지닌 바타이유는 저 위에서 벌어지는 불행을 피해 이곳에서 현자의 삶을 보내고 있는 듯하다. 게다가 암흑 속에서 녀석은 대단한 꾀보가 되었다. 자기가 일하는 갱도에 너무나 익숙해진 녀석은 환기문들을 머리로 밀어젖히고, 아주 낮은 장소에서는 머리를 깊이 숙여 부딪히는 법이 없다. 또한 녀석은 틀림없이 자기의 운행 횟수를 세고 있는 듯하다. 왜냐하면 녀석은 자기의 정규 운행 횟수를 마치면 더 이상 일하기를 거부하여 여물통으로 데려가야만 하기 때문이다. 이제 나이를 먹자 녀석의 고양이 눈빛은 종종 흐려지며 우수를 띠었다. 아마도 어둑한 몽상 속에서 희미하게 떠오르는 자기가 태어난 마르시엔 근처의 방앗간을 다시 보는 모양이었다. 스카르프 강가에 세워진 그 방앗간은 커다란 숲으로 둘러싸여 있었고 언제나 바람이 들었다. 공중에서 거대한 램프 같은 것이 불타오르면 녀석은 짐승의 기억력으로는 정확하게 떠올릴 수 없는 추억에 잠기곤 했다. 머리를 숙인 채 늙은 발에 떨리는 몸을 의지하면서 태양을 기억하려는 부질없는 노력을 했다.

그러는 동안 운반갱에서는 케이지 작업이 계속되었고, 신호 망치를 두들기는 소리가 네 번 나자 말을 내려 보냈다. 이 일에는 언제나 긴장감이 감돌았다. 왜냐하면 가끔 급격한 공포에 사로잡힌 말이 죽은 채로 내려지는 경우가 있었기 때문이었다. 위에서 끈에 묶인 말은 미친 듯이 몸부림치다 자기 아래 디딜 땅이 없다고 느끼자마자 돌처럼 굳어져, 떨지도 못하고 커다랗게 뜬 눈을 한 곳에 응시한 채 죽어버렸던 것이었다. 지금 내려오는 말은 너무 살이 쪄서 가이드 레일 사이를 지날 수가 없었기 때문에, 케이지 아래에 매달아 머리를 케이지 옆에 붙여야만 했다. 하강은 거의 3분 동안 계속되었는데 조심스럽게 권양기의 움직임을 늦췄기 때문이었다. 또한 아래에서도 긴장이 고조되어 있었다. 뭐라구? 어둠 속에 매달린 저 놈을 걸어가게 한다고? 마침내 돌처럼 굳어진 말이 두려움에 크게 뜬 눈으로 한 곳을 응시하며 나타났다. 이 갈색 말은 이제 겨우 세 살이었고 이름은 트롱페트였다.

"조심해!" 말을 받아야 하는 무크 영감이 소리쳤다.

"녀석을 들고 있어. 아직 놓지 마."

곧 트롱페트는 육중한 짐처럼 주철 슬레이트 위에 눕혀졌다. 말은 여전히 움직이지 않았고, 컴컴하고 끝이 없는 운반갱과 소리가 진동하는 이 깊은 방의 악몽에 가위눌린 듯했다. 말에 묶였던 끈을 풀기 시작하자 조금 전 탄차에서 풀려난 바타이유가 이렇게 지상에서 추락한 동료의 냄새를 맡기 위해 다가가서 목을 길게 뻗었다. 노동자들은 농담을 하면서 주위를 넓게 에워쌌다. 바타이유가 녀석에게서 무슨 좋은 냄새를 맡은 모양이지? 바타이유는 조롱하는 소리에 귀를 막고 생기를 띠었다. 틀림없이 녀석은 트롱페트에게서 평원의 향기, 잊어버렸던 태양이 비치는 풀의 냄새를 찾은 것이었다. 그래서 바타이유는 갑자기 낭랑하게 힝힝거렸다. 그것은 환희의 음악이었고, 거기에는 흐느끼는 울음이 있는 듯했다. 그것은 갑자기 몰려온 옛날 것들에 대한 환희, 환영이었고 또한 죽어서만 다시 올라갈 수 있는 갇힌 짐승의 비애였다.

"야! 바타이유 녀석 좀 봐!" 노동자들은 그들이 아끼는 말이 집적거리는 것을 보고 즐거워서 소리쳤다. "녀석이 친구와 말을 하네."

끈에서 풀려진 트롱페트는 여전히 움직이지 않았다. 아직도 끈에 묶여 있다고 느끼는 듯 공포에 포박된 채 옆으로 누워 있었다. 결국 채찍을 휘둘러 일어서게 했고, 얼이 빠진 말은 크게 소스라치며 사지를 뒤흔들었다. 그러자 무크 영감은 이제 서로 친하게 된 두 짐승을 데리고 갔다.

"이봐, 이제 되겠나?" 마외가 물었다.

그러나 케이지에 실린 탄차들을 부려야 했고, 채탄부들의 승강 시간까지는 아직도 10분이 남아있었다. 점차 채굴현장을 비우며 광부들이 모든 갱도들에서 나왔다. 벌써 거기에는 몸이 젖고 추위에 떠는 50여명의 사람들이 폐렴 증세를 보이며 사방에서 숨을 헐떡이고 있었다. 피에롱은 온화한 얼굴에 어울리지 않게 그의 딸 리디가 시간 전에 갱을 떠났다고 뺨을 때렸다. 자카리는 무케트가 열을 받아 소란을 피게 하려고 그녀를 음험하게 꼬집었다. 그런데 불멘 목소리가 커져만 갔다. 샤발과 르바크가 탄차 한 대분 가격을 낮추고 갱도 보수비를 별도로 지급하겠다는 엔지니어의 협박에 대해 이야기를 했던 것이었다. 그러자 이 계획에 소리들을 외쳐댔다. 반란의 싹이 지하 600미터쯤의 이 비좁은 구석에서 움터 나왔다. 곧 억눌렀던 소리가 터져 나왔다. 석탄에 더럽혀지고 기다림에 얼어붙은 사람들은 회사 측이 노동자 절반은 땅 속에서 죽이고, 나머지 절반은 굶겨 죽일 것이라며 욕설을 퍼부었다. 에티엔은 그 소리를 들으며 전율했다.

"빨리! 빨리!" 리숌 반장이 적재부들에게 되풀이해 말했다.

그는 승강 작업을 서둘렀다. 일이 걷잡을 수 없이 커지기를 원치 않았기 때문에 그는 못 들은 척했다. 그러는 동안 투덜거리는 소리는 그가 관여하지 않을 수 없는 지경에 이르렀다. 그의 뒤에서 사람들은 항상 참지만은 않을 것이며, 날 좋은 아침에 사업장을 날려버리겠다고 소리쳤다.

"자네는 사리를 분별하잖나." 그가 마외에게 말했다. "그러니 입 다물게 해. 가장 힘이 세지 않으면 가장 현명해야 해."

마외는 가만있었지만 마침내 불안해졌다. 그러나 전혀 나설 필요가 없게 되었다. 갑자기 그 목소리들이 들려왔다. 네그렐과 당사에르가 갱도를 검사하고 둘 역시 땀에 젖은 채 한 갱도에서 나온 것이었다. 몸에 밴 규율대로 사람들은 열과 자세를 정돈했다. 그러나 엔지니어는 말 한마디 없이 그들 속을 가로질러 갔다. 그는 한 탄차에 올랐고 선임 반장은 다른 탄차를 탔다. 그리고 간부임을 알리듯 신호 밧줄을 다섯 번 잡아당기자, '큼직한 고기'라는 소리가 났다.* 케이지는 침울한 침묵 속에서 공중으로 달음질쳤다.

---

* 일반 광부들을 올릴 때는 네 개의 단어로 된 'sonnant à la viande'라고 말하듯이 신호 밧줄을 네 번 잡아당기고, 간부일 경우에는 다섯 단어로 된 'sonnant à la grosse viande'라고 말하듯이 신호 밧줄을 다섯 번 잡아당긴다는 뜻이다. 따라서 역자는 전자를 우리말 네 음절, '고기 왔소'로, 후자는 다섯 음절인 '큼직한 고기'로 의역했다.

6

다른 네 사람과 함께 꽉 끼인 채 케이지를 오른 에티엔은 배고픈 길을 다시 떠나야겠다고 결심했다. 이 지옥 밑바닥까지 내려가 먹을 빵조차 벌지 못한다면 당장 죽는 것보다 조금도 나을 것이 없었다. 그의 위 칸에 쑤셔 넣어진 카트린에게는 이제 자신의 옆구리와 맞닿아 그녀를 마비시키는 기분 좋은 체온이 없었다. 그런데 에티엔은 어리석은 짓거리는 생각하고 싶지도 않았다. 그냥 떠나고 싶었다. 왜냐하면 보다 많은 교육을 받은 그로서는 이들 무리의 체념을 용납할 자신이 없었고, 어떤 상관이든 목 졸라 죽이고야 말 것 같았기 때문이었다.

갑자기 아무것도 보이지 않았다. 케이지가 너무 빨리 올라와 그는 대낮의 햇빛에 얼떨떨해졌고, 아직도 빛에 적응하지 못해 눈을 깜박거렸다. 굄목에 케이지가 올라섬을 느끼자 적지 않게 마음이 놓였다. 한 탄차하역부가 문을 열자 노동자들은 탄차로부터 물결치듯 뛰어내렸다.

"야, 무케." 자카리가 탄차하역부의 귀에 대고 소곤거렸다. "우리 오늘 볼캉*으로 튀자?"

볼캉은 몽수에 있는 쇼 카페였다. 무케는 왼쪽 눈을 찡끗하고는 입

---

* Volcan. 우리말로 '화산'이다.

을 쩍 벌리며 소리 없이 웃었다. 아버지처럼 키가 작고 뚱뚱한 그는 내일에 대한 아무런 걱정 없이 모조리 먹어치우는 쾌남아의 뻔뻔스런 코를 가지고 있었다. 바로 그때 무케트가 제 차례가 되어 나오자 그는 그녀의 허리 위로 오빠의 애정 표시로 엄청나게 큰 손바닥을 뻗었다.

에티엔은 램프의 흐릿한 미광 속에서 불안한 눈길로 보았던 높다란 석탄수납장의 본 작업장을 가까스로 알아보았다. 그곳은 휑하고 더럽기만 했다. 흙이 섞인 빛이 먼지 낀 창문을 통해 들어왔다. 권양기만이 저 아래에서 구릿빛으로 번득였다. 윤활유가 칠해진 철선 케이블은 잉크에 젖은 리본처럼 달음질쳤고, 높은 곳에 매달린 도르래와 그것들을 떠받치는 철제 골조, 케이지와 탄차 등 이 흔해빠진 모든 철물들은 고철의 진한 잿빛으로 방을 칙칙하게 만들고 있었다. 쉬지 않고 돌아가는 바퀴의 우르릉거리는 소리는 주철 슬레이트를 뒤흔들었다. 그리고 이렇게 나른 석탄에서는 뽀얀 탄가루가 올라와 땅바닥과 벽 그리고 권양탑의 들보에까지 새까맣게 분칠을 했다.

샤발은 창문이 있는 조그만 석탄수납 사무실에서 탄차 동전 게시판을 힐끗 보고 화를 내며 돌아왔다. 그는 그들의 일한 두 대의 탄차가 불합격 판정을 받았다는 것을 확인했던 것이었다. 하나는 규정 용량을 채우지 않았고, 다른 하나는 탄의 질이 좋지 않기 때문이었다.

"온종일 해봐야 20수도 안 되니!…" 그가 소리쳤다. "그런데 팔을 돼지꼬리처럼 움직이는 굼벵이 녀석들을 써야만 한다는 게 말이 돼!"

그리고 에티엔에게 눈을 흘기는 것으로 자기 생각을 온전히 드러냈다. 에티엔은 주먹으로 응수하려 했다. 그러나 떠나는 마당에 무슨 소용이 있겠나 생각했다. 샤발의 빈정거림은 그의 결심을 더욱 굳게 했다.

"첫날부터 잘 할 수는 없잖아." 마외가 화해시키려 말했다. "내일부터는 잘 할 거야."

그렇지만 그들은 한판 붙고 싶은 충동에 사로잡혀 더욱 신경을 곤두세우고 있었다. 그들이 램프를 반납하기 위해 램프창고를 지날 때 르바크는 램프를 잘못 닦았다고 욕하는 보관인과 우격다짐을 했다. 그들은 막사에 이르러서야 조금 마음이 풀렸다. 그곳에서는 여전히 불이 타오르고 있었다. 너무나 많은 탄을 집어넣어 난로는 벌겋게 달아 있었고, 창문이 없는 넓은 방은 화염에 휩싸인 듯 잉걸불빛이 사면의 벽 위에서 피를 흘리고 있었다. 기쁨이 우르릉거리는 소리를 냈고, 거리를 두고 익혀진 모든 이들의 등에서는 수프처럼 김이 올랐다. 허리가 익으면 배를 익혔다. 무케트는 태연하게 바지를 걷어 올리고 속옷을 말렸다. 소년들이 농지거리를 하자 웃음이 터졌다. 그녀가 갑자기 그들에게 엉덩이를 내보였기 때문이었는데 이것은 그녀가 표현하는 최고의 경멸이었다.

"난 갑니다." 연장통에 작업 도구를 챙겨 넣은 샤발이 말했다.

아무도 움직이지 않았다. 오직 무케트만이 서둘러 그의 뒤를 따라 빠져나갔고, 그들은 몽수에 간다는 핑계를 댔다. 사람들은 농지거리를 계속하였지만 샤발이 그녀를 더 이상 원하지 않는다는 것을 알고 있었다.

근심어린 카트린은 아버지에게 나지막이 말했다. 아버지는 놀라더니 고개를 끄덕이며 찬성을 표했다. 그리고 에티엔을 불러 봇짐을 돌려줬다.

"잘 듣게." 그가 중얼거렸다. "한 푼도 없으면 보름도 안 돼 죽고 말 거야… 내가 어디서 빚을 구해줘?"

청년은 잠시 당황하여 그대로 있었다. 마침 그는 자기 일당 30수를 요구하고 떠날 참이었다. 그러나 창피해 그녀 앞에서 말을 하지 못하고 있었다. 그녀는 그를 뚫어지게 바라보았고, 아마도 그가 일을 그만두려 한다고 그녀는 생각하는 듯했다.

"알겠지만 나는 자네에게 아무것도 약속한 게 없으니 안 한다고 해도 우리는 괜찮네." 마외가 계속해서 말했다.

그러자 에티엔은 거절할 수 있었지만 싫다고 말하지 못했다. 하긴 이것은 책임질 약속이 아니니니 언제든 빵 한 조각 먹은 후에 떠날 수 있으리라. 잠시 후 그는 카트린이 기뻐하면서 예쁜 미소와 우정의 눈길을 보내며 그를 도와준 것에 흐뭇해하자, 싫다고 말하지 못한 것이 못마땅했다. 이게 무슨 쓸데없는 짓이란 말인가?

　나막신을 다시 꺼내고 사물함을 잠근 뒤 마외 식구들은 몸을 녹이자마자 한명 한명씩 떠나는 동료들의 뒤를 따라 막사를 떠났다. 에티엔은 그들을 뒤따랐고, 르바크와 그의 아들도 같은 무리를 이루었다. 그러나 선탄장을 가로지를 때 그곳의 험악한 광경에 그들은 걸음을 멈췄다.

　선탄장은 날리는 먼지로 시커멓게 된 들보와 커다란 겉창 사이로 끊임없이 외풍이 들어오는 거대한 창고 안에 있었다. 석탄을 실은 탄차들은 석탄수납장에서 직접 이곳으로 온 다음, 탄차를 부리는 기계들에 의해 주철로 된 기다란 컨베이어 위에 넘어뜨려졌다. 컨베이어의 좌우에서는 계단 위에 올라선 선탄부들이 부삽과 갈퀴로 돌들을 모은 다음, 제대로 된 석탄을 깔때기 속으로 밀어 넣어 창고 아래에 부설된 철로의 화차 속으로 떨어뜨렸다.

　필로멘 르바크는 여기에서 일하고 있었는데, 몸이 마르고 창백한 그녀는 양처럼 생긴 얼굴에 각혈을 했다. 푸른 양모 조각으로 머리를 감싸고 손과 팔 그리고 팔꿈치까지 시커멓게 된 그녀는 늙은 마녀 같은 피에론의 엄마 아래서 탄을 고르고 있었다. 부엉이 눈과 수전노의 지갑처럼 꼭 다문 입술을 가진 끔찍한 그녀를 사람들은 브륄레*라고 불렀다. 두 여자는 멱살을 잡고 싸웠다. 필로멘은 늙은이가 자기의 돌을 훔쳐가 10분이 되어도 한 바구니를 채울 수가 없을 정도라고 욕을 했다. 선탄부들은 바구니 수로 돈을 받았는데 그것은 끊임없이 되풀이되는 싸움거리였다. 틀어 올린 머리는 바람에 날렸고 붉은 얼굴 위에는 시커먼 손자국이 났다.

　"한방 먹여!" 자카리가 위에서 자기 여자에게 소리쳤다.

---

* Brûlé. '불타버린 여자' 정도의 뜻이다.

모든 선탄부들이 웃음을 터뜨렸다. 그러나 브륄레는 청년에게 기를 쓰며 달려들었다.

"그래, 이 더러운 새끼야! 차라리 저년이 낳은 두 애새끼의 애비라고 인정이나 해!… 아무리 그래도 그렇지, 열여덟 먹은 계집애가 될 법이나 한 일이야!"

마외는 아들이 내려가는 것을 말리며 그의 행색과 꼬락서니를 좀 보라고 말했다. 경비원이 달려오자 석탄을 뒤지는 갈퀴질은 다시 시작되었다. 저 위에서 저 아래에 이르기까지 깔때기 모양을 한 투입구들에서 악착스럽게 돌들과 씨름하는 여자들의 둥근 등만이 보였다.

바깥에서는 바람이 갑자기 잠잠해졌고 습한 추위가 잿빛 하늘로부터 내려왔다. 광부들은 어깨를 웅크리고 팔짱을 낀 채 무리를 지어 떠났고, 허리를 흔들 때마다 얇은 헝겊 옷 속의 커다란 뼈가 두드러져 보였다. 대낮에 그들은 진흙탕 속에서 나뒹군 흑인 무리들처럼 지나갔다. 몇몇 사람은 다 먹지 않고 남겨둔 브리케를 등 뒤의 속옷과 겉옷 사이에 넣었기 때문에 꼽추처럼 보였다.

"저기! 부틀루가 오네." 자카리가 빈정거리며 말했다.

걸음을 멈추지 않은 채 르바크는 그의 하숙인과 두어 마디를 나눴는데, 부틀루는 서른다섯 살 먹은 거무스름한 피부의 뚱뚱한 사내였고 온화하고 정직한 인상을 풍겼다.

"수프는 준비됐나, 루이?"

"있을 거예요."

"그런데 오늘은 마누라가 잘 해줘?"

"예, 잘해준 것 같아요."

또 다른 정지광부들이 도착했고, 이 새로운 무리들은 하나하나씩 수갱 속에 삼켜졌다. 세 시간 동안 하강이 계속됐지만 아직도 운반갱은 사람들을 잡아먹었고, 이들은 채탄부들의 도급작업을 교대하러 온 팀이었다. 탄광은 결코 일을 쉬지 않았다. 밤이건 낮이건 사탕무밭 600미터 아래에는 암반을 캐는 인간 벌레들이 있었던 것이었다.

그러는 동안 꼬마 녀석들이 앞장서서 걸었다. 장랭은 외상으로 4수어치 담배를 사기 위한 복잡한 꼼수를 베베르에게 털어놓았다. 반면 리디는 조신하게 그들과 떨어져 가고 있었다. 카트린은 자카리, 에티엔과 함께 그 뒤를 따랐다. 아무도 말을 하지 않았다. 마외와 르바크가 그들과 합류한 것은 술집 라방타쥬 앞에서였다.

"우리는 들어갈 참인데 자네도 들어갈 텐가?" 마외가 에티엔에게 말했다.

이제 뿔뿔이 흩어졌다. 카트린은 잠시 움직이지 않은 채 커다란 눈으로 청년을 마지막으로 바라보았다. 투명한 샘물의 초록빛을 띤 그녀의 수정 같은 눈은 검은 얼굴 때문에 꺼져 들어가 보였다. 그녀는 웃으며 다른 사람들과 함께 탄광촌으로 이어지는 오르막길 위로 사라졌다.

술집은 마을과 수갱 사이에 있는 십자로에 위치하고 있었다. 이 2층 벽돌집은 위에서 아래까지 하얗게 회칠을 했고 창문 주위는 커다란 하늘색 테두리로 밝게 꾸며져 있었다. 출입문 위에 못으로 박은 사각형 간판 위에는 노란 글씨로 '라스뇌르가 운영하는 카페, 라방타쥬'라고 쓰여 있었다. 뒤편으로는 산울타리가 쳐진 구주희* 놀이장이 길게 있었다. 회사 측은 자기네들의 넓은 땅에 둘러싸인 이 자투리땅을 사들이기 위해 온갖 수단을 다 써봤지만 애석하게도 보뢰 수갱의 출구를 향해 나있고 벌판 한가운데 있는 이 술집을 매입하지 못했다.

"들어가게." 마외가 에티엔에게 되풀이해서 말했다.

자그마한 홀의 벽은 하얀색으로 칠해져 있었고, 가구래야 세 개의 탁자와 열두 개의 의자 그리고 부엌 찬장처럼 커다랗게 전나무로 만든 계산대가 전부여서 휑하고 밝았다. 기껏해야 맥주잔 열 개와 술병 세 개, 물병 하나 그리고 주철꼭지가 달린 조그만 아연 맥주통이 거기에 있는 전부였다. 그림도, 선반도, 놀이기구도 없었다. 윤이 나는 주철 벽난로 속에서는 석탄반죽이 부드럽게 타고 있었다. 포석이 깔린

---

* 구주희(jeu de quilles)는 아홉 개의 나무 판을 세워놓고 호두나무로 만든 공을 던져 쓰러뜨리는 놀이다.

바닥에는 하얗고 가는 모래가 깔려 물에 젖은 이 지방의 습기를 계속해서 빨아들이고 있었다.

"한 잔 줘." 마외가 뚱뚱한 금발 처녀에게 주문했는데 그녀는 종종 홀을 지키는 이웃집 아가씨였다. "라스뇌르 있어?"

아가씨는 꼭지를 틀면서 곧 돌아올 것이라고 대답했다. 천천히 입을 떼지 않은 채 목에 걸린 먼지를 쓸어내기 위해 마외는 맥주 반잔을 비웠다. 그는 동료에게 아무것도 권하지 않았다. 손님은 한 명뿐이었는데 옷이 젖고 얼굴이 더럽혀진 광부였다. 그는 한 테이블 앞에 앉아 말없이 맥주를 마시며 깊은 생각에 잠겨 있는 듯했다. 세 번째 손님이 들어왔고 손짓으로 주문을 했다. 그는 돈을 지불하고는 말 한마디도 하지 않은 채 떠나갔다.

둥근 얼굴에 면도를 한 서른여덟 살 먹은 퉁퉁한 사내가 온화한 미소를 머금고 나타났다. 그는 3년 전 파업 직후에 회사 측이 내쫓은 전직 채탄부 라스뇌르였다. 아주 훌륭한 노동자였던 그는 말을 잘했고 모든 요구사항을 앞장서서 주장했기 때문에, 마침내 불만세력의 우두머리가 되었다. 그때 그의 아내는 이미 많은 광부들의 아내처럼 카페를 운영하고 있었다. 그래서 거리에 나앉았을 때 그는 술집을 해서 돈을 벌었고, 회사 측에 대한 도전으로 보뢰 수갱 맞은편에 술집을 세웠다. 이제 그의 가게는 번창하여 그는 중심인물이 되었고, 옛 동료들의 가슴 속에 조금 조금씩 불어넣었던 분노 덕택에 부자가 되었다.

"오늘 아침에 고용한 청년이야." 마외가 곧장 설명했다. "자네 빈 방 두 개 중 하나를 이 사람에게 보름간 빌려줄 수 있겠나?"

라스뇌르의 넓적한 얼굴에 갑자기 커다란 불신감이 맴돌았다. 그는 힐끔 에티엔을 훑어보고는 전혀 거리낌 없이 대답했다.

"두 방 다 찼어. 안 돼."

청년은 거절당하리라는 것을 예상하고 있었다. 그렇지만 그 말에 상처를 받았고, 떠난다는 생각을 하니 두렵고 갑작스레 우울해졌다. 30수를 받으면 어쨌든 떠날 것이다. 테이블에서 술을 마시던 한 광부가 자리를 떴다. 다른 광부들이 하나하나씩 목구멍의 때를 벗기기 위하여 계속해서 들어왔고, 허리를 흔드는 똑같은 걸음걸이로 나갔다. 그것은 기쁨도, 정열도 없는 단순한 세척이었고, 어떤 욕구에 대한 무언의 만족이었다.

"그런데 아무 일 없어?" 라스뇌르는 남은 맥주를 조금씩 마저 마신 마외에게 특이한 어조로 물었다. 마외는 고개를 돌려 혼자 저쪽에 있는 에티엔을 보았다.

"또 다툼이 벌어졌었어… 그래, 갱목작업 때문이지."

마외는 그 얘기를 했다. 술집 주인의 얼굴은 붉게 상기되었고, 다혈질인 그의 살갗과 눈은 불타올랐다. 마침내 그는 분노를 터뜨렸다

"잘해 보라고 해! 감히 가격을 낮추려 한다면 그들도 끝장이야."

라스뇌르는 에티엔이 거북했다. 그러나 그는 에티엔에게 곁눈질을 하면서 계속 말했다. 그는 말을 은근히 감추고 암시적으로 말했으며, 이름은 거명하지 않은 채 사장, 엔느보 씨와 그의 아내 그리고 그의 조카인 꼬마 네그렐에 대해 말했다. 그리고 이렇게 더 계속할 수는 없으며 조만간 끝장내버려야 한다고 되풀이해서 말했다. 그는 너무 비참하다고 말하면서 문 닫는 공장들과 떠나는 노동자들을 그 예로 들었다. 한 달 전부터 자기는 매일 6파운드 이상의 빵을 주고 있다. 어제들은 바로는 이웃 수갱의 소유주인 드뇔랭 씨는 어떻게 버텨야 할지 모르겠다고 말했다고 한다. 게다가 불안한 얘기들로 가득 찬 편지를 릴로부터 받았다.

"알다시피 그것은 자네도 요전날 밤 여기서 보았던 그 사람에게서 온 거야." 그는 낮은 목소리로 말했다.

그러나 그는 말을 중단했다. 그의 아내가 들어온 것이었다. 키가 큰 그녀는 몸이 마르고 열정적이었으며, 긴 코와 보랏빛을 띤 광대뼈를 갖고 있었다. 그녀는 정치에 있어서는 남편보다 훨씬 더 급진적이었다.

"플뤼샤르의 편지예요." 그녀가 말했다.

"그가 지도자였으면 일이 지체 없이 잘될 텐데!"

에티엔은 조금 전부터 그들이 무슨 말을 하고 있는지 이해했고, 비참함과 복수에 대한 이들의 생각에 열광했다.

갑자기 던져진 그 이름을 듣고 그는 전율했다. 그는 자신도 모르게 큰 소리로 말했다.

"플뤼샤르를 알고 있어요."

사람들이 쳐다보자 그는 어쩔 수 없이 말을 덧붙였다.

"저는 기계공예요. 릴에서 그는 우리 반장이었어요… 능력 있는 사람이지요. 그 사람과 자주 얘기를 했거든요."

라스뇌르는 그를 다시 한 번 훑어보았다. 그의 얼굴이 재빨리 변했고 갑자기 동정심을 표했다. 마침내 그는 아내에게 말했다.

"마외가 저 친구를 데려왔어. 그가 데리고 있는 조차부야. 위층에 방 하나 있는지 알아보러 왔어. 그리고 보름 동안 외상을 할 수 있는지도 말이야."

그러자 그 일은 단 몇 마디로 결론이 났다. 방이 하나 있다. 하숙 들었던 사람이 아침에 떠났다. 그리고 술집 주인은 매우 흥분해 그의 속내를 털어놓았는데, 자기는 고용주들에게 단지 가능한 것만을 요구했지, 많은 사람들처럼 받아내기 너무 힘든 것들은 요구하지 않았다고 되풀이해서 말했다. 그의 아내는 어깨를 으쓱하고는 자기도 꼭 할 말이 있다고 했다.

"이만 가야겠네." 마외는 말을 끊었다. "무슨 일이 생겨도 사람들은 수갱으로 내려간다니까… 그리고 지하로 내려가는 한 죽는 사람은 생길거구… 이봐, 자네는 3년 전 거기에서 빠져나온 이후로 정말로 좋아졌잖아."

"맞아, 많이 좋아졌지." 라스뇌르는 흔쾌히 말했다.

에티엔은 문까지 가서 떠나는 광부에게 고맙다고 말했다. 그러나 그는 한마디 말도 덧붙이지 않은 채 고개를 끄덕였고, 청년은 탄광촌 길을 힘들게 올라가는 그를 바라보았다. 손님을 접대하고 있던 라스뇌르의 아내는 그에게 방으로 안내할 테니 잠깐 기다려달라고 부탁했고, 그는 자기 방에서 얼굴을 씻었다. 여기에 있어야만 하는가? 그는 다시 주저했다. 편치 않은 마음으로 널찍한 길들의 자유와 태양에 대한 허기를 그리워했고, 자신의 주인이 되는 기쁨을 만끽하고 싶었다.

광풍 속에서 경석장에 도착한 이후 땅 밑 시커먼 갱도 속에서 배를 깔고 보낸 몇 시간이 그에게는 여러 해를 보낸 것처럼 느껴졌다. 그래서 다시 시작할 마음이 내키지 않았다. 이 일은 부당하고 너무나 힘이 들었고, 눈이 멀고 짓밟히는 짐승이 됐다는 생각에 그는 인간적 자존심이 상했다.

이렇게 갈등하면서 그의 시선은 거대한 평원을 떠돌았고, 그는 조금 조금씩 그곳을 알아보았다. 그는 깜짝 놀랐다. 본모르 영감이 칠흑의 어둠 속에서 손짓으로 그곳을 가리켰을 때 그는 이 같은 지평선이 있으리라고는 상상도 하지 못했기 때문이었다. 그는 눈앞에 있는 보뢰 수갱을 다시 살펴보았다. 수갱에는 습곡 속에 나무와 벽돌로 지은 건물들, 역청을 칠한 선탄장, 점판암으로 지붕을 올린 권양탑, 권양기 계실 그리고 높이 솟은 빛바랜 붉은 굴뚝들이 더러운 대기 속에 빽빽이 들어서 있었다. 게다가 건물들 주변에는 그렇게 클 것이라고는 생각하지 못했던 집탄장이 펼쳐져 있었고, 비축 석탄은 솟아오르는 물결모양을 이루며 잉크빛 호수로 변해 있었다. 거기에는 구름다리 철로를 떠받치는 높다란 버팀대가 비죽비죽 솟아 있었고, 한쪽 구석에는 마치 벌채한 숲처럼 비축용 갱목들이 어지럽게 널려 있었다. 오른쪽으로는 거인족의 바리케이드처럼 거대한 경석장이 시선을 가로막았다. 예전에 쌓아올린 부분은 이미 풀로 덮여 있었고, 다른 가장자리에서는 1년 전부터 심한 연기를 내며 타는 땅속 불 때문에 편암과 사암의 희끄무레한 잿빛 표면과 그 속에는 핏빛으로 길게 녹슨 자국이 생겨났다. 그리고 들판이 펼쳐졌다. 1년 중 이 시기가 되면 끝없는 밀밭과 사탕무밭은 헐벗었고, 억센 식물이 자라나는 늪지는 성장이 멎은 몇 그루의 버드나무들이 있는 곳에서 끝이 났다. 그리고 줄지어 선

메마른 포플러들은 저 멀리 있는 초원을 갈라놓고 있었다. 북쪽 마르시엔과 남쪽 몽수는 아주 멀리서 조그만 하얀 반점들로 보였고, 동쪽 방담 숲은 앙상한 나무들이 긋는 보랏빛 지평선과 맞닿아 있었다. 그리고 납빛 하늘 아래 온통 시커먼 보뢰 수갱은 이 겨울 오후의 낮게 드리운 햇빛 속에서, 석탄가루를 휘날리며 평원을 덮쳤고, 나무를 분칠했고, 도로를 휩쓸었고, 대지를 뒤덮었다.

에티엔이 바라보면서 무엇보다 놀란 것은 스카르프강 운하였다. 그는 그것을 밤에는 보지 못했었다. 보뢰 수갱에서 마르시엔에 이르는 이 운하는 80킬로미터에 달했고 탁한 은빛 리본처럼 곧게 뻗어 있었다. 저지대 가장자리에 심겨진 커다란 나무들은 가로수처럼 끝없이 뻗어가며 녹색 제방과 수송선들의 주홍색 선미가 스쳐 지나가는 창백한 강물과 원근법 구도를 이뤘다. 수갱 가까이에는 선착장이 있었고, 구름다리의 탄차들에 실린 탄은 거기에 정박한 배들로 바로 옮겨 실려졌다. 그리고 운하는 구부러지며 습지를 비스듬히 갈랐다. 수면 높이에 맞닿은 평원의 모든 영혼이 저 기하학적인 물속에 있는 듯했다. 운하는 큰 도로처럼 평원을 가로지르며 석탄과 철을 운반했다.

에티엔의 시선은 운하에서 위에 세워진 탄광촌으로 올라갔고, 그곳에서는 붉은 기와만이 보였다. 그는 다시 보뢰를 향해 눈길을 돌렸고, 현장에서 직접 구운 거대한 두 개의 벽돌더미가 있는 진흙 비탈길 아래서 눈을 멈췄다. 회사 철도의 지선이 방책 뒤를 지나 수갱에 연결돼 있었다. 마지막 남은 정지인부들이 수갱에 내려갔음에 틀림없었다. 오직 사람들이 미는 화차만이 날카로운 비명을 지르고 있었다. 이제는 미지의 어둠도, 설명할 수 없는 굉음도, 알 수 없는 별들의 화염도 존재하지 않았다. 멀리 보이는 용광로와 코크스 화로는 새벽과 함께 빛을 잃고 있었다. 거기에는 변함없이 굵고 긴 숨을 쉴 새 없이 내쉬는 펌프의 배기음과 이제는 잿빛 수증기 속에서 그 형체를 드러낸 식인귀, 무엇으로도 배를 채울 수 없는 식인귀의 호흡만이 남아 있었다.

그때 에티엔은 갑자기 마음을 정했다. 아마도 그는 카트린의 맑은 눈을 저 위 탄광촌 입구에서 다시 볼 거라고 생각했는지도 몰랐다. 어쩌면 그것보다는 보뢰에서 불어온 반항의 바람 때문일지도 몰랐다. 알 수는 없었지만 그는 탄광으로 다시 내려가 고통을 겪으며 자신과 싸우기를 원했다. 그는 본모르가 말했던 그 사람들과 기아에 허덕이는 만 명의 광부들이 누구인지도 알지 못한 채 그들의 육신을 바치고 있는 저 포만에 지쳐 몸을 웅크린 신을 격렬하게 생각해 보았다.

제2부

I

그레그와르 씨의 저택인 피올렌은 몽수에서 동쪽으로 2킬로미터 떨어진 조아젤 거리에 있었다. 이 정방형 저택은 건축양식을 따르지 않고 18세기 초엽에 지어졌다. 처음에는 저택에 딸린 거대한 대지 중 30헥타르*만이 관리하기 쉽도록 담이 처져 있었다. 사람들은 무엇보다도 과일과 야채로 유명한 이곳의 과수원과 채소밭을 얘깃거리로 삼았는데 이곳은 이 지방에서 가장 아름다운 곳이기도 했다. 게다가 이 저택에는 정원이 없는 대신 자그마한 숲이 자리 잡고 있었다. 아름드리 보리수나무는 철책에서 현관에 이르는 300미터 정도의 길에 나뭇잎 터널을 이루고 있었고, 이것은 커다란 나무가 셀 수 있을 정도인 마르시엔에서 보니에 이르는 이 평원에서 손꼽히는 명물 중의 하나였다.

그날 아침 그레그와르 집안사람들은 여덟 시에 일어났다. 언제나처럼 정열적으로 실컷 잠을 잔 그들은 한 시간이 지난 뒤에야 비로소 움직였다. 그러나 밤에 폭풍이 불었기 때문에 그들은 신경이 날카로워져 있었다. 그래서 그레그와르는 바람 때문에 피해가 없었는지 알아보기 위해서 곧장 밖으로 나갔고, 플라넬** 가운 차림의 그의 아내

---

* 1헥타르는 10,000m²이다.
** 보풀을 일으킨 실을 사용하여 짠 직물

는 실내화를 신고 부엌으로 내려갔다. 키가 작고 뚱뚱한 그녀는 벌써 쉰여덟이었고, 놀란 인형 같은 얼굴에 머리는 하얗게 반짝이는 백발이었다.

"멜라니" 그녀가 요리사에게 말했다. "오늘 아침은 반죽이 준비됐으니까 브리오슈*를 만들면 좋겠는데. 아가씨는 30분 전에는 안 일어날 테니 초콜릿과 함께 브리오슈를 먹을 거야… 뭐야! 하면서 깜짝 놀라겠지."

30년 전부터 시중을 들어온 늙고 마른 요리사가 웃기 시작했다.

"맞아요. 굉장히 놀랄 거예요… 화로에 불을 붙였으니 곧 오븐이 뜨거워질 거예요. 그리고 오노린이 저를 좀 도와줄 거구요."

어릴 때 들어와 이 집에서 자란 오노린은 스무 살이었고 지금은 방 시중을 들고 있었다. 이 두 여자 사이에서 집안일을 하는 사람은 마부인 프랑시스였는데 그는 큰일들을 맡아했다. 정원사 부부는 채소, 과일, 꽃 그리고 가금류를 돌보았다. 가부장적이고 가족적인 분위기 속에서 시중을 들었기 때문에 이 몇 안 되는 사람들은 사이좋게 지내고 있었다.

침대 속에서 브리오슈로 생길 놀라움을 곰곰이 생각했었던 그레그와르 부인은 오븐에 반죽 넣는 것을 보기 위해 그대로 서 있었다. 무척 넓은 부엌과 그 청결함 그리고 그곳을 가득 채운 냄비, 취사도구 그릇들을 보면 누구라도 이 집에서 부엌이 갖는 중요성을 짐작할 수 있었다. 좋은 음식이 좋은 냄새를 풍겼다. 선반과 찬장에는 먹을 것이 넘쳐흘렀다.

"금빛이 나게 익히도록 해." 그레그와르 부인이 식당으로 가면서 당부했다.

난방 장치가 온 집안을 훈훈하게 덥히고 있었지만 식당에는 석탄불이 흥겹게 피우고 있었다. 그러나 사치품은 전혀 없었다. 커다란 식탁

---

* brioche. 밀가루, 달걀, 버터 반죽을 부풀려 만든 유선형 모양의 가벼운 빵

과 의자, 마호가니 찬장이 전부였다. 다만 몸이 깊이 파묻히는 두 개의 소파는 안락에 대한 사랑과 느긋하게 소화시키는 행복감을 은근히 드러내고 있었다. 그들은 살롱*에 결코 가지 않았고 가족끼리만 지냈다.

바로 그때 넉넉한 퍼스티언** 재킷을 입은 그레그와르 씨가 들어왔다. 그는 예순 나이에 비해 혈색이 좋아 보였고 정직하고 호인다운 풍모에 컬이 진 하얀 머리를 하고 있었다. 그는 마부와 정원사를 만났었다. 벽난로 굴뚝이 쓰러진 것 외에는 큰 피해는 없었다. 매일 아침 그는 부담스러울 정도로는 크지 않은 피올렌 저택을 둘러보는 것을 좋아했고, 이를 통해 저택 소유주의 모든 행복감을 맛보았다.

"그런데 세실은? 아직도 일어나지 않았소?" 그가 물었다.

"잘 모르겠어요. 애가 움직이는 소리가 난 것 같기는 했는데." 그의 아내가 대답했다.

하얀 식탁보 위에 식사 집기와 세 개의 접시가 놓여졌다. 오노린을 보내 아가씨가 일어났는지 알아보도록 했다. 그러나 그녀는 곧바로 다시 내려와 웃음을 참으며 마치 위층 방에서 말하는 것처럼 소리를 죽이며 말했다.

"어르신과 마님께서 아가씨를 보셨어야 하는데!… 자요. 오! 예수님처럼 자요. 다른 사람은 모를 거예요. 잠자는 아가씨를 바라보기만 해도 좋아요."

그레그와르 부부는 측은한 눈길을 주고받았다. 그가 웃으며 말했다.

"보러 가겠소?"

"딱하기도 하지!" 부인이 중얼거렸다. "가 봐야지요."

그리고 그들은 함께 올라갔다. 집에서 유일하게 사치스러운 그 방은 푸른 실크로 도배를 했고, 래커칠을 하고 푸른 쇠시리 장식을 한 하얀 가구들로 꾸며져 있었다. 거기에는 모든 것을 다 해주는 부모를 가진 응석받이의 변덕이 배어 있었다. 어슴푸레한 하얀 침대 속에서 커

---

* salon. 최상류층의 사교모임 혹은 모임이 이뤄지는 저택을 말한다.
** 무명이 섞인 마직물

튼 틈으로 들어오는 아침빛을 받으며 어린 처녀가 자기 팔에 뺨을 기대고 잠들어 있었다. 예쁘지 않았고 너무나 건강했으며, 열여덟의 나이에 비해 지나치게 풍만하고 조숙했다. 그러나 그녀의 우아한 피부는 신선한 우유 냄새를 풍겼다. 그녀의 머리는 밤색이었고 둥근 얼굴에 작고 고집스런 코는 두 뺨 사이에 묻혀 있었다. 이불은 미끄러져 내려와 있었고 너무나 부드럽게 숨을 내쉬어 이미 큼직한 젖가슴은 미동조차 하지 않았다.

"그 못된 바람 때문에 눈을 제대로 붙이지 못했을 거예요." 부인이 부드럽게 말했다.

아버지는 조용히 하라고 손짓을 했다. 두 사람 모두는 몸을 기울이고 찬탄의 눈으로 딸의 벌거벗은 모습을 바라보았다. 너무나 오랫동안 원했고 더는 기대할 수 없었던 늦은 나이에 딸을 가진 그들은 그녀가 완벽하며, 전혀 뚱뚱하지도 않고 그리 잘 먹이지도 못했다고 생각했다. 그녀는 그들이 자기 뺨에 얼굴을 대고 있는 것조차 느끼지 못한 채 여전히 잠을 자고 있었다. 그러나 미동도 없었던 그녀의 얼굴에 가벼운 파문이 일었다. 그들은 그녀가 깰까 두려워 발끝을 세우고 방을 나갔다.

"쉿! 못 잤을지 모르니 더 자게 둬야겠소." 그레그와르 씨가 문가에서 말했다.

"아이가 원한다면 기다려야죠." 그레그와르 부인이 거들었다.

그들은 아래층으로 내려와 식당 소파에 앉았다. 그동안 두 하녀는 잠이 많은 아가씨를 비웃었지만 불평은 하지 않고 화로 위에 초콜릿을 놓았다. 그레그와르 씨는 신문을 들었고, 부인은 커다란 모직 발 덮개를 짰다. 집안은 무척 더웠고 아무런 소리도 나지 않았다.

그레그와르 집안의 재산인 약 4만 프랑의 연 수입은 전부 몽수 탄광의 주식에서 나왔다. 그들은 회사의 창립에서부터 출발한 그 재산의 기원에 대해 흐뭇하게 이야기했다.

18세기 초엽 릴에서 발랑시엔*에 이르는 지역은 석탄을 찾으려는 광기에 휩싸였다. 후에 앙쟁 회사를 세우게 되는 광산권자들이 성공을 거두자 모든 사람이 열기에 들떴다. 모든 코뮌에서는 석탄 조사를 했고 회사들이 창립됐으며, 하룻밤 사이에 광업권이 추진되었다. 그런데 이 시기에 탄광에 미친 사람들 중 데뤼모 남작은 확실히 가장 영웅적인 인물로 기억되었다. 40년 동안 그는 소득 없는 초기 조사, 수개월에 걸친 작업 끝에 포기한 새 수갱들, 운반갱이 무너지는 붕괴사고, 노동자들을 수장시킨 뜻밖의 홍수, 땅속에 내던져진 수십만 프랑 그리고 행정부의 혼란, 주주들의 공포, 먼저 자신들과 협상을 거부하면 왕의 광업권을 인정하지 않기로 한 지주귀족들과의 투쟁 등 계속되는 난관 속에서도 굴하지 않고 싸웠다. 그는 마침내 몽수 탄광을 개발하기 위해 데뤼모포크노와 주식회사를 창립하기에 이르렀다. 이 수갱들에서 약간의 이익이 생기기 시작하자, 이웃 탄광의 광업권자인 쿠니 백작 소유의 쿠니 탄광과 코르니에즈나르 회사 소유의 조아젤 탄광이 이 회사에 맹공을 퍼부었고, 그 때문에 망할 위험에 처했었다. 그러나 다행히 1760년 8월 25일, 이 세 광업권자 사이에 계약이 이루어져 탄광들은 한 회사로 통합되었다. 오늘날까지 현존하는 몽수 탄광 주식회사가 창립되었던 것이었다. 분배를 위해 전 재산을 당시의 화폐 단위에 의거하여 24수로 나누었고, 1수는 12드니에로 세분되어져 도합 288드니에가 되었다. 그런데 1드니에는 만 프랑에 해당되었으므로 총자산의 규모는 거의 300만 프랑에 달했다. 붕괴 일보 직전에 승리하게 된 데뤼모는 자기 몫으로 6수 3드니에를 차지했다.

그 당시 남작은 피올렌 저택을 소유했고 거기에는 300헥타르의 대지가 딸려 있었다. 그는 관리사로서 오노레 그레그와르를 고용하고 있었는데 그는 세실의 아버지 레옹 그레그와르의 증조부로서 피카르디**지방 출신의 청년이었다. 몽수 탄광 주식회사의 창립 당시 긴 양말

---

* Valenciennes. 벨기에 국경에 인접한 프랑스 북부도시
** Picardie. 프랑스 중북부지방

속에 저축한 돈 5만 프랑을 숨기고 있었던 오노레는 벌벌 떨면서 주인의 확고한 신념에 굴복했다. 그는 멋진 에퀴 동전으로 만 리브르를*
꺼냈고, 아이를 유괴라도 하듯이 두려워하면서 그 금액에 해당하는 1
드니에를 쥐었다. 아주 약소한 배당금을 처음 만진 사람은 그의 아들
외젠느였다. 그런데 그는 스스로를 부르주아로 자처했고, 어리석게
도 무모한 동업을 하는 바람에 아버지의 유산 중 4만 몇 천 프랑을 까
먹어 쪼들리며 살아야 했다. 그러나 탄광 지분 드니에의 이윤이 조금
씩 올랐고 행운이 따르기 시작해, 펠리시엔은 관리인이었던 그의 할
아버지가 어린 시절부터 품어왔던 꿈을 이룰 수가 있었다. 그는 당시
국유재산으로 되어 여러 몫으로 분할된 피올렌 저택을 헐값으로 사들
였다. 그러나 불안한 세월이 계속되었고 혁명의 재앙 그리고 나폴레
옹의 처절한 몰락이 대단원의 막을 내릴 때까지 기다려야만 했다. 오
노레 그레그와르가 정신을 차릴 수 없는 역사의 흐름 속에서 소심하
고 불안한 마음으로 투자했던 그 돈으로 혜택을 누린 사람은 레옹 그
레그와르였다. 그 보잘 것 없던 만 프랑은 회사가 번창함에 따라 점점
불어나고 커져만 갔다. 1820년에 이르자 그 돈은 100퍼센트 즉 만 프
랑의 연 수입을 가져다주었다. 1844년에는 2만 프랑을 가져다주었고,
1850년에는 4만 프랑에 이르렀다. 마침내 2년 전에는 배당금이 5만
프랑이라는 경이적인 숫자에 도달했다. 릴 증권거래소는 1드니에의
가치를 100년 동안에 100배로 불어난 100만 프랑으로 평가했다.

100만 프랑의 시세에 도달했을 때 팔 것을 권유받은 그레그와르 씨
는 그 제안을 미소를 띤 근엄한 태도로 거절했다. 6개월 후에 산업공
황이 터지자 드니에는 육십만 프랑으로 다시 떨어졌다. 그러나 그는
여전히 미소를 지었고 전혀 후회하지 않았다. 왜냐하면 그레그와르
집안사람들은 탄광에 대해 고집스러운 믿음을 가지고 있었기 때문이
었다. 다시 오를 것이다. 신도 그렇게 든든하지는 못하니까. 이 종교적

---

* 에퀴(éca)와 리브르(livre)는 프랑스대혁명 이전의 화폐다.

인 믿음에는 100년 전부터 한 가족이 아무 일도 하지 않고 먹고 살게 끔 해준 주식에 대한 깊은 도취감이 섞여 있었다. 그것은 그들의 이기 심이 찬양해 마지않은 신과 같은 존재였고, 그들을 게으름의 침대 속 에서 잠재워주고 그들을 풍성한 식탁 앞에서 살찌우는 가족의 은인이 었다. 이러한 생각은 아버지에서 아들로 이어져 계속되었다. 왜 운명 에 불만을 품고 운명을 믿지 않으려 하는가? 그들이 믿는 신앙의 근저 에는 100만 프랑에 해당하는 드니에를 현금으로 바꾸어 서랍 속에 넣 어두면, 그 돈이 갑자기 녹아 없어질는지도 모른다는 공포와 미신적 인 두려움이 자리 잡고 있었다. 그들은 땅속에 묻어두는 것이 더 안전 하다고 생각했다. 굶주린 광부들이 대대로 그들을 위해, 그들의 필요 에 따라, 매일 조금씩 채굴해주기 때문이었다.

게다가 이 집에는 행복이 비 오듯 쏟아지고 있었다. 아주 젊었을 때 그레그와르 씨는 그가 연모한 못생기고 돈 한 푼 없는 마르시엔의 약 사 딸과 결혼했고, 그녀는 행복에 젖어 그에게 모든 것을 바쳤다. 그녀 는 집안에 틀어박혀 남편에 대해 황홀해 하며 남편이 하자는 대로 했 다. 서로 다른 취향에도 불구하고 그들은 어긋나는 법이 없었고 안락 에 대한 동일한 이상을 그들의 욕망으로 알았다. 그래서 그들은 서로 에 대해 사소한 일에까지 신경을 써주며 40년을 금슬 좋게 살아왔다. 그들은 뒤늦게 태어난 딸, 세실을 위해 아무 불평 없이 저축한 돈 4만 프랑을 써버려 잠시 가계가 뒤죽박죽된 것을 제외하고는 아주 규칙적 인 삶을 살아왔다. 요즘도 그들은 새로운 말과 두 대의 마차 그리고 파 리에서 온 화장품을 원하고 있는 딸의 변덕에 서로 만족하고 있었다. 그들은 그녀의 변덕에서 기쁨을 맛보았고 그들의 딸보다 더 예쁜 것 은 없다고 생각했다. 그러나 자신들은 과시하는 것을 무척 혐오해 젊 었을 때 유행했던 것들을 그대로 간직하고 있었다. 이익을 가져오지 않는 모든 지출을 그들은 어리석게 생각했다.

갑자기 문이 열렸고 큰 소리가 들려왔다.

"에이! 뭐야, 나 없이 아침을 먹고 있지!" 잠으로 부은 눈으로 침대에서 뛰쳐나온 세실이었다. 그녀는 머리를 대충 들어 올려 하얀 모직으로 된 실내복 위로 넘겼다.

"아냐, 너를 기다리고 있는 중이야…" 그녀의 엄마가 말했다.

"바람 때문에 잠을 못 잤지? 딱하기도 하지."

그녀는 매우 놀라며 엄마를 쳐다보았다.

"바람이 불었어?… 난 몰랐는데. 밤에 한 번도 뒤척이지 않고 잤거든."

그러자 세 사람 모두 재미있다는 듯 웃기 시작했다. 아침을 가져오던 하녀들 역시 웃음을 터뜨렸고, 아가씨가 단번에 열두 시간을 잤다는 사실에 온 집안이 흥겨워했다. 브리오슈를 보자 희색이 만면한 그녀는 웃음을 멈췄다.

"어머나! 다 구워진 거야?" 세실이 되풀이해 물었다. "나만 몰랐네!… 정말 맛있겠는데, 따끈하게 초콜릿을 덮고!"

그들은 마침내 식탁에 앉았고, 그릇 속에서 김이 오르는 초콜릿을 먹으며 브리오슈에 대해서 오랫동안 이야기했다. 멜라니와 오노린은 거기에 있으면서 굽는 법에 대해 상세한 설명을 했다. 반질반질한 입술 속으로 들어가는 브리오슈를 바라보면서 어르신들이 아주 맛있게 드시면 빵 과자를 만드는 일이 즐겁다고 말했다.

그러나 개들이 심하게 짖었고, 그들은 월요일과 금요일마다 마르시엔에서 오는 여자 피아노 선생일 거라고 생각했다. 문학 교수도 저택으로 왔다. 어린 처녀의 모든 교육은 이렇듯 피올렌 저택에서 행복한 무지와 질문이 성가시면 책을 창문 밖으로 내던지는 어린 아이의 변덕 속에서 행해졌다.

"드뇔랭 씨예요." 다시 들어오면서 오노린이 말했다. 그녀의 뒤에서 그레그와르 씨의 사촌인 드뇔랭이 격식을 차리지 않고 큰 소리를 내면서 전직 기병장교의 활기찬 걸음걸이로 나타났다. 쉰이 넘었지만 머리를 짧게 깎은 그는 검은 잉크빛 콧수염을 굵직하게 기르고 있었다.

"예, 접니다. 안녕하세요… 일어나지 마세요!"

그는 가족들이 탄성을 지르는 동안 자리에 앉았다. 세실은 다시 초콜릿을 먹기 시작했다.

"내게 할 말이 있나?" 그레그와르가 물었다.

"아니, 없어요." 드뇔랭이 서둘러 대답했다. "기분을 좀 풀려고 말을 타고 나왔다가, 집 앞을 지나게 돼 인사나 드릴까 하고 들렀습니다."

세실은 그의 딸 잔느와 뤼시에 대해 물었다. 잘 지내고 있고, 잔느는 그림만 그리고 큰딸 뤼시는 아침에서 저녁까지 피아노를 치며 노래만 부르고 있다. 그러나 그의 목소리는 약간 떨리고 있었고 즐거운 듯 터뜨리는 웃음으로 불안감을 감추고 있었다.

그레그와르 씨가 말을 이었다.

"그런데 탄광은 잘 되고?"

"정말 이 망할 놈의 불경기 때문에 동료들도 그렇지만 골치가 아파요… 한창 때 번 돈을 까먹고 있어요. 너무 많은 공장을 세우고 너무 많은 철도를 건설했어요. 엄청난 생산을 위해 부동 자원에 너무 많은 자본을 투자했어요. 요즘은 돈이 전혀 돌지 않아요. 심지어 투자한 시설을 가동시킬 돈조차 구하기가 힘든 지경이니… 다행히 저는 절망할 정도는 아녜요. 그럭저럭 꾸려나가고는 있으니까요."

그의 사촌처럼 그도 몽수 탄광의 1드니에를 유산으로 물려받았었다. 그러나 대담한 이 엔지니어는 갑부가 되고 싶은 욕망에 뒤흔들려 드니에가 100만 프랑에 달했을 때 서둘러 주식을 매각했다. 그 몇 달 전부터 그는 한 가지 계획을 궁리하고 있었다. 그의 아내는 한 친척 아저씨로부터 방담의 광업권을 얻어냈는데, 거기에는 폐광 상태에 이른 장-바르와 가스통-마리라는 두 수갱이 있었다. 이 수갱들은 시설이 너무나 노후하여 채탄 수입으로 겨우 경비를 충당할 정도였다. 그래서 그는 가스통-마리 수갱은 석탄이 고갈될 때를 대비하여 그냥 놔두고, 장-바르 수갱만을 보수할 것을 꿈꿨다. 권양기도 교체했고 더 깊이 내려갈 수 있도록 운반갱을 넓혔다. 그는 거기에서 노다지를 캘 수 있을 것이라고 장담했다. 그 생각은 적중했다. 다만 거기에 100만 프랑이 들어갔고, 커다란 이익을 보게 되어 그의 얘기가 맞아떨어질 순간에 이 망할 놈의 산업공황이 터졌다. 게다가 노동자들에게 갑작스런 호의를 가진 이 나쁜 경영자는 아내가 죽은 후 돈을 사취 당했고, 또한 딸들의 고삐를 풀어놓아 큰딸은 극단에 들어가겠다고 했고, 막내는 이미 세 번이나 살롱*에 풍경화를 출품했지만 낙선했다. 그러나 두 딸은 이 몰락 속에서도 웃음을 잃지 않았고 이 참담한 위협을 사소한 집안일쯤으로 여기고 있었다.

"그런데 말이죠, 형님." 그는 주저하는 목소리로 계속 말했다. "저와 같은 시기에 팔았어야 했는데 잘못했어요. 지금은 모든 것이 폭락하고 있어요, 지금이라도 해볼 수는 있지요… 저에게 돈을 맡겼으면 방담에 있는 우리 탄광에서 뭔가를 했을 거예요!"

그레그와르 씨는 천천히 초콜릿을 다 먹었다. 그는 담담하게 대답했다.

"아냐! 내가 투기를 원치 않는 것 잘 알잖아. 나는 조용히 살겠어. 사업일로 골치를 썩는 것은 너무 어리석은 짓이야. 몽수 탄광의 주가가 계속 하락해도, 우리는 언제나 여유 있게 살 수는 있으니까. 그렇게 걸신들린 듯 욕심 부릴 필요가 없어. 잘 듣게. 자네는 언젠가 자네 손가락을 깨물게 될 거야. 몽수는 다시 괜찮아질 거고, 세실의 자식의 자식도 거기에서 하얀 빵을 얻게 될 거야."

드뇔랭은 씁쓸한 미소를 지으며 그의 말을 들었다.

"그러면 제 사업에 10만 프랑을 투자하라고 하면 거절하시겠죠?"

그러나 그는 그레그와르 가족들의 불안해하는 얼굴을 보고 말을 너무 빨리 꺼낸 것을 후회했다. 그는 절망적인 처지가 되면 그때 하리라 생각하고 빚을 내려던 계획을 뒤로 미뤘다.

* Salon. 17세기에 창설된 프랑스 미술 국전으로 19세기까지 작가의 등용문이자 성공의 시금석이었다.

"아! 진심이 아녜요! 농담예요··· 아마 형님 생각이 옳을 거예요. 누구라도 형님네한테서 돈을 가져가면 분명히 부자가 될 거예요."

대화를 바꿨다. 세실은 다시 사촌들 얘기를 꺼냈는데, 그녀는 못마땅해 하면서도 그 애들의 취향에 깊은 관심을 갖고 있었다. 그레그와르 부인은 날씨가 좋아지면 딸을 데리고 애들을 보러가겠다고 약속했다. 그러나 그레그와르 씨는 대화에 관심이 없는 것 같았다. 그는 큰소리로 덧붙였다.

"내가 자네라면 더 고집부리지 않고 몽수 탄광과 교섭하겠네··· 그들도 꽤 그것을 바라고 있고 그래야 자네도 돈을 만회할 거고···"

그는 몽수와 방담 광업권 사이에 존재하는 해묵은 증오를 암시했다. 방담 탄광은 별로 중요하지 않았음에도 불구하고, 막강한 이웃 탄광들은 자기들이 광업권을 소유하고 있는 예순 일곱 개 코뮌 사이에 끼어 있고 4제곱킬로미터에 이르는 방담에 대해 적개심을 품고 있었다. 그래서 몽수는 방담을 잡아먹으려고 노력했지만 그 계획이 허사로 끝난 후, 방담이 숨을 헐떡거릴 때 싼 값으로 사들이려고 모의하고 있었다. 그 전쟁은 휴전도 없이 계속되었고, 모든 채굴은 갱도 200미터에서 서로서로 멈췄다. 사장들과 엔지니어들은 서로 예의바른 태도를 지켰지만 그것은 끝장을 봐야하는 결투였다.

드뇔랭은 눈에 불을 켰다.

"절대 안 돼요!" 이번에는 그가 소리쳤다.

"내가 살아 있는 한 몽수는 방담을 가질 수 없어요··· 목요일에 엔느보 씨 집에서 저녁을 하면서 그가 내 환심을 사려한다는 것을 알게 됐어요. 이미 지난 가을, 거물들이 회사에 왔을 때 그들은 내게 온갖 추파를 던지더군요··· 물론 나는 그들이 누군지 알고 있어요. 후작, 공작, 장군, 장관 나리들이죠! 그놈들은 형님한테서 속내의, 나무주걱까지 빼앗아 갈 놈들예요!"

그는 침이 마르도록 떠들었다. 그레그와르 씨도 1760년에 체결된 계약에 의해 여섯 명의 이사들로 구성된 몽수 주식회사를 옹호하지 않는 터였다. 그들은 회사를 독단적으로 지배했고, 다섯 명의 그 유족은 이사 유고 시, 권력 있고 부자인 주주 중에서 새로운 이사를 선임했다. 피올렌 저택의 소유주는 대단히 합리적인 취향으로 그 양반들이 종종 돈에 너무 집착한 나머지 절제하지 못한다는 자신의 의견을 피력했다.

멜라니가 식탁을 치우러 왔다. 밖에서는 개들이 다시 짖기 시작했고, 오노린이 문을 열러 갔을 때 세실은 더위와 음식으로 속이 답답했기 때문에 식탁을 떠났다.

"아냐, 내버려둬. 분명히 내 사설 때문일 거야."

드뇔랭 역시 일어섰다. 그는 세실이 나가는 것을 바라보았고 웃으면서 물었다.

"참! 꼬마 네그렐과 결혼 얘기는 어떻게 돼가요?"

"전혀 진전이 없어요." 그레그와르 부인이 말했다. "그저 막연한 생각뿐예요… 잘 생각해봐야죠."

"분명히 내가 생각하기에는 조카와 숙모가…" 그는 쾌활하게 웃으며 말을 계속하였다. "놀라자빠질 일이지만 엔느보 부인이 세실의 목을 조르러 달려들 수도 있죠."

그러자 그레그와르 씨는 화를 냈다. 그토록 품위 있고 그 청년보다 열네 살이나 더 많은 부인이! 망측스런 그런 농담은 하고 싶지도 않다. 드뇔랭은 연신 웃으며 악수를 하고는 떠났다.

"또 아니네." 되돌아온 세실이 말했다. "두 애를 가진 아줌마, 엄마도 알지? 지난번에 만났던 광부 여자… 들어오게 해야 해?"

그레그와르 부인은 주저했다. 아주 더럽니? 아니, 그렇게 더럽지는 않다. 그리고 그들은 층계에서 나막신을 벗을 것이다. 이미 아버지와 어머니는 커다란 소파에 깊숙이 앉아 몸을 뻗었다. 그들은 그곳에 앉아 소화를 시켰다. 환기를 시켜야 하는 것이 싫었지만 그들은 마침내 결심을 했다.

"오노린, 들어오게 해."

그때 허기진 마외드와 어린 자식들이 추위에 떨며 들어왔고, 겁에 질린 채 너무나 따뜻하고 브리오슈의 향긋한 냄새가 나는 이 거실에서 서로를 바라보았다.

2

　꼭 닫혀 있는 방안에 회색 빛살이 겉창으로 조금씩 미끄러져 들어와 천장에 부챗살 모양을 펼쳤다. 차단된 공기는 무겁게 가라앉았고 모두들 밤잠을 계속 자고 있었다. 레노르와 앙리는 서로의 팔에 기대고 있었고, 알지르는 곱사등을 대고 누워 머리를 젖히고 있었다. 반면 본모르 영감은 자카리와 장랭의 침대를 독차지하고 입을 벌린 채 코를 골고 있었다. 숨소리 하나 들리지 않는 옆방에서는 마외드가 에스텔에게 옆으로 처진 젖을 물리며 다시 잠이 들었고, 엄마의 배를 가로질러 누운 아기는 실컷 젖을 빨아먹고 역시 기진맥진하여 젖가슴의 물렁물렁한 살 속에 파묻혀 있었다.

　뻐꾸기시계가 아래층에서 여섯 시를 울렸다. 탄광촌 정면을 따라서 문소리가 들렸고, 잠시 후 나막신 부딪히는 소리가 포장도로 위에서 들려왔다. 그것은 수갱으로 떠나는 선탄부들의 소리였다. 그리고 다시 일곱 시까지 침묵에 잠겼다. 그때 겉창이 다시 닫히며 하품소리와 기침소리가 벽을 통해 들려왔다. 오랫동안 커피 가는 소리가 들렸지만 방에서는 여전히 아무도 깨어나지 않았다.

　그런데 갑자기 뺨을 때리며 고함치는 소동이 멀리서 들려와 알지르는 몸을 일으켰다. 시간을 염두에 두고 있었던 그녀는 맨발로 뛰어가 엄마를 흔들었다.

"엄마! 엄마! 늦었어. 돈 얻으러 간다고 했잖아. 조심해! 에스텔이 깔리겠다!"

그리고 알지르는 처진 커다란 젖가슴에 반쯤 질식된 아기를 들어올렸다.

"제기랄!" 눈을 비비면서 마외드는 중얼거렸다. "힘이 드니까 종일 잠만 자는군… 레노르, 앙리, 옷 입어, 데리고 갈 테니까. 그리고 에스텔은 네가 보렴. 날씨가 개 같아서, 데리고 나가면 아플지도 모르니까."

그녀는 서둘러 씻고는 있는 옷 중 가장 깨끗한 낡은 푸른 치마와 어젯밤 두 곳을 기운 회색 모직으로 된 긴 윗도리를 걸쳤다.

"지겨운 끼니 걱정!" 그녀는 또다시 중얼거렸다.

마외드가 모든 것을 밀치며 아래층으로 내려가는 동안 알지르는 방으로 되돌아와 또다시 울부짖기 시작한 에스텔을 안았다. 그러나 그녀는 아기 울음에 익숙해져 있었고, 아홉 살 이었지만 여인 특유의 부드러운 꾀를 부려가며 아기를 진정시키고 달랬다. 그녀는 아기를 온기가 있는 침대 속에 살며시 누이고는 자기 손가락을 빨리면서 다시 잠을 재웠다. 시간이 됐으니 또 소란이 벌어졌다. 그래서 그녀는 레노르와 앙리의 싸움을 말려야 했다. 둘은 목을 끌어안고 잠잘 때만 빼놓고는 언제나 티격태격했다. 여섯 살 먹은 계집애는 두 살 아래인 남동생이 일어나자마자 덤벼들어 꼼짝 못하게 붙들고는 뺨을 때렸다. 둘 모두 노란 머리가 새집을 틀고 헝클어져 머리는 너무나 컸다. 알지르는 누나의 발을 잡아당기며 그녀의 엉덩이 살을 쥐어뜯겠다고 으름장을 놓아야만 했다. 그리고 그들은 쿵쿵거리며 세수를 했고 엄마가 건네준 옷을 입었다. 아무도 본모르 영감의 잠을 방해하지 않기 위해 겉창을 열지 않았다. 그는 어린애들이 야단법석을 떨어도 계속해서 코를 골았다.

"준비됐어! 위에 있니?" 마외드가 소리를 질렀다.

그녀는 덧문들을 닫고 불을 쑤시며 탄을 넣었다. 그녀는 노인네가 수프를 다 먹어치우지 않았으면 했다. 그러나 작은 냄비가 깨끗이 치워져 있음을 알고는 사흘 전부터 예비로 남겨두었던 버미첼리 한 줌을 익혔다. 그것을 버터도 넣지 않은 채 물에 넣어 삼킬 것이었다. 분명히 어젯밤 먹고 남은 빵조각도 동이 났을 것이다. 그런데 카트린이 브리케를 준비하면서 밤알만한 빵조각을 남겨두는 재주를 부린 것을 보고 그녀는 깜짝 놀랐다. 그렇지만 이제는 찬장이 완전히 비어 있었다. 빵부스러기 하나도 남아 있지 않았고 물어뜯을 뼈 하나 없었다. 만약 메그라가 외상을 주지 않겠다고 고집부리면, 그리고 피올렌 저택 양반들이 100수를 주지 않으면 어떻게 할 것인가? 남자들과 딸이 수갱에서 돌아오면 그래도 먹기는 해야 할 것이다. 안타깝지만 먹지 않고 살 수 있는 방도는 없지 않는가.

"이제 내려와!" 그녀는 화를 내며 소리를 질렀다. "이미 떠났어야 했어."

알지르와 아이들이 내려왔을 때 그녀는 조그만 접시 세 개에 버미첼리를 나눠주었다. 자기는 배가 고프지 않다고 말했다. 카트린이 어젯밤에 커피 찌꺼기를 우려냈음에도 불구하고, 그녀는 두 번을 다시 걸러 너무나 멀건 녹물 같은 커피를 커다란 컵에 따라 거푸 들이마셨다. 여하튼 그녀는 이렇게 배를 채웠다.

"잘 들어." 그녀는 알지르에게 되풀이해 말했다. "할아버지는 자도록 내버려두고 에스텔이 미리 깨지 않도록 애 잘 보고. 만약 깨어나서 울어대면 여기 설탕조각이 있으니 이것을 녹여 숟가락으로 떠먹여… 넌 착하니까 네가 먹지는 않겠지?"

"그럼 학교는 어떻게 해?"

"학교는 다음에 가면 되잖아… 네가 집에 있어야만 돼."

"그러면 수프는? 엄마가 늦게 오면 내가 해?"

"수프, 수프는… 아냐, 엄마 올 때까지 기다려."

나이에 비해 영리한 머리를 가진 알지르는 장애아였지만 식사준비를 아주 잘 했다. 그녀는 말뜻을 알아들었고 더 이상 캐묻지 않았다. 이제 탄광촌은 완전히 잠에서 깨어났고, 어린이들은 무리를 지어 신발을 질질 끌며 학교로 갔다. 여덟 시가 울리자 처음에는 소곤거렸던 소리는 왼편에 있는 르바크 마누라의 집에서 점점 요란스런 수다로 변했다. 여자들의 하루가 시작되었다. 여자들은 커피 주전자 주위에서 주먹을 허리에 대고 방앗간의 맷돌처럼 쉴 새 없이 혓바닥을 굴려댔다. 두툼한 입술과 납작한 코를 가진 여자는 퇴색한 얼굴을 유리창에 대고 소리를 질렀다.

"새로운 얘기야, 들어봐!"

"아냐, 아냐, 나중에." 마외드가 대답했다. "일이 좀 있어."

뜨거운 커피나 한 잔 하자는 제안에 마음이 변할까 두려워 그녀는 레노르와 앙리를 꾸짖으며 길을 떠났다. 본모르 영감은 위층에서 여전히 코를 골면서 자고 있었고, 그 코고는 소리는 집안을 조용히 흔들었다.

밖으로 나온 마외드는 바람이 불지 않아 깜짝 놀랐다. 갑작스런 해빙으로 땅에 하늘색을 띠었고 벽은 녹색 습기로 축축했다. 거리는 탄광지대 특유의 진흙으로 더럽혀져 있었고, 그것은 용해된 그을음처럼 그녀의 나막신에 시커멓고 두껍게 들러붙었다. 곧이어 그녀는 레노르의 뺨을 때려야만 했다. 아이는 부삽 끝으로 하는 것처럼 진흙을 나막신 끝으로 긁어모으는 장난을 쳤기 때문이었다. 탄광촌을 나온 그녀는 경석장을 따라갔고, 지름길로 가기 위해 이끼 낀 방책으로 막힌 공터 가운데로 파헤쳐진 길을 따라 운하 길을 좇았다. 창고들이 계속 늘어서 있었고, 기다란 공장건물들과 높은 굴뚝들은 그을음을 내뱉으며 외각 산업지역의 피폐한 평원을 더럽히고 있었다. 포플러숲 뒤로는 오래된 레키아르 수갱이 있었고, 그곳에는 허물어진 권양탑의 거대한 골조들만 서있었다. 그리고 오른쪽으로 돌며 마외드는 대로로 접어들었다.

"너 그대로 있어! 이 망할 놈! 내가 너한테 진흙 장난하라고 하던!"

이제는 앙리가 진흙을 한 움큼 집어 들고 그것을 주무르고 있었다. 두 아이는 똑같이 뺨을 맞고서야 얌전해졌고, 흙더미 속에서 만든 진흙 동전을 슬금슬금 보았다. 그들은 매번 붙은 발을 떼어 가면서 진흙 길을 걸어야 했기 때문에 벌써 지쳐 있었다.

마르시엔 쪽 도로는 80킬로미터 가량 포장되어 있었고 더러운 기름에 잠긴 리본처럼 붉은 땅 사이를 곧게 내달렸다. 그러나 도로의 다른 방향은 커다란 기복을 이룬 평원의 경사면에 건설되어 몽수를 가로지르며 구불구불 내려갔다. 이 북방 도로들은 공장 마을들 사이를 일직선으로 지나며 완만한 커브와 느린 오르막을 형성하면서 조금 조금씩 건설되면서 이 지역 전체를 산업단지로 변모시키고 있었다. 작은 벽돌집들은 분위기를 밝게 하기 위해 어떤 것들은 노란색, 또 다른 것들은 푸른색, 검은색들로 칠해졌지만 얼마 있지 않아 결국 시커멓게 변할 것임에 틀림없었다. 그 집들은 좌우로 구불구불 뱀처럼 비탈 아래까지 내려가며 이어졌다. 몇몇 커다란 2층 빌라와 공장 간부들의 주택은 다닥다닥 붙은 비좁은 집들이 만든 직선에 구멍을 냈다. 이것들과 마찬가지로 벽돌로 지은 교회는 새로운 용광로 모델과 닮아 있었고, 정방형 종탑은 휘날리는 석탄가루로 이미 더러워져 있었다. 그리고 제당 공장, 로프 공장, 제분소들 사이에는 댄스홀, 카페, 맥주집들이 점령하고 있었다. 그 수는 너무나 많아 1,000채의 집 중 500집 이상은 술집이었다.

상점과 작업장이 대거 몰려있는 회사 자재창고에 다가가면서 마외드는 앙리와 레노르를 왼손과 오른손으로 한 명씩 붙잡았다. 저쪽에는 사장인 엔느보 씨의 저택이 보였다. 커다란 별장 같은 집이었는데 도로와는 철책으로 분리되어 있었고, 정원에는 메마른 나무들이 자라고 있었다. 바로 그때 마차 한 대가 문 앞에서 멈췄고, 훈장을 단 신사와 모피 코트를 입은 귀부인이 내렸다. 그들은 마르시엔 역에서 하차한 파리의 방문객이었다. 왜냐하면 멀리 흐릿하게 보이는 엔느보 부인이 현관에서 놀라움과 기쁨의 탄성을 질렀기 때문이었다.

"어서 가, 굼벵이들아!" 마외드는 진흙 속에서 옷을 더럽힌 두 아이를 꾸짖으며 잡아당겼다.

메그라의 가게에 도착하자 그녀는 무척 가슴이 떨렸다. 메그라는 사장 집 바로 옆에서 살고 있었고, 저택과 메그라의 작은 집은 담 하나로 나뉘어져 있었다. 거기에는 창고가 하나 있었는데 그것은 도로를 향해 난 기다란 건물로 진열대가 없는 상점이었다. 메그라는 그곳에서 식료품, 돼지고기, 과일류를 취급했고, 빵, 맥주, 냄비 등도 팔았다. 보뢰 수갱의 경비원이었던 그는 작은 식당으로 장사를 시작했었다. 그런데 그의 상관들이 뒤를 봐준 덕택으로 가게는 커나가며 조금씩 몽수의 소매상들을 잡아먹었다. 그는 상품을 독점했고 탄광촌 상당수 사람들을 고객으로 확보했기 때문에, 물건을 싸게 팔고 보다 많은 외상을 줄 수 있었다. 게다가 그는 회사에 고분고분했기 때문에 회사는 그에게 조그만 집과 가게를 짓게 해주었다.

"메그라 씨, 또 왔어요." 마외드가 문 앞에 서 있는 그를 보자 공손하게 말했다.

그는 대답도 하지 않은 채 그녀를 바라보았다. 그는 뚱뚱하고 차갑고 깔끔한 사내였으며, 무슨 일이든 결정을 하고나면 결코 재론하지 않는다며 으스대고 있었다.

"보세요. 어제처럼 그냥 돌려보내지는 마세요. 우리는 토요일까지 먹을 빵이 필요해요… 물론 2년 전부터 60프랑 빚이 있지만요."

그녀는 힘들게 말을 이어가며 통사정했다. 그것은 지난 번 파업 동안에 진 오랜 빚이다. 무슨 수를 써서라도 갚으려 했지만 약속을 지킬 수가 없었고, 보름마다 40수도 갚을 수가 없었다. 더군다나 그저께는 좋지 않은 일이 생겨서 재산을 차압하겠다고 으름장을 놓는 구두수선공에게 20프랑을 갚아야만 했다. 그래서 돈이 한 푼도 없다. 그렇지 않았으면 그들도 다른 동료들처럼 토요일까지는 견딜 수 있었을 것이다.

메그라는 배를 내밀고 팔짱을 낀 채 그녀가 간청할 때마다 고개를 저으며 안 된다고 대답했다.

"메그라 씨, 빵 두 덩어리만 주세요. 저도 양심이 있죠. 커피를 달라고는 못하지요… 하루 먹을 3파운드 빵 두 개만 좀 해주세요."

"안 돼!" 마침내 그가 있는 힘을 다해 소리를 질렀다.

이때 그의 아내가 나타났는데 몸이 약한 그녀는 고개조차 들지 않은 채 하루 종일 장부만 봤다. 그녀는 이 불쌍한 여인의 뜨거운 간청의 눈길이 자기를 향할까 두려워 슬쩍 자리를 피했다. 사람들은 그녀가 부부침대를 가게 손님인 여조차부들에게 내주었다고 수군거렸다. 그것은 공공연한 사실이었다. 광부가 빚을 미루고자 할 때면 잘생겼건 못생겼건 그의 딸이나 아내를 보내어 아양을 떨면 일이 해결되었다.

마외드는 계속해서 메그라에게 눈으로 애원했고, 흐릿하게 빛나는 눈으로 그녀의 옷을 벗겨 보는 그가 불편했다. 그녀는 화가 났다. 자기가 일곱 아이를 갖기 전이나 젊었을 때라면 그래도 이해할 수 있을 것이다. 그래서 그녀는 그곳을 떠나 냇가에 던져진 호두껍질을 주워 모으는 레노르와 앙리를 거세게 잡아당겼다.

"이러시면 당신도 좋을 게 없어요, 메그라 씨, 꼭 기억해 두세요!"

이제 그녀에게는 피올렌 저택의 양반들만이 남아 있었다. 그들이 100수를 주지 않으면 가족들은 모두 잠을 자다 죽을 수밖에 없을 것이다. 그녀는 왼편으로 난 조아젤 거리로 갔다. 회사 건물은 그곳 길모퉁이에 있었고 그야말로 벽돌로 지은 궁전이었다. 거기에서 파리의 거물들 그리고 왕족과 장성, 정부 인사들이 매년 가을마다 와서 만찬회를 열었다. 그녀는 걸어가면서 이미 100수로 물건을 사고 있었다. 우선은 빵 그리고 커피, 다음에는 아침 수프와 저녁 스튜에 쓸 버터 4분의1파운드, 감자 1부아소* 그러고도 돈이 되면 애들 아빠가 고기를 먹고 싶다 하니 돼지젤리**를 조금 살 것이다.

몽수의 주임사제인 조아르가 잘 먹어 살찐 고양이처럼 민첩하게 법

---

* boisseau. 13리터짜리 용기
** 돼지머리와 족에 있는 콜라겐으로 만든 음식

의가 젖지 않도록 들어올리며 그녀 곁을 지나갔다. 부드럽게 생긴 그는 노동자도 고용주도 분개하지 않도록 아무 일에도 관심을 갖지 않는 척했다.

"안녕하세요. 신부님."

그는 걸음을 멈추지 않고 아이들에게 미소를 지으며 길 한가운데 서 있는 그녀를 그냥 지나가 버렸다. 그녀는 전혀 종교를 갖지 않았지만 문득 이 사제가 자기에게 무언가를 줄 거라고 상상했던 것이었다.

그들은 들어붙는 검은 진흙길을 다시 걸었다. 아직도 2킬로미터가 남아 있었다. 아이들은 서로 더 잡아당기라고 하면서 이제 장난도 치지 않았고 슬픈 표정을 지었다. 길 오른편과 왼편에는 이끼 긴 방책으로 막힌 공터와 연기로 더러워진 높은 굴뚝들이 솟은 공장들이 똑같은 모습으로 줄지어 있었다. 그리고 온통 벌판인 거대한 평지가 방담 숲의 보랏빛 지평선까지 펼쳐져 있었고, 나무 하나 없는 갈색 흙덩어리는 배 한척 없는 대양과 흡사했다.

"업어줘, 엄마."

그녀는 번갈아가며 그들을 업었다. 차도에는 웅덩이가 패여 있어 그녀는 옷이 너무 더러워질까봐 옷자락을 걷어 올렸다. 이 망할 놈의 포장도로에는 기름때가 끼어 있어서 세 번이나 넘어질 뻔했다. 마침내 그들이 현관 앞 층계에 이르렀을 때 커다란 두 마리 개가 거세게 짖으며 달려들었고, 아이들은 겁에 질려 울부짖었다. 마부가 채찍을 들어야만 했다.

"나막신을 벗고 들어와요." 오노린이 되풀이해서 말했다. 식당에 들어선 엄마와 아이들은 갑작스런 실내의 열기에 넋이 빠졌고, 소파에 앉아 몸을 뻗은 채 그들을 지켜보는 노신사와 늙은 귀부인의 시선에 몸 둘 바를 몰라 그대로 서 있었다.

"네가 보살펴 주렴." 부인이 말했다.

그레그와르 부부는 적선하는 일을 세실에게 맡겼다. 좋은 교육이 되리라는 생각이 들었던 것이었다. 그들은 온정을 베풀어야 하며 스스로 자기 집을 선하신 하나님의 가정이라고 말해왔다. 게다가 그들은 분별 있게 자선을 베풀고, 악에 속거나 악을 부추기지 않도록 항상 고심해왔다고 자부하고 있는 터였다. 그래서 그들은 결코 돈으로는 주는 법이 없었다. 10수도 2수도 주지 않았다! 왜냐하면 어떤 가난뱅이는 2수만 생겨도 술을 마시는 것이 기정사실이기 때문이었다. 그러므로 그들의 자선은 언제나 현물이었다. 겨울에는 극빈한 아이들에게 무엇보다도 따뜻한 옷가지를 나눠 주었다.

"아! 딱하기도 하지!" 세실이 소리쳤다. "감기에 걸려 파리하구나!… 오노린, 장롱 속에서 보따리를 찾아와."

하녀들 역시 끼니 걱정을 하지 않는 여자들이 갖는 연민과 일말의 불안감을 가지고 이 불쌍한 사람들을 바라보았다. 오노린이 위층으로 올라가는 동안 요리사는 할 일을 잊은 채 남은 브리오슈를 식탁 위에 올려놓고 손을 늘어뜨리고 있었다.

"마침 모직 옷 두 벌과 털목도리들이 아직도 있네… 입으면 따뜻할 거야, 딱하기도 하지!" 세실이 말을 계속했다.

마외드는 이제야 비로소 더듬거리며 말했다.

"아가씨 고마워요… 정말 감사합니다…"

그녀의 눈에는 눈물이 고였고, 100수를 분명히 얻을 수 있다고 생각하며 그들이 알아서 주지 않으면 어떻게 부탁할까만을 걱정하고 있었다. 침실하녀는 다시 나타나지 않았고 잠시 불편한 침묵이 흘렀다. 엄마의 치마를 붙잡은 꼬마들은 눈을 커다랗게 뜨고 브리오슈를 응시했다.

"이 두 애 밖에 없어요?" 그레그와르 부인이 물으며 침묵을 깼다.

"아! 일곱이에요."

그레그와르 씨는 신문을 다시 읽기 시작하다가 분개한 듯 펄쩍 뛰었다.

"일곱이라고? 맙소사!"

"경솔하구만." 부인이 중얼거렸다.

마외드는 애매한 몸짓으로 변명을 했다. 어쩔 수 없지 않는가? 생각을 하고 많이 낳은 것은 아니다. 자연스레 그렇게 됐다. 그리고 애들은 크면 제 밥벌이를 해서 집안은 돌아간다. 그러므로 애들 할아버지가 몸을 제대로 쓴다면, 자식 떨거지 중에서 두 아들과 큰딸만이라도 수갱에 내려갈 나이가 됐으니 그냥저냥 살 수는 있었을 것이다. 허기야 아무 일도 하지 않는 아이들을 먹여 살려야 하지만 말이다.

"그러면, 당신들은 오래 전부터 탄광에서 일했소?" 그레그와르 부인이 다시 물었다.

"그럼요! 그렇고 말구요… 저는 스무 살까지 수갱에 내려갔었어요. 두 번째 애를 낳았을 때 의사가 뼈에 탈이 난 듯하다며 집에 있으라고 했어요. 게다가 저는 그때 결혼을 했기 때문에 집에서 할 일이 많았어요… 그렇지만 제 남편 쪽은 어르신들도 아시겠지만, 아주 옛날부터 수갱에 있었어요. 할아버지의 할아버지까지 올라가서 저는 잘 모르지만, 아주 초기에 레키아르 수갱 저 아래서 처음으로 곡괭이질을 했어요."

생각에 잠긴 그레그와르 씨는 이 여자와 피골이 상접한 불쌍한 아이들을 바라보았다. 머리카락은 색이 바랬고, 빈혈과 기아에 시달린 몸은 오그라들어 애처롭고 추한 모습을 하고 있었다. 다시 침묵이 흐르자 분출하는 가스를 핥으면서 불타는 석탄소리 밖에 들리지 않았다. 촉촉한 거실에는 안락한 기운이 묵직하게 감돌았고, 방 구석구석에는 부르주아의 행복이 잠들어 있었다.

"그런데 뭘 하는 거야?" 기다리다 못한 세실이 소리쳤다.

"멜라니, 올라가서 보따리는 왼쪽 장롱 맨 아래에 있다고 말해."

그러나 그레그와르 씨는 이 굶주린 사람들을 보았을 때 떠올랐던 생각을 아주 큰소리로 모두다 말해 버렸다.

"이 세상에는 악이라는 것이 있어요. 그건 정말이야. 보아하니 당신은 착한 아낙네 같은데, 그러나 노동자들은 정말로 똑똑치 못하다고 말할 수밖에 없어요… 농부들처럼 푼돈을 저축하기는커녕, 광부들은 술을 마시고 빚이나 져, 결국은 제 가족을 먹이지도 못하고 말지."

"어르신 말씀이 옳아요." 마외드가 침착하게 대답했다. "모두가 옳은 길을 가는 것은 아녜요. 그게 건달 녀석들이 푸념을 하면 제가 되풀이해서 하는 소리예요… 그렇지만 저는 정말로 살 수가 없어요. 그리고 제 남편은 술을 마시지 않아요. 하긴 결혼식이 있는 일요일이면 그 사람도 이따금 많이 마시지만요. 그러나 결코 도를 지나치진 않습니다. 술을 돼지처럼 마셨던 결혼 전보다 오히려 저에게 더 잘해주고 있어요. 당돌한 말씀이지만요… 하여튼 술은 저희들에겐 큰 문제가 되지 않아요. 그 사람은 사리를 분별하든요. 그런데도 오늘과 같은 날들이 있어요. 어르신이 제 집에 있는 모든 서랍을 뒤집으셔도 동전 한 닢 떨어지지 않는 날이 있어요."

그녀는 그들에게 100수 동전 한 닢을 떠올리게 하고 싶었고, 힘없는 목소리로 계속해서 처음에는 하찮지만 곧 커져서 사람을 잡아먹는 운명적인 빚에 대해 설명했다. 보름마다 규칙적으로 빚을 갚았다. 그러나 어느 날 늦어지기 시작하자 끝장이 났고 빚은 계속 밀렸다. 구멍이 나기 시작했고 일을 해봐야 빚도 갚을 수 없게 되자, 남자들은 일하기를 싫어했다. 될 대로 되라! 죽을 때까지도 옴짝달싹할 수가 없다. 그래도 광부들이 먼지를 씻어내기 위해 맥주 한 잔 마시는 것은 정말로 이해해야만 한다. 그렇게 한 잔 하려다 술집에서 빠져나오지 못하면 골칫거리가 생기는 것이다. 정말로 누구를 탓하지는 않겠지만, 광부들은 정말로 돈을 제대로 받지 못하고 있다.

"내가 알기로는 회사 측에서 집세와 난방연료를 준다고 하던데." 그레그와르 부인이 말했다.

마외드는 벽난로에서 타는 석탄을 힐끗 보았다.

"예, 그렇지요. 우리에게 석탄을 주지요. 그리 좋지는 않지만 여하튼 타기는 하죠… 집세는 한 달에 6프랑만 내면 돼요. 아무것도 아닌 것 같지만 종종 그 돈 내기가 꽤 힘들어요. 그런데 오늘 같은 날은 내 몸을 토막 낸다 해도 제게서 2수도 받아갈 수 없어요. 저에겐 한 푼도 없어요, 한 푼도 없으니까요."

그레그와르 부부는 입을 다물었고, 편안하게 몸을 뻗은 그들은 조금씩 이 비참한 사설을 듣기가 지루하고 불편했다. 그들을 불쾌하게 한 것이 두려워 그녀는 실리적인 여자의 공손하고 침착한 태도로 이렇게 덧붙였다.

"아! 푸념하려는 게 아니고요. 사정이 그러니 받아들여야 한다는 거지요. 우리가 아무리 발버둥쳐 본들 무엇 하나 변하겠어요… 최선은 선하신 하나님께서 정해준 곳에서 정직하게 자기 일을 열심히 하는 게 아니겠어요."

그레그와르 씨는 그녀를 칭찬했다.

"그런 생각을 갖고 있는 착한 아낙네는 불운을 극복할 수 있을 거요."

오노린과 멜라니가 마침내 보따리를 가져왔다. 세실은 그 짐을 풀어 옷 두 벌을 꺼냈다. 거기에 그녀는 털목도리들과 긴 양말 그리고 벙어리장갑까지 보탰다. 이 모든 것이 썩 잘 어울렸고, 서둘러 하녀들로 하여금 골라준 옷가지를 싸게 했다. 그녀의 피아노 여선생이 방금 도착했기 때문이었다. 그래서 그녀는 아낙네와 아이들을 문 쪽으로 밀었다.

"우리는 정말로 돈이 없어요." 마외드는 더듬거리며 말했다. "100수짜리 동전 한 닢만 주셨으면…"

마외 식구들은 자존심이 강하고 구걸을 하지 않기 때문에 이 말을 하는 마외드는 목이 메었다. 세실은 걱정스럽게 아버지를 바라보았지만, 그는 마치 의무인 것처럼 단호하게 거절했다.

"안 돼, 우리는 그런 적도 없고 그럴 수도 없어."

그때 어린 처녀는 아낙네의 낙심한 얼굴에 마음이 흔들려 아이들의 소원을 들어주고 싶어졌다. 그들은 계속해서 브리오슈를 응시하고 있었고, 그녀는 그것을 둘로 나누어 아이들에게 주었다.

"가져! 너희들 거야."

그리고 그녀는 브리오슈를 다시 빼앗았고 낡은 신문지를 가져오라고 했다.

"잠깐 기다려. 너희들 형과 누나와 함께 나누어 먹도록 해."

그리고 부모의 애처로운 눈길을 받으며 그들을 밖으로 내보냈다. 빵을 먹지 못했던 불쌍한 아이들은 추위로 곱은 손으로 브리오슈를 경건하게 들고 떠나갔다.

마외드는 포장도로에서 아이들을 잡아당기며 걸었지만 황량한 벌판도, 시커먼 진흙도, 빙빙 도는 거대한 납빛 하늘도 눈에 들어오지 않았다. 몽수를 다시 가로질러 갈 때 그녀는 결연히 메그라 가게에 들어갔고, 그에게 아주 강하게 간청을 했다. 마침내 그녀는 빵 두 덩어리와 커피, 버터 그리고 100수 한 닢까지 얻어갈 수 있었다. 그것 역시 일수 빚이었기 때문에 빌려준 것이었다. 그가 원하는 것은 그녀가 아니라 카트린이었다. 먹을 것을 구하러 올 때는 카트린을 보내라고 그가 권할 때, 그녀는 그것을 알아차렸다. 두고 봐라. 카트린에게 허튼 수작을 하면 그 애는 뺨을 후려갈길 것이다.

3

　11시를 알리는 종소리가 되-상-카랑트 탄광촌의 조그만 교회에서 울렸다. 교회는 벽돌로 지은 예배당으로 조아르 주임사제가 일요일마다 미사를 드리러 왔다. 그 곁에는 예배당과 마찬가지로 벽돌로 지은 학교가 있었다. 바깥 추위 때문에 창문을 닫았지만 아이들이 더듬거리며 글을 외우는 소리가 들려왔다. 널따란 통행로는 서로 맞닿은 조그만 정원들로 나뉘어졌고, 그 사이에는 똑같은 집들로 이루어진 커다란 건물 네 개 동이 있었는데 인적이 없었다. 겨우내 피폐해진 이 정원에는 마지막으로 심은 채소가 애처로운 이회암 토양 위로 불거져 나와 지저분하게 널브러져있었다. 수프를 준비하느라 굴뚝에서는 연기가 피어올랐고, 여자들은 나란히 붙은 문 앞에 이따금 한 명씩 나타났다가 이내 문을 닫고 사라졌다. 한쪽 끝에서 다른 쪽 끝까지 포장된 보도 위에는 비가 오지 않았지만 물받이에서는 물방울이 물통 속으로 떨어졌는데, 그것은 잿빛 하늘에 너무나 많은 습기가 차 있기 때문이었다. 이 마을은 널따란 높은 평지 한복판에 단시간에 세워졌고 상복의 가장자리 장식 같은 검은 도로와 접하고 있었다. 거기에는 소나기가 끊임없이 씻어내는 붉은 기와의 규칙적인 문양 이외에는 생기라고는 전혀 없었다.

마을에 돌아온 마외드는 수확한 감자를 아직도 갖고 있는 한 경비원의 아내에게서 감자를 사기 위해 길을 돌아서 갔다. 이곳 평지의 유일한 나무들인 메마른 포플러 장막 뒤로는 네 채씩의 집으로 이루어진 일단의 건물들이 고립된 채 정원에 둘러싸여 있었다. 회사 측이 새롭게 시도한 이 건물들은 반장들에게 분양됐기 때문에, 광부들은 이 외진 부락을 바(−)드(−)수와* 탄광촌이라고 불렀다. 아울러 원래의 탄광촌은 그들의 비참함에 대한 아주 어린애 같은 빈정거림으로 페(−)테(−)데트**라고 불렀다.

"아이쿠! 이제 다 왔다." 짐을 잔뜩 든 마외드는 진흙투성이에다가 다리가 풀린 레노르와 앙리를 집으로 밀어 넣으며 말했다. 불 앞에서 에스텔이 울부짖었고, 알지르는 그녀를 팔에 안고 흔들고 있었다. 설탕이 다 떨어진 알지르는 어떻게 아기를 달래야 할지 몰라 젖을 물리는 시늉을 하기로 마음먹었다. 이 흉내는 대부분 성공을 했다. 그러나 이번에는 옷을 헤치고 아홉 살 먹은 불구소녀의 빈약한 가슴을 아기의 입에 대어도 소용이 없었다. 아기는 살갗을 물어도 아무것도 나오지 않자 발광을 했던 것이었다.

"내게 줘." 짐을 내려놓자마자 마외드가 소리쳤다. "이 애는 말 한 마디 할 틈도 주지 않는구나."

그녀가 보디스***에서 가죽부대처럼 무거운 젖가슴을 꺼내자, 울부짖던 아이는 그 길쭉한 젖가슴에 매달리며 울음을 뚝 멈췄고 그때서야 비로소 이야기를 할 수 있었다. 모든 것이 제대로 되어 있었다. 어린 가정부는 불이 꺼지지 않도록 했고 청소를 했으며, 거실을 정돈해 놓았다. 그리고 조용한 가운데 위층으로부터 할아버지의 코고는 소리가 들려왔고 리듬을 타는 그 소리는 잠시도 멈출 줄을 몰랐다.

"이게 웬 물건이야!" 알지르가 물건들을 보고 웃으며 중얼거렸다.

---

* Bas(−)de(−)Soie. 실크 스타킹이라는 뜻이다.
** Paie(−)tes(−)Dettes. '너희 빚을 갚아라'라는 뜻이다.
*** 가슴과 허리가 꼭 맞는 여성용 조끼.

"괜찮으면 엄마, 내가 수프를 만들게."

옷 보따리 하나, 빵 두 덩어리, 감자, 버터, 치커리*, 돼지젤리 반 파운드로 식탁이 붐볐다.

"아! 수프!" 마외드는 피곤한 기색으로 말했다. "참소리쟁이**도 따고 파도 뽑으러 가야겠는데… 아냐, 나중에 남자들이 오면 그때 하자… 감자를 삶도록 해. 거기에 버터를 조금 넣고 먹도록 하고… 그리고 커피도 마셔야겠지? 암, 커피가 없으면 안 되지!"

그러자 갑자기 브리오슈 생각이 떠올랐다. 그녀는 바닥에 주저앉아서 벌써 생기가 돌아 서로 싸우며 장난치는 레노르와 앙리의 빈손을 바라보았다. 이 식충이들은 걸어오면서 엄마 몰래 브리오슈를 다 먹어치웠던 것이었다! 그녀는 아이들의 뺨을 때렸고, 불에 냄비를 올려놓은 알지르는 엄마의 노여움을 가라앉히려고 애썼다.

"그냥 둬 엄마, 나 때문이라면. 나는 브리오슈 안 먹어도 괜찮아. 애들은 너무 많이 걸어서 배가 고팠잖아."

정오를 알리는 종소리가 울렸고 학교에서 나오는 장난꾸러기들의 나막신 소리가 들려왔다. 감자가 익었고 치커리를 반 이상이나 넣어진하게 된 커피는 흥겹게 끓는 굵은 물소리와 함께 필터에 걸러졌다. 식탁 한쪽이 치워졌다. 그러나 식탁에는 엄마 혼자 앉았고, 세 아이들은 바닥에 앉아 먹으며 좋아했다. 줄곧 말없이 게걸스럽게 먹기만 하던 사내아이는 돼지젤리 쪽으로 몸을 돌렸다. 그 기름진 종이를 보고 녀석은 참을 수가 없었던 것이었다.

마외드는 두 손을 녹이기 위해 잔 주위를 감싸고 커피를 조금씩 마셨다. 그때 본모르 영감이 내려왔다. 평상시에는 더 늦게 일어나 불 위에 놓여 있는 점심을 먹었다. 그러나 이날은 수프가 없자 투덜거리기 시작했다. 며느리는 언제나 원하는 대로 할 수는 없다고 말했다. 그러자 그는 조용히 자기 감자를 먹기 시작했다. 이따금씩 그는 자리에서

---

* 국화과의 여러해살이풀. 연하고 흰 싹은 샐러드로, 뿌리는 커피의 혼합물로 쓴다.
** 마디풀과에 속하는 다년생초로 뿌리는 굵고 황색이며 줄기는 곧추선다. 어린잎은 식용한다.

일어나 잿더미 속에 가래를 뱉으러 갔다. 그리고는 의자에 주저앉아 머리를 숙이고 흐릿한 눈으로 입안에서 음식물을 굴렸다.

"아! 깜빡 잊었네, 엄마, 옆집 아줌마가 왔었어…" 알지르가 말했다.

그녀는 알지르의 말을 끊었다.

"귀찮게도 하네!"

그것은 르바크 마누라에 대한 은밀한 원한의 표현이었다. 그녀는 그 전날 한 푼도 빌려주지 않으려고 울면서 신세한탄을 했었다. 마외드는 세를 들어 사는 부틀루가 보름치 하숙비를 미리 냈기 때문에 르바크 마누라가 요즘 여유가 있다는 것을 알고 있었다. 탄광촌에서는 결코 다른 집에게 돈을 빌려주지 않았다.

"에이! 너 때문에 깜빡하고 있었던 게 생각나는구나." 마외드가 말을 이었다.

"커피나 한 움큼 싸… 피에론에게 돌려줘야지. 그저께 빌렸잖아."

딸이 상자를 준비할 때 그녀는 바로 돌아와 남자들이 먹을 수프를 불에 올려놓겠다고 덧붙였다. 그리고 그녀는 에스텔을 팔에 안고 본모르 영감이 감자를 천천히 먹도록 내버려둔 채 밖으로 나갔다. 그 사이에 레노르와 앙리는 떨어진 감자껍질을 서로 먹겠다고 싸웠다.

마외드는 르바크 마누라가 자기를 부를까봐 길을 따라 돌아가지 않고 곧장 정원들을 가로질러갔다. 마외네 집 정원은 피에롱 집 정원과 붙어 있었다. 그런데 두 집을 분리하는 낡은 철조망에는 구멍이 나 있어서 쉽게 이웃이 내왕할 수가 있었다. 거기에는 공동 우물이 있었고, 그것을 네 가정이 사용했다. 우물 곁에는 가냘픈 라일락들이 있었고 그 뒤로는 낮은 헛간이 있었다. 낡은 작업도구들로 가득 찬 그곳에서는 토끼를 키웠고 축제날 한 마리씩 잡아먹었다. 한 시를 알리는 종소리가 울렸다. 커피를 마시는 시간이어서 한 사람도 문이나 창문 밖으로 모습을 나타내지 않았다. 오직 정지인부 한 사람만이 수갱에 내려갈 시간까지 머리도 들지 않은 채 채소밭 한 구석을 일구고 있었다. 그러나 마외드가 다른 동 건물 정면으로 다가갔을 때, 교회 앞에 신사 한 명과 두 명의 귀부인이 나타난 것을 보고 깜짝 놀랐다. 그녀는 잠시 걸음을 멈추고 그들이 누구인지를 살폈다. 엔느보 부인이 훈장을 단 신사와 모피 코트를 입은 귀부인과 함께 탄광촌을 방문한 것이었다.

"왜 이런 수고를 하세요? 급하지도 않은데." 마외드가 그녀에게 커피를 돌려주자 피에론이 소리쳤다.

그녀는 스물여덟 살로 탄광촌에서 가장 예쁜 여자로 통했고, 갈색 머리와 낮은 이마, 커다란 눈, 가는 입술을 갖고 있었다. 그리고 요염하고 암고양이처럼 청결했고, 애를 가지지 않았기 때문에 젖가슴은 여전히 예뻤다. 그녀의 엄마 브륄레는 탄광에서 죽은 채탄부의 아내로 딸을 한 공장에 일하러 보낸 뒤에는 그녀를 결코 광부와 결혼시키지 않겠다고 맹세했었다. 그러나 자신의 딸이 여덟 살이나 더 많고 딸까지 있는 홀아비 피에롱과 뒤늦게 결혼을 하자, 그녀는 여태껏 화를 풀지 않고 있었다. 그렇지만 이 부부는 여자의 정부들에 대한 구설수와 남편의 관대함에 대한 끊임없는 수군거림 속에서도 아주 행복하게 살고 있었다. 한 푼의 빚도 없었고, 1주일에 두 번은 고기를 먹었으며, 집은 아주 깨끗하게 정돈돼 냄비에 얼굴이 비칠 정도였다. 게다가 운까지 좋아 회사의 허가를 받아 사탕과 과자를 팔게 되었고, 그것들을 병 속에 넣어 창문 뒤에 있는 두 개의 선반 위에 진열해 놓고 있었다. 그것은 하루에 6수 내지 7수 벌이가 되었는데 가끔 일요일이면 12수를 벌 때도 있었다. 이러한 행복 속에서도 브륄레는 남편의 죽음을 복수하겠다며 고용주들에게 늙은 혁명분자의 분노를 터뜨리며 울부짖었고, 어린 리디는 너무나 자주 뺨을 맞으며 가족들의 격한 성질을 참아내고 있었다.

"정말 많이 컸네." 피에론이 에스텔에게 미소를 지으며 말을 이었다.

"아! 어찌나 볶아대는지, 말도 마!" 마외드가 말했다. "무자식이 상팔자야. 적어도 깨끗하게 지낼 수는 있잖아."

마외드의 집도 모든 것이 정돈되어 있었고 토요일마다 세탁을 했지만, 그녀는 너무나 깨끗한 이 거실을 보고는 주부의 질투어린 시선을 던졌다. 게다가 이 집은 멋까지 부려 찬장 위에는 금빛 화병들이 놓여 있었고 거울과 판화를 넣은 액자 세 개가 걸려 있었다.

피에론은 혼자 커피를 마시고 있었고, 그의 식구 모두는 수갱에 있었다.

"나와 함께 커피 한 잔 해요." 그녀가 말했다.

"됐어. 방금 마시고 나왔어."

"그래도 괜찮잖아요?"

사실 마셔도 상관은 없었다. 그래서 둘은 천천히 커피를 마셨다. 그들은 비스킷 병과 사탕병 사이로 정면에 있는 집들을 바라보았다. 창문에는 조그만 커튼이 줄지어 있었고, 하얗고 누런 커튼 색깔은 그 집 주부들이 살림을 잘하는지 못하는지를 말해주고 있었다. 르바크 집의 커튼은 너무나 더러워서 흡사 냄비 바닥을 닦은 행주처럼 보였다.

"저런 쓰레기 속에서 어떻게 살지!" 피에론이 중얼거렸다.

그러자 마외드는 말을 시작했고 그칠 줄을 몰랐다. 아! 만약 부틀루 같은 하숙인이 있다면 살림을 제대로 했을 텐데! 잘만하면 하숙 한 명 치는 것은 참 좋은 일이다. 그렇지만 그와 잠자리를 함께 해서는 안 된다. 그래서 그 남편이 술을 마시고, 여편네를 때리고, 몽수의 공연술집 여가수들이나 좇아 다니는 것이다.

피에론이 아주 역겨운 표정을 지었다. 그 여가수들은 모든 병을 퍼뜨렸다. 조아젤 거리에 있는 여가수 한 명은 한 수갱 전체에 병을 옮겼었다.

"자기 아들이 그 집 딸과 지내게 내버려둬서 놀랐어요."

"그렇지만 그걸 어떻게 말려! 그 집 정원이 우리와 맞붙어 있잖아. 여름이면 자카리는 필로멘과 라일락 뒤에서 항상 같이 있으면서 그 헛간 위에서 전혀 스스럼이 없어. 우물에서 물을 길을 때면 항상 뜻하지 않게 그 애들을 보게 돼."

이것은 탄광촌의 난잡함에 대한 공통된 이야기였다. 사내와 계집아이들은 함께 타락했고, 밤이 되면 헛간의 경사진 낮은 지붕 위에서, 그

애들의 말대로 엉덩이를 까고 달려들었다. 그 짓을 하려 레키아르나 밀밭까지 힘들게 가지 않으면, 여조차부들은 대개 여기에서 첫 아이를 만들었다. 그러나 큰 문제는 아니었다. 후에 결혼들은 하기 때문이었다. 그러나 아들이 너무 일찍 결혼하면 사내애의 엄마들은 분노했다. 왜냐하면 결혼한 아들은 집에 돈을 가져오지 않기 때문이었다.

"내가 자기라면 끝내게 하고 말겠어요." 피에론이 신중하게 말을 이었다. "자카리는 그 애에게 벌써 두 번이나 애를 갖게 했잖아요. 그리고 조금 있으면 그 애들은 동거를 하게 될 거구… 어쨌든, 돈은 틀려먹은 거라고요."

분노한 마외드는 손을 폈다.

"들어봐. 함께 붙어살면 나는 그 애들을 저주할 거야… 자카리는 우리를 뒷바라지해야 되잖아? 우리는 그 애를 먹여 살렸잖아? 그러면 여자를 품기 전에 빚을 갚아야 되는 거 아냐… 우리는 어쩌란 말이야? 우리 애들이 곧장 남들만 좋으라고 일을 하면? 그럼 우리는 죽는 거야!"

그렇지만 그녀는 마음을 가라앉혔다.

"그냥 말해본 거야. 조금 지나면 알겠지… 커피가 상당히 진한데, 하긴 제대로 탔으니까."

그리고 15분 동안 이런저런 얘기를 한 후 그녀는 남자들이 먹을 수프를 만들어 놓지 않았다고 소리치면서 벌떡 일어났다. 밖에서는 아이들이 학교에서 돌아오고 있었고, 몇몇 아낙네들은 문 앞에 서서, 한 건물 앞을 지나가면서 손가락으로 가리키며 탄광촌을 설명하는 엔느보 부인을 바라보고 있었다. 이 방문 때문에 마을이 술렁이기 시작했다. 정원에서 일하던 정지인부도 삽질을 잠시 멈췄고, 암탉 두 마리는 겁이 나서 정원 속으로 이리저리 도망 다녔다.

집으로 돌아가던 마외드는 길을 지나던 회사 측 고용의사인 방데라쟁을 붙잡으려고 뛰쳐나온 르바크 마누라와 마주쳤다. 키가 작은 의사는 일에 쫓긴 나머지 뛰어다니며 진찰을 했다.

"선생님, 저는 잠이 오지 않아요. 온몸이 아프다고요… 왜 그런지 말씀 좀 해주셔야죠."

모든 여자들에게 반말을 하는 그는 걸음을 멈추지 않은 채 대답했다.

"귀찮게 굴지 마! 커피를 너무 많이 마셔서 그래."

"선생님, 제 남편은 말이죠." 이번에는 마외드가 말했다. "그 사람을 보셔야 하는데… 항상 다리에 통증이 있어요."

"네가 녹초로 만드니까 그렇지. 귀찮게 굴지 마!"

두 여자는 달아나는 의사의 등을 보면서 길 위에 붙박인 듯 서 있었다.

"들어가자고." 르바크 마누라가 말을 이었고, 마외드는 이웃 여자와 함께 낙심하여 어깨를 으쓱했다. "알다시피 새 커피가 있어… 그러니 조금 마셔 보라고. 아주 신선해."

동분서주한 마외드는 힘이 없었다. 그래! 서운해할까봐 딱 한 모금만 마시겠다. 그리고 들어갔다.

거실은 몹시 더러웠다. 타일바닥과 벽은 기름으로 얼룩졌고, 찬장과 식탁은 때가 끼어 끈적거렸다. 그리고 더러운 살림의 악취로 숨이 막혔다. 불 가까이에서 식탁에 팔꿈치를 괴고 접시에 코를 박은 부틀루가 삶은 고기 남은 것을 마저 먹고 있었다. 서른다섯의 나이에 비해 아직도 젊은 그는 근심 없는 뚱뚱한 소년의 두툼한 가슴팍을 갖고 있었다. 반면 벌써 세 살이 된 필로멘의 첫 아이, 아실*은 그에게 몸을 기댄 채 탐욕스런 짐승의 애절한 모습으로 말없이 그의 먹는 모습을 바라보고 있었다. 커다란 갈색 수염을 기른 아주 온화한 인상의 하숙인은 천천히 그의 입안에 고기 조각을 쑤셔 넣었다.

"설탕을 넣을 테니 기다려." 르바크 마누라가 커피 주전자에 미리 흑설탕을 넣으면서 말했다.

부틀루보다 여섯 살이나 많은데다가 끔찍하게 닳아빠진 그녀는 배

---

* Achille. 그리스 신화에 나오는 무적의 용사 아킬레스의 프랑스식 발음이다.

위에는 젖가슴이, 허벅지 위에는 배가 달려 있었고, 평평하고 큰 얼굴에는 언제나 헝클어진 회색 머리털이 붙어 있었다. 부틀루는 머리카락이 들어있는 수프와 3개월 동안 갈지 않은 시트와 함께 그녀를 자연스럽게, 조금도 힘 들이지 않고 차지했다. 그녀는 하숙업을 시작했고, 남편은 좋은 돈거래가 좋은 친구를 만든다는 말을 되풀이해서 말하기를 좋아했다.

"그런데 할 말이 있어." 그녀가 말을 계속했다. "어제 저녁에 바드-수와 쪽에서 피에롱이 서성대는 것을 봤대. 사내는 라스뇌르 가게 뒤쪽에서 그녀를 기다렸고, 둘은 함께 운하를 따라 허겁지겁 사라졌대… 알겠어? 말도 안 돼, 결혼한 여자가!"

"세상에!" 마외드가 말했다. "피에롱은 그녀와 결혼하기 전에는 그 반장에게 토끼를 주더니만 이제는 마누라를 빌려주는군. 하긴 그게 돈은 덜 들지."

부틀루는 커다랗게 웃음을 터뜨리며 소스가 묻은 빵조각을 아실의 입에 넣어주었다. 두 여자는 피에롱 흉을 실컷 보았다. 그 바람둥이는 다른 여자보다 더 예쁠 게 없지만 언제나 피부에 난 구멍을 메우고, 몸을 씻고, 크림을 바르는데 여념이 없다. 결국 반장은 그 고깃덩어리를 사랑하니까 그 남편의 뒤를 봐주는 거다. 상관으로부터 칭찬을 듣기 위해 그들 밑이라도 닦아주는 그런 비겁한 사내들이 있다. 두 여자는 이웃집 여자가 아홉 달 된 필로멘의 막내딸 데지레를 데려다주러 왔을 때서야 비로소 험담을 그쳤다. 선탄장에서 점심을 먹는 필로멘은 선탄장 아래까지 딸을 데려다주도록 양해를 구했고, 잠시 탄 더미에 앉아 아기에게 젖을 물렸던 것이었다.

"나는 잠시도 이 애 곁을 떠날 수가 없어. 자리를 뜨면 곧 지랄을 하거든." 마외드는 그녀의 팔에서 잠든 에스텔을 보며 말했다.

그러나 그녀는 방금 전부터 르바크 마누라의 눈에서 읽었던 재촉을 피할 수가 없었다.

"말을 좀 해봐. 이제 애들 일을 마무리 져야 하잖아."

두 엄마는 처음에는 애기할 할 필요도 없이 결혼시키지 않는 것으로 합의를 봤었다. 자카리의 엄마는 가능한 한 오랫동안 아들의 보름치 급료를 받고 싶어 했고, 필로멘의 엄마는 딸의 급료를 포기한다는 생각에 화가 났었다. 서두를 이유가 하등에 없었다. 애가 하나뿐일 동안에는 르바크 마누라는 오히려 애를 돌보고 싶어 했다. 그러나 이 아이가 커서 빵을 먹고 또 다른 애가 생기자 그녀는 손해를 보고 있다는 생각이 들었고, 조금도 제 것을 쓰고 싶어 하지 않는 여자답게 화가 치밀어 결혼 쪽으로 이야기를 밀어붙였다.

"자카리가 택한 거야." 그녀가 계속 말했다. "머뭇거릴 이유가 하나도 없어… 자, 언제 하겠어?"

"날이라도 풀리면 하지." 난처해진 마외드가 대답했다. "그놈의 이야기 지겨워 죽겠어! 왜 그 애들이 결혼을 기다리다 못해 함께 도망이라도 갈 것처럼 그래! 맹세하건데 정말! 만약 카트린이 바보짓을 하면 목 졸라 죽일 거야."

르바크 마누라는 어깨를 움찔했다.

"내버려둬, 그 애도 다른 애들과 똑같을 거야!"

부틀루는 자기 집처럼 편안하게 찬장을 뒤지며 빵을 찾았다. 르바크의 수프를 만들기 위해 반쯤 껍질을 깐 감자, 야채, 파가 탁자 한 구석에 널려 있었고, 르바크 마누라는 험담을 계속하면서 그것을 열 번은 들었다 놓았다 했다. 그녀는 다시 껍질을 벗기기 시작하다가 또 다시 그것을 놓고는 창문 앞으로 다가갔다.

"저게 누구야… 아! 엔느보 부인이 사람들과 함께 있잖아. 저 사람들이 피에론 집에 들어가네."

결국 둘은 다시 피에론에 대해 욕을 해댔다. 정말로 저 집은 부족한 게 없다. 회사 측은 탄광촌에 사람들이 방문하면 깨끗한 집이니까 곧장 그곳으로 안내를 한다. 틀림없이 방문자들에게는 피에론과 선임반장과의 관계는 말하지 않을 것이다. 집과 난방을 제공해주고 선물은 계산하지 않아도 3,000프랑을 버는 애인을 가지면, 누구나 저렇게 깨끗하게 지낼 수 있을 것이다. 그러나 겉은 깨끗할지 몰라도 속은 결코 깨끗하지 않다. 방문객이 앞집에 머무는 동안 그들은 피에론에 대해 계속 재잘거렸다.

"저기 사람들이 나오네." 마침내 르바크 마누라가 말했다. "한 바퀴 도는데… 저기 좀 봐. 그들이 너희 집으로 가는 것 같아."

마외드는 겁이 났다. 알지르가 식탁 행주질하는 것을 누가 알기라도 한다면? 게다가 수프도 준비되어 있지도 않고! 그녀는 '나 갈께'하고 우물우물 말하고는 도망치듯 뛰쳐나와 눈 한 번 돌리지 않고 집으로 돌아왔다.

그러나 모든 것이 반질반질했다. 아주 꼼꼼한 알지르는 미리 행주질을 했고, 엄마가 돌아오지 않자 수프를 만들기 시작했다. 정원에서 마지막 남은 파를 뽑았고 참소리쟁이를 땄으며, 커다란 냄비 속에 남자들의 목욕물을 데우는 동안 깔끔하게 채소를 씻었다. 앙리와 레노르는 신통하게도 지난 달력을 찢는데 정신이 팔려 있었다. 본모르 영감은 조용히 파이프를 빨고 있었다.

마외드가 숨을 내쉴 때 엔느보 부인이 문을 두드렸다.

"괜찮겠죠, 부인?"

키가 크고 금발머리를 한 그녀는 40대 여인의 우아한 성숙함을 지녔지만 약간은 둔해 보였고, 소매 없는 검은 벨벳 망토 아래 입은 갈색 실크 드레스가 더러워질까봐 내심 두려워하면서도 겉으로는 애써 상냥하게 웃었다.

"들어오세요, 들어오세요." 그녀는 손님들에게 되풀이해서 말했다.

"우리가 성가시게 하는 것은 아니죠? 깨끗한가요? 이 아주머니는 자녀가 무려 일곱예요! 우리 회사의 모든 가정이 이와 비슷하죠… 말씀드렸듯이 회사 측은 그들에게 매달 6프랑에 집을 빌려주고 있어요. 커다란 거실이 아래층에 있고 위층에는 방 두 칸 그리고 지하실, 정원이 있어요."

그날 아침 파리 발 기차 편으로 온 훈장을 단 신사와 모피 코트를 입은 귀부인은 멍한 눈으로 있다가, 이 뜻밖의 것들에 낯설어하면서 당혹스런 표정을 지었다.

"정원도 있고." 귀부인이 말을 되풀이했다. "이런 곳에서 살면 좋겠어요!"

"우리는 그들에게 때고도 남을 석탄을 주지요." 엔느보 부인이 말을 계속했다. "의사는 1주일에 두 번씩 방문하고요. 그리고 나이가 들면 연금을 받지만 봉급에서는 한 푼도 공제하지 않아요."

"정말 테바이드*나 코카슈** 같은 곳이군요!" 신사가 홀린 듯 중얼거렸다.

마외드는 서둘러 의자를 갖다 주었다. 귀부인들은 의자를 사양했다. 엔느보 부인은 권태로운 유배생활 속에서 이 동물흥행사의 역할로 잠시 기분을 전환하는 기쁨을 맛보았지만 이미 싫증이 나있었다. 그녀가 위험을 무릅쓰고 선택한 집이 깨끗하기는 했지만 은근히 풍기는 비참한 냄새가 역겨웠다. 게다가 그녀는 자기 곁에서 고단하고 고통스러운 삶을 영위하는 이 노동자들에 대하여 어떤 걱정도 하지 않으면서, 그저 들리는 얘기들의 단편만을 되풀이하고 있는 터였다.

"예쁜 아이들이로구나!" 귀부인은 지푸라기 색깔의 머리칼이 헝클어져 머리가 지나치게 커 보이는 아이들이 끔찍하다고 생각하면서 중얼거렸다.

그러자 마외드는 그들의 나이를 말해야 했고, 그들 역시 그녀에게 예의상 에스텔에 대해 몇 가지 질문을 했다. 공손하게 본모르 영감은 물고 있던 파이프를 놓았다. 그러나 40년의 막장생활로 너무나 피폐해진 모습과 마비된 다리, 허물어진 뼈대, 흙빛 얼굴을 한 그는 어쨌든 불안감을 안겨주는 인물이었다. 그래서 격렬한 발작성 기침이 그를 사로잡자 그는 차라리 밖으로 나가 가래침을 뱉기로 작정했다. 검은 가래 때문에 사람들에게 폐가 된다는 생각이 들었던 것이었다.

---

* 고대 이집트의 남부 지방으로 엄격하고 조용하며 고독한 삶을 영위하는 은둔지
** 모든 것이 풍요로운 상상의 나라

알지르는 많은 칭찬을 들었다. 이렇게 어리고 예쁜 아이가 행주를 갖고 집안일을 하다니! 사람들은 나이에 비해 너무나 영리한 딸을 가진 엄마에게 축하를 보냈다. 그러나 아무도 곱사등에 대해서는 말하지 않았고, 불편함으로 가득한 연민의 시선은 항상 불쌍한 불구 소녀에게로 되돌아왔다.

"이제 파리에서 우리 탄광촌에 대한 질문을 받으시면 대답해주실 수 있으시겠죠…" 엔느보 부인이 말을 맺었다. "가부장적인 풍습 외에는 아무런 문젯거리가 없지요. 모두들 행복하고, 보시다시피 매우 건강하게 살고 있지요. 공기가 좋고 깨끗하니까 건강을 회복하기 위해서는 와볼만한 곳예요."

"정말 훌륭한 곳이오!" 솟구치는 최후의 열정으로 신사가 소리쳤다.

그들은 진귀한 동물들을 보고 나온 사람들의 매혹된 표정으로 집을 나왔고, 그들을 따라 나온 마외드는 그들이 큰 소리로 이야기를 나누며 즐겁게 되돌아가는 동안 문지방 위에 서 있었다. 거리에는 사람들이 몰려나와 있었다. 그들은 집집마다 퍼진 그들의 방문 얘기를 듣고 나온 여자들 틈을 헤쳐 나가야만 했다.

바로 그때 르바크 마누라는 자기 집 문 앞에서 호기심에 달려 나온 피에론을 불러 세웠다. 두 여자는 심술궂게 놀란 표정을 지었다. 어떻게 된 거야. 그 사람들이 마외네 집에서 자고 가려고 했나? 세상에 별일도 다 있다.

"그들이 버는 것 가지고는 항상 한 푼도 안 남아! 정말 용하긴 용하지!"

"오늘 아침 피올렌 양반 댁에 구걸하러 갔었다는 말을 방금 들었어. 메그라가 처음에는 거절하다가 빵을 주었다며… 메그라가 어떻게 돈을 받아 내는지는 다 알잖아."

"어떻게 그 여자를? 에이! 말도 안 돼! 보통 용기 갖고 되겠어… 그가 노리는 것은 카트린이야."

"그래! 그런데 방금 전에 나에게는 뻔뻔스럽게도 카트린이 거기에

들르면 목 졸라 죽이겠다던데! 껑다리 샤발이 옛날에 헛간 위에서 그
애의 엉덩이를 깠을 텐데 말이야!"

"쉿, 저기 오고 있어."

그러자 르바크 마누라와 피에론은 불손한 호기심이 없는 척 태연한
표정을 지으며 방문객들이 빠져나가는 것을 곁눈질로 보았다. 그리고
는 활기찬 손짓으로 아직도 에스텔을 안고 서성이는 마외드를 불렀
다. 세 명 모두 움직이지 않은 채 멀어져가는 엔느보 부인과 손님들의
호화로운 뒷모습을 바라보았다. 그들이 서른 걸음쯤 갔을 때 더욱 격
앙된 감정으로 험담이 다시 시작되었다.

"저 여자들은 몸에 돈을 뿌렸어. 아마 자기들 몸값보다도 비쌀 거
야!"

"아! 물론이지… 저쪽 여자는 몰라도 이쪽 여자는 4수도 안 될 거
야. 무슨 여자가 저렇게 뚱뚱해. 사람들이 애기하기로는…"

"그래? 무슨 얘기를?"

"아마 사내가 여럿이래! 첫 번째는 엔지니어고…"

"그 작고 마른 녀석! 야! 너무 작아서 시트 속에서 찾지도 못할 것
같은데."

"재미 보는데 그게 무슨 상관이야? 역겨운 표정이나 짓고 자기가
있는 이곳을 좋아하는 척도 안하는 귀부인을 보면 나는 믿을 수가 없
어… 우리 모두를 경멸하는 듯이 저 궁둥이 돌리는 것 좀 봐. 어디 깨
끗한 여자겠어?"

그들은 한결같이 느린 발걸음으로 이야기를 나누며 걸어갔고, 그
때 사륜마차가 교회 앞 도로에서 멈추었다. 마흔 여덟쯤 돼 보이는 한
신사가 마차에서 내렸는데 그는 검정 프록코트를 손에 들고 있었고,
아주 검은 피부에 독선적이고 빈틈없는 얼굴을 하고 있었다.

"남편이야!" 르바크 마누라는 사장이 만 명의 노동자들에게 불어넣
은 위계질서의 공포에 사로잡혀, 마치 그가 듣기라도 하는 것처럼 목
소리를 낮추며 중얼거렸다. 그렇지만 정말로 오쟁이 진 남편의 얼굴

이야!

이제 탄광촌의 사람들은 모두다 밖에 나와 있었다. 여자들의 호기심은 커져만 갔고, 몇 명씩 짝을 지어 모이더니 결국 한 무리를 이루었다. 반면 코흘리개 아이들은 입을 벌린 채 보도 위에서 떼를 지어 빈둥거렸다. 잠시 교사의 창백한 얼굴이 보였는데 그 역시 학교 울타리 뒤에서 발끝을 세우고 서 있었다. 정원 한가운데에서 삽질을 하던 사내는 삽 위에 발을 올려놓은 채 눈을 동그랗게 뜨고 있었다. 그리고 중얼거리는 험담은 마른 잎 속에 들이닥친 바람소리와 비슷한 크레셀* 소리와 함께 조금 조금씩 번져나갔다.

사람들이 가장 많이 모여든 곳은 르바크 마누라 집의 문 앞이었다. 두 여자가 튀어나온 후 열 명, 스무 명으로 불어났다. 피에론은 이제 너무나 많은 귀가 있기 때문에 신중하게 입을 다물고 있었다. 가장 현명한 여자 중의 하나인 마외드 역시 그저 바라보기만 했다. 그리고 깨어나 울부짖는 에스텔을 달래기 위해 그녀는 계속된 수유로 늘어져 흐느적거리는 착한 어미 짐승의 젖가슴을 백주대낮에 침착하게 꺼냈다. 엔느보 씨가 마르시엔 쪽에서 달려온 마차 안쪽에 귀부인들을 앉게 했을 때, 수다를 떠는 목소리들이 마지막으로 터져 나왔다. 벌집을 쑤신 듯한 혁명의 소란 속에서 모든 여자들은 요란한 몸짓을 해대며 얼굴을 맞대고 서로 이야기들을 해댔다.

그리고 세 시가 울렸다. 부틀루와 다른 정지인부들이 수갱으로 떠났다. 갑작스레 교회 모퉁이에서 수갱으로부터 돌아오는 채탄부들이 모습을 드러냈다. 새까만 얼굴에 옷은 흠뻑 젖어 있었고 팔짱을 끼고 등은 부풀어 있었다. 그러자 여자들은 산산이 흩어지며 모두 다 제 집으로 뛰어 들어갔다. 그것은 너무나 많이 생긴 카페와 캉캉춤**의 유행으로 잘못을 저지르고 어찌할 바를 모르는 여편네들의 질겁한 모습이

---

* crécelle. 나무나 금속으로 만든 얇은 판들이 홈이 파인 회전통에 부딪치며 소리를 내는 악기 혹은 장난감
** cancan. 19세기 말과 20세기 초에 카바레 여자들이 춘 떠들썩한 춤

었다. 그리고 싸움으로 불거진 불안스런 고함 소리만이 들려왔다.

"아이고! 맙소사! 내 수프는! 아직도 내 수프를 안 해놨어!"

4

마외가 라스뇌르의 집에 에티엔을 두고 돌아왔을 때 카트린과 자카리, 장랭은 수프를 다 먹고 식탁에 앉아 있었다. 수갱에서 돌아오면서 너무나 배가 고팠던 그들은 축축한 옷을 입은 채 세수도 하기 전에 수프를 먹었던 것이었다. 누구도 다른 사람을 기다리지 않았으며 식탁은 아침부터 저녁까지 차려져 있었다. 때문에 언제나 식탁에는 각자의 작업 시간에 따라서 자기 몫을 먹는 사람이 있게 마련이었다.

문에 들어서면서 마외는 먹을 것이 있음을 알아차렸다. 아무 말도 하지 않지만 그의 불안한 얼굴이 환하게 밝아졌다. 그는 오전 내내 찬장은 비어 있고 집에는 커피와 버터가 없다는 사실 때문에 괴로웠고, 숨 막히는 막장에서 탄맥을 때리는 동안에도 그 생각은 고통스럽게 되살아나곤 했었다. 아내는 어떻게 하고 있을까? 그리고 그녀가 빈손으로 돌아온다면? 그런데 모든 것이 있었다. 마누라는 조금 있다 사정 얘기를 할 것이다. 그는 편히 웃었다.

카트린과 장랭은 이미 자리에서 일어선 채로 커피를 마시고 있었다. 반면 배가 차지 않은 자카리는 빵을 커다랗게 벤 다음 버터를 발랐다. 그는 접시 위에 있는 돼지젤리를 보았지만 건들지 않았다. 고기가 1인분만 있을 때는 그것은 아버지의 몫이었다. 그들 모두는 신선한 물을 한입 가득히 들이마시며 먹은 것들을 내려가게 했다. 그들은 보름치 급료를 받을 때만 물을 시원하고 기분 좋게 마셨다.

"맥주는 없어요." 남편이 식탁에 앉았을 때 마외드가 말했다.

"돈을 조금 남겨뒀으면 하는데… 그래도 당신이 원하면 얼른 애를 보내서 1파인트* 사오라고 할게요."

그는 흡족한 눈으로 그녀를 바라보았다. 뭐? 돈까지 갖고 있다고!

"아냐, 됐어. 한 잔 마셨어." 그가 말했다.

그리고 마외는 느리게 숟가락질을 하며 빵, 감자, 파 그리고 접시 사발에 얹힌 참소리쟁이를 게걸스럽게 먹기 시작했다. 마외드는 에스텔을 안고 있었기 때문에 알지르가 부족한 것이 없도록 아버지의 시중을 들었다. 버터나 돼지젤리를 그의 가까이에 밀어 놓았고, 커피를 따끈하게 데우기 위해 불 위에 다시 올려놓았다.

불 옆에서는 술통을 반으로 잘라 만든 함지 속에서 몸을 씻는 일이 시작되었다. 제일 먼저 하기로 되어 있는 카트린이 통 속에 미지근한 물을 채웠다. 그리고 그녀는 태연하게 두건과 윗옷, 바지 그리고 속옷까지 벗었다. 여덟 살 때부터 익숙해져 있는 탓에 그녀는 커서도 조금도 창피하다고 생각하지 않았다. 단지 몸을 돌려 배를 불쪽으로 향하고 검은 비누로 몸을 세게 문질렀다. 아무도 그녀를 보지 않았다. 레노르와 앙리조차도 더 이상 그녀가 어떻게 하는지 보려는 호기심을 갖지 않았다. 그녀는 몸을 깨끗이 씻자 젖은 속옷과 다른 옷가지들을 무더기로 바닥에 남겨두고 벌거벗은 채로 계단을 올라갔다. 그러나 두 형제 사이에서 말싸움이 일어났다. 장랭은 자카리가 아직도 식사를 하고 있다는 핑계를 대고 서둘러 함지 속에 뛰어들려고 했다. 그러자 자카리는 그를 밀어젖히며 자기 차례라고 우겼고, 자기는 마음이 너무 좋아 카트린이 먼저 씻도록 내버려두었다고 소리쳤다. 그렇지만 장랭이 들어가면 그 물은 잉크병에 채울 수 있을 정도가 되기 때문에

---

* 액체의 옛 단위로 0.93리터이다.

그 허드슨물로는 더욱 씻고 싶지 않다고 외쳐댔다. 결국 불쪽으로 몸을 돌린 채로 함께 씻게 되었고 곧 서로의 등을 밀어주기까지 했다. 그리고 그들의 누이처럼 벌거벗은 채 계단으로 사라졌다.

"엉망진창이군!" 마외드는 바닥에 떨어진 옷을 말리기 위해 집어들며 중얼거렸다. "알지르, 여기 좀 닦아라, 응!"

그러나 옆집 벽에서 소란이 일어나 그녀는 말을 멈추고 말았다. 남자의 욕지거리와 여자의 울음소리, 전쟁터의 짓밟는 소리가 텅 빈 호박들이 부딪힐 때 나는 둔탁한 소리와 함께 들려왔다.

"르바크 마누라가 아주 혼나는군." 마외가 숟가락으로 사발을 말끔히 긁으며 태연하게 장담했다. "거, 이상하네, 부틀루는 점심이 준비됐다고 말했는데."

"맞아요, 준비했어요!" 마외드가 말했다. "식탁 위에 있는 야채를 내가 봤어요. 다듬지는 않았지만."

비명소리가 더욱 커졌고 드세게 밀어 벽이 흔들렸다. 그리고 커다란 침묵이 흘렀다. 그때 마지막 한 숟가락의 음식을 삼키던 광부는 침착한 법관처럼 이렇게 결론지었다.

"점심을 준비하지 않았으면 그럴 수 있지."

그리고 물 한 컵을 다 마신 후 돼지젤리를 공격했다. 그는 그것을 사각형으로 자르고는 한쪽을 찔러 빵 위에 얹은 다음 포크를 사용하지 않고 그냥 먹었다. 아버지가 고기를 먹을 때는 아무도 말을 하지 않았다. 마외 자신도 은근히 배가 고파서 평소에 먹던 메그라 가게의 돼지고기인줄 알아채지 못했고, 당연히 다른 집 돼지고기이겠거니 생각했다. 그렇지만 아내에게 아무런 질문도 하지 않았다. 단지 노인이 위층에서 여전히 자고 있는지 물어보았다. 아니다, 할아버지는 습관대로 한 바퀴 돌기 위해 벌써 밖으로 나갔다. 그리고 침묵이 다시 시작되었다.

한편 고기냄새가 나자 바닥에 앉아 흩어진 물로 시냇물을 그리며 장난을 치던 레노르와 앙리가 머리를 들었다. 작은 애가 앞에 선 채 두 녀석은 아버지 곁에 와서 꼼짝 않고 서 있었다. 그들의 눈은 줄곧 고기 조각을 좇았다. 고기가 접시를 떠날 때는 희망으로 가득 찬 눈길로 바라보았고, 그것이 입안에 삼켜지면 비탄에 빠졌다. 결국 아버지는 창백한 입술에 침을 바르는 녀석들의 게걸스러운 욕망을 알아차렸다.

"애들도 고기를 먹었나?" 그가 물었다.

그러자 아내가 머뭇거렸다.

"알겠지만 이렇게 차별을 두지 않았으면 좋겠어. 애들이 내 주위에서 고기 한 점을 애걸하면 식욕이 달아난다고."

"아녜요. 애들은 먹었어요!" 그녀는 화가 나서 소리쳤다. "맘대로 해요. 애들 말 다 들어주면 당신 몫도, 다른 사람 몫도 다 줘야 할 거예요. 애들은 배가 터질 때까지 먹을 거구… 알지르, 우리는 다 돼지젤리를 먹지 않았니?"

"그럼요, 엄마." 꼽추 소녀가 대답했다. 그녀는 이런 상황에서는 어른처럼 태연하게 거짓말을 했다.

레노르와 앙리는 꼼짝 못하고 그대로 있었지만 사실대로 말하지 않으면 매를 맞기 때문에 그 같은 거짓말에 화가 치밀었다. 그들의 어린 가슴은 터질 지경이었고, 다른 사람들이 먹을 때 자기들은 없었다고 실컷 항변하고 싶었다.

"그러니 마저 먹어요." 그들을 거실 구석으로 내쫓으며 마외드가 되풀이해서 말했다. "아빠가 식사할 때마다 항상 그러는 게 창피하지도 않니. 그리고 설령 아빠가 혼자 먹는다 해도 아버지는 일을 하잖아? 그렇지만 망나니 같은 네 녀석들은 그저 축낼 줄만 알지. 아! 맞아, 그리고 너희보다 살찐 사람은 없어!"

마외는 아이들을 불렀다. 그는 레노르를 왼쪽 허벅지에, 앙리를 오른쪽 허벅지에 앉혔다. 그리고 그들과 함께 장난을 치면서 돼지젤리를 마저 먹었다. 각자에게 자기 몫을 조그맣게 잘라 주었다. 신이 난 아이들은 게걸스럽게 먹었다.

식사를 끝내자 그는 아내에게 말했다.

"커피는 그만둬, 우선 씻어야겠어… 이 더러운 물을 버리게 좀 도와 줘."

그들은 함지의 손잡이를 쥐고 나가 문 앞에 있는 개울에 물을 버렸다. 그때 장랭이 마른 옷으로 갈아입고 계단을 내려왔다. 모직바지와 셔츠는 지나치게 컸고 그의 형이 하도 입어 색이 바랠대로 바랜 것이었다.

그가 열려진 문으로 엉큼하게 빠져나가는 것을 보고 마외드가 불러 세웠다.

"어디 가니?"

"저기."

"저기, 어디? 그러면 가서 오늘 저녁에 샐러드 해먹게 민들레나 따와. 알겠어? 안 따오면 두고 봐라."

"좋아, 좋아요!"

열 살이 된 장랭은 주머니에 손을 넣은 채 나막신을 질질 끌면서, 팔삭둥이의 빈약한 허리를 늙은 광부처럼 흔들며 나갔다. 이번에는 자카리가 꼭 달라붙는 푸른색 줄무늬가 있는 검은 털실로 짠 스웨터를 꽤 말쑥하게 차려입고 내려왔다. 아버지는 늦게 들어오지 말라고 소리쳤다. 그러자 그는 고개를 끄덕이며 파이프를 입에 물고 대답도 하지 않은 채 밖으로 나갔다.

또다시 함지에는 미지근한 물이 가득 채워졌다. 마외는 천천히 윗옷을 벗었다. 한번 눈짓을 주자 알지르는 레노르와 앙리를 데리고 나가 놀았다. 아버지는 다른 많은 탄광촌 가정들이 흔히 그렇듯 가족이 있는 곳에서 몸 씻는 것을 좋아하지 않았다. 그러나 그는 함께 씻는다고 누구를 비난하지는 않았다. 그렇게 하지 않는 것이 아이들한테 좋다고만 말할 뿐이었다.

"너, 위에서 뭘 하니?" 마외드가 계단을 지나며 소리쳤다.

"어제 찢어진 옷을 수선하고 있어요." 카트린이 대답했다.

"좋아… 내려오지 마라. 아버지가 씻으니까."

그래서 마외와 마외드만이 남게 되었다. 마외드는 에스텔을 의자 위에 놓기로 했다. 아기는 불 가까이에 있는 것이 기분 좋은 듯 신통하게도 울지 않았고, 아무런 생각이 없는 흐릿한 눈은 그저 부모를 향하고 있었다. 벌거벗은 마외는 함지 속에 몸을 구부려 우선은 머리를 담갔고, 오래 사용하면 머리가 퇴색되어 노랗게 되는 흑비누를 문질렀다. 그리고는 물속에 들어가 가슴, 배, 팔, 허벅지에 비누를 칠하고 양손으로 세차게 긁어댔다. 아내는 선 채로 그를 바라보았다.

"말해 봐요." 그녀가 말을 시작했다. "집에 들어올 때 당신 눈을 봤어요… 많이 걱정했었죠? 먹을 것들을 보니까 주름이 펴지더라고요… 피올렌 양반들이 내게 한 푼도 안 줬다고 생각해보세요. 아! 그래도 그 사람들은 고맙게도 아이들에게 옷가지를 주었어요. 그들에게 애원하는 게 창피했어요. 부탁할 땐 말이 제대로 나오질 않더라고요."

그녀는 잠시 말을 멈추고 에스텔이 의자에서 떨어질까 봐 아이를 꼭 앉혀놓았다. 마외는 계속해서 살갗을 문질렀고, 궁금한 이야기를 재촉하지 않으며 참을성 있게 기다렸다.

"당신에게 꼭 말해야겠어요. 메그라가 내 부탁을 거절했어요. 지독한 놈! 개 쫓듯 하더라고요… 정말, 얼마나 난감했는지! 모직 옷을 입으면 따뜻하겠지만 그렇다고 배를 채워주는 것은 아니잖아요?"

그는 고개를 든 채 여전히 말이 없었다. 피올렌 저택에서도, 메그라 가게에서도 아무것도 얻지 못했다면 어떻게? 평소처럼 그녀는 팔소매를 걷어 올리고 등과 팔이 닿지 않는 부분을 씻어주었다. 게다가 그는 아내가 비누칠을 한 다음 몸 전체를 손목이 부러질 정도로 세게 문질러주는 것을 좋아했다. 그녀는 비누를 쥐고 그의 어깨를 박박 긁었다. 한편 그의 몸은 아픔을 참으려고 뻣뻣하게 굳어졌다.

"그래서 메그라에게 다시 가서 말했어요. 그에게 이렇게 말했죠… 그렇게 매몰차서는 안 된다고. 정의라는 것이 있다면 벌을 받을 거라고… 그 말이 난처했는지 눈을 돌리더라고요. 마치 도망이라도 치고 싶다는 듯이…"

그녀는 등에서 엉덩이 쪽으로 내려왔다. 그리고 내친 김에 몸의 한 구석도 빠짐없이, 마치 대청소를 하는 토요일처럼, 세 개의 냄비를 광 내기라도 하듯이 팔다리의 굽은 곳까지 때를 밀었다. 그러나 그녀는 온몸을 흔드는 이 힘든 왕복운동으로 땀을 흘렸고 너무나 숨이 가빠 서 말이 막혔다.

"마침내 그 능글맞은 늙은이가 나를 부르더니 토요일까지 먹을 빵 과 가상하게도 100수까지 빌려줬어요… 나는 가게에서 버터, 커피, 치 커리를 집어 들었고, 거기에 돼지고기류와 감자까지 집으려고 하니까 그가 투덜대더군요… 돼지젤리 7수, 감자 18수를 주고 나니까 양념과 스튜에 쓸 3프랑 75수가 남더라고요… 정말로 오늘 아침에는 제 정신 이 아니었어요."

이제 그녀는 물기가 있어도 괜찮은 곳에서 수건 뭉치로 몸을 닦아 주었다. 기분이 좋아진 그는 장차 빚을 어떻게 할 것인가는 생각하지 도 않은 채 크게 웃음을 터뜨리며 그녀를 양팔 가득 껴안았다.

"그만해요. 징그러워요! 옷이 젖는단 말예요… 다만 메그라가 엉뚱 한 생각이나 품지 않았는지 걱정이 돼요…"

그녀는 카트린에 대하여 말하려다 그만두었다. 남편을 걱정시킨들 무슨 소용이 있겠는가? 그렇게 되면 이야기는 한없이 계속될 것이다.

"무슨 엉뚱한 생각?" 그가 물었다.

"우리에게 바가지를 씌우려는 생각 말예요. 그러면 카트린이 외상 장부를 꼼꼼히 뜯어 봐야겠지요."

그는 다시 그녀를 껴안았고 이번에는 놓지 않았다. 언제나 목욕은 이렇게 끝났다. 그녀는 아주 세게 그의 등을 문지른 다음, 팔과 가슴팍 털을 간질이는 리넨* 천으로 온몸을 닦아줘 그가 기운을 되찾도록 해 주었다. 하기야 지금은 탄광촌 동료들 모두가 재미를 보는 시간이었 다. 이 시간에 그들은 원했던 것보다도 훨씬 많은 아이를 만들었다. 밤

---

* 아마 실로 짠 얇은 직물을 통틀어 이르는 말

이 되면 가족들의 눈총을 받기 때문이었다. 그는 좋은 낮 시간에 혼자서만 재미를 보는 아저씨라고 놀려대는 아내를 식탁 쪽으로 밀어붙였다. 아내는 이것을 디저트라고 불렀는데 그것은 돈이 안 드는 디저트였다. 철렁대는 허리와 젖가슴을 가진 그녀는 잠시 발버둥을 치다가이내 웃음을 지었다.

"징그러워, 정말! 징그러워… 에스텔이 보잖아! 기다려요. 애 머리를 돌려놓을 테니."

"사람 참. 난 지 석 달밖에 안 된 애가 뭘 알아?"

다시 일어났을 때 마외는 마른 바지만을 걸쳐 입었다. 깨끗한 몸으로 아내와 노닥거리고 난 후 그는 잠시나마 웃통을 벗고 있는 것이 좋았다. 빈혈증에 걸린 딸처럼 하얀 살갗에는 긁힌 상처와 석탄에 찔린흉터가 문신처럼 남아 있었고, 광부들은 그것을 '철필 자국'이라고 불렀다. 그는 그것을 자랑삼아 내보였고, 돌결무늬 대리석의 파란 광택이 나는 굵은 팔과 넓은 가슴을 과시했다. 여름이면 모든 광부들은 이런 모습으로 문가에 나와 있었다. 그는 습한 날씨에도 불구하고 잠시문가로 가서, 그처럼 웃통을 벗고 있는 동료에게 상스러운 말로 소리쳤다. 다른 동료들이 나타났다. 그러자 보도 위에서 어슬렁거리던 아이들이 고개를 들었고, 맨살로 바깥에 나온 노동자들의 지친 육신을보고 웃어대며 좋아했다.

여전히 셔츠를 입지 않은 채로 커피를 마시면서 마외는 아내에게갱목작업 수당으로 불거진 엔지니어에 대한 울화를 얘기했다. 말을하자 마음이 가라앉고 화가 풀렸고, 이러한 일에 훌륭한 처신을 해온마외드의 현명한 충고를 고개를 끄덕이며 받아들였다. 그녀는 언제나회사와 부딪쳐봤자 이로울 것이 없다고 그에게 되풀이해서 말했다. 잠시 후 그녀는 엔느보 부인이 집을 방문했다는 이야기를 했다. 말할필요도 없이 둘 다 그 사실을 자랑스럽게 생각했다.

"내려가도 돼요?" 카트린이 계단 위에서 물었다.

"그럼, 그럼. 몸이 다 말랐어."

어린 처녀는 외출복을 입고 있었다. 푸른색 포플린*으로 만든 커다란 옷은 이미 색이 바래 있었고 접히는 부분은 헤어져 있었다. 그녀는 아주 단순한 모양의 검은 망사 모자를 쓰고 있었다.

"저런! 벌써 차려입고 있었구나… 그런데 어디 가니?"

"몽수에 가서 모자에 달 리본을 사려고… 옛날 것은 너무 더러워서 떼어버렸어요."

"그런데 돈은 있니?"

"없어. 무케트가 10수를 빌려준다고 약속했어."

엄마는 나가도록 내버려두었다. 그러나 문 앞에서 그녀를 불렀다.

"얘, 메그라 가게에서는 리본을 사지 마라… 우리 집에 돈이 굴러다니는 줄 알고 너에게 바가지를 씌울 거야."

목과 겨드랑이를 빨리 말리기 위해 불 앞에 쭈그리고 앉아 있던 아버지는 단지 이렇게만 덧붙였다.

"밤에 어슬렁거리며 돌아다니지 마."

마외는 오후에 자기 정원에서 일했다. 그는 이미 그곳에 감자와 강낭콩, 완두콩 씨를 뿌렸었다. 그리고 전날부터 싹이 올라온 양배추와 상추를 모종하는 일에 매달렸다. 감당할 수 없는 감자를 제외하고는 이 정원 귀퉁이에서 야채를 재배해 먹고 있었다. 더욱이 마외는 작물 재배에 아주 조예가 깊어서 아티초크**까지 수확했는데, 이웃에서는 그것을 그가 잘난 척하는 것으로 취급해버렸다. 그가 널빤지를 준비하고 있을 때 마침 르바크가 그의 정방형 정원에서 파이프를 피우려 나와서는 부틀루가 아침에 심은 상추를 바라보고 있었다. 만약 하숙인인 부틀루가 가래질을 할 엄두를 내지 않았다면 그곳에는 쐐기풀만이 자라고 있었을 것이었다. 철망 아래에서 이야기가 시작되었다. 자기 아내를 두들겨 팬 르바크는 달뜨고 흥분한 상태였으므로 마외를 끌고

---

* 날실은 가늘고 촘촘하게, 씨실은 굵은 실을 짜서 부드럽고 광택이 난다. 주로 와이셔츠나 블라우스 감으로 쓰인다.

** 엉겅퀴과 다년초로 꽃봉우리는 육질이 연하고 영양이 풍부하다.

라스뇌르 가게에 가려 했지만 허사였다. 이봐, 맥주 한 잔에 뭘 그렇게 떠는가? 구주희나 한 판 하고 잠시 동료들과 쏘다니다 저녁 먹을 때 집에 돌아오자. 수갱에서 나오면 그러는 것 아닌가. 틀린 말은 아니었 지만 마외는 고집을 부렸다. 지금 상추를 모종하지 않으면 내일 당장 시들어버릴 것이다. 그는 현명하게 거절했다. 사실 그는 100수 중 남 은 돈에 대해서는 한 푼도 아내에게 달라고 싶지 않았다.

다섯 시가 울렸을 때 피에론은 딸 리디가 장랭과 함께 줄행랑을 쳤 는지 알아보기 위해 왔다. 르바크는 베베르 역시 없어진 것을 보니 분 명히 그런 것 같다고 대답했다. 그 망나니 녀석들은 언제나 못된 짓만 골라서 한다. 마외는 민들레 샐러드에 대해 이야기하면서 그들을 안 심시켰다. 이윽고 그와 르바크는 노골적으로 그 젊은 여자를 공격하 기 시작했다. 그녀는 성을 냈지만 사실은 그런 욕설에 쾌감까지 느끼 며 자리를 뜨지 않았고 배에 손을 얹은 채 소리를 질러댔다. 그녀를 도 와달라는 말에 바싹 마른 여자가 왔는데, 화를 내며 말을 더듬는 꼴이 암탉 우는 소리와 비슷했다. 다른 사람들은 멀리 문 위에 서서 겁이 나 감히 속내애기를 꺼내지 못했다. 지금 학교가 파했고 모든 아이들이 얼쩡거렸다. 그들은 삐악거렸고 서로 뒹굴며 치고받았다. 반면 선술 집에 가지 않은 아버지들은 삼삼오오 무리를 지어 막장에서처럼 쭈그 리고 앉아서 거의 말을 하지 않고 벽 아래에서 조용히 파이프를 피웠 다. 르바크가 피에론의 엉덩이가 얼마나 탄탄한지 더듬으려 하자 그 녀는 미친 듯이 화를 내며 가버렸다. 그는 라스뇌르 가게에 혼자 가겠 다고 마음을 먹었고, 마외는 계속해서 상추를 심었다.

해가 갑자기 기울자 마외드는 램프를 켜며 아직까지 딸도 아들들도 돌아오지 않자 짜증을 냈다. 오늘은 결코 한 자리에 모여 함께 식사할 수 없다는 것을 그녀는 알고 있었다. 그러나 그녀가 기다렸던 것은 샐 러드를 만들 민들레였다. 그 어린 녀석이 화로처럼 새까만 이 시간에 무엇을 따올 수 있겠는가! 샐러드가 있어야 약한 불에 익히고 있는 라타투유*가 제격일 텐데! 튀긴 양파에 화이트소스를 넣고 찐 감자, 파, 참소리쟁이는 다 준비됐는데… 온 집안에서 튀긴 양파 냄새가 났다. 이 좋은 냄새는 쉽게 변질돼 벽돌에까지 배일 정도로 탄광촌을 오염시켜서 들판 멀리에서도 이 보잘 것 없는 요리의 강렬한 냄새로 탄광촌임을 알 수 있었다.

마외는 밤이 되자 정원에서 돌아왔고 의자에 앉아 벽에 머리를 기댄 채 곧바로 선잠이 들었다. 그는 저녁이 되면 앉자마자 잠들었다. 뻐꾸기시계가 일곱 시를 울렸다. 앙리와 레노르는 식탁을 준비하는 알지르를 돕겠다고 고집을 부리다 방금 접시 하나를 깨뜨린 참이었다. 그때 본모르 영감이 첫 번째로 집에 돌아와 서둘러 저녁을 먹고 수갱으로 다시 갔다. 마외드는 마외를 깨웠다.

"저녁 먹읍시다, 할 수 없죠! 애들도 집에 찾아올 만큼은 컸으니까. 망할 놈의 샐러드!"

---

* 야채, 호박, 토마토, 양파 따위를 섞어 삶은 혼합 요리

5

라스뇌르 술집에서 수프를 먹은 후 에티엔은 보뢰 수갱 정면에 있는 자기가 쓸 비좁은 지붕 아랫방에 올라왔고, 녹초가 되어 옷을 입은 채로 침대에 쓰러졌다. 지난 이틀 동안 그는 네 시간도 잠을 자지 못했다. 그가 깨어났을 때는 이미 해가 지고 있었고, 그는 자신이 어디에 있는지 알지 못한 채 잠시 멍하니 있었다. 불안이 엄습하고 머리가 너무 무거워 그는 저녁을 먹고 밤잠을 자기 전에 잠깐 바람을 쐴 생각을 하며 힘들게 일어섰다.

바깥 날씨는 점점 포근해지고 있었다. 북쪽에 긴 비구름을 머금은 그을음 빛 하늘은 구릿빛으로 변했고, 그것이 다가오는 것을 습기 찬 대기의 훈훈함 속에서 느낄 수 있었다. 밤은 거대한 연기 속으로 다가왔고, 평원 저 멀리로 사라지는 풍경은 어둠 속에 잠겼다. 붉은 흙으로 덮인 이 광대한 바다 위에 낮게 드리운 하늘은 검은 먼지로 용해되는 듯했고, 이 시간이 되면 칠흑의 어둠에 생명을 불어넣는 바람도 전혀 불지 않았다. 그것은 주검을 매장하는 창백한 슬픔 같은 것이었다.

에티엔은 무작정 앞으로 걸어갔고, 신열을 떨쳐버리려는 것 외에는 아무런 생각도 없었다. 보뢰 수갱 앞을 지날 때 갱구 속은 벌써 어둠에 묻혀 있었고 아직까지 불빛 하나 빛나지 않았다. 그는 잠시 걸음을 멈추고 낮에 노동자들이 나왔던 출구를 바라보았다. 틀림없이 여섯 시가 울렸다. 탄차하역부, 선탄장 적재부, 마부들이 여자 선탄부들과 뒤섞여 어둠 속에서 희미한 모습으로 깔깔대며 무리를 지어 떠나갔다.

맨 먼저 보인 것은 브륄레와 그녀의 사위인 피에롱이었다. 그녀는 골라낸 돌들을 계산하며 경비원과 다툴 때 피에롱이 자기를 거들지 않았다고 시비를 걸고 있었다.

"아! 말도 안 되는 계산이야, 꺼져! 우리를 잡아먹는 그 새끼들 중 한 놈 앞에서 사내라는 게 굽실대는 꼴이라니!"

피에롱은 아무런 대답도 하지 않은 채 태연하게 그녀를 뒤따라갔다. 마침내 그가 말했다.

"그러면 상관에게 덤벼야 했단 말예요? 고맙군요! 걱정거리를 줘서!"

"그럼 그놈에게 궁둥이를 내밀어!" 그녀가 소리쳤다. "어이구! 제기랄! 딸년이 내 말을 들었어야지! 걔들은 내 남편을 죽이고도 직성이 풀리지 않는데 너는 내가 고맙다고 말하길 바라지. 두고 보라고 내가 걔들을 죽여 버릴 거야!"

목소리는 이제 들리지 않았다. 에티엔은 매부리코에다 하얀 머리는 산발을 하고, 가늘고 긴 팔로 미친 듯이 제스처를 해대며 사라지는 그녀를 바라보았다. 그러나 그의 뒤쪽에서 두 젊은이의 이야기 소리가 들려와 귀를 기울였다. 자카리였다. 그는 거기에서 방금 온 친구 무케를 기다리고 있었다.

"왔어?" 무케가 물었다. "타르틴을 먹고 볼캉으로 잽싸게 가자."

"조금 있다가, 볼일이 있어."

"뭔데?"

자카리는 몸을 돌려 선탄장에서 나오는 필로멘을 보았다. 무크는 눈치를 챈 듯했다.

"아! 좋아, 알았어… 그럼, 나 먼저 갈게."

"그래. 곧 뒤 따라갈게."

무케는 떠나면서 보뢰 수갱에서 나온 그의 아버지 무크 영감과 마주쳤다. 두 사람은 그저 잘 가라고 말하며 아들은 큰길로, 아버지는 운하를 따라 가버렸다.

이미 자카리는 필로멘이 싫다고 했지만 이 외딴길에 밀어붙였다. 그는 그녀를 또다시 압박했고 그들은 오랜 부부처럼 다퉜다. 땅이 젖어있고 안에 깔고 누울 밀짚이 없을 때, 특히 겨울에는 밖에서 이렇게 만나는 것이 전혀 이상한 게 아니었다.

"아냐, 그게 아냐." 초조하게 그가 중얼거렸다. "너에게 할 말이 있어."

그는 허리를 잡고 다정하게 그녀를 데리고 갔다. 그리고 경석장의 어둠 속으로 들어가자 그는 그녀에게 돈이 있는지를 물었다.

"무엇에 쓰려고?" 그녀가 물었다.

그러자 그는 얼버무리며 자기네 식구가 어쩔 수 없는 빚 2프랑이 있다고 말했다.

"그만 해! 방금 무케를 봤어. 또 더러운 가수 계집애들 보러 볼캉에 가려는 거지."

그는 변명을 했고 가슴을 두드리며 맹세를 했다. 그녀가 어깨를 움찔하자 그는 불현듯 이렇게 말했다.

"같이 갈래, 재미있으면… 넌 나를 편하게 해주잖아. 무엇 때문에 그 가수 애들과 하려 하겠어! 가볼래?"

"그럼 아기는?" 그녀가 대답했다. "항상 우는 애하고 어디 움직일 수 있겠어? 나는 들어갈게. 분명히 식구들은 싸우고 있을 거야."

그러자 그는 그녀를 붙들고 통사정을 했다. 좀 봐 달라고. 약속한 무케에게 바보처럼 보이고 싶지 않아서 이러는 거다. 남자는 매일 밤 암탉처럼 잠을 잘 수는 없다. 설복당한 그녀는 긴 윗옷의 늘어진 옷자락을 걷어 올린 다음 손톱으로 실을 끊어 한쪽 가장자리 끝에서 10수짜리 동전들을 꺼냈다. 그녀의 엄마가 훔쳐갈까 봐 그녀는 근무시간 외 수입을 그곳에 숨겨두고 있었다.

"보다시피 다섯 개뿐이야." 그녀가 말했다. "세 개는 주고 싶은데… 단, 너희 엄마가 우리결혼을 결심하도록 하겠다고 맹세해야만 해. 이 허공에 뜬 삶, 이젠 지겨워! 그리고 엄마는 내가 뭘 먹기만 하면 욕지거리야. 자, 맹세해, 맹세하라고."

그녀는 병약하고 정열도 없고 단지 자기 삶에 지친 처녀의 무기력한 목소리로 말했다. 그는 맹세를 했고 그것은 어길 수 없는 사실이라고 소리쳤다. 그리고 동전 세 개를 쥐자 그는 키스하며 애무를 했고, 그러자 그녀는 웃음을 터뜨렸다. 그래서 그는 겨우내 그들의 오랜 부부생활을 했던 경석장 이 구석에서 일을 끝까지 치르려 했지만, 그녀는 되풀이해서 싫다며 전혀 좋은 줄 모르겠다고 말했다. 그녀는 홀로 탄광촌으로 돌아왔고, 그동안 그는 친구를 따라잡기 위해 들판을 가로질러 갔다.

에티엔은 영문도 모르는 채 단순한 약속이려니 생각하고 멀리서 그들 뒤를 기계적으로 좇았다. 수갱의 계집애들은 조숙하구나. 그리고 그는 공장 뒤에서 기다렸었던 릴의 여공들을 생각했다. 그 무리 여자애들은 열네 살이 되자마자 몸을 망쳤고 비참함에 내던져졌다. 그러나 그는 또다시 더욱 놀라운 일을 맞닥뜨렸다. 그는 걸음을 멈췄다.

경석장 기슭에는 커다란 돌들이 미끄러지며 패인 웅덩이가 있었는데, 꼬마 장랭이 그의 오른쪽에 앉아 있는 리디와 왼쪽에 앉아있는 베베르를 거칠게 다그치고 있었다.

"뭐야? 너희들 뭐라고 말했어… 만약 더 달라고 하면 한 대씩 더 맞아. 누가 그런 생각을 했어, 엉!"

사실 장랭은 이런 생각을 했다. 한 시간 동안 운하를 따라 풀밭을 돌아다니며 다른 두 아이들과 함께 민들레를 딴 후, 그는 샐러드 더미를 앞에 두고 결코 자기 집 식구들은 이것을 다 먹지 못할 것이라고 생각했다. 그래서 탄광촌으로 돌아오는 대신 몽수로 갔고, 베베르에게는 망을 보게 하면서 리디로 하여금 그녀가 민들레를 대주고 있는 부르주아 집들의 초인종을 울리도록 했다. 이미 이런 일을 해본 적이 있는 장랭은 여자들이 원하는 것은 여자들이 파는 거라고 말했다. 열정적으로 협상을 한 덕분에 민들레 더미 전부를 넘겨버렸다. 그리고 계집애는 11수를 받아냈다. 이제 깨끗이 손을 턴 세 아이들은 이익을 분배했다.

"불공평해!" 베베르가 의견을 표명했다. "셋으로 나눠야 해… 네가 7수를 가지면 우리는 2수씩 밖에 갖질 못해."

"뭐, 불공평해?" 화가 난 장랭이 되물었다. "내가 가장 많이 땄는데도!"

보통 베베르는 장랭에 대한 경외심과 맹신 때문에 계속해서 손해를 보면서도 그에게 복종했었다. 장랭보다 나이도 많았고 힘도 센 그였지만 뺨을 맞아도 가만히 있었다. 그러나 이번에는 온통 돈 생각으로 흥분해 그에게 대들었다.

"안 그래? 리디, 애는 우리 돈을 훔치는 거야… 돈을 나눠 갖지 않으면 장랭 엄마에게 말해 버리자고."

갑자기 장랭이 그의 코 밑을 주먹으로 갈겼다.

"다시 말해봐. 내가 너희들 집에 가서 너희들이 샐러드를 누구 엄마에게 팔았다고 말할 거야. 그리고 이 새끼야, 11수를 어떻게 셋으로 나눠? 약아빠진 네가 한 번 해봐… 여기 2수씩 받아. 그걸 갖던지, 그걸 내 주머니에 다시 넣던지 빨리 골라잡아."

온순해진 베베르는 2수를 받았다. 벌벌 떠는 리디는 아무 말도 못했다. 왜냐하면 그녀는 장랭 앞에서 두들겨 맞는 어린 아내의 공포와 양순함을 경험했기 때문이었다. 그가 2수를 건네자 리디는 순종의 미소를 지으며 손을 내밀었다. 그러나 그는 갑자기 생각을 바꿨다.

"야, 너 그 돈 다 뭐 할 거야?… 그 돈을 숨기지 못하면 네 엄마가 분명히 가로챌 텐데… 차라리 내가 갖고 있는 것이 낫겠어. 돈이 필요할 때는 나에게 달라고 해."

그래서 9수가 사라졌다. 그녀의 입을 막기 위해 그는 웃으면서 그녀를 꼭 붙잡고 경석장에서 함께 뒹굴었다. 그녀는 그의 어린 아내였다.

그들은 이 시커먼 구석에서, 집 칸막이 뒤에서 문틈으로 엿보고 들었던 사랑 행위를 함께 해보았다. 그들은 모든 것을 알았지만 너무 어린 탓에 할 수는 없었기 때문에, 더듬고 만지며 몇 시간 동안 못된 강아지들처럼 장난을 쳤다. 장랭은 그것을 '아빠와 엄마 놀이'라고 불렀다. 그가 그녀를 데리러 가면 그녀는 좋다고 따라왔고 본능의 미묘한 전율에 몸을 맡겼다. 대개는 불쾌했지만 오지 않는 어떤 것을 기다리면서 언제나 그가 하자는 대로 했다.

베베르는 이 장난에 끼지 못하고 주먹을 한 대 맞았기 때문에, 리디를 만지고 싶어지자 약이 오르고 거북하고 마음이 거림직했다. 더욱이 그들 둘은 그가 있는 것은 전혀 개의치 않고 서로 장난을 치고 있었다. 그래서 그는 누군가 보고 있다고 소리를 질러 그들을 놀래주고 훼방 놓을 생각만을 하고 있었다.

"큰일 났어. 저기서 어떤 사람이 보고 있어!"

이번은 거짓말이 아니었다. 바로 에티엔이 가던 길을 계속가려고 결심한 것이었다. 어린애들은 벌떡 일어나 달아났고, 그는 경석장을 돌아 운하를 따라가면서 악동들의 호들갑을 즐겼다. 틀림없이 애들의 나이로는 너무나 이른 짓이다. 그러나 어찌하겠는가? 그들은 너무나 자주 그런 노골적인 짓들을 보고 들어왔기 때문에 붙잡아 매어두지 않는 한 그들을 다스릴 수가 없다. 그러나 내심 에티엔은 울적해졌다.

100보를 더 가자 그는 또 다시 쌍쌍의 남녀들과 마주쳤다. 그가 레키아르에 왔을 때, 그곳의 허물어진 옛 수갱 주위에는 몽수의 모든 아가씨들이 애인들과 함께 쏘다니고 있었다. 외지고 황량한 이 구석은 선탄부들이 헛간 위에서 할 용기가 나지 않을 때 그들의 첫 아기를 만들기 위해 오는 약속장소였다. 방책들이 끊어진 옛 집탄장은 훤히 트인 공터로 변해 버렸고, 무너진 두 창고의 잔해더미와 아직도 서 있는 거대한 받침대 골조가 그곳을 가로막고 있었다. 그곳에는 사용할 수 없는 탄차들이 굴러다녔고, 절반이나 썩은 오래된 갱목들이 무더기로 쌓여 있었다. 반면 무성한 식물은 이 구석을 다시 정복해 수풀이 빽빽이 들어차 있었고, 어린 나무들은 벌써 힘차게 솟아오르고 있었다. 그 래서 모든 처녀들은 자기들을 위한 외진 구덩이가 있는 이곳에서 집 과 같은 편안함을 느꼈고, 사내들은 들보 위에서, 갱목 뒤에서, 탄차 속에서 소녀들과 정사를 즐겼다. 팔꿈치가 닿을 정도로 가까이 있었 지만 그들은 옆 사람에 대하여 아무런 관심도 없었다. 그래서 숨이 끊 어진 권양기 주변과 석탄을 토해내는 데 지친 운반갱 곁에는, 본능의 채찍질 아래 이제 가까스로 여자 티가 나는 처녀들의 배에 아이를 들 어서게 하는 창조와 자유로운 사랑의 앙갚음이 있는 듯했다.

그렇지만 거기에는 한 관리인이 살고 있었는데 그가 바로 무크 영 감이었다. 회사 측은 그에게 권양탑 거의 바로 아래에 있는 방 두 칸 을 넘겨주었는데, 마지막 남은 골조가 계속 으스러져가고 있어서 조 만간 쓰러질 듯 위태로웠다. 천장 한 쪽은 들보로 받쳐야 될 정도였 지만, 그래도 방 하나는 그와 무케가 쓰고, 남은 방 하나는 무케트가 사용하면서 그는 가족과 함께 아주 잘 살고 있었다. 창문에는 단 하 나의 유리창도 남아 있지 않았기 때문에 그는 못질을 해서 판자로 그 것들을 막아버릴 작정을 했었다. 그래서 집안은 어두웠지만 따뜻했 다. 그런데 이 관리인은 아무것도 관리하지 않고 보뢰 수갱의 말들을 돌보러 갔다. 폐허가 된 레키아르는 방치된 채로 있었고, 단지 그곳 의 운반갱은 이웃 수갱을 환기시키는 화로 굴뚝으로 사용하기 위해 보존하고 있었다.

이렇게 무크 영감은 사랑 행위의 와중 속에서 노년을 마무리하고 있었다. 10살이 되자마자 무케트는 수갱의 잔해가 널려진 모든 구석 들에서 놀아났는데, 그것은 리디처럼 겁에 질리고 아직 덜 익은 말괄 량이로서가 아니라, 수염이 난 사내 녀석들이 좋아하는 풍만한 소녀 로서 그랬다. 아버지는 할 말이 없었다. 왜냐하면 그녀는 공손한 태도 를 보였고 결코 집에는 사내를 끌어들이지 않았기 때문이었다. 그리 고 그는 이러한 일들에 익숙해져 있었다. 그는 보뢰 수갱에 가거나 그 곳에서 돌아올 때 그리고 그의 은둔처에서 나올 적마다, 수풀 속에서 한 쌍의 남녀라도 밟지 않고는 한 발자국도 제대로 뗄 수가 없었다. 식사를 준비하기 위해 나무를 줍거나 혹은 울타리를 친 농지의 한쪽 끝에서 토끼에게 먹일 풀을 찾으려 할 때면 더욱 가관이었다. 몽수의 모든 여자애들이 하나씩 탐욕스런 얼굴을 쳐들었고, 그는 오솔길에 닿을 듯 말 듯 뻗어 있는 다리에 걸리지 않도록 조심해야만 했다. 게다가 이렇게 맞닥뜨려도 이제 어느 누구도 방해받지 않았다. 그는 넘어지지 않도록 조심할 뿐이었고 여자애들이 일을 마저 끝내도록 내버려 두었다. 그는 조심스런 잰걸음으로 멀어져 갔고, 이 자연 현상 앞에서 마음씨 좋은 아저씨는 태연했다. 다만 여자애들이 이 시각이 되면 그를 알아보는 것처럼 그도 마찬가지로 그 애들이 누구인지 알아보았다. 그것은 정원의 배나무 밭에서 교미를 하는 방탕한 까치들을 보는 것과 다를 것이 없었다. 아! 이 젊은 애들은 얼마나 젊음을 만끽하고 포식하는가! 종종 그는 조용히 다가오는 회한에 잠겨 고개를 끄덕였고, 요란스런 바람둥이들로부터 얼굴을 돌리며 칠흑의 어둠 속에서 한숨을 크게 내쉬었다. 단 한 가지만이 그의 기분을 거슬렸다. 두 연인이 그의 방 벽에 기대고 하는 못된 습관을 갖고 있었다. 그것 때문에 잠을 못 잔 것은 아니었지만 그들이 너무 세게 밀어붙여서 결국 벽이 좋지 않게 되고 말았다.

매일 저녁이면 무크 영감에게 친구인 본모르 영감이 찾아왔다. 그는 저녁을 먹기 전에 규칙적으로 똑같은 산책을 했다. 이 오랜 친구들은 거의 말을 하지 않았고 함께 보내는 30분 동안 열 마디도 채 나누지 않았다. 그러나 그렇게 있으면서 지난 일들을 얘기할 필요도 없이 함께 곱씹고 생각하는 것이 즐거웠다. 그들은 레키아르의 들보 위에 나란히 앉아 말 한 마디를 내뱉고는 땅을 바라보면서 공상의 나래를 폈다. 틀림없이 그들은 다시 젊어진 것이었다. 그들 주위에서 사내들은 자기 애인의 옷자락을 걷어 올렸고, 이내 입 맞추는 소리와 웃음소리가 간지럽게 들려 왔으며, 처녀들의 뜨거운 냄새가 짓밟힌 신선한 수풀 속에서 올라왔다. 마흔 넷이나 더 젊어진 본모르 영감은 이미 수갱 뒤에서 그의 아내인 아주 가냘픈 여조차부를 껴안고 편히 입 맞출 수 있도록 그녀를 탄차 위에 눕혔다. 이윽고 두 노인은 고개를 흔들며 흔히 그렇듯 잘 있으라는 말도 없이 서로 헤어졌다.

그렇지만 에티엔이 도착한 이날 밤은 탄광촌으로 되돌아가기 위해 들보에서 일어난 본모르 영감이 무크에게 이렇게 말했다.

"잘 자게, 친구!… 자네, 루시라고 아나?"

무크는 잠시 말이 없었고, 어깨를 가볍게 흔들며 자기 집으로 돌아가면서 말했다.

"잘 자게, 잘 자게나 친구!"

이번에는 에티엔이 와서 들보 위에 앉았다. 왠지 모르게 그의 슬픔은 커져만 갔다. 사라져가는 노인의 뒷모습을 바라보자, 오늘 새벽에 도착했던 일과 성난 바람이 그 말없는 노인에게서 빼앗아냈던 물결치는 말들이 떠올랐다. 얼마나 비참한가! 너무나 어리석은 이 모든 소녀들은 일에 지친 고통스러운 육신으로 아기들을 만들고 있다! 계속해서 배고픔에 시달릴지라도 이 소녀들은 이 일을 멈추지 않을 것이다. 불행이 다가오는 것처럼 차라리 하복부를 막아버리고 허벅지를 졸라매어야만 되지 않을까? 다른 사람들은 둘씩 짝을 지어 쾌락을 만끽하러 떠나는 이 시간에 홀로 있다는 울적함 때문에 그는 아마도 이런 음울한 생각을 혼란스럽게 뒤집고 있었으리라. 후덥지근한 날씨 때문에 숨이 약간 막혔고, 드문드문 빗방울이 신열이 나는 그의 손에 떨어졌다. 그래 그것은 모든 여자들이 한 번은 겪는 일이다. 그것은 이성보다 강하니까.

마침 에티엔이 어둠 속에서 꼼짝도 않고 앉아 있을 때, 몽수에서 내려온 남녀 한 쌍이 그를 보지 못한 채 스쳐 지나며 레키아르의 공터로 접어들었다. 분명히 숫처녀인 그 소녀는 발버둥치고 저항하면서 나지막한 목소리로 애원했다. 그렇지만 사내는 아무 말 없이 창고의 구석진 어둠 속으로 그녀를 밀어붙였다. 아직도 일부분은 무너지지 않고 서 있는 창고 밑에는 축축한 낡은 밧줄이 쌓여 있었다. 그들은 카트린과 껑다리 샤발이었다. 그러나 에티엔은 그들이 지나갈 때 미처 누구인지 알아보지 못했기 때문에 그들을 눈으로 좇았다. 그는 일의 결말을 엿보았고 성욕에 사로잡혀 생각의 흐름이 바뀌어 버렸다. 뭐라고 관심을 갖는 것일까? 여자애들이 안 된다고 말할 때는 우선은 해달라는 얘기다.

되-상-카랑트 탄광촌을 떠나면서 카트린은 포장도로로 몽수에 갔었다. 열 살 때부터 그녀는 수갱에서 자기 먹을 것을 벌었고, 광부 가족들이 흔히 그러듯 이렇게 혼자서 마을을 쏘다녔다. 열다섯이 되어도 어떠한 사내도 그녀를 건드리지 않은 것은 아직도 초경을 기다리는 때늦은 사춘기 때문이었다. 회사 자재창고 앞에 도착했을 때 그녀는 길을 건너 세탁부 집으로 들어갔다. 그녀는 그곳에 무케트가 있으리라 확신했다. 왜냐하면 무케트는 카페를 전전하며 즐기는 여자들과 아침부터 저녁까지 거기에서 살기 때문이었다. 그러나 그녀는 마음이 울적했다. 무케트는 제 차례가 되어 한턱을 낸 터였고, 따라서 카트린에게 약속한 10수를 빌려줄 수가 없었다. 그녀를 위로하기 위해 아주 따끈한 커피를 한 잔 내놓았지만 허사였다. 카트린은 친구가 다른 여자에게서 돈을 빌려준다는 것조차 마다했다. 그것은 절약해야 한다는 생각과 함께 그녀가 지금 리본을 산다면, 그 리본은 그녀에게 불행을 가져다줄 것이라는 일종의 미신적인 두려움이 확신처럼 다가왔기 때문이었다.

그녀는 서둘러 탄광촌으로 되돌아가고 있었다. 몽수의 마지막 집들을 지날 때 한 사내가 선술집 피케트 문 위에서 그녀를 불렀다.

"어이! 카트린. 어디를 그렇게 빨리 가?"

껑다리 샤발이었다. 그녀는 짜증이 났는데 그것은 그가 불쾌해서가 아니라, 웃을 기분이 아니었기 때문이었다.

"들어와서 뭘 좀 마시지… 약한 것 한 잔, 어때?"

얌전하게 그녀는 거절했다. 곧 어두워지고 집에서 기다리고 있다. 그러자 그가 다가와 길 한복판에서 나지막한 목소리로 그녀에게 간청했다. 오래 전부터 그는 선술집 피케트의 2층에 있는 자기 방에 그녀를 데리고 갈 생각을 하고 있었고, 그 멋진 방에는 커다란 부부용 침대가 있었다. 그는 그녀를 무섭게 했고 그녀는 계속해서 거절했다. 착한 소녀는 웃으면서 애들이 북적대지 않는 평일에나 올라가겠다고 말했다. 그리고 이런저런 애기 끝에 그녀는 왜 그랬는지 알 수 없지만 살수 없게 된 파란 리본에 대해 말해버렸다.

"그럼 하나 사줄게, 내가!" 그가 소리쳤다.

그녀는 얼굴을 붉히며 리본을 갖고 싶다는 커다란 욕망 속에서 고심했지만 거절하는 것이 좋겠다고 느꼈다. 그에게서 돈을 빌린다는 생각이 들었고, 그가 자기에게 쓴 돈을 갚는다는 조건으로 그녀는 결국 그의 말을 받아들였다. 그들은 이 이야기로 또다시 농담을 했다. 그녀가 그 돈을 돌려주지 않으면 그와 함께 잔다는 약속이었다. 그러나 그가 메그라 가게에 가자고 말하자 마음이 다시 불편해졌다.

"안 돼, 메그라 가게는 엄마가 안 된다고 했어."

"괜찮아. 어디에 간다고 말할 필요 없잖아! 몽수에서 가장 예쁜 리본들은 그 가게에 다 있다고!"

꺽다리 샤발과 카트린이 결혼 선물을 사는 두 연인처럼 가게에 들어오자 메그라는 얼굴이 붉어졌고, 비웃음거리가 된 듯 화를 내며 파란 리본들을 보여주었다. 그리고 문 위에 우뚝 서서 물건을 산 두 젊은이가 황혼 속으로 멀어져가는 것을 바라보았다. 그의 아내가 겁먹은 목소리로 그에게 무슨 일이냐고 묻자, 그는 그녀에게 덤벼들어 욕을 퍼부었고 감사할 줄 모르는 그 더러운 인간들을 언젠가는 후회하게 만들 것이며, 그때 모든 사람들은 땅에 무릎을 꿇고 자기의 발을 핥을 것이라고 소리쳤다.

꺽다리 샤발은 카트린이 가는 길을 바래다주었다. 그는 팔을 흔들며 카트린 곁에서 걸었다. 그러나 엉덩이로 그녀를 밀었고 티를 내지 않고 자기가 원하는 길로 그녀를 인도했다. 그녀는 포장도로를 벗어나 그와 함께 레키아르의 좁은 길로 접어들었음을 문득 알아차렸다.

그러나 화를 낼 겨를이 없었다. 이미 그는 그녀의 허리를 잡고 끊임없이 말들로 애무를 해대서 그녀는 정신이 없었다. 어리석게 겁을 먹기는! 그녀처럼 어린애한테 자기가 못된 짓을 하겠으며 실크처럼 온화하고 부드러운 그녀를 자기가 어떻게 하겠는가? 그러면서 그는 그녀의 귓등과 목에 숨을 뿜어 온 전신을 전율하게 했다. 숨이 막힌 그녀는 아무런 대답도 하지 못했다. 사실 그는 그녀를 사랑하는 듯했다. 토요일 저녁이면 그녀는 촛불을 끈 후 그가 자기를 이렇게 하면 어떻게 할까 생각해보곤 했었다. 그리고 잠 속에서 그녀는 쾌락으로 몸이 나른해져 더 이상 거부하지 않는 꿈을 꿨었다. 그런데 왜 오늘은 똑같은 생각에 혐오감과 후회 같은 것을 느끼는 것일까? 그가 코밑수염으로 그녀의 목을 아주 부드럽게 간질이는 동안 그녀는 눈을 감았다. 다른 남자, 오늘 아침에 본 청년의 그림자가 감은 눈꺼풀의 암흑 속에서 지나갔다.

갑자기 카트린은 주위를 바라보았다. 샤발은 그녀를 레키아르의 잔해 속으로 끌고 갔고, 그녀는 무너진 창고의 칠흑의 어둠 앞에서 몸을 떨며 뒤로 물러섰다.

"아! 안 돼, 정말 안 돼." 그녀가 속삭였다. "제발 부탁이야, 나를 놔줘!"

남성에 대한 두려움으로 그녀는 미칠 것 같았다. 처녀들은 원할 때조차 사내가 자신을 정복하러 다가올 때면 방어 본능 속에서 공포로 온 몸이 뻣뻣하게 굳는 법이었다. 숫처녀인 그녀는 아무것도 알지 못했다. 아직 경험하지 못한 고통의 상처를 입을까 두려워 그녀는 구타의 위협을 당할 때처럼 몸서리를 쳤다.

"안 돼, 안 돼. 나는 하고 싶지 않아! 나는 너무 어리다고 말했잖아… 정말로 나중에 내가 그거라도 하고나면."

그는 음흉하게 투덜댔다.

"병신! 두려워할 게 없다니까… 대체 그게 무슨 상관인데?"

그러나 그는 더 이상 말하지 않았다. 그는 그녀를 거세게 움켜잡고는 창고 속으로 밀어 넣었다. 그녀는 낡은 밧줄 위에 고꾸라졌고 저항하기를 그쳤다. 그녀는 나이가 되기도 전에 유전으로 물려받은 복종심으로 어릴 적부터 여자애들을 아무데서나 후리는 자기와 같은 족속의 사내를 받아들였다. 겁에 질려 더듬거리던 그녀의 목소리도 꺼져들었고 사내의 뜨거운 숨소리만이 들렸다.

그러나 에티엔은 꼼짝도 하지 않은 채 그 소리를 듣고 있었다. 또한 계집애가 먹히는군! 희극을 보고 난 그는 자리에서 일어났다. 불쾌함이 엄습했고 질투심에 울화가 치밀어 올랐다. 그는 스스럼없이 들보를 뛰어넘었다. 왜냐하면 그 둘은 이때 너무나 열중하고 있어서 누구도 방해할 수가 없었기 때문이었다. 그리고 100보쯤 걸어갔을 때 뒤를 돌아본 그는 깜짝 놀랐다. 그들이 벌써 일어나 자기처럼 탄광촌 쪽으로 가고 있는 것이었다. 사내는 그녀의 허리를 다시 잡았고 알았다는 표정으로 그녀를 꼭 당기면서 목에 대고 연신 말을 하고 있었다. 그녀는 시간에 쫓기는 듯 보였고 무엇보다도 늦은 것에 대하여 화가 난 표정으로 빨리 집으로 돌아가기를 원했다.

그때 에티엔은 그들의 낯짝을 보고 싶다는 욕망으로 고통을 받았다. 어리석은 생각이다. 그는 그 욕망을 누르기 위해 걸음을 재촉했다. 그러나 발걸음은 자신도 모르게 늦어졌고, 마침내 그는 첫 번째 가로 등에서 어둠 속에 몸을 숨겼다. 지나가는 그들이 카트린과 꺽다리 샤발임을 알았을 때 그는 아연실색하여 꼼짝도 하지 못했다. 그는 처음에는 반신반의했다. 커다란 청색 옷을 입고 모자를 쓴 저 어린 처녀가 바로 그녀란 말인가? 두건으로 머리를 붙잡아매고 바지를 입고 있었던 아침의 그 말괄량이란 말인가? 그래서 그녀가 스치고 지나갔을 때 그는 그녀를 알아볼 수가 없었던 것이었다. 그러나 이제 그는 그녀임을 의심하지 않았고, 너무나 맑고 너무나 깊고 투명한 초록빛 샘물 같은 그녀의 눈을 다시 생각했다. 창녀로군! 그는 이유도 없이 그녀를 경멸하면서 그녀에게 복수하고 싶은 맹렬한 충동을 느꼈다. 이제 그녀를 여자로 대하지 않을 것이다. 가증스럽다.

천천히 카트린과 샤발이 지나갔다. 그렇게 엿보고 있다는 것을 알지 못한 채 그는 그녀를 다시 붙들고 귓등에 키스했다. 애무를 받자 그녀는 웃어버렸고, 걸음은 다시 늦어지기 시작했다. 뒤에 있게 된 에티엔은 어쩔 수 없이 그들 뒤를 따라야 했고 길을 막는 그들이 짜증스러웠다. 분통이 터지는 짓들을 어쨌든 봐야만 했다. 그녀가 아침에 맹세했던 것은 사실인 셈이었다. 그녀는 아직 누구의 정부는 아니었다. 자기는 그녀의 말을 믿지 않았었고 남들처럼 하지 않기 위해 그녀를 스스로 포기했었다! 그리고 그는 코앞에서 그녀가 능욕당하도록 내버려뒀고, 어리석게도 그들을 보며 즐기는 더러운 장난까지 쳤던 것이다! 그는 미칠 것만 같았다. 주먹을 움켜쥐었다. 모든 것이 빨갛게 보이는 살인의 충동 속에서 그 사내를 잡아먹을 것만 같았다.

30분 동안 산책은 계속되었다. 샤발과 카트린은 보뢰 수갱에 다가가자 다시 걸음을 늦추며 운하 옆에서 두 번, 경석장을 따라가며 세 번 걸음을 멈추고 매우 즐거운 표정으로 가벼운 장난을 했다. 에티엔은 그들이 눈치챌까봐 그들과 똑같이 걸음을 멈추고 기다려야만 했다. 그는 아무런 생각도 안 하려고 노력했지만 가혹한 후회뿐이었다. 이번 일로 여자애들 다루는 법을 배운 셈으로 치자. 보뢰 수갱을 지난 후에는 라스뇌르의 집에서 저녁을 먹을 수도 있었지만 그는 계속해서 그들을 좇아 탄광촌까지 따라갔다. 그는 카트린이 집에 들어가도록 샤발이 내버려둘 때까지 어둠 속에서 15분 동안 그냥 거기에 서있었다. 그리고 그들이 더 이상 함께 있지 않다고 확신했을 때 그는 또다시 걷기 시작했고, 마르시엔 도로를 아주 멀리까지 걸어갔다. 땅을 쿵쿵 밟으며 아무것도 생각하지 않은 채 너무나 숨이 막히고 울적해서 방 안에 틀어박힐 수가 없었다.

한 시간이 지난 아홉 시가 되서야 에티엔은 탄광촌을 다시 가로지르면서 아침 네 시에 일어나려면 이제는 식사를 하고 잠을 자야 한다고 중얼거렸다. 마을은 시커먼 밤 속에서 잠들어 있었다. 닫힌 겉창 사이로 불빛 하나 새어 나오지 않았고, 긴 건물의 전면은 코를 고는 막사의 무거운 잠과 함께 줄서 있었다. 고양이 한 마리가 빈 정원을 가로지르며 달아났다. 이것이 식탁에서 침대까지 피로와 끼니로 압살 당한 채 짓눌려 쓰러지는 노동자들의 하루의 끝이었다.

라스뇌르 가게의 환한 홀에는 주간 작업을 하는 기계공 한 명과 두 노동자가 맥주를 마시고 있었다. 그러나 가게로 들어가기 전에 에티엔은 멈춰 서서 칠흑의 어둠 속에 마지막 시선을 던졌다. 그는 거센 바람을 맞으며 도착했던 새벽과 똑같은 거대한 암흑을 다시 보았다. 그의 앞에서 보뢰 수갱은 몇몇 불빛에 찔린 사악한 짐승의 모습으로 어슴푸레 몸을 웅크리고 있었다. 경석장의 세 잉걸불은 핏빛 달처럼 공중에서 불타면서 가끔 본모르 영감과 그의 황색 말의 그림자를 터무니없이 크게 부각시켰다. 그리고 그 너머 평원에는 몽수, 마르시엔, 방담 숲, 사탕무밭과 밀밭의 거대한 바다가 어둠 속에 완전히 잠겨 있고, 거기에는 마치 먼 등대처럼 용광로와 코크스 화로의 붉은 불꽃들만이 빛나고 있었다. 조금 조금씩 밤은 잠겨들었고, 비는 이제 천천히 계속해서 내리며 이 허무를 단조롭게 흐르는 빗물 속으로 침몰시켰다. 반면 단 하나의 목소리가 여전히 들려왔는데 그것은 밤낮으로 숨을 내쉬는 배수펌프의 굵고 느린 호흡이었다.

제3부

I

이튿날도 그 다음날들도 에티엔은 수갱에서 일을 했다. 수갱에 익숙해졌고 그의 삶은 처음에는 그렇게 힘들게만 보였던 이 일과 새로운 생활습관에 맞춰졌다. 뜻밖의 일이 생겨 보름 만에 처음으로 단조로움이 깨졌는데, 그것은 일시적인 고열로 48시간동안 침대에서 꼼짝 못한 일이었다. 팔다리가 끊어지는 것 같았고 머리는 불처럼 뜨거웠으며, 몸이 빠져나갈 수 없는 아주 좁은 갱도 바닥에서 탄차를 미는 꿈까지 꾸면서 착란적인 헛소리를 해댔다. 그것은 단순히 수습 기간의 탈진과 과로에서 비롯된 것이어서 그는 곧 기력을 회복했다.

그러한 날과 달이 계속되며 시간은 흘러갔다. 그도 다른 동료들처럼 세 시에 일어나 커피를 마셨고, 라스뇌르의 아내가 바로 전날 밤에 준비해 둔 두 겹으로 된 타르틴을 가지고 수갱으로 갔다. 보통은 수갱으로 가면서 일을 마치고 잠을 자러가는 본모르 영감을 만났고, 오후에 수갱에서 나오면서는 일을 하기 위해 도착한 부틀루와 마주쳤다. 그는 두건과 바지, 리넨 윗옷을 입고 벌벌 떨면서 막사의 커다란 불 앞에서 등을 녹였다. 그리고 광폭한 외풍이 가로지르는 석탄수납장에서 맨발로 기다렸다. 그러나 저 높은 어둠 속에서 구릿빛 별처럼 빛나는 권양기의 거대한 강철 사지도, 야행성 조류의 시커멓고 소리 없는 날

갱짓으로 줄달음칠 치는 케이블도, 소란스러운 신호들과 고함치는 명령 속에서 끊임없이 오르내리는 케이지들도, 주철 슬레이트를 뒤흔드는 탄차들도 이제는 그를 사로잡지 못했다. 그의 램프가 잘 타지 않으면, 그 망할 놈의 램프보관인이 그것을 제대로 소제하지 않은 게 틀림없었다. 그리고 무케가 케이지에 모두를 채워 넣고, 난봉꾼이 여자 엉덩이를 손바닥으로 때릴 때 나는 소리를 내며 문을 잠그면 비로소 몸이 풀렸다. 걸쇠가 벗겨지며 케이지가 돌처럼 갱구 속으로 떨어져도 이제는 빛이 달아나는 것을 보기 위해 고개를 돌리지 않았다. 그는 추락 사고는 결코 있을 수 없다고 생각했고, 비를 두들겨 맞으며 칠흑의 암흑 속으로 내려갈수록 집과 같은 편안함을 느꼈다. 아래 석탄하치장에서 피에롱이 위선자처럼 다정하게 탄부들을 풀어놓으면, 현장인부들은 언제나 가축 떼와 똑같은 걸음걸이로 발을 끌면서 각자의 막장으로 향해 갔다. 그는 이제 광산의 갱도들을 몽수의 거리들보다도 더 잘 알게 되었고, 여기서는 돌고 조금 더 가서는 몸을 낮추고 다른 곳에서는 물웅덩이를 피해야 한다는 것을 알고 있었다. 그는 이곳 지하 2킬로미터에 너무나 익숙해져서 램프 없이 주머니에 손을 넣고 갈 정도가 되었다. 그리고 매번 언제나 똑같은 일들에 마주치게 되었는데, 한 반장은 지나는 길에 노동자들의 얼굴을 비춰보았고, 무크 영감은 말을 끌었고, 베베르는 콧김을 내뿜는 바타이유를 몰고 갔고, 장랭은 탄차 대열 뒤를 좇으며 환기문을 닫았다. 뚱뚱한 무케트와 마른 리디는 탄차를 밀었다.

마침내 에티엔은 갱의 습기와 답답함에도 훨씬 덜 고통을 느끼게 되었다. 환기용 굴뚝도 오르기가 아주 쉬워 보였다. 예전에는 감히 한 손으로는 오르려 시도하지도 못했을 그곳을 마치 틈새를 만들고 그것들을 통과하는 듯했다. 그는 석탄가루를 아무렇지도 않게 들이마셨고, 어둠 속에서도 훤히 보았으며, 땀을 흘려도 헐떡이지 않았고, 흠뻑 젖은 옷을 아침부터 저녁까지 입고 있어도 아무렇지도 않았다. 게다가 그는 힘을 쓸데없이 소모하지 않았고, 아주 빨리 요령을 익혀서 광부들을 놀라게 했다. 그는 약 3주 만에 수갱의 훌륭한 조차부들 축에 들게 되었다. 어떠한 사람도 그보다 더 빨리 탄차를 경사면까지 굴리지 못했고, 작은 키 덕분에 어디든지 재빨리 미끄러져 들어갈 수 있었다. 그의 팔은 여자처럼 희고 가늘었지만 연약한 살갗 속은 강철로 되어있는 듯 아주 거칠게 일을 해냈다. 그는 지쳐서 헐떡거릴 때조차 분명히 자존심 때문에 결코 힘든 내색을 하지 않았다. 농담도 이해하려 들지 않고 사람들이 허물없이 막 대하려 하면 곧장 화를 낼 때만 그는 욕을 먹었다. 어쨌든 그는 매일 조금씩 그를 기계 부속품으로 전락시키는 이 억압적인 일상 속에서 진짜 광부로 인정받았다.

마외는 특히 에티엔과 사이가 좋았는데 그것은 그의 완벽한 일솜씨를 높이 평가했기 때문이었다. 그리고 다른 사람들이 말하는 것처럼 그 청년은 자기보다 우월한 학식을 가졌다고 느꼈다. 그는 에티엔이 글을 읽고 쓰며 간단한 도면까지 그리는 것을 보았고, 여태까지 알지 못했던 것들에 대해 이야기하는 것을 들었다. 당연한 일이었다. 광부들은 거친 사내들이었고 기계공들보다 아둔한 머리를 가지고 있었다. 그런데 그는 이 작은 청년의 용기에 깜짝 놀랐다. 그는 배짱 좋게 주린 배를 채우기 위해 석탄을 물어뜯었던 것이었다. 그렇게 빨리 탄광에 적응하는 노동자는 에티엔이 처음이었다. 또한 채탄에 바쁜 일손을 빼앗고 싶지 않을 때는 에티엔에게 갱목작업을 맡겼고, 그는 말끔하고 야무진 솜씨로 갱목을 확실하게 받쳐 놓았다. 간부들은 이 망할 놈의 갱목작업 건으로 계속해서 마외를 괴롭혔고, 그는 엔지니어 네그렐이 당사에르를 데리고 나타나 소리를 지르고 따지면서 전부 다시 하라고 할까봐 매 시간이 두려웠다. 그는 이 양반들이 못마땅한 기색을 하면서 회사 측은 금명간 근본적인 조처를 취할 것이라고 거듭 말하면서도, 그의 조차부가 해놓은 갱목작업에 만족하고 있다는 것을 알고 있었다. 그 문제는 지지부진 계속해서 거론되었고, 수갱은 불만으로 소리 없이 끓어오르고 있었다. 아주 조용한 성격의 마외도 마침내 주먹을 쥐고 말았다.

처음에는 자카리와 에티엔 사이에 일종의 경쟁심이 있었다. 어느 날 저녁 그들은 서로 뺨을 때리며 으르렁댔다. 그러나 원래 마음이 착한데다가 기분이 좋지 않은 일은 빨리 잊어버리는 자카리는 맥주나 한 잔 하자는 친절한 제안에 바로 화를 누그러뜨리고 자기보다 우위인 신참내기에게 복종했다. 르바크 역시 이제는 호의적인 얼굴로 대했고, 그의 말을 빌면 사상을 가진 조차부와 정치 얘기를 하곤 했다. 그리고 에티엔은 같은 도급인부들 중 꺽다리 샤발을 제외하고는 더이상 음험한 적대감을 느끼지 않았다. 그렇다고 그들이 서로 못마땅한 표정을 진 것은 아니었다. 동료인 까닭에 오히려 그 반대였다. 다만 함께 빈정거릴 때는 서로를 잡아먹을 듯이 노려보았다. 그들 사이에서 카트린은 지치고 체념한 소녀의 형색을 취한 채 등을 구부리고 탄차를 밀었다. 그녀는 이제 자기를 돕게 된 운반 동료에게 언제나 친절하게 대했고, 다른 한편으로는 애인의 의지에 복종하여 그의 노골적인 애무를 받아들였다. 그것은 기정사실화된 상황이었고, 그들은 가족들이 묵인하는 부부였다. 그래서 샤발은 매일 저녁 경석장 뒤로 그녀를 데려갔고, 그녀를 집 앞까지 바래다줄 정도였다. 탄광촌 사람들 모두가 볼 수 있는 거기에서 그는 지난번에 그녀를 껴안았다. 에티엔은 마음의 결정을 내렸다고 생각했지만 그들이 돌아다니는 것을 갖고 그녀에게 짓궂게 굴었고, 갱도 속에서 사내애들과 여자애들끼리 내뱉는 상스러운 말을 농담 삼아 내뱉었다. 그러면 그녀도 똑같은 어투로 대답하며 그녀의 애인이 자기에게 해주었던 것을 허세로 말했지만, 청년의 눈과 마주칠 때면 마음이 흔들리고 얼굴이 창백해졌다. 둘은 서로 고개를 돌린 채 종종 한 시간 동안 아무 말도 하지 않았고, 가슴속에 묻어둔 것들 때문에 서로 미워하는 표정을 지었지만 그것들에 대해 서로 얘기한 적은 결코 없었다.

봄이 왔다. 에티엔이 어느 날 운반갱을 나왔을 때 4월의 훈훈한 바람이 젊은 땅과 신록 그리고 맑은 대기의 좋은 냄새와 함께 그의 얼굴에 불어왔다. 이제 지하 막장의 영원한 겨울 속에서, 여름의 무더위도 따라갈 수 없는 그 습기 찬 암흑 속에서 열 시간의 노동을 끝내고 나올 적마다, 그는 보다 좋은 봄날과 보다 훈훈한 기운을 느꼈다. 해도 길어져서 마침내 5월이 되면서부터는 수갱으로 내려갈 때 이미 동이 텄다. 진홍빛 하늘은 새벽 먼지로 휩싸인 보뢰 수갱을 비췄고, 수갱에서 새어나오는 하얀 증기는 온통 장밋빛으로 물들었다. 사람들은 더 이상 추위에 떨지 않았고, 종달새가 높이 날며 노래 부르는 동안 멀리 평원에서는 훈훈한 숨결이 불어왔다. 세 시가 되면 찬연히 타오르는 태양은 지평선에 불을 지폈고 석탄 때가 긴 벽돌을 붉게 물들였다. 6월이 되자 밀들은 이미 크게 자라 그 청록색은 암청색 사탕무밭과 대조를 이루고 있었다. 그것은 미풍에도 물결치는 끝없는 바다였다. 그는 하루하루 퍼져나가며 성장하는 그곳을 보면서, 가끔 아침보다 저녁에 더 불어난 바다를 본 것처럼 깜짝 놀라곤 했다. 운하의 포플러들은 푸른 잎으로 장식을 했다. 풀들은 경석장을 공략했고 꽃들은 평원을 덮었으며, 궁핍과 피곤에 지친 그가 땅 밑 저 아래에서 신음하는 동안 모든 생명이 싹을 틔우고 이 땅에서 용솟음쳤다.

에티엔이 저녁마다 산책할 때 연인들이 그를 보고 놀라는 곳은 이제 경석장 뒤가 아니었다. 그는 밀밭에서 그들의 자취를 좇았고, 노란 밀이삭과 커다랗고 붉은 개양귀비들의 소용돌이 흔적에서 방탕한 그들의 새둥지를 확인했다. 자카리와 필로멘은 오랜 부부의 습관대로 그곳으로 돌아왔다. 언제나 리디의 뒤를 쫓는 브뢸레는 매번 장랭과 함께 땅을 깊숙하게 파고 알을 까는 리디를 찾아냈고, 날아 달아날 결심을 하도록 그들을 밟고 지나가야만 했다. 그리고 무케트는 어디서나 누웠기 때문에 들판을 가로지를 때면, 그녀의 머리는 바닥에 가라앉고 발들은 온 허리의 요동질 속에서 밀밭 위로 유영하는 모습을 보지 않을 수 없었다. 청년은 이들이 정말로 자유분방하다고 생각했지만, 카트린과 샤발을 마주치는 저녁에는 그것을 죄라고 여겼다. 그는 그들을 두 번 보았는데, 다가서자 그들은 밀밭 한가운데에 쓰러졌고 그곳은 죽은 듯이 미동도 하지 않았다. 또 한 번은 그가 오솔길을 따라

가고 있을 때였는데, 카트린의 맑은 눈이 이삭 높이에서 나타났다가 잠겨 버렸다. 그때 거대한 평원은 그에게 너무나 작게 보였고, 그는 차라리 라스뇌르의 라방타쥬에서 저녁 시간을 보내기로 했다.

"아주머니, 맥주 한 잔 주세요… 오늘 저녁은 나가지 않겠어요, 다리가 부러진 것처럼 아프네요."

그리고 한 동료에게 몸을 돌렸는데 그는 습관대로 후미진 탁자를 차지한 채 머리를 벽에 기대고 있었다.

"수바린, 한 잔 하지 않겠어요?"

"고맙지만 전혀 생각이 없네요."

에티엔은 바로 옆방에 살고 있는 수바린을 잘 알고 있었다. 그는 보뢰 수갱의 기계공으로 가구가 딸린 맨 윗방을 차지하고 있어서 에티엔과 이웃이었다. 마른 몸에 금발인 그는 서른 살 정도 되어보였고, 가냘픈 얼굴은 많은 머리숱과 가벼운 턱수염에 둘러싸여 있었다. 그의 하얀 이는 날카로웠고 입과 코는 가늘었으며, 뺨은 장밋빛이어서 고집스럽고도 부드러운 소녀의 인상을 주었지만 그의 강철 같은 회색빛 눈은 야수처럼 번뜩였다. 초라한 노동자 방에는 서류와 책들을 넣어둔 상자만이 있었다. 그는 러시아인이었으며 자신에 대해서는 아무 말을 하지 않았기 때문에 그에 관한 전설 같은 이야기가 나돌았다. 이방인을 아주 경계하는 이곳 광부들은 부르주아 같은 그의 작은 손에서 그가 다른 계급 출신이라는 낌새를 알아챘다. 처음에는 그가 어떤 모험을 하고 있거나 살인죄로 도망을 다닌다고 상상했다. 한편 그는 광부들에게 아주 호의적인 태도로 건방을 떨지 않고 탄광촌의 애들에게 그의 호주머니 돈을 모두 나눠 주었다. 광부들은 떠돌아다니는 정치 망명객이라는 말에 안심하고 그를 받아들였다. 그들은 망명객이라는 모호한 말속에서 범죄자에게서조차 느꼈던 고통의 동료의식 같은 어떤 빌미를 보았던 것이었다.

처음 몇 주 동안 에티엔은 그가 아주 내성적인 사람이라고 생각했다. 그는 나중에서야 그의 얘기를 알게 되었다. 수바린은 툴라* 속주의 한 귀족 가문의 막내아들로 태어났다. 상트페테르부르크**에서 의학을 공부했고 당시 러시아 젊은이들을 흥분시켰던 사회주의의 정열에 사로잡혀 수공업을 배우기로 결심해 기계공이 되었고, 인민을 알고 형제로서 돕기 위해 그들에 섞여들었다. 그가 이 직업으로 살아가기 전에는 황제를 시해하려는 음모를 기도했고 실패로 끝난 직후 도망을 쳤다. 그는 한 달 동안 한 과일장수의 지하실에서 살면서 도로를 가로지르는 땅굴을 팠고 집과 함께 날아가 버릴지도 모를 끊임없는 위험 속에서 폭탄을 매설했었다. 가족에게서 버림받고 돈 한 푼 없었던 그는 프랑스 공장들의 노동자 명부에 외국인으로 기재됐고 스파이 정도로 여겨졌다. 그는 굶어죽을 지경이 되었을 때 몽수 탄광회사는 기계공이 급박하여 그를 고용해 버렸다. 1년 전부터 그는 성실하고 말없는 좋은 노동자로 한 주는 낮에, 한 주는 밤에 근무를 했다. 너무나 정확했기 때문에 간부들은 그를 모범 근로자로 내세웠다.

"정말 목이 마르지 않아요?" 에티엔이 웃으며 그에게 물었다.

그러자 그는 거의 외국인 억양이 없는 부드러운 목소리로 대답했다.

"식사를 할 때나 목이 마르죠."

에티엔은 또한 여자 이야기로 그를 놀리며 바드-수와 옆에 있는 밀밭에서 그가 한 여조차부와 함께 있는 것을 보았다고 맹세했다. 그러자 그는 너무나도 무관심하고 태연하게 어깨를 으쓱했다. 여조차부? 뭘 하려고? 여자가 남자의 우정과 용기를 가지고 있을 때 자기에게 여자는 남자요 동지일 뿐이다. 그렇지 않으면 여자는 남자를 비겁하게만 만드는데 뭐라고 여자를 만나겠는가? 자기는 여자도 친구도 어떤 관계도 원치 않으며, 자기는 자신의 피에도 타인의 피에도 얽매이지 않는다.

매일 밤 아홉 시경 술집이 비었을 때 에티엔은 이렇게 수바린과 함

---

* 모스크바에서 남쪽으로 193km 떨어진 도시로 12세기에 모스크바의 방위를 위해 건설되었다.
** 1914년 이전의 레닌그라드의 이름

께 얘기를 나눴다. 그는 조금씩 맥주를 마셨고, 기계공은 줄담배를 피워댔기 때문에 그의 가는 손가락에는 갈색 담뱃진이 배어 있었다. 그의 흐릿하고 신비스러운 눈은 담배 연기를 꿈꾸듯 좇았고, 그의 왼손은 무엇인가를 잡기 위해 신경질적으로 빈 곳을 더듬었다. 그리고 마침내 여느 때처럼 친숙해진 토끼를 무릎 위에 올려놓았다. 계속해서 새끼를 배는 이 통통한 어미 토끼를 라스뇌르는 밖에 풀어놓고 기르고 있었다. 수바린이 폴로뉴라고 이름을 지어 준 이 토끼는 그를 사모하기 시작했고, 그가 어린애에게 하듯 다정하게 안아주지 않으면 몸을 세우고는 바지에 코를 비비고 발로 그를 긁어댔다. 그리고 그의 품에 꼭 붙어 귀를 늘어뜨리고는 눈을 감았다. 그는 싫증을 내지 않고 무의식적으로 부드러운 회색 털을 쓰다듬었고, 그 따스하게 살아 있는 부드러움에 마음이 진정되는 듯했다.

"알겠지만, 플쉬샤르로부터 편지 한 통을 받았어요." 어느 날 저녁 에티엔이 말했다.

그곳에는 라스뇌르 외에는 아무도 없었다. 마지막 손님이 자리에서 떠나 잠든 탄광촌으로 돌아간 터였다.

"아! 그래." 두 하숙인 앞에 서 있던 술집 주인이 소리쳤다. "플뤼샤르는 어디에 있어?"

에티엔은 두 달 전부터 릴의 기계공과 연락을 끊지 않고 있었고, 그에게 몽수 탄광에 취업한 사실을 알릴 생각을 하고 있었다. 플뤼샤르는 이제 광부들 속에서 선전선동을 하겠다는 생각에 빠져있는 에티엔을 교육시키고 있었다.

"문제의 조합결성이 아주 잘 진행되고 있대요. 도처에서 가입을 하는 모양예요."

"자네는 그들 조합에 대해서 어떻게 생각해?" 라스뇌르가 수바린에게 물었다.

폴로뉴의 머리를 부드럽게 매만지던 수바린은 담배연기를 뿜으며 침착한 태도로 중얼거렸다.

"아주 바보같은 짓들예요!"

그러나 에티엔은 열기에 들떠 있었다. 그의 모든 반항적 기질은 무지에서 비롯된 저급한 환상 속에서 자본에 대한 노동의 투쟁에 빠져 있었다. 그가 관심을 갖고 있는 것은 바로 국제노동자연맹, 즉 런던에서 창립된 그 유명한 인터내셔널이었다.* 거기에는 정의가 마침내 승리하게 될 멋진 노력과 전투가 있지 않는가? 이를 통해 전 세계의 노동자들은 국경을 초월하여 궐기하고 단결함으로써 자신들이 번 빵을 자신에게 보장할 것이다. 그리고 이 조직은 얼마나 단순하고 위대한가. 하부에는 코뮌을 대표하는 지부가 있고 동일한 지역의 지부를 집결하는 동맹이 있다. 그 위에는 국가가 있고 종국에는 인민회의로 구현되는 인류가 있다. 거기에서 각 국가를 그 국가의 서기장이 대표한다. 6개월 이전에 전 세계를 정복할 것이며 자본가들이 못된 짓을 할 경우 그들을 법으로써 강제할 것이다.

"바보같은 짓들이야!" 수바린이 되풀이해서 말했다. "당신들의 칼 마르크스는 아직도 순리적으로 행동하기를 바라고 있어요. 정치도 없고 음모도 없어요, 그렇지 않아요? 백주 대낮에 오직 임금만을 올리겠다는 거지요… 당신들의 역사 발전 얘기로 나를 귀찮게 하지 마세요! 도시 구석구석에 불을 지르고 목을 베고 모든 것을 쓸어버려야 해요. 그래야 이 썩은 세상의 어떠한 것도 남지 않을 때 아마 좋은 세상이 올 거예요."

에티엔은 웃기 시작했다. 그는 언제나 동료의 말을 듣지 않았고 이 파괴이론이 그에게는 잘난 척하는 것으로만 보였다. 라스뇌르는 보다 실질적이고 확고한 양식을 가진 사람이었기 때문에 화조차 내지 않았다. 그는 단지 사태를 정확히 알고 싶어 했다.

"그러면 뭐야? 자네가 몽수에 지부를 창설하려고?"

그것이 북부동맹 서기장인 플뤼샤르가 원하는 바였다. 그는 광부들

---

* 1864년에 창설된 제1차 국제노동자연맹을 말한다.

이 언젠가 파업에 돌입할 경우 인터내셔널이 그들을 위해 행할 사항들을 특히 강조했다. 에티엔은 당연히 파업이 임박했다고 믿었다. 갱목 사태는 좋지 않게 끝날 것이고, 회사 측이 강경 요구를 하기만 하면 모든 수갱들은 들고 일어날 것이었다.

"분담금 문제는 골치 아픈 일이야." 라스뇌르가 재판관의 어조로 단호하게 말했다. "일반 기금은 연 50상팀, 지부 기금은 2프랑, 이게 별 것 아닌 듯해도 내가 장담하는데 많은 사람들이 내기를 거부할 거야."

"그렇다면 더욱 여기에 우선적으로 공제기금을 만들어야 해요." 에티엔이 덧붙였다. "그래야 필요할 경우 그 돈을 저항 자금으로 쓸 수 있어요… 어쨌든 이제는 이러한 문제들을 생각해야만 돼요. 저는 준비가 됐어요. 다른 사람들도 그럴 거구요."

침묵이 흘렀다. 석유램프는 계산대 위에서 그을음을 내며 탔다. 활짝 열린 문을 통해 보뢰 수갱의 한 화부가 권양기의 화로에 석탄을 넣는 부삽 소리가 또렷이 들려왔다.

"모든 게 너무 비싸!" 라스뇌르의 아내가 말을 이었다. 그녀는 어느새 들어와서 침울한 표정으로 이야기를 듣고 있었고 언제나 검은 옷만 입는 듯했다. "달걀 값으로 22수를 냈어요. 끝장을 내버려야만 해요."

세 사내도 이번만은 똑같은 의견이었다. 그들은 한 명씩 침울한 목소리로 푸념을 시작했다. 노동자는 저항할 수가 없다. 혁명은 그들의 비참함을 악화시킬 뿐이었다. 89년 혁명* 이래 살이 찐 부르주아들은 너무나 게걸스럽게 먹어치워 노동자들에게는 접시 바닥을 닦을 빵조차 남겨주지 않았다. 100년 전부터 부와 안락의 놀라운 성장 속에서 노동자들이 그들의 몫을 제대로 가져갔다고 어느 누가 말하겠는가? 그들은 노동자는 자유롭다고 선언하고는 노동자들을 엿 먹였다. 맞

* 1789년 프랑스 대혁명을 말한다.

다, 굶어죽는 것은 자유다. 그 자유는 뺏을 수 없으니까. 시정잡배들에게 투표한다 해도 찬장에는 빵이 생기지 않는다. 그들은 뒤에서 맛있는 음식을 먹으면서 불쌍한 사람들을 자기들의 낡은 장화만큼도 생각하지 않는다. 이게 도대체 말이나 되는가, 아니다, 어떤 방법으로든 끝장을 내야만 한다. 그 방법이 신사적이든 법을 통해서든, 우정 어린 이해를 통해서든, 아니면 모든 것을 불태우고 서로를 잡아먹는 야만적인 방법을 통해서든 말이다. 노인들은 그것을 못 볼지라도 아이들은 보게 될 것이다. 왜냐하면 또 다른 혁명, 이번에는 노동자들의 혁명이 위에서 아래까지 전 사회를 쓸어버리고 보다 깨끗하고, 보다 정의로운 사회를 재건설하는 대변혁이 일어나지 않고는 금세기를 마감할 수 없기 때문이다.

"끝장을 내버려야 해요." 라스뇌르의 아내가 힘차게 되풀이했다.

"맞아, 맞아." 셋 모두는 외쳤다. "끝장을 내버려야 해."

수바린은 이제 폴로뉴의 귀를 쓰다듬었고 녀석은 기쁨으로 코를 떨고 있었다. 그는 초점을 잃은 눈으로 나지막하게 자신에게 말하듯이 중얼거렸다.

"임금 인상이 가능할 것 같아요? 임금은 냉혹한 법에 의해 노동자들이 마른 빵을 먹고, 어린애들을 만들기 위해 필요한 최저 금액으로만 빠듯하게 고정되어 있어요… 임금이 너무 낮게 떨어지면 노동자들이 굶어죽을 테고, 그러면 새로 써야 할 사람의 수요가 늘어 임금이 올라가게 되지요. 임금이 너무 올라가면 일하겠다는 사람이 너무 많아져서 임금은 내려가게 되고… 이것이 못 먹는 자들의 균형이고 굶주린 도형장에 내려진 영원한 저주예요."

그가 이처럼 자제심을 잃고 박식한 사회주의자의 주제를 다루자 그의 절망적인 단언에 에티엔과 라스뇌르는 불안해졌고 무슨 대답을 해야 할지를 몰랐다.

"들어보세요!" 그는 말을 계속하며 그들을 평상시처럼 침착하게 바라보았다. "모든 것을 부숴야 해요. 그렇지 않으면 굶주림이 다시 생거나고 말아요. 그래요! 필요한 것은 무정부 상태예요. 모든 게 사라지고 대지는 피로 씻기고 불로 정화되어야 해요!⋯ 나중에 보게 될 거예요."

"선생 말이 옳아요." 과격하고 혁명적이지만 예의를 잃지 않는 라스뇌르의 아내가 단호하게 말했다.

에티엔은 자신의 무지에 절망하여 더 이상 토론하고 싶지 않았다. 그는 일어서면서 이렇게 말했다.

"이제 자러 갑시다. 이런다고 세 시에 안 일어날 수는 없으니까요."

벌써 수바린은 입술에 달라붙은 담배꽁초를 끄고 살찐 토끼의 배 아래를 조심스럽게 잡고 바닥에 내려놓았다. 라스뇌르는 가게 문을 닫았다. 그들은 말없이 헤어졌고 귀는 윙윙거렸다. 그들의 머리는 헤집어놓은 심각한 문제들로 부어오른 것 같았다.

매일 밤 텅 빈 홀에서 에티엔이 한 시간에 걸쳐 비우는 단 하나의 맥주 잔 주위에서 그들은 이와 비슷한 내용의 대화를 했다. 어두운 곳에서 잠자고 있던 그의 사상적 소양이 깨어나며 성장하기 시작했다. 무엇보다도 알고 싶다는 욕망에 사로잡혀 그는 오랫동안 주저한 끝에 그의 이웃에게 책을 빌리려 했지만, 아쉽게도 그는 독일어와 러시아어로 된 저서 외에는 다른 책을 전혀 갖고 있지 않았다. 그러나 마침내 그는 수바린이 더한 바보짓이라고 말했던 협동조합에 관한 프랑스어 책을 빌리게 되었다. 또한 수바린이 받아보는 한 일간지를 정기적으로 읽었는데 그것은 제네바에서 발행되는 무정부주의자 신문인 「르 콩바」*였다. 그렇지만 그들의 일상적인 관계에도 불구하고 그는 수바린이 여전히 폐쇄적이라고 생각했다. 그는 흥미도 감정도 어떠한 종류의 선의도 없이 자기 삶에 틀어박혀 있는 듯했다.

에티엔의 상황이 호전된 것은 7월 초순경이었다. 끊임없이 되풀이되는 탄광의 단조로운 생활 속에서 한 사건이 일어났다. 기욤 탄맥의

---

* Le Combat. 전투라는 뜻이다.

모든 현장들은 탄층이 완전히 교란된 혼합탄맥과 마주치게 되었고, 그것은 분명히 단층에 다가왔음을 예고하는 것이었다. 그리고 곧바로 이 단층과 마주쳤지만 엔지니어들은 지층에 대한 폭넓은 지식에도 불구하고 여전히 그것을 모르는 척했다. 수갱이 발칵 뒤집혔고 사람들은 사라진 탄맥에 대해서만 이야기를 나눴다. 그것은 보다 아래에 있는 단층의 다른 쪽으로 옮겨가 버린 게 틀림없었다. 나이 먹은 광부들은 석탄 사냥에 투입된 개들처럼 이미 콧구멍을 벌름거리고 있었다. 그러나 현장사람들은 그때까지 팔짱을 낀 채 우두커니 있을 수가 없었고, 회사 측은 새로운 탄맥 도급을 입찰하겠다는 공고문을 붙였다.

어느 날 마외는 수갱을 나오며 에티엔에게 다른 현장으로 옮겨간 르바크 대신 자기 탄맥 도급의 채탄부로 들어올 것을 제안했다. 그 일은 이미 선임반장과 엔지니어와 얘기를 다 끝낸 상태였고 그들은 청년에 대해 아주 만족스러워하고 있었다. 그러므로 에티엔은 마외가 자기를 높이 평가하고 있다는 것을 기뻐하면서 이 빠른 승급을 받아들이기만 하면 되었다.

저녁이 되자마자 그들은 공고문의 내용을 알아보기 위해 수갱으로 함께 돌아왔다. 탄맥 도급에 붙여진 막장들은 필로니에르 탄맥으로 보뢰 수갱의 북쪽 갱도에 위치하고 있었다. 그 막장들은 조금도 유리한 것이 없어 보였으므로 청년이 그에게 그 조건들을 읽어주자 그는 머리를 절레절레 흔들었다. 다음 날 수갱에 내려갔을 때 마외는 에티엔과 함께 탄맥을 보러 갔고, 에티엔에게 석탄하치장까지의 거리가 멀다는 것과 지층이 쉽게 무너지겠으며, 석탄의 두께가 형편없고 탄이 너무 단단하다는 사실을 지적했다. 그래도 끼니를 채우려면 일을 해야 했다. 그래서 다음 일요일 그들은 막사 안에서 행해지는 도급 입찰에 갔다. 엔지니어 지부장이 부재 시에는 입찰을 수갱 엔지니어가 주재했고 선임반장이 참관했다. 500명에서 600명에 이르는 광부들이 구석에 세워진 단상 앞에 모여 있었다. 도급 낙찰은 열차처럼 빠른 속도로 진행되었고 웅성대는 목소리들만 들렸다. 숫자들을 외쳐대면 다른 숫자들이 그것을 묵살해버렸다.

마외는 회사 측이 내놓은 마흔 개의 탄맥 도급 중 하나도 따지 못할까봐 겁이 났다. 모든 입찰자들은 공황에 대한 소문에 불안감을 느꼈고, 실업의 공포에 사로잡혀 가격을 낮췄다. 엔지니어 네그렐은 필사적인 그들 앞에서 조금도 서두르지 않았고, 도급가격이 가능한 한 낮게 떨어지도록 내버려두었다. 반면 일을 빨리 해치웠으면 하는 당사에르는 훌륭한 계약을 했다며 거짓말을 늘어놓았다. 마외는 갱도 50미터 지점을 차지하기 위해 그것을 고집하는 한 동료와 싸워야만 했다. 번갈아가며 그들은 탄차 한 대당 1상팀씩을 낮췄다. 그는 승리했지만 너무나 임금을 낮춘 상태여서 그의 뒤에 서 있던 리숌 반장은 입속으로 투덜거렸고, 그를 팔꿈치를 밀며 그 가격으로는 도저히 살아갈 수 없다고 화를 냈다. 밖으로 나왔을 때 에티엔은 욕을 해댔다. 그리고 샤발 앞에서 분노를 터뜨렸다. 샤발은 장인이 중요한 일에 몰두하는 동안 카트린과 함께 빈둥거리다 밀밭에서 돌아오는 길이었다.

"제기랄! 작살났군!…" 그가 소리쳤다. "그러면 오늘 노동자가 노동자를 잡아먹어야 했단 말이지!"

샤발은 분노했다. 결코 자기는 가격을 내리지 않았을 것이다! 호기심으로 왔던 자카리는 진절머리가 난다고 소리쳤다. 그러나 에티엔은 은근히 폭력적인 몸짓으로 그들의 입을 다물게 했다.

"끝장을 내버리겠어, 언젠가는 우리가 주인이 될 것이다!"

마외는 도급 입찰장에서부터 말이 없었고, 이제 서야 깨어난 듯 이렇게 되뇌었다.

"주인이라… 아! 망할 놈의 팔자! 그게 아주 빨리 되진 않겠지!"

2

7월의 마지막 일요일은 몽수의 수호성인 축제일이었다. 토요일 저녁이 되자마자 탄광촌의 아낙네들은 물을 흠뻑 써가며 거실을 씻어냈고, 바닥타일과 벽면에 끼얹은 양동이 물로 바닥은 홍수를 이뤘다. 바닥은 가난한 사람들의 호주머니 사정으로는 값비싼 사치품인 하얀 모래를 뿌렸지만 아직 마르지 않고 있었다. 그렇지만 그날 하루도 무더위를 예고하고 있었다. 여름 소나기구름에 짓눌린 하늘은 무겁게 내려앉으며 끝없이 펼쳐진 헐벗은 북부 평원을 질식시키고 있었다.

일요일이면 마외네 식구들은 일어나는 시간이 엉망이었다. 아버지는 다섯 시부터 침대에서 화를 내며 옷을 입었지만 아이들은 아홉 시까지 실컷 잤다. 그날 마외는 파이프를 한 대 피우러 정원에 갔다가 결국 돌아와서는 혼자 타르틴을 먹었다. 그는 무엇을 해야겠다는 생각 없이 아침나절을 보냈다. 물이 새는 물통을 고쳤고 아이들이 받아온 황태자의 초상화를 뻐꾸기시계 아래에 붙였다. 그러는 동안 다른 사람들도 하나씩 계단에서 내려왔다. 본모르 영감은 의자를 밖에 내놓고 앉아 햇볕을 쪼였고, 아내와 알지르는 곧바로 식사를 만들기 시작했다. 카트린은 방금 자신이 옷을 입혀준 레노르와 앙리를 앞으로 밀면서 나타났다. 이윽고 열한 시가 울리자 감자와 함께 삶은 토끼고기 냄새가 온 집안에 벌써 가득 찼고, 그때 자카리와 장랭이 부은 눈을 하고 계속 하품을 하면서 마지막으로 계단을 내려왔다.

탄광촌은 축제일이라고 온통 들떠 있었고, 몽수로 몰려가기 위해 부리나케 점심을 서두르고 있었다. 어린애들은 떼를 지어 뛰어갔고, 사내들은 셔츠 바람에 헌신을 신고 휴일의 게으른 걸음걸이로 엉덩이를 씰룩거리며 갔다. 좋은 날씨에 창문과 문들을 활짝 열어젖혀서 줄줄이 늘어선 거실들이 보였고, 모든 거실은 들끓는 가족들의 몸짓과 고함소리로 북적거렸다. 건물 한 쪽 끝에서 저쪽 끝까지 토끼고기와 풍성한 식탁 냄새가 났고, 이 날은 이 향내가 건물에 배어버린 튀긴 양파냄새와 싸우고 있었다.

마외네 식구들은 정오가 되자 점심을 먹었다. 그들은 큰 소동을 피우지 않았지만 문과 문에서는 이웃집 여자들의 수다가 뒤섞였고, 부르고 대답하고 물건을 준비하는 소리와 도망치다가 뺨을 맞고 돌아오는 아이들의 소란이 계속됐다. 그런데 그들은 자카리와 필로멘의 결혼 문제로 이웃집과 틀어져 있었다. 남자들은 서로 만나곤 했지만 여자들은 서로 모르는 척했다. 이 불화 때문에 상대적으로 피에론과의 관계는 돈독해졌다. 그러나 피에론은 그녀의 어머니에게 피에롱과 리디를 맡긴 채 아침 일찍 마르시엔의 사촌언니 집에 놀러간 터였다. 그래서 사람들은 빈정거렸다. 왜냐하면 사촌언니가 누구인지를 알기 때문이었다. 그녀는 콧수염을 기르고 있었고 그녀는 보뢰 수갱의 선임반장이었다. 마외드는 수호성인 축제일에 가족을 내팽치는 것은 아주 옳지 못하다고 단호하게 말했다.

마외네 식구들은 한 달 전부터 헛간에서 살찌운 토끼에 감자를 넣은 요리 외에도 기름진 수프와 쇠고기를 먹었다. 전날 마침 보름치 급료가 들어온 것이었다. 그들은 이와 같은 성찬을 기억하지 못했다. 3일 동안 아무것도 하지 않는 광부들의 축제인 지난 화포제* 때에도 토

---

* 화포제는 포수와 광부의 수호성녀 축제일로 12월 4일이다.

끼는 이토록 살찌고 부드럽지 않았었다. 이가 돋기 시작한 에스텔부 터 이가 빠지고 있는 본모르 영감까지 열 개의 턱이 어찌나 열심히 움 직였던지 토끼 뼈까지 없어질 정도였다. 쇠고기도 맛있었다. 그러나 쇠고기는 거의 먹어본 적이 없기 때문에 소화가 잘 안됐다. 모든 것이 사라졌고 저녁에 먹을 삶은 고기 한 조각만이 남았다. 배가 고프면 타 르틴과 함께 먹으리라.

첫 번째로 사라진 것은 장뱅이었다. 베베르는 학교 뒤에서 그를 기 다리고 있었다. 그리고 그들은 오랫동안 배회한 끝에 브륄레에게 붙 들여 나가지 않겠다고 다짐을 한 리디를 유혹했다. 리디가 달아난 것 을 알았을 때 그녀는 아우성을 치면서 마른 팔을 휘둘렀고, 이 소란에 짜증이 난 피에롱은 아내 역시 재미를 보고 있다는 것을 알기 때문에 아무런 양심의 가책 없이 재미를 보는 남편의 모습을 하고 조용히 어 슬렁거리러 나갔다.

다음으로 본모르 영감이 나갔고, 마외는 바람을 쐬러 나가리라 작 정하기 전에 마외드에게 저 아래에서 만날지를 물어보았다. 아니다, 아이들과 함께 돌아다니는 것은 정말 고역이다. 그러나 좀 생각했더 라면 그러자고 했을 것이었다. 항상 그들은 만나서 돌아왔기 때문이 었다. 밖으로 나오자 마외는 머뭇거리며 옆집으로 들어가 르바크가 나갈 채비를 했는지 보았다. 자카리는 필로멘을 기다리고 있었다. 르 바크 마누라는 한도 끝도 없는 결혼 얘기를 꺼낸 터였고, 자기가 무시 당하고 있다며 마외드와 마지막 담판을 짓겠다고 소리쳤다. 딸은 제 서방과 놀아나고, 자기는 애비 없는 딸자식을 보살피니 이게 사는 거 란 말인가? 필로멘은 침착하게 모자를 썼고, 자카리는 그녀를 데리고 나가며 자기 어머니가 승낙하면 자기도 정말로 결혼하고 싶다고 되풀 이해서 말했다. 게다가 르바크는 이미 밖으로 나간 뒤였기 때문에 마 외 역시 자기 아내와 얘기해보라고 미루면서 서둘러 나와 버렸다. 치 즈 한 조각을 마저 먹은 부틀루는 탁자에 팔꿈치를 괸 채 맥주나 한 잔 하자는 제안을 고집스럽게 거절했다. 그는 좋은 남편으로서 집에 남아 있었다.

　여하튼 탄광촌은 점점 비고 있었다. 모든 사내들은 다른 사내들의 뒤를 따라 떠났다. 반면 문 앞에서 망을 보던 여자애들은 반대쪽으로 나가 그들 애인의 품에 안겼다. 샤발을 본 카트린은 아버지가 교회 모퉁이를 돌자 서둘러 그를 만났고, 그들은 함께 몽수 도로로 걸어갔다. 아이들이 흩어져 나가자 혼자 남게 된 엄마는 힘이 빠져 의자에 주저앉은 채 뜨거운 커피를 두 잔째 홀짝홀짝 마셨다. 탄광촌에는 이제 여자들밖에 없었다. 그들은 서로 불러 아직도 점심의 온기가 남아 있고 기름기가 묻어 있는 탁자 주변에서 남은 커피를 마저 비웠다.

　마외는 르바크가 라방타쥬에 있다는 낌새를 채고 천천히 라스뇌르 가게로 내려갔다. 사실 르바크는 술집 뒤편 산울타리를 친 좁은 정원에서 동료들과 함께 구주희 놀이를 하고 있었다. 놀이를 하지 않고 서 있는 본모르 영감과 무크 영감은 너무나 정신없이 공을 지켜봐서 서로 팔꿈치로 미는 것조차 모르고 있었다. 뜨거운 태양은 수직으로 내리쬐어 술집 주변에는 그늘 한 점 없었다. 에티엔은 그곳 탁자 앞에서 맥주를 마시고 있었는데 수바린이 자기를 내버려 두고 방으로 올라간 것이 마음에 걸렸다. 거의 모든 일요일마다 그 기계공은 방안에 틀어박혀 글을 쓰거나 책을 읽었다.

　"게임할래?" 르바크가 마외에게 물었다.

　그러나 마외는 거절했다. 너무 더워서 목이 타 죽을 지경이었다.

　"아저씨!" 에티엔이 불렀다. "한 잔 갖다 줘요."

　그리고 마외 쪽으로 몸을 돌렸다.

　"내가 한잔 사는 거예요."

　이제는 모두가 격의 없이 얘기했다. 라스뇌르는 전혀 서두르지를 않았기 때문에 세 번이나 연거푸 불러야 했다. 라스뇌르의 아내가 미지근한 맥주를 가져왔다. 청년은 목소리를 낮추고 가게에 대해 불평을 했다. 틀림없이 사람들도 좋고 생각도 좋지만, 맥주는 형편없고 식사는 끔찍하다! 몽수에서 가깝지 않았다면 벌써 하숙집을 열 번은 바꿨을 거다. 결국 탄광촌에서 하숙집을 구해볼 것이다.

"맞아, 맞아." 마외가 느린 목소리로 되풀이해 말했다. "가정집에 있는 것이 나을 거야."

함성이 터졌다. 르바크가 단번에 모든 구주를 쓰러뜨린 것이었다. 무크와 본모르는 얼굴을 땅에 숙인 채 소란한 가운데 말없이 깊은 찬사를 마음속에 간직했다. 놀이하는 사람들이 산울타리 너머에서 즐거워하는 무케트의 얼굴을 보았을 때 한 번에 쓰러뜨린 기쁨은 농지거리로 바뀌었다. 그녀는 한 시간 전부터 그곳을 배회하고 있었는데 웃음소리를 듣고 대담하게 그곳으로 다가온 것이었다.

"어떻게 너 혼자야?" 르바크가 소리쳤다. "네 애인들은?"

"내 애인들, 싹 치워버렸어요." 그녀는 능청스럽게 즐거워하며 대답했다. "하나 찾고 있는 중예요."

모든 사람이 자기라고 나서며 상스런 말로 그녀를 약올렸다. 그녀는 고개를 가로 저으면서 더 크게 웃어대며 그들의 신바람을 돋웠다. 그러나 그녀의 아버지는 쓰러진 구주에서 눈을 떼지 않은 채 놀이를 구경했다.

"저런!" 에티엔 쪽으로 시선을 던지며 르바크가 계속해서 말했다. "네가 곁눈질하는 사내를 사람들이 눈치 채잖니 애야!… 억지를 부려야 될 거야."

그러자 에티엔이 즐거워했다. 사실 여조차부는 그의 주변을 맴돌고 있었다. 그는 아니라고 말했지만 기분은 좋았다. 그러나 그녀에 대해서는 전혀 내키질 않았다. 그녀는 몇 분 동안을 더 산울타리 뒤에서 우두커니 서서 커다란 눈으로 그를 응시했다. 그리고 그녀는 갑자기 심각한 얼굴을 하고는 무거운 태양에 짓눌린 것처럼 천천히 그곳을 떠났다.

나지막한 목소리로 에티엔은 몽수 탄광부들을 위한 공제기금 설치의 필요성에 대해 마외에게 다시 긴 설명을 했다.

"회사 측은 우리가 하는 대로 내버려두겠다고 주장하는데 뭐가 두려워요?" 그는 되풀이해서 말했다. "우리는 오직 연금 밖에 없고, 회사 측은 우리에게 다른 적립금 공제는 전혀 안 해주니까 연금을 자기들 멋대로 정하는 거예요. 그러니까 회사 측의 장난질과는 별도로 신중하게 상호공제조합을 만들어야 해요. 긴급히 필요할 경우 그것에 의지할 수 있을 테니까요."

그리고 그는 세부사항을 구체적으로 설명하며 조직을 논의했고 모든 수고를 아끼지 않겠다고 약속했다.

"좋아. 그렇게 하세." 마침내 설득된 마외가 말했다.

"다만 다른 사람들이 문제지… 다른 사람들이 결심하도록 노력해야지."

르바크가 이기자 사람들은 구주희를 그만두고 맥주잔을 비웠다. 그러나 마외는 한 잔 더 하는 것을 마다했다. 아직 해도 지지 않았다. 나중에 하자. 그는 피에롱을 생각했다. 피에롱은 어디에 있을까? 틀림없이 선술집 랑팡에 있으리라. 그는 에티엔과 르바크를 데리고 나와 몽수를 향해 갔다. 새로운 무리가 라방타쥬의 구주희 놀이터를 차지했다.

포장도로를 가는 도중 카페 카지미르와 선술집 프로그레에 들어가야만 했다. 탄광동료들이 열려진 문을 통해 그들을 불렀던 것이었다. 싫다고 말할 수가 없었다. 매번 인사치레를 하자니 맥주 한두 잔은 마셔야 했다. 그들은 거기에서 10분간 있으면서 몇 마디를 주고받으며 아직은 말짱한 정신으로 다시 맥주 맛을 음미하기 시작했다. 마음껏 양은 채웠지만 귀찮게도 너무 자주 오줌이 마려웠고 시간이 감에 따라 그 색깔은 바윗물처럼 맑아졌다. 선술집 랑팡에서 그들은 이미 두 잔의 맥주를 끝낸 피에롱을 덮쳤고, 그는 당연히 그들과 건배를 하고 세 번째 잔을 꿀꺽 삼켰다. 그들 역시 당연히 자기 몫을 비웠다. 이제 그들은 넷이 되었고 자카리가 선술집 티종에 있는지 알아볼 요량으로 그곳을 나갔다. 홀은 비어 있었고 그들은 맥주 한 잔을 시키고는 잠시 그를 기다렸다. 다음으로 그들은 선술집 생-텔로아를 생각했고, 거기에서 리슑 반장이 돌리는 맥주를 얻어 마셨다. 그때부터는 구실을 대지 않고 그냥 쏘다닌다고 얘기하며 맥주집을 전전했다.

"볼캉에 가야겠어!" 갑자기 르바크가 담뱃불을 붙이며 말했다.

다른 사람들은 머뭇거리며 웃기 시작했고, 점점 커져가는 수호성인 축제의 소란 속에서 동료를 따라갔다. 볼캉의 길고 좁은 홀 안쪽에는 무대가 세워져 있었고, 그 위에는 릴의 퇴물창녀인 다섯 명의 여가수가 괴물 같은 자세와 젖가슴이 보이는 복장을 하고 서있었다. 그들 중 한 명을 원할 때는 손님들은 10수를 주고 무대 뒤로 갔다. 대부분 조차부와 탄차하역부들이었지만 열네 살 먹은 견습광부까지 있었다. 맥주보다는 노간주 술을 마시는 수갱의 모든 젊은이들이 그곳에 있는 셈이었다. 몇몇 늙은 광부들 역시 배짱 좋게 들어왔는데 가정이 쓰레기로 전락한 탄광촌의 음탕한 남편들이었다.

조그만 탁자 주위에 앉자마자 에티엔은 르바크를 붙잡고 공제기금에 대한 생각을 설명했다. 그들이 새롭게 개종하여 사명감을 지닐 수 있도록 끈질기게 포교했다.

"각 회원이 매달 20수는 불입할 수 있을 거예요." 그는 되풀이해서 말했다. "이 20수는 4년 내지 5년이 모으면 상당한 액수의 돈이 될 거예요. 돈이 있을 때 사람은 강해져요, 그렇잖아요? 어떠한 경우에도… 응! 뭐라고 말했어요?"

"난 싫다고는 안할게." 르바크가 건성으로 대답했다. "나중에 얘기하자고."

덩치가 큰 금발에 그는 흥분했다. 마외와 피에롱이 맥주 한 잔을 비우며 두 번째 노래는 듣지 말고 그냥 나가자고 했을 때 그는 계속 있겠다고 고집을 부렸다.

그들과 함께 밖으로 나온 에티엔은 무케트를 다시 보았다. 그녀는 그들을 따라온 것 같았다. 그녀는 계속해서 착한 소녀의 미소를 지으며 '나를 원하지?'라고 말하고 싶은 듯 큰 눈으로 그를 응시했다. 청년은 농담을 했고 어깨를 으쓱했다. 그러자 그녀는 화가 난 제스처를 하고는 군중 속으로 사라졌다.

"그런데 샤발은 어디에 있지?" 피에롱이 물었다.

"정말, 피케트에 있는 것이 분명해… 피케트로 가자고." 마외가 말했다.

그러나 셋 모두가 선술집 피케트에 도착했을 때 문 위에서 싸움소리가 나 그들은 걸음을 멈췄다. 자카리는 땅딸하고 아둔한 발로니* 출신의 못 공장 직공을 주먹으로 위협하고 있었다. 반면 샤발은 주머니에 손을 넣은 채 그들을 바라보고 있었다.

"저기! 샤발이 있어." 마외가 태연하게 말을 이었다.

"카트린과 함께 있구먼."

족히 다섯 시간 전부터 여조차부와 그녀의 애인은 수호성인 축제일 내내 쏘다녔다. 구불구불한 내리막길인 널따란 몽수도로를 따라 지붕이 낮고 여러 페인트로 색칠 한 집들이 늘어서 있었고, 뙤약볕 아래서 굴러다니는 인파는 평원의 맨 땅속으로 사라지는 개미 떼 행렬과 비슷했다. 검은 진흙은 한결같이 말라 있었고, 시커먼 먼지는 소나기구름처럼 휘날리고 있었다. 길 양편에 있는 술집들은 사람들로 터져 나갈 지경이어서 탁자들을 포장도로에까지 내놓고 있었고, 거기에 두 줄로 늘어선 노점상들과 야외 점포들은 여자애들의 스카프와 거울, 사내애들의 칼과 모자 그리고 과자라고 할 수 없는 당과와 비스킷을 팔고 있었다. 교회 앞에서는 활을 쏘고 있었다. 회사 자재창고 앞에서는 공놀이가 벌어지고 있었다. 조아젤 거리 모퉁이에는 회사 건물이 자리 잡고 있었고, 판자로 담을 친 그 곁에는 닭싸움을 구경하기 위해 사람들이 몰려들었다. 두 마리의 커다란 붉은 수탉은 강철 박차로 무장하고 있었고 놈들의 찢겨진 목에는 피가 흐르고 있었다. 보다 멀리 있는 메그라 가게에서 당구를 치는 사람들은 상품으로 앞치마와 반바지를 벌었다. 그리고 긴 침묵이 이어졌다. 무리들은 뒤섞여 마셔대며

---

* Wallonie. 벨기에 남부지방

소리치지 않고 배를 채웠고, 맥주와 튀김감자는 밖에서 끓고 있는 튀김 냄비의 열로 더욱 심해진 폭염 속에서 은근히 점점 더 소화가 되질 않았다.

샤발은 19수짜리 거울과 3프랑짜리 스카프를 카트린에게 사주었다. 그들은 한 바퀴 돌 적마다 무크와 본모르와 마주쳤는데, 두 노인은 생각에 잠긴 채 무거운 발걸음으로 나란히 축제장을 돌아다니고 있었다. 그러나 애들을 만나서는 화가 치밀었다. 그들은 장랭이 베베르와 리디를 부추겨 공터 가장자리에 자리 잡은 간이주점에서 노간주 술병을 훔치게 하는 것을 보았던 것이었다. 카트린은 남동생의 뺨을 때리지 않을 수 없었고, 계집애는 이미 술병을 가지고 달아나버렸다. 저 못된 것들은 도형장에 가고 말리라.

그때 카페 테트-쿠페 앞에 이르자 샤발은 1주일 전부터 문 위에 공고가 나붙었던 방울새 경연대회를 볼 생각으로 자기 애인을 그 안으로 들어가게 했다. 열다섯 명의 마르시엔 못 공장 직공들이 이 경연에 왔고, 그들은 각각 12개의 새장을 가지고 있었다. 조그맣고 어두운 새장에는 눈을 가린 방울새들이 꼼짝 않고 있었고, 새장은 벌써 술집 안마당의 울타리에 매달려 있었다. 한 시간 동안 자기 노래 가락을 가장 많이 되풀이하는 방울새를 헤아리는 것이었다. 못 공장 직공들은 석반석을 들고 자기 새장 곁에 서서 새들이 노래한 횟수를 표기하면서 옆 사람을 서로 감시했다. 방울새들은 보다 기름진 소리를 가진 '시슈이외'와 높은 울림소리를 가진 '바티세쿠이'로 나뉘어졌다. 새들은 맨 처음에는 소심하게 희귀한 가락만을 애써 시도하다 다음에는 서로 흥분하여 리듬을 재촉했고, 그러다가 어떤 놈들은 엄청난 경쟁의 분노에 사로잡혀서 급기야는 떨어져 죽고 말았다. 못 공장 직공들은 발로니어*로 격렬하게 한 번 더, 한 번 더, 조금만 더 노래하라고 다그치며 소리쳤다. 반면 백여 명에 이르는 관객들은 똑같은 리듬으로 엇박자

---

* 발로니 지방에서 쓰는 프랑스어의 방언

를 내며 반복하는 방울새 180마리의 끔찍한 음악 속에서 말을 잊은 채 흥분상태로 있었다. 일등상으로 단철 커피주전자를 탄 놈은 '바티세쿠이' 중의 한 마리였다.

카트린과 샤발이 거기에 있을 때 자카리와 필로멘이 들어왔다. 그들은 손을 붙잡고 함께 있었다. 그런데 갑자기 자카리가 분노했다. 동료들과 함께 구경 온 못 공장 직공이 자기 누이의 엉덩이를 꼬집었고 그것을 본 것이었다. 얼굴이 새빨개진 그녀는 자카리의 입을 다물게 했고, 만약 꼬집으려한 것이 아니라면 여기에 있는 모든 못 공장 직공들이 달려들어 샤발을 죽일지도 모른다는 생각에 몸을 떨었다. 그녀는 사내가 하는 짓을 분명히 느꼈지만 신중하게 아무 말도 하지 않고 있었다. 그러나 그녀의 애인은 히죽히죽 웃는 것으로 그쳤고 네 사람은 모두 밖으로 나와 그 일은 끝난 듯했었다. 그런데 그들이 맥주 한 잔을 마시기 위해 피케트에 들어가자마자 바로 그 못 공장 직공이 거기에 다시 나타나 그들을 깔보고 도전적인 태도로 콧방귀를 뀌었다. 자카리는 가족을 생각하는 마음에 격분해 그 무뢰한에게 달려들었다.

"내 누이다, 돼지새끼야!… 거기 있어, 개새끼! 잘못했다고 빌게 해줄 테니까!"

그가 두 사내 사이로 뛰어들었지만 샤발은 아주 태연하게 되풀이해서 말했다.

"내버려둬, 내 일야… 말했잖아, 난 그 녀석 상관 않는다고!"

일행과 함께 도착한 마외는 벌써 눈물을 쏟고 있는 카트린과 필로멘을 진정시켰다. 둘은 이제 사람들 속에서 웃었고, 그 못 공장 직공은 사라지고 없었다. 이 일을 마무리 짓고자 선술집 피케트에 거처하고 있는 샤발이 맥주를 샀다. 에티엔은 어쩔 수 없이 카트린과 건배를 했고, 아버지, 딸과 그녀의 애인, 아들과 그의 여자 모두는 함께 술을 들며 '회사의 발전을 위하여'라고 공손하게 말했다. 피에롱은 이어서 자기가 한잔씩 돌리겠다고 고집을 부렸다. 모두들 아주 좋다며 동의했을 때 자카리는 그의 동료 무케를 보자 다시 분노에 사로잡혔다. 그는 무케를 불렀고, 그 못 공장 직공을 혼내주러 가겠다고 말했다.

"그 녀석을 죽여 버리겠어!… 이봐! 샤발, 필로멘과 카트린을 잘 데리고 있어. 곧 돌아올 테니까."

이번에는 마외가 맥주를 샀다. 어쨌든 자카리가 제 누이의 복수를 하려는 것은 나쁜 본보기는 아니었다. 그러나 무케를 본 이후 침착함을 되찾은 필로멘은 고개를 끄덕였다. 분명히 두 녀석은 볼캉으로 줄행랑쳤다.

수호성인 축제는 저녁에 봉-조아이유에서의 춤으로 끝이 났다. 이 댄스홀을 운영하는 과부 데지르*는 쉰 살 먹은 여걸로 드럼통처럼 뚱뚱했다. 그러나 여전히 이팔청춘이어서 아직도 여섯 명의 애인이 있으며 평일에는 한 명씩 그리고 일요일에는 한꺼번에 여섯 명을 들인다고 떠벌렸다. 그녀는 모든 탄광부들을 자기 자식이라고 불렀고 복받치는 감정으로 30년 동안 그들에게 부어주었던 강물만큼의 맥주를 떠올렸다. 그녀는 또한 탄광에 들어가기 전 미리 자기 집에서 곱은 발을 녹이지 않고 잔뼈가 굵은 여조차부는 한 명도 없다고 자랑했다. 봉-조아이유는 두 개의 홀로 이루어져 있었다. 술을 마시는 홀에는 카운터와 테이블이 있었다. 널따란 구멍문을 통해 이 홀과 같은 높이로 연결된 댄스홀은 중앙에만 마루를 깔았고 그 주변은 벽돌로 바닥을 깐 커다란 방이었다. 천장의 한쪽 귀퉁이에서 다른 귀퉁이까지 대각선으로 교차하는 종이로 만든 꽃줄이 댄스홀을 장식했고, 꽃줄과 동일한 종이로 만든 화관은 그 장식줄을 중앙에서 묶고 있었다. 그리고 벽에는 제철 노동자들의 수호신인 성자 엘로아, 구두제조공 수호신인 성자 크레팽 그리고 광부들의 수호신인 성녀 바르브 등의 이름을 간직한 금박물린 방패꼴 문장들과 동업조합 달력들이 줄지어 걸려있었다. 천장은 너무 낮아서 설교단처럼 커다란 연주석의 세 악사들은 머리가 으스러질 정도였다. 저녁에는 댄스홀 네 귀퉁이에 조명용 석유

---

* Désir. 욕망이라는 뜻이다.

램프를 걸어놓았다.

이번 일요일에는 창문으로 여전히 대낮 빛이 들어오는 다섯 시부터 춤을 췄다. 그러나 홀이 가득 찬 것은 일곱 시경이었다. 밖에는 앞을 볼 수 없을 정도의 소나기 바람이 일어 온통 시커먼 먼지가 프라이팬 속에서 지글거렸다. 마외, 에티엔 그리고 피에롱은 봉-조아이유에 들어와 자리를 잡았고, 카트린과 춤을 추는 샤발을 방금 다시 만났다. 반면 필로멘은 혼자서 그들을 바라보고 있었다. 르바크와 자카리는 다시 나타나지 않았다. 댄스홀 주위에는 의자가 없었으므로 카트린은 춤이 끝나면 자기 아버지 테이블에 와서 쉬었다. 필로멘을 불렀지만 그녀는 그냥 선 채로 있겠다고 했다. 해가 지자 세 명의 악사는 광분했고, 홀에서는 흔들어대는 엉덩이와 젖가슴만이 뒤엉킨 팔들 속에서 보였다. 소란스러운 환호성과 함께 네 개의 램프가 켜졌고, 갑자기 모든 것이 환히 드러났다. 얼굴들은 벌겋게 달아올랐다. 헝클어진 머리칼은 살갗에 달라붙었고, 휘날리는 치마는 땀에 젖은 남녀의 몸 냄새를 쓸어갔다. 마외는 에티엔에게 돼지방광처럼 통통하고 그 기름처럼 번들거리는 무케트가 키가 크고 마른 탄차하역부의 팔을 잡고 격렬하게 돌아대는 모습을 가리켰다. 그녀는 한 사내를 붙들고 마음을 달래고 있음에 틀림없었다.

드디어 여덟 시가 되자 에스텔을 품에 안은 마외드가 나타났고, 엄마 뒤를 알지르, 앙리, 레노르가 따랐다. 그녀는 추호도 틀리리라는 생각을 하지 않고 곧장 남편이 있는 곳으로 왔다. 조금 후에 저녁을 먹을 참이었지만 커피로 배를 채우고 맥주로 배를 불린 그들은 아무도 배가 고프지 않았다. 다른 여자들도 왔는데 사람들은 마외드 뒤에서 르바크 마누라가 부틀루와 함께 들어오는 것을 보고 수군거렸다. 부틀루는 필로멘의 아이들인 아실과 데지레의 손을 잡고 들어왔다. 두 이웃집 여자는 아주 생각이 잘 맞는 듯 마외드는 뒤를 돌아보며 르바크 마누라와 얘기를 했다. 그들은 이곳으로 오는 도중 심한 말다툼을 했었다. 마외드는 장남이 버는 돈을 잃는 것이 아까웠지만 더 이상 그를 붙들어둘 마땅한 이유가 없어 어쩔 수 없이 자카리의 결혼을 체념하고 받아들였다. 그녀는 웃어 보이려고 애썼지만 들어오던 돈의 상당 부분이 나가게 된 지금 어떻게 살림을 꾸려나갈지 걱정이 됐다.

"여기 앉아." 그녀는 에티엔, 피에롱과 함께 술을 마시는 마외 쪽 테이블을 가리키며 말했다.

"내 남편도 함께 있지 않았어요?" 르바크 마누라가 물었다.

동료들은 그가 곧 올 거라고 그녀에게 얘기했다. 모든 사람들이 붙어 앉았고, 부틀루와 아이들은 술꾼들이 밀쳐대는 너무 비좁은 곳에 자리를 잡아 두 테이블을 하나처럼 붙여버렸다. 맥주를 시켰다. 어머니와 자식들을 본 필로멘은 그들에게 다가갔다. 의자 하나를 건네받았고 마침내 시집갈 것이라는 얘기를 듣고는 그녀는 흡족한 듯 보였다. 그리고 사람들이 자카리를 찾자 그녀는 힘없는 목소리로 대답했다.

"나도 기다리고 있어요, 저쪽에 있어요."

마외는 아내와 눈을 주고받았다. 그럼 승낙했단 말인가? 심각해진 그는 말없이 담배를 피웠다. 그 역시 하나 하나씩 결혼을 하면서 부모를 곤궁에 빠뜨리는 자식들의 배은망덕에 내일에 대한 불안감에 사로잡혔다.

사람들은 여전히 춤을 추고 있었고, 카드릴*이 끝나자 댄스홀은 갈색 먼지에 잠겨버렸다. 벽이 삐거덕거렸고 코넷**이 비탄에 잠긴 증기 기관차처럼 날카로운 기적소리를 질러댔다. 그러자 춤을 추고난 사람들은 말의 콧김처럼 담배연기를 뿜어댔다.

"기억해? 카트린이 바보짓을 하면 목 졸라 죽여 버리겠다고 말한 거!" 르바크 마누라가 몸을 기울이며 마외드의 귀에 대고 말했다.

"뭐! 그렇게 말했어…" 마외드는 체념한 듯 중얼거렸다. "그래도 마음은 놓여. 그 애는 아직 애를 가질 수 없거든. 아! 내 그것은 장담하

---

* quadrille. 두 쌍의 무용수가 파트너를 바꾸며 추는 춤으로 20세기 초엽까지 유행했다.

** 트럼펫과 비슷하게 생긴 금관 악기로 19세기 중엽 프랑스에서 만들어졌다. 소리를 조절하는 세 개의 판이 있으며 음색이 부드럽다.

지!… 그 애 역시 애를 낳아 어쩔 수 없이 시집을 보내는지는 두고 보라고! 그러면 우리는 무얼 먹고 살겠어!"

이제 코넷이 부는 것은 폴카였다. 그러자 귀가 다시 멍멍해지기 시작했고, 마외는 아내에게 떠오른 생각을 아주 나지막이 얘기했다. 에티엔 같은 사람이 하숙집을 찾고 있는데 왜 하숙을 치지 않았을까? 자카리에게서 손해 볼 돈을 얼마나마 다른 사람에게서 보충할 수 있을 거다. 마외드의 얼굴이 환해졌다. 정말로 좋은 생각이었다. 그 일을 결말지어야 했다. 그녀는 다시 한 번 굶주림에서 구원받은 듯 너무 기분이 좋아 맥주를 새로 돌리라고 말했다.

에티엔은 그러는 동안에도 피에롱을 교육시키려 애를 쓰면서 공제 기금에 관한 자기 계획을 설명했다. 그는 피에롱에게서 가입하겠다는 약속을 받아냈을 때 경솔하게도 자기의 진짜 목적을 드러내고 말았다.

"우리가 파업에 임하게 되면 이 기금의 유용성을 알게 될 거예요. 회사 측에 개의치 않고 그 긴급 자금을 가지고 회사 측에 저항하는 거예요… 어때? 내 말을 알겠어요?"

피에롱은 눈을 내리깔고 창백해진 얼굴로 말을 더듬거렸다.

"생각 좀 해보고… 잘 운용되면 최고의 구제기금이겠지."

그때 마외가 에티엔을 붙잡고 하숙치겠노라고 솔직한 사람답게 확실하게 제안했다. 청년 역시 그 제안을 받아들였다. 그는 동료들과 더 많이 접하며 생활하겠다는 생각으로 탄광촌에서 거주하기를 몹시 바라고 있던 터였다. 단 몇 마디로 그 일은 끝났고 마외드는 자기 아들의 결혼을 공표했다.

때마침 자카리가 무케, 르바크와 함께 돌아왔다. 세 사람 모두에게는 볼캉의 냄새가 배어 있어 노간주 술과 지저분한 여자들의 시큼한 사향내를 풍겼다. 몹시 취한 그들은 만족스런 표정으로 서로를 팔꿈치로 밀치며 히죽거리고 있었다. 자카리는 마침내 결혼할 수 있게 되었다는 사실을 알고 너무 크게 웃어대 목이 메었다. 담담하게 필로멘은 그가 울지 않고 웃는 것을 보니 다행이라고 떠벌렸다. 의자가 없었기 때문에 부틀루는 몸을 비키며 자기 자리의 절반을 르바크에게 양보했다. 그러자 르바크는 모두가 가족과 함께 있는 것을 보고 갑자기 뭉클해져서 맥주를 다시 한 번 돌리라고 했다.

"제기랄! 이렇게 자주 놀 수는 없나!" 그가 고함쳤다.

10시까지 사람들은 남아 있었다. 여자들이 계속 들어오며 남편들을 데려갔다. 떼거리로 몰려온 아이들이 꼬리를 물며 들어왔다. 엄마들은 스스럼없이 귀리자루처럼 길고 누런 젖을 꺼내 볼이 통통한 갓난애들에게 물렸다. 반면 이미 걸음마를 시작한 아이들은 맥주를 잔뜩 마시고 테이블 밑을 네발로 기어 다니며 창피한 줄 모르고 오줌을 쌌다. 그곳은 맥주가 넘쳐나는 바다였다. 과부 데지르는 술통들의 배를 갈랐고 맥주는 밥통을 부풀리며 코와 눈 그리고 여기저기로 흘러나왔다. 너무나 팽팽하게 불어난 떼거리들의 모든 어깨와 무릎은 옆 사람을 파고들었고, 서로 팔꿈치를 맞대며 기뻐하고 즐거워했다. 입을 벌린 채 계속해서 웃는 바람에 입들이 귀까지 찢어졌다. 가마 속같이 더워 살이 익었고, 속 편히 드러낸 속살들은 파이프 담배의 짙은 연기 속에서 금빛으로 구워졌다. 단 하나 불편한 것은 서로 걸리적거리는 것이었는데, 한 계집애는 때때로 일어나며 홀 안쪽 펌프 가까이에 가서 치마를 걷어 올리고는 되돌아왔던 것이었다. 색종이 꽃 장식 아래서 춤추는 사람들은 더 이상 서로를 보지 않았고 너무나 땀을 흘렸다. 이에 용기가 난 견습광부들은 닥치는 대로 여조차부들의 허리를 잡고 쓰러뜨렸다. 술에 취한 계집애가 자기 위로 사내를 안고 쓰러졌을 때 광폭하게 울린 코넷 소리는 그 넘어지는 소리를 덮어버렸고, 발들이 바닥을 구르자 그들은 뒹굴었고, 댄스홀은 그들 위로 무너지는 듯했다.

누군가 지나가면서 피에롱에게 그의 딸 리디가 출입문 보도 위에 누워서 잔다고 알려주었다. 그녀는 훔친 술병에서 자기 몫을 마셔 곤드레가 되었고, 그는 딸의 목을 안고 옮겨야만 했으며 훨씬 술이 센 장랭과 베베르는 몹시 우습다며 멀리서 그의 뒤를 따랐다. 이것이 출발신호였다. 가족들은 봉-조아이유에서 나왔고, 마외와 르바크 식구들도 탄광촌으로 돌아가기로 했다. 그때 본모르 영감과 무크 영감 역시 몽유병자의 걸음걸이로 고집스럽게 입을 다물고 지난 일을 생각하며 몽수를 떠났다. 그래서 모두가 함께 집으로 돌아가며 수호성인 축제장을 마지막으로 통과했다. 프라이팬들은 졸아붙었고, 술집에서는 마지막 맥주잔들의 술이 개천을 이루며 길 한 가운데까지 흘렀다. 소나기는 여전히 쏟아질 듯했으며 웃음소리들은 올라왔고, 사람들은 불켜진 집들을 떠나자마자 시커먼 들판으로 사라졌다. 뜨거운 숨소리가 무르익은 밀밭에서 새어나왔다. 그날 밤 많은 아이들이 만들어졌음에 틀림없었다. 탄광촌에 도착하자 그들은 뿔뿔이 흩어졌다. 르바크 식구도, 마외 식구도 저녁을 먹었지만 식욕은 없었다. 마외 식구들은 아침에 삶아놓은 고기를 마저 먹고 잠을 잤다.

에티엔은 샤발을 데리고 라스뇌르 가게로 더 마시러 갔다.

"나도 하겠어!" 동료가 공제조합 기금 건에 대해 설명했을 때 샤발이 말했다. "제대로 갈겨야 해, 넌 멋진 놈이야!"

취기가 오르자 에티엔의 눈은 이글거렸다. 그는 소리쳤다.

"그래, 합심하자고… 알게 되겠지만 난 정의를 위해서 모든 것을 바치겠어. 술이건 여자건 말이야. 내 가슴을 뜨겁게 하는 것은 딱 하나야. 우리가 부르주아를 쓸어버려야 한다는 생각뿐이야."

3

  8월 중순 경 에티엔은 마외의 집으로 거처를 옮겼고, 결혼한 자카리는 회사 측으로부터 필로멘과 두 자식을 위한 탄광촌의 빈 집을 얻을 수 있었다. 청년은 처음에는 카트린을 대하기가 거북했다.

  시시각각으로 친하게 되자 그는 모든 점에서 자카리를 대신했고, 카트린의 침대 앞에 있는 장랭의 침대를 함께 사용했다. 그는 잠자고 일어날 때 그녀 곁에서 옷을 벗고 입어야만 했고, 또한 옷을 벗고 입는 그녀를 보았다. 마지막 치마가 떨어지면 그녀는 창백한 흰색으로, 빈혈에 걸린 금발 여자들의 백설의 투명함으로 나타났다. 그래서 그는 너무나 하얀 그녀를 보면 계속해서 가슴이 설렜다. 손과 얼굴은 이미 상했지만 발끝에서 목까지 우유로 적신 것 같았고, 햇볕에 그을린 선은 호박 목걸이처럼 하얀 피부와 선명한 대조를 이루고 있었다. 그는 얼굴을 돌리는 척했지만 조금 조금씩 그녀를 알게 되었다. 우선 그의 내리깐 눈이 만나는 곳은 발이었고, 다음으로는 그녀가 담요 속으로 슬쩍 들어갈 때 언뜻 보이는 무릎이었다. 그리고 아침마다 그녀가 대야 위로 몸을 굽히면 작고 단단한 젖가슴이 보였다. 그녀는 그를 보지도 않은 채 서둘러 10초도 안 되는 짧은 시간에 옷을 벗고 알지르 곁에 누웠다. 그런데 그 동작이 뱀처럼 너무나 유연해서 그가 가까스로 구두를 벗었을 때 그녀는 등을 돌려 묵직하게 틀어 올린 머리만을 보여주었다.

게다가 결코 그녀는 그에게 화낼 일이 없었다. 일종의 강박관념 때문에 그는 어쩔 수 없이 그녀가 잠자리에 드는 순간을 엿보았지만 희롱이나 위험한 손장난은 피했던 것이었다. 부모들이 있었고 게다가 그는 그녀에 대해 우정과 원망으로 뒤섞인 감정을 갖고 있었기 때문에 욕망하는 여자로서 대할 수가 없었다. 세면과 식사 그리고 일하는 동안에도 함께 있는 공동생활에 내맡겨졌기 때문에 그들에게는 비밀도 내밀한 욕망도 남아 있지 않았다. 가족들의 모든 수줍음은 매일 하는 목욕에만 숨어들었다. 어린 처녀는 이제 위층 방에서 혼자 목욕을 했고, 남자들은 아래층에서 한 사람씩 몸을 씻었다.

그리고 첫 한 달이 되어가자 에티엔과 카트린은 이제 더 이상 서로를 보지 않는 듯했다. 저녁이면 촛불을 끄기 전에도 그들은 옷을 벗은 채 방을 돌아다녔다. 그녀는 이제 서두르지 않았다. 예전처럼 침대 가장자리에 앉아 머리를 땋는 습관을 되찾았고, 팔을 쳐들면 그녀의 속옷이 허벅지까지 올라갔다. 그도 바지를 벗은 채 그녀를 종종 도와줬고, 그녀가 잃어버린 핀들을 찾아주었다. 습관이 들자 벗고 있다는 수치심은 사라졌고 그렇게 하는 것이 자연스럽다는 생각이 들었다. 왜냐하면 그들은 조금도 나쁜 짓을 하지 않았고, 방 하나를 그렇게 많은 사람들이 사용하는 것은 전혀 그들의 잘못이 아니었기 때문이었다. 그러나 그들은 잘못을 저지른다는 생각을 전혀 하지 않는 순간에도 가끔씩 불현듯 마음이 흔들리곤 했다. 저녁시간 동안 그녀의 창백한 몸을 더는 보지 않게 된 후에도 그는 갑자기 그녀의 몸을 보게 되면 그 하얀 모습에 전율했다. 그녀를 안고 싶은 욕망을 이기지 못할까 두려워 얼굴을 돌려야만 했다. 그녀도 가끔 저녁시간이면 뚜렷한 이유 없이 그가 자기를 꼭 잡기라고 한 것처럼 가슴이 두근거려 달아나듯 침대 시트 속으로 미끄러져 들어갔다. 그리고 촛불을 끄면 피곤함에도 불구하고 잠들지 못한 채 서로가 서로를 생각하고 있음을 알아차렸다. 이런 일이 있고난 다음 날은 온종일 마음이 편치 않고 말도 하지 않게 되었다. 때문에 그들은 차라리 동료로서 마음 편히 지내는 평온한 저녁시간이 더 좋았다.

에티엔은 사냥개 모양으로 다리를 웅크리고 자는 장랭 외에는 아무런 불만이 없었다. 알지르는 색색거리며 숨을 쉬었고, 레노르와 앙리는 처음 잠들 때처럼 아침에도 서로 껴안은 채 자고 있었다. 시커먼 집에는 마외와 마외드의 코고는 소리만이 대장간의 풀무처럼 규칙적인 간격으로 울렸다. 결국 에티엔은 라스뇌르의 집에 있는 것보다 낫다고 생각했다. 침대도 나쁘지 않았고 한 달에 한 번은 시트를 갈아주었다. 그는 또한 최상의 수프를 먹었다. 고기가 너무 적어 고통스러웠지만 그러나 모두 사정은 마찬가지였다. 하숙비 45프랑을 내고 매 끼니마다 토끼 한 마리를 해 달라고 요구할 수는 없는 노릇이었다. 이 하숙비가 보탬이 되어 마외 식구들은 언제나 약간의 빚을 졌지만 가계의 수지를 맞출 수 있었다. 그래서 이집 식구들은 하숙인에 대해서 고마워했고, 그의 옷가지를 세탁하고 꿰매주고 단추도 달아줘 그의 복장은 말끔하게 되었다. 마침내 그는 자기 삶 주변에서 여자의 청결함과 보살핌을 느끼게 되었다.

바로 이 시기에 에티엔은 머릿속에서 웅성거리는 사상의 소리를 들었다. 그때까지 그는 막연하게 술렁이는 동료들 속에서 단지 본능적인 반항심만을 갖고 있었다. 혼란스러운 모든 종류의 질문들을 자기 자신에게 던져보았다. 왜 어떤 사람들은 비참하고 왜 다른 사람들은 부유한 것일까? 왜 가난한 사람들은 부유한 사람들에게 밟히면서도 자신들의 지위를 탈취하려는 희망을 갖지 않는 것일까? 그의 첫 번째 단계는 자신의 무지를 깨닫는 것이었다. 은밀한 수치심과 마음속에 감춘 비애가 그때부터 그를 괴롭혔다. 그는 아무것도 알지 못했으므로 만민 평등, 토지재산의 형평 분배 등 자신이 열광하는 것들에 대해 감히 얘기할 수가 없었다. 또한 학문에 열광하는 무지한 사람들이 그러하듯 그는 체계 없이 취향에 이끌리는 공부를 했다. 이제 그는 학식 있고 사회주의 운동에 깊이 관여하고 있는 플뤼샤르와 정기적으로 서신교환을 했다. 그는 책을 보내달라고 했고, 잘 소화하지 못하는 책 내용에 열광했다. 특히 의학서적인 『광부의 보건위생』이 그러했는데 이 책에서 벨기에의 한 의사는 탄광사람들을 죽게 만드는 질병에 대해 요약하고 있었다. 기술 발전이 야기하는 불모성에 대한 이해할 수 없는 정치경제학 개론서들을 차치하더라도 그는 무정부주의자들의 소책자들에 뒤흔들렸고, 지난 신문들을 만약의 토론이 있을 경우 반박할 수 없는 논거들로 쓰기 위해 보관해두었다. 게다가 수바린 역시 장서들을 그에게 빌려줬는데, 그는 협동조합에 관한 저서를 읽고는 화폐를 폐지하고 모든 사회생활을 노동에 기초하여 물물교환을 하는 만인 조합을 한 달 동안 꿈꾸기도 했다. 무지에 대한 수치심이 사라졌고 사고하는 자신을 느끼면서 오만함이 생겨났다.

이렇게 첫 몇 달 동안 그는 새 신도의 황홀감에 사로잡혔다. 억압하는 자들에 대한 용기 있는 분노가 복받쳐 올랐고, 억압받는 자들의 임박한 승리에 대한 희망에 몸을 던졌다. 그러나 어정쩡하게 독서를 한 탓에 아직은 자기 체계를 만들지 못한 상태였다. 그의 내부에는 라스뇌르의 실리적 요구와 수바린의 파괴적 폭력이 함께 섞여 있었다. 거의 매일같이 라방타쥬에서 그들과 함께 회사 측을 매도하고 술집을 나왔을 때 그는 몽상에 잠겨 걸었다. 그는 유리창 한 장도 깨지 않고 피 한 방울도 흘리지 않으면서 인민들이 뿌리로부터 부활하는 것을 목격했다. 그렇지만 실행 방법은 막연했고, 일들이 잘될 것이라고만 믿고자 했다. 왜냐하면 재건 계획을 세워보려고 하자마자 어찌할 바를 몰랐기 때문이었다. 그는 온건과 자가당착으로 가득 찬 태도를 보였고, 사회문제와 정치를 결부시켜서는 안 된다고 종종 되풀이해서 말했는데, 그것은 책에서 읽었던 문장으로 그가 함께 살고 있는 아둔한 광부들에게 말하면 좋을 듯싶었기 때문이었다.

이제 매일 저녁 마외 식구들은 30분 늦게 잠을 자러 올라갔다. 언제나 에티엔은 똑같은 이야기를 되풀이했다. 그의 본성이 다듬어지면서

부터 그는 탄광촌의 잡거 생활에 더 상처를 받았다. 이렇게 서로가 맞 닿을 정도로 들판 한가운데에 있는 우리에 마구 가두어 놓고, 옆 사람 에게 엉덩이를 내보이지 않고는 속옷을 갈아입을 수가 없으니 이것은 짐승의 삶이다! 게다가 이렇게 사는 것이 어느 누구에게 좋단 말인가. 결국 사내들은 술주정뱅이가 되고 여자애들은 애나 밸 것이다.

가족들은 이에 대해 각자 한 마디씩 했고, 그동안 석유램프 때문에 튀긴 양파 냄새로 찌든 거실의 공기는 더욱 나빠졌다. 그래 정말로 사 는 게 재미가 없다. 옛날에 죄수들에게나 형벌로 시켰던 일을 진짜 짐 승들처럼 하고 제 명에 죽지 못하는 경우가 허다하다. 그래봤자 저녁 식탁에서 고기 구경은 하지도 못한다. 그래도 물론 끼니는 때우지만 너무나 적어서 죽지 않고 목숨이나 부지할 지경이고 빚에 짓눌려 마 치 빵이라고 훔친 것처럼 쫓긴다. 일요일이면 피곤해서 잠만 잔다. 재 미라고는 술에 취하거나 마누라에게 애를 배게 하는 일뿐이다. 게다 가 맥주는 배만 실컷 나오게 하고, 새끼들은 나중에 부모들을 무시한 다. 아니다, 이것은 말도 안된다.

그때 마외드가 끼어들었다.

"알겠지만, 이런 삶이 바뀔 수는 없다고 중얼거릴 때는 정말 싫어 요. 젊었을 때는 행복이 오겠거니 꿈도 꿔보고 희망을 갖지만 언제나 비참한 생활은 다시 시작되고 거기에 갇혀버리게 돼요… 나는 누구에 게 해코지를 하고 싶지는 않지만, 이런 불공평에는 울화가 치밀 때가 있어요."

침묵이 흘렀고 막혀버린 이 지평선에 대한 막연한 불안감 속에서 모두들 잠시 한숨을 내쉬었다. 본모르 영감만이 함께 있을 경우 이러 한 대화에 혼자 깜짝 놀라 눈을 떴다. 왜냐하면 그 시대 사람들은 이렇 게 불만을 품지 않기 때문이었다. 석탄 속에서 태어나 탄맥이나 때 렸지만 더 요구하는 것이 없었다. 반면 지금은 탄광부들에게 야심을 불어넣는 공기가 흐르고 있었다.

"아무 것도 아닌 것에나 침을 배어야지." 그는 중얼거렸다. "좋은 게 좋은 거야… 상관들은 대개 어중이떠중이지만 그래도 언제나 상관들은 있게 마련이야. 안 그래? 그런 일을 골치 아프게 생각해봐야 아무 소용없어."

그러자 에티엔이 흥분했다. 뭐라고! 노동자들은 생각해서는 안 된다고! 아니다! 바로 노동자들이 이제는 생각하기 때문에 사정은 조만간 바뀌게 될 것이다. 노인네 때는 광부들이 탄광에서 짐승처럼, 탄을 캐는 기계처럼 언제나 땅속에서 바깥 물정에 눈과 귀를 막고 살았다. 또한 다스리는 부자들은 의기투합하여 광부들을 사고팔면서 그들의 살을 갉아먹었다. 그것은 의심할 여지가 없다. 그러나 이제 광부는 막장에서 깨어나 진정한 밀알처럼 땅속에서 움트고 있다. 어느 날 아침 아름다운 들판에서 광부가 돋아나오는 것을 보게 될 것이다. 그렇다. 광부는 인간을, 정의를 복권시킬 인간 군대를 자라게 할 것이다. 모든 시민들은 대혁명 이후 평등하게 되지 않았는가? 그것을 모두 함께 의결했는데 어째서 노동자는 임금을 지불하는 고용주의 노예로 남아 있어야 한단 말인가? 대기업들은 그들의 기계를 가지고 모든 것을 짓눌렀기 때문에 노동자들은 회사 측에 대하여 옛날의 보장들조차도 더 이상 가질 수 없게 되었다. 옛날에는 같은 직종의 사람들은 동업조합을 결성하여 스스로를 지킬 수 있었다. 제기랄! 따라서 어쨌거나 교육 덕분에 모든 것들은 언젠가 박살이 날 것이다. 탄광 자체만 보더라도 그렇다. 할아버지 때는 이름도 쓸 줄 몰랐지만 아버지 때는 이미 이름을 썼고, 그들 자식들은 학교 선생처럼 글을 읽고 쓴다. 아! 돋아나고 있다. 조금 조금씩 돋아나고 있다. 태양빛에 익어가는 인간들의 풍성한 수확이여! 사람들이 온전한 삶을 위하여 더 이상 자기 자리에 붙어있지 않고 이웃의 자리를 차지하려는 야심을 가질 수 있게 된 이상, 왜 주먹을 휘두르면서 가장 강한 자가 되려고 노력하지 않겠는가?

마외는 흔들렸지만 여전히 불신으로 가득 차 있었다.

"사람들이 움직이자마자 그들은 너희들에게 노동자수첩*을 돌려줄 게다." 그가 말했다. "노인 말이 맞아. 언제나 고통 받을 사람은 광부야. 이따금씩 양다리 고기로 보상받는다는 희망도 없이 말이야."

조금 전부터 입을 다물고 있던 마외드가 꿈에서 깬 것처럼 말했다.

"그렇지만 주임사제들이 말하는 게 사실이라면, 이 세상에서 가난한 사람이 저 세상에서는 부자가 된데!"

한바탕 웃음이 터지자 그녀는 말을 멈췄고, 어린아이들까지 어깨를 으쓱했다. 그들 모두는 이 세상 밖에 대한 말은 믿지 않았다. 수갱의 유령에 대해서는 은밀한 공포심을 가졌지만, 공허한 하나님에 대해서는 우스갯소리만 했다.

"아! 그래, 주임사제들이!" 마외가 소리쳤다.

"그것을 믿는다면 저 하늘에서 좋은 자리를 예약하기 위해 자기들이나 덜 먹고 더 일하지… 아냐, 죽으면 끝이라고."

마외드는 긴 한숨을 내쉬었다.

"아! 어쩐란 말이야! 어쩐란 말이냐고!"

그리고 아주 맥이 빠진 듯 무릎 위에 손을 떨어뜨렸다.

"그렇다면 정말로 우리는 볼 장 다 본 셈이군."

모두가 서로를 바라보았다. 본모르 영감은 손수건에 가래를 뱉었고, 마외는 꺼진 줄도 모르고 파이프를 계속 물고 있었다. 알지르는 탁자 가장자리에서 잠이 든 레노르와 앙리 사이에서 이야기를 듣고 있었다. 그러나 카트린은 에티엔이 열변을 토하고 자기 신념을 말하며 자신의 사회적 이상에 도취되어 미래를 개진할 때, 누구보다도 손에 턱을 괴고 맑고 커다란 눈으로 그를 응시했다. 탄광촌 사람들은 잠자리에 들었고, 그들 주변에서는 한 아이의 울어대는 소리와 늦게 들어온 주정꾼의 싸움소리 밖에는 아무 소리도 들리지 않았다. 거실에서는 뻐꾸기시계가 천천히 종을 쳤고, 공기는 탁했지만 모래가 뿌려진

---

* 1855년의 법령에 의해 노동자의 신원, 이전 직장 이력들이 기록되며 시당국이 관장했다. 해고와 이직 시 노동자수첩을 돌려받는다.

타일로부터 신선한 습기가 올라왔다.

"당치도 않는 생각예요!" 청년이 말했다. "선하신 하나님과 천당이 있다고 해서 행복해질 것 같아요? 이 땅 위에서 아주머니 자신이 행복을 만들 수는 없나요?"

열정적인 목소리로 그는 끊임없이 말했다. 갑자기 막혀버린 지평선이 터져나갔고, 그 뚫어진 틈으로 들어온 빛이 이 가난한 사람들의 어두운 삶을 비추었다. 끊임없이 계속되는 비참한 생활, 짐승 같은 노동, 자기의 육신과 목숨을 바치는 이 가축 같은 운명, 이 모든 불행이 거대한 햇살에 휩쓸리듯 사라졌다. 그리고 눈부신 선경 속에서 정의가 하늘로부터 내려왔다. 선하신 하나님은 죽었기 때문에 정의가 평등과 우애를 존속시키며 인간의 행복을 담당한다. 조만간 돋아나올 사회는 꿈속의 신기루처럼 찬란하고, 거대한 도시에서 모든 시민은 자기 일을 하며 삶을 영위하고, 모두가 기쁨 속에서 자기 몫을 취하는 정의로운 사회가 된다. 썩어빠진 낡은 세계는 산산이 부서지고 자신의 죄악을 씻어낸 젊은 인류는 오직 노동자 인민만을 양성하며, 그들은 다음과 같은 명구를 갖는다. 각자는 자기의 재능을 따르고, 각자의 재능은 자기의 과업을 따른다. 그리고 계속해서 그 꿈은 확장되었고, 아름답게 되었고, 그만큼 더욱 매혹적인 것이 되었고, 더욱 높이 올라가 불가능의 세계로 들어갔다.

우선 마외드는 막연한 두려움에 사로잡혀 더 듣고 싶지가 않았다. 그만, 그만하라, 너무나 아름답다, 그런 생각에 동참해서는 안 되겠다. 왜냐하면 그것은 삶을 역겹게 만들고, 그다음에는 행복해지기 위하여 모든 사람을 다 죽여 버릴 듯하기 때문이다. 마외의 눈이 빛나면서 흔들리고 정복당하는 것을 보자 마음이 불안해진 그녀는 에티엔의 말을 가로막으며 소리쳤다.

"여보! 듣지 마세요! 우리에게 동화 얘기를 하고 있어요… 부르주아들이 우리처럼 일하는 것을 찬성하겠어요?"

그러나 조금 조금씩 그녀 역시 매료되고 있었다. 그녀는 마침내 미소를 지었고, 상상력이 깨어나며 그 신기한 희망의 세계로 들어갔다. 한 시간만이라도 이 슬픈 현실을 잊는다는 것은 얼마나 달콤한가! 코를 땅에 박고 짐승처럼 살아갈 때 얼마간의 거짓말은 정말로 필요하다. 왜냐하면 그 속에서 결코 소유할 수 없는 것들을 즐겁게 만끽하기 때문이다. 정의라는 관념이 그녀를 열광시켰고 청년과 의기투합하게 만들었다.

"아, 맞아요!" 그녀가 외쳤다. "난 일이 정의로우면 죽을 때까지 싸우겠어요… 정말로! 이제 우리가 누리는 게 정의일 거예요."

그러자 마외가 분노를 터뜨렸다.

"빌어먹을! 나는 부자가 아니지만 그 모든 것을 보고 죽기 위해서라도 100수는 꼭 내겠어… 정말로 없애 버리자고! 그런데 곧 되겠어? 그리고 어떻게 할 건데?"

에티엔은 다시 말하기 시작했다. 낡은 사회는 삐거덕거리고 있고 이제 몇 달 이상을 지탱할 수 없다고 그는 단호하게 말했다. 실행 방법에 대해서는 아주 막연하게 읽은 책 내용을 섞어가면서, 그들의 무지를 염두에 두지 않고 자신도 갈피를 못 잡은 채 설명에 들어갔다. 모든 체계를 손쉽게 승리할 수 있다는 확신과 계급 간의 불화를 종식시킬 만유의 사랑으로 감미롭게 설명했다. 소유주들과 부르주아 중에서 못된 자들을 차치하면 그들은 이성에 설복당할 것이다. 마외네 식구들은 이해하는 표정을 지었고, 새 신도의 맹목적인 신앙심으로 그 기적 같은 해결책을 찬성하고 받아들였다. 그것은 초대 교회의 기독교도들이 그 고대 세계의 퇴비더미 위에서 완전한 사회의 도래를 기다렸던 것과 비슷했다. 어린 알지르는 몇 낱말을 붙들고, 아주 따뜻한 집에서 아이들이 마음껏 놀고 먹는 모습을 눈에 그리며 행복한 상상에 잠겼다. 카트린은 꼼짝도 하지 않은 채 여전히 손에 턱을 괴고 앉아 에티엔에게서 눈을 떼지 않았다. 그가 입을 다물었을 때 그녀는 추위에 사로잡힌 듯 창백해지며 가볍게 몸을 떨었다.

마외드는 뻐꾸기시계를 바라보았다.

"아홉 시가 지났어. 괜찮겠어! 이러다간 내일 못 일어날 텐데."

그러자 마외네 식구들은 편치 않고 절망적인 심정으로 식탁을 떠났다. 그들은 부자가 되었다가 단번에 다시 진창 속으로 떨어진 듯했다. 본모르 영감은 수갱으로 떠나면서 그런 얘기를 해봤자 끼니는 나아지지 않는다고 투덜거렸다. 다른 사람들은 줄을 서서 올라가면서 습기로 젖은 벽면을 보았고, 역한 냄새가 나는 집안 공기에 숨이 막혔다. 위층으로 올라온 에티엔은 탄광촌의 무거운 잠 속에서 카트린이 마지막으로 침대에 들며 촛불을 껐을 때, 그녀가 잠을 이루지 못하고 신열에 들며 몸을 뒤척이는 소리를 들었다.

자주 이런 이야기들을 하러 이웃 사람들이 몰려들었다. 르바크는 공정한 분배를 하자는 생각에 흥분했고, 피에롱은 사람들이 회사 측을 공격하면 조심스럽게 잠을 자러 갔다. 아주 가끔씩 자카리도 잠시 이야기에 끼어들었지만 정치 얘기에 질력이 나면 차라리 라방타쥬로 내려가 맥주 한 잔을 마셨다. 샤발은 한술 더 떠서 피를 요구하고 있었다. 거의 매일 저녁 그는 마외네 집에서 한 시간 동안 있었는데, 이러한 열성에는 숨겨진 질투심과 카트린을 빼앗길지도 모른다는 두려움이 자리 잡고 있었다. 그는 이미 그녀에 대해 싫증을 느끼고 있었지만, 한 사내가 그녀 곁에서 잠을 자고 밤마다 그녀를 품을 수 있게 된 이후에는 그에게 그녀는 귀중한 존재가 되었다.

에티엔의 영향력은 확대되었고, 그는 탄광촌을 조금씩 변혁시켰다. 그것은 은밀한 선전선동이었고 그렇기 때문에 더욱 확실했으며, 그에 대한 모든 사람의 존경심은 커져만 갔다. 조심스런 마외드는 그에 대한 불신감은 있었지만 하숙비를 꼬박꼬박 내고, 술을 마시지 않고, 노름도 하지 않으며, 언제나 책에서 눈을 떼지 않는 그를 존경심을 가지고 대했다. 그리고 그녀는 이웃집 아낙네들에게 그를 학식 있는 청년으로 통하게 만들었고, 여자들은 편지를 써 달라며 그를 귀찮게 했다. 그는 서신교환을 떠맡았고, 가정사의 미묘한 문제들을 자문해주는 일종의 대리인이 되었다. 또한 9월이 되자마자 그는 아직 엉성하기는 했지만 마침내 탄광촌 주민만을 대상으로 하는 자신이 말했던 공제기금을 설립했다. 무엇보다도 아직은 미온적인 회사 측이 앞으로도 방해하지 않는다면, 모든 수갱들에서 일하는 탄광부들이 가입할 거라고 그는 기대하고 있었다. 사람들은 그를 조합 서기장으로 지명했고, 그는 사무 일을 봤기 때문에 약간의 봉급도 받았다. 덕분에 그의 생활은 꽤 여유가 생기게 되었다. 결혼한 광부였다면 가계 수지를 맞추지 못했겠지만, 부양가족이 없는 검소한 청년은 저축까지 할 수가 있었다.

그때부터 에티엔에게는 느린 변화가 일어났다. 가난 속에서 잠자고 있던 멋과 안락에 대한 본능적 욕구가 나타났고, 그는 모직으로 된 옷들을 샀다. 멋진 장화 한 켤레를 샀고 그러자 그는 단번에 지도자로 통했다. 그의 주변에는 모든 탄광촌 사람들이 모여들었다. 그것은 달콤한 자만심의 만족이었고, 그는 처음으로 누리는 인기에 도취되었다. 다른 사람들 앞에 서서 그들을 지휘한다는 것은 이렇게 젊고 전날까지만 해도 잡역부였던 그를 오만으로 가득 차게 했으며, 임박한 혁명에서 어떤 역할을 하겠다는 꿈을 키우게 했다. 그의 얼굴은 근엄하게 변했고, 그는 의식적으로 말을 천천히 했다. 야심이 생겨나자 그는 이론 습득에 뜨겁게 달아올랐고, 전투적인 사고에 경도되었다.

여하튼 가을은 깊어갔고, 10월의 추위에 탄광촌의 작은 정원들은 적갈색으로 녹슬었다. 견습광부들도 더 이상 라일락 뒤쪽에 있는 낮은 헛간 위에 여조차부들을 눕히지 않았고, 거기에 있는 것이라고는 겨울 야채와 하얀 서리가 맺힌 양배추, 파, 저장용 샐러드뿐이었다. 또다시 붉은 기와를 때리는 소나기는 홈통 아래의 물통 속으로 급류소리를 내며 흘러들었다. 모든 집의 벽난로는 불이 꺼져 식는 법이 없었고, 벽난로에 채운 석탄은 밀폐된 거실에 악취를 풍겼다. 또다시 비참한 계절이 시작되고 있었다.

10월 초 혹독하게 추운 어느 날 밤 에티엔은 아래층에서 흥분하여 얘기한 탓에 잠을 이룰 수가 없었다. 그는 카트린이 담요 아래로 슬쩍 들어가며 촛불 끄는 것을 바라보았다. 마음이 온통 흔들려 그녀 역시 고통을 받고 있는 듯했다. 그녀는 수줍음에 못 이겨 아직도 가끔씩 아주 어색하게 서둘러댔고, 그래서 자기 속을 더 드러내곤 했다. 어둠 속에서 그녀는 죽은 듯이 있었다. 그러나 그는 그녀 역시 잠을 이루지 못하고 있음을 알았다. 자기가 그녀를 생각하고 있듯이 그녀도 자기를 생각하고 있다는 것을 느꼈다. 그러나 이렇게 말없이 그들의 존재를 주고받으면, 마음의 혼란만 더할 뿐이었다. 몇 분이 흘렀지만 그도, 그녀도 꼼짝도 하지 않은 채 숨소리 죽이는 것에만 온 신경을 쏟을 뿐이었다. 하마터면 그는 두 번이나 일어나 그녀를 껴안을 뻔했다. 자제하지 못하고 서로가 이렇게 거친 욕망을 갖는 것은 어리석은 짓이다. 그런데 왜 이렇게 자기들은 욕망을 회피하는 것일까? 아이들은 잠들었고 그녀도 지금 당장 원하고 있다. 분명히 그녀는 숨을 죽이고 자기를 기다리고 있으며, 다가오면 말없이 이를 꽉 물고 자기를 안을 것이다. 거의 한 시간이 지났다. 그는 그녀를 안으러 가지 않았고, 그녀는 그를 부를까 두려워 몸을 돌리지 않았다. 바로 곁에 살면 살수록 그들의 마음의 벽은 점점 높아만 갔고, 그들 자신은 그 부끄러움, 그 역겨움, 그 미묘한 우정들을 설명할 수가 없었다.

4

"여보, 임금 받으러 몽수에 가면 커피 1파운드*하고 설탕 1킬로그램 사다줘요." 마외드가 남편에게 말했다.

그는 수선 비용을 아끼기 위해 구두 한 짝을 꿰매고 있었다.

"알았어!" 그는 일을 놓지 않은 채 중얼거렸다.

"정육점에도 들렀으면 좋겠는데… 송아지 고기, 괜찮죠? 고기 구경한 지가 너무 오래 됐어요."

이번에는 남편이 고개를 들었다.

"내가 수천, 수백 프랑을 만지는 줄 알아… 보름치 급료가 너무 형편없다고. 그들은 그저 작업을 중단한다는 망할 놈의 생각만 하고 있어."

두 사람 모두 아무 말도 하지 않았다. 10월 말 어느 토요일 점심을 먹고 난 뒤였다. 회사 측은 임금지불로 야기된 작업 부진을 핑계로 또다시 그날 모든 수갱들에서 채탄을 일시 중단시켰다. 악화되는 불황의 공포에 사로잡힌 회사 측은 이미 과다한 재고량을 늘리지 않기 위해 사소한 구실로 수만 명의 노동자들에게 작업 중단을 강요했던 것

---

* 1파운드는 450그램이다.

이었다.

"알겠지만, 에티엔이 라스뇌르 집에서 당신을 기다리고 있어요." 마외드가 말을 이었다.

"그를 데려가요. 만약 작업시간을 제대로 계산하는 문제라면 그가 당신보다는 약게 일을 처리하니까요."

마외는 고개를 끄덕였다.

"그리고 아버님 일에 대해 그 양반들에게 말해 봐요. 의사는 회사 지도부와 한 통속이니… 그렇지 않아요? 아버님, 의사가 속이고 있어요. 아버님은 더 일할 수 있지요?"

열흘 전부터 본모르 영감은 그가 말한 대로 발이 곱아서 의자에서 꼼짝도 못한 채 앉아 있었다. 그녀가 또 질문을 되풀이하려 하자 노인이 투덜거렸다.

"물론 나는 일을 할 거야. 다리가 아프다고 일을 그만두지는 않아. 그들이 하는 모든 말은 연금 180프랑을 주지 않으려고 꾸며낸 얘기야."

마외드는 노인네가 이제는 가져다주지 못할 40수를 생각하며 고통스럽게 소리를 질렀다.

"어휴! 이대로 계속되면 우리 모두는 곧 굶어 죽어요."

"죽으면 배는 고프지 않겠지." 마외가 말했다.

그는 구두에 못을 박고는 떠날 마음을 먹었다. 되-상-카랑트 탄광촌은 네 시경에만 급료를 받도록 되어 있었다. 그래서 남자들은 서두르지 않고 천천히 한 명씩 떠났고, 여자들은 곧장 집으로 돌아오라고 간청하며 그들 뒤를 따랐다. 많은 여자들은 장을 봐달라고 부탁했는데 그것은 그들이 술집에서 정신 못 차리고 마시지 않도록 하기 위해서였다.

라스뇌르 집에서 에티엔은 새로운 소식을 접했다. 불안한 소문이 돌았는데 회사 측이 갱목작업에 대해 더욱 못마땅하게 여기고 있다는 것이었다. 회사 측은 벌금으로 노동자를 짓누르고 있었고, 결국 충돌은 불가피해 보였다. 게다가 그것은 수갱에서 겉으로 드러난 싸움에 불과했고 그 이면에는 아주 복잡하게 얽힌 심각한 사안들이 감추어져 있었다.

때마침 에티엔이 도착하자 몽수에서 돌아와 맥주를 마시고 있던 한 동료가 경리 사무실에 공고문이 붙었다고 얘기하고 있었다. 그러나 그는 공고문 내용을 잘 알지 못했다. 또 다른 사람이 들어왔고 세 번째 사람이 들어왔지만 그들의 얘기는 서로 달랐다. 그러나 회사 측이 모종의 결정을 한 것은 분명한 듯했다.

"어떻게 생각해요?" 에티엔은 수바린 곁에 앉으면서 물었다. 탁자에는 그의 유일한 소모품인 궐련 한 갑이 놓여 있었다.

기계공은 조금도 서두르지 않으며 궐련 하나를 마저 말았다.

"쉽게 예상할 수 있었던 일이야. 그들은 끝까지 너희들을 밀어붙일 거야."

그 혼자만이 상황을 분석할 수 있는 명민한 지성을 갖추고 있었다. 그는 침착한 태도로 상황을 설명했다. 위기에 닥친 회사 측은 도산하지 않기 위해 경비를 부득이 줄여야만 한다. 그러면 당연히 허리띠를 졸라매야 할 사람은 노동자이며, 회사 측은 어떠한 핑계를 대서라도 노동자의 임금을 깎을 것이다. 두 달 전부터 거의 모든 공장이 조업을 중단하고 있기 때문에 석탄은 수갱들의 집탄장에 그대로 쌓여 있다. 그러나 회사 측은 시설물을 가동시키지 않으면 파산을 초래할까 두려워 감히 휴업을 행하지 못하고 아마도 파업이라는 절충안을 기대하고 있는 듯하다. 그렇게 되면 탄광 노동자들을 길들여 놓아 임금을 덜 받고도 일을 하러 나올 것이기 때문이다. 결국 새로운 공제기금은 회사 측을 불안하게 만들고 장래의 위협이 된다. 그러나 지금 파업이 일어나면 비축된 게 거의 없는 기금을 비워버려 회사 측은 위협에서 벗어나게 된다.

라스뇌르는 에티엔 곁에 앉았고, 둘은 망연자실한 표정으로 얘기를 듣고 있었다. 그곳에는 라스뇌르의 아내만이 계산대에 앉아 있었기 때문에 목소리를 높여 이야기를 할 수 있었다.

"당치 않은 생각이야!" 술집 주인이 중얼거렸다. "왜 그렇게 하겠어? 파업을 하면 회사 측이나 노동자들이나 하등 이익 될 게 없어. 최선의 방법은 타협하는 거야."

매우 현명한 생각이었다. 그는 언제나 합리적인 요구를 지지하는 태도를 보였다. 게다가 그는 자기의 옛 하숙인이 급속도로 인기를 얻은 이후 생길지도 모를 진보 체제를 과하다고 생각했고, 단번에 모든 것을 가지려 한다면 아무것도 얻지 못할 것이라고 말했다. 맥주로 생활을 꾸려나가는 뚱뚱한 사내는 자신의 우직함 속에 은밀한 질투심을 키웠고, 그의 술집이 사람들로부터 따돌림을 받자 그것은 더욱 악화되었다. 보뢰 수갱의 노동자들은 예전보다 술을 덜 마시러 왔고, 전처럼 그의 얘기를 귀담아 듣지 않았다. 그래서 해고당한 전직 광부는 옛 원한을 잊어버리고 종종 회사 측을 옹호하는 경우도 있었다.

"그럼, 당신은 파업을 반대하는 거예요?" 라스뇌르의 아내가 계산대를 뜨지 않은 채 소리쳤다.

그러자 그는 격렬하게 그렇다고 대답했고, 그녀는 그가 말을 못하게 막았다.

"정말! 배알도 없구려. 이 사람들이나 얘기하게 가만있어요."

에티엔은 생각에 잠겼고, 라스뇌르의 아내가 갖다 준 맥주잔을 응시했다. 마침내 그는 고개를 들었다.

"동지가 말한 모두 것은 일리는 있어요. 그래도 그들이 파업을 강요하면 우리는 파업할 것을 각오해야 해요… 마침 플뤼샤르가 이 점에 대해 아주 적절한 내용의 편지를 보내왔어요. 그 역시 파업에는 반대하고 있어요. 왜냐하면 기업주만큼이나 노동자가 고통 받고, 결정적인 문제 해결에는 도달하지도 못하기 때문예요. 다만 그는 파업이 이쪽 사람들을 자신의 큰 조직 속에 들어오게 하는 데는 좋은 기회로 보고 있어요… 이게 그 편지예요."

사실 플뤼샤르는 몽수의 광부들이 인터내셔널을 불신하는 것에 실망하면서 분규가 일어나 어쩔 수 없이 회사 측과 투쟁하게 되면, 그들이 집단으로 인터내셔널에 가입할 것이라고 기대하고 있었다. 노력은 했지만 에티엔은 인터내셔널 회원 카드를 단 한 장도 발매할 수가 없었고, 게다가 구제기금에 그의 모든 노력을 기울였기 때문에 노동자들은 그 구제기금을 훨씬 더 환영했다. 그러나 이 기금은 여전히 너무나 빈약해서 수바린이 말했던 것처럼 곧 고갈될 것이 틀림없었다. 그렇게 되면 숙명적으로 동맹파업자들은 노동자연맹에 뛰어들 것이고, 모든 나라의 형제들은 그들을 도와주러 올 것이었다.

"기금은 얼마나 돼?" 라스뇌르가 물었다.

"겨우 3,000프랑요." 에티엔이 대답했다. "알겠지만 그저께 회사 지도부에서 나를 불렀어요. 정말 친절하더군요. 그들은 노동자들이 예비 자금을 조성해도 막지 않겠다고 나에게 되풀이해서 말했어요. 그러나 나는 그들이 그 돈을 관리했으면 한다는 것을 알아챘어요… 아무튼 우리는 그 적립금으로 투쟁을 할 거예요."

술집 주인은 걷기 시작했고 경멸조로 휘파람을 불었다. 3,000프랑이라! 그 돈을 가지고 뭘 하겠다는 거지? 빵 6일분도 되지 않을 것이고, 영국에 사는 사람들이나 외국인에게 의지하려다간 지금 당장 자리에 누워 죽을 수도 있다. 안 된다, 이 파업은 너무나 어리석은 짓이다!

그러자 평소 때 같았으면 자본에 대해 공통적으로 갖는 증오심으로 결국에는 뜻을 같이 했던 두 사람 사이에서 처음으로 가시 돋친 말들이 오고갔다.

"이봐요, 어떻게 생각해요?" 에티엔이 수바린 쪽으로 몸을 돌리며 되풀이해서 물었다.

수바린은 항상 그렇듯 냉소적으로 말했다.

"파업? 바보짓이야!"

그리고 분노의 침묵 속에서 그는 천천히 덧붙였다.

"그러나 당신들이 좋다면 안 된다고는 말하지 않겠어. 파업이 일어나야 이쪽도 망하고 저쪽도 죽을 테니까. 그래야 양쪽이 어쨌든 끝장나겠지… 다만 이런 식으로 해서는 세계는 천 년 후에나 개혁될 거야. 그러니 우선 나부터 당신들 모두를 죽이는 저 도형장을 날려 버려야겠어!"

그는 가느다란 손가락으로 열려진 문으로 보이는 보뢰 수갱의 건물들을 가리켰다. 그런데 뜻하지 않은 일이 벌어져 그는 말을 멈췄다. 통통하게 살이 찐 암토끼 폴로뉴가 위험하게도 밖을 나돌아 다녔고, 한 무리의 견습광부들이 돌을 던지자 껑충 뛰며 도망쳐 들어왔다. 그리고는 겁에 질려 귀는 내려뜨리고 꼬리는 말아 올린 채 그의 발 사이로 몸을 숨겼고, 그를 긁어대며 안아달라고 애원했다. 그는 녀석을 무릎 위에 누이며 두 팔로 감쌌고, 그 부드럽고 따스한 털의 감촉에 꿈꾸듯 일종의 반수상태에 빠졌다.

이와 거의 동시에 마외가 들어왔다. 마치 무료로 제공하듯이 맥주를 파는 라스뇌르의 아내의 간곡한 권유에도 불구하고 그는 아무것도 마시고 싶지 않았다. 에티엔이 일어났고 그래서 두 사람은 함께 몽수로 떠났다.

회사의 자재창고에서 임금을 지불하는 날이면, 몽수는 날씨 좋은 수호성인 일요일인양 축제 분위기였다. 모든 탄광촌에서 광부들이 떠들썩하게 몰려왔다. 경리 사무실은 너무나 비좁아서 그들은 차라리 문 밖에서 기다리고자 했다. 그들은 무리를 지어 포장도로 위에서 서성거렸기 때문에 끊임없이 새로 줄을 선 사람들로 도로가 막혔다. 노점상들은 이 기회를 이용해 이동식 간이매장을 설치하고 도자기류와 돼지고기류까지 진열했다. 그러나 어디보다도 수입을 잡는 곳은 술집들이었다. 왜냐하면 광부들은 임금을 받기 전에는 술집 앞에서 꾹 참겠노라 했지만 주머니에 돈을 넣자마자 술집으로 가 돈을 뿌리기 때문이었다. 그래도 볼캉에서 그 돈을 다 쓰지 않으면 아주 성실한 편이었다.

마외와 에티엔은 몰려 있는 광부들 속을 헤쳐 나가면서 광부들이 그날따라 은근히 울화가 치밀어 올랐음을 느꼈다. 평상 시에는 술집에서 돈을 쓰고 축내며 무사태평했던 것과는 사뭇 달랐다. 그들은 주먹들을 불끈 쥐고 격한 말들을 여기저기서 토해내고 있었다.

"그럼, 그게 정말이야?" 마외가 피케트 술집 앞에서 만난 샤발에게 물었다. "그들이 그 짓거리를 했단 말이야?"

샤발은 분노를 터뜨리며 투덜대기만 하면서 에티엔을 째려봤다. 도급을 갱신하면서 그는 다른 사람들과 함께 고용되었다. 그는 선생으로 처신하는 신참 동료에게 조금 조금씩 시기심으로 마음이 상해 있었다. 그의 말을 빌면 모든 탄광촌이 그의 장화를 핥아대고 있었다. 그것은 사랑 싸움으로 더욱 복잡하게 되었고, 그는 레키아르나 경석장 뒤로 카트린을 데리고 가면 그녀가 하숙인과 잠자리를 같이 한다며 상스런 말로 그녀를 다그치지 않은 적이 없었다. 그리고는 야만적인 욕정에 사로잡혀 그녀를 반 주검으로 만들곤 했다.

마외는 그에게 다른 질문을 했다.

"보뢰 수갱에 무슨 일이 생겼어?"

그러자 그는 고갯짓으로 그렇다고 말하고는 등을 휙 돌렸기 때문에 두 사람은 자재창고로 들어가 보기로 작정했다.

경리 사무실은 쇠창살로 나뉜 두 개의 자그마한 직사각형 방이었다. 벽을 따라 걸상들이 있었고 대여섯 명의 광부가 기다리고 있었다. 회계원은 한 보조원의 도움을 받으며 손에 모자를 들고 창구 앞에 서 있는 다른 광부에게 돈을 지급했다. 왼쪽 걸상 위에는 노란색 게시물이 희끄무레한 회벽에 아주 산뜻하게 붙어 있었다. 바로 이곳으로 아침부터 사람들이 계속해서 줄을 지어 지나갔다. 그들은 두세 명씩 들어와 우두커니 서 있다가 등을 막대기로 맞기라고 한 듯 어깨를 갑자기 움츠리고는 한 마디 말도 없이 그곳을 떠났다.

마침 게시물 앞에는 두 광부가 있었는데 한 사람은 각이 지고 못생긴 얼굴의 젊은이였고, 다른 한 사람은 나이를 먹어 얼이 빠진 얼굴을 한 깡마른 노인이었다. 둘 모두는 글을 읽을 줄 몰랐으므로 청년은 입술을 오무락거리며 한 자 한 자 읽으려 했고, 노인은 멍청하게 바라보고만 있었다. 많은 사람들이 그렇게 들어와서 봤지만 무슨 말인지를 이해하지 못했다.

"우리에게 저걸 읽어 주게나." 마찬가지로 글 읽기에 자신이 없는 마외가 동료에게 말했다.

그러자 에티엔이 게시물을 읽기 시작했다. 그것은 모든 수갱들의 광부에게 알리는 회사 측의 공지문이었다. 회사는 갱목작업에 대한 광부들의 무성의를 대하면서 물려봐야 소용없는 벌금에 지쳤기 때문에, 채탄에 대한 새로운 지급 방식을 적용키로 했다는 내용이었다. 이제부터 회사는 좋은 작업을 하는데 필요한 갱목의 양에 의거해 수갱으로 내려가 사용된 갱목을 입방미터 당으로 계산하여 갱목작업 수당을 별도로 지불할 것이다. 당연히 탄차 한 대분 채탄 가격은 막장의 성격과 거리에 따라 50상팀에서 40상팀의 비율로 낮아질 것이다. 회사 측은 10상팀의 감소는 갱목작업 수당으로 정확히 상쇄된다는 아주 애매모호한 계산법을 만들려고 애쓰고 있었다. 게다가 이 새로운 지급 방식이 유리하다는 확신을 광부들 각자가 가질 수 있도록 시간을 주기 위해, 회사 측은 12월 1일 월요일부터 이 방식을 적용할 것이라고 덧붙였다.

"거기 당신, 좀 작은 소리로 읽지! 우리 말소리가 들리질 않아." 회계원이 소리쳤다.

에티엔은 이 잔소리에 개의치 않고 마저 읽었다. 그의 목소리는 떨렸고, 다 읽었음에도 불구하고 안에 있던 모든 사람들은 게시물을 계속해서 바라보았다. 늙은 광부와 젊은이는 여전히 기다리는 듯했다. 그리고 어깨를 축 내려뜨린 채 떠나갔다.

"제기랄!" 마외가 중얼거렸다.

그와 그의 동료가 자리에 앉았다. 고개를 숙이고 광부들의 행렬이 노란 게시물 앞에서 계속되는 동안 계산에 열중했다. 말도 안 되는 짓이다! 결코 탄차 한 대분에서 줄어든 10상팀을 갱목작업으로 만회할 수 없다. 기껏해야 8상팀을 벌 것이고 그러면 회사 측은 2상팀을 훔쳐

가는 셈이다. 이것이 회사가 원하는 바이며 결국 속임수를 써서 임금을 낮추는 것이다! 회사 측은 광부들의 호주머니에서 경비 절감을 하려는 것이다.

"어떻게 이럴 수가 있어!" 마외는 고개를 들며 되풀이해서 말했다.

"이것을 받아들인다면 우리는 바보천치예요!"

창구가 비자 그는 급료를 받기 위해 다가갔다. 도급장들만이 경리 창구에서 돈을 받았고, 그 돈을 데리고 있는 사람들과 분배했는데 이것은 시간을 벌게 했다.

"마외 작업반, 필로니에르 탄맥, 7번 갱." 보조원이 말했다.

그는 반장들이 매일 작업장 별로 채탄한 탄차 대수를 기재한 장부들을 뒤적이면서 작성한 목록을 찾았다. 그리고는 되풀이해서 말했다.

"마외 작업반, 필로니에르 탄맥, 7번 갱… 135프랑."

회계원이 돈을 지불했다.

"죄송하지만 잘못 계산하지 않았나요?" 채탄부는 두려워하며 말을 더듬거렸다.

그는 가슴 속에 흐르는 미세한 전율로 얼어붙은 채 이 형편없는 돈을 그러모으지 않고 바라보았다. 확실히 그는 나쁘게 주리라 예상은 했었지만 이렇게까지 깎일 줄은 몰랐다. 회계원이 잘못 계산했음에 틀림없었다. 자카리, 에티엔 그리고 샤발을 대신한 다른 동료 몫을 주고 나면 그와 그의 아버지, 카트린과 장랭 몫으로는 기껏해야 50프랑이 남을 뿐이었다.

"아냐, 아냐. 틀리지 않아요." 보조원이 되풀이해서 말했다. "일요일 이틀 그리고 휴업 나흘을 빼야 하니까, 당신들이 일한 날은 아흐레예요."

마외는 그 계산에 맞춰 아주 작은 소리로 덧셈을 했다. 아흐레를 일하면 자기는 약 30프랑, 카트린은 18프랑, 장랭은 9프랑을 받을 것이다. 본모르 영감은 사흘 밖에 일하지 않았으니까 빼더라도 자카리와 두 동료가 받을 90프랑을 더하면 분명히 더 되어야만 한다.

"그리고 벌금을 잊지 마쇼. 잘못한 갱목작업으로 벌금이 20프랑." 보조원이 말을 마쳤다.

채탄부는 절망적인 몸짓을 했다. 벌금 20프랑에 나흘간 휴업이라고! 그러면 계산이 맞았다. 본모르 영감이 일을 하고 자카리가 살림을 차리지 않았을 때는 보름에 150프랑까지 가져갔었다!

"끝났으니 이제 그만 가져가지?" 짜증이 난 회계원이 소리쳤다. "다른 사람이 기다리고 있잖아… 싫으면 싫다고 해."

마외가 떨리는 커다란 손으로 돈을 그러모으려 할 때 보조원이 그를 붙들었다.

"잠깐, 당신이 투생 마외 아니오?… 본부장님이 봤으면 하시니까 들어가 봐요. 혼자 계세요."

노동자는 오래된 마호가니 가구들이 비치되어 있고 빛이 바랜 초록색 커튼이 늘어뜨려져 있는 사무실에 얼이 빠진 채로 있었다. 그리고 5분 동안 본부장이 하는 말을 들었는데, 키가 크고 창백한 그는 일어서지도 않은 채로 책상 위에 쌓인 서류더미 너머로 마외에게 말했다. 그러나 마외는 귀가 윙윙거려 말소리를 잘 알아들을 수가 없었다. 그는 어렴풋이나마 퇴직을 고려중인 그의 아버지 문제라는 것을 알아차렸는데, 그의 연금은 쉰 살의 나이와 40년 근무를 계산하여 150프랑이었다. 그리고 그는 본부장의 목소리가 보다 엄정해지는 것을 느꼈다. 그가 정치에 관심을 갖는다고 나무라는 얘기였는데, 그것은 그의 하숙인과 공제기금을 암시하는 것이었다. 마지막으로 본부장은 수갱에서 가장 훌륭한 노동자 중의 한 사람인 그가 그 같은 미친 짓에 말려들어서는 안 된다고 충고했다. 그는 항변하고 싶었지만 두서없는 말만을 했고, 모자를 달든 손가락으로 쥐어틀었다. 그는 물러나오며 이렇게 더듬거렸다.

"확실히, 본부장님… 본부장님께 분명히…"

밖에서 기다리던 에티엔을 보자 그는 말문을 터뜨렸다.

"난 얼간이야. 먹을 빵이 없다고 대답을 했어야 하는데… 그러니까

난 바보야! 맞아, 그는 자네 때문에 분개를 하면서 탄광촌에서 좋지 않은 냄새가 난다고 말했어… 그런데 나는 어떻게 했는지 아나? 제기랄! 허리를 조아리고 감사하다고 말했네. 그가 옳아, 그게 현명하지."

마외는 입을 다물었고 분노와 두려움에 갈등했다. 에티엔은 침울한 표정으로 생각에 잠겼다. 또다시 그들은 길을 가로막고 있는 사람들 속을 뚫고 지나갔다. 울분은 커져만 갔다. 그것은 조용한 인민의 울분이었고, 과격한 몸짓도 없이 소나기 소리처럼 웅성대는 속삭임은 이 둔중한 무리들 머리 위로 끔찍스럽게 지나갔다. 셈을 할 줄 아는 몇몇 사람들은 계산을 해봤고, 그리하여 회사 측이 갱목작업으로 2상팀을 남겨 먹는다는 얘기가 돌았다. 가장 우둔한 골통들도 흥분했다. 그것은 무엇보다도 참담한 임금에 대한 분노였으며, 휴업과 벌금에 대한 굶주림의 반항이었다. 여기에서 더 급료를 낮춘다면 지금도 제대로 먹지 못하는 판에 어떻게 되겠는가? 술집에서 사람들은 소리 높여 분개했고, 분노로 너무나 목이 마른 그들은 수령한 푼돈을 계산대 위에 올려놓았다.

몽수에서 탄광촌까지 오면서 에티엔과 마외는 말 한마디도 주고받지 않았다. 마외가 집에 들어갔을 때 아이들과 함께 있던 마외드는 그가 빈손으로 돌아온 것을 바로 알아차렸다.

"아이고, 친절도 하셔라!" 그녀가 말했다.

"커피, 설탕, 고기는 어떻게 됐어요? 송아지 고기 한 점 산다고 파산하는 건 아니에요."

그는 억누른 감정에 복받쳐 아무 대답도 하지 않았다. 탄광일로 거칠어진 사내의 두툼한 얼굴은 절망으로 가득 찼고, 터져 나오는 굵은 눈물이 뜨끈한 빗물처럼 떨어졌다. 그는 의자에 주저앉았고, 식탁 위에 50프랑을 내던지며 어린애처럼 울었다.

"자! 이게 너에게 가져온 돈이다… 우리 모두가 일해서 번 돈이다." 그는 더듬거리며 말했다.

마외드는 에티엔을 바라보았고, 그는 말없이 괴로워했다. 그러자 그녀 역시 눈물이 났다. 아홉 식구가 50프랑을 갖고 어떻게 보름을 산단 말인가? 장남은 그들을 떠났고, 더 이상 거동할 수 없는 노인은 곧 죽을 것이다. 알지르는 엄마가 우는 소리를 듣고 당황하여 그녀의 목을 와락 껴안았다. 에스텔은 울부짖었고 레노르와 앙리는 흐느껴 울었다.

그리고 탄광촌 전체에서 곧바로 똑같은 비참함으로 울부짖는 소리가 들려왔다. 사내들이 집에 들어오자 모든 가정은 그 박한 임금의 재앙 앞에서 한탄했다. 집집마다 문들이 다시 열렸고, 여자들은 천장으로 막힌 집에서는 탄식을 가눌 수가 없다는 듯 밖으로 나와 울부짖었다. 가랑비가 떨어졌지만 여자들은 그것을 느끼지 못했고, 보도 위에서 서로를 부르며 그들 손안에 든 돈을 서로에게 보여주었다.

"이것 좀 보라고! 그들이 그 사람에게 준 돈이야. 죽으라는 얘기가 아니고 뭐야?"

"보라고! 난 보름치 빵 살 돈도 안 돼."

"나는 어떻고! 이것 좀 세어봐. 내 속옷까지 팔아야 할 형편이야."

마외드도 다른 여자들처럼 밖으로 나왔다. 한 무리의 여자들이 르바크 마누라 주위에 몰려들었고, 그녀는 가장 드세게 울었다. 왜냐하면 그녀의 주정뱅이 남편은 아직까지 나타나지 않았기 때문이었다. 그녀는 많건 적건 그 돈은 볼캉에서 녹아 없었질 거라고 생각했다. 필로멘은 자카리가 한 푼도 축내지 못하도록 마외를 애타게 기다리고 있었다. 그런데 피에론만은 아주 침착한 듯 보였다. 밀고자 피에롱은 어떻게 하는지 모르지만 항상 동료들보다 더 많은 시간을 일한 것으로 반장이 장부에 기재하게끔 수작을 부렸던 것이었다. 그러나 그 때문에 브륄레는 자기 사위가 비겁하다고 생각했고, 분개한 여자들과 함께 마른 몸을 똑바로 세운 채 몽수를 향해 주먹을 치켜들었다.

"나는 오늘 아침 하녀가 마차를 타고 가는 것을 봤다고!…" 그녀는 엔느보 집이라고 거명하지는 않고 소리를 질렀다.

"그래, 쌍두마차를 탄 그 요리사가 마르시엔에 생선을 사러 분명히 갔단 말이야!"

　함성이 일었고 상스런 말들이 다시 시작되었다. 주인의 마차를 타고 이웃 도시의 시장에 간 하얀 앞치마를 두른 그 하녀 때문에 사람들은 분개했다. 노동자들은 배가 고파 죽을 지경인데 꼭 생선을 먹어야겠어? 가난한 사람들의 세상이 오면 그들은 늘 생선을 먹지는 못하리라. 에티엔이 뿌린 생각의 씨앗들이 돋아나 이 반항의 외침 속에서 퍼져나갔다. 그것은 약속된 황금시대를 눈앞에 둔 조바심이었고, 무덤처럼 막힌 이 비참한 지평선을 넘어서 자기 몫의 행복을 가지려는 안달이었다. 불공평은 너무나 심해져 입안의 빵까지 도로 빼앗아갔기 때문에 그들은 마침내 자신의 권리를 요구하게 되었다. 여자들은 무엇보다도 더 이상 비참한 사람이 없는 진보의 이상향에 당장 뛰어들고 싶어 했다. 거의 밤이 되자 빗방울이 굵어졌고, 탄광촌은 여기저기 흩어져 소리를 질러대는 어린애들 속에서 여자들의 눈물로 채워지고 있었다.

　그날 저녁 라방타쥐에서 파업이 결정됐다. 라스뇌르도 더 이상 반대하지 않았고, 수바린은 파업을 첫 걸음으로 받아들였다. 한마디 말로 에티엔은 상황을 요약했다. 회사가 그렇게 파업을 원한다면, 회사는 파업을 당할 것이다.

5

1주일이 지났다. 작업은 계속됐고 회의적이고 음울한 분위기 속에서 분규를 기다렸다.

마외네 식구들은 앞으로 보름치 임금이 더 형편없어질 게 뻔하다고 생각하고 있었다. 그래서 마외드는 그녀의 자제력과 양식에도 불구하고 신경이 날카로워져 있었다. 카트린이 감히 외박을 한 적은 하루도 없지 않았던가? 다음 날 아침 그녀는 연애질로 너무 피곤하고 아픈 채로 집에 돌아와 수갱에 갈 수가 없었다. 그녀는 울면서 자기 잘못은 없다고 얘기했다. 샤발이 자기를 데리고 있었고 달아나면 때리겠다고 위협했기 때문이다. 그는 질투심에 제 정신이 아니었고 그녀가 에티엔의 침대로 돌아가지 못하도록 했다. 그는 그녀 가족이 에티엔과 함께 자게 한다는 것을 훤히 알고 있다고 말했다. 화가 치민 마외드는 다시는 그 못된 놈을 만나지 못하도록 하겠으며 몽수에 가서 녀석의 뺨을 갈기겠다고 말했다. 그러나 한나절이 지나고 나자 어린 딸이 그 바람둥이와 사귀는 이상 사내를 바꾸지 않는 편이 더 났다는 생각이 들었다.

이틀 후에 또 다른 얘깃거리가 생겼다. 월요일과 화요일 보뢰 수갱에서 조용히 일하고 있다고 생각했던 장랭이 몰래 빠져나가 베베르,

리디와 함께 방담의 늪지와 숲속으로 줄행랑을 쳤다. 장랭은 그들을 버려 놓았고, 결코 누구도 이 세 녀석들이 어떤 도둑질을 하고 얼마만큼 조숙한 장난을 치는지 알지 못했다. 그의 엄마는 바깥 보도 위에서 탄광촌의 아이들이 겁에 질려 바라보는 가운데 녀석의 볼기짝을 호되게 때리며 잘못을 꾸짖었다. 이런 자식이 어디에 있어? 태어나면서부터 고생을 시키더니 갈수록 더하니! 이 울부짖음 속에는 그녀가 겪은 가혹한 젊은 시절의 기억이 있었고, 자기 배에서 나온 새끼들은 비참함을 물려받아 각자 제 밥벌이를 해야만 한다는 비통함이 묻어 있었다.

그날 아침도 남자들과 딸이 수갱으로 떠날 때 마외드는 침대에서 몸을 일으켜 장랭에게 이렇게 말했다.

"못된 놈 같으니 다시 한 번 그런 짓을 하면 네 엉덩이가 남아나지 못할 줄 알아!"

새로운 현장에서의 마외의 작업은 고통스러웠다. 필로니에르 탄맥에 딸린 이 부분은 점점 가늘어져 벽과 천장 사이에 눌려 채탄을 하면 팔꿈치가 벗겨질 정도였다. 게다가 습기가 너무 심했고 급류가 갑자기 바위를 뚫고 나와 사람들을 쓸어 갈까봐 시시각각 두려웠다. 전날에는 에티엔이 세차게 곡괭이질을 하다 그것을 건드려 물줄기가 얼굴을 때렸다. 그러나 그것은 단지 경고일 뿐이었다. 갱은 다른 곳보다 더 젖어 있어 더 위험했다. 그는 사고가 난다는 생각은 추호도 하지 않은 채 위험을 개의치 않는 동료들과 함께 이제 일에 몰두했다. 가연성가스 속에서 살았지만 눈꺼풀을 누르는 그 무게와 거미줄이 눈썹에 걸린 듯한 갑갑함도 느끼질 못했다. 종종 램프 불꽃이 흐릿해지고 보다 푸른색을 띨 때는 가연성 가스를 의식했고, 그러면 광부 한 명이 탄맥에 머리를 대고 틈새들에서 약하게 들리는 기포 소리에 귀를 기울였다. 그렇지만 계속되는 위협은 붕괴 사고였다. 왜냐하면 갱목작업은 언제나 날림으로 바쁘게 행해졌고 물에 젖은 땅들은 제대로 버티질 못했기 때문이었다.

마외는 하루 세 번씩 갱목을 견고하게 받치도록 일을 시켜야만 했다. 두 시 반이 되었고 이제 올라갈 참이었다. 옆으로 누운 에티엔이 석탄덩어리를 마저 캤을 때, 멀리서 우르릉거리는 천둥소리가 광산 전체를 뒤흔들었다.

"이게 무슨 소리야?" 소리를 듣기 위해 곡괭이를 내려놓으며 그가 소리쳤다.

그는 갱도가 자기 뒤에서 무너졌다고 생각했다.

그래서 이미 마외는 갱의 비탈을 타고 미끄러지듯 내려가면서 말했다.

"붕괴 사고야… 빨리 빨리!"

모두들 굴러 떨어지며 내달리다가 솟아나는 형제애로 서로를 걱정했다. 손에 쥔 램프는 죽음의 침묵 속에서 춤을 추었다. 그들은 통로들을 따라 허리를 굽히고 마치 네 발로 달리듯 일렬로 뛰었다. 그리고 뜀박질을 늦추지 않으면서 서로에게 물었고 짤막하게 대답했다. 어디지? 갱 속인가? 아니, 아래쪽으로 왔다! 차라리 탄차통로로! 그들은 환기용 굴뚝에 이르자 그곳으로 몰려들며 부상은 생각지도 않고 서로들 위로 넘어졌다.

장랭은 어젯밤 맞은 볼기가 아직도 빨갰고 이날은 수갱에서 뻥소니를 치지 않았다. 그는 자기 탄차 대열 뒤에서 맨발로 뛰면서 환기문을 하나하나씩 닫았다. 그리고 가끔씩 반장과 마주칠 염려가 없을 때는 잠을 잘까봐 금지하고 있지만 맨 뒤의 탄차에 올라탔다. 그러나 그의 재미난 장난거리는 다른 탄차 대열이 먼저 지나가도록 비켜설 적마다 맨 앞에서 고삐를 잡고 있는 베베르를 보러가는 것이었다. 그는 램프도 없이 엉큼하게 다가가 피가 나도록 친구를 꼬집었다. 그의 노란 머리, 커다란 귀, 어둠 속에 빛나는 작은 초록빛 눈에 비친 마른 주둥이로 못된 원숭이 장난을 쳤다. 병적으로 조숙한 그는 아둔한 머리와 팔삭둥이의 명민한 재주를 가지고 있어서 태초의 동물성으로 되돌아간 것 같았다.

오후에 무크는 일할 차례가 된 바타이유를 견습광부들에게 데려왔다. 그런데 말이 탄차 주차장에서 숨을 헐떡거렸기 때문에 장랭은 베베르에게 슬쩍 다가와서 물었다.

"무슨 일이지, 이 늙은 망아지가 왜 갑자기 멈추지… 이게 날 엿 먹이려고 이러나?"

베베르는 대답할 수가 없었고, 바타이유를 붙잡고 있어야만 했다. 바타이유는 다른 탄차 대열이 다가오자 흥이 났던 것이었다. 바타이유는 멀리서 냄새로 동료인 트롱페트를 알아보았고 수갱 아래로 내려지는 것을 본 그날 이후로 트롱페트에 대해 큰 애정을 품고 있었다. 마치 늙은 철학자의 애정 어린 동정심으로 젊은 친구의 짐을 덜어주고 싶은 듯 녀석은 놈에게 체념과 인내를 알려주었다. 왜냐하면 트롱페트는 땅속 생활에 아직 적응하지 못한 채 아무런 흥미도 없이 탄차를 끌었고, 태양에 대한 한결같은 그리움으로 어둠에 눈이 먼 듯 고개를 숙이고 있었기 때문이었다. 그래서 바타이유는 녀석을 만날 적마다 목을 치켜들고는 콧김을 불었고 그를 촉촉하게 쓰다듬어주면서 힘을 내도록 했다.

"어라! 저것들이 또 서로 핥고 있네!" 베베르가 욕을 했다.

그리고 트롱페트가 지나가자 베베르는 바타이유에 대해 대답했다.

"에, 저 늙은 놈은 약아빠졌거든… 이놈이 이렇게 멈출 때는 귀찮은 게 생겼거나 돌이나 구멍이 있는 거야. 이놈은 제 몸을 아껴서 어디하나 다치질 않거든… 잘 모르겠지만 오늘 무슨 일이 있는 것 같아. 저 문을 지난 다음 녀석이 문을 떼밀고는 꼼짝도 않고 서 있었으니까. 너는 뭔가 못 느꼈어?"

"응." 장랭이 말했다. "물이 있었어, 무릎까지 차던데."

탄차 대열이 다시 출발했다. 그리고 바타이유는 운행을 계속하다가 머리로 쳐서 환기문을 열었을 때 녀석은 또다시 나아가기를 거부했고, 몸을 떨면서 울부짖었다. 마침내 그는 고삐를 잡아당기기로 했다.

장랭은 문을 다시 달았고 뒤쪽에 있었다. 그는 몸을 숙였고 쩔쩔매

며 걸어왔던 진창길을 바라보았다. 그리고 램프를 들어 올리며 계속
해서 새 나오는 지하수에 갱목이 휘어있다는 것을 알아챘다. 바로 그
때 일명 시코라고 불리는 채탄부 베를로크가 출산 중인 아내를 보러
다급히 갱에서 나왔다. 그 역시 걸음을 멈추며 갱목을 살펴보았다. 그
리고 갑자기 꼬마 녀석이 탄차 대열을 따라잡기 위해 뛰어나가려 할
때 부서져 내리는 엄청난 소리가 들렸고, 무너진 흙더미는 사내와 아
이를 삼켜버렸다.

거대한 침묵이 흘렀다. 무너질 때 일어난 바람에 두터운 먼지가 갱
도에서 올라왔다. 눈이 멀고 숨이 막힌 광부들은 도처에서, 가장 멀리
떨어진 채굴현장에서 뛰어 내려왔다. 그들의 램프들이 춤을 추며 두
더지 굴속에서 내달리는 시커먼 사람들의 모습을 희미하게 비췄다.
처음으로 낙반 현장에 도착한 사람들은 흙더미 앞에서 소리를 질렀
고 동료들을 불렀다. 막장 갱에서 온 두 번째 무리는 갱도를 막고 있는
흙더미의 반대쪽에 있었다. 곧장 그들은 천장이 기껏해야 10미터정
도 위에서 무너져 내렸음을 확인했다. 결코 심각한 피해는 아니었다.
그러나 흙더미에서 헐떡거리는 시신 하나를 꺼냈을 때 그들의 가슴은
미어졌다.

베베르가 탄차 대열을 팽개치고 달려오면서 되풀이해서 소리쳤다.

"장랭이 아래에 있어요! 장랭이 아래에 있어요!"

마외는 그때 환기용 굴뚝으로 자카리와 에티엔과 함께 굴러 떨어졌
다. 그는 절망의 분노에 사로잡혔고 욕지거리만을 내뱉었다.

"씨팔! 씨팔! 씨팔!"

카트린, 리디, 무케트 역시 달려왔고, 끔찍한 혼란과 더해만 가는
칠흑의 어둠 속에서 공포에 질려 울부짖기 시작했다. 입을 다물라고
했지만 여자들은 제 정신이 아니었고 헐떡거리는 소리가 날 때마다
더욱 세게 울부짖었다.

리숌 반장은 뛰는 걸음으로 도착했지만 아쉽게도 엔지니어 네그렐
도, 당사에르도 수갱에 없었다. 그는 암반에 귀를 대고 소리를 들었다.

그리고 마침내 그 신음소리는 어린애의 신음소리가 아니라고 말했다. 저기에 있는 사람은 분명히 어른이다. 마외는 벌써 스무 번은 장랭을 불렀다. 숨 한번 쉬지 않았다. 애는 분명히 깔려 죽었다.

똑같이 헐떡거리는 소리만이 계속되었다. 죽어가는 매몰자에게 이름을 물었다. 그러나 헐떡거리기만 할 뿐이었다.

"서둘러! 나중에 얘기하고." 이미 구조작업을 지휘한 적이 있는 리숌이 되풀이해서 말했다.

양쪽에서 광부들은 곡괭이와 삽으로 무너진 흙더미를 공격했다. 샤발은 마외와 에티엔 곁에서 한마디 말도 없이 일을 했다. 반면 자카리는 흙 운반을 지휘했다. 수갱에서 나갈 시간이었기 때문에 아무도 먹지 못한 상태였다. 그러나 동료들이 위험에 처해 있는 한 어느 누구도 식사를 하러 떠나지 않았다. 그렇지만 아무도 돌아오지 않으면 탄광촌 사람들이 걱정한다고 생각해 여자들을 집으로 돌려보내기로 했다. 그러나 카트린도, 무케트도, 리디조차도 불안한 마음에 못 박힌 듯 자리를 뜨지 않고 흙더미 제거 작업을 도왔다. 그때 르바크는 붕괴사고를 보수를 요하는 단순 피해로 저 위에 알리는 임무를 맡았다. 거의 네시 경이 되자 노동자들은 한 시간도 채 안 되어 하루치 일을 해버렸다. 천장으로부터 새로운 암석들이 떨어지지 않았다면 이미 절반의 흙을 치워버렸을 것이었다. 마외는 분노를 터뜨리며 일에 매달렸기 때문에 다른 사람이 잠시 일을 교대하자고 했을 때 그는 무서운 몸짓으로 거절했다.

"천천히!" 리숌이 드디어 말했다. "다 왔어… 그들을 죽게 해서는 안 돼."

실제로 헐떡거리는 소리가 점점 분명하게 들려왔다. 계속해서 헐떡거리는 이 소리가 노동자들의 작업을 인도한 것이었다. 이제는 곡괭이 바로 아래서 숨을 쉬는 듯했다. 갑자기 헐떡거림이 멎었다.

모든 사람이 말없이 서로를 바라보았고, 주검의 찬기가 칠흑의 어둠 속에서 지나는 것을 느끼며 몸서리쳤다. 그들은 땀에 흠뻑 젖어 곡괭이질을 했고, 팽팽하게 긴장한 근육은 끊어질 지경이었다. 발 하나가 나오자 그때부터는 손으로 흙을 치웠고 팔다리를 하나씩 끌어냈다. 머리는 다치지 않은 것 같았다. 램프를 비추자 시코라는 이름이 입에서 입으로 전해졌다. 몸은 아주 따뜻했지만 척추 뼈가 바윗돌에 으스러져 있었다.

"담요로 싸고 탄차에 실어." 반장이 명령했다. "이제 애를 꺼내, 서둘러!"

마외가 마지막으로 곡괭이질을 하자 갱도가 트였고 다른 쪽에서 무너진 흙더미를 뚫던 사람들과 통하게 되었다. 그들은 실신한 장랭을 발견했다. 두 다리는 부러졌지만 아직 숨을 쉬고 있었다. 아버지가 아이를 안았다. 어금니를 물고 그는 계속해서 씨팔만을 내뱉으며 고통을 토로했다. 반면 카트린과 다른 여자 애들은 다시 울부짖기 시작했다.

민첩하게 호송대가 형성됐다. 베베르는 바타이유를 끌고 와 탄차 두 대를 달았다. 첫째 탄차에는 에티엔이 붙든 시코의 시체가 눕혀졌다. 두 번째 탄차에는 의식을 잃고 환기문에 찢긴 모직 누더기를 입은 장랭을 마외가 무릎에 안고 앉았다. 그리고 보통 걸음으로 출발했다. 탄차 위에 하나씩 걸린 램프가 붉은 별모양을 만들었다. 그리고 그 뒤를 50명의 광부와 그 그림자들이 일렬로 서서 따라갔다. 이제 그들은 피곤에 지쳐 발을 질질 끌었고, 전염병에 걸린 가축 떼처럼 침울한 슬픔에 잠겨 진흙 속으로 빠져 들어갔다. 석탄하치장에 도착하는 데에는 거의 30분이 걸렸다. 이 지하 호송은 칠흑 같은 어둠 속에서 갈라지고 돌고 직진하는 갱도를 따라 한없이 계속됐다.

석탄하치장에 먼저 도착한 리슘은 빈 케이지 한 대를 남겨두라고 지시했었다. 피에롱은 탄차 두 대를 곧장 승차시켰다. 탄차 한 대 안에는 마외가 부상당한 아들을 무릎 위에 안고 있었고, 에티엔은 시코의 시체를 안고 다른 탄차 속으로 들어가야만 했다. 노동자들이 케이지의 또 다른 층들에 빽빽이 들어차자 케이지는 올라갔다. 2분이 걸렸다. 방수벽에서는 아주 차가운 빗물이 떨어졌고, 사람들은 햇빛이 보고 싶어 초조하게 공중을 바라보았다.

다행히 의사 방데라쟁에게 보낸 견습광부가 그를 찾아 데려왔다. 장랭과 시신은 1년 내내 불이 활활 타는 반장실로 운반되었다. 뜨거운 물이 든 양동이를 갖다 놓고 발을 씻어줄 모든 채비를 갖췄다. 포석 위에 두 장의 매트리스를 깐 다음 남자와 아이를 눕혔다. 마외와 에티엔만이 들어왔다. 밖에는 여조차부들과 광부들, 개구쟁이들이 몰려와 나지막한 목소리로 이야기를 나눴다.

의사는 시코를 힐끔 보자마자 이렇게 중얼거렸다.

"끔찍하군!… 자네들이 씻겨주게나."

두 경비원이 옷을 벗긴 후 시커먼 탄가루와 땀으로 더럽혀진 시체를 물수건으로 닦았다.

"머리에는 이상이 없어." 장랭의 매트리스 위에 무릎을 꿇고 의사가 말을 이었다. "가슴도 괜찮고… 아! 다리가 나갔구먼."

그는 두건을 풀고 윗도리를 벗겼다. 바지와 속옷을 잡아당기며 능숙한 유모처럼 아이의 옷을 벗겼다. 그러자 곤충처럼 메마르고 시커먼 먼지와 황토로 더럽혀진 가난한 어린아이의 몸이 피멍으로 얼룩진 채 드러났다. 신체 부위를 분간할 수 없었음으로 그 역시 씻겨야만 했다. 그리고 수건으로 닦아내자 더 마른 듯한 몸이 드러났다. 살이 너무나 창백하고 너무나 투명하여 뼈들이 그냥 보였다. 불쌍하게도 그것은 극빈 종족이 최종적으로 도달한 퇴화 상태였으며, 암석에 깔려 반쯤 으스러진 하찮은 존재의 고통이었다. 그의 몸을 깨끗하게 씻기자 멍이 든 허벅지와 하얀 살갗 위에 붉은 반점 두 개가 보였다.

실신에서 깨어난 장랭은 신음소리를 냈다. 마외는 매트리스 발치에 서서 팔을 늘어뜨리고 그를 바라보았다. 그의 눈에서 커다란 눈물이 굴러 떨어졌다.

"이봐? 당신이 아버지야?" 의사는 고개를 들며 말했다.

"울지 말라고, 보다시피 죽지 않았잖아… 울 바에는 나 좀 도와줘."

그는 두 군데의 단순골절을 확인했다. 그러나 그는 오른쪽 다리를 걱정했다. 틀림없이 잘라내야만 할 것 같다.

이때, 엔지니어 네그렐과 당사에르가 마침내 연락을 받고 리숌과 함께 도착했다. 네그렐은 화가 치민 표정으로 반장 얘기를 들었다. 또 그 망할 놈의 갱목작업! 거기에 사람들을 붙여놓으라고 백 번은 말하지 않았는가! 파업하겠다고 말하는 그 같잖은 놈들에게 보다 튼튼하게 갱목을 받치라고 했어야지! 더 안 된 쪽은 회사다. 이제 그 깨진 항아리 값을 물어내야 하기 때문이다. 엔느보 씨가 잘 했다고 하겠군!

"누구야?" 시트로 덮고 있는 시신 앞에서 그가 입을 다문 당사에르에게 물었다.

"시코예요. 좋은 노동자죠." 선임반장이 대답했다. "아이가 셋인데… 불쌍한 녀석!"

의사 방데라쟁은 즉시 장렘을 집으로 옮기라고 말했다. 여섯 시를 알리는 종소리가 울렸고 석양도 이미 떨어졌으니 시체도 옮기는 것이 좋을 듯 하다. 그러자 엔지니어는 유개차를 수레에 달고 들것을 가져오라고 지시했다. 부상당한 아이를 들것 위에 눕혔고, 매트리스와 시신을 유개차 안에 실었다.

문가에는 여조차부들이 여전히 머물면서 어떻게 되었나 보기 위해 뒤늦게 온 광부들과 얘기를 나누고 있었다. 반장실 문이 열리자 그들은 침묵에 잠겼다. 그리고 새로운 행렬이 형성되었다. 앞에는 유개차, 뒤에는 들것 그리고 사람들이 그 뒤를 이었다. 행렬은 집탄장을 떠났고, 천천히 탄광촌 언덕길로 올라갔다. 11월의 첫 추위로 거대한 평원은 헐벗었고, 밤은 서서히 납빛 하늘에서 떨어지는 수의처럼 평원을 덮어버렸다.

그때 에티엔은 아주 나지막한 소리로 카트린을 보내 마외드에게 미리 알려 충격을 줄이라고 마외에게 충고했다. 아버지는 침통한 표정으로 들것 뒤를 따랐고 그러라고 손짓을 했다. 그러자 딸은 곧 집에 도착하기 때문에 뜀박질을 했다. 그러나 사람들은 음산한 상자 모양의 유개차가 무얼 의미하는지 이미 잘 알고 있었다. 여자들은 미친 듯이 보도로 나왔고, 모자도 쓰지 않은 채 삼삼오오 불안에 못 이겨 내달렸다. 곧바로 30명이 되었고 50명이 되었다. 모두 다 똑같은 공포에 사로잡혔다. 그러면 한 사람 죽은 거야? 그게 누구야? 르바크의 얘기를 듣고 여자들 모두는 안심했지만 이제는 이야기가 과장되어 악몽 속에 빠졌다. 열 명이 죽었다. 그래서 유개차가 한 명, 한 명씩 싣고 올 거다.

카트린은 불안한 예감에 안절부절 못하는 엄마를 보았다. 카트린이 첫 말부터 더듬거리자 마외드는 이렇게 소리쳤다.

"아버지가 죽었지!"

딸은 아니라고 얘기했고 장랭에 대해 말했지만 허사였다. 말을 듣지도 않고 마외드는 뛰어나갔다. 그리고 교회 앞에 다다른 유개차를 보고 새파랗게 질리며 혼절했다. 문 위에서 몇몇 여자들은 충격에 말을 잊은 채 목을 길게 뺐지만, 다른 여자들은 어느 집 앞에서 행렬이 멎는지 알아보려고 몸을 떨면서 뒤를 따랐다.

유개차가 지나갔다. 그리고 그 뒤에서 마외드는 들것을 따라오는 마외를 알아보았다. 그리고 그 들것이 자기 집 문 앞에 놓이고 다리가 부러진 장랭이 살아있는 것을 보자, 가슴이 분노로 너무나 복받쳐 올라 숨이 막혔고 눈물도 흘리지 않고 더듬거리며 말했다.

"이게 뭐냐! 이제 우리 애들을 병신으로 만들어놔!… 어쩌면 두 다리가! 도대체 나보고 어쩌란 말이야?"

"입 좀 다물어!" 장랭을 붕대로 감기 위해 뒤따라왔던 의사 방데라쟁이 말했다. "그럼 애가 죽었으면 좋겠어?"

그러나 마외드는 더 화가 났고, 알지르, 레노르, 앙리는 울어댔다. 그녀는 부상당한 아이를 방으로 올리는 것을 도와주고 의사가 필요로 하는 것을 건네주면서 운명을 저주했고, 어디에서 불구 자식들을 키울 돈을 구하겠냐고 물었다. 노인도 변변하지 못한데 저 말썽장이까지 다리가 없으니! 그녀는 한탄을 그치지 않았고, 그 동안 이웃집에서도 울부짖는 소리와 애끓는 통곡이 들려왔다. 그것은 시코의 시신을 붙들고 우는 아내와 아이들이었다. 시커먼 밤이 되었고 기진맥진한 광부들은 그제야 저녁을 먹었다. 탄광촌은 음울한 침묵 속에 빠졌고 커다란 울음소리만이 그곳을 가로질러 갔다.

3주일이 지났다. 절단은 피할 수 있어서 장랭은 두 다리를 보전했지만 절름발이가 되었다. 한 차례 조사를 한 후 회사 측은 어쩔 수 없이 50프랑의 보상금을 주었다. 게다가 회사는 불구가 된 아이를 위해 회복하기만 하면 바로 낮 일자리를 주겠다고 약속했다. 그래도 곤궁함은 더해만 갔다. 왜냐하면 아버지가 심한 충격을 받고 고열로 몸져누웠기 때문이었다.

목요일부터 마외는 수갱에 다시 돌아왔고 그리고 일요일이 되었다. 그날 저녁 에티엔은 다가오는 12월 1일에 대해 이야기했고, 회사 측이 공고한 위협을 실행에 옮길지 여부를 알려고 여념이 없었다. 식구들은 카트린을 기다리며 10시까지 자지 않고 있었고, 그녀는 샤발과 함께 있느냐고 늦는 것이 분명했다. 그러나 그녀는 집에 들어오지 않았다. 마외드는 화가 나서 말 한마디 하지 않고 문을 걸어 잠가버렸다. 에티엔은 오랫동안 잠을 이루지 못했다. 알지르가 아주 적은 자리를 차지하고 있는 그 빈 침대가 마음에 걸렸다.

다음날도 카트린은 오지 않았다. 오후가 돼서야 수갱에서 돌아오면서 마외 식구들은 샤발이 그녀를 데리고 있음을 알았다. 그는 그녀에게 너무나 흉측한 말들을 했기 때문에 그녀는 그와 함께 지내기로 마음을 정해 버렸다. 샤발은 욕을 먹지 않기 위해 느닷없이 보뢰 수갱을 그만두었다. 그는 얼마 전 드뇔랭 씨 소유의 수갱 장-바르에 고용된 터였고, 카트린은 조차부로 그를 따라갔다. 게다가 그들은 몽수의 피케트에서 계속해서 살면서 신접살림을 차렸다.

처음에 마외는 샤발의 뺨을 때리고 딸의 엉덩이에 발길질을 해서라도 그녀를 데려오겠다고 말했다. 그러나 후에는 체념한 태도를 보였다. 그런들 무슨 소용이 있겠는가? 언제나 그런 식으로 일은 돌아가고, 가시내들이 같이 살고 싶어 할 때는 막을 도리가 없다. 차라리 결혼할 때까지 조용히 기다리는 편이 나을 것이다. 그러나 마외드는 그 상황을 그렇게 잘 받아들이지 못했다.

"그 애가 샤발과 놀아날 때 내가 그 애를 때렸어요?" 그녀는 에티엔에게 외쳤고, 그는 말없이 아주 창백한 얼굴로 마외드가 하는 말을 들었다. "대답 좀 해보라고요! 당신은 사리가 분명한 사람이잖아요… 우리는 그 애를 내버려 뒀어요, 그렇지 않아요? 제기랄! 모든 계집애들은 그런 식예요. 애들 아빠와 결혼할 때 나도 애를 갖고 있었어요. 그러나 내 부모한테서 도망을 치진 않았어요. 나라면 결코 나이가 되기도 전에 내 일당이 필요도 없는 사내에게 그걸 추잡하게 갖다 주지는 않았을 거예요… 아! 정말 지겨워! 무자식이 상팔자야."

에티엔이 아무런 대답도 하지 않은 채 고개만 끄덕이자 그녀는 힘주어 말했다.

"그 애는 매일 저녁 가고 싶은 곳에 갔잖아요! 뭐에 그렇게 빠진 거야? 자기 집이 빚 구덩이에서 빠져나오도록 도와주고, 결혼시켜줄 때까지 기다릴 수는 없는 거야! 어때요? 그게 당연하잖아요. 딸도 일을 하니까 키우는 거예요… 그런데 우리가 너무 착했어요, 그 애가 사내놈과 놀아나도록 내버려둬서는 안 됐는데 말예요. 빌미를 주니까 계집애들이 더 그러는 거라고요."

알지르는 머리를 끄덕여 동의를 표했다. 레노르와 앙리는 소나기처럼 쏟아지는 엄마의 화에 질려 나지막이 울어댔다. 엄마는 이제 그들의 불행을 열거하기 시작했다. 우선 자카리를 결혼시켜야 했던 것, 다음으로는 뒤틀린 발 때문에 저기 의자에 앉아 있는 본모르 영감, 뼈가 제대로 붙질 않아 앞으로 열흘 전에는 방을 나갈 수 없는 장랭, 그리고 최후의 일격은 사내놈과 떠나버린 카트린이라는 년! 온 식구가 박살났다. 수갱에는 오직 애 아빠만이 남아 있다. 에스텔은 빼더라도 어떻게 일곱 식구가 애 아빠가 버는 3프랑으로 살아갈 수 있겠는가? 그러니 모두 운하에 빠져 죽는 편이 나을 것이다.

"그렇게 걱정해봐야 나아질 게 하나도 없어." 마외가 낮은 목소리로 말했다. "막다른 골목은 아닐 거야."

타일바닥을 응시하던 에티엔이 고개를 들었다. 그리고 미래의 모습에 넋을 잃은 눈으로 중얼거렸다.

"그래! 지금이다, 바로 지금이다!"

제4부

I

그날 월요일에 엔느보 부부는 그레그와르 부부와 그들의 딸 세실과 함께 점심 식사를 하기로 돼 있었다. 그것은 미리 계획된 모임이었다. 식사를 끝낸 후에는 폴 네그렐이 여자들에게 훌륭하게 재건된 생-토마 수갱을 구경시켜줄 예정이었다. 그러나 그것은 그럴싸한 구실에 불과했다. 이 모임은 세실과 폴의 결혼을 서두르기 위한 엔느보 부인의 착안에서 비롯된 것이었다.

그런데 갑자기 이날 오전 네 시에 파업이 터졌다. 12월 1일, 회사가 새로운 임금제도를 실시했을 때 광부들은 조용히 있었다. 보름 후 임금을 주던 날 또한 아무런 요구도 없었다. 사장에서부터 경비원들에 이르기까지 모든 사람들은 임금요율이 받아들여진 것으로 믿고 있었다. 그러므로 그날 아침의 선전포고는 너무나 놀라운 것이었다. 그리고 그 전술과 통일된 행동은 강력한 지도부를 암시하는 대목이었다.

다섯 시에 당사에르는 엔느보 씨를 깨워 한 사람도 보뢰 수갱에 내려가지 않았다는 사실을 보고했다. 그가 돌아본 되-상-카랑트 탄광촌은 창문과 출입문을 잠근 채 깊이 잠들어 있었다. 그래서 침대에서 뛰어내린 사장은 여전히 잠으로 부은 눈으로 고심했다. 15분 간격으로 연락원이 달려 왔고, 그의 책상 위로는 전보문들이 우박처럼 떨어졌다. 우선 그는 파업이 보뢰 수갱에만 국한되길 바랐다. 그러나 전해지는 소식들은 매번 점점 더 심각해지기만 했다. 미루, 크레브쾨르, 마들렌에서는 마부들만이 출근했고, 규율이 가장 잘 잡혀 있는 빅토아르와 프트리-캉텔 수갱에서도 지하로 내려간 사람의 수는 3분의1에 불과했다. 오로지 생-토마만이 전원 작업에 참가하여 움직임 밖에 있는 듯했다. 아홉 시까지 그는 급송전문들을 구술했고, 도처에서 릴 도지사와 회사의 이사들에게 전문을 보냈다. 관계 당국에 통지했고 질서 유지를 요청했다. 그는 정확한 정보를 얻기 위하여 네그렐을 보내 인근의 수갱들을 돌아보도록 했다.

갑자기 엔느보 씨는 점심 약속을 생각했다. 그리고 그는 그레그와르 부부에게 마부를 보내 모임을 미루자고 알리려 했다. 그러나 꼭 그래야겠다는 생각은 아니었기 때문에 주저하다 그만 두고는 방금 전 짧은 문구로 군처럼 대응하도록 그의 전장을 준비시켰다. 그는 아내의 방으로 올라갔고, 그녀는 침실하녀와 함께 화장하는 방에서 머리 손질을 막 끝낸 참이었다.

"아! 그들이 파업을 하는군요." 그가 의견을 묻자 그녀는 침착하게 말했다. "그런데 그게 우리하고 무슨 상관있어요?… 우리가 안 먹을 건 아니잖아요, 안 그래요?"

그녀는 고집을 부렸다. 점심 식사는 편치 않을 것이며 생-토마 수갱은 방문할 수 없을 거라고 아무리 얘기해도 소용없었다. 그녀는 모든 것에 대해 꼬박꼬박 말대답을 했다. 어째서 불 위에 올린 점심을 버린단 말인가? 그리고 산보 삼아 수갱을 방문하는 것이 정말로 경솔하다면 그건 나중에 포기할 수도 있다.

침실하녀가 방을 나가자 그녀가 말을 계속했다. "게다가 당신은 어째서 내가 그 양반들을 초대하려는지 알잖아요. 이 결혼은 당신 회사 노동자들의 어리석은 짓보다 분명히 당신에게 더 중요해요… 그러니 내 말대로 반대하지 마세요."

그는 그녀를 바라보자 마음이 약간 흔들렸다. 그래서 규율을 준수하는 그의 딱딱하고 단호한 얼굴에는 상처받은 마음의 고통이 은연중에 드러났다. 그녀는 어깨를 드러내고 있었다. 이제 한창때는 지났지만 가을 황금빛으로 물든 케레스*의 자태를 지닌 그녀는 여전히 눈부시게 아름답고 욕망을 불러일으켰다. 한순간, 그는 그녀를 껴안고 훤히 보이는 두 젖가슴 사이에 얼굴을 파묻고 싶은 거친 욕망을 느꼈다. 관능적인 여인의 은밀한 사치가 보이는 이 따스한 방안에는 자극적인 사향 냄새가 떠돌았다. 그러나 그는 물러섰다. 두 사람은 10년 전부터 각 방을 쓰고 있었다.

"좋소, 그럼 취소하지 맙시다." 그가 떠나면서 말했다.

엔느보 씨는 아르덴**에서 태어났다. 그는 파리의 길거리에 버려진 고아로 가난한 소년 시절을 보내며 힘들게 삶을 시작했다. 광산공과대학***을 어렵게 마친 후 스물네 살이 되었을 때, 생트-바르브 수갱의 엔지니어로 일하기 위해 그랑-콩브****로 떠났다. 3년 후 그는 파-드-칼레에 있는 마를르 수갱의 엔지니어 지부장이 되었다. 그는 거기에서 광산계에서는 공식이 되어버린 횡재 덕분에 아라스*****의 부유한 제사 공장주의 딸과 결혼을 했다. 15년 동안 이 부부는 단조로운 삶을 깨뜨려 줄만한 어떤 사건도 없이, 심지어는 아이도 낳지 않고 그 작은 지방 도시에서만 살았다. 점점 심해지는 신경질 때문에 남편은 엔느보 부인에게서 멀어졌고, 그녀는 돈을 제일로 아는 집안에서 자라나 힘들게 일하고도 보잘 것 없는 봉급 밖에 받지 못하는 남편을 경멸했다. 그 돈으로는 기숙학교 시절에 꿈꿨던 어떤 허영도 만족시킬 수가 없었다. 고지식한 엔느보는 어떠한 투기도 하지 않았고, 군인처럼 자기 자리만 고수했다. 불화는 점점 커져만 갔고, 가장 뜨거운 연인들도 싸늘히 식게 만드는 육체의 특이한 불협화음 때문에 불화는 더욱 악화됐

---

* 곡물, 농업, 경작의 여신
** Ardennes. 프랑스 북부지역으로 벨기에 국경지대이다.
*** Ecole des Mines. 광산 관련 엔지니어를 배출하는 명문 국립대학
**** Grand-Combe. 대서양에 면한 프랑스 북부 지역
***** Arras. 파-드-칼레 지역의 한 도시

다. 그는 아내를 사랑했고, 그녀는 탐스러운 금발의 관능미를 지니고 있었다. 그러나 벌써 그들은 각 방을 썼고 편치 않았으며, 곧바로 상처 받았다. 그녀는 이때부터 남편 모르게 정부를 가졌다. 마침내 그는 파-드-칼레를 떠나 파리에서 관리직으로 근무하게 되었고, 그는 이에 대해 그녀가 고맙게 여기리라 생각했다. 그러나 파리 생활은 그들을 끝내 멀어지게 만들었다. 첫 인형을 갖은 때부터 꿈꿔왔던 파리에서 그녀는 1주일 만에 시골티를 씻어버렸고, 단번에 우아한 여인이 되어 당시에 유행한 온갖 사치의 광란에 빠져들었다. 그녀가 파리에서 보낸 10년은 정념으로 가득 찼었다. 그녀는 한 남자와 오랫동안 공공연한 관계를 가졌고 그 남자로부터 버림을 받았을 때는 자살까지 기도했을 정도였다. 그때만은 남편도 모르는 척할 수가 없었다. 끔찍한 부부싸움 이후 그의 행복이 어디 있는 줄을 발견하면 그 행복을 가져버리는 이 여자의 생각 없는 태평함에 체념하고 그는 두 손을 들어버렸다. 단절 이후 아내가 우울증에 걸린 것을 알았을 때 그는 이 황량하고 시커먼 고장에서 그녀의 병을 고치리라는 기대감에서 몽수 탄광의 경영을 수락했었다.

엔느보 부부는 몽수에서 살기 시작한 이후 또다시 결혼 초기의 신경질적인 권태 속으로 빠져들었다. 처음에 그녀는 거대한 벌판의 평범한 단조로움 속에서 마음의 평온을 맛보았고, 이 커다란 고요에 마음이 홀가분해진 것처럼 보였다. 그리고 그녀는 모든 것이 끝나버린 여인처럼 은둔했고, 이제는 살찌는 것을 걱정하지 않을 정도로 세상에 대해 초연했다. 완전히 소진된 영혼을 지닌 것처럼 행동했다. 그리고서 얼마 후 이러한 무심함 속에서 마지막 열정이, 그래도 살아야겠다는 욕구가 생겨났고 그녀는 여섯 달에 걸쳐 그리 넓지 않은 사택을 자신의 취향에 따라 고치고 새로운 가구들을 들임으로써 이 욕구를 해소했다. 그녀는 사택에 대해 끔찍하다고 말하면서, 예술적인 타피스리와 골동품들로 채워 릴에서까지 화제의 대상이 되었다. 그런데 이제 그녀는 이 고장에 대해 분노했다. 끝없이 펼쳐진 들판의 이 짐승들, 나무 한 그루 없고 언제나 시커먼 도로들, 거기에는 그녀를 불쾌하고 질리게 만드는 끔찍한 인간들이 우글거렸다. 유배를 왔다고 불평하기 시작했고, 집을 유지하는 데도 빠듯한 사만 프랑의 봉급에 희생당했다며 그녀는 남편을 비난했다. 그도 남들 식으로 한 몫 요구하여 주식을 얻고, 그래서 뭔가 성공했어야 하지 않는가? 그리고 그녀는 재산을 가져온 상속녀의 잔인함을 계속해서 고수했다. 언제나 꼿꼿한 그는 관료의 거짓 냉정함 속으로 피신했지만, 이 여자에 대한 때늦은 욕망으로 나이를 먹으면서 커져만 가는 거친 욕정으로 황폐해졌다. 그는 결코 단 한 번도 그녀를 연인으로 소유해보지 못했었고, 그래서 다른 남자에게 몸을 내맡길 때의 그녀를 한 번만이라도 갖고 싶다는 환영에 계속해서 시달렸다. 매일 아침 그는 오늘 밤에는 그녀를 정복하겠다는 꿈을 꿨다. 그런데 그녀가 차가운 눈으로 그를 쳐다보고 그녀의 모든 것이 자기를 거부한다고 느낄 때면 그는 손끝이 스치는 것조차 피했다. 그것은 치유할 수 없고 그의 경직된 태도 속에 감춰져 있는 고통이었다. 부부생활에서 행복을 발견하지 못하고 아무도 모르게 괴로워하는 부드러운 기질의 사람이 갖게 마련인 고통이었다. 여섯 달이 지난 뒤 저택은 완전하게 꾸며졌지만 그녀는 집에 더 이상 관심이 없었다. 또다시 권태의 나른함 속에 빠져들었고, 유형생활이나 하다 죽을 거라고, 그렇게 죽어버리는 게 행복하겠다고 스스로에게 말했다.

바로 이 시기에 폴 네그렐이 몽수에 왔다. 그의 어머니는 지방에서 근무했던 대위의 미망인이었고, 하찮은 연금으로 아비뇽*에서 살았다. 그녀는 아들을 폴리테크닉 공과대학**까지 보내기 위해 빵과 물만으로 사는 것에 만족해야만 했다. 그는 좋지 않은 성적으로 그곳을 졸

---

* Avignon. 프랑스 중남부의 도시
** Ecole polytechnique. 엔지니어를 배출하는 프랑스 최고의 국립 이공계대학. 19세기 동안 변화는 있었지만 대부분의 폴리테크닉 공과대학 졸업생들은 국가 공공기관의 엔지니어로 혹은 포병, 공병 장교로 근무했다. 그리고 졸업성적은 예나 지금이나 그들 성공에 결정적 요소다.

업했고, 그래서 그의 아저씨 엔느보 씨는 사직서를 내게 한 뒤 그를 보뢰 수갱의 엔지니어로 채용했다. 그때부터 사장의 자식처럼 대접 받으며 그는 자기 방까지 갖게 되었다. 거기에서 먹고 생활했고, 이러한 생활 덕분에 그는 3,000프랑의 봉급 중 절반을 자기 어머니에게 송금할 수 있었다. 이 특혜를 숨기기 위해 엔느보 씨는 수갱의 엔지니어들에게 주어지는 작은 별채에서 청년 혼자 살림을 꾸려가기는 애로 사항이 많다고 말하곤 했다. 엔느보 부인은 곧바로 착한 아주머니의 역할을 떠맡았고, 새로 생긴 조카에게 말을 놓으면서 그의 생활을 보살펴 주었다. 특히 처음 몇 달 동안 그녀는 하찮은 문제에 대해서도 지나치리만치 많은 조언을 해주는 모성애를 보여주었다. 그렇지만 그녀는 여자로 남았고 개인적인 속내까지 얘기하기 시작했다. 아주 젊고 실리적이며 거리낌이 없는 지성을 지닌 이 청년은 철학자의 사랑 이론들을 강의하며 그녀를 즐겁게 해주었다. 그리고 뾰족한 코를 가진 갸름한 얼굴은 그의 활기찬 염세주의 덕분에 날카롭게 보였다. 자연스럽게 어느 날 저녁 그는 그녀의 품에 안기게 되었고, 그녀는 아무런 감정도 없으며 단지 그의 친구가 되고 싶을 뿐이라고 말하면서 선의로 자기 몸을 내주는 척했다. 실제로 그녀는 질투를 하지 않았고, 그가 혐오스럽다고 단정하는 여조차부들을 가지고 그를 놀려대기도 했으며, 젊은 사람들이 하는 농담을 자기에게 말해주지 않는다고 거의 토라지기까지 했다. 게다가 그녀는 그를 열정적으로 결혼시키려 했고, 자기 자신이 책임지고 그를 부잣집 딸에게 장가보내겠다고 생각했다. 그들의 관계는 계속되었고, 이 어린애 장난 같은 놀이에 그녀는 한가하게 끝나버린 여인의 애정을 쏟고 있었다.

2년이 흘러갔다. 어느 날 밤 엔느보 씨는 자기 방문을 스치는 맨발 소리를 들은 후부터 의심을 품었다. 그리고 이 새로운 불륜은 그를 분노케 했다. 그의 집에서, 그의 거처에서, 어머니와 아들뻘끼리! 그런데 다음날 아침, 그의 아내는 조카의 배필로 세실 그레그와르를 선택했노라고 똑 부러지게 말했다. 그녀가 너무나 열정적으로 조카의 결혼에 신경을 써서 그는 자기의 망측한 상상이 부끄러워졌다. 그는 젊은이가 고마울 뿐이었다. 그가 온 이후 집이 덜 우울해졌기 때문이었다.

화장하는 방에서 내려오던 엔느보 씨는 마침 현관에서 들어오는 폴과 마주쳤다. 폴은 파업 건이 대단히 즐거운 듯한 표정이었다.

"어때?" 아저씨가 폴에게 물었다.

"예, 탄광촌을 한 바퀴 돌아봤는데요, 광부들은 집안에서 아주 얌전히 있는 것 같던데요… 제 생각으로는 사장님께 대표자들을 보낼 것 같습니다."

이때 엔느보 부인이 2층에서 불렀다.

"폴이니?… 올라와서 얘기 좀 전해줘. 참 이상해, 그렇게 행복한 사람들이 못된 짓을 하다니!"

사장은 그의 아내가 소식통을 데려갔기 때문에 더 묻기를 그만 둬야만 했다. 그는 돌아와 새로운 급송전문 꾸러미가 쌓여 있는 책상에 앉았다.

열한 시에 그레그와르 가족들이 도착했을 때, 밖을 살피던 시종 이폴리트가 도로의 양편을 불안한 시선으로 살피며 그들을 밀면서 안내해 그들은 깜짝 놀랐다. 거실에는 커튼이 쳐져 있었고, 그들을 곧장 집무실로 안내했으며 엔느보 씨는 그들을 이렇게 맞이한 데 대해 사과했다. 거실이 길가에 면해 있으니 구태여 사람들을 자극할 필요가 없겠다.

"아니! 모르고 계셨군요!" 그들이 놀라는 것을 보며 그는 말을 계속했다.

그레그와르 씨는 결국 파업이 터졌다는 사실을 알았고 평온한 태도로 어깨를 으쓱했다. 에이! 별일 아닐 것이다, 착한 사람들이다. 턱을 끄덕이며 그레그와르 부인이 100년이 넘도록 체념해 온 탄광부들에 대한 남편의 신뢰에 동의를 표했다. 한편 이날따라 아주 쾌활하고 건강해 보이는 세실은 오렌지색 모직 옷으로 치장하고 있었다. 파업이란 말에 미소를 띠며 탄광촌 방문과 자선 배급을 떠올렸다.

그런데 엔느보 부인이 네그렐 뒤에서 완전히 검은 실크 옷차림으로 나타났다.

"참! 짜증나네요!" 그녀가 문에서부터 소리쳤다. "기다릴 수가 없나 봐요, 저 사람들은!… 아시겠지만 폴은 생-토마에 우리를 데려가지 않으려 해요."

"그냥 여기에 있지요." 그레그와르 씨가 공손히 말했다. "그게 분명히 좋을 거예요."

폴은 세실과 그녀의 어머니에게 인사치레만 하려했다. 이러한 성의 없는 태도에 민망해진 그의 아주머니는 그에게 눈짓으로 처녀에게 가라고 했다. 그 둘이 함께 웃는 소리를 들었을 때 엔느보 부인은 어머니의 눈길로 그들을 바라보았다.

그러는 동안 엔느보 씨는 급송전문들을 다 읽고 나서 몇몇 답장들을 작성했다. 사람들은 그의 곁에서 이야기를 나누었고, 그의 아내는 이 집무실에 자기는 관심이 없다고 말했다. 이곳의 붉은 벽지는 오래돼 색이 바랬고, 마호가니로 만든 육중한 가구들 그리고 오랫동안 사용하여 홈집이 난 서류함들이 있었다. 45분이 지나자 그들은 식탁에 앉았고, 그때 시종이 드뇔랭 씨의 방문을 알렸다. 그는 흥분한 얼굴로 들어와 엔느보 부인 앞에서 인사를 했다.

"아니! 무슨 일로 여기에?" 그레그와르 가족들을 보면서 그가 말했다. 그리고 그는 급히 사장에게 말을 건넸다.

"어떻게 된 일예요? 우리 엔지니어를 통해 소식을 들었어요… 우리 수갱에서는 전원이 오늘 아침 내려갔어요. 그러나 일이 커질 수도 있어요. 안심이 안돼요… 당신네 수갱은 어느 정도요?"

그는 말을 타고 달려왔고, 불안감에 그의 말소리는 높았으며 동작은 다급했다. 그는 퇴각하는 기병장교와 흡사했다. 엔느보 씨가 그에게 상황에 대한 정확한 정보를 말하기 시작했을 때 이폴리트가 식당 문을 열었다. 그러자 그는 하던 말을 멈추고 말했다.

"함께 식사하세요. 디저트를 들면서 계속 얘기하지요."

"그러지요, 괜찮으시면." 드뇔랭이 대답했다. 그는 자기 생각에 너무 골몰해 사양도 하지 않고 식사 제안을 받아들였다.

그러나 그는 자신의 무례함을 의식했고, 엔느보 부인 쪽으로 몸을 돌려 양해를 구했다. 그녀는 퍽이나 매혹적이었다. 그녀는 일곱 번째 자리를 준비하도록 했고 손님들의 자리를 정했다. 그레그와르 부인과 세실은 그녀의 남편 양쪽에, 그레그와르 씨와 드뇔랭 씨는 그녀의 오른쪽과 왼쪽에, 마지막으로 폴은 처녀와 그녀의 아버지 사이에 앉게 했다. 전채를 시작했을 때 그녀는 미소를 띤 채 입을 열었다.

"용서해 주시기 바래요, 굴을 대접하고 싶었는데… 아시다시피, 월요일에는 마르시엔에 벨기에 굴이 옵니다. 요리사를 마차로 보내려 했는데… 그녀가 돌을 맞지나 않을까 싶어서…"

모두가 웃음을 터뜨리는 바람에 말이 끊겼다. 그들은 그 말이 재미있다고 생각했다.

"쉿!" 난처해진 엔느보 씨가 길이 내다보이는 창문을 바라보며 말했다. "이 곳 사람들이 오늘 오전에 저희가 손님을 초대한 것을 알 필요는 없지요."

"여기에는 그들이 먹지 못할 소시지가 언제나 있지요." 그레그와르 씨가 떠벌렸다.

웃음이 다시 터져 나왔지만 이번에는 조금 조심스러웠다. 손님 각자는 플랑드르 타피스리*가 걸려있고 참나무로 만든 고풍스러운 가구들로 치장되어 있는 이 거실에서 편한 자세들을 취했다. 은 식기들은 찬장 유리 뒤에서 빛나고 있었고 붉은 구리로 만든 커다란 촛대가 천장에 매달려 있었으며 그것의 매끄러운 원형장식들에는 마졸리카** 화분 속에서 푸르게 자란 종려나무와 난초가 비쳤다. 바깥은 대낮이었

---

* tapisserie. 벽에 거는 장식 융단
** 15세기경 이탈리아에서 성행한 도자기 모양으로 보통 흰 바탕에 여러 색으로 된 무늬를 넣은 것이 특징이다.

지만 12월의 매서운 북동풍이 차갑게 불고 있었다. 그러나 이 방 안에는 전혀 외풍이 들어오지 않았고, 온실의 따스함이 크리스털 그릇에 담긴 파인애플의 섬세한 향내를 돋우고 있었다.

"커튼을 치는 게 어떨는지요?" 그레그와르 가족을 겁먹게 하는데 재미를 느낀 네그렐이 제안했다.

하인을 돕던 침실하녀가 그 말을 명령으로 알아듣고는 커튼 하나를 치러 갔다. 하녀의 이 행동은 그때부터 끊임없는 농담거리가 되었다. 사람들은 유리잔 하나, 포크 하나를 놓을 때도 조심하며 놓았고, 마치 점령당한 도시에서 약탈을 모면한 물건을 대하듯 각 음식에 경의를 표했다. 그러나 이 억지 즐거움의 이면에는 공포가 숨겨져 있었다. 그것은 마치 한 떼거리의 굶주린 자들이 바깥에서 식탁을 엿보기라도 하는 것처럼 거리를 향해 자신도 모르게 던지는 눈길로 드러났다.

송로버섯을 넣은 스크램블드에그가 나온 후, 강에서 잡은 송어가 나왔다. 화젯거리는 18개월 전부터 악화되고 있는 산업공황으로 이어졌다.

"치명적이었어요." 드뇔랭이 말했다. "지난 수년간의 과도한 번영이 우리를 거기로 몰아가고 있는 게 분명해요. 어마어마한 부동 자본들, 철도, 항구, 운하 그리고 말도 안 되는 투기에 파묻어 놓은 돈들을 생각해 보세요. 우리가 사는 곳만 보더라도 이 지역의 3년 치 사탕무를 매년 가공할 만한 제당공장을 세웠어요… 그러니 참 요즘은 돈 보기가 힘들게 되었어요. 써버린 수백만 프랑의 이자를 만회할 때까지는 기다려야만 할 겁니다. 여기에서 치명적인 공급 과잉과 최종적으로 사업의 침체가 생겨난 겁니다."

엔느보 씨는 이 이론에 반박했다. 그러나 행복했던 지난 몇 년이 노동자를 버려놓았다는 것에는 동의했다.

"지금 생각해보면 우리 수갱에서 일하는 작자들은 일당 6프랑까지 벌 수 있었어요." 그가 큰 소리로 말했다. "그들이 현재 버는 것의 두 배죠! 그래서 그들은 잘 살았고 그래서 사치스러운 취미까지도 가졌었고… 지금은 당연히 힘들죠. 다시 옛날처럼 근검하게 산다는 게."

"그레그와르 씨." 엔느보 부인이 남편의 말을 중단시켰다. "이 송어 좀 더 드셔 보세요… 맛있지 않나요?"

사장이 말을 계속했다.

"그러나 사실 그게 우리들의 잘못입니까? 우리 역시도 무자비하게 타격을 받았어요… 공장들이 하나하나씩 문을 닫게 되면서부터 우리의 재고를 털어내야 하는 이 망할 놈의 어려움을 겪고 있어요. 점점 수요는 줄어들고 앞에서 우리는 원가를 절감하지 않을 수 없어요… 그러나 노동자들은 이것을 이해하려 들지 않아요."

침묵이 지배했다. 하인이 구운 자고새 요리를 가져왔고, 침실하려는 손님들의 잔에 샹베르탱*을 따르기 시작했다.

"인도에서는 기근이 있었어요." 드뇔랭이 자신에게 말하듯 중간 목소리로 말했다. "미국은 강철과 주철의 주문을 중단하면서 우리나라 제철소들에게 큰 타격을 주었고요. 모두가 서로 연결되어 있어서 아주 먼 곳에서 오는 충격도 세계를 흔들기에 충분해요… 그런데 프랑스제정은** 이 뜨거운 산업의 열기를 그토록 자랑스러워했으니!"

그는 자고새 날개를 먹기 시작했다. 그리고 그는 목소리를 높였다.

"최악의 사실은 원가를 절감하기 위해서 논리적으로는 더 많이 생산해야 한다는 것입니다. 그렇지 않으면 절감은 임금 쪽으로 가요. 따라서 노동자들이 깨진 항아리 값을 자신들이 지불한다고 말하는 것은 옳은 말예요."

그의 솔직함에서 삐져나온 이 실토는 논쟁을 부추겼다. 여자들은 전혀 흥미가 없었다. 그럼에도 불구하고 손님들 모두는 맹렬한 식욕으로 자기 접시를 비우고 있었다. 다시 들어온 하인이 말을 하려다가

---

* Chambertin. 프랑스 중동부 지역에 나는 고급 포도주
** 제2공화정을 이은 제2제정을 말한다. 나폴레옹 보나파르트(Napoléon Bonaparte, 1769-1821)의 조카 루이 나폴레옹 보나파르트(Louis-Napoléon Bonaparte, 1808-1873) 대통령은 1850년 쿠데타를 일으켰고, 제2제정을 선포하고 황제로 등극한다. 제2제정은 강력한 부국강병책을 폈지만 1870년 프러시아와의 전쟁에 패배하면서 몰락한다.

잠시 주저했다.

"무슨 일이야?" 엔느보 씨가 물었다. "급송전문이라면 내게 가져다 주고… 답신을 기다리고 있는 중이니까"

"아닙니다. 당사에르 씨가 현관에 있는데요… 방해가 될까 봐서 요."

사장은 양해를 구했고 선임반장을 들어오게 했다. 선임반장은 식탁으로부터 몇 발자국 떨어져 서 있었고, 모두는 몸을 돌려 소식을 가져오느라 숨을 헐떡이는 덩치가 큰 그를 보았다. 탄광촌은 여전히 조용하며 다만 결정된 것이 하나 있다. 대표단이 곧 올 것이다. 아마도 몇 분 내로 이곳에 올 것이다.

"좋아요, 고맙소." 엔느보 씨가 말했다. "아침, 저녁으로 보고해 주시오, 꼭 말이오!"

그리고 당사에르가 떠나자마자 손님들은 다시 농담을 시작했고, 식사를 마치기 위해서는 1초도 지체해서는 안 된다고 떠벌리면서 러시아식 샐러드에 달려들었다. 그러나 즐거운 식사는 끝을 알지 못했다. 네그렐이 침실하녀에게 빵을 더 달라고 말했을 때, 그녀는 단 한마디로 대답했다. '예, 어르신'. 그녀의 목소리는 너무 작고 겁에 질려 있어서, 마치 그녀의 등 뒤에 살육과 강간을 할 준비가 된 한 무리가 있는 듯했다.

"말해도 되요." 엔느보 부인이 흥겨운 듯 말했다. "그들은 아직 여기에 없어요."

사장은 한 꾸러미의 편지와 급송전문을 받고 편지 하나를 아주 큰 소리로 읽고자 했다. 그것은 피에롱의 편지였다. 그는 정중한 문장으로 따돌림을 당하지 않기 위하여 어쩔 수 없이 동료들과 함께 파업에 참가했다고 알렸다. 그리고 그는 대표단에 참가하는 것을 어찌할 도리가 없었지만 자기는 이러한 행동을 비난한다고 덧붙였다.

"맞아, 이게 노동의 자유야!" 엔느보 씨가 외쳤다.

그러자 파업에 대한 이야기로 되돌아왔고 사람들은 그의 의견을 물었다.

"아!" 그가 대답했다. "우리는 여러 다른 파업들을 봤어요. 그러나 1주일, 게으름을 피우면 지난번처럼 기껏해야 보름 정도. 그들은 술집을 전전하겠죠. 그러다가 배가 고파지면 다시 수갱으로 돌아올 겁니다."

드늴랭이 머리를 가로저었다.

"나는 그렇게 평안치가 않아요… 이번에는 잘 조직된 것처럼 보여요. 그들은 공제기금을 갖고 있지 않나요?"

"예, 기껏해야 3,000프랑 정도예요. 이걸로 그들이 어디까지 가리라고 생각하세요?… 나는 에티엔 랑티에란 자가 저들의 우두머리라고 생각하고 있어요. 그는 훌륭한 노동자고 그에게 노동자수첩을 되돌려 줄 것을 생각하면 짜증이 나요. 그 지독한 라스뇌르에게 그랬던 것처럼 말예요. 그는 계속해서 자기 사상과 맥주로 보뢰 수갱을 오염시키고 있어요… 아무튼 1주일 안에 절반은 다시 내려갈 것이고, 보름 후에는 만 명이 막장에 있을 겁니다."

그는 확신했다. 그의 유일한 불안은 회사 측에서 파업의 책임을 자신에게 돌릴 경우 당할지도 모르는 면직이었다. 얼마 전부터 그는 자기에 대한 신임이 예전만 못하다는 것을 느끼고 있었다. 그래서 그는 잡았던 러시아식 샐러드 스푼을 놓고는 파리에서 온 급송전문들을 다시 읽으면서 그 답장들에 쓰인 단어 하나하나의 의미를 간파하려고 애썼다. 손님들은 그를 양해했지만 식사는 첫 번째 포격이 있기 전 전쟁터에서 먹는 군대 식사로 변하고 있었다.

그때부터 여자들도 대화에 끼어들었다. 그레그와르 부인은 배고픔으로 고통 받을 이 가난한 사람들을 동정했고, 벌써 세실은 빵과 고기 교환권을 나눠주는 행사를 생각하고 있었다. 그러나 엔느보 부인은 몽수의 광부들이 겪는 비참한 생활에 대한 이야기를 들으면서 놀라워했다. 그들은 행복하지 않아요? 집이 있고 회사 비용으로 난방을 하고 회사 돈으로 진료 받는다! 이 무리들에 대한 무관심으로 그녀는 그들에 대해 교육받은 것 외에는 아무것도 몰랐고, 이것으로 몽수를 방문한 파리인들을 감탄케 했다. 그래서 결국 그녀는 교육받은 것을 믿게 되었고, 이 사람들의 배은망덕에 분개했다.

네그렐은 그동안 계속해서 그레그와르 씨를 겁나게 했다. 그는 세실이 싫지 않았다. 그래서 그는 아주머니의 호감을 사기 위해 그녀와 결혼하기를 원했다. 그러나 결혼에 어떠한 사랑의 열정도 결부시키지 않았다. 그가 말했던 것처럼 그는 더 이상 사랑에 들뜨지 않는 경험 있는 남자였던 것이었다. 그는 공화주의자로 자처했지만 그것에 개의치 않고 노동자들을 모질게 다뤘고, 또 부인네들과 함께 그들을 희롱했다.

"전 아저씨처럼 낙천적이지 않습니다." 그는 말을 계속했다. "저는 심각한 혼란이 걱정돼요… 그리고 그레그와르 씨, 피올렌 저택에 빗장을 지르도록 하세요. 집을 약탈할지도 모르거든요."

그의 선한 얼굴을 빛나게 하는 미소를 잃지 않은 채 그레그와르 씨는 그의 아내보다 한술 더 떠서 광부들에 대해 부성애적인 감정을 지니고 있던 터였다.

"나를 약탈한다고!" 그가 기겁하며 외쳤다. "어째서 나를 약탈한단 말이오?"

"당신은 몽수 탄광의 주주가 아니신가요? 선생님은 아무것도 하지 않으시면서 다른 사람들의 노동으로 살아가고 계십니다. 결국 명예롭지 못한 자본가이고 그것으로 충분합니다… 확신컨대 혁명이 성공하면 혁명파들은 선생님의 재산을 마치 훔친 돈인 양 반환하도록 강요할 겁니다."

의식 없이 맑게만 살아왔던 그는 갑자기 어린애의 평온함을 잃어버리고 더듬거렸다.

"훔친 돈이라니, 내 재산이! 나의 증조부가 번 돈이요, 그것도 힘들게, 그리고 옛날에 투자한 돈이지 않소? 우리는 사업의 모든 위험을 감수하지 않았소? 게다가 내가 배당금을 나쁜 곳에 사용하고 있습니까?"

엔느보 부인은 겁에 질려 하얗게 된 엄마와 딸을 보고 놀라며 서둘러 이야기에 끼어들며 말했다.

"폴이 농담하는 거예요, 선생님."

그러나 그레그와르 씨는 제 정신이 아니었다. 하인이 장작더미 모양의 가재요리를 내왔을 때, 그는 아무 생각 없이 세 마리를 집어 들고 다리를 이빨로 부수기 시작했다.

"아! 내가 이야기를 안 했군요. 좀 심한 주주들이 있습니다. 예를 들면 사람들이 그러는데 각료들은 회사에 도움을 준 대가로 몽수 탄광의 엄청난 주식을 뇌물로 받았답니다. 거물이어서 이름을 밝힐 수 없지만, 우리 주주들 가운데 가장 많은 주식을 보유하고 있는 그 공작 양반은 방탕한 생활로 추문을 일으켰지요. 수백만 프랑을 거리에서 여자들에게, 먹자판에, 불필요한 사치에 써댔으니까요… 그러나 아무런 소란을 피우지 않고 사는 우리는 얼마나 성실합니까? 우리는 투기를 하지 않고 우리가 가진 것만으로 건전하게 살아가는 데 만족하고, 가난한 사람들의 몫을 주기도 해요!… 그래요! 우리 수갱 노동자들이 못된 강도떼로 변하지 않는 한, 그들은 우리 집 핀 하나도 훔치지 않을 겁니다."

그가 화를 내는 것이 즐거웠던 네그렐은 이제 그를 진정시켜야만 했다. 가재요리가 계속해서 나왔고 등딱지 부서지는 소리들이 작게 들려왔다. 그동안 대화는 정치 문제로 옮겨갔다. 어쨌든 여전히 떨면서 그레그와르 씨는 자유주의자임을 자처했다. 그는 루이-필립*을 그리워했다. 강력한 정부를 선호하는 드뇔랭은 황제가 위험천만한 양보를 하려 한다고 단호하게 말했다.

"1789년을 상기해보세요." 드뇔랭이 말했다. "바로 귀족계급이 혁명을 가능케 했어요. 그들이 공모했고 그들이 새로운 철학에 취미가

---

* Louis Philippe. 1830년 7월 혁명 후 추대된 입헌군주제의 왕으로 제2공화정을 출범시킨 1848년 2월 혁명으로 퇴위한다.

들렸어요… 그런데 부르주아들이 오늘날 격정적인 자유주의, 파괴의 광란 그리고 인민에게 아첨하면서 똑같이 얼빠진 역을 하고 있어요… 그래요, 당신들은 괴물이 우리를 잡아먹도록 이빨을 날카롭게 갈아주고 있어요. 그리고 그 괴물은 우리를 잡아먹을 겁니다. 부디 편안하시길!"

여자들은 그만 하도록 했고, 그의 딸들 소식을 물으면서 화제를 바꾸려 했다. 뤼시는 마르시엔에서 친구와 함께 노래를 부르고 있고, 잔느는 늙은 거지의 머리를 그리고 있다. 그러나 그는 이런 것들을 아주 무심히 이야기했고, 급송전문을 읽는 데 빠져 손님들을 잊고 있는 사장에게서 눈길을 떼지 않았다. 그는 얇은 종이 뒷면들을 보면서 그것들은 파리에서 온 것이며 파업에 대한 이사들의 명령일 거라고 생각했다. 그 역시 여전히 불안감을 떨쳐버릴 수 없었다.

"여하튼, 어떻게 하실 참예요?" 그가 갑자기 물었다.

엔느보 씨는 몸을 떨면서 막연한 말로 궁지를 모면했다.

"두고 봐야죠."

"틀림없이 당신들은 자금줄이 튼튼하니 기다릴 수 있을 거예요." 드널랭이 소리 높여 자기 생각을 말하기 시작했다. "그렇지만 나는 파업이 방담까지 번지면 끝장이에요. 장-바르 수갱을 새롭게 재정비 했지만, 끊임없이 생산하지 않으면 이 수갱 하나만으로는 수익을 낼 수가 없어요… 아! 내겐 봄날이 없어요, 정말로!"

이 뜻하지 않은 고백에 엔느보 씨는 깜짝 놀랐다. 그는 얘기를 들었고 하나의 계획이 움텄다. 파업이 악화될 경우 왜 이것을 이용하지 않는단 말인가? 이웃 탄광이 파산할 때까지 사태를 방치하는 것이다. 그런 다음 싼 값으로 그 광업권을 되사는 것이다. 이것이야말로 수년 전부터 방담을 탐내오던 이사들로부터 다시 신임을 얻을 수 있는 유일한 방법이었다.

"장-바르 수갱이 그렇게 성가신데, 왜 그것을 우리에게 양도하지 않습니까?" 그가 웃으면서 말했다.

드빌랭은 이미 자신이 했던 푸념을 후회했다. 그는 외쳤다.

"절대로 안 돼요!"

사람들은 그의 격한 태도에 즐거워했고, 결국 디저트가 나올 때에는 파업을 잊었다. 메랭그를* 입힌 사과 푸딩은 최고의 찬사를 받았다. 뒤이어 여자들은 푸딩처럼 맛있다고 입을 모은 파인애플의 요리법에 대해서 이야기했다. 포도와 배로 푸짐한 점심을 행복하게 마무리했다. 흔히 하는 샴페인 대신 라인 산 포도주를 하인이 따르는 동안, 얘기를 나누던 모든 손님은 감동에 젖었다.

폴과 세실의 결혼문제는 호의적인 디저트의 분위기 속에서 확실히 큰 진전을 보았다. 엔느보 부인은 폴에게 여러 번 아주 절실한 눈길을 던졌고, 그는 상냥하고 아양을 떠는 태도로 약탈 얘기로 기분이 상해 있던 그레그와르 가족을 사로잡았다. 순간 엔느보 씨는 그의 아내와 조카가 아주 긴밀하게 공모하는 것을 보고, 마치 주고받는 눈짓으로 애무하는 것을 간파한 것처럼 역겨운 의심이 되살아났다. 그러나 다시금 자기 눈앞에서 주선하는 결혼 생각을 떠올리자 마음이 놓였다. 이폴리트가 커피를 내오고 있을 때 침실하녀가 질겁하며 달려왔다.

"사장님, 사장님, 그들이 왔어요!"

노동자 대표들이었다. 문들이 덜컥거렸고 공포의 숨소리가 이웃 방들을 가로질렀다.

"그들을 응접실로 들어오게 해." 엔느보 씨가 말했다.

식탁 주위에 앉아 있던 손님들이 불안에 동요된 눈길로 서로를 바라보았다. 침묵이 지배했다. 이윽고 그들은 농담을 다시 하려했다. 남은 설탕을 호주머니에 쏟아 붓는 시늉을 하는가 하면, 식탁 집기를 숨겨야한다고 말했다. 그러나 사장은 침통한 채로 있었다. 그러자 웃음은 잦아들었고 떠들던 목소리는 속삭임으로 변했다. 그동안 집안으로 안내받은 대표자들은 육중한 발걸음으로 옆에서 응접실 융단을 짓누

---

* méringue. 설탕과 계란 흰자위로 만든 크림 과자의 일종

르고 있었다.

엔느보 부인이 목소리를 낮추면서 남편에게 말했다.

"커피를 마시지 그래요."

"아마도 자기들이 기다리겠지!" 그가 대답했다.

그는 신경이 곤두섰고 오직 찻잔만을 응시하는 척하며 응접실에서 들려오는 소리에 귀를 기울였다.

폴과 세실은 자리에서 일어났고 폴은 세실에게 열쇠 구멍으로 들여다보라고 했다.

"그들이 보여요?"

"예… 뚱뚱한 사람과 그 뒤에 서 있는 작은 두 사람이 보여요."

"그래요? 흉측하게 생겼죠?"

"아니에요, 아주 착하게 생겼는걸요."

돌연히 엔느보 씨가 의자에서 일어나면서 커피가 너무 뜨거워 나중에 마시겠다고 말했다. 밖으로 나가던 그는 손가락을 입에 대면서 조용하기를 요청했다. 모두들 식탁에 다시 앉았다. 그리고 그들은 말없이 감히 더는 움직이지 못한 채 귀를 세우고 멀리서 들려오는 사내들의 굵은 목소리를 불안한 마음으로 들었다.

2

전날부터 라스뇌르의 집에서 이루어진 회합에서 에티엔과 몇몇 동료들은 다음날 사장을 방문해야 할 대표자들을 선출했다. 그날 밤 마외드는 남편이 대표자로 뽑혔다는 사실을 알고 침울했다. 그녀는 남편에게 길거리로 내쫓기고 싶으냐고 물었다. 마외 자신도 거리낌 없이 수락했던 것은 아니었다. 두 사람은 행동할 순간이 오자 그들이 겪는 부당한 비참함에도 불구하고 내일 일을 두려워했고, 차라리 굽실거리는 것을 택하는 노동자 족속들의 체념에 빠지고 말았다. 평소에 그는 생존의 처신에 관한 한 훌륭한 조언자인 아내의 결정을 따랐다. 그러나 이번에는 그도 은근히 겁을 먹고 있었기 때문에 더욱 화를 내고 말았다.

"나를 좀 내버려둬, 응!" 자리에 누운 그가 등을 돌리면서 말했다. "친구들을 저버리는 게 옳겠어!⋯ 내 의무를 행하는 거야."

그녀도 자리에 누웠다. 아무도 말을 하지 않았다. 오랜 침묵이 흐른 뒤에 그녀가 대답했다.

"당신이 옳아요. 가세요. 그렇지만 여보, 우리는 끝장이에요."

정오를 알리는 종소리가 울렸을 때 그들은 점심을 먹었다. 왜냐하면 한 시에 라방타쥬에서 엔느보 씨 집으로 갈 예정이었기 때문이었다. 감자가 있었다. 버터는 작은 조각 하나만 남아 있었기 때문에 아무도 그것에 손대지 않았다. 저녁에는 타르틴을 먹을 것이었다.

"우리는 당신이 얘기했으면 하고 있어요." 갑자기 에티엔이 마외에게 말했다.

마외는 표정이 굳어졌고 목소리는 격앙되어 마디마디 끊겼다.

"아! 안 돼. 이건 아냐!" 마외드가 외쳤다. "저이가 거기에 가는 것은 좋아요. 그러나 그가 우두머리가 되는 것에는 반대예요… 이봐요! 어째서 다른 사람들보다 우리 그이예요?"

에티엔이 격앙된 웅변조로 설명했다. 마외는 수갱 노동자들 중에서 가장 뛰어나며 가장 사랑받고 존경받는다. 양식 있는 사람하면 그 사람이다. 따라서 광부들의 요구사항들을 그의 입으로 말할 때 결정적인 무게를 지닐 것이다. 우선은 자신이 말해야만 할 것이다. 그러나 자기는 몽수에 있은 지 얼마 되지 않는다. 사람들은 이 고장에서 오래 산 사람의 말을 들으려 할 것이다. 결국 동료들은 그들의 이익을 가장 합당한 사람에게 위임한다. 마외는 거절할 수가 없었다. 거절한다면 비겁한 짓이리라.

마외드는 절망적인 몸짓을 했다.

"여보! 가세요, 가! 다른 사람들을 위해 죽어버려요. 어쨌든 난 찬성예요!"

"그러나 나는 할 줄 몰라." 마외가 더듬거렸다. "나는 바보 같은 말만 할 거야."

에티엔은 그로 결정한 것에 만족해 하며 마외의 어깨를 두드렸다.

"느끼는 것을 말해요. 그러면 잘 될 거예요."

다리의 부기가 빠지고 있는 본모르 영감은 감자를 가득 문 채 머리를 끄덕이며 듣고 있었다. 침묵이 흘렀다. 감자를 먹는 동안 아이들은 숨을 죽이고 얌전히 앉아 있었다. 입에 든 것을 삼키고 난 뒤 노인이 천천히 중얼거렸다.

"네가 원하는 것을 말한다 해도 아무 말도 하지 않은 것처럼 될 거야… 아! 나는 이런 일들을 보고 또 봤어. 40년 전 그들은 우리를 사장 집 문 밖으로 내쫓았어, 그것도 칼을 휘두르면서! 오늘은 그들이 아마도 너희들을 받아들일 거야. 그러나 그들은 대답하지 않을 거야, 이 벽처럼… 제기랄! 그들은 돈을 가지고 있고 너희들 따윈 관심도 없어!"

다시 침묵이 흘렀다. 마외와 에티엔은 자리에서 일어났고 빈 접시 앞에 풀이 죽어 앉아 있는 가족들을 떠났다. 밖으로 나온 그들은 피에롱과 르바크와 합류했고, 넷이 함께 라스뇌르의 집으로 갔다. 거기에는 인근 탄광촌 대표자들이 삼삼오오 무리를 지어 도착하고 있었다. 스무 명의 대표자들이 모였을 때 사람들은 회사에 대한 요구조건들을 정리했다. 그리고 몽수로 향했다. 매서운 북동풍이 거리를 휩쓸며 지나갔다. 그들이 도착했을 때 두 시를 알리는 종소리가 울렸다.

우선 하인은 그들에게 기다리라고 말하면서 그들 면전에 대고 문을 닫았다. 이윽고 다시 돌아온 그는 그들을 응접실로 안내했고, 그곳의 커튼을 열어젖혔다. 빛이 기퓌르*에 여과되며 가늘게 들어왔다. 그리고 광부들만 남겨지자 그들은 당황하여 감히 앉을 생각을 못했다. 그들 모두는 모직 옷을 입고, 아침에 말끔하게 누런 머리와 턱수염을 깎았다. 그들은 손가락 사이로 모자챙을 돌렸고, 고풍스런 취향이 유행시킨 가구 집기들을 곁눈질했다. 앙리2세**풍의 소파들, 루이15세*** 풍의 의자들, 17세기 이탈리아 풍의 진열대, 15세기 에스파냐 풍의 금고, 제단의 전면을 본 딴 벽난로 장식, 문에 붙여 놓은 옛 사제복의 장식 등 모든 양식들이 뒤섞여 있었다. 이 고풍스런 금박들과 오래된 황갈색 비단, 예배당의 이 모든 호사품이 그들에게는 황공스러웠다. 동방의 양탄자는 그 긴 양모로 광부들의 발을 묶으려 하는 것 같았다. 그러나 무엇보다도 그들을 숨막히게 했던 것은 고르게 열을 발산하는 난방기였다. 온 몸을 감싸는 그 열기가 도로에서 얼어붙은 그들의 뺨

---

* guipure. 4각형 또는 다이아몬드형의 그물코 직물
** 1519년에 태어났으며 재위기간은 1547년에서 그가 사망한 1559년까지다.
*** 1710년에 태어났으며 재위기간은 1715년에서 그가 사망한 1774년까지다.

을 급습했던 것이었다. 5분이 지났다. 그들은 너무나 안락하고 밀폐된 이 부잣집 방이 점점 더 거북살스러워졌다.

드디어 엔느보 씨가 군인 식으로 단추를 채우고 작은 매듭 장식을 똑바로 단 프록코트를 입고 들어왔다. 그가 먼저 말했다.

"아! 왔군요!… 폭동을 일으켰다고들 하던데…"

잠시 말을 멈추고 그는 정중하게 덧붙였다.

"앉아요. 얘기나 들어봅시다."

광부들은 돌아서며 눈으로 앉을 자리를 찾았다. 몇몇은 의자에 감히 앉았고, 다른 사람들은 수놓은 비단에 불안감을 느끼고 차라리 서있었다.

침묵이 잠시 흘렀다. 엔느보 씨는 벽난로 앞으로 소파를 밀었고, 재빨리 온 숫자를 헤아리며 그들의 얼굴을 기억해보려 노력했다. 피에롱을 알아본 터였고, 그는 맨 뒷줄에 숨어 있었다. 그리고 자기 앞에 앉아 있는 에티엔에게서 눈을 멈췄다.

"자, 내게 할 말이 무엇인지?" 그가 물었다.

그는 이 청년이 말하려니 생각하고 있었다. 그런데 마외가 먼저 말을 시작하는 것을 보고 적지 않게 놀라 말을 덧붙이지 않을 수 없었다.

"뭐요! 당신은 언제나 생각이 있는 착한 노동자고, 가족들은 첫 곡괭이질 때부터 막장에서 일해 온 몽수의 고참이지 않소!… 아! 정말 서글프군요, 당신이 불평분자들의 선두에 있다니!"

마외는 아래를 보며 듣고 있었다. 그리고 주저하며 또렷하지 못한 목소리로 말을 시작했다.

"사장님, 바로 그 때문입니다. 저는 조용하고 전혀 욕을 먹지 않고, 그래서 동료들이 저를 뽑았습니다. 이게 사장님께 이번 파업이 소동꾼들이나 머리 나쁜 것들이 혼란스럽게 하려는 폭동이 아니라는 것을 분명히 증명할 겁니다. 우리는 단지 공평하기를 원합니다. 우리는 이제 굶어 죽을 판입니다. 우리가 적어도 매일 빵을 먹기 위해서는 일을 해결해야 할 때라고 생각합니다."

그의 목소리는 확고해졌다. 그는 눈을 들었고 사장을 쳐다보면서 말을 계속했다.

"잘 아시다시피 우리는 당신들의 새로운 제안을 받아들일 수 없습니다… 갱목작업을 제대로 하지 않는다고 우리를 비난하는데요, 사실입니다. 우리는 이 일에 필요한 시간을 들이지 않습니다. 만약 우리가 제대로 하려면 우리들의 일당이 줄어들게 될 것이고, 지금 일당으로도 이미 먹고 살 수가 없기 때문입니다. 그렇게 되면 모든 게 끝장이에요. 당신네 사람들을 쓸어버릴 거예요. 임금을 올려주세요. 그러면 우리는 갱목작업을 잘할 겁니다, 돈이 되는 유일한 작업인 채탄에만 집착하지 않고 필요한 시간을 갱목작업에 들일 겁니다. 그것 이외에는 어떤 조정도 불가능합니다. 일이 제대로 되기 위해서는 제대로 돈을 줘야 합니다… 이것 말고 다른 방안을 갖고 계세요? 우리 머리들로는 생각하지 못했던 어떤 것을 내놔 보세요! 당신들은 탄차 한 대분 가격을 내리고, 그 하락 비용을 갱목작업 수당으로 따로 지불 보상하겠다고 주장합니다. 그것이 사실이라 하더라도 우리는 여전히 도둑질을 당하는 셈입니다. 왜냐하면 갱목작업은 우리에게서 더 많은 시간을 빼앗을 테니까요. 그러나 우리가 분노하는 것은 그것이 결코 사실이 아니라는 것입니다. 회사 측은 전혀 보상하지 않아요. 단지 탄차 한 대당 2상팀씩을 주머니에 챙길 뿐입니다. 이상입니다!"

"옳소, 옳소! 사실이야." 다른 대표자들이 수군대며 말을 끊으려는 듯 격한 동작을 하는 엔느보 씨를 바라보았다.

게다가 마외는 사장의 말을 끊어버렸다. 이제 그는 발동이 걸렸고 말들이 저절로 나왔다. 이따금씩 그는 자신이 하는 말에 스스로 놀랐다. 마치 어떤 낯선 사람이 자기 속에서 말하는 것 같았다. 그것은 가슴속 깊이 쌓여 자신도 몰랐던 것이었고, 그것이 가슴 속에서 터져 나왔던 것이었다. 그는 그들의 비참함을 모두 말했다. 고된 노동과 짐승 같은 삶, 아내와 집에서 배고프다고 울어대는 아이들을 얘기했다. 그는 지난번의 끔찍한 급료를 예로 들었다. 그 보잘것없는 급료는 벌금과 휴업으로 깎여 눈물을 흘리며 가족들에게 가져다 줬다. 당신네들은 그 가족들을 다 죽이기로 작정했단 말인가?

"그러니까 사장님!" 그는 말을 맺었다. "우리는 죽기 위해서 죽도록 일하느니 차라리 아무 일도 하지 않으면서 죽기로 작정했다는 것을 말씀드리러 온 것입니다. 그 편이 덜 피곤하니까… 우리는 수갱들을 떠났고, 회사가 우리의 조건을 받아들이지 않는 한 절대로 돌아가지 않을 것입니다. 회사는 탄차 한 대분 가격을 인하하고 갱목작업을 별도로 지급하기를 원합니다. 우리는 그와는 달리 모든 것이 예전과 같이 남아 있기를 바라며, 아울러 탄차 한 대당 5상팀 더 줄 것을 요구합니다… 이제 당신들이 공정한 노동을 옹호하고 있는지 아닌지는 사장님께 달려 있습니다."

광부들 몇몇이 목소리를 높였다.

"바로 그거야… 마외가 우리의 생각을 모두 다 말했소… 우리는 이성적인 요구만 하고 있는 거요."

다른 사람들은 아무 말도 하지 않고 고개를 끄덕이며 동의를 표했다. 금박 입힌 가구들과 자수품들, 신비스런 수많은 골동품들로 호화로운 방은 이제 보이지 않았다. 그리고 무거운 구둣발로 짓누르는 양탄자마저도 느껴지지 않았다.

"대답 좀 합시다." 마침내 화가 난 엔느보 씨가 소리쳤다. "무엇보다도 회사 측이 탄차 한 대당 2상팀씩 챙긴다는 것은 사실이 아니오… 숫자를 보도록 합시다."

어수선한 토론이 이어졌다. 사장은 그들은 분열시키기 위해서 피에롱에게 질문했지만 그는 말을 더듬거리며 답변을 피했다. 반대로 르바크는 공격의 선봉장이었다. 그는 제대로 알지도 못하는 사실을 단정하면서 일들을 엉클어 놓았다. 커다랗게 웅성거리는 소리는 커튼과 타피스리, 온실의 열기 속에서 질식해버렸다.

"당신들 모두가 동시에 이야기를 하니까 알아들을 수가 없지 않소." 엔느보 씨가 말을 이었다.

그는 침착함과 지시 받은 사항을 준수하려는 경영자의 투박하지만 신랄하지 않은 매너를 되찾았다. 처음 말할 때부터 그는 에티엔에게서 눈을 떼지 않았다. 그는 이 청년이 품고 있는 생각을 침묵에서 끌어내려 술수를 부렸다. 그는 문제의 2상팀에 대한 토론을 차치해버리고 돌연 문제를 확대시켰다.

　"아니오, 그러니 사실을 말해 보시오. 당신들은 혐오스런 흥분에 사로잡혀 있어요. 그것은 흑사병처럼 이제 모든 노동자들에게 붙어 닥쳐 심지어는 가장 선량한 노동자들도 타락시키고 있어요… 아! 실토하지 않아도 되오. 나는 예전에는 그토록 얌전했던 당신들을 변하게 만든 자를 알고 있으니까요. 당신들 얌전하지 않았소? 누군가 당신들에게 더 많은 버터와 빵을 약속했을 테고, 당신들이 주인이 되는 시대가 왔다고 말했을 거요… 결국 당신들을 그 잘난 인터내셔널에 가입시켰을 거구요. 그런데 이 인터내셔널이야말로 사회 파괴를 꿈꾸는 강도들의 군대요."

　에티엔이 그때 말을 가로막았다.

　"사장님은 무언가 오해를 하고 계시는데요. 몽수의 어떤 광부도 거기에 가입하지 않았습니다. 그러나 그들을 밀어붙인다면 모든 수갱들이 가입할 것입니다. 이 모든 것은 회사의 태도에 달려 있습니다."

　이 순간부터 엔느보 씨와 에티엔 사이의 논쟁이 계속되었고, 다른 광부들은 거기에 없는 거나 마찬가지였다.

　"회사는 회사 사람들을 위한 구세주요. 당신들이 회사를 위협하는 것은 잘못이오. 올해 회사는 탄광촌을 짓는 데 삼십만 프랑을 썼고, 수익은 그것의 2퍼센트밖에 건지지 못했소. 그리고 회사가 쓰는 연금, 회사가 주는 석탄, 의약품 등에 대해서는 나는 말하지 않겠소… 똑똑해 보이고, 불과 몇 달 만에 가장 일을 잘하는 광부들 중의 한 사람이 된 당신이 평판이 좋지 않은 사람들 집에 드나들면서 자신을 파멸시키는 것보다는 이런 사실들을 알리고 다니는 것이 당신에게 좋지 않겠소? 그래요, 나는 라스뇌르에 대해 얘기하고 싶소. 우리는 그와 갈라서야만 했소. 우리 광산을 사회주의의 타락으로부터 건져내기 위해서는… 당신이 그의 집에 항상 있다는 것을 다 알고 있소. 그리고 바로 그가 당신을 부추겨 공제기금을 설립했구요. 그 기금이 단지 저축이라면 우리는 기꺼이 그것을 용납할 겁니다. 그러나 우리는 그것이 우리를 반대하는 군자금, 전쟁 자금으로 쓸 비축금이라고 느끼고 있소. 이 문제에 대해 회사는 기금을 통제하기 위한 조처를 강구하고 있다는 것을 덧붙여 두겠소."

에티엔은 그의 눈을 바라보면서 입술을 바르르 떨었고, 그가 마음대로 얘기하도록 내버려두었다. 그의 마지막 말에 그는 미소를 지었고 간략하게 대답했다.

"그러면 그것은 새로운 요구인 셈이군요. 지금까지 사장님께서는 기금 통제를 주장하지 않으셨는데… 불행하게도 우리가 바라는 것은 회사가 우리에게 덜 좀 신경 썼으면 하는 것입니다. 그리고 구세주 역할 대신 회사 측은 아주 정직하게 우리에게 귀속되는 것, 회사와 나눠 갖는 이익을 우리에게 주라는 것입니다. 경제위기에 처할 때마다 주주들의 배당금을 보전하기 위하여 노동자들을 굶어 죽게 하는 것이 옳은 것입니까?… 사장님께서 무슨 얘기를 한다 해도 이번의 새로운 임금요율은 기만적인 임금 인하일 뿐입니다. 그래서 우리가 일어난 것입니다. 왜냐하면 회사는 절약을 해야 할 때마다 오직 노동자에게만 그것을 그릇되게 강요하기 때문입니다."

"아! 얘기가 여기까지 왔군요!" 엔느보 씨가 소리쳤다. "인민을 굶주리게 하고 그들의 땀으로 먹고 산다는 비난, 나올 줄 알았소! 어떻게 당신은 그처럼 바보 같은 말을 할 수 있소? 당신은 산업에 투자한 자본, 예를 들어 광산 같은 데에 투자한 자본이 겪는 위험을 알기나 하오? 설비를 제대로 갖춘 수갱을 요즈음 하나 만드는 데 150만 프랑에서 200만 프랑이 들어요. 그리고 보잘 것 없는 이익을 얻기까지 많은 고생을 하고 엄청난 금액을 쏟아 부어야한단 말이오! 프랑스 광산회사의 거의 절반이 파산을 하고 있소… 그러니 성공하는 회사들을 잔인하게 비난하는 것은 어리석은 짓이오. 노동자들이 고통 받을 때 회사 또한 고통 받아요. 작금의 경제위기 속에서 회사는 당신들만큼 손해를 보지 않는다고 생각하시오? 회사는 임금을 마음대로 정할 수 없소. 파산의 위험 속에서 다른 회사들과 경쟁을 해야 하니까. 현실을 비난하시오, 회사를 비난하지 말고… 그러나 당신들은 내 말을 들으려고도 이해하려고도 하지 않아요."

"아니에요, 우리는 아주 잘 이해하고 있어요. 사태가 이렇게 진행된다면 우리로서는 개선의 여지가 없다는 것을 말예요. 그리고 바로 이런 이유 때문에 노동자들은 결국 조만간 준비를 끝낼 겁니다. 그러면 사태는 달리 가겠죠." 청년이 말했다.

아주 절제된 형식의 이 말을 그는 작은 소리로 엄청난 신념을 가지고 위협적으로 발설했기 때문에, 그 누구도 아무런 말을 하지 못했다. 답답함과 두려운 숨소리가 생각에 잠긴 응접실을 스쳐 지나갔다. 다른 대표자들은 잘 이해하지 못했지만 동료가 자기들의 입장을 대변했다는 사실을 안락함 속에서 느끼고 있었다. 그들은 다시금 따뜻한 커튼과 타피스리, 안락의자들 그리고 가장 하찮은 것조차도 자기들 한 달 식비를 지불했을 이 모든 사치품들을 다시 곁눈질하기 시작했다.

마침내 생각에 잠겨 있던 엔느보 씨가 그들을 내보내기 위해 자리에서 일어났다. 모든 사람들이 그를 따라 일어났다. 에티엔이 가볍게 마외의 팔꿈치를 밀었고, 마외는 이미 굳어버린 혀를 가지고 서툴게 다시 말을 꺼냈다.

"그러면 사장님, 당신이 대답한 게 전부인지요… 저희들은 가서 다른 사람들에게 말하겠습니다. 당신이 우리의 요구조건을 거절했다고."

"여봐요, 나는 아무것도 거절하지 않았소!…" 사장이 소리쳤다. "나도 당신들처럼 봉급쟁이란 말이오. 나도 회사에서 막내 견습광부와 마찬가지로 내 마음대로 할 수 없어요. 지시를 받으면 내 역할은 그것이 잘 실행되도록 감독하는 것이오. 나는 당신들에게 말해야 겠다고 생각했던 것을 당신들에게 말했을 뿐이고, 앞으로도 나는 결정을 자제할 것이오… 당신들은 나에게 당신들의 요구사항을 가져왔고, 나는 그것을 회사 측에 알리겠소. 그리고 그 답변을 당신들에게 전달하겠소."

그는 고위관료의 정확한 어조로 문제들에 흥분하지 않고 권위의 단순한 도구인 무미건조한 예의를 갖추고 이야기했다. 이제 광부들은 그를 불신에 찬 눈으로 바라보았다. 그리고 그가 어디 출신인지, 그가 거짓말을 함으로써 어떤 이익을 챙기며, 노동자들과 실제 주인들 사이에 자신을 위치시키면서 그가 도둑질하는 것은 무엇일까를 생각했다. 아마도 그는 음모꾼, 노동자처럼 봉급을 받지만 아주 잘 사는 사람이리라!

에티엔이 또다시 나섰다.

"보세요, 사장님! 우리의 명분을 직접 전달하지 못한 게 정말 안타깝습니다. 우리가 어디에서 의사를 전달해야 하는지만 알았더라면 많은 것들을 설명했을 것이고, 당신이 억지로 회피하는 이유들을 알았을 겁니다."

엔느보 씨는 전혀 화를 내지 않았다. 그는 미소를 짓기까지 했다.

"아뿔싸! 당신들이 나를 믿지 않는 순간부터 일은 복잡해져요… 저기로 가야할 겁니다."

대표자들은 한 창문 쪽을 가리키는 그의 막연한 손길을 바라보았다. 저기가 어디야? 틀림없이 파리일 것이다. 그러나 그들은 그곳을 정확히 알지 못했다. 그곳은 저 멀리 있는 두려운 곳으로, 다가갈 수 없는 종교적인 고장 속으로 물러나 버렸다. 거기에는 미지의 신이 성전 속에 몸을 웅크린 채 옥좌에 앉아 있었다. 결코 그들은 그곳을 보지 못할 것이고, 단지 그곳을 만 명의 몽수 광부들을 멀리서 짓누르는 어떤 힘으로서만 느꼈다. 그리고 그곳은 사장이 말할 때 그의 뒤에 몸을 숨긴 채 신탁을 내리는 힘이었다.

그들은 낙담했다. 에티엔 자신도 어깨를 으쓱하고는 떠나는 게 최선이라고 그들에게 말했다. 반면 엔느보 씨는 마외의 팔을 다정하게 건드리면서 장랭의 소식을 물었다.

"껄끄러운 충고 하나 하겠소. 나쁜 갱목작업을 하지 말아야 할 사람들은 바로 당신들이요!… 친구 여러분! 잘 생각해보면 알게 될 겁니다. 파업은 모든 사람에게 재앙일 겁니다. 1주일도 안 돼서 당신들은 굶어 죽을 것입니다. 어떻게 하겠다는 거요?… 그러나 나는 당신들의 현명함을 믿소. 확신하건데 당신들은 늦어도 월요일에는 수갱으로 내려갈 것이오."

모두가 가축 떼 모양으로 응접실을 떠났다. 등을 웅크리고 굴복을 희망하는 이 말에 한 마디도 답하지 못한 채 출발했다. 그들과 함께 했던 사장은 면담을 요약해야만 했다. 회사 측은 새로운 임금 안을 갖고, 노동자 측은 탄차 한 대당 5상팀 인상 요구안을 갖고 만났다. 그들에게 어떤 환상도 주지 않기 위해 그들의 요구 조건은 회사 측에 의해 확실히 거절당할 것이라고 통보해야만 한다고 사료되었다.

"어리석은 짓을 하기 전에 잘 생각들 하시오." 광부들의 침묵에 불안해진 그가 되풀이해서 말했다.

현관에서 피에롱이 허리를 굽혀 사장에게 인사하는 동안 르바크는 모자를 고쳐 쓰는 척했다. 마외가 떠나면서 한마디 하려 했을 때 에티엔이 또다시 팔꿈치로 그를 건드렸다. 광부들 모두는 위협적인 침묵 속에서 떠나갔다. 대문 닫히는 소리만 크게 들렸다.

엔느보 씨가 다시 식당으로 돌아왔을 때, 손님들은 리쾨르*를 앞에 놓은 채 아무 말 없이 꼼짝도 않고 앉아 있었다. 두 마디로 그가 드넬랭에게 내용을 알리자 그의 얼굴은 극도로 침울해졌다. 그리고 그가 식은 커피를 마시고 있는 동안 사람들은 다른 얘기를 하려고 애썼다. 그러나 그레그와르 가족들도 파업 애기로 되돌아 왔고, 노동자들이 일하지 않는 것을 제지할 아무런 법률이 없다는 사실에 놀랐다. 폴은 세실을 안심시켰고 헌병들이 투입될 거라고 확신했다.

---

* liqueur. 과일향이나 식물향을 넣은 술 종류를 말하며 일반적으로 식후 술로 마신다.

엔느보 부인이 하인을 불렀다.

"이폴리트! 거실로 가기 전에 창문을 열고 환기시켜요."

3

보름이 지났다. 세 번째 주 월요일에 회사 지도부로 보내진 출근부는 지하로 내려간 광부들의 숫자가 또다시 줄어들었음을 알리고 있었다. 지도부는 이날 아침에는 정상적인 작업이 재개되리라 기대하고 있었다. 그러나 회사 측이 양보하기를 완강히 거부하자 광부들은 분개했다. 작업이 중단된 곳은 보뢰, 크레브쾨르, 미루 그리고 마들렌 수갱뿐만이 아니었다. 빅토아르와 프트리-캉텔 수갱에서도 작업 참가인원이 이제 4분의 1밖에 되지 않았다. 그리고 생-토마 수갱조차도 타격을 받았다. 파업은 점차 전체로 번지고 있었다.

보뢰 수갱에서는 무거운 침묵이 집탄장을 짓누르고 있었다. 그것은 죽은 공사장이었다. 텅 빈 채 방치된 커다란 작업장들에는 일이 없었다. 12월의 잿빛 하늘 속에서 높은 구름다리를 따라 팽개쳐진 서너 대의 탄차가 사태의 서글픔을 말없이 간직하고 있었다. 밑에서는 작업대 다리 사이에 쌓여있던 석탄 재고량이 고갈되면서 검은 맨땅을 드러내고 있었다. 반면 비축 갱목은 소나기를 맞아 썩고 있었다. 운하의 선창에서는 절반가량 적재한 수송선이 요동치는 물 위에서 잠든 듯 꼼짝 않고 있었다. 그리고 황량한 경석장 위로는 분해되는 황화물이 비속에서도 연기를 피워대고 있었고, 짐수레는 끌채를 우울하게 쳐들고 있었다. 특히 건물들이 수면 상태에 빠져 있었다. 선탄장에는 겉창들이 닫혀 있었고, 권양탑에는 석탄수납장의 포효소리가 더 이상 올라오지 않았다. 기관실에는 냉기가 감돌았고, 거대한 굴뚝은 연기를 거의 내뿜지 않아 지나치게 커 보였다. 권양기에는 아침에만 불을 땠다. 마부들은 말의 먹이를 내려 보냈고, 반장들만 노동자 신세가 되어 이제는 관리되지 않는 갱도의 붕괴사고에 조심하면서 막장에서 일했다. 그리고 아홉 시부터 나머지 조업은 사다리를 통해 이루어졌다. 검은 먼지가 수의처럼 뒤덮인 이 죽은 건물들 위로 언제나 들려오는 소리라고는 굵고 긴 숨을 내쉬는 펌프의 배기음뿐이었고, 그것은 수갱의 마지막 남은 생명이었다. 만약 펌프가 숨을 멎기라도 한다면 수갱은 물에 의해 파괴될 것이었다.

맞은편 높은 평지 위에 자리 잡고 있는 되-상-카랑트 탄광촌 역시 죽은 듯했다. 릴 도지사가 달려왔고 헌병들이 거리를 휘젓고 다녔다. 그러나 파업자들이 조용하자 도지사와 헌병들은 되돌아가기로 결정했다. 탄광촌이 드넓은 벌판 속에서 이토록 훌륭한 모범을 보인 적은 결코 없었다. 남자들은 술집에 가지 않기 위해 하루 종일 잠을 잤고, 여자들은 커피를 아끼고 이성적이 되어 수다도 덜 떨고 싸움도 덜 했다. 심지어 아이들조차도 상황을 이해한 듯 그렇게 착할 수가 없었다. 조용히 맨발로 뛰어다녔고 소리를 내지 않고 서로 뺨을 때렸다. 반복해서 입에서 입으로 전해진 훈시가 있었는데, 그것은 '현명해지자'였다.

여하튼 왕래는 계속되면서 마외의 집은 사람들로 가득 찼다. 에티엔은 서기장의 자격으로 이 집에서 3,000프랑의 공제기금을 궁핍한 가정들에게 나눠줬다. 그리고 여러 곳에서 모금한 수백 프랑이 답지했다. 그러나 오늘 모든 재원이 고갈되었다. 광부들은 파업을 계속할 돈이 남아있지 않았고 배고픔이 이제 그들을 위협했다. 메그라는 보름 동안 외상을 주겠다고 약속했다가 1주일이 지나자 돌연 생각을 바꾸어 식료품 공급을 중단했다. 으레 그렇듯이 그는 회사 측으로부터 지시를 받았던 것이었다. 아마도 회사는 탄광촌을 굶주리게 함으로써 일을 조속히 끝내기를 원했으리라. 게다가 메그라는 변덕스런 폭군 행세를 했다. 부모들이 먹을 것을 얻어오라고 보낸 딸들의 얼굴에 따라 빵을 주거나 거절했던 것이었다. 특히 그는 누구보다도 마외드에게는 문을 닫아버렸다. 카트린을 제 것으로 만들지 못한 것에 대한 보복이었다. 엎친 데 덮친 격으로 날씨는 혹독하게 추웠고, 여자들은 줄어만 가는 석탄더미를 바라보았다. 남자들이 수갱에 다시 내려가지 않는 한, 탄을 더 이상 새로 주지 않을 거라고 불안해 했다. 굶어죽는 것은 그렇다 치더라도 잘못하면 얼어 죽을 판이었다.

마외 집에는 이미 모든 것이 모자랐다. 르바크 식구들은 부틀루가 빌려준 20프랑 동전으로 아직까지는 끼니를 때우고 있었다. 피에롱 식구들은 항상 돈이 있었다. 그러나 돈을 빌려 달랄까 두려워 다른 사람들에게는 굶주리는 것처럼 보이기 위해, 그의 아내가 치마를 걷어 올린다면 그녀에게 가게라도 내줄 메그라의 집에서 외상을 대고 먹었다. 토요일부터 많은 집들이 끼니를 굶은 채 잠자리에 들었다. 그런데 끔찍한 날들이 시작됐지만 아무런 불평소리 하나 들리지 않았고, 모두들 침착하게 용기를 가지고 훈시를 따르고 있었다. 거기에는 어쨌든 절대적인 신뢰, 종교적인 믿음, 신앙 집단의 맹목적 헌신이 있었다. 그들에게 정의로운 시대를 약속했기 때문에, 그들은 만유의 행복을 쟁취하기 위해 어떤 고난도 참아낼 준비가 되어 있었다. 배고픔은 그들을 열광케 했다. 닫혀있던 지평선이 비참함에 홀린 이 사람들에게 이보다 더 넓게 피안의 세계를 열어 보여주었던 적은 결코 없었다. 두 눈이 쇠약함으로 흐려졌을 때 그들은 저편에서 꿈꿨던 이상의 도시와 형제 인민이 함께 일하고 함께 나눠먹는 황금시대를 이 시각에 임박한 현실로서 다시 보았다. 그 어떤 것도 거기에 기필코 들어가겠다는 그들의 신념을 흔들지 못했다. 기금은 바닥이 났고, 회사 측은 양보하지 않을 것이며, 매일의 상황은 악화되었다. 그래도 그들은 희망을 간직했고 여러 사태들을 미소 지으며 무시해버렸다. 땅이 그들 아래서 갈라진다 해도 기적이 그들을 구원하리라. 이러한 신념은 빵을 대신했고 배를 덥혀줬다. 마외 식구와 다른 식구들은 건더기 하나 없는 맑은 수프를 너무 빨리 소화시켰고, 그들은 반 현기증 상태 속에서 맹수에게 몸을 던진 순교자들이 경험했던 보다 나은 삶에 대한 법열을 느꼈다.

이제 에티엔은 누구나 인정하는 지도자가 되었다. 저녁 대화 시간에는 신탁을 내렸고, 학식을 갖게 되자 예리한 면모를 띠었으며, 모든 일에 결단을 내렸다. 그는 책을 읽으며 밤을 보냈고, 훨씬 많은 양의 편지를 받게 되었다. 그는 벨기에의 사회주의 신문인 「방죄르」*를 구독하고 있었고, 이것은 탄광촌에 들어온 첫 번째 신문으로 동료들로부터 엄청난 존경을 받게끔 해주었다. 점점 커져가는 인기는 그를 매일 더욱 더 흥분하게 했다. 폭넓게 편지를 주고받았고 경향 각지에 있는 노동자들의 운명에 대해 토론했다. 보뢰 수갱의 광부들에게 조언을 해주었으며, 그는 무엇보다도 자기를 중심으로 세상이 움직인다는 느낌을 가졌다. 때문에 기계공이었다가 두툼하고 시커먼 손을 갖게 된 채탄부는 끊임없이 허영에 부풀었다. 그는 한 계급 올라서며 가증스런 부르주아 속으로 들어갔고, 말하지는 않았지만 자신의 지식과 안위에 만족하고 있었다. 여전히 찜찜한 점이 있다면 자신이 교육을 받지 못했다는 것이었다. 그는 프록코트를 입은 신사 앞에 서면 영 맘이 편하질 않았고 소심해졌다. 그는 독학을 계속하며 모든 책을 섭렵했지만 체계가 없어서 이해는 매우 더디었고 혼란이 일어났다. 그는 결국 자신이 많은 것을 이해하지 못했다는 것을 알게 되었다. 또한 자성의 시간을 가질 때면 사명에 대한 불안감과 기대에 못 미치는 자신에 대해 두려움을 느끼곤 했다. 말하고 행동할 수 있는 변호사나 학자가 한 사람 있어야 동료들을 위험에 빠뜨리는 일이 없지 않겠는가? 그러나 곧 반항심 탓에 본래대로 되돌아왔다. 아니다, 변호사는 없어도

---

* Vengeur. 우리말로 복수하는 사람이라는 뜻이다.

된다! 그들은 모두 도둑놈이다, 자기들의 학식을 이용해 인민을 착취하고 배를 불리는 자들이다! 되는 대로 가는 거다. 노동자의 일은 노동자들끼리 해야만 한다. 인민의 지도자가 되겠다는 꿈이 또다시 그를 도닥거렸다. 그는 몽수를 장악했고 파리는 저 멀리 안개 속에 있었다. 누가 알겠는가? 언젠가 국회의원이 되어 호화로운 의사당 연단에서 노동자로서는 처음으로 연설을 하며 부르주아들에게 호통을 치게 될는지.

며칠 전부터 에티엔은 당황하고 있었다. 플뢰샤르는 여러 차례 편지를 보내 파업자들의 열기를 고조시키기 위해 몽수를 방문하겠다는 제안을 했다. 기계공 자신이 주관하는 비공식적인 회합을 조직해 달라는 것이었다. 이러한 계획의 이면에는 파업을 이용해 여태까지 인터내셔널에 회의적인 태도를 보였던 광부들을 끌어들이겠다는 생각이 깔려 있었다. 에티엔은 이로 인한 소란을 두려워했지만 플뢰샤르가 오도록 내버려두기로 했다. 그러나 라스뇌르가 그의 개입을 맹렬히 비난하고 나섰다. 청년은 밀어붙일 수도 있었지만 오래 전부터 이런 일들을 해왔고, 손님들 중에는 그를 따르는 사람들이 있어 술집 주인의 의견을 고려하지 않을 수 없었다. 그는 어떻게 답장을 써야 할지 몰라 아직도 주저하고 있었다.

바로 월요일 오후 네 시쯤 에티엔이 마외드와 함께 아래층 거실에 있을 때 새로운 편지가 릴에서 왔다. 할 일없이 지내는 데 진력이 난 마외는 낚시를 하러 나간 터였다. 운하의 수문 아래에서 재수 좋게 큰 고기를 낚는다면 그것을 팔아 빵을 사려했다. 본모르 영감과 장랭은 다리가 나았는지 보기 위해 달음질을 쳐보았다. 반면 아이들은 알지르와 함께 나와서 경석장 위에서 몇 시간 동안 아역청탄을 주워 모았다. 마외드는 이제는 어떻게 해볼 도리가 없는 약한 불 곁에 앉아 보디스 단추를 풀고 배까지 닿는 젖가슴을 내어 놓은 채 에스텔에게 젖을 물리고 있었다.

청년이 편지를 접었을 때 그녀가 물었다.

"무슨 좋은 소식이라도? 우리에게 돈을 보내준대요?"

그가 아니라는 몸짓을 하자 그녀는 말을 계속했다.

"이번 주는 어떻게 살아가야 할지 모르겠어요… 그렇지만 결국 견 뎌낼 거예요. 당연히 그래야 하니까. 그래야 당신들이 용기를 갖고 결 국 이기지 않겠어요, 안 그래요?"

이제 그녀는 사리를 따져가며 파업에 찬성하고 있었다. 수갱을 떠 나지 말고 회사 측이 바르게 하도록 하는 것이 나을 뻔했다. 그러나 일 단 수갱을 떠난 이상 정당한 대우를 얻어내기 전에는 일을 재개해서 는 안 된다. 그 점에 대해 그녀는 지칠 줄 모르는 힘으로 자기 의사를 표명했다. 자신들이 옳은데도 그릇된 것처럼 보인다면 차라리 죽는 편이 낫다!

"아!" 에티엔이 외쳤다. "콜레라라도 터져 우리를 착취하는 이 회사 놈들을 쓸어버려야 하는데!"

"아녜요!" 그녀가 말했다. "그 누구의 죽음도 바라면 안 돼요. 그렇 게 하면 결코 전진할 수 없어요. 다른 사람들을 배척하니까… 나는 그 사람들이 보다 양심적인 생각으로 되돌아오길 요구할 뿐예요. 그리고 나는 그것을 기대해요. 왜냐하면 어디에나 정직한 사람들이 있으니까 요… 내가 당신의 방침에 전적으로 찬성하지 않는다는 것을 잘 알 거 예요."

사실 그녀는 언제나 그의 폭력적인 언사를 비난했고 그를 투사라 고 생각했다. 자기의 노동에 대한 정당한 대가를 지불받고자 원하는 것, 그것은 좋다. 그러나 어째서 부르주아니, 정부니 하는 수많은 것 들에 신경을 쓰는 것일까? 도대체 왜 못된 매질만을 부르게 되는 남 의 일에 관여하는 것인가? 그래도 그녀는 그를 높이 평가했는데, 왜 냐하면 그는 취하도록 마시지 않고 45프랑의 하숙비를 꼬박꼬박 지 불하기 때문이었다. 남자는 행동이 바르면 나머지는 그냥 넘어갈 수 있는 법이다.

에티엔은 그때 모든 사람에게 빵을 줄 공화국에 대해서 이야기했다. 그러나 마외드는 머리를 가로저었다. 왜냐하면 그녀는 48년*을 기억하기 때문이었다. 그 망할 놈의 해에 살림을 차렸던 자신과 남편은 벌레처럼 헐벗고 굶주렸다. 그녀는 침울한 목소리로 눈에 초점을 잃은 채 젖가슴을 내놓고 고생한 얘기들을 정신없이 해댔다. 반면 그녀의 딸 에스텔은 젖을 쥔 채 그녀의 무릎에서 자고 있었다. 에티엔 역시 생각에 빠져 시체처럼 누런 안색과 대조를 이루는 그 물렁물렁하고 흰 커다란 젖가슴을 물끄러미 바라보고 있었다.

"단 1리아르**도 없었어요." 그녀가 중얼거렸다. "입에 넣을 거라고는 아무것도 없었고, 모든 수갱들은 작업을 멈췄어요. 결국 지금처럼 가난한 사람들만 죽었죠!"

그러나 이때 문이 열렸고, 들어온 카트린을 보고 그들은 놀라 말문이 막혔다. 샤발과 도망친 이후로 그녀는 탄광촌에 한 번도 나타나지 않았었다. 그녀는 넋을 잃고 문도 닫지 못한 채 말없이 떨고 있었다. 그녀는 자기 엄마 혼자 있을 거라고 생각했었고, 에티엔을 보자 길에서 준비했던 말들은 엉망이 되고 말았다.

"도대체 여긴 뭣 하러 왔어?" 마외드가 자리에서 일어나지도 않고 소리쳤다. "난 이제 너 안 봐, 나가!"

그러자 카트린이 주섬주섬 말을 꺼냈다.

"엄마! 커피와 설탕… 애들 때문에… 몇 시간 걸려 왔어. 애들을 생각하고 말예요…"

그녀는 커피 500그램과 설탕 500그램을 주머니에서 용기를 내어 꺼내 식탁 위에 놓았다. 보뢰 수갱의 파업 소식은 장-바르에서 일하는 동안 카트린을 괴롭혔다. 그래서 그녀는 조금이라도 부모를 도와주고 싶은 마음에 애들을 생각했다는 핑계를 댄 것이었다. 그러나 그녀의 착한 마음도 엄마를 누그러뜨리지는 못했다. 마외드가 응수했다.

"이따위 달착지근한 것들을 가져오느니 우리에게 있으면서 빵이라

---

* 입헌군주 루이 필립이 망명하고, 제2공화정을 수립하는 1848년 2월 혁명을 말한다.
** liard. 4분의 1수(sou)

도 벌어오는 것이 훨씬 나았을 게다."

그녀는 딸을 윽박질렀고 한 달 전부터 되풀이했던 욕을 직접 딸의 얼굴에 대고 퍼부어 대니 가슴이 후련했다. 열여섯 살에 사내와 도망쳐 붙어살아, 가족은 어려운데! 인간 말종 계집애만이 그럴 수 있다. 한 번의 바보짓은 용서할 수 있지만 그렇게 어미를 놀리는 짓은 결코 잊을 수가 없다. 그러니 나돌아 다니지 못하게 묶어 뒀어야만 했다! 그런데 전혀 간섭 안 하고 그냥 멋대로 내버려두었다. 다만 잠은 집에서 자라고만 했었다.

"말해 봐! 네 나이에 그렇게 환장한 게 무언지?"

카트린은 식탁 옆에서 꼼짝 않고 고개를 숙인 채 듣고만 있었다. 성미숙증 처녀의 마른 몸이 부르르 떨렸고, 대답을 하려 했지만 말이 끊겼다.

"아! 나 혼자라면 좋겠어요!… 그 때문예요. 그 사람이 원하면 어쩔 수가 없잖아요? 알겠지만 그는 나보다 강하잖아요… 어떻게 될지 누가 알겠어요? 결국 그렇게 됐어요, 이젠 어떻게 할 수가 없어요. 왜냐하면 그 사람 아니면 다른 사람과 결혼해야만 하니까요."

그녀는 대들지도 못하고 어려서부터 남성을 겪은 소녀들이 갖는 수동적인 체념 속에서 자신을 변호했다. 누구에게나 해당되는 일이 아닌가? 그녀는 다른 어떤 것을 생각조차 해보지 못했다. 경석장 뒤에서 폭력을 당하고 열여섯 살에 애를 갖고, 그리고 애인이 결혼을 해주면 비참한 살림을 시작하는 것이다. 그래서 자신을 학대하고 절망케 하는 그 남자 앞에서 창녀 취급을 받고 쓰러졌을 때에만 수치심에 화가 나고 몸이 떨린다.

그러는 동안 에티엔은 일어났고 반쯤 꺼진 불을 뒤적거리는 척하며 그녀가 계속 말하도록 내버려 두었다. 그러나 그녀와 눈이 마주치고 말았다. 헬쑥하고 탈진했지만 그을린 얼굴의 두 눈이 너무나 맑고 예쁘다고 그는 생각했다. 그는 이상한 감정을 느꼈고 원한이 사라졌다. 자기가 아닌 선택한 남자 곁에서 그녀가 행복하기만을 원했다. 여전히 그녀를 돌봐주고 싶다는 욕망과 몽수에 가서 그자에게 잘해 주라고 억박지르고 싶은 욕구가 있었다. 그러나 그녀는 이러한 그의 애정 속에서 언제나 자신에 대한 동정심만을 느꼈다. 자신을 업신여기기 때문에 저렇게 뚫어져라 쳐다보는 것이다. 그녀는 가슴이 죄어들고 목이 메어 다른 변명의 말을 꺼낼 수가 없었다.

"그래! 입 다물고 있는 게 낫지." 마외드가 냉혹하게 말을 이었다. "있으려고 왔으면 들어오고, 그렇지 않으면 당장 꺼져. 내가 제 정신이 아닌 것을 다행으로 생각해. 그렇지 않았으면 벌써 발로 걷어찼어!"

이 위협이 불현듯 실행에 옮겨진 듯 카트린은 뒤에서 뛰어오르며 걷어찬 발에 얻어맞았다. 그녀는 놀라움과 고통으로 망연자실했다. 샤발이 열린 문으로 뛰어 들어오며 못된 짐승처럼 발길질을 한 것이었다. 바로 전부터 그는 밖에서 그녀의 거동을 엿보고 있었다.

"에잇! 쌍년!" 그가 고함을 질렀다. "내 너를 따라왔지, 어림 반 푼어치도 없는 짓을 하러 여기로 온다는 것을 알고 있었어. 네가 이걸 산 거야, 응? 왜 내 돈 주고 산 커피를 뿌려대!"

아연실색한 마외드와 에티엔은 움직이지도 못했다. 화가 치민 샤발은 카트린을 문 쪽으로 내몰았다.

"나가! 씨팔!"

그녀가 구석으로 몸을 피하자 그는 마외드에게 달려들었다.

"예쁘게 살림하는 동안 네 딸년은 위층에서 창녀처럼 두 다리를 벌렸어!"

마침내 그는 카트린의 손목을 꽉 움켜잡고 흔들어대면서 바깥으로 끌고 나갔다. 문가에서 그는 의자에 꼼짝 않고 앉아 있는 마외드를 향해 다시 몸을 돌렸다. 그녀는 자기의 젖가슴을 가리는 것조차 잊어버리고 있었다. 에스텔은 모직으로 만든 치마 위에 코를 박은 채 잠들어 있었다. 그리고 훤히 드러난 거대한 젖가슴은 힘센 암소의 젖처럼 매달려 있었다.

"딸년이 위층에 없을 때는 어미가 대주겠지!" 샤발이 악을 썼다. "가서 저 놈에게 네 고깃덩어리를 내 보여줘! 저 하숙하는 놈이 좋아할 테니까!"

당장 에티엔은 동료의 뺨을 갈기고 싶었다. 그러나 이 싸움이 탄광촌을 동요시킬까 두려워 그를 붙잡고 팔에서 카트린을 떼어냈다. 그러나 치밀어 오르는 분노를 도대체 참을 수가 없었다. 두 사내는 핏발이 선 눈으로 상대방 얼굴을 노려보았다. 그것은 해묵은 증오였고 오랫동안 품고 있었던 질투였다. 이제 두 사람 중 하나가 다른 한 사람을 잡아먹어야만 했다.

"조심해!" 에티엔이 이를 악물고 더듬거리며 말했다. "죽여 버릴 거야."

"죽여 보시지!" 샤발이 대답했다.

그들은 몇 초 동안 서로를 노려보았고, 맞붙은 얼굴이 뜨거운 숨결에 불이 붙을 지경이었다. 그러자 카트린이 애원하면서 자기 남자의 손을 잡고 끌고 갔다. 그녀는 뒤도 보지 않고 사라져 버렸다.

"개자식!" 문을 세게 닫으면서 에티엔이 중얼댔고 너무나 화가 나서 안절부절 못하며 주저앉았다.

그의 맞은편에서 마외드는 꼼짝도 않고 있었다. 그녀는 커다란 몸짓을 했고 말할 수 없이 괴롭고 무거운 침묵이 흘렀다. 보지 않으려 했지만 에티엔은 그녀의 젖가슴에 다시 눈이 갔다. 하얀 살이 주물처럼 흘러내렸고 그 광채는 그를 거북살스럽게 만들었다. 틀림없이 그녀는 마흔일 텐데 애를 너무 많이 낳은 여자들이 그렇듯 몸매는 망가져 있었다. 그러나 많은 사람들이 덩치가 크고 튼튼하며 옛날에는 예뻤을 길고 통통한 얼굴을 가진 그녀를 여전히 탐했다. 천천히 그녀는 두 손으로 젖가슴을 잡고 침착하게 옷 속에 집어넣었다. 장미 빛 젖꼭지가 고집스럽게 들어가지 않자 그녀는 손가락으로 그것을 밀어 넣고 단추를 채웠다. 이제 긴 윗도리에 가려진 그녀는 온통 검은 색이었고 후줄근했다.

"돼지 같은 놈." 그녀가 마침내 말했다. "더러운 돼지새끼, 그렇게 더러운 생각을 하다니… 난 상관없어! 대꾸할 가치조차 없는 놈이야"

그리고 솔직한 목소리로 청년에게서 눈을 떼지 않고 덧붙였다.

"물론 내게도 잘못은 있어요. 그렇지만 아까 그놈이 말했던 잘못은 없었어… 내 몸에 손을 댄 남자는 단 두 사람뿐예요. 옛날에, 열다섯 살 때 한 조차부 그리고 마외였어요. 마외가 그 조차부처럼 나를 잡지 않았더라면 정말로 어떻게 됐는지 나도 모르죠. 그리고 결혼한 이후로 마외와 잘 지냈다는 게 그리 자랑스럽지는 않아요. 왜냐하면 아무런 잘못을 저지르지 않은 것은 대부분 기회가 없었기 때문이거든요… 나는 단지 사실을 애기하는 거고, 그렇지 않은 이웃집 여자들을 알고 있거든요, 그렇지 않아요?"

"예, 사실예요." 에티엔이 자리에서 일어나며 대답했다.

그리고 밖으로 나갔다. 그동안 그녀는 잠이 든 에스텔을 두 의자 위에 올려놓고는 다시 불을 지피고자 했다. 만약 애 아빠가 고기를 잡아 판다면 여하튼 수프는 먹을 수 있으리라.

밖은 이미 어둠이 내렸고 추운 밤이었다. 에티엔은 고개를 숙이고 검은 슬픔에 사로잡힌 채 걷고 있었다. 그 슬픔은 그 사내에 대한 분노나 학대받는 불쌍한 처녀에 대한 연민으로부터 오는 것이 아니었다. 그 야만적인 일은 지워지고 가라앉았다. 그 일 때문에 그는 모든 사람의 고통과 혐오스런 비참함을 다시 절감했다. 그는 빵이 없는 탄광촌을 다시 보았다. 여자들과 어린애들은 오늘 저녁을 굶을 것이고 투쟁하는 모든 인민들은 배를 주릴 것이다. 그리고 가끔씩 스쳐갔던 의문이 황혼의 끔찍한 우울 속에서 깨어나면서 전에 없이 격렬한 불안감에 시달렸다. 그는 얼마나 끔찍한 책임을 떠맡고 있는가! 그는 계속해서 인민들을 밀어붙이며 고집스럽게 저항하도록 만들고 있다. 그러나 이제는 돈도 없고 외상도 할 수 없지 않는가? 만약 어떤 도움도 오지 않고 배고픔이 그들의 용기를 꺾어버린다면 그 결말은 어떻게 되겠는가? 돌연히 그의 눈앞에 재앙의 광경이 나타났다. 어린애들은 죽어갔고 여자들은 오열했고, 핼쑥하게 마른 남자들은 수갱으로 다시 내려갔다. 그는 여전히 걷고 있었고 발이 돌부리에 부딪혔다. 회사가 이길 것이며 그가 동료들을 불행하게 만들 거라는 생각이 들자 그는 고통스러워 견딜 수가 없었다.

고개를 들었을 때 그는 보뢰 수갱 앞에 와 있었다. 어두운 건물 전체가 점점 짙어져가는 어둠 속으로 무겁게 가라앉고 있었다. 인적이 없는 집탄장 중앙에는 움직이지 않는 커다란 그림자들이 가로막고 있었고, 그것은 버려진 요새의 한 구석처럼 보였다. 권양기가 작동을 멈추자마자 벽들에는 생명의 숨결이 남아 있지 않았다. 이 야심한 시간에는 아무것도 더 이상 살지 않았다. 불빛 하나도, 목소리 하나도 없었다. 그리고 전멸당한 수갱 속 어디에선가 들려오는 펌프의 배기음도 멀리서 숨이 끊어질 듯 헐떡거렸다.

그것을 바라보고 있던 에티엔의 가슴 속에서는 피가 솟구쳐 올랐다. 노동자들이 배고픔의 고통을 겪을 때 회사는 챙겨놓은 수백만 프랑을 건드리고 있다. 자본에 대한 노동의 투쟁에서 왜 회사만 이긴단 말인가? 어쨌든 승리는 대가를 치러야 한다. 승리 후에 시체의 숫자를 세리라. 그는 죽음의 대가를 치르더라도 격렬한 전투를 벌여 기필코 이 비참을 끝장내겠다는 맹렬한 욕구에 사로잡혔다. 계속해서 기아와 불공평으로 한명 한명씩 죽어가야만 한다면 차라리 탄광촌 전체가 단번에 죽어버리는 게 나을 것이다. 제대로 이해하지 못했던 책의 내용들이 그의 머릿속에 떠올랐다. 적을 잡기 위해 도시들을 불 질렀던 인민들과 아이들을 노예상태에서 구하기 위해 그들의 머리를 길 위에서 부숴버렸던 어머니들 혹은 폭군의 빵을 먹느니 차라리 굶어죽는 것을 택한 사람들의 종잡을 수 없는 이야기들이 그를 흥분시켰다. 붉은 기쁨이 검은 슬픔의 발작에서 빠져나와 의심을 쫓아 버렸고, 한 시간 전의 비겁함을 부끄럽게 만들어 버렸다. 그리고 새로이 깨어난 신념 속에서 그의 오만함은 다시 한껏 부풀어 올랐고 그를 더 높은 곳으로 데려갔다. 지도자가 되어 기꺼이 자신을 희생하는 기쁨과 더 큰 권력과 승리의 저녁을 맞이하는 몽상으로 데려갔다. 벌써부터 그는 단순하고 위대한 광경을 상상하고 있었다. 그는 권좌를 사양할 것이고 모든 권력은 인민의 손에 다시 쥐어질 것이며, 그때 인민은 주인이 될 것이다.

그는 몽상에서 깨어났다. 그에게 자신의 행운을 얘기하는 마외의 목소리에 소스라치게 놀랐던 것이었다. 그는 멋진 송어를 한 마리 낚았고 그것을 3프랑에 팔았다. 오늘은 수프를 먹을 것이다. 그때 그는 뒤따라가겠노라고 말하면서 마외 먼저 탄광촌으로 돌아가도록 했다. 그는 라방타쥬로 들어가 자리를 잡았고 손님 한 명이 떠나기를 기다렸다. 그는 플뤼샤르에게 즉시 오라는 내용의 편지를 쓰겠다고 라스뇌르에게 분명하게 알렸다. 그는 결정을 내렸고 비공식적인 회합을 조직하고자 했다. 만약 몽수의 탄광부들이 무더기로 인터내셔널에 가입한다면 그가 보기에 승리는 확실하기 때문이었다.

4

회합 장소는 과부 데지르가 운영하는 봉-조아이유에서 목요일 오후 두 시로 정해졌다. 그녀는 자기 자식 같은 탄광부들이 겪고 있는 비참함에 격분했고, 특히 술집이 텅 비게 되자 화를 참지 못하며 지냈다. 파업을 하면 언제나 목이 타는 법이었지만 술꾼들은 '현명해지자'는 훈시를 어길까 두려워 집안에만 틀어박혀 있었다. 수호성인 축제일이면 많은 사람들이 들끓었던 몽수대로는 조용하고 음울하게 축 늘어져 황폐한 분위기였다. 술집 계산대에도, 뱃속에도 맥주가 흐르지 않자 도랑도 말라버렸다. 포장도로에 있는 카페 카지미르와 선술집 프로그레에서는 헬쑥한 여주인들만이 길을 살피고 있었다. 그리고 선술집 랑팡에서 카페 테트-쿠페, 선술집 티종을 거쳐 선술집 피케트에 이르는 몽수의 중심 거리 어디에도 사람이 없었다. 반장들이 드나드는 선술집 생-텔로아만이 여전히 어느 정도 맥주잔을 채우고 있었다. 한적하기는 볼캉까지도 마찬가지였다. 힘든 때인 만큼 가격을 10수에서 5수로 내렸음에도 불구하고 호색가들이 들지 않아 종업원들은 일을 쉬고 있었다. 이 고장 전체가 곡소리 나는 진짜 초상집이었다.

"제기랄!" 과부 데지르가 두 손으로 자신의 허벅지를 두드리며 외쳤다. "잘못은 헌병 놈들에게 있어! 하고 싶으면 나를 감옥에 처넣어

보라지, 나도 가만히 있지는 않을 걸!"

그녀에게 있어 모든 공권력, 모든 사업주들은 일반적 경멸의 용어인 헌병이었고, 이것은 인민의 적들을 싸잡아 지칭하는 말이었다. 그녀는 에티엔의 부탁을 쌍수를 들고 환영했다. 자기 집 전체는 광부들의 집과 다름없으니 댄스홀을 공짜로 빌려줄 것이며, 법이 요구하는 대로 자신이 직접 초대장을 날릴 것이다. 게다가 법이 시비를 걸면 더욱 환영이다! 그 꼴불견을 보게 될 테니까. 다음날이 되자마자 에티엔은 글을 쓸 줄 아는 이웃들에게 50여 통의 초대장을 베끼게 한 후, 그것을 가져와 그녀에게 서명하도록 했다. 그리고 초대장을 여러 수갱의 대표자들과 믿을 만한 사람들에게로 보냈다. 겉으로 드러난 의제는 파업의 계속 여부를 토의하는 것이었다. 그러나 실제로는 플뤼샤르의 연설을 듣고 인터내셔널에 집단으로 가입하게끔 부추기는 것이었다.

목요일 아침에 에티엔은 불안에 휩싸였다. 급송전문을 통해 수요일 저녁 때 오겠다던 그의 옛 반장이 아직도 도착하지 않은 것이었다. 대체 무슨 일이 있는 것일까? 회합 전에 그와 미리 의견을 맞출 수가 없게 된 에티엔은 난감해졌다. 아홉 시가 되자마자 그는 몽수로 갔다. 플뤼샤르가 보뢰 수갱을 들르지 않고 곧바로 몽수로 갔을지도 모른다는 생각이 들었던 것이었다.

"아니! 당신 친구는 아직 안 왔는데." 과부 데지르가 대답했다. "그러나 준비는 다 됐어, 와서 보라고."

그녀는 그를 댄스홀로 데리고 갔다. 장식은 예전 그대로였다. 천장에 매달린 꽃줄 장식은 색종이로 만든 화관을 지탱하고 있었고, 금박을 입힌 마분지로 만든 방패꼴 문장들에는 성자와 성녀들의 이름이 나열되어 있었다. 달라진 점이 있다면 구석에 있던 연주석 대신에 한 개의 탁자와 세 개의 의자를 가져다놓고 홀을 걸상들로 채웠다는 것이었다.

"완벽해요." 에티엔이 말했다.

"알겠지만, 너희들 집이다 생각해." 과부가 되풀이해서 말했다. "그리고 내키는 대로 떠들라고… 헌병들이 온다 해도 내 몸을 밟지 않고는 절대로 못 들어올 테니까."

불안감을 느끼고 있었지만 그녀를 바라보고 있던 그는 웃지 않을 수 없었다. 그녀는 엄청나게 큰 몸집을 갖고 있어서 그녀의 젖가슴 하나만 껴안으려 해도 남자 하나가 필요했다. 이 때문에 그녀는 매일 한 명씩 들이던 여섯 명의 애인들을 요즘은 하루 밤에 두 명씩 들인다고 떠벌렸다.

그러나 에티엔은 라스뇌르와 수바린이 들어오는 것을 보고 깜짝 놀랐다. 과부가 그들 세 사람만을 남겨둔 채 홀을 나가자 그가 큰 소리로 말했다.

"웬일예요! 벌써!"

기계공들은 파업을 하지 않았기 때문에 보뢰에서 야간작업을 한 수바린은 단지 호기심으로 온 것이었다. 라스뇌르는 이틀 전부터 심사가 뒤틀린 듯 그의 둥글고 기름진 얼굴에서는 예전의 유순한 미소를 찾아볼 수가 없었다.

"플뤼샤르는 아직 오지 않았어요. 몹시 걱정스럽네요." 에티엔이 덧붙였다.

술집 주인은 눈을 돌리며 입안에서 우물거리며 대답했다.

"놀랄 일이 아냐. 나는 그를 기다리지 않아."

"어째서요?"

그러자 술집 주인은 결심한 듯 상대방을 대담하게 똑바로 바라보았다.

"사실을 얘기하면 나 또한 그에게 편지를 보냈어. 편지로 나는 제발 오지 말라고 부탁을 했어… 그래, 우리 일은 우리끼리 해결해야지, 외부 사람에게 맡겨서는 안 돼."

흥분한 에티엔은 동료를 쏘아보면서 분노로 몸을 떨었다. 그가 더듬거리며 되풀이해서 말했다.

"당신이 그런 짓을 했단 말예요? 당신이 그런 짓을!"

"내가 했어, 분명히! 그러나 자네도 내가 플뤼샤르를 신뢰하고 있다는 것을 잘 알고 있을 거야. 그는 아주 영리하고 강인한 사람이기 때문에 함께 갈 수도 있어… 그러나 나는 너희들 생각이 우습다고 생각해. 정치니 정부니, 이런 게 다 뭐란 말이야! 내가 원하는 것은 광부들이 좀 더 나은 대우를 받는 거야. 나는 20년 동안 막장에서 일했어. 나는 거기서 비참함과 피곤으로 얼룩진 땀을 엄청나게 흘렸어. 그래서 나는 맹세했어. 거기서 일하는 불쌍한 친구들에게 유복함을 얻어주겠노라고! 그리고 나는 잘 알고 있어, 자네들의 이야기로는 아무것도 얻지 못한다는 사실을. 자네들은 노동자들의 운명을 더 비참하게 만들 뿐이야… 광부들이 배고픔에 못 이겨 다시 수갱으로 내려갔을 때 그들은 더 박하게 대할 거고, 회사 측은 도망갔다 되돌아온 개처럼 그들을 두들겨 팰 거야… 내가 방해하려 한 것은 이 때문이야, 알겠어!"

그는 배를 앞으로 내밀고 굵은 다리로 버티고 서서 목소리를 높였다. 그는 합리적이고 끈기 있는 성격을 명확한 문장으로 청산유수처럼 드러냈다. 단번에 세상을 바꾸고, 노동자들을 주인 자리에 앉히고, 사과를 나누듯 돈을 나누는 것이 가능하다고 믿는 것은 어리석은 생각이 아닌가? 그것이 실현되려면 아마도 몇 천 년이 흐르고 또 몇 천 년이 흘러야 할 것이다. 그러니 조용히 있어야 한다, 무슨 기적으로 그걸 하겠는가! 가장 현명한 방책은 몸조심하면서, 어떠한 경우에도 바르게 걷고, 가능한 개혁을 요구하고, 그래서 마침내 노동자들의 운명을 개선하는 것이다. 만약에 자기가 이번 일을 맡았더라면, 장담하는데 회사로 하여금 보다 좋은 조건을 받아들이도록 했을 것이다. 그런데 어림도 없다. 회사는 반대로 끈질기게 노동자 모두를 죽이고 있다.

에티엔은 그가 말하도록 내버려두면서 분개하여 말을 잇지 못했다. 잠시 후 그는 소리를 질렀다.

"제기랄, 당신은 배알도 없어?"

순간 그는 뺨을 갈길 뻔했다. 그 충동을 억누르기 위해 그는 홀 안으로 걸상들을 밀치며 큰 걸음으로 나아가면서 분을 삭였다.

"문이나 좀 닫아." 수바린이 지적했다. "다른 사람이 들을 필요는 없잖아."

그는 자신이 직접 문을 닫고 와서는 사무용 책상 앞에 있는 의자에 침착하게 앉았다. 그는 담배를 말았고, 꼭 다문 입술에 가는 미소를 머금은 채 부드럽고 섬세한 눈으로 두 사람을 바라보았다.

"화를 낸다고 될 일은 하나도 없어." 라스뇌르가 사리 깊게 말을 이었다. "처음에 나는 자네가 현명한 사람이라고 믿었어. 동료들에게 침착함을 요구하고, 그들이 동요하지 않게끔 하고, 자네 힘으로 질서를 유지시키고, 그건 아주 잘한 일이야. 그러나 이제 자네는 그들을 혼란에 빠뜨리려 하고 있어!"

걸상들 사이를 한번 오갈 때마다 에티엔은 술집 주인에게로 다가갔고, 그의 양 어깨를 꽉 움켜쥐고 흔들었다. 그리고는 그의 면전에 대고 외쳐 대답했다.

"그러나! 빌어먹을! 나는 정말 조용히 있고 싶어요. 그래서 내가 그들에게 규율을 부과했고요! 그래, 내가 그들에게 아직은 움직이지 말라고 일렀어요! 그렇다고 우리를 우습게 봐서는 안 되지, 정말로!… 그렇게 냉정할 수 있으니 좋겠어요. 난, 내 정신이 아니라고 느낄 때가 여러 번인데 말예요."

그것은 에티엔의 일종의 고백이었다. 그는 자신의 치기 어린 환상과 멀지 않아 사람들이 형제가 되고 정의가 지배할 이상도시에 대한 자신의 종교적인 몽상에 대해 스스로 비웃었다. 세상이 끝나는 마지막 날까지 사람들이 늑대처럼 서로 잡아먹는 것을 보고자 한다면, 팔짱을 끼고 기다리면 될 것이다. 그러나 안 된다! 세상 속에 뛰어들어야 한다. 그렇지 않으면 불공평은 영원히 사라지지 않을 것이고, 언제나 부자들은 가난한 사람들의 고혈을 빨아먹을 것이다. 또한 그는 사회문제로부터 정치를 배제해야만 한다고 말했었던 예전의 어리석음을 스스로 용서하지 않았다. 그 당시 그는 아무것도 몰랐었다. 그러나 그 이후 그는 책을 읽었고 공부를 했다. 이제 그의 생각은 성숙했고 체계를 갖추게 되었다. 그렇지만 그는 그것들을 잘 설명하지 못했다. 그의 말은 혼란스러웠고 실현될 수 없었으며, 계속해서 버림받는 모든 이론들을 조금씩 절충하고 있었다. 그의 사고 정상에는 칼 마르크스의 사상이 서 있었다. 자본은 착취의 결과이며 노동은 도둑맞은 부를 되찾을 의무와 권리를 갖는다. 이것을 실천하는데 있어서 그는 우선 프루동*의 상호 신뢰와 거간꾼들을 제거하는 거대한 물물교환 은행이라는 환상에 사로잡혔다. 그리고 그는 점차적으로 지구를 하나의 산업 도시로 변모시키는 국가가 지원하는 라살레**의 협동조합에 열광하였다. 그러나 관리 통제의 어려움이라는 문제에 부딪히게 되자 그는 그것을 혐오하게 되었다. 그리고 얼마 전부터는 모든 노동의 수단이 집단에게로 귀속되어야 한다고 주장하는 집단주의에 이르게 되었다. 그러나 그것은 애매모호했고 그는 이 새로운 꿈을 어떻게 실현해야 할지 몰랐다. 소심한 감수성과 머뭇거리는 이성 탓에 그는 과격분자들의 절대적인 확언을 감히 행할 수가 없었다. 그는 무엇보다도 정부의 권력을 탈취하는 것이 중요하다고 그저 말할 뿐이었다. 그 다음은 나중에 생각할 일이었다.

"도대체 어떻게 된 거예요? 왜 부르주아 편으로 가는 거예요?" 그가 술집 주인 쪽으로 다가와 우뚝 서면서 격하게 말을 계속했다. "당신이 말하지 않았어요, 끝장내야 한다고!"

라스뇌르의 얼굴이 약간 빨개졌다.

"그래, 그렇게 말했어. 만약에 끝장나면 자네는 내가 다른 어느 누구보다 비겁하지 않다는 것을 알게 될 거야… 단지 나는 한 자리 낚기 위해 혼란을 가중시키는 사람들과는 상종하기가 싫을 뿐이야."

---

* Pierre-Joseph Proudhon(1809-1865). 프랑스 철학자, 경제학자, 사회학자이며 무정부주의의 선구자이다.
** Ferdinand Lassale(1825~1864). 독일의 사회주의 철학자로서 뒤셀도르프 혁명운동에 참가했고 독일 노동자 총동맹을 설립했다.

이번에는 에티엔의 얼굴이 달아올랐다. 두 사람은 이제 소리를 지르지 않았다. 차가운 경쟁의식으로 심술궂게, 못되게 비아냥거렸다. 한 사람을 과격한 혁명분자로 몰아치면 다른 사람을 거짓 중도주의자로 몰아 붙이면서, 두 사람은 자신들의 뜻에 반하는 생각 밖의 말을 해댔다. 사실 이것은 자신이 선택하지 않은 역할을 숙명적으로 행하여야 하는 체계를 극단화하는 것이었다. 그들의 말을 듣고 있던 수바린의 금발 소녀 같은 얼굴에는 묵언의 경멸이 스쳐 지나갔다. 그것은 자기의 생명을 어둠 속에서 바칠 준비가 되어 있고, 순교자의 광채에 연연하지 않는 사람이 갖는 위압적인 경멸이었다.

　"그러면 나를 두고 그렇게 말하는 거예요?" 에티엔이 물었다. "당신 나를 질투하는 거예요?"

　"뭘를 질투해?" 라스뇌르가 대답했다. "나는 대단한 위인이라고 자처하지도 않고, 서기장이 되기 위해 몽수에 지부를 설치할 생각도 없어."

　에티엔이 말을 끊으려 했지만 그는 마저 말했다.

　"그러니 솔직해봐! 넌 인터내셔널에 관심이 없어, 그저 우리의 우두머리가 되어 그 유명한 북부동맹과 교분을 맺고 싶어 열 내는 거야!"

　침묵이 지배했다. 에티엔이 떨면서 말했다.

　"좋아… 나는 스스로 비난할 것이 없다고 생각하고 있었어. 내가 오기 훨씬 전부터 당신이 여기서 투쟁했다는 사실을 알고 있기 때문에 언제나 당신에게 자문을 구하곤 했었어. 그렇지만 당신은 아무것도 인정하려 하지 않으니 이제부터 나는 독자적으로 행동하겠어… 그래서 우선 미리 밝혀두겠는데, 설사 플뤼샤르가 오지 않는다 하더라도 회합은 열릴 것이고, 동료들은 당신의 뜻과는 반대로 인터내셔널에 가입할 거야."

　"뭐! 가입한다고…" 술집 주인이 중얼거렸다. "말도 안 돼… 회비를 내야만 할 텐데."

　"전혀! 인터내셔널은 파업 중인 노동자들에게는 시간을 줘. 회비는 나중에 내면 되고, 곧 인터내셔널은 우리들을 도와줄 거야."

라스뇌르는 벌컥 화를 냈다.

"좋아! 두고 보자고… 나도 네 회합에 참가한 이상 말을 하겠어. 그래! 나는 자네가 친구들을 해까닥 돌게 하는 것을 그냥 보고만 있지는 않겠어. 나는 그들의 진정한 이익이 무엇인지 알려줄 참이야, 그들이 누구의 말을 따를지는 알게 될 거야. 그들은 나를 30년 전부터 잘 알고 지냈어. 그런데 너는 우리의 모든 것을 뒤엎어버렸어. 채 일 년도 되지 않아서… 아냐! 이건 아냐! 이젠 닥치라고! 지금부터 누구에게도 아무 말도 하지 마!"

그는 문을 세게 닫으면서 나가버렸다. 천장에 매달린 꽃줄 장식이 가볍게 흔들렸고, 금박을 입힌 방패형 문장들이 벽에서 요동쳤다. 그리고 커다란 홀은 다시 무거운 정적 속으로 빠져들었다.

수바린은 탁자 앞에 앉아서 느긋하게 담배를 피우고 있었다. 잠시 말을 잊은 채 방안을 거닐던 에티엔은 오래도록 울분을 삭였다. 그 뚱뚱보를 다시 오도록 내버려두지 말았어야 하는 게 아닐까? 그리고 그는 인기를 추구했던 자신을 옹호했고, 탄광촌의 훌륭한 우정, 광부들의 신뢰, 지금 그들에게 행사하는 그의 힘 등과 같은 모든 것이 어떻게 해서 생겨났는지 알지 못했다. 그는 자기가 야심 때문에 사람들을 혼란에 빠뜨리고 있다는 비난에 울분을 느꼈다. 그는 가슴을 치며 자기의 우애를 주장했다.

갑자기 그는 수바린 앞에서 걸음을 멈추며 소리 질렀다.

"보라고, 만약에 내가 어떤 친구에게든 한 방울의 피라도 흘리게 한다면, 당장 아메리카로 떠나버리겠어!"

기계공은 어깨를 으쓱했다. 그리고 또 다시 입술을 가늘게 벌리며 미소 지었다.

"아! 피라고." 그가 중얼거렸다. "그게 어때서? 대지는 피를 바라고 있어."

에티엔은 마음을 가라앉히며 의자에 앉았고, 수바린을 마주보며 탁자에 팔꿈치를 괴었다. 금발인 수바린의 눈은 꿈꾸는 듯했지만 이따금씩 붉은 광채를 띠며 야수의 얼굴로 변하곤 했다. 이런 그의 눈은 에티엔을 불안하게 했고 그의 의지에 기이한 영향력을 행사했다. 수바린은 아무런 말도 없었지만 에티엔은 바로 이 침묵에 정복당했고, 조금씩 빨려 들어가는 느낌을 가졌다.

"이봐, 당신이 나라면 어떻게 하겠어요?" 그가 물었다. "행동하려는 내가 틀렸어요?… 최선은 동맹에 들어가는 것 아녜요?"

수바린은 담배 한 모금을 천천히 내뿜은 후 그가 좋아하는 말로 대답했다.

"그건 바보짓들이야! 그때까지는 항상 그렇겠지… 하긴 그들 인터내셔널도 곧 움직일 테니까. 그분이 그 일을 맡고 있으니까."

"그런데 누구?"

"그 분!"

그는 이 단어를 작은 목소리로 종교적 열정을 가지고 동방을 향해 시선을 던지면서 발설했다. 그가 말한 사람은 그의 스승이었다. 죽음의 사도 바쿠닌*이었다.

"오로지 그분만이 결정타를 먹일 수 있어." 그는 말을 계속했다. "반면 네가 좋아하는 사상가들은 겁쟁이들로 변하고 있지… 3년 내로 인터내셔널은 그분의 명령 하에 낡은 세계를 부숴버릴 거야."

에티엔은 수바린의 말에 아주 주의 깊게 귀를 곤두세웠다. 그는 이 파괴의 종교를 배우고 이해하고 싶은 욕구에 불탔다. 그러나 기계공은 마치 비의를 지켜야 하는 것처럼 난삽한 몇 마디 말만 내뱉을 뿐이었다.

"자, 설명을 해봐요… 당신들의 목적은 뭐예요?"

"모든 것을 파괴하는 것… 국가도, 정부도, 소유도, 신도, 신앙도 남아 있지 않도록."

---

* Mikhaïl A. Bakounine(1814-1876). 무정부주의 혁명 이론가로 특히 국가의 역할에 대해 천착했다. 그는 저술을 통해 자유 사회주의의 기초를 설파했다.

"잘 알겠어요. 이것만 말해 보세요. 그러면 어디에 이르게 되죠?"

"아무런 형태도 갖지 않는 원시 공동체, 새로운 세계, 모든 것이 다시 시작되는 곳에."

"그러면 그 실천 방법은? 어떻게 당신들은 거기에 도달할 작정이죠?"

"불과 독약과 칼에 의해. 강도는 진정한 영웅이고, 인민의 복수자고, 행동하는 혁명가야. 책들 속에 있는 문장들을 인용할 이유가 없어. 가공할 만한 일련의 테러들이 권력자들을 놀라게 하고 인민을 일깨우지."

이야기를 하면서 수바린은 점점 더 흉포한 인상을 띠었다. 황홀경에 사로잡혀 의자에서 일어났고, 창백한 두 눈에서는 신비로운 불꽃이 일었다. 섬세한 손은 테이블 가장자리를 부수어버릴 듯 움켜쥐었다. 겁에 질린 에티엔은 그를 바라보았고, 그의 속내를 희미하게 드러냈던 여러 얘기들을 생각했다. 차르*의 궁전들 아래 매설된 지뢰, 멧돼지처럼 칼에 맞고 쓰러진 경찰 수뇌들, 그가 유일하게 사랑했고 비오는 어느 날 아침 모스크바에서 교수형을 당했던 여인, 그때 그는 군중 속에서 눈으로 최후의 키스를 보냈었다.

"아니야! 아니야!" 끔찍한 환영을 떨쳐버리려는 듯 에티엔이 크게 손을 저으며 중얼거렸다. "우리는 아직 그 정도까지는 이르지 않았어. 암살, 방화는 절대로 안 돼! 그것은 추악하고 정의롭지 못해. 모든 동료들이 들고 일어나 그 죄인의 목을 조를 거야!"

도대체 그는 이해할 수가 없었다. 자기 종족은 이렇게 땅을 스치듯 낫을 휘두르며 호밀밭을 치는 세계 말살의 음울한 꿈을 거부하고 있다. 그 다음에는 대체 무얼 할 것인가? 어떻게 인민들을 물리칠 수 있단 말인가? 그는 대답을 요구했다.

"당신의 계획을 말해 봐요. 우리는 우리 노동자들이 어디로 가고 있

---

* 제정 러시아 황제의 칭호

는지 알고 싶어요."

그때 수바린은 생각에 잠겨 초점을 잃은 눈으로 침착하게 말을 맺었다.

"미래에 대한 모든 추론은 범죄행위야. 왜냐하면 그것들은 순수한 파괴를 방해하고 혁명의 발걸음에 족쇄를 채우기 때문이야."

이 대답에 소름이 끼쳤지만 웃음이 나왔다. 그러나 그는 이런 생각에도 좋은 점은 있다고 토로했다. 그 소름끼치는 단순함에 그는 호감이 갔던 것이었다. 단지 그가 그런 식으로 동료들에게 얘기한다면 그는 라스뇌르의 아주 좋은 상대가 될 듯싶었다. 실질적인 것이 중요했다.

과부 데지르가 그들에게 점심을 먹자고 했다. 그들은 좋다고 말하며 술집 홀로 들어갔고, 그곳은 주중에는 이동식 칸막이로 댄스홀과 분리되어 있었다. 두 사람이 오믈렛과 치즈를 먹고 났을 때 기계공이 가려고 했다. 그러자 에티엔이 그를 잡았다.

"내가 뭘 하겠어? 자네들의 쓸데없는 바보 같은 소리나 들으라고?… 이미 실컷 봤어. 갈게!"

그는 부드럽지만 완강한 태도로 담배를 입에 물고 떠나 버렸다.

에티엔의 불안은 점점 커져갔다. 한 시였다. 분명히 플뤼샤르는 약속을 어겼다. 한 시 반경부터 대표자들이 나타나기 시작했고, 그는 그들을 맞아야 했다. 왜냐하면 회사 측이 흔히 그랬듯이 밀정을 보낼까 두려워 입장객을 살펴야만 했기 때문이었다. 그는 모든 초대장을 검사했고 사람들을 뚫어지게 쳐다보았다. 그러나 많은 사람들이 초대장 없이 그냥 들어갔고, 에티엔이 아는 사람이면 그냥 문을 열어주었다. 두 시가 울렸을 때 그는 라스뇌르가 오는 것을 보았다. 그는 계산대 앞에서 이야기를 나누면서 천천히 파이프에 담배를 채웠다. 이 빈정거리는 침착함에 그는 너무 신경질이 났다. 더욱이 자카리와 무케 같은 몇몇 건달들이 그냥 장난삼아 와 있었다. 그들은 파업에 무관심했고 아무 일도 하지 않는 것을 재미있게 여기고 있었다. 테이블에 앉은 그들은 각각 마지막 남은 2수로 맥주 한 잔씩을 시켰다. 그들은 동료들을 비웃고 희롱했으며, 확신에 찬 동료들은 그들의 짜증스런 말을 속으로 삼켜야 했다.

15분이 또 지나갔다. 홀 안에 있던 사람들은 조바심을 냈다. 그때 절망한 에티엔이 결단의 제스처를 했다. 그리고 그가 입장하려고 마음먹었을 때, 바깥에 머리를 내밀고 있던 과부 데지르가 외쳤다.

"그가 왔어! 네 친구가!"

그 사람은 정말로 플뤼샤르였다. 그는 숨찬 말이 끄는 마차로 도착했다. 곧바로 그는 포장도로 위로 뛰어내렸다. 늘씬하고 말쑥하며 각지고 아주 큰 얼굴을 지닌 그는 호사스런 노동자의 외출복 차림인 검은 모직 프록코트를 입고 있었다. 5년 전부터 그는 줄질을 한 번도 하지 않았고, 연단에서의 성공에 으쓱해져 몸을 가꿨으며 무엇보다도 단정하게 머리를 빗었다. 그러나 그는 여전히 굳센 팔다리를 지니고 있었고, 커다란 손의 손톱은 쇠가 먹어버려 다시는 자라지 않았다. 매우 활동적인 그는 야심가였고, 자기 생각을 팔기 위해 쉴 새 없이 지방을 돌아다녔다.

"아! 원망하지 말게!" 그가 에티엔의 질문과 비난에 선수를 치면서 말했다. "어제 아침엔 프뢰이*에서 회의가 있었고 저녁에는 발랑세**에서 회합이 있었어. 오늘은 마르시엔에서 소바냐와 점심을 했고… 그리고서야 마차를 탔네. 내 목소리를 들으면 알겠지만 탈진 상태야. 그러나 상관없어, 그래도 연설을 할 테니까."

봉-조아이유 술집의 문턱에서 그가 갑자기 생각난 듯 말했다.

"빌어먹을! 카드를 두고 왔네! 일이 잘되 가는군!"

마부가 자리를 정돈하는 마차로 다시 가서 그는 궤짝에서 검은 나무로 만든 작은 케이스를 꺼내 들었다.

안색이 밝아진 에티엔은 그의 그림자를 따라 걸었다. 반면 아연실색한 라스뇌르는 그에게 악수조차 청하지 못했다. 플뤼샤르가 벌써

---

* Preuilly. 프랑스 중부에 있는 마을
** Valençay. 프랑스 중부에 있는 마을

그의 손을 쥐면서 편지에 대해 재빨리 한마디 했다. 당신 웃기더군! 왜 회합을 해서는 안 되지? 과부 데지르는 그에게 무얼 좀 들라고 했고 그는 사양했다. 필요 없소! 그는 아무 것도 마시지 않고 말했다. 단지 그는 서두르기만 했다. 저녁에는 조아젤까지 내처 가서 르구쥬와 의견을 조율하고자 했기 때문이었다. 사람들은 그때 무더기로 댄스홀로 들어갔다. 늦게 도착한 마외와 르바크는 이 사람들 뒤를 따랐다. 편히 애기하기 위해 방문을 열쇠로 잠갔고, 이것을 희롱꾼들이 소리 높여 비웃었다. 자카리는 무케를 향해 저들이 아마 저 속에서 애를 만들려고 그런다고 큰 소리로 외쳤다.

100명가량의 광부들이 걸상에서 기다리고 있었고, 밀폐된 방안의 공기에는 지난번 수호성인 축제 때의 뜨거운 냄새가 마룻바닥에서 올라오고 있었다. 사람들은 수군댔고 새로 들어온 사람들이 빈자리에 앉은 동안 두리번거렸다. 그들은 릴에서 온 사람을 쳐다보며 그의 검은색 프록코트에 놀라움과 거북함을 느꼈다.

그리고 곧바로 에티엔의 제안으로 위원회를 구성하였다. 그가 이름을 부를 때마다 다른 사람들은 손을 들어 찬성을 표했다. 플뤼샤르가 의장으로 선출되었고 마외와 에티엔 자신은 보좌역으로 지명되었다. 한 차례 의자들의 이동이 있고 나서 위원들은 자리에 앉았다. 순간 사람들은 탁자 뒤로 사라진 의장을 찾았다. 그는 자신이 들고 있던 케이스를 탁자 밑에다 밀어 넣었다. 얼굴을 다시 드러냈을 때 그는 주먹으로 탁자를 가볍게 두드리며 주의를 환기시켰다. 그리고 쉰 목소리로 말을 시작했다.

"시민 여러분…"

이때 쪽문이 열렸고 그는 말을 멈춰야만 했다. 과부 데지르가 부엌을 통해 한 바퀴 돌아 쟁반 위에 맥주 여섯 잔을 가져왔다.

"신경 쓰지 마세요." 그녀가 속삭였다. "말을 하면 목이 마르잖아요."

마외가 그녀를 들어가게 한 다음에야 플뤼샤르는 말을 계속할 수 있었다. 그는 노동자들이 보여준 환대에 깊은 감명을 받았다고 말하고 나서, 자신의 피로와 아픈 목에 대해 언급하면서 늦은 것에 대해 사과했다. 그리고 그는 시민 라스뇌르에게 발언권을 줬다. 그가 그것을 요구한 터였다.

이미 라스뇌르는 맥주잔들이 놓인 탁자 곁에 서 있었다. 뒤집어 놓은 의자가 연단의 구실을 했다. 그는 몹시 흥분한 듯 기침을 하고 큰 목소리로 말을 시작했다.

"동지 여러분…"

그가 수갱의 노동자들에게 영향력을 행사할 수 있었던 것은 쉬운 말로 우직하게 몇 시간이든 지치지 않고 말을 할 수 있기 때문이었다. 그는 언제나 어떠한 제스처도 없이 듬직하게 미소를 지으며 사람들을 멍하고 얼빠지게 만들었다. 모든 사람은 결국 "그래, 그래, 맞아, 당신이 옳아!"라고 외쳤다. 그렇지만 이날은 첫마디부터 드러나지 않는 반감을 느꼈다. 그래서 신중하게 말을 해나갔다. 그는 파업을 계속하는 것에 대해서만 논의했고, 인터내셔널을 공격하기에 앞서 박수를 받으리라 기대했다. 분명히 회사 측의 요구 조건에 양보하는 것은 명예 상 있을 수 없는 일이다. 그러나 너무나 비참하지 않은가! 그리고 계속해서 장기 파업을 고집한다면, 앞날은 얼마나 끔찍하겠는가! 굴복을 찬성하지는 않았지만 그는 용기를 무르게 했다. 그는 배고픔으로 죽어가는 탄광촌을 가리키며 파업 지지자들이 기대하는 재원들이 무엇인지를 물었다. 서너 명의 친구들이 그의 말에 찬동하려 했지만 대다수 노동자들은 냉랭하게 침묵했고, 점점 더 그의 말을 듣는데 짜증을 내며 반대를 분명히 했다. 그러자 그들을 사로잡는데 절망한 라스뇌르는 화를 내면서, 그들이 외부인으로부터 사주를 받아 정신을 못 차린다면 불행이 닥칠 거라고 예단했다. 노동자들의 3분의 2가 일어나서 분노했고, 더 이상 그가 말을 못하게 막으려 했다. 왜냐하면 그가 그들을 앞가림할 줄 모르는 어린애로 취급하는데 모욕을 느꼈기 때문이었다. 그런데 라스뇌르는 맥주로 목을 축여가며 소란 속에서도 이야기를 계속했고, 자기는 자신의 의무를 다 하지 않는 놈이 아니라며 격렬하게 외쳐댔다.

플뤼샤르가 일어섰다. 종이 없었기 때문에 그는 주먹으로 탁자를 두드렸고 잠긴 목소리로 반복해서 외쳤다.

"시민 여러분… 시민 여러분…"

마침내 장내가 약간 진정됐고, 회합은 의견을 물은 다음 라스뇌르의 발언권을 취하했다. 사장과의 면담 때 참석했던 수갱들의 대표자들은 발언권을 행사했는데, 모두 다 배고픔에 분개했고 새로운 방안을 마련하려 고심하고 있었다. 표결은 이미 끝난 것이나 다름없었다.

"우리를 뭘로 아는 거야! 엿 먹어라!" 르바크가 라스뇌르를 향해 주먹을 내보이며 소리 질렀다.

에티엔이 의장 등 뒤에서 몸을 굽히며 이 위선자의 말에 흥분하여 벌겋게 달아오른 마외를 진정시켰다.

"시민 여러분!" 플뤼샤르가 말했다. "제게 발언권을 주십시오."

깊은 침묵이 흘렀다. 그는 말했다. 그의 쉰 목소리가 힘겹게 나왔다. 그러나 그는 거기에 익숙해 있었다. 후두염을 달고 다니며 그는 자기의 계획표에 따라 언제나 일을 봤다. 조금씩 그는 목소리를 드높였고 거기에서 비장한 효과를 끌어냈다. 팔을 벌리고 어깨를 주기적으로 좌우로 움직이며 행하는 그의 웅변은 문장의 끝을 낮게 떨어뜨려 종교의 설교 방식과 흡사했고, 그의 단조로운 콧소리는 마침내 사람들을 설복시켰다.

그리고 그는 인터내셔널의 위대함과 그 혜택을 연설하기 시작했다. 그것은 그가 처음 간 구역들에서 우선적으로 풀어놓는 내용이었다. 그는 인터내셔널의 목표와 노동자 해방을 설명했다. 그 조직 구조의 위대함을 보여줬다. 맨 아래에는 코뮌이 있고, 그 위에는 지방, 또 그 위에는 국가 그리고 맨 꼭대기 위에는 인류가 있다. 그의 두 팔이 천천히 움직이면서 층계를 쌓고 미래 세계의 거대한 성당을 세웠다. 그리고 그는 내부 행정에 대해 이야기했다. 그는 규약을 읽었고 총회에 대해서 설명했으며, 과업과 계획 확대의 중요성을 지적했다. 인터내셔널은 임금 논쟁에서 시작해 이제는 임금제도를 끝장내기 위해 사회 숙청에 도전하고 있다. 국적은 더 이상 존재하지 않는다. 전 세계의 노동자는 정의라는 공통된 요구 안에서 뭉쳐 부르주아의 잔재를 일소하여야 한다. 그리하여 일하지 않는 자는 거두지 못하는 자유 사회를 수립하여야 한다! 그는 노호했으며, 그의 숨결에 색종이 꽃들은 놀랐고, 그의 폭발하는 목소리에 연기로 뿌연 낮은 천장은 먹먹하게 울렸다.

머리들이 넘실거렸다. 몇몇 노동자들이 큰 소리로 외쳤다.

"그래, 맞아!… 우리도 동참하겠소!"

플뤼샤르는 말을 계속했다. 세계 정복은 3년 안에 이뤄진다. 그리고 그는 정복이 이뤄진 국민들을 열거했다. 모든 곳에서 인터내셔널 가입이 빗발치고 있다. 어떤 종교도 이처럼 많은 신도를 갖지 못했다. 그리고 인민들이 주인이 될 때 고용주들에게 법의 명령을 내릴 것이며, 그들은 꼼짝 못하게 될 것이다.

"옳소! 옳소!… 바로 그들이 수갱으로 내려갈 것이다!"

몸짓으로 그는 조용히 하라고 했다. 이제 그는 파업 문제를 다루기 시작했다. 원칙적으로 자신은 파업에 반대한다. 왜냐하면 파업은 너무나 느린 방법이고 노동자들의 고통을 가중시키기 때문이다. 그러나 더 나은 방법이 있을 때까지 파업이 불가피하다면 그것을 결심해야만 한다. 왜냐하면 파업은 자본을 해체하는 이점을 지니고 있기 때문이다. 그리고 여기에서 그는 인터내셔널이 파업 노동자들의 구세주가 될 수 있다는 사실을 지적했고 그 실례를 들었다. 파리에서 청동주조공 파업 당시 인터내셔널이 구호 기금을 보낸다는 소식에 놀란 고용주들은 단번에 모든 요구조건을 받아들였다. 런던에서도 인터내셔널은 자체 비용을 들여 광산주가 불러들인 벨기에 광부들을 본국으로 송환시킴으로써 한 탄광의 광부들을 구했다. 가입하기만 하면 회사들은 벌벌 떨게 되며, 노동자들은 자본주의 사회에서 노예처럼 살아가는 것이 아니라, 다른 노동자를 위해 죽을 채비가 된 거대한 근로자 군대의 일원이 되는 것이다.

환호성에 그는 말을 멈췄다. 그는 마외가 권한 맥주를 사양하면서 손수건으로 이마의 땀을 닦았다. 그가 다시 말을 하려고 했을 때 또다시 환호성이 터져 나와 그는 말을 멈췄다.

"됐어!" 그가 에티엔에게 재빨리 말했다. "이제 충분해… 빨리 카드를!"

에티엔은 테이블 밑으로 들어가서 검은색 나무로 만든 작은 케이스를 꺼냈다.

"시민 여러분!" 소란을 제압하면서 그가 외쳤다. "여기에 입회 카드가 있습니다. 대표자 여러분들께서는 앞으로 나와 주세요. 카드를 드릴 테니 나눠주시기 바랍니다… 모든 결제는 나중에 할 겁니다."

라스뇌르가 뛰쳐나와 다시 한 번 항변했다. 연설하려 했던 에티엔은 불안해졌다. 극도의 혼잡이 뒤따랐다. 르바크는 마치 싸움을 하는 것처럼 주먹을 내뻗었다. 일어선 마외가 무슨 말을 했지만 한마디도 알아들을 수가 없었다. 소란이 가중되면서 먼지가 마룻바닥에서 올라왔다. 그 먼지는 이전에 춤들을 출 때 날렸던 먼지였고, 여조차부들과 견습광부들의 심한 몸내가 공기를 오염시킬 때 났던 먼지였다.

갑자기 쪽문이 열렸고, 그 문을 배와 젖가슴으로 꽉 채운 과부 데지르가 우레와 같은 목소리로 말했다.

"좀 조용히들 하라고, 염병할!… 헌병들이야!"

경찰서장이 조서를 작성하고 회합을 해산시키려 잠시 후에 도착했다. 네 명의 헌병이 그를 대동했다. 5분 전부터 과부는 문에서 이곳은 자기 집이며, 친구들과 모임을 가질 권리가 있다고 대답하면서 그들의 시간을 빼앗고 있었다. 그러나 그들은 문을 떼밀었고, 그녀는 자기자식들에게로 달려와 이 사실을 알렸다.

"여기서 달아나야만 해!" 그녀가 재차 말했다. "법정을 지키는 더러운 헌병 놈이야. 아무 걱정 마, 우리 집 장작 곳간이 골목길로 통하니까… 그러니 빨리 서둘러!"

이미 경찰서장은 주먹으로 문을 두들겨댔다. 그리고 문을 열지 않으면 문을 부셔버리겠다고 위협했다. 밀정이 알렸음에 틀림없었다. 왜냐하면 그는 많은 광부들이 초대장 없이 왔기 때문에 이 회합은 불법이라고 외쳐댔기 때문이었다.

홀 안의 혼란은 더욱 심해졌다. 이렇게 빠져나갈 수는 없는 노릇이었다. 게다가 인터내셔널 가입과 파업의 계속을 위한 투표조차 하지 않은 상태였다. 모든 사람이 한꺼번에 말하려 했다. 마침내 의장이 구두로 행하는 만장일치 투표를 생각해냈다. 팔들을 올리며 대표자들은 불참한 동료들을 대신해서 인터내셔널에 가입한다고 황급히 선언했다. 이렇게 해서 몽수의 탄광부 만 명은 인터내셔널의 회원이 되었다.

그러나 도망이 시작되었다. 안전히 빠져나가도록 하기 위해 과부 데지르는 헌병들이 개머리판으로 흔들어대는 문에 등을 대고 버텼다. 광부들은 걸상들을 뛰어넘으며 부엌과 장작 곳간을 통해 줄을 지어 빠져나갔다. 라스뇌르가 가장 먼저 사람들과 빠져나갔고, 르바크는 그의 뒤를 따랐다. 그는 자기가 욕한 것은 잊어버린 채, 라스뇌르가 화해하자며 맥주 한 잔을 주리라고 생각했다. 작은 케이스를 움켜쥔 에티엔은 노동자들이 다 빠져나갈 때까지 대범하게 자리를 지키는 플뤼샤르와 마외를 기다렸다. 그들이 떠났을 때 자물쇠가 부서졌고, 경찰서장은 여전히 배와 젖가슴으로 바리케이드를 치고 있는 과부와 맞닥뜨렸다.

"내 집을 다 부숴버리면 누가 진급시켜 줘요!" 그녀가 말했다. "보세요. 아무도 없잖아요."

일이 생기는 것을 짜증스러워 하는 굼뜬 서장은 그녀를 감옥에 집어넣겠다고 위협만 했다. 그는 조서를 작성하기 위해 네 명의 헌병을 데리고 떠났다. 동료들의 용감한 행동을 보고 찬탄을 금치 못한 자카리와 무케는 무장한 그들을 아랑곳하지 않고 그들 등 뒤에 대고 온갖 야유를 퍼부었다.

바깥 골목에서 거추장스런 케이스를 든 에티엔이 내달렸고 다른 노동자들이 그 뒤를 따랐다. 갑자기 피에롱 생각이 난 에티엔이 왜 그가 나타나지 않았는지 물었다. 옆에서 달리고 있던 마외가 병이 났다고 대답했다. 꾀병이며 위험한 일에 연루될까 겁이 난 거다. 그들은 플뢰샤르를 붙들고자 했다. 그러나 그는 멈추지도 않은 채 르구쥬가 지시를 기다리고 있는 조아젤로 당장 떠나야 한다고 말했다. 그러자 그들은 그에게 잘 가라고 소리쳤다. 그들은 달리기를 늦추지 않았다. 발꿈치가 공중을 날며 몽수를 가로질렀다. 가슴이 헐떡거려 서로에게 얘기할 때 말이 중간 중간 끊겼다. 에티엔과 마외는 자신감에 웃었고, 어떤 이들은 이제 승리했다고 웃었다. 인터내셔널이 구호 기금을 보내오면 회사 측은 다시 일을 재개해 달라고 애걸복걸할 것이다. 그런데 이 희망의 도약 속에는, 포장도로를 울리는 이 커다란 신발들의 질주 속에는 어둡고 잔혹한 다른 무언가가 있었다. 폭력의 바람이 사방에서 불어오며 탄광촌을 신열에 시달리게 할 참이었다.

5

또다시 보름이 지났다. 1월 초순에 접어들자 차가운 안개가 거대한 평원을 마비시켰다. 비참함은 더욱 심해졌다. 탄광촌은 더해만 가는 궁핍 속에서 시시각각으로 빈사상태에 빠져들었다. 인터내셔널을 통해 런던에서 보내온 4,000프랑으로는 빵 사흘 치도 충당할 수가 없었다. 그리고 아무것도 오지 않았다. 이 죽어버린 커다란 희망에 노동자들은 의기소침해졌다. 형제들마저 그들을 버렸는데 이제 누구를 의지한단 말인가? 그들은 혹독한 겨울의 한복판에서 세계로부터 고립된 채 길을 잃어버렸다고 느꼈다.

화요일에 되-샹-카랑트 탄광촌의 모든 물자는 동이 났다. 에티엔은 다른 대표자들과 함께 여러 일을 하고 있었다. 인근 도시들뿐만 아니라 심지어는 파리에서까지 새로운 기부금을 모았고 모금을 했으며, 회의를 개최했다. 그러나 이러한 노력들은 아무런 성과도 거두지 못했다. 처음에는 동요했던 여론도 파업이 시끄러운 사고 없이 아주 조용히 장기화되자 무관심해졌다. 빈약하기 그지없는 자선금은 극빈 가정만을 가까스로 지원할 뿐이었다. 그 밖의 사람들은 옷가지를 저당잡히고 살림살이를 하나 둘씩 팔아가면서 겨우 연명해 나갔다. 매트리스의 양모, 부엌집기, 가구 등 모든 것이 고물장수에게로 넘어갔다.

잠시 동안 사람들은 구원받았다고 믿었다. 메그라 가게에 죽게 됐던 몽수의 몇몇 소매상들이 그에게 빼앗겼던 고객을 되찾기 위해 외상을 제공했던 것이었다. 그래서 1주일 동안 식료품 가게 주인인 베르동크와 두 빵가게 주인인 카루블과 스멜텡은 실제로 문을 열었었다. 그러나 대부받은 돈이 바닥나자 세 사람은 문을 닫아야만 했다. 집달리*들은 그걸로 재미를 봤지만, 그 결과 광부들에게는 오랫동안 짓누르는 빚만 생겨나고 말았다. 그 어디에서도 더 이상 외상은 없었고, 이제는 팔만한 낡은 냄비 하나 없었다. 할 수 있는 일은 구석에서 잠을 자다가 옴에 걸린 개처럼 죽는 것뿐이었다.

에티엔은 자기 살이라도 팔아야 할 형편이었다. 자기의 봉급을 포기했던 그는 마르시엔에 가서 바지와 모직 프록코트를 저당 잡혔다. 그 돈 덕분에 마외 식구들이 냄비를 여전히 끓인다는 게 그는 기뻤다. 이제 그에게는 장화 한 켤레만 남아있었다. 그는 튼튼한 발을 갖기 위해 장화만큼은 갖고 있겠다고 말했다. 그는 공제기금이 적립될 시간을 갖기도 전에 파업이 너무 빨리 일어났다는 사실에 절망했다. 그는 그것을 그들이 겪는 재앙의 유일한 원인으로 보고 있었다. 왜냐하면 저항하는데 필요한 돈을 그들이 저축하는 날에는 노동자들이 고용주들에 대해 확실한 승리를 거둘 수 있기 때문이었다. 그는 회사 측이 광부들의 첫 공제기금을 없애버리기 위해 파업을 밀어 붙인다고 비난했던 수바린의 말을 떠올렸다.

빵도 없고 불도 없는 탄광촌의 사람들의 가난한 모습에 에티엔은 마음이 뒤흔들렸다. 그는 차라리 밖으로 나와 피곤할 때까지 멀리 산책을 나갔다. 어느 날 저녁 산책에서 돌아오던 그는 레키아르 부근을 지나던 중, 길가에서 정신을 잃고 쓰러진 한 노파를 발견했다. 틀림없이 그녀는 영양실조로 죽어가는 듯했다. 에티엔은 그녀를 안아 올린 다음 반대편 방책 곁을 지나가는 한 처녀를 소리쳐 부르기 시작했다.

---

* 법률, 명령, 재판, 처분 따위를 실행하는 관리. 지방법원 및 그 지원에 소속되어 재판 결과의 집행, 법원이 발하는 서류의 송달 사무 등을 맡아본다.

"저런! 너였구나." 그가 무케트를 알아보며 말했다. "나를 좀 도와 줘. 이 노파에게 무엇이든 좀 마시게 해야겠어."

무케트는 측은한 마음에 눈물을 글썽거리며 자기 아버지가 폐허 한 가운데에 마련해 놓은 쓰러질 것 같은 오두막집으로 재빨리 들어갔다. 곧바로 그녀는 노간주 술과 빵을 가지고 나왔다. 노간주 술은 노파를 회생시켰고, 그녀는 아무 말 없이 게걸스럽게 빵을 물어뜯었다. 그녀는 한 광부의 어머니였고 쿠니 쪽에 있는 탄광촌에 살고 있었다. 그녀는 조아젤에 사는 자기 자매에게 10수를 빌리러 갔다가 허탕을 치고 돌아오던 중 거기에서 쓰러진 것이었다. 먹고 나자 그녀는 허겁지겁 떠나갔다.

에티엔은 허물어진 창고들이 가시덤불에 뒤덮힌 레키아르의 어슴푸레한 들판에 남아 있었다.

"들어와서 뭘 좀 마시지 않겠어?" 무케트가 쾌활하게 물었다.

그러자 그는 망설였다.

"어째서 나를 겁내는 거야?"

그녀의 웃음에 끌린 에티엔은 그녀의 뒤를 따랐다. 그녀가 큰 마음 먹고 준 빵에 그는 가슴이 뭉클했다. 그녀는 그를 자기 아버지 방에 들이기를 원하지 않았다. 그를 자기 방으로 데려가 바로 노간주 술을 조그마한 두 잔에 따랐다. 방이 아주 깨끗해서 에티엔은 칭찬의 말을 건넸다. 게다가 그 집은 아무것도 부족한 게 없는 듯이 보였다. 그녀의 아버지는 보뢰 수갱에서 마부 일을 계속하고 있었고, 그녀 또한 팔짱이나 끼고 지내고 싶지 않아서 세탁부로 일하며 매일 30수를 가져올 수 있었다. 사내들과 아무리 노닥거려도 게으름을 부리지는 않았다.

"말해 봐?" 그녀가 갑자기 에티엔의 허리를 부드럽게 껴안으면서 속삭였다. "어째서 나를 사랑하려 하지 않는지?"

그 역시 웃음을 참을 수가 없었다. 너무나 그녀가 깜찍한 어투로 말했던 것이었다.

"난 너를 아주 사랑해." 그가 대답했다.

"아냐, 아냐, 그건 내가 원하는 게 아냐… 내가 죽도록 원한다는 것을 알고 있잖아. 그렇지? 해주면 내가 얼마나 좋아하겠어!"

사실 그녀는 6개월 전부터 에티엔을 원하고 있었다. 그는 떨리는 두 팔로 자신을 꼭 껴안고 있는 그녀를 계속해서 바라보았다. 그를 올려다보는 그녀의 얼굴은 너무나 사랑을 갈구하고 있었고, 그는 너무나 마음이 흔들렸다. 그녀의 둥글고 살찐 얼굴은 예쁜 데라고는 전혀 없었고 안색은 석탄으로 누렇게 찌들어 있었다. 그러나 두 눈은 불꽃으로 빛났고 그녀를 화사하고 어리게 보이게 하는 매력적인 피부는 욕망에 떨고 있었다. 너무나 보잘것없지만 너무나 강렬한 이 선물 앞에서 그는 더 이상 참을 수가 없었다.

"아! 너도 원하는구나." 그녀가 넋을 잃은 듯 더듬거렸다. "아! 너도 원하는구나!"

그리고 그녀는 마치 처음인 것처럼, 지금까지 남자를 전혀 몰랐던 것처럼 처녀의 서투름으로 자신을 내맡기며 까무러쳤다. 그리고 그녀를 떠날 때 그녀는 고마운 마음이 복받쳤다. 그녀는 고맙다고 말하며 그의 손에 입을 맞추었다.

에티엔은 이 행운에 약간의 창피함을 느끼고 있었다. 왜냐하면 무케트를 소유한 것은 전혀 자랑거리가 되지 못했기 때문이었다. 탄광촌으로 돌아가면서 그는 다시는 이런 짓을 하지 않겠다고 맹세했다. 그리고 그는 그녀에게서 우정 어린 추억을 간직했다. 어쨌든 그녀는 솔직한 처녀다.

탄광촌에 돌아왔을 때 그는 사태가 심각함을 알게 되었고, 그 때문에 방금 전의 애정 행각을 잊어버리고 말았다. 만약에 대표자들이 사장에게 새로운 교섭을 시도한다면 회사 측이 양보할는지도 모른다는 얘기가 떠돌고 있던 것이었다. 그러나 이 소문은 반장들이 퍼뜨린 것이었다. 사실 이 과격한 투쟁에서 광부들보다도 광산이 더 큰 고통을 받고 있었다. 양측의 고집으로 수갱은 폐허가 되고 있었다. 노동은 배고픔으로 죽어가고 있었고, 자본은 파괴되고 있었다. 매일 계속되는 작업 중단은 수십만 프랑의 손실을 가져왔다. 작동을 멈춘 기계는 죽은 기계였다. 연장과 설비는 손상됐고, 움직이지 않는 돈은 모래가 물을 빨아들이는 것처럼 녹아 없어졌다. 수갱들의 집탄장에서는 미미했던 석탄 재고마저 바닥나면서부터 고객들은 벨기에 쪽과 노동자 거래를 트라고 말하고 있었다. 그것은 미래를 대비한 협박이었다. 그러나 무엇보다도 회사 측을 겁먹게 한 것은, 조심스럽게 감추고 있었지만, 갱도와 갱에서 점점 심각한 파손들이 일어나고 있다는 것이었다. 반장들만으로는 제대로 수리할 수 없었기 때문에 곳곳에서 갱목이 부러지는가 하면 매 시간 붕괴가 일어나고 있었다. 곧 재앙은 너무나 심각해져서 다시 채탄을 재개하려면 여러 달에 걸친 수리가 선행되어야 할 판이었다. 이미 갖가지 얘기들이 고장 전역에 퍼져나가고 있었다. 크레브쾨르에서는 300미터의 갱도가 한꺼번에 무너져 쌩크-폼 탄맥으로 향하는 접근로가 막혔고, 마들렌에서는 모그레투 탄맥이 바스러져 물에 잠겼다. 회사 지도부는 이러한 사실들을 인정하지 않으려 했다. 그러나 이때 갑자기 두 개의 사고가 연달아 일어나 회사 지도부는 모든 사실을 시인하지 않을 수 없었다. 피올렌 근방에 위치한 미루 수갱의 북쪽 갱도가 전날 밤 무너져 아침에 그 위 지표면이 갈라져 있는 것을 사람들이 발견했고, 그 다음날은 보뢰 수갱의 내부가 무너지는 바람에 변두리 지역의 한쪽 구석이 크게 흔들렸고 집 두 채가 한꺼번에 사라질 뻔했다.

에티엔과 대표자들은 회사 측의 의도를 알지 못했기 때문에 교섭을 시도할 것인가를 두고 망설였다. 그들의 질문을 받은 당사에르는 대답을 피했다. 유감스럽게도 그것은 분명한 오해며 합의점을 찾기 위해서는 무슨 일이든 할 것이다. 그러나 구체적인 것은 하나도 없었다. 그들은 결국 자기들의 정당성을 확보하기 위해서 엔느보 씨를 방문하기로 결정했다. 왜냐하면 그들은 회사로 하여금 잘못을 시인할 기회조차 주지 않았다는 비난을 후에라도 받지 않기를 원했기 때문이었다. 단 그들은 그 어떤 것도 양보하지 않으며 오로지 그들의 요구만이 합당하다는 것을 주장하기로 했다.

면담은 화요일 아침에 있었고 바로 이날 탄광촌은 검은 비참 속으로 떨어졌다. 면담은 첫 번 때보다도 우호적이지 못했다. 이번에도 마외가 말했고, 윗분들이 혹시 자기들에게 새로 말할 것이 없는지 알아보기 위해 동료들이 자기들을 보냈다고 설명했다. 우선 엔느보 씨는 놀라는 표정을 지었다. 자기는 어떤 지시를 받은 바가 없으며, 광부들이 가증스러운 반항을 계속하는 한 어떠한 사태의 변화도 있을 수 없을 것이다. 이러한 경직된 권위주의 때문에 분노는 최고조에 달했다. 그들을 맞는 그의 방식 때문에 설사 대표자들이 유화적인 의도를 갖고 왔다 할지라도, 그들은 끝까지 자기들의 요구사항을 고수할 수밖에 없었다. 이어서 사장은 상호 양보의 지점을 찾아보자고 했다. 그러면 노동자들은 갱목작업비의 별도 지급을 받아들이고, 회사 측은 착복한다고 비난받고 있는 갱목작업비 2상팀을 올려 줄 것이다. 그리고 그는 이것은 자기 제안이지 결코 결정 사항은 아니라고 덧붙인 다음, 자기가 파리로부터 이 양보안을 얻어내 보겠다고 으스댔다. 그러나 대표자들은 그것을 거절하고 자신들의 요구 조건들. 즉 예전 방식을 유지하고 탄차 한 대분 가격을 5상팀 인상해줄 것을 되풀이해서 요구했다. 그러자 사장은 그 제안을 곧 논의해 보겠다며, 배고픔으로 죽어가고 있는 아내와 자식들을 명분으로 자기의 타협안을 받아들이라고 종용했다. 그러자 그들은 바닥을 보면서 계속해서 싫다고 말하면서 그들의 단단한 두개골을 거세게 흔들었다. 협상은 험악하게 결렬됐다. 엔느보 씨는 문을 세게 닫아버렸다. 에티엔과 마외를 위시한 대표자들은 막다른 골목에 몰린 패자의 말 없는 분노 속에서 그들의 커다란 발꿈치로 포장도로를 때리면서 떠나갔다.

두 시 경 탄광촌의 여자들도 나름대로 메그라와 협상을 벌였다. 이제는 이 남자를 달래서 1주일분의 새 외상을 얻어내는 것 이외에는 다른 희망이 없었다. 그것은 때때로 인간의 선량함을 지나치게 믿는 마외드의 생각이었다. 그녀는 브륄레와 르바크 마누라도 함께 가자고 했다. 피에론은 자기 남편 피에롱의 병이 아직 낫지 않아서 집을 비울 수 없다고 둘러댔다. 다른 여자들도 무리에 합세했기 때문에 스무 명은 족히 되었다. 몽수의 부르주아들은 길을 가득 메우며 음울하고 비참한 모습의 그녀들이 걸어오는 것을 보고 불안감에 고개를 절레절레 흔들었다. 집들은 문을 닫았고, 어떤 부인은 은제품을 감췄다. 탄광촌 여자들의 이러한 모습은 처음이었고 최고로 불길한 징조임에 틀림없었다. 여자들이 이처럼 길에서 설치면 되는 일이 없는 법이었다. 메그라 가게에서 볼썽사나운 일이 일어났다. 처음에 그는 히죽거리며 여자들을 들어오게 했고, 빚을 갚으러 왔다고 믿는 시늉을 했다. 친절도 하게 모두들 이렇게 한번에 돈을 갖다 주기도 하다니. 그런데 마외드가 말을 꺼내자마자 그는 벌컥 화를 내는 척했다. 이 여자들이 세상 무서운 줄을 모르는 거야? 아직도 외상이라니, 도대체 자기를 파산시키려고 작정을 했어? 감자 한 개, 빵 부스러기 하나라도 이제는 더 줄 수 없다! 그리고 요즘 들어 그들에게 물건을 대주었던 베르동크 식료품 가게나 아니면 빵가게를 하는 카루블이나 스멜텡에게 가보라고 했다. 여자들은 겁먹은 공손한 태도로 그의 말을 들으면서 변명을 했고, 자기들을 측은해 하지 않을까 기대하면서 그의 눈을 살폈다. 그는 또다시 우스갯소리를 하기 시작했다. 만약 브륄레가 자기를 애인으로 삼으면 그녀에게 가게를 줘버리겠다. 비겁함에 사로잡힌 여자들은 모두 그 소리를 듣고 웃어댔다. 르바크 마누라는 한 술 더 떠서 자기는 진짜로 원한다고 말했다. 그러나 금세 거칠어진 그는 여자들을 문밖으로 내쫓았다. 여자들이 애원하며 고집을 부리자 그는 한 여자를 욕보였다. 다른 여자들이 보도 위에서 그를 파렴치한으로 몰자, 마외드는 두 손을 쳐들고 복수심에 불타는 분노로 죽으라고 소리쳤고 저런 자는 처먹을 자격도 없다고 외쳐댔다.

탄광촌으로 돌아오는 길은 비통했다. 여자들이 빈손으로 들어서자 남자들은 말없이 쳐다보다가 고개를 떨구었다. 모든 게 끝장이었다. 그날은 수프 한 숟가락 먹지 못한 채 잠자리에 들어야 했다. 그리고 또 다른 날들이 희망의 빛이라고는 전혀 없는 차가운 어둠 속에 펼쳐져 있었다. 그들은 이것을 원했었다. 아무도 항복하자고 말하지 않았었다. 극도로 비참해지자 그들은 더욱 완강해졌고 말이 없어졌다. 마치 사냥꾼에 쫓긴 짐승들이 굴에서 나오지 않고 그 속에서 죽기로 작정한 것과 같았다. 누가 먼저 굴복하자는 말을 하겠는가? 동료들과 함께 모두 버티기로 맹세한 이상 모두는 버틸 것이다. 한 사람이라도 붕괴사고로 수갱에 갇혔을 때, 모두가 수갱에 매달리는 것이나 마찬가지였다. 그것은 당연했다. 그들은 저 땅 아래에 있는 좋은 학교에서 고통을 참는 법을 배웠던 것이었다. 열두 살 때부터 불과 물을 삼켜온 사람들은 여드레 동안은 배를 졸라맬 수가 있었다. 그들의 헌신에는 군인들과 자기 직업을 자랑스러워하는 사람들의 자부심이 덧대어져 있었다. 그들은 희생을 호언장담하며 죽음과 매일 싸워왔던 것이었다.

마외네 집의 저녁 시간은 끔찍했다. 모두는 연기를 내며 꺼져가는 마지막 남은 아역청탄 불 앞에서 말없이 앉아 있었다. 매트리스 속을 한 줌씩 비워 팔아야 했던 마외드는 결국 이틀 전날 뻐꾸기시계를 3프랑에 팔아버리기로 마음을 정했었다. 귀에 익은 똑딱거리는 소리가 더 이상 방안을 채우지 않자 텅 빈 방은 죽은 듯했다. 이제 찬장에는 분홍색 마분지로 만든 상자 외에는 아무런 호사품도 없었다. 그것은 마외가 옛날에 준 선물로 마외드가 보석처럼 아끼는 것이었다. 두 개의 좋은 의자도 자취를 감췄고, 본모르 영감과 아이들은 정원에서 들여온 이끼 낀 낡은 걸상 위에 서로 몸을 붙이며 앉았다. 납빛 황혼이 내리자 추위는 더 심해지는 듯했다.

"뭐를 하지?" 화로 모서리에 쪼그리고 앉아 있던 마외드가 중얼거렸다.

에티엔은 선 채로 벽에 붙어 있는 황제와 황후의 초상화를 바라보고 있었다. 그것도 장식품이라며 마외네 식구들이 말리지 않았더라면 벌써 오래 전에 떼어 버렸을 것이었다. 그래서 그는 이를 악물고 중얼거렸다.

"우리가 죽는 꼴을 봐도 저 도둑 연놈은 2수도 안줄 거다!"

"저 상자를 가져가 볼까?" 아주 창백한 마외드가 머뭇거리며 말했다.

탁자 가장자리에 걸터앉아 얼굴을 가슴에 대고 있던 마외가 벌떡 일어섰다.

"안 돼! 저건 그냥 놔둬."

힘겹게 마외드는 자리에서 일어나 방안을 돌았다. 세상에, 이렇게 비참해질 수 있단 말인가! 찬장에는 빵 부스러기 하나 없고, 이제는 팔 것도 하나 없다. 아무리 생각해도 빵을 구할 데도 없다! 게다가 불도 꺼지려 한다! 그녀는 알지르에게 화를 냈다. 아침에 타다 만 석탄을 주워오라고 경석장에 보냈으나 회사에서 못 줍게 한다며 알지르는 빈손으로 돌아왔던 것이었다. 회사가 뭐라고 해도 못들은 척하면 되잖니? 버린 석탄 조각을 줍는데 누구 것을 훔치기라도 하는 것처럼 취급하다니! 기가 죽은 어린 소녀는 어떤 남자가 따귀를 때리며 무섭게 했다고 말했다. 그리고 그녀는 얻어맞는 한이 있더라도 내일은 그곳에 다시 가겠다고 약속했다.

"그리고 망할 놈의 장랭은 어디 갔어?" 엄마가 외쳤다. "어디 있는지 당신에게 묻잖아요? 녀석이 샐러드 감을 가져와야 해요. 그래야 그거라도 뜯어먹지, 짐승처럼! 그 애가 집에 들어오는지 좀 봐요. 어제도 나가 잤어요. 도대체 무슨 짓을 하고 돌아다니는지 모르겠지만 녀석은 언제나 배가 부른 듯해요."

"아마 길거리에서 동전을 얻나보죠." 에티엔이 말했다.

이 말에 마외드는 정신이 나간 듯 두 주먹을 휘둘렀다.

"내 그걸 알았으면!… 내 자식들이 거지 짓을! 맙소사! 그것들을 죽이고 나도 죽겠어요."

마외가 또다시 탁자 모서리에 주저앉았다. 레노르와 앙리는 먹을 것이 없자 무서워서 앓는 소리를 내기 시작했다. 본모르 영감은 배고픔을 달래기 위해 철학자처럼 말없이 앉아서 혓바닥을 입안에서 굴렸다. 이제 아무도 말하지 않았고, 모두가 무감각해졌으며, 그들의 지병은 악화되었다. 할아버지는 기침을 하며 검은 가래를 뱉었고 류머티즘은 재발하여 수종*으로 변해가고 있었다. 천식에 걸린 아버지는 무릎에 물이 찼다. 엄마와 아이들은 유전성 선병질**과 빈혈로 고통 받고 있었다. 틀림없이 이것은 일 때문에 생긴 병들이었지만, 그들은 먹을 것이 떨어져 세상을 하직하게 되서야 아프다고 하소연했다. 탄광촌에서는 이미 사람들이 파리처럼 쓰러졌다. 어쨌든 먹을거리를 구해야만 했다. 무엇을 하고 어디로 간단 말인가?

그때, 황혼의 음울한 슬픔 때문에 방안은 점점 더 어두워졌다. 조금 전부터 주저하고 있던 에티엔이 애타는 심정으로 결심했다.

"기다려 봐요." 그가 말했다. "갔다 올 데가 있어요."

그는 밖으로 나갔다. 무케트가 생각났던 것이었다. 그녀는 빵을 가지고 있음에 틀림없으며 그것을 기꺼이 줄 것이다. 레키아르에 또 가야만 한다는 사실에 그는 화가 났다. 이 처녀는 사랑에 빠진 하녀와 같은 태도로 자기 손에 입을 맞출 것이다. 그러나 고통에 빠진 친구를 저버리지 않는다면 자기는 그녀에게 상냥하게 대해줄 것이다. 꼭 해야 한다면 말이다.

"나도 나가 봐야지." 이번에는 마외드가 말했다. "내가 멍청했어."

그녀는 청년 다음으로 나가면서 문을 열고는 거세게 닫았다. 다른 사람들은 알지르가 방금 불을 붙인 약한 촛불 속에서 말없이 가만있었다. 밖에서 그녀는 문득 생각이 난 듯 걸음을 멈췄다. 그리고 르바크의 집으로 들어갔다.

"이봐, 일전에 빵 한 개 꿔준 적 있었지, 줬으면 하는데."

그러나 말문이 막혔다. 그녀가 본 것은 참담했다. 그녀의 집 이상으로 비참했다.

르바크 마누라는 꺼진 불을 물끄러미 쳐다보고 있었다. 반면 못 공장 직공들과 빈속에 술을 퍼마신 르바크는 탁자에서 잠을 자고 있었

---

* 신체의 조직의 틈이나 체강 안에 림프액, 장액 따위가 많이 괴어 몸이 붓는 병
** 결핵성 질환으로 목의 림프샘이 잘 붓는 허약한 체질

다. 벽에 기댄 부틀루는 기가 막혀서 기계적으로 이 작자의 어깨를 톡톡 쳤다. 이 작자는 저금한 돈을 다 까먹고도 허리띠 졸라매는 것을 두려워했다.

"아! 빵 하나." 르바크 마누라가 대답했다. "난 자기한테 빵 하나를 또 빌렸으면 하는데!"

잠든 남편이 힘겹게 코를 골아대자 그녀는 그의 얼굴을 탁자에 짓눌렀다.

"조용히 해, 돼지새끼! 그놈의 창자에 불이라도 나면 얼마나 좋겠어!··· 돈을 술 처마시는 데 쓸 게 아니라 친구한테 20수를 부탁했어야 되는 것 아냐?"

그녀는 계속해서 욕을 하면서 화를 풀었다. 이미 너무 오래 전부터 방치된 더러운 집안 바닥에서는 참을 수 없는 냄새가 났다. 모든 것이 삐걱거린다 해도 그녀는 나 몰라라 했다! 그녀의 비렁뱅이 아들, 베베르 역시 아침부터 사라지고 없었다. 그녀는 녀석이 안 들어오니 시원하다고 소리쳤다. 그리고 그녀는 잠이나 자겠다고 말했다. 적어도 그녀는 춥지는 않을 것이다. 그녀는 부틀루를 떼밀었다.

"가자고, 자! 올라가자고··· 불도 꺼졌고 촛불을 켜보았자 빈 접시만 보일 테고··· 아이 참 오라고, 루이? 같이 자자고 말하잖아. 꼭 붙으면 낫다니까··· 저 망할 놈의 술주정뱅이는 여기서 혼자 자다 얼어 뒈지게 놔두고!"

바깥으로 나온 마외드는 정원들을 곧바로 가로질러 피에롱의 집으로 갔다. 웃음소리가 들려왔다. 그녀가 문을 두드리자 갑자기 조용해졌다. 몇 분이 지난 후에야 문을 열었다.

"아! 당신이군요." 깜짝 놀란 척하며 피에론이 소리쳤다. "난 의사라고 생각했어요."

마외드가 말할 새도 없이 그녀는 계속해서 지껄이며 커다란 석탄불 앞에 앉아 있는 피에롱을 가리켰다.

"아! 저이가 몸이 불편해요. 도대체 낫질 않네요. 얼굴은 좋아 보이지만 저이가 아픈 곳은 뱃속예요. 그래서 따뜻해야 해요. 우리가 가진 것을 죄다 불 때고 있는 중이에요."

사실 피에롱은 건강해 보였다. 활짝 핀 안색에 살에는 기름기가 흘렀다. 병이 난 사람처럼 보이기 위해 숨이 가쁜 척해 봐야 소용없는 일이었다. 그리고 마외드는 들어가면서 강렬한 토끼고기 냄새를 맡은 터였다. 접시를 치워버린 것이 분명했다. 식탁 위에서는 빵부스러기가 굴러다니고 있었다. 그리고 그녀는 식탁 한 가운데에서 잊고 치우지 못한 포도주 한 병을 보았다.

"엄마는 빵 하나 구해 보려고 몽수에 갔어요." 피에롱이 다시 말했다. "목이 빠지게 엄마를 기다리고 있어요."

그러나 그녀의 말문이 막혀버렸다. 그녀는 이웃집 여자의 시선을 좇다가 포도주 병을 맞닥뜨린 것이었다. 곧 다시 그녀는 얘기를 꾸며댔다. 그래, 이것은 포도주다. 의사가 그에게 보르도 산 포도주를 처방했다는 것을 피올렌 저택의 양반들이 알고 한 병 가져다줬다. 그래서 그녀는 감사하다는 말을 입이 마르도록 했다. 얼마나 좋은 양반들인지! 특히 그 집 아가씨는 노동자 집에 들어와 직접 자선 물품을 나눠주면서도 자랑하질 않는다!

"알아. 나도 그들을 알아." 마외드가 말했다.

착한 선은 언제나 가난하지 않은 사람에게로 간다는 생각에 그녀는 가슴이 저렸다. 틀림없이 피올렌 저택 사람들은 개울에 물을 가져다 줄 것이다. 어떻게 그 아가씨는 탄광촌에서 그들을 보지 못했던 것일까? 어쨌든 그녀는 무엇인가를 얻어낼 듯싶었다.

마침내 그녀는 자기가 찾아온 용건을 말했다.

"우리 집보다 당신 집이 더 나은지 보러 왔어…" 그녀는 마침내 고백했다. "나중에 갚는 걸로 하고, 버미첼리라도 있어?"

피에롱이 떠들썩하게 엄살을 부렸다.

"아이, 아무것도 없어요. 밀가루 비슷한 것도 없어요… 엄마가 돌아오지 않는 걸 보니 아무것도 얻지 못한 모양이네요. 저녁도 굶은 채 잠을 자야 할까 봐요."

이때 지하 창고에서 울음소리가 들려왔다. 그러자 그녀는 화를 벌컥 내며 주먹으로 문을 두드렸다. 그것은 자기가 가두어놓은 바람둥이 리디라고 그녀가 말했다. 하루 종일 쏘다니다가 다섯 시나 되어서야 돌아온 데 대한 벌이라고 했다. 그 애를 더는 타이를 수가 없다. 그 애는 계속해서 사라져버린다.

그러나 마외드는 떠날 마음을 먹지 못한 채 그대로 서 있었다. 커다란 불의 안락함이 고통스럽게 그녀를 파고들었고, 저기에서 빵을 먹는구나하는 생각이 들자 뱃속은 더 깊이 꺼져들었다. 분명 그들은 토끼고기를 양껏 먹기 위해 노파를 내보내고 애를 가둔 것이 분명했다. 아! 아무리 말해봐야 소용없다. 여자가 못되게 굴면 집안에 행복이 드는 법!

"잘 있어." 그녀가 갑자기 말했다.

밖에는 밤이 내려왔고 달은 구름 뒤에서 수상쩍은 빛으로 땅을 비추고 있었다. 정원들을 가로지르는 대신 울적해진 마외드는 집에 들어갈 용기가 나지 않아 탄광촌을 한 바퀴 돌았다. 죽은 건물들의 정면을 따라 나있는 문들에서는 기근의 냄새가 났고 텅 빈 소리가 울렸다. 문을 두드려야 무슨 소용이 있겠는가? 모두가 비참하기만 하다. 끼니가 떨어진 몇 주일 전부터 양파 냄새 자체가 사라졌다. 이 지독한 냄새는 들판 멀리까지 탄광촌의 존재를 알려주었었다. 이제는 지하 납골소의 냄새, 아무 것도 보이지 않는 갱구들의 습기만이 떠돌고 있었다. 웅얼거리는 소리들은 죽어갔고, 눈물은 말라붙었고, 욕설은 패배했다. 그리고 조금씩 무거워지는 침묵 속에서 굶주림의 잠이 다가오는 소리와 침대에 대각선으로 엎어진 몸이 주린 배의 악몽 속에서 짓눌리는 소리가 들려왔다.

교회 앞을 지날 때 그녀는 그림자 하나가 재빨리 지나가는 것을 보았다. 어떤 희망에 끌려 그녀도 서둘러 걸었다. 왜냐하면 그녀는 그 그림자가 몽수의 주임사제인 조아르라는 것을 알아챘기 때문이었다. 그는 일요일마다 탄광촌의 예배당에 와서 미사를 했다. 틀림없이 제의실에서 볼일을 마치고 나오는 듯했다. 모든 사람과 더불어 평화 속에서 살기를 바라는 뚱뚱한 그는 등을 동그랗게 구부리고 다정스런 사람의 몸짓으로 뛰어가고 있었다. 그가 밤중에 달리기를 하는 것은 분명히 광부들에게 말려들지 않기 위해서였다. 게다가 그가 승진했다는 얘기도 들려왔다. 그 증거로써 그는 벌써부터 후임자인 빨간 잉걸불의 눈을 가진 마른 사제와 함께 돌아다녔다.

"신부님! 신부님!" 마외드가 더듬거리면서 소리쳤다.

그러나 그는 멈추지 않았다.

"잘 가세요, 잘 가세요, 아주머니."

그녀는 집 앞에 와 있었다. 더 이상 다리를 움직일 힘이 없었다. 그녀는 집안으로 들어갔다.

아무도 움직이지 않았다. 마외는 여전히 식탁 가장자리에 낙담한 채로 앉아 있었다. 본모르 영감과 아이들은 덜 춥게 하려고 걸상에서 서로 꼭 붙어 앉아 있었다. 서로 말 한마디 하지 않았다. 오직 촛불만이 타고 있었다. 그러나 그 길이가 너무 짧아 곧 빛은 꺼져 버릴 듯했다. 문이 열리는 소리에 아이들은 고개를 돌렸다. 그러나 아무것도 가져오지 않은 엄마를 보고서 그들은 다시 고개를 떨구며 혼날까 무서워 복받치는 눈물을 억눌렀다. 마외드는 죽어가는 불 곁에 있는 자기 자리로 가서 힘없이 주저앉았다. 아무도 그녀에게 묻지 않았고 침묵은 계속됐다. 모두가 이해했기 때문에 말해봐야 피곤만할 뿐 아무 소용없다고 판단했다. 그리하여 이제 기대했던 하나가 사라졌고, 맥이 빠진 그들은 마지막으로 에티엔이 아마도 어디에선가 땅을 파서 가져올 구호품을 기다렸다. 몇 분이 흐르자 그들은 그것마저도 더 이상 기대하지 않게 되었다. 에티엔이 나타났을 때 그는 헝겊 속에 식어버린 구운 감자 열두 개를 들고 있었다.

"내가 구한 전부예요." 그가 말했다.

무케트의 집 역시 빵이 없기는 마찬가지였다. 그녀는 자기 저녁을 헝겊에 넣어 막무가내로 에티엔에게 주면서 온 마음으로 그에게 키스했다.

"고마워요, 그런데 나는 저기에서 먹었어요." 에테엔은 자기 몫을 내주는 마외드에게 말했다.

그는 거짓말을 했다. 그는 먹을 것에 달려드는 어린애들을 침울한 눈으로 바라보았다. 마외 내외 역시 더 주기 위해 먹지 않았다. 그렇지만 노인은 게걸스럽게 모두 삼켰다. 어쩔 수 없이 노인에게서 알지르에게 줄 감자 하나를 빼앗아와야만 했다.

그때 에티엔은 새로운 소식을 들었다고 말했다. 버티는 파업자들에게 화가 난 회사 측이 이번 파업에 연루된 광부들의 노동자수첩을 돌려주겠다고 한다. 회사는 결단코 전쟁을 원하고 있다. 그리고 더 심각한 소문이 돌고 있는데, 회사 측은 상당수의 노동자들이 수갱으로 다시 내려갈 것을 결정했다며 우쭐대고 있다. 내일 빅토아르와 프트리-캉텔에서는 전원이, 마들렌과 미루에서는 3분의 1이 분명히 일할 거라고 했다. 마외는 울화통이 터졌다.

"어이구!" 마외가 외쳤다. "배반자가 있다면 그 대가를 치르게 해야만 해."

그리고는 벌떡 일어나 고통스러운 흥분을 참지 못했다.

"내일 저녁 숲에서!… 우리가 봉−조아이유에서 의기투합하면 방해를 할 테니까, 숲에서 우리 집에서처럼 모이는 거야."

이 외침에 탐식을 하고 잠이 든 본모르 영감이 눈을 떴다. 그것은 옛날 광부들이 왕의 군대에 저항하기 위해 음모를 꾸미려 했던 모임, 집합을 알리는 외침이었다.

"그래, 그래, 방담에서! 거기에 나도 갈 거야!"

마외드는 힘찬 몸짓을 했다.

"우리 모두 함께 가요. 이 불의와 배반을 끝장내야 해요!"

에티엔은 내일 저녁 탄광촌 전역에서 모임을 갖기로 결정했다. 그러나 르바크의 집처럼 불이 죽었고 촛불마저도 갑자기 꺼져버렸다.

석탄도, 등유도 이제 없었다. 살을 에는 추위 속에서, 어둠 속에서 더 듬거리며 잠자리에 들어야만 했다. 아이들이 울었다.

6

장랭은 이제 다 나아 걸어 다녔다. 그러나 다리가 제대로 붙지 않았기 때문에 그는 좌우로 기우뚱거리며 걸었다. 그렇지만 오리 모양으로 예전처럼 잘도 뛰어다니며 훔쳐 먹는 못된 짐승의 재주를 부렸다.

그날 저녁 황혼녘에 장랭은 레키아르의 도로에서 떼어놓을 수 없는 친구들인 베베르, 리디와 함께 기회를 엿보고 있었다. 평판이 좋지 않으며 길모퉁이에 비스듬히 자리 잡은 가게 맞은편 방책 뒤에 그들은 몸을 숨기고 있었다. 거의 눈이 먼 노파는 가게에 서너 자루의 렌즈콩과 먼지로 시커멓게 된 강낭콩을 펼쳐놓고 있었다. 문에는 파리똥이 앉은 오래된 말린 대구 한 마리가 걸려 있었고, 그는 그것을 가느다란 눈으로 품어보고 있었다. 이미 두 차례, 장랭은 베베르를 뛰게 해 재빨리 그것을 벗겨오도록 했었다. 그러나 그때마다 사람들이 길모퉁이에서 나타났다. 항상 훼방꾼들이 있으니까 일을 할 수가 없군!

말을 탄 신사가 갑자기 나타났고, 아이들은 그가 엔느보 씨임을 알아보고 방책 밑에 납작 엎드렸다. 파업이 일어난 이후로 사람들은 자주 그를 길에서 보았다. 그는 반란이 일어난 탄광촌 한가운데를 홀로 다니면서 고장 전체에 자신의 침착한 용기를 몸소 과시했다. 그의 귀를 스치는 돌멩이는 전혀 날아오지 않았고, 말없이 그에게 천천히 인사하는 사람들만 마주쳤다. 그리고 아주 자주 연인들과 맞닥뜨렸는데 그들은 정치를 비웃으며 구석에서 재미 보는 데만 열중했다. 암말을 타고 가는 그는 아무도 방해하지 않기 위해 얼굴을 똑바로 세우고 지나갔지만, 사랑을 만끽하는 이들을 보면 채우지 못한 욕망으로 가슴이 복받쳐 올랐다. 그는 더미처럼 쌓여있는 장난꾸러기들을 제대로 보았는데, 두 사내아이가 한 명의 계집아이를 올라타고 있었다. 개구쟁이들마저 자기들의 비참함을 비비대며 즐거워하는구나! 눈시울을 붉히며 그는 말안장 위에 몸을 꼿꼿이 세우고 군인처럼 프록코트의 단추를 채운 채 사라졌다.

"빌어먹을!" 장랭이 말했다. "끝이 없네… 베베르! 가봐, 꼬리를 잡아당겨!"

그러나 또 두 사람이 나타나 장랭은 욕을 하려다 말고 숨을 죽였다. 자기 형, 자카리의 목소리를 들은 것이었다. 자카리는 자기 여자의 치맛단 속에 숨겨져 있는 40수를 어떻게 찾아냈는지 무케에게 얘기하고 있었다. 두 사람은 서로 어깨를 치면서 제멋대로 지껄이고 있었다. 무케가 내일 스틱게임 한판 벌리자고 제안했다. 오후 두 시에 라방타쥬에서 출발해서 마르시엔 근방의 몽토아르 쪽으로 가기로 하자. 자카리는 승낙했다. 무엇 때문에 파업을 해서 자기들을 골탕 먹이는 것일까? 아무 일도 하지 않으니 좋긴 하지만 말이야! 그들이 길모퉁이로 돌았을 때 운하 쪽에서 오던 에티엔이 그들을 세우고 이야기를 시작했다.

"여기에서 자려는 것 아냐?" 화가 난 장랭이 말을 이었다. "이제 밤이야! 저 할멈이 자루를 안으로 들이잖아."

또 다른 광부가 레키아르 쪽으로 내려가고 있었다. 에티엔은 그와 함께 멀어져 갔다. 그들이 방책 앞을 지나갈 때 장랭은 숲에 대해 그들이 얘기하는 것을 들었다. 하루 만에 전 탄광촌에 다 알리지 못할 것 같아서 모임을 내일로 미뤄야만 했다.

"들었지!" 그가 두 친구에게 속삭였다. "내일 큰 일이 벌어지나봐.

분명해. 그렇지? 내일 오후에 튀는 거야."

마침내 길에 아무도 없게 되었을 때 그는 베베르를 튀게 했다.

"용기를 내! 꼬리를 잡아당겨!… 그리고 조심해. 노파가 빗자루를 들고 있으니까."

다행히 밤이 어두워졌다. 베베르는 껑충 뛰어 대구를 잡아당겼고 묶은 끈이 끊어졌다. 그는 연처럼 그것을 흔들면서 달음질치기 시작했다. 그 뒤를 다른 두 명이 따랐고 셋은 내달렸다. 깜짝 놀란 노파가 영문도 모르는 채 가게 밖으로 나왔지만 녀석은 어둠 속으로 사라져버려 누구인지 알 수가 없었다.

이 망나니들은 이 고장의 공포의 대상이 되었다. 그들은 거친 유목민처럼 조금 조금씩 마을을 공격해 들어갔다. 처음에는 보뢰의 집탄장에 만족했었다. 쌓아둔 석탄더미 속에서 뒹굴다가 검둥이 꼴로 나왔고, 갱목 저장소에서 숨바꼭질 장난을 했으며 깊은 처녀림처럼 그 속에 은신하곤 했다. 그리고 그들은 경석장 정상을 공격했다. 그리고 거기로부터 땅속 불로 여전히 뜨거운 민둥산 부분을 엉덩이를 대고 타고 내려와서는 오래전부터 가시덤불로 뒤덮인 곳으로 들어갔다. 그 속에서 하루 종일 그들은 음탕한 생쥐들의 장난에 조용히 몰두했다. 그리고 그들은 계속해서 자기들의 점령지를 넓혀갔다. 벽돌더미 속에서 피를 흘리며 싸우러 갔고, 초원을 달리면서 빵 대신 유즙이 나오는 온갖 풀을 뜯어먹었고, 운하 제방을 파헤쳐 진흙 속에 사는 물고기들을 날로 잡아먹었다. 그러고도 수 킬로미터를 더 멀리 나아가 방담 숲까지 돌아다녔고, 그 속에서 봄에는 딸기로, 여름에는 개암과 월귤나무* 열매로 배를 채웠다. 얼마 안 가서 거대한 평원은 그들의 소유가 되었다.

그러나 그들이 이처럼 몽수에서 마르시엔까지 이르는 길을 어린 늑대의 눈빛을 하고 쉴 새 없이 뛰어다녔던 것은 도둑질의 필요성이 점

---

* 진달래 과의 상록 소관목

점 커졌기 때문이었다. 장랭은 원정 대장이었다. 그는 모든 먹잇감에 자신의 부대를 내보냈고, 양파밭을 파헤쳤으며, 과수원을 약탈했고, 물건 진열대를 공격했다. 이 고장 사람들은 파업 광부들을 비난했고 거대한 강도 조직의 소행이라고 말했다. 어느 날에는 장랭은 리디에게 그녀의 엄마 것을 훔치도록 강요했다. 피에론이 창문 뒤 선반 위에 올려놓은 병 속에서 보리 설탕* 두 다스를 가져오라고 했다. 그럼에도 여러 차례 얻어맞은 소녀는 그의 말을 거역하지 못했고 그의 위세 앞에 벌벌 떨었다. 가장 나쁜 것은 그가 제일 좋은 몫을 차지한다는 사실이었다. 베베르 역시 모든 전리품을 그에게 내놔야 했고 전부 가지려는 대장의 따귀나 맞지 않으면 다행이었다.

얼마 전부터 장랭은 도를 넘어서고 있었다. 그는 마치 본처를 때리듯이 리디를 때렸고, 고지식한 베베르를 불쾌한 애정행각에 끌어들였다. 주먹 한방이면 자기를 때려눕힐 만큼 훨씬 힘이 센 이 덩치 큰 소년을 그는 멍청이로 놀려대며 좋아했다. 그는 둘 모두를 경멸했고 노예 취급을 했으며, 그들이 감히 대면할 수도 없는 공주가 자기 애인라고 떠벌렸다. 실제로 1주일 전 그는 도로 끝 오솔길 모퉁이에서 둘에게 무서운 태도로 탄광촌으로 돌아가라고 명령을 내린 후 어디론가 돌연히 사라졌다. 우선 그는 약탈물을 챙겼다.

이날 저녁에도 일어났었던 일이 또 일어났다.

"줘." 그들 셋이 레키아르 근처의 길모퉁이에 멈춰 섰을 때 그가 베베르의 손에서 대구를 빼앗으며 말했다.

베베르가 대들었다.

"내가 가져야 하잖아, 내가 훔쳤으니까."

"뭐가 어째?" 그가 소리쳤다. "내가 줘야 네가 갖지. 오늘 저녁엔 절대로 안 돼. 남으면 내일 줄께."

그는 리디를 때렸고, 그들을 무기를 든 병사처럼 한 줄로 나란히 세

---

* 보리차를 섞어 졸인 설탕

웠다. 그리고 그들 뒤로 갔다.

"자! 여기서 5분 동안 꼼짝 말고 서 있어… 알지! 뒤를 돌아보면 맹수가 나타나 너희를 잡아먹을 거야… 그리고 곧장 집으로 돌아가. 가다가 베베르, 리디를 건드리면 난 다 알아, 귀싸대기 올라갈 줄 알아."

그리고는 맨발 소리조차 들리지 않게 아주 가볍게 어둠속으로 사라졌다. 두 아이는 보이지 않는 누군가 뺨을 때릴까 두려워 5분 동안 뒤도 돌아보지 못한 채 꼼짝 않고 서 있었다. 서서히 그 둘 사이에는 함께 겪는 두려움 속에서 커다란 애정이 생겨났다. 베베르는 리디를 차지해서 남들 하는 것처럼 그녀를 두 팔로 꼭 껴안는 생각을 했다. 리디 또한 그것을 원하는 듯했다. 왜냐하면 그렇게 부드럽게 애무를 받으면 자기도 달라질 것 같았기 때문이었다. 그러나 그도 그녀도 거역할 수가 없었다. 떠날 때 밤은 아주 어두웠지만 서로 껴안지 못한 채, 따로 떨어져 시무룩하게 걸어갔다. 몸이 살짝 닿기만 해도 대장이 뒤에서 뺨을 때릴 것 같기 때문이었다.

같은 시각에 에티엔은 레키아르에 와 있었다. 그 전날 무케트는 그에게 다시 오라고 애원했고, 그는 자신을 예수처럼 받드는 이 처녀에게 느끼고 있는 창피함을 드러내고 싶지 않아 다시 왔다. 게다가 온 데에는 끊어버리겠다는 의도도 있었다. 그녀를 보면 동료들 때문에 더이상 자기를 따라다녀서는 안 된다고 설명할 참이었다. 사람들이 굶어죽는 판에 이렇게 재미를 보는 것은 전혀 내키지도 않는 일이며 올바르지도 못한 일이다. 그러나 그녀는 집에 없었고, 그는 기다리기로 마음먹고 지나가는 그림자들을 살폈다.

폐허가 된 권양탑 아래로 예전의 운반갱이 반쯤 막힌 채로 열려 있었다. 아주 똑바로 걸쳐 있는 들보 위에는 지붕 도리*가 걸려 있었고, 검은 구멍 위로 나온 그것은 교수대의 옆모습이었다. 그리고 돌림 돌이 떨어져 나간 버팀벽에서는 마가목**과 플라타너스 두 그루가 자라고

---

* 서까래를 받는 기다란 나무
** 장미과의 나무로 높이는 5~10미터이다.

있었고 그것들은 마치 땅바닥에서 자란 것처럼 보였다. 그곳은 야생에 내맡겨진 후미진 구석이었다. 풀이 무성하게 덥힌 심연의 입구는 늙은 나무들이 가로막았고, 봄이면 꾀꼬리들이 무리지어 날아와 거기에서 자라는 인목*과 산사나무**에 둥지를 틀었다. 엄청난 유지비용 때문에 회사는 이미 10년 전에 이 폐광을 메워버릴 생각을 하고 있었다. 그러나 회사는 보뢰 수갱에 환기장치를 설치할 때까지는 기다리기로 했다. 왜냐하면 서로 연결된 두 운반갱의 환기 화실이 레키아르 기슭에 위치하고 있는데다가, 이 수갱의 오래된 통기갱은 환기용 굴뚝의 역할을 하기 때문이었다. 그래서 회사는 대각선으로 가로지르는 버팀목들을 설치함으로써 채탄을 차단하고 수평갱도의 방수벽을 보강하는 것에 만족했다. 그리고 상부 갱도들을 방치하고 오직 바닥갱도***에만 주의를 집중했다. 바닥갱도에서는 지옥의 불가마, 거대한 석탄 잉걸불이 엄청난 흡입력으로 타오르고 있어서 이웃 수갱의 한쪽 끝에서 다른 끝까지 폭풍 바람이 휘몰아쳤다. 안전하게 광부들이 오르내릴 수 있도록 통기갱의 사다리들을 관리하라는 명령이 내려졌지만, 아무도 신경을 쓰지 않았기 때문에 사다리들은 습기로 썩고 있었고 이미 가로장들은 무너져 내린 상태였다. 위에서는 커다란 가시덤불이 통기갱의 입구를 막고 있었고, 첫 번째 사다리에는 가로장들이 떨어져 나가고 없었다. 때문에 이 통기갱 속으로 들어가기 위해서는 마가목의 뿌리를 붙잡고 몸을 내려뜨린 다음, 암흑 속에서 요행을 바라고 손을 놓아야 했다.

관목 덤불 뒤에 몸을 숨기고 기다리다가 에티엔은 길게 나뭇가지를 스치는 소리를 들었다. 그는 놀란 뱀이 도망치는 것으로 생각했다. 그러나 갑자기 성냥불이 켜져 그는 깜짝 놀랐고, 촛불을 켜고 땅속으로

---

* 큰 나무로 성장하며 비늘 모양의 잎이 빽빽하다.
** 장미과의 활엽목. 잎은 어긋나고 깃 모양으로 얇게 갈라진다. 초여름에 흰 꽃이 피고 가을에는 붉은 열매가 열리며 약용 또는 식용한다.
*** 수갱 한 구획의 기반이 되는 수평갱도

들어가는 것이 장랭임을 알고는 어안이 벙벙해졌다. 호기심에 사로잡힌 그는 갱구로 다가갔다. 아이는 이미 사라졌고, 희미한 빛이 두 번째 층계참에서 올라오고 있었다. 그는 잠시 주저하다가 나무뿌리를 잡고 흔들리는 몸을 524미터의 수갱 속으로 뛰어내린다 생각하며 손을 놓았고, 마침내 사다리의 가로장이 발끝에 닿는 것을 느꼈다. 그리고 그는 조용히 내려갔다. 장랭은 아무 소리도 듣지 못한 게 분명했다. 에티엔은 그의 밑에서 빛이 계속해서 빠져 들어가는 것을 보았고, 어린아이의 커다란 그림자는 불안하게 뒤뚱거리는 불구 다리 때문에 춤을 추었다. 그는 가로장이 없을 때는 원숭이의 재주로 손과 발 그리고 턱을 춤추듯 흔들며 몸을 지탱했다. 7미터 사닥다리들이 계속 이어졌다. 어떤 것은 아직도 튼튼한 반면, 어떤 것들은 흔들거리고 삐걱대며 거의 부러질 지경이었다. 좁은 층계참들은 녹색으로 썩어 문드러져 마치 이끼 위를 걷는 것 같았다. 그리고 점점 내려감에 따라 흡입 통기갱에서 나오는 가마 열로 숨이 막혀왔지만 다행히 파업 이후에는 불을 거의 때지 않은 상태였다. 그러나 작업 시 화실은 하루 5,000킬로그램의 석탄을 먹어 치웠기 때문에, 털을 태우지 않고는 감히 내려갈 생각을 할 수가 없었다.

"이런 흉측한 놈!" 숨이 막힌 에티엔이 욕을 했다. "도대체 이 못된 자식은 어디를 가는 거야?"

두 번 그는 곤두박질칠 뻔했다. 두 발이 젖은 나무 위에서 미끄러졌던 것이었다. 저 자식처럼 촛불만 있었어도. 그는 매 분마다 부딪히며 자기 밑에서 달아나는 희미한 불빛만 좇았다. 이미 스무 번째 사다리를 내려왔지만 계속해서 내려가야만 했다. 스물 하나, 스물 둘, 스물 셋… 그는 내려갔고 또 내려갔다. 뜨거운 열기에 머리가 터질 것 같았다. 그는 불도가니 속으로 떨어진다고 생각했다. 마침내 석탄하치장에 이르렀을 때 그는 갱도 속으로 달아나는 촛불을 보았다. 서른 개의 사다리라면 약 210미터를 내려 온 셈이었다.

"저 녀석이 나를 언제까지 끌고 다니려고 저러지?" 그는 생각했다.

"분명히 저 녀석은 마구간으로 숨어들 거야."

그러나 마구간에 이르는 왼쪽 갱도는 무너진 흙으로 막혀 있었다. 더 힘겹고 더 위험한 발걸음이 다시 시작되었다. 놀란 박쥐들이 날아다니며 석탄하치장 궁륭에 달라붙었다. 빛을 놓치지 않으려면 서둘러야만 했고 그는 장랭이 가는 갱도 속으로 뛰어들었다. 아이는 뱀처럼 유연하게 쉽게 지나갔지만 그는 빠져나갈 때마다 팔다리에 상처를 입었다. 이 갱도는 모든 옛 갱도들처럼 계속해서 토양이 밀려들어와 매일 좁아지고 있었다. 어떤 곳들은 창자갱로만이 남아 있었고 결국에는 그것마저 없어지고 말 것이었다. 이러한 협착작용 때문에 갱목들은 부러지고 갈라져서 위험하기 짝이 없었다. 지나갈 때 살을 톱처럼 긁거나 칼처럼 날카로운 부러진 끝이 찌를 것만 같았다. 그는 무릎을 굽히고 배를 바닥에 대고, 자기 앞 어둠 속을 더듬거리며 조심스럽게 앞으로 나아갔다. 갑자기 쥐떼들이 그의 목에서 발까지 온몸을 훑으며 쏜살같이 지나갔다.

"염병할! 이제는 다 왔겠지?" 그는 투덜거렸다. 허리는 끊어질 것 같았고 숨은 차올랐다.

마침내 도착했다. 1킬로미터를 지나자 창자갱로는 넓어졌고, 이제 훌륭하게 보존된 통로로 들어섰다. 그곳은 암반을 뚫어 만든 옛 탄차 통로의 끝이었고 마치 천연동굴 같았다. 그는 걸음을 멈추고 멀리서 두 개의 돌 사이에 양초를 놓는 아이를 보았다. 아이는 자기 집에 돌아온 사람처럼 평온하고 홀가분하게 쉬고 있었다. 그는 이 갱도 끝을 안락한 주거지로 제대로 꾸며놓고 있었다. 한쪽 구석에 놓인 건초더미는 푹신한 잠자리였고, 식탁모양으로 세워놓은 오래된 갱목들 위에는 먹고 남은 빵과 사과 그리고 몇 리터의 노간주 술 등 모든 것이 다 있었다. 정말로 간악한 동굴 속에는 몇 주 전부터 쌓아놓은 장물이 있었고, 심지어는 비누와 구두약처럼 도둑질의 기쁨을 위해 훔친 불필요한 장물도 있었다. 꼬마는 이 노략질한 물건들을 이기적인 강도처럼 자기 혼자서 향유하고 있었다.

"말해봐, 이 자식아! 넌 도대체 어떻게 된 놈이냐?" 숨을 돌리고 난 에티엔이 소리쳤다. "네 녀석은 여기 내려와 혼자서 배를 채워, 우리는 저 위에서 배고파 죽어가고 있는 데?"

장랭은 소스라치게 놀라며 몸을 떨었다. 그러나 청년이 누구인지 알아보곤 금세 침착해졌다.

"나랑 저녁 같이 할래요?" 그가 마침내 말했다. "구운 대구 좀 먹을래요?… 잠깐 기다려요."

그는 대구를 손에 든 채 멋진 새 칼로 그 위에 묻어 있는 파리똥들을 깨끗하게 긁어내기 시작했다. 뼈 손잡이가 달린 이 작은 단도에는 명구가 새겨져 있었다. 그것은 단순하게 '사랑'이라는 단어였다.

"멋진 칼을 가지고 있구나." 에티엔은 그것을 바라보며 말했다.

"이건 리디가 준 선물이에요." 장랭이 대답했다. 그러나 자기 명령에 따라 리디가 카페 테트-쿠페 앞에서 장사를 하는 몽수의 행상인에게서 훔쳤다는 말은 하지 않았다.

그는 계속해서 대구를 긁어대면서 자랑스러운 어조로 말했다.

"이만하면 내 집도 꽤 근사하죠?… 저 위보다는 더 따뜻하고 냄새도 훨씬 좋고!"

그에게서 이야기를 들어보고 싶은 호기심에 에티엔은 자리에 앉았다. 그는 더 이상 화를 내지 않았고 악행을 저지르는데 이토록 용감하고 능숙한 이 악마 같은 녀석에게 오히려 흥미를 느꼈다. 그리고 사실 그는 이 굴 속에서 안락함을 맛보고 있었다. 그렇게 덥지도 않으면서 일정한 온도가 계절과 무관하게 욕조처럼 훈훈하게 유지되고 있었다. 그러나 땅 위에서는 혹독한 12월의 추위에 비참한 사람들의 살갗이 갈라지고 있었다. 오랜 세월이 지나면서 갱도에는 해로운 가스가 없어졌고 가연성가스도 모두 빠져나가 이제는 삭고 있는 오래된 갱목 냄새만이 났다. 그 미묘한 에테르 냄새가 한 방울의 정향처럼 코를 찔렀다. 게다가 갱목들은 대리석의 연한 노란색을 띠었고, 가장자리에는 하얀 솜처럼 일어난 식물들이 기퓌르 술 장식을 달고 있었다. 그것은 진주로 수놓은 비단을 두른 듯하여 바라보면 기분이 좋았다. 어떤 갱목들에는 버섯들이 솟아나 나왔었다. 게다가 눈처럼 흰 나비들과 흰 파리들 그리고 흰 거미들처럼 탈색된 일군의 생명들이 결코 태양을 알지 못한 채 날고 있었다.

"그런데 무섭지 않니?" 에티엔이 물었다.

장랭이 놀란 표정으로 그를 바라보았다.

"뭐가 무서워요? 저 혼자인데."

마침내 대구를 다 긁었다. 그는 작은 나무불을 지펴 잉걸불을 펼친 다음 대구를 구웠다. 그리고 빵을 둘로 나누었다. 그것은 끔찍하게 짰지만 굳어버린 위장에게는 진미의 향연이었다.

에티엔은 자기 몫으로 준 것을 받았다.

"우리 모두는 마르는데 네가 살찌는 이유를 알겠다. 네 배만 채우는 돼지라는 것은 알고 있지?… 넌 다른 사람들은 생각하지 않니?"

"봐요! 어째서 다른 사람들은 그렇게 바보 같아요?"

"하긴 너는 숨어 지내는 게 옳아. 네 아버지가 너 도둑질하는 것을 알면 혼쭐을 낼 테니까."

"그런데 부르주아들도 우리 것을 훔치잖아요! 자기가 항상 그렇게 말해놓고서. 내가 메그라 가게에서 이 빵을 슬쩍해도 이 빵은 당연히 우리에게 빚졌던 거예요."

입안을 가득 채운 청년은 당황하여 아무 말도 못했다. 에티엔은 짐승의 주둥이와 초록빛 눈, 커다란 귀를 가진 그를 바라보았다. 그는 아둔한 머리와 야만인의 재주를 가진 팔삭둥이의 발육부진 속에서 옛날의 동물성을 서서히 되찾고 있었다. 광산은 그를 그렇게 만들었고 다리를 부러뜨림으로써 그런 그를 완성했다.

"리디를 여기에 몇 번 데리고 왔니?" 에티엔이 또다시 물었다.

장랭이 경멸의 미소를 띠었다.

"그 어린 애를요? 농담도!… 여자들은 말이 많아요."

리디와 베베르를 엄청나게 멸시하는 그는 계속해서 웃었다. 그렇게 멍청한 애들을 본 적이 없다. 그들은 자기 거짓말을 좋아하며, 애들이 빈손으로 가는 동안 자기는 따뜻한 곳에서 대구를 먹고 있다는 생각을 하니 옆구리가 기분 좋게 간지럽다. 그리고 그는 꼬마 철학자의 위엄을 가지고 이렇게 말을 맺었다.

"혼자 있는 게 더 낫다. 모든 사람이 그렇다고 해요."

에티엔은 자기 빵을 다 먹었다. 노간주 술을 한 모금 마셨다. 순간 그는 장랭의 환대를 무시해버릴까 생각해 보았다. 낮에 그의 귀를 잡고 나가 그의 아버지에게 모든 것을 말하겠다는 엄포를 놓으면서 더 이상 도둑질을 못하도록 말이다. 그러나 이 깊은 은신처를 살펴보면서 그는 한 가지 생각을 떠올렸다. 저 위에서 일이 잘못될 경우, 동료들이나 자기가 이곳을 필요로 하게 될지 누가 알겠는가? 장랭이 건초더미에서 넋을 놓고 있을 때, 그는 장랭에게 외박을 하게 될 경우가 생기더라도 절대로 하지 않겠다고 맹세를 하게 했다. 그리고 촛불토막을 집어든 다음 장랭이 자기 살림을 찬찬이 정돈하도록 내버려둔 채 먼저 떠났다.

매서운 추위에도 불구하고 무케트는 들보 위에 앉아서 절망적인 심정으로 에티엔을 기다리고 있었다. 그를 보자 그녀는 달려가 그의 목을 껴안았다. 그가 그녀에게 더 이상 만나지 않겠다는 생각을 밝혔을 때, 그것은 그녀의 가슴에 칼을 꽂는 것이나 마찬가지였다. 아! 왜? 자기 사랑이 충분치 않아서? 그녀의 집에 들어가고 싶은 욕망에 굴복할까 두려워 그는 그녀를 길가로 데려가 가능한 한 부드러운 어조로, 친구들이 보기에 그녀는 자신의 평판을 해칠 뿐만 아니라 정치적 명분까지도 위협하고 있다고 설명해주었다. 에티엔의 말에 그녀는 어안이 벙벙했다. 이것이 정치하고 무슨 상관이 있단 말인가? 결국 그녀는 그가 자기와의 관계를 부끄럽게 여긴다는 사실을 알아차렸다. 그러나 그녀는 상처받지 않았다. 그것은 너무도 당연한 일이었다. 절교하는 척하기 위해 사람들 앞에서 자기 뺨을 때리라고 그녀는 제안했다. 그렇지만 아주 가끔씩 만이라도 자기를 만나달라고 부탁했다. 그녀는 그것을 필사적으로 애원했고 남의 눈에 띄지 않을 것을 맹세했다. 5분도 자기를 붙잡아 두지 않을 것이다. 그는 무척 흔들렸지만 계속 거절했다. 그렇게 해야만 한다. 그리고 그녀를 떠나면서 그는 어쨌든 키스하기를 원했다. 한 걸음 한걸음씩 걸어오다 보니 벌써 몽수 초입에 와 있었다. 그들은 크고 둥근달 아래에서 꼭 껴안았다. 그때 옆을 지나가던 한 여자가 돌부리에라도 걸린 듯 소스라치게 놀랐다.

"누구지?" 불안해진 에티엔이 물었다.

"카트린." 무케트가 대답했다. "장-바르 수갱에서 오는 모양인데."

여자는 이제 고개를 숙인 채 힘없는 걸음으로, 매우 지친 기색으로 멀어져갔다. 그녀가 알았다는 사실에 절망한 에티엔은 알 수 없는 회한에 사무치는 가슴으로 그녀를 바라보았다. 그녀는 한 남자와 살고 있지 않은가? 그녀는 레키아르의 이 길에서 그 자에게 몸을 맡기면서 자기에게 똑같은 고통을 주지 않았던가? 그러나 이 모든 사실에도 불구하고, 그녀에게 똑같은 아픔을 되돌려줬다는 사실이 그를 슬프게 했다.

"내가 이런 말을 해도 괜찮겠지?" 무케트는 떠날 때 울먹이면서 말했다. "나를 원하지 않는 건 다른 여자를 원하기 때문이야."

그 다음날은 날씨가 아주 좋았다. 얼어붙은 하늘이 청명하고 아름다운 겨울날이었다. 딱딱하게 얼어붙은 땅은 발밑에서 수정처럼 울렸다. 한 시가 되자마자 장렝은 집을 빠져나왔다. 그러나 교회 뒤에서 베베르를 기다려야만 했고 자칫하면 리디를 데리고 가지 못할 뻔했다. 리디 엄마가 그때까지 그 애를 지하실 속에 가두어 놓았던 것이었다. 방금 전에 리디를 지하실로부터 나오게 하자마자 그녀의 엄마는 팔에 바구니를 들려주면서, 만약 민들레를 가득 채워오지 않으면 밤새도록 쥐들과 함께 가두어 놓겠다고 말했다. 겁에 질린 리디는 곧장 샐러드를 뜯으러 가기를 원했다. 그러나 장렝은 단념하게 만들었다. 나중에 하기로 하자. 그는 오래 전부터 라스뇌르의 살찐 암토끼, 폴로뉴 때문에 안달을 하고 있었다. 그가 라방타쥬 앞을 지날 때, 마침 암토끼가 길 위로 뛰어 나왔다. 그는 잽싸게 달려들어 폴로뉴의 귀를 잡고는 리디의 바구니 속에 집어넣었다. 그리고 셋은 줄행랑을 쳤다. 그들은 폴로뉴를 개처럼 뛰게 하면서 희희낙락 숲까지 갔다.

그런데 그들은 멈춰 서서 자카리와 무케가 다른 두 명의 친구들과 함께 맥주를 한 잔씩 마신 후 스틱게임을 시작하는 것을 바라보았다. 그들은 라스뇌르에게 맡긴 새 모자와 빨간색 머플러를 내기로 걸었다. 네 명의 선수들이 각 두 명씩 서로 상대가 되어 보뢰에서 파이오 농장까지 거의 3킬로미터에 이르는 첫 라운드를 협상했다. 첫 번째 게임의 승리는 자카리였다. 그는 일곱 타에 내기를 끝낸 반면 무케는 여덟 타를 필요로 했다. 그들은 포장도로 위에서 공중에서는 점으로 보이는 회양목으로 만든 조그만 계란 모양의 숄렛을 놓았다. 선수들 모두는 끝에 쇠로 된 헤드가 비스듬히 달려 있고, 손잡이에는 가는 끈이 단단하게 감겨져 있는 스틱을 쥐고 있었다. 두 시가 울리자 그들은 게임을 시작했다. 자카리는 연속 세 번 치게 되는 첫 번째 스윙에서 멋들어지게 숄렛을 사탕무밭을 가로질러 400미터 이상을 날려 보냈다. 숄렛에 맞아 사람이 죽은 일이 있은 뒤 마을과 길거리에서는 숄렛을 치는 일이 금지되어 있었기 때문에 그들은 들판에서 게임을 하고 있었다. 마찬가지로 힘이 센 무케는 그의 억센 팔로 단 한 번의 대응타*로 공을 150미터나 후퇴시켰다. 한 명이 공격타를 휘두르면 상대방은 대응타로 응수하면서 경기는 계속되었다. 그들은 계속 뛰어 다녔고, 일궈 놓은 땅의 얼어붙은 고랑에 발은 멍이 들었다.

장랭과 베베르 그리고 리디는 처음에는 경기자들의 멋진 장타에 열광하며 그들 뒤를 따라다녔다. 그러다가 바구니 속에서 흔들리고 있는 폴로뉴 생각이 나자 그들은 들 한복판에서 벌이는 게임 구경을 그만두고, 토끼가 얼마나 잘 달리는지 보기 위해 녀석을 바구니 속에서 꺼냈다. 폴로뉴는 도망치기 시작했고, 세 명의 아이들은 그 뒤를 쫓았

---

* 한 사람이 세 번의 스윙으로 이루어진 공격타를 치고 나면, 상대방은 한 번의 스윙으로 이루어진 대응타를 목적지와는 반대 방향으로 휘두른다.

다. 그것은 한 시간에 걸친 사냥이었다. 전속력으로 뛰었고 계속해서 방향을 틀었으며, 겁을 주기 위해 소리를 질러댔고, 허공에서 두 팔을 폈다 접었다 하기도 했다. 만약 폴로뉴가 얼마 전에 새끼를 배지 않았더라면 그들은 녀석을 잡을 수 없었을 것이었다.

숨을 헐떡거리고 있을 때 벼락같은 욕설에 그들은 고개를 돌렸다. 스틱게임을 하고 있는 곳으로 멋도 모르고 뛰어들었던 것이었다. 하마터면 자카리는 자기 동생의 머리통을 부술 뻔했다. 그들은 네 번째 라운드를 하고 있었다. 파이오 농장에서 카트르-슈맹까지, 그 다음에는 카트르-슈맹에서 몽토아르까지 주파한 그들은 이제 여섯 타만에 몽토아르에서 프레-데-바슈까지 갔다. 그들은 한 시간 만에 25리를 주파했고 중간에 선술집 뱅상과 카페 트르와-사쥐에서 맥주를 또 마셨다. 이번에는 무케가 주도권을 쥐고 있었다. 그는 이제 두 차례의 공격타를 남겨두고 있었고 승리는 확실했다. 약을 올리면서 자카리가 아주 솜씨 좋게 자기의 대응타를 때렸지만 솔렛이 깊은 도랑에 빠지고 말았던 것이었다. 무케의 파트너는 솔렛을 꺼낼 수가 없었다. 끔찍한 일이었다. 네 명 모두는 소리를 질러대며 게임에 열중했다. 게임은 백중세였기 때문에 다시 시작해야만 했다. 프레-데-바슈에서 에르브-루스 갑각*까지는 2킬로미터도 안됐기 때문에 다섯 타면 끝이 났다. 그들은 저 아래에 있는 술집 르르나르에서 땀을 식혔다.

장랭이 묘안을 떠올렸다. 경기자들을 좇아가기를 그만 두고 주머니에서 끈을 꺼내 폴로뉴의 왼쪽 뒷다리에 동여맸다. 이 놀이는 아주 재미있었다. 폴로뉴는 세 명의 개구쟁이들 앞에서 아주 가련한 몸짓으로 엉덩이를 뒤뚱거리면서 뛰어갔다. 그들은 배꼽을 잡고 웃어댔다. 그 다음에는 잘 달릴 수 있도록 목에다 끈을 맸다. 폴로뉴가 지쳐버리자 녀석들은 조그만 마차처럼 폴로뉴의 배와 등을 바닥에 질질 끌고 다녔다. 이러한 장난은 한 시간 이상 계속되었고 폴로뉴가 죽을 지경이 되

---

* 바다 쪽으로 부리 모양으로 뾰족하게 뻗은 육지

자 바구니 속에 재빨리 집어넣었다. 크뤼쇼 숲 가까이에서 경기자들의 목소리가 들려왔다. 그들이 경기를 또다시 중단한 것이었다.

이제 자카리, 무케 그리고 또 다른 두 명의 경기자들은 수 킬로미터를 돌진하면서 목표지점까지 있는 모든 술집에서 맥주잔을 비우는 것 외에는 별다른 휴식을 취하지 않았다. 에르브-루스에서 뵈시까지 질주했고 그리고 크로아드-피에르, 그 다음에는 샹블레로 전진했다. 얼음 위에서 튀어 오르는 숄렛을 좇아 쉴 새 없이 뛰어다니는 그들의 발밑에서는 땅이 울리는 소리를 냈다. 날씨는 좋았고 발은 빠지지 않았으며 달릴 때 다리가 부러질 위험만이 있었다. 건조한 대기에는 총소리 같은 커다란 타격음이 울렸다. 실팍진 손은 끈이 감겨진 손잡이를 움켜쥐었고, 온몸은 황소를 때려잡을 기세로 앞을 향해 치달렸다. 벌판의 한 쪽 끝에서 다른 쪽 끝까지 구덩이들과 방책들, 비탈길 그리고 낮은 담들을 넘어가는 이 경기는 몇 시간에 걸쳐 계속되었다. 경기자들은 폐활량이 큰 가슴과 무쇠로 만든 무릎관절을 가져야만 했다. 채탄부들은 게임에 열중하며 탄광의 때를 벗겼다. 혈기왕성한 스물다섯 살의 객기를 부리며 100리를 주파했다. 마흔 살이 되면 몸이 너무 무거워 더 이상 숄렛을 치지 못했다.

다섯 시를 알리는 종소리가 울렸고 이미 황혼이 깃들고 있었다. 모자와 머플러를 차지하는 자를 가리기 위해 방담 숲까지 한 번의 라운드를 더 해야 했다. 정치를 우롱하는 무심한 어투로 자카리가 우스갯소리를 했다. 저 아래, 동료들이 모여 있는 한가운데 숄렛을 떨어뜨리면 재미있을 거다. 장랭은 탄광촌을 출발한 이후 들판을 쏘다니는 척했지만, 사실은 방담 숲을 목표로 삼고 있었다. 후회와 두려움에 사로잡힌 리디는 보뢰로 다시 가서 민들레를 뜯겠다고 말했고, 장랭은 화가 난 표정으로 리디를 윽박질렀다. 회합을 놓치겠다는 거야? 그는 어른들이 무슨 말을 하는지 듣고 싶었다. 그는 베베르를 떠밀었고 폴로뉴를 풀어놓고 녀석에게 돌팔매질을 하면서 숲까지 남은 길을 재미있게 가자고 했다. 그는 폴로뉴를 죽일 음흉한 생각을 하고 있었다. 토끼를 레키아르의 자기 굴속에 가져가 먹고 싶은 충동이 생겨났던 것이었다. 암토끼는 코를 씰룩이고 귀를 늘어뜨린 채 다시 뛰기 시작했다. 돌에 맞아 등의 털이 뽑혔고 또 다른 돌에 꼬리가 잘렸다. 점점 짙어가는 어둠 속에서 녀석들이 숲속의 빈터 한가운데에 서있는 마외와 에티엔을 보지 않았더라면 암토끼는 죽고 말았을 것이었다. 기겁을 한 녀석들은 토기를 덮쳐잡은 후 바구니에 다시 넣었다. 거의 같은 시간에 자카리와 무케 그리고 또 다른 두 명은 마지막 타를 때려서 숄렛을 숲속의 빈터로부터 수 미터 떨어진 곳에 떨어뜨렸다. 그들 모두는 모이기로 한 자리에서 서로 마주치게 되었다.

이 고장의 모든 길과 황량한 평원의 오솔길에는 황혼이 질 때부터, 홀로 빠져나오거나 함께 출발한 그림자들이 길게 늘어서며 말없이 보랏빛 숲 쪽으로 흘러들고 있었다. 모든 탄광촌의 집들은 텅 비었다. 여자들과 아이들까지도 맑은 하늘 아래 산책을 나가는 척하면서 길을 떠났다. 이제 길은 어두워져 사람들은 같은 목적지를 향해 슬그머니 오는 무리들을 분간할 수가 없었다. 단지 모두가 한 마음으로 들뜬 채 걸어오는 무리들의 혼란스런 소리만이 느껴질 뿐이었다. 산울타리 사이에서, 관목 숲속에서 가볍게 스치는 소리와 분명치 않은 웅성거림만이 어둠 속에서 들려왔다.

이 시각에 정확히 암말을 타고 집으로 돌아가던 엔느보 씨는 사라져 가는 이 소리에 귀를 기울였다. 그는 이렇게 아름다운 겨울 저녁이면 느린 걸음걸이로 산책을 하는 연인들을 만났었다. 또한 입을 맞춘 채 재미를 보기 위해 담 뒤로 가는 연인들도 마주쳤었다. 구덩이마다 널브러져 있는 처녀들과 전혀 돈이 들지 않는 기쁨으로 배를 채우는 사내들을 저기에서 흔히 맞닥뜨리지 않았던가? 그런데 이 얼간이들은 서로 사랑하는 이 유일한 행복을 배가 터지도록 맛보면서도 삶을 불평한다! 자갈 위에 누워 자기의 온 하복부와 마음을 바칠 준비가 되어 있는 여자와 새로운 삶을 시작할 수만 있다면, 자기는 기꺼이 배고픔으로 죽을 것이다. 그의 불행은 위로받을 수 없는 것이어서 그는 이 비참한 사람들을 부러워했다. 그는 고개를 숙이고 느릿하게 걷는 말을 타고, 검은 벌판 속으로 사라지는 이 긴 신음소리에 절망하며 집으로 돌아갔다. 그에게는 오직 성교하는 소리만이 들렸다.

7

　회합 장소는 얼마 전에 벌목을 한 플랑-데-담의 넓은 숲속의 빈터였다. 이 공터는 완만한 비탈을 이루며 펼쳐져 있었고 멋진 너도밤나무 숲으로 에워싸여 있었다. 너도밤나무들은 이끼가 푸르스름하게 긴 하얀 열주와도 같이 규칙적으로 곧게 뻗어 오르며 숲속의 빈터를 에워싸고 있었다. 그리고 쓰러진 거목들은 여전히 수풀 속에 누워 있었고, 왼쪽으로는 톱으로 켠 목재 더미가 기하학적인 입방체 모양으로 줄지어 서 있었다. 황혼과 함께 추위는 매서워졌고 언 이끼들은 발밑에서 서걱거렸다. 땅은 까만 밤이 되었고 키 큰 나뭇가지는 창백한 하늘을 바탕으로 그 윤곽을 뚜렷이 드러내고 있었다. 지평선 위로 오르는 보름달은 별빛을 꺼트리려 하고 있었다.

　거의 3,000명에 달하는 광부들이 회합에 와 있었다. 남자들과 여자들 그리고 어린아이들이 북적되며 점점 빈터를 가득 채웠고 멀리 나무 아래까지 넘쳐나고 있었다. 게다가 늦게 온 사람들이 계속해서 도착하고 있었고, 어둠에 잠긴 사람들의 물결은 인근 잡목림까지 번져 나갔다. 비바람처럼 우르릉거리는 소리가 얼어붙은 채 꼼짝도 않는 이 숲으로부터 새어 나왔다.

　에티엔은 높은 곳에서 비탈을 굽어보며 라스뇌르, 마외와 함께 서 있었다. 말다툼 소리가 커져가며 갑작스럽게 그들의 고함소리가 들렸다. 그들 곁에 있던 사람들은 귀를 기울였다. 르바크는 주먹을 불끈 쥐고 있었고, 더 이상 열병 핑계를 댈 수 없었던 피에롱은 불안한 마음에 안절부절못하며 등을 돌리고 서있었다. 그리고 거기에는 본모르 영감과 무크 영감이 깊은 생각에 잠긴 듯한 표정으로 그루터기 위에 나란히 앉아 있었다. 그들 뒤에는 자카리와 무케 그리고 몇몇 건달들이 장난삼아 와 있었다. 이와는 반대로 여자들은 교회에 와 있는 것처럼 깊은 생각에 잠긴 채 무리지어 있었다. 마외드는 말없이 르바크 마누라의 음흉한 욕지거리에 고개를 끄덕였다. 필로멘은 기침을 했는데 겨울이 시작되면서 기관지염이 재발된 탓이었다. 오직 무케트만이 브륄레가 자기 딸을 욕하는 것이 즐거워 예쁜 치아를 드러내며 웃고 있었다. 자기 딸년은 토끼고기를 실컷 먹기 위해 어미를 다른 곳으로 보낸 망할 년이며 제 사내놈의 비겁함으로 살이 찐 나쁜 년이다. 한편 장랭은 목재 더미 위에 우뚝 서서 리디를 끌어올렸고 베베르에게 따라 올라오라고 윽박질렀다. 세 명 모두는 어느 누구보다도 높은 곳에 있게 되었다.

말다툼은 라스뇌르에게서 비롯됐는데 그는 제대로 위원회 선거를 하자는 것이었다. 봉-조아이유에서의 패배 때문에 그는 분노하고 있었다. 그리고 복수를 하겠다고 다짐을 하고 있었다. 왜냐하면 그는 대표자들이 아닌 전체 광부들 앞에서 자신의 옛날 권위를 되찾겠다고 떠벌렸기 때문이었다. 격분한 에티엔은 이런 숲속에서 위원회를 구성한다는 것은 바보짓이라고 생각했다. 늑대처럼 쫓기는 상황에서는 혁명적으로, 거칠게 행동해야만 한다.

싸움이 오래 갈 조짐이 보이자 그는 갑자기 군중을 휘어잡았다. 그는 나무 위로 올라가서 외쳤다.

"동지 여러분! 동지 여러분!"

인민의 혼란스런 웅성거림은 긴 한숨으로 잦아들었고, 마외는 라스뇌르의 항의를 눌러 버렸다. 에티엔은 우렁찬 목소리로 말을 계속했다.

"동지 여러분! 우리가 말하는 것을 금지하고 우리가 강도인 것처럼 현병들을 보내기 때문에, 부득이 이곳에서 모이게 되었습니다. 이곳에서 우리들은 자유롭고 마음대로 할 수 있습니다. 새나 짐승의 입을 다물게 하지 못하는 것처럼 누구도 우리의 말을 막으러 오지 않을 것입니다."

우레와 같은 탄성과 외침이 맞장구쳤다.

"옳소! 옳소! 숲은 우리 것이오! 누구든 여기서는 말할 권리가 있소… 말하시오!"

잠시 에티엔은 나무 기둥 위에서 꼼짝도 하지 않았다. 달은 지평선 위로 아주 낮게 떠서 여전히 키 큰 나뭇가지만을 비출 뿐이었다. 조금씩 평온을 되찾으며 조용해진 군중은 어둠 속에 잠겨 있었다. 그는 검은 형체만을 드러낸 채 비탈 위에서 군중들 머리 위로 긴 그림자를 던지고 있었다.

천천히 한쪽 팔을 들어 올리며 그가 말을 시작했다. 그러나 그의 목소리는 더 이상 우렁차지 않았고, 보고를 하는 단순한 인민 대리인의 냉랭한 어조를 취하고 있었다. 마침내 그는 경찰서장 때문에 봉-조아이유에서 하지 못했던 연설을 했다. 그는 사실만을, 오로지 사실만을 말하는 과학자의 연설을 흉내 내며 파업에 대한 간략한 경과 보고로 시작했다. 우선 그는 파업에 대한 자신의 혐오감을 말했다. 광부들은 결코 파업을 원치 않았으며, 바로 회사 지도부가 새로운 갱목작업 임금요율을 들고 나와 광부들을 자극했다. 그리고 그는 사장 집에서의 첫 번째 대표자 교섭과 회사 측의 기만성 그리고 두 번째 교섭에서 있었던 회사 측의 뒤늦은 양보안, 즉 회사가 도둑질을 시도하려다 되돌려주기로 한 10상팀을 상기시켰다. 이제 그는 숫자로써 공제기금이 바닥난 경위를 보고하는 한편, 보내온 지원금의 사용처를 보고했다. 그리고 몇 문장으로 인터내셔널과 플뤼샤르 그리고 다른 사람들이 세계 정복에 골몰한 나머지 더 이상 도와주지 못하는 데 대한 변명을 했다. 그러므로 상황은 하루가 다르게 악화되고 있으며, 회사 측은 노동자수첩을 반환하고 벨기에로부터 노동자를 고용하겠다고 협박하고 있다. 게다가 회사 측은 나약한 광부들을 위협해서 상당수의 광부들이 수갱으로 다시 내려가게끔 종용하고 있다. 이 나쁜 소식들을 강조하려는 듯 그는 단조로운 어조를 유지했다. 그는 승리의 배고픔과 사라진 희망과 뜨거운 최후의 용기를 필요로 하는 투쟁을 이야기했다. 그리고 갑자기 목소리를 높이면서 말을 맺었다.

"이러한 상황 속에서 동지 여러분! 우리는 오늘 밤 결단을 내려야 합니다. 파업을 계속하기를 원합니까? 그렇다면 회사를 이기기 위해서 여러분들은 무엇을 할 작정입니까?"

깊은 침묵이 별이 뜬 하늘에서 내려왔다. 보이지 않는 군중들은 이 말에 심장이 멎은 듯 어둠 속에서 입을 다물었다. 나무들 사이를 가로지르는 절망적인 숨소리 외에는 아무 소리도 들리지 않았다.

에티엔은 이미 목소리 톤을 바꾸고 연설을 계속했다. 연설을 하고 있는 사람은 더 이상 공제조합의 서기장이 아니었다. 그는 한 집단의 지도자요, 진리를 설파하는 사도였다. 약속을 저버릴 비겁자들이 있는가? 말도 안 된다! 그렇게 되면 한 달 전부터 헛고생을 한 것이다. 고개를 숙인 채 수갱으로 되돌아 갈 것이다. 그리고 영원한 비참은 다시 시작될 것이다! 차라리 노동자를 굶주리게 하는 자본의 폭정을 파괴하면서 곧바로 죽어버리는 게 낫지 않겠는가? 가장 얌전한 사람까지도 배고픔에 못 이겨 또다시 반항에 몸을 던지는 그 순간까지 언제나 배고픔 앞에 순종하는 일은 이제 그만 두어야 할 어리석은 짓이 아니겠는가? 그리고 필연적인 경쟁 때문에 생산원가를 절감해야 할 경우, 착취당하는 광부들만이 경제위기의 재앙을 떠맡으며 더 먹을 것이 없을 정도로 임금을 삭감 당한다는 사실을 지적했다. 안 된다! 갱목작업 임금요율은 받아들일 수 없다. 그것은 단지 거짓 절약이며, 광부 한 사람당 하루에 한 시간의 노동을 훔치려는 것이다. 이번은 너무했다. 궁지에 몰린 비참한 사람들이 정의를 실현할 시간이 왔다.

그는 공중을 향해 두 팔을 벌린 채 서 있었다. 추위에 떨고 있던 군중들은 정의라는 말에 환호성을 터뜨렸고, 그 소리는 낙엽 소리와 함께 굴러갔다. 수많은 목소리가 외쳐댔다.

"정의!… 정의의 시대가 왔다!"

조금 조금씩 에티엔은 열을 올렸다. 그는 라스뇌르처럼 달변이지도, 유창하지도 못했다. 자주 어휘가 부족해 억지 문장을 만들어야 했고, 애를 써야만 난관에서 벗어났다. 이처럼 계속해서 말이 막혔지만, 그는 그들에게 친숙한 힘을 지닌 이미지들을 생각해내며 청중들을 휘어잡았다. 아울러 현장 노동자들의 몸짓들, 팔꿈치를 들이고 풀고, 주먹을 앞으로 내뻗고, 턱을 마치 물어뜯기 위해 불쑥 내미는 동작은 동료들에게 놀라운 효과를 발휘했다. 사람들은 모두 그가 대단한 사람은 아니지만 적어도 자기들 말을 들어주는 사람이라고 얘기했다.

"임금제도는 새로운 형태의 노예제도입니다." 그가 더 떨리는 목소리로 말을 이었다. "바다는 어부의 것이고 땅은 농부의 것인 것처럼, 광산은 광부들의 것이어야 합니다… 알겠습니까? 광산은 1세기 전부터 그 많은 피와 비참함을 바쳐왔던 여러분 모두의 것입니다!"

단호하게 그는 자신도 헷갈리는 법률 문제들과 도대체 알 수 없는 광산에 대한 일련의 특별법들을 언급하기 시작했다. 하층토*는 표토와 마찬가지로 국가의 재산이다. 단지 한 가증스런 특권만이 회사들에게 광산의 독점적 권리를 보장해주고 있다. 더군다나 몽수의 경우, 소위 광업권의 적법성은 에노** 지역의 옛 관례에 따라, 과거의 봉토 소유주들과 체결했던 약정들 때문에 복잡하게 얽혀 있다. 그러므로 광부 인민들은 그들의 재산을 되찾기만 하면 된다. 그는 손을 뻗어 숲 너머에 있는 몽수를 가리켰다. 이때 지평선에서 떠오르고 있던 달이 키 큰 나뭇가지들을 빠져나가며 그를 비추었다. 여전히 어둠 속에 잠겨 있던 군중들은 달빛에 하얗게 빛나는 그를 보았고, 그는 손을 펼쳐 그 재산

---

* 표토와 기반암석층의 중간에 위치한 토양지대
** Hainaut. 프랑스와 벨기에에 걸쳐 있었던 옛 지명이다.

을 나눠주는 듯했다. 군중들은 또다시 긴 박수를 치며 환호했다.

"옳소, 옳소, 맞는 말이오, 브라보!"

그때부터 에티엔은 자기가 말하기 좋아하는 문제인 노동 장비들의 공동체 귀속을 중첩시켰다. 그는 이것을 한 문장으로 되풀이해서 말했는데, 이 부정확한 표현*이 그는 무척이나 맘에 들었다. 이제 여기에서 그의 연설은 마무리 단계에 접어들었다. 교리 입문자들이 경험하는 심정적 형제애에서 출발하여 임금제도 개혁의 필요성을 언급한 후, 그것을 폐지하자는 정치사상에 도달했던 것이었다. 봉−조아이유에서의 회합 이후 온정주의적이고 아무런 형식도 갖추지 못했던 그의 집산주의는 하나의 복잡한 실천 계획 속에서 정착되었고, 그는 그것의 각 항목들을 과학적으로 토론했다. 우선 자유는 국가의 파괴를 통해서만 획득될 수 있다고 가정했다. 그런 다음 인민이 정부를 탈취할 때 취할 일련의 개혁들, 즉 원시 공동체로의 복귀, 도덕적이고 억압적인 가족관계에서 평등하고 자유로운 가족제도로의 전환, 민사적, 정치적, 경제적 절대평등, 노동 도구의 소유와 그것의 통합 생산을 통한 개인 독립의 보장, 마지막으로 집단에 의해 비용이 지불되는 직업교육과 무상교육을 실시할 것이다. 이렇게 함으로써 낡고 부패한 사회를 완전히 개조할 수 있다. 그는 결혼제도와 상속법을 공격하는 한편, 개인의 재산은 제한되어야 한다고 주장했고, 죽은 세기들의 부당한 기념물을 타도했다. 그는 익은 곡식을 대형 낫으로 베는 농부의 커다란 손동작을 언제나 동일하게 반복했다. 그리고 그는 다른 손을 들고는 20세기의 여명 속에서 성장할 미래 인류의 진리와 정의의 건축물을 건설했다. 이러한 정신적 긴장 때문에 그의 이성은 흔들렸고, 오로지 당파주의자의 고정관념만이 남게 되었다. 그의 소심함과 양식을 팽개쳐버리자 새로운 세계의 실현보다 더 쉬운 것은 없었다. 그는 모

---

* 작가는 노동 장비들의 공동체 귀속(l'attribution des intruments de travail à la collectivité)이라는 명사구는 '주어+attribuer des intruments de travail à la collectivité'의 형태를 취해야 한다고 보는 듯하다.

든 것을 예견했고, 불도 피도 필요 없이 단 두 시간이면 조립할 기계처럼 신세계에 대해 얘기했다.

"이제 우리의 차례가 왔습니다." 그는 마지막으로 열변을 토했다. "권력과 부를 소유해야 하는 사람은 바로 우리들입니다!"

환호성이 숲속에서 그에게까지 울려왔다. 이제 달빛은 숲속의 빈터 전체를 비춰, 능선 속의 인파와 아름드리 잿빛 나무들 사이에 있는 무질서한 잡목림까지 생생하게 드러내고 있었다. 얼음처럼 차가운 공기 속에서 굶주리고 맥이 빠졌던 남자들과 여자들 그리고 아이들은 격노한 얼굴로 눈을 반짝이며 입을 벌렸고, 빼앗겼던 옛 재산의 정당한 약탈에 모두들 몸이 한껏 달아올랐다. 그들은 더 이상 추위를 느끼지 않았다. 이 뜨거운 말에 그들은 뱃속까지 따뜻해졌다. 종교적인 열광이 그들을 땅 위로 들어 올렸다. 그것은 임박한 정의의 지배를 기다리는 초기 기독교들의 뜨거운 희망이었다. 그들은 난해한 문장들을 이해할 수 없었고 기술적이고 추상적인 추론은 전혀 알아먹을 수 없었지만, 그 난해함과 추상성은 약속의 땅을 더욱 확장시키며 그들을 황홀경 속에 빠뜨렸다. 얼마나 멋진 꿈인가! 주인이 되고, 고통이 끝나고, 마침내 삶을 즐기고!

"맞아, 그래! 우리 차례야!… 착취자를 죽이자!"

여자들은 착란에 빠졌다. 마외드는 냉정함을 잃어버렸고, 배고픔으로 현기증을 느꼈다. 르바크의 마누라는 울부짖었고, 제 정신이 아닌 늙은 브륄레는 마녀의 팔을 휘둘러댔고, 필로멘은 발작적인 기침으로 헐떡거렸다. 그리고 무케트는 너무나 몸이 달아 연설자를 향해 사랑의 말들을 외쳐댔다. 남자들 속에서 떨고 있던 피에롱과 너무나 떠들어 댔던 르바크 사이에 있었던 마외는 분노로 절규했다. 반면 자카리와 무케 같은 건달들은 동료가 물 한 모금 마시지 않고 저렇게 오랫동안 연설을 하는 데 깜짝 놀랐고, 편치 않은 태도로 히죽거리려고 애썼다. 그리고 목재 더미 위에서 장랭은 가장 큰 법석을 떨었다. 그는 폴로뉴가 들어있는 바구니를 흔들면서 베베르와 리디를 흥분시켰다.

소란이 다시 시작되었다. 에티엔은 인기에 취해 있었다. 그가 손에 물건처럼 쥐고 있는 그의 힘은 말 한마디로 3,000명에 달하는 광부들의 심장을 뛰게 만들었다. 수바린이 와주었더라면 그는 자기 사상들을 칭찬했으리라. 자기 사상들을 점차 인정하면서, 후학의 무정부주의적 사고의 발전에 만족하고, 어리석고 감상적인 사고의 잔재인 교육 항목만 제외하고는 자기의 실천계획을 흡족하게 받아드렸으리라. 왜냐하면 수바린은 성스럽고 건강한 무지야말로 인간을 다시 담금질하는 욕조라고 확신했기 때문이었다. 라스뇌르는 경멸과 울분으로 어깨를 으쓱했다.

"나도 얘기를 해야겠어!" 그는 에티엔에게 외쳤다.

에티엔은 나무 아래로 뛰어내렸다.

"말해요, 당신 말을 듣는지 한번 봅시다."

에티엔이 있던 자리에 올라선 라스뇌르는 군중들을 향해 정숙을 요구하는 몸짓을 했다. 소음은 잦아들지 않았고, 그의 이름이 그를 알아본 앞줄로부터 너도밤나무 숲속으로 사라져버린 끝줄까지 전해졌다. 사람들은 그의 말을 들으려 하지 않았다. 그는 이제 쓰러진 우상이었다. 그를 보는 것만으로도 그의 옛 신도들은 분노했다. 그의 알아듣기 쉬운 연설과 유창한 말솜씨 그리고 순진한 인간성은 아주 오랫동안 사람들을 매혹시켰지만, 이제는 비겁한 자들을 잠재우는 미지근한 탕약으로 취급받았다. 소란 속에서 그는 법을 어겨가며 세상을 바꾸는 것은 불가능하며, 필연적으로 완성의 시간은 사회적 진화에 맡겨야 한다는 그의 유화적인 지론을 말하려 했지만 허사였다. 사람들은 그를 조소하고 야유했다. 봉—조아이유에서의 그의 패배는 이제 더욱 악화되어 돌이킬 수 없는 것이 되어버렸다. 마침내 사람들은 얼어붙은 이끼를 집어던지기 시작했고, 한 여인은 앙칼진 목소리로 외쳤다.

"저 배반자를 끌어내려!"

그는 베틀이 직조공의 소유물이라고 해서 광산까지도 광부들의 재산이 될 수는 없다고 설명했다. 그리고 그는 천덕꾸러기가 된 노동자들이 실리보다도 파업 가담을 택하고 있다고 말했다.

"저 배반자를 끌어내려!" 수많은 목소리가 되풀이해서 외쳤고, 돌이 날아오기 시작했다.

그러자 안색이 창백해지며 절망에 빠진 그는 눈물을 흘렸다. 그의 삶이, 20년간 지켜왔던 야심만만한 동지애가 배은망덕한 군중 속에서 무너지고 있었다. 충격을 받고 그는 나무에서 내려왔다. 더 이상 말할 기력이 없었다.

"기분 좋겠군." 의기양양한 에티엔에게 그가 더듬거리면서 말했다. "좋아, 이런 일이 너에게는 안 생기는지 두고 보겠어… 분명히 생길 거다, 알겠어!"

그리고 모든 책임을 그가 예견했던 불행 속으로 던져버리기라도 하듯 그는 커다란 몸짓을 했고, 홀로 달빛이 하얗게 비추는 적막한 벌판을 가로지르며 사라졌다.

함성은 높아만 갔다. 그런데 군중들은 나무 위에 올라 선 본모르 영감이 소란 속에서 말을 하는 것을 알아채고 깜짝 놀랐다. 그때까지 무크와 그는 언제나처럼 옛날 일들을 회상하듯 자신들의 생각에 몰두하고 있었다. 틀림없이 수다를 떨고 싶은 갑작스러운 욕구를 참지 못한 듯했다. 종종 그의 머릿속에서는 과거가 아주 격렬하게 소용돌이쳤고, 그럴 때면 그는 발작적으로 솟아오른 과거의 일들을 몇 시간이고 계속해서 떠들어댔다. 커다란 침묵이 흘렀고, 사람들은 달빛 아래 유령처럼 창백하게 서 있는 이 노인의 말에 귀를 기울였다. 노인이 토론과 직접적 연관도 없고 아무도 이해할 수 없는 긴 넋두리를 해대자, 몸이 갑자기 오싹해졌다. 그는 자신의 젊은 시절을 얘기했고, 보뢰 수갱에서 붕괴 사고로 깔려 죽은 두 삼촌에 대해 말했고 그리고 자기 아내를 앗아간 폐렴이야기로 넘어갔다. 그러나 자기 생각은 내뱉지 않았다. 그런 적도 없었고 그러지도 않을 것이었다. 그래서 숲에는 왕이 노동 시간을 줄이려 하지 않았기 때문에 500명이 모였었다. 그러나 말문이 막히자 그는 또 다른 파업 얘기를 시작했다. 많은 사람을 왔었지! 모든 사람들이 이 나무들 아래 왔었다. 여기 플랑-데-담과 저기 샤르본느리 그리고 더 멀리에 있는 소-뒤-루 근처에도. 어떤 때는 얼음이 얼기도 했고, 또 어떤 때는 덥기도 했었다. 어느 날 저녁은 비가 많이 와서 한마디도 못한 채 되돌아가기도 했다. 그리고 왕의 군대가 도착했고, 결국 총질로 끝이 났다.

"우리 모두 이렇게 손을 듭시다. 그리고 맹세합시다. 수갱에 내려가지 않겠다고… 아! 나는 맹세했어, 그래, 나는 맹세했다고!"

군중들은 입을 벌린 채 거북살스럽게 그의 말을 듣고 있었다. 그때 그 장면을 지켜보고 있던 에티엔이 쓰러진 나무 위로 뛰어오르며 노인을 옆에서 보살폈다. 그는 친구들이 앉아 있는 첫 번째 줄에서 샤발을 방금 본 터였다. 카트린도 거기에 있을 거라는 생각이 들자, 그녀가 보는 앞에서 다시 한 번 환호를 받고 싶다는 욕망이 새롭게 타올랐다.

"동지 여러분! 알다시피 이 분은 우리 선배들 중 한 분입니다. 그는 고통을 겪었습니다. 그리고 우리가 이 도둑들과 살인자들을 끝장내지 못한다면, 우리의 자식들도 그 고통을 겪게 될 것입니다."

그의 연설은 무시무시했다. 그가 이처럼 과격하게 말했던 적은 한 번도 없었다. 그는 한쪽 팔로 본모르 영감을 부축했고, 노인을 비참과 애도의 깃발처럼 드러내 보이며 복수를 외쳤다. 빠른 문장으로 그는 탄광에서 처음으로 일한 마외의 증조부까지 거슬러 올라갔고, 광산에서 망가지고 회사에 잡아먹히며 100년을 일해 왔지만 굶주림은 더욱 심해져만 가는 이 가족을 보여줬다. 그리고 그의 가족 앞에서 회사의 배불뚝이들을 얘기했다. 그들은 돈을 땀처럼 흘리며, 모든 주주 떼거리들이 100년 전부터 아무 일도 하지 않고 육체의 향락을 즐기도록 친딸처럼 보살펴 왔다. 소름끼치지 않는가? 인민들은 아버지에서 아들까지 막장에서 죽어 가는데, 그들은 각료들에게 뇌물이나 주고, 대영주와 부르주아들은 대대손손 따뜻한 방안에서 호의호식하고 있다! 그는 전에 공부했던 광부들의 질병들, 빈혈, 선병질, 검게 된 기관지염, 숨이 막히는 천식 그리고 사지가 마비되는 류머티즘을 끔찍한 세부

증상까지 덧붙여가면서 열거했다. 그들은 비참한 사람들을 기계 사료로 내던졌고 가축 떼처럼 탄광촌에 가두었다. 대기업들은 이 비참한 사람들을 노예로 묶어놓고, 한 나라의 모든 노동자들을, 수백만의 팔들을 병영화시키겠다고 위협하면서, 게을러빠진 1,000명의 재산을 위해서 그들의 고혈을 조금 조금씩 빨아먹고 있다. 그러나 이제 광부들은 무지하지 않으며 대지의 내장 속에서 깔려죽는 짐승이 아니다. 노동자 군대는 깊고 깊은 수갱 속에서 밀고 올라와 그 속에 뿌려진 씨앗들은 움트고 대지를 터뜨려, 어느 햇빛 찬란한 날에 시민들을 수확할 것이다. 그때가 되면 40년 노역 끝에 석탄 가래를 뱉어내고 갱구의 물로 퉁퉁 부은 발을 가진 60먹은 노인에게 어떻게 감히 150프랑의 연금만을 줄 수 있겠는가. 그렇다! 노동은 자본에게, 이 비인간적이고 노동자들이 알지 못하며 성전의 신비 속 어디엔가 몸을 웅크린 채, 굶어죽는 사람들의 생명으로 먹고 사는 신에게 결산을 요구할 것이다! 저기로 가서 마침내 불의 섬광에 비친 그 신의 얼굴을 보고야 말 것이며, 이 파렴치한 돼지, 인간의 살을 입에 가득 물고 있는 이 끔찍한 우상을 핏속에 처넣고 말 것이다!

그는 입을 다물었다. 그러나 그의 팔은 언제나 허공을 향해 뻗으며 저쪽 땅 어디에 있는지 알지 못하는 그 적을 가리켰다. 이번에는 군중의 환호가 너무나 커서 몽수의 부르주아들도 이 소리를 어렴풋이 들었고, 끔찍한 붕괴 사고가 났을지 모른다는 생각에 불안한 눈빛으로 방담 쪽을 바라보았다. 밤새들은 숲 너머 너른 맑은 하늘로 날아올랐다.

에티엔은 곧장 말을 맺고자 했다.

"동지 여러분! 여러분들의 결단은 무엇입니까?… 파업을 계속하는 것에 찬성합니까?"

"찬성이요! 찬성이요!" 목소리들이 아우성쳤다.

"그렇다면 어떤 일을 하겠습니까?… 비겁한 자들이 내일 수갱에 내려간다면, 우리들의 패배는 분명합니다."

폭풍처럼 숨 쉬는 목소리들이 다시 터져 나왔다.

"비겁한 놈들을 죽여 버리자!"

"여러분들은 그들이 의무를, 맹세를 기억하도록 결단해야 합니다. 우리들이 할 수 있는 것은 바로 이것입니다. 수갱으로 가서 배반자들의 발길을 돌리게 하는 것입니다. 회사에게 하나가 된 우리를, 굴복하느니 차라리 죽겠다는 우리를 보여주는 것입니다."

"바로 그거야! 수갱으로! 수갱으로!"

연설을 시작하면서부터 에티엔은 그 앞에서 포효하고 있는 창백한 얼굴들 속에서 카트린을 찾고 있었다. 그녀는 분명히 거기에 없었다. 그러면서 그는 샤발을 계속해서 바라보고 있었다. 그는 어깨를 으쓱하면서 비웃는 척했지만 질투심에 사로잡혀 있었다. 조금이라도 이 인기를 누릴 수만 있다면, 기꺼이 자신을 팔아버릴 용의가 있었다.

"그런데 동지 여러분!" 에티엔은 말을 계속했다. "우리들 중 밀정들이 끼어 있다면 어떻게 하시겠습니까? 그들을 조심하십시오. 우리는 그들이 누구인지 알고 있습니다… 그렇습니다. 방담의 탄광부들은 수갱을 떠나지 않았습니다."

"너, 나를 두고 하는 소리야?" 샤발이 허세를 부리며 물었다.

"너일 수도 있고 다른 사람일 수도 있어… 네가 말하니까 일러두겠는데, 굶지 않는 자들은 굶고 있는 사람들과 아무것도 할 수 없어. 너는 장-바르에서 일하고 있잖아…"

야유하는 목소리가 말을 끊었다.

"아! 그는 일을 하고 있어… 그를 위해 일하는 여자도 한 명 있지."

얼굴이 시뻘겋게 달아오른 샤발이 욕을 했다.

"시팔! 그러면 일을 해서는 안 돼?"

"안 돼!" 에티엔이 소리쳤다. "동료들은 모두의 선을 위해 비참함을 참고 있는데 이기적으로 행동하거나, 고용주 편에서 밀정질을 하는 것은 안 돼. 만약에 총파업이 이뤄졌다면 우리는 오래전에 주인이 됐을 거야… 몽수는 작업을 중단하고 있는데, 방담에서 단 한 사람이라도 내려간다면 어떻게 되겠어? 제대로 타격을 주려면 이 고장 전체가 일을 중단해야 해. 드뇔랭 씨의 탄광에서나 여기에서나. 장-바르 갱들에는 배반자들밖에 없어, 너희들 모두는 배반자라고!"

샤발 주위에 있던 군중들이 험악하게 변했고 주먹을 올리며 외쳐댔다. 죽여라! 죽여라! 으르릉거리기 시작했다. 그의 얼굴이 창백해졌다. 그러나 그는 에티엔을 이기기 위해 분한 생각을 가다듬었다.

"내 말을 들어봐요! 내일 장-바르에 와서 내가 어떤 일을 하는지 보시오!… 우리는 당신들 편이오. 당신들에게 이 말을 하도록 사람들이 나를 보냈소. 불을 꺼버리고 기계공들도 파업에 들어가야만 해요. 펌프가 멎으면 더 좋을 겁니다! 물이 수갱을 터뜨리고 모든 게 끝장날 테니까요!"

이번에는 그에게 미친 듯이 환호를 보냈다. 그때부터 에티엔 자신도 걷잡을 수가 없었다. 연설자들이 나무 위로 계속해서 올라갔다. 그들은 소란 속에서 제스처를 써가면서 난폭한 제안들을 했다. 그것은 광적인 신앙심의 폭발이었고, 기적을 기다리다 지쳐 이제는 스스로 기적을 불러일으키려는 사교집단의 조급함이었다. 굶주림으로 텅 빈 머리들은 이제 붉은 눈빛으로, 만유의 행복이 솟아오르는 찬란한 신에 대한 열광 속에서 방화와 피를 꿈꾸고 있었다. 그리고 고요한 달은 이 인파를 씻어주고 있었고, 깊은 숲은 살육의 외침들을 거대한 침묵으로 감싸고 있었다. 오직 얼어붙은 이끼들만이 발뒤꿈치 아래서 부서지는 소리를 내고 있었다. 반면 힘차게 서있는 너도밤나무들은 연약한 가지들을 하얀 하늘에 검정색으로 드러내고 있었고, 그것들은 나무 밑동에서 동요하고 있는 이 비참한 존재들의 모습을 보지도 않았고, 그들의 소리를 듣지도 않고 있었다.

군중들은 밀치고 밀렸고, 마외드는 마외 곁에 있었다. 둘 모두는 몇 달 전부터 서서히 끓어오른 분노에 사로잡혀 이성을 잃고 있었다. 그들은 한술 더 떠서 엔지니어들의 목을 요구하는 르바크의 말에 찬성했다. 피에롱은 벌써 사라지고 없었다. 본모르와 무크는 격한 말들을 동시에 횡설수설 떠들어 무슨 말인지 알아들을 수가 없었다. 자카리는 농담 삼아 교회들을 부수자고 주장했고, 무케는 손에 든 스틱으로 땅을 두드려 단지 소란을 가중시키기만 했다. 여자들은 광란에 빠졌다. 르바크 마누라는 주먹을 허리춤에 갖다 댄 채, 필로멘이 자기를 비웃었다며 그녀와 드잡이를 해댔다. 무케트는 말 탄 헌병들을 발길로 걷어차 떨어뜨리겠다고 말했다. 브륄레는 바구니도, 민들레도 없는 리디를 보고는 뺨을 때렸고, 잡히기만 하면 고용주들의 뺨도 갈기겠다며 계속해서 허공에 대고 손바닥을 휘둘렀다. 장랭은 잠시 숨이 막혔다. 라스뇌르의 아내가 폴로뉴를 훔치는 그들을 보았다는 견습광부의 말을 베베르가 들었던 것이었다. 그러나 그는 아무도 몰래 라방타쥬의 문 앞에 폴로뉴를 풀어놓기로 마음먹고는 더 큰 소리로 외쳐댔다. 그는 새 칼을 꺼냈고, 빛나는 칼날에 의기양양하여 그것을 마구 휘둘러댔다.

"동지 여러분! 동지 여러분!" 탈진한 에티엔이 쉰 목소리로 잠시 정숙을 부탁했고 최종 합의를 구했다.

마침내 군중들은 그의 말에 귀를 기울였다.

"동지 여러분! 내일 아침 장-바르에서 모입시다. 좋습니까?"

"좋소, 좋소, 장-바르에서! 배반자들을 죽여 버리자!"

3,000명의 폭풍우 같은 함성이 하늘을 가득 채우더니 맑은 달빛 속으로 사라졌다.

제5부

I

네 시에 달이 졌고 새까만 밤이 되었다. 드닐랭의 집에서는 모두가 잠들어 있었다. 예전에 벽돌로 지어진 집은 출입문과 창문들이 모두 닫힌 채, 장-바르 수갱과 집을 가르는 제대로 가꾸지 않은 커다란 정원 끝에 말없이 음울하게 서 있었다. 집 뒤쪽으로는 황량한 방담 도로가 지나고 있었고, 약 3킬로미터 정도 떨어진 숲 뒤편에는 커다란 마을이 숨겨져 있었다.

그 전날 막장에서 낮 시간을 보내고 지쳐버린 드닐랭은 벽에다 코를 대고 잠을 자다 꿈속에서 자기를 부르는 소리를 들었다. 그는 이윽고 잠에서 깼다. 그는 실제로 사람 목소리를 듣고 달려가서 창문을 열었다. 정원에 서 있는 사람은 반장들 중 한 사람이었다.

"무슨 일이야?" 그가 물었다.

"사장님! 폭동이 일어났습니다. 절반이나 되는 광부들이 작업을 거부하고 있고요, 다른 사람들이 수갱으로 들어가는 것을 막고 있습니다."

그는 머리가 무겁고 잠이 덜 깬 탓에 잘 알아듣지 못했지만, 얼음물로 샤워를 한 듯 소름이 끼쳤다.

"억지로라도 내려가게 해, 빌어먹을!" 그는 더듬거리며 말했다.

"한 시간 전부터 계속 이럽니다." 반장이 말했다. "그래서 사장님을 모시러 왔습니다. 그들을 정신 차리게 할 사람은 사장님 밖에 없습니다."

"좋아! 가지!"

그는 부리나케 옷을 입었고, 이제 정신은 말짱했지만 몹시 불안했다. 광부들이 집을 약탈할까 두려워 주방하녀와 하인은 꼼짝도 하지 않은 채 층계참 다른 쪽에서 깜짝 놀란 목소리로 수군대고 있었다. 그리고 그는 나가면서 딸들의 방문이 열리는 것을 보았다. 두 딸은 모두 흰색 잠옷을 급히 걸쳐 입고 나타났다.

"아빠, 무슨 일이에요?"

큰 딸인 뤼시는 벌써 스물 두 살이었고 갈색 머리에 키가 컸으며, 멋진 자태를 지니고 있었다. 한편 이제 열아홉 살이 된 막내 잔느는 키가 작았고 금발에 애교 있는 우아함을 지니고 있었다.

"아무것도 아니다." 그는 딸들을 안심시키려 했다. "아마 시끄러운 자들이 소란을 피우고 있는 모양이야. 한번 가봐야겠어."

그러나 두 딸은 다시 소리치며 아버지가 따뜻한 것을 들고 나가기를 원했다. 그렇지 않으면 언제나 그렇듯 위장에 탈이 나서 돌아오게 된다. 그러나 그는 허우적대며 너무 바쁘다고 단호하게 말했다.

"내 말 들으세요." 잔느가 그의 목에 매달리며 말했다. "럼주 한 잔하고 비스킷 좀 들고 나가세요. 제 말 안 들면 이대로 있을 거예요. 그리고 화낼 거예요."

비스킷을 먹으면 목이 막힐 거라고 말하면서도 그는 지금 나가는 것을 포기해야만 했다. 이미 딸들은 각자 촛대를 들고 그의 앞에 내려와 있었던 것이었다. 아래층 식당에서 두 딸들은 바쁘게 먹을 것을 준비했다. 한명은 럼주를 따르고 다른 한명은 찬장으로 가서 비스킷 봉지를 찾았다. 아주 어려서 엄마를 여읜 딸들은 아무도 돌보는 사람 없이 아버지의 응석둥이로 자랐다. 큰 딸은 극장에서 노래 부르는 꿈에 사로잡혀 있었고, 작은 딸은 대담하고 유별난 취향의 그림을 그리는

데 빠져 있었다. 그렇지만 사업이 곤경에 처하게 되어 부득이 씀씀이를 줄여야만 했을 때, 이 자유분방한 딸들은 현명하고 약삭빠른 주부가 되어 가계부에서 몇 상팀의 실수까지도 찾아냈다. 요즘 들어 둘은 여자 예술가들의 선머슴 같은 태도로 돈주머니를 움켜쥐고 단 몇 푼이라도 깎으려 물건을 대는 상인들과 말싸움을 했고, 자기 옷들을 쉬지 않고 수선해 입으면서 점점 좋지 않아지는 살림을 잘 꾸려나가고 있었다.

"드세요, 아빠." 뤼시가 되풀이해서 말했다.

그러나 그가 걱정스레 말없이 음울하게 앉아 있자 그녀는 겁이 났다.

"얼굴을 다 찡그리시고, 일이 심각한 모양이에요?… 그래도 우리가 아빠 곁에 있잖아요, 오늘 그 점심 식사에는 안 갈래요."

그녀는 오전으로 예정된 모임 얘기를 했다. 엔느보 부인은 자기의 사륜마차로 먼저 그레그와르 집으로 가서 세실을 태운 다음 그들을 데리러 오기로 되어 있었다. 그들은 마르시엔의 포르즈 제철소에서 초대한 사장 부인과 함께 점심을 할 예정이었다. 그리고 작업장과 용광로 그리고 코크스 화로를 구경할 참이었다.

"당연히 우리는 집에 있을래요." 이번에는 잔느가 단호하게 말했다.

그러자 그는 화를 냈다.

"무슨 소리를 하는 거니! 다시 한 번 말하는데 아무 일도 아니야… 가서 더 자고 약속대로 아홉 시에 옷을 입고 준비해라."

그는 딸들에게 입맞춤을 하고 서둘러 떠났다. 사라지는 그의 장화 소리가 정원의 언 땅 위에서 들려왔다.

잔느는 정성스럽게 럼주 병마개를 막았고, 뤼시는 비스킷을 넣고 찬장을 잠갔다. 방안은 냉랭하고 정갈했고, 딸들은 아주 간소하게만 식탁을 차렸다. 두 딸은 기왕 아침에 내려온 김에 전날 밤새 흐트러진 게 없는지 살펴보았다. 냅킨 하나라도 굴러다녔다면 하인은 혼났을 것이다. 마침내 두 딸은 침실로 올라갔다.

드뇔랭은 자기 채소밭의 좁다란 길들로 가로질러 가면서 위태로운 자기 재산, 그러니깐 열 배로 불리겠다며 몽수 탄광의 주식 1드니에를 팔아 만들었던 백만 프랑을 생각했다. 이 돈이 지금 커다란 위험에 처해 있었다. 불운이 끊이지 않고 잇따랐다. 예기치 못했던 막대한 수리비, 열악한 채굴 조건들 그리고 이익이 생겨날 직전에 닥쳐온 산업공황으로 인한 재앙… 만약 그의 수갱에서 파업이 일어난다면 그는 끝장이었다. 그는 조그만 문을 밀고 들어갔다. 수갱의 건물들이 시커먼 어둠 속에서 별처럼 박힌 불빛에 중첩된 그림자를 드리우며 그 모습을 드러냈다.

장-바르 수갱은 보뢰 수갱만큼 대단하지는 않았다. 그렇지만 엔지니어들의 말에 따르면 싱싱한 설비를 갖춘 멋진 수갱이었다. 드뇔랭은 운반갱의 지름을 1미터 50센티미터 더 넓히며 708미터 깊이까지 파내려간 것으로도 만족하지 않았다. 새 권양기와 새 케이지들을 구비하는 한편, 최신 과학기술이 완성한 새로운 장비들까지 도입했다. 게다가 수갱 내의 구조물들을 우아함까지 고려하며 건설했다. 선탄장의 천장 부분은 톱니모양의 장식 띠로 치장되었고, 권양탑은 시계로 장식됐으며, 석탄수납장과 기계실은 르네상스식 예배당 제단 뒷부분처럼 궁륭 모양을 하고 있었다. 굴뚝은 검은 벽돌과 붉은 벽돌이 나선형 모자이크 문양을 하며 솟아올랐다. 펌프는 드뇔랭이 광업권을 갖고 있는 또 다른 수갱인 가스통-마리에 있었으며, 채탄은 하지 않고 오직 배수용으로만 쓰고 있었다. 장-바르 수갱에는 운반갱의 왼쪽과 오른쪽에 두 개의 통기갱을 지니고 있었는데, 한 곳에는 증기기관 환풍기를, 다른 곳에는 광부들이 오르고 내릴 수 있는 사다리를 설비했다.

새벽 세 시에 샤발은 맨 첫 번째로 장-바르에 도착했다. 그는 동료들의 파업을 선동하면서 몽수를 본 따 탄차 한 대당 5상팀을 올려야만 한다고 동료들을 설득하고 있었다. 곧바로 400명의 막장 노동자들이 요란스런 몸짓으로 아우성을 치며 석탄수납장 막사로부터 몰려들었다. 일을 하고자 하는 사람들은 맨발로 손에 램프와 삽이나 곡괭이를 들고 있었다. 반면 나머지 사람들은 나막신을 신고 큰 추위 때문에 어깨에 외투를 걸친 채 운반갱 앞을 가로막고 있었다. 반장들은 질서유지를 부탁하면서 제발 이성을 찾으라고 호소했고, 수갱으로 내려가려는 선량한 사람들을 방해하지 말아달라고 몸이 쉬어라 외쳐댔다.

카트린이 바지와 남자 윗도리를 입고 파란색 두건으로 머리를 묶은 채 나타나자 샤발은 화를 냈다. 그는 잠자리에서 일어나면서 그녀에게 계속해서 잠이나 자라고 험악하게 일러둔 터였다. 그녀는 일을 안한다는 사실에 절망했지만 그럼에도 그의 뒤를 좇았다. 왜냐하면 그는 그녀에게 전혀 돈을 주지 않았고, 그녀가 보통 둘의 생활비를 대야만 했기 때문이었다. 돈을 한 푼도 벌지 못하면 자기는 어떻게 되겠는가? 마르시엔의 공창에 대한 두려움이 그녀를 사로잡았다. 그곳은 먹을 것도, 잠자리도 없는 여조차부들이 막판에 가는 곳이었다.

"빌어먹을!" 샤발이 외쳤다. "여긴 뭣 하러 왔어, 응?"

그녀는 수입이 없기 때문에 일을 해야만 한다고 더듬거리며 말했다.

"그래서, 너 지금 나한테 대드는 거야, 갈보년이!… 집으로 당장 들어가! 엉덩이 차이기 전에!"

겁에 질려 그녀는 물러섰지만 일이 어떻게 돌아가는지를 보기로 마음먹고 자리를 뜨지 않았다.

드뇔랭은 선탄장 층계를 통해 도착했다. 희미한 불빛에도 불구하고 그는 눈을 부릅뜨고 어둠 속에 잠겨 있는 이 혼잡스런 광경을 훑어봤다. 그는 채탄부들, 적재부들, 탄차하역부들, 조차부들 그리고 심지어는 견습광부들의 얼굴까지 모두 알고 있었다. 새로 지어 아직도 깨끗한 중앙부에는 아직 끝나지 않은 일거리가 남아 있었고, 압력이 오른 권양기는 작은 휘파람 소리를 내며 증기를 뿜고 있었다. 케이지는 케이블에 매달린 채 움직이지 않고 있었다. 선로에 팽개쳐진 탄차들은 주철 슬레이트 위에 엉망인 채로 있었다. 손에 들린 램프는 불과 80개도 채 안 되었고, 나머지들은 램프 보관창고에서 불타고 있었다. 그러나 그의 말 한마디면 틀림없이 다 될 것이며, 모든 작업은 활기차게 재개될 것이다.

"이 사람들아! 뭣들 하는 거야?" 그가 고함을 치며 물었다. "불만이 뭐야? 내게 설명해 봐, 한번 들어보자고."

평소에 그는 부하들에게 가부장적으로 행동하며 많은 일을 요구했다. 권위적이고 급한 성격의 소유자인 그는 우선 속없이 발끈해대며 그들을 제압하려고 했다. 노동자들은 그를 대체로 좋아했는데, 특히 그를 용기 있는 사람으로 존경하고 있었다. 끊임없이 갱에서 광부들과 함께 움직였고, 사고가 나 수갱이 공포에 떨면 그는 제일 먼저 위험에 뛰어들었다. 두 차례에 걸친 가연성가스 폭발사고 당시 가장 용감한 사람들조차도 뒤로 물러설 때, 그는 겨드랑이를 밧줄로 묶고 제일 먼저 갱 속으로 들어갔었다.

"이것들 봐." 그가 다시 말했다. "자네들을 믿었던 나를 실망스럽게 하지 마. 헌병 지서가 생기는 것을 내가 거절했다는 것을 당신들은 잘 알잖아… 조용히들 말해 봐, 내가 들어줄 테니."

모두들 입을 다물며 속으로 겁이 난 광부들은 뒤로 물러섰다. 샤발이 마침내 입을 열었다.

"드늴랭 씨! 우리는 일을 계속할 수가 없습니다. 탄차 한 대당 5상팀을 인상해 주셔야겠습니다."

그는 놀란 표정을 지었다.

"뭐라고! 5상팀! 어째서 이런 요구를 하는 거지? 나는 당신들의 갱목작업에 대해 불만도 없고, 또 몽수회사처럼 새로운 임금요율을 강요할 생각도 없는데!"

"그러실 수 있지요. 그러나 몽수 동료들은 정당합니다. 그들은 그 요율을 거부하고 5상팀의 인상을 요구하고 있습니다. 왜냐하면 현행 하도급제 하에서는 제대로 일할 수가 없기 때문입니다… 우리는 5상팀 더 주시길 원합니다, 여러분, 안 그렀습니까?"

여러 사람들이 동조했다. 소란이 다시 일었다. 조금씩 원을 좁히며 사람들이 다가왔다.

드뇔랭의 눈에서 불꽃이 일었다. 강력한 통제를 좋아하는 그는 주먹을 쥐었고, 그들 중 한 사람의 목을 조르고 싶은 유혹을 이기지 못할까봐 겁이 났다. 그러나 그는 토론하고 이성적으로 얘기하기를 원했다.

"당신들은 5상팀 인상을 바라고 있어요. 그리고 그만한 일을 한다는 것에는 나도 동의하오. 다만 나는 그만한 돈을 줄 수가 없다는 거요. 만약에 내가 그 돈을 지불한다면 그것으로써 나는 끝장야… 그러니 당신들이 살기 위해서는, 우선 나부터 살아야 한다는 사실을 이해해주기 바라오. 나는 이제 막판까지 몰렸소. 생산원가가 조금이라도 상승하면 더 이상 버틸 재간이 없단 말이오… 당신들도 기억하겠지만 2년 전 파업 당시 나는 당신들의 요구를 들어주었소. 그때는 그럴 만한 능력이 있었고 그 당시의 봉급 인상은 파산할 지경은 아니었소. 그러나 그건 2년 전의 일이요… 지금 같아서는 다음 달에 당신들에게 줄 돈도 어디에서 구해야 할지 모를 지경이오. 차라리 수갱을 바로 처분해버리고 싶은 심정이오."

자기 사업에 대해 허심탄회하게 털어놓는 이 주인의 면전에서 샤발은 쓴웃음을 지었다. 다른 사람들은 얼굴을 숙이고 고집스럽게 믿으려 하지 않았다. 주인이 자기 노동자들에게서 수백만 프랑을 벌어들이지 못한다는 말을 도저히 그들 머리로서는 받아들일 수가 없었다.

그래서 드뇔랭은 강조했다. 자기가 어느 날 밤 자금줄을 끊기는 실수를 한다면, 그 즉시 몽수는 자기를 잡아먹으려 호시탐탐 노리고 있다며 그와 몽수 주식회사와의 싸움을 설명했다. 그가 절약하지 않을 수 없는 것은 몽수와의 죽고 죽이는 경쟁 때문이다. 게다가 장-바르 수갱의 엄청난 깊이는 채탄 비용을 상승시키고 있지만, 이 불리한 조건을 두꺼운 탄맥 덕분에 근근이 상쇄하고 있다. 지난번 파업 때는 몽수가 하는 대로 따라하지 않으면, 광부들이 떠날까 두려워 봉급을 올리지 않을 수 없었다. 그리고 그는 내일 닥칠지도 모를 일로 그들을 위협했다. 만약에 자기가 수갱을 처분하게 되면 수갱은 몽수 주식회사의 끔찍한 족쇄를 차게 될 것이고, 당신들은 꼴좋게 될 것이다! 자기는 저 멀리 옥좌에 앉아 있지도 않고 미지의 성전 안에 있지도 않다. 자기는 광부의 털을 깎으라고 경영자들에게 월급을 주지만 광부들이 한 번도 본 적이 없는 그런 주주들 중의 한 사람이 아니다. 자기는 고용주이며 돈과는 다른 어떤 것, 자기의 지성, 건강, 생명을 걸고 일하는 사람이다. 작업 중단은 솔직히 말해서 죽음일 것이다. 왜냐하면 재고도 없는데다 주문을 죽여 버려야 하기 때문이다. 다른 한편으로 설비 자본은 잠을 잘 수가 없다. 어떻게 그 투자금을 보전한단 말인가? 자기 친구들이 자기에게 위탁했던 막대한 금액의 이자는 누가 갚는단 말인가? 파멸만이 있을 뿐이다.

"그리고 여러분!" 그는 말을 맺었다. "당신들을 설득할 게 있소… 스스로 자기 목을 조르라는 요구는 하지 않는 법이오, 안 그렇소? 만약 내가 당신들에게 5상팀을 더 준다든지 혹은 당신들의 파업을 방치한다면, 그것은 내 목을 내가 치는 것이오."

그는 입을 다물었다. 볼멘소리들이 나돌아 다녔다. 광부들 중 일부는 주저하는 듯했다. 몇몇은 운반갱 가까이로 되돌아갔다.

반장 한 사람이 말했다. "결정만은 모두가 스스로 해야지… 일할 사람 없습니까?"

카트린은 맨 앞에 나와 있었다. 그러나 화가 난 샤발이 그녀를 밀치면서 외쳤다.

"우리들 모두는 합의했으며, 개자식들만이 동료들을 버립니다!"

그때부터 타협은 불가능해 보였다. 또다시 고함이 터져 나왔고, 운반갱에서 사람들을 밀치고 몰아내며 벽에 짓이길 태세였다. 순간 사장은 절망하며 홀로 버텼고, 격렬하게 이 무리들을 진압해 보려 애썼다. 그러나 쓸데없는 미친 짓이었고 그는 물러서야만 했다. 그는 몇 분 동안 수납 사무실 안에서 의자에 앉아 가쁜 숨을 몰아쉬며 자신의 무력함에 낙담한 나머지 아무런 생각도 할 수가 없었다. 마침내 그는 마음을 진정시켰고 경비원에게 샤발을 찾아 데려오라고 말했다. 샤발은 면담에 동의했고, 사장은 손짓으로 사람들을 나가라고 했다.

"우리 둘만 있게 해주게!"

드널랭의 생각은 이 작자의 꿍꿍이속을 아는 것이었다. 첫 마디부터 그는 샤발이 허세가 심하고 애욕의 질투에 사로잡혀 있음을 느꼈다. 그러자 드널랭은 그를 기분 좋게 달랬고, 그처럼 재능 있는 노동자가 이렇게 자기의 미래를 위험에 빠뜨린다고 짐짓 놀라는 척했다. 사람들이 하는 얘기를 듣고 자기는 오래 전부터 그를 빠른 시일 내 승진시키려고 눈여겨보고 있었다. 그리고 조만간 그를 반장으로 임명하겠다고 단호한 어조로 제안하면서 말을 끝냈다. 샤발은 아무 말 없이 사장의 말을 듣고 있었고, 처음에는 움켜쥐었던 주먹을 조금 조금씩 풀었다. 그는 부지런히 머리를 굴렸다. 만약에 자기가 파업하겠다고 고집을 부린다면 기껏해야 에티엔의 참모밖에 될 수 없으리라. 그러나 우두머리 속에 끼고 싶은 야심이 생겨났다. 그는 오만함으로 얼굴이 달아올랐고 그것에 취해버렸다. 자기가 아침부터 기다리는 몽수의 동맹 파업자들은 이제 오지 않을 것이다. 어떤 장애물, 아마도 헌병들이 그들을 가로막았음에 틀림없다. 이제 수그리고 들어갈 때다. 그럼에도 불구하고 그는 아니라고 머리를 가로저었다. 그는 매수되지 않는 사내인 것처럼 울분을 표하듯 자기 가슴을 쳤다. 마침내 그는 몽수의 동맹 파업자들이 오기로 한 약속에 대해서는 아무 말도 하지 않은 채, 자기가 나서서 동료들을 진정시키고 수갱으로 내려가도록 설득하겠다고 약속했다.

드널랭은 몸을 숨겼고 반장들도 멀찌감치 떨어져 있었다. 한 시간 동안 그들은 석탄수납장의 탄차 위에 서서 샤발이 장광설을 늘어놓고 토론하는 소리를 들었다. 일부 노동자들은 샤발에게 야유를 퍼부어댔고, 120명의 광부들은 그가 행하자고 했던 결단을 고집하면서 분에 못 이겨 자리를 떴다. 벌써 일곱 시가 지났고 날이 밝았다. 아주 맑고 커다란 서리가 내린 기분 좋은 날이었다. 갑자기 수갱이 다시 요동치기 시작했고 중단되었던 조업이 계속되었다. 권양기의 크랭크가 아래로 내려가면서 케이블 보빈을 감았다 풀었다. 요란한 신호음이 혼란스럽게 울리는 가운데 하강이 시작됐다. 가득 찬 케이지들은 심연으로 빨려들었다가 다시 올라왔다. 운반갱은 견습광부와 조차부 그리고 채탄부들을 하루치 식량으로 삼켜버렸다. 반면 주철 슬레이트 위에서는 탄차하역부들이 천둥소리를 내면서 탄차를 밀어댔다.

"아이고! 넌 도대체 뭘 하고 있는 거니?" 샤발이 자기 차례를 기다리고 있는 카트린에게 외쳤다. "내려가고 싶으면 그렇게 빈둥거리지 말라고!"

아홉 시에 엔느보 부인이 세실과 함께 마차를 타고 도착했을 때, 뤼시와 잔느는 모든 채비를 갖추고 있었다. 그 둘은 스무 번은 수선한 옷을 입고 있었지만 아주 우아했다. 그러나 드뇔랭은 사륜마차를 대동하는 네그렐을 보고 깜짝 놀랐다. 도대체 뭐하는 거야, 이 사람들? 그때 엔느보 부인이 마치 어머니와도 같은 태도로 설명했다. 길마다 험악한 표정의 사람들이 가득하다고 해서 보호자 한 사람을 데리고 가기로 했다. 네그렐이 웃으면서 그들을 안심시켰다. 짖어대는 개들의 위협은 언제나 있게 마련이니 전혀 불안해 할 필요가 없다. 그리고 차창에 감히 돌을 던질 사람은 하나도 없다. 성공적으로 일을 끝내 기분이 좋은 드뇔랭은 장-바르에서는 폭동이 진압됐다고 말했다. 그는 이제 아주 조용해졌다고 중얼거렸다. 방담 도로에서 뤼시와 잔느가 마차에 오르고 있는 동안 모두는 멋진 날씨에 즐거워했고, 그들은 저 멀리 들판에서 점점 부풀어 오르는 긴 전율이 행진하는 인민들이라고는 예상하지 못하고 있었다. 만약 그들이 땅에 귀를 대고 들었더라면 그들이 뛰어오는 소리를 들었을 것이었다.

"좋아요! 그러면 이렇게 하기로 해요." 엔느보 부인이 되풀이해서 말했다. "오늘 저녁 따님들을 데리러 오셔서 우리와 함께 식사를 하시지요… 그레그와르 부인도 세실을 데리러 오기로 약속했거든요."

"그렇게 하지요." 드뇔랭이 대답했다.

사륜마차는 방담 쪽에서 떠났다. 잔느와 뤼시는 몸을 내밀어 길가에 서있는 아버지에게 또다시 웃음을 보냈다. 반면 네그렐은 달리는 사륜마차 뒤에서 멋지게 말을 타고 따라갔다.

숲을 가로질러 방담에서 마르시엔으로 가는 도로를 탔다. 타르타레에 다가갔을 때 잔느가 엔느보 부인에게 코트-베르트*에 가봤냐고 물었다. 엔느보 부인은 벌써 이 고장에 체류한 지가 5년이 넘었지만 그쪽으로는 한 번도 가본 적이 없다고 고백했다. 마차가 길모퉁이를 돌았다. 타르타레는 숲 가장자리에 위치했는데 경작할 수 없는 황무지로 일종의 화산 불모지였다. 땅속에서는 수 세기 전부터 불붙은 탄광이 타고 있었다. 이제 전설 속으로 사라졌지만 이 고장 광부들은 이런 얘기를 했었다. 하늘의 불이 이곳 소돔**에 땅의 내장을 떨어뜨렸고, 여기에서 여조차부들은 혐오스럽게 몸을 더럽혔다. 그래서 그녀들은 과거에도 지금도 이곳으로부터 하늘로 다시 올라가지 못하고 아직도 이 지옥 속에서 불타고 있다. 진한 붉은색을 띤 불에 탄 바위들은 마치 나병에 걸린 것처럼 풍화된 명반으로 뒤덮여 있었다. 갈라진 틈새들 가장자리에는 유황이 노란 꽃으로 피어올랐다. 밤중에 이 구멍들 속을 한쪽 눈으로 들여다보았던 대담한 사람들은 그 속에서 불꽃을 보았으며, 맹세컨대 죄를 범한 영혼들이 그 속 잉걸불에 그을리고 있다고 떠들어댔다. 미광이 땅에 스칠 듯 떠돌고 있었고, 뜨거운 증기는 오물이나 악마처럼 더러운 부엌 냄새를 풍기면서 끊임없이 피어오르고 있었다. 그리고 영원한 봄의 기적처럼 타르타레의 저주받은 황무지 한가운데 코트-베르트가 있었고, 여기에서는 언제나 푸른 잔디와 끊임없이 새잎이 돋아나는 너도밤나무가 펼쳐져 있었다. 그 들판에서는 세 번까지 추수할 수 있는 곡식이 익어가고 있었다. 이곳은 땅속 깊은 곳에서 일어난 화재의 온기로 덥혀진 천연 온실이었다. 눈은 결코 쌓이지 않았다. 헐벗은 숲의 나무들 곁에서 거대한 초록 다발이 이 12월

---

* Côte-Verte. 초록빛 구릉이라는 뜻이다.
** 구약 성경 〈창세기〉에 나오는 팔레스타인 사해 근방의 한 도시. 성적 퇴폐로 인하여 하나님의 노여움을 사서 고모라, 스보임, 아드마, 벨라와 함께 불과 유황 비로 멸망하였다.

대낮에 만개했고, 서리가 내렸지만 그 가장자리는 누렇게 시들 줄을
몰랐다.

　곧바로 사륜마차는 평원을 가로질러 갔다. 네그렐은 전설들을 농담
삼아 얘기했고, 어떻게 갱 속에서 그렇게 자주 불이 일어나는지를 석
탄가루의 발효로 설명했다. 광산을 완전히 제압하지 못하면 그곳에서
는 끊임없이 불이 일어난다. 그리고 그는 냇물의 물길을 운반갱으로
돌려 침수시켰던 벨기에의 한 수갱을 예로 들었다. 그러나 그는 입을
다물었다. 광부들이 얼마 전부터 떼를 지어 매분 마차와 엇갈리며 지
나가기 때문이었다. 광부들은 말없이 마차를 피하며 열을 맞췄고 이
호화로운 사치를 뚫어지게 곁눈질하며 지나갔다. 그들의 숫자는 계
속 늘어났고, 결국 폭이 좁은 스카르프 다리에서는 달리던 말들은 걸
어가야만 했다. 도대체 무슨 일로 이 사람들이 이렇게 길거리들에 있
는 것일까? 처녀들은 겁에 질렸고, 네그렐은 전율하는 들판에서 어떤
싸움의 낌새를 맡기 시작했다. 마침내 마르시엔에 도착해서야 그들은
겨우 마음이 놓였다. 태양 아래서 꺼져가는 듯한 일련의 코크스 화로
들과 용광로 탑들은 연기를 내뿜고 있었고, 그 영원한 그을음은 공중
에서 비처럼 내리고 있었다.

2

장-바르에서 카트린은 이미 한 시간 전부터 탄차들을 교대지점까지 밀고 있었다. 그래서 그녀는 땀에 흠뻑 젖었고 얼굴을 닦기 위해서 잠깐 일을 멈추었다.

막장에서 하도급 동료들과 함께 탄맥을 두들겨대고 있던 샤발은 탄차 굴러가는 소리가 들리지 않자 깜짝 놀랐다. 램프불은 잘 타오르지 않았고 더군다나 석탄가루 때문에 앞이 잘 보이지 않았다.

"왜 그래?" 그가 외쳤다.

카트린이 몸이 녹아버릴 것만 같고 가슴이 조여 온다고 대답하자 그는 포악하게 대답했다.

"병신 같은 년! 우리처럼 속옷을 벗으란 말이야."

그곳은 데지레 탄맥의 첫 번째 갱도로부터 북쪽으로 708미터 지점에 있었고, 석탄하치장으로부터는 3킬로미터 떨어져 있었다. 이 고장 광부들은 이 수갱 구역에 대해서 말할 때면, 마치 지옥에 대해서 얘기하는 것처럼 안색이 창백해지면서 목소리를 낮추곤 했다. 그들은 잉걸불이 타고 있는 이 깊은 막장에 대해서 이야기하려다 말고 거의 대부분 머리를 절레절레 흔들었다. 북쪽으로 빠져 들어감에 따라 타르타레에 가까워졌고, 갱도는 저 위의 황무지 암반을 그을리는 땅속 불을 관통하고 있었다. 그 지점에 이르면 갱들의 온도는 평균 45도에 도달했다. 그곳은 저주받은 도시의 한복판이었고, 평원을 지나는 사람들이 갈라진 틈으로 볼 수 있는 역겨운 유황과 증기를 내뿜는 화염들의 한가운데였다.

카트린은 벌써 윗도리를 벗어던졌고 주저하다가 바지마저 벗어버렸다. 그녀는 두 팔과 허벅지의 맨살을 다 드러낸 채 마치 겉옷처럼 속옷을 허리끈으로 묶었다. 그리고 다시 탄차를 밀기 시작했다.

"어쨌거나 이러면 좀 낫겠지." 그녀는 큰 소리로 말했다.

숨 막히는 열기 속에서 그녀는 막연한 두려움을 느끼고 있었다. 그들이 그곳에서 일하게 되었던 닷새 전부터 그녀는 어린 시절 잠자리에서 들었던 이야기들을 생각했다. 그것은 감히 두 번 다시 말할 수 없는 짓들로 타르타레 밑에서 화형을 당하는 옛날 여조차부들의 이야기였다. 분명히 그녀는 그런 바보 같은 얘기들을 믿기에는 이제 너무 커버렸다. 그렇지만 만약에 깜부기불처럼 생긴 눈을 가진 처녀가 난로처럼 벌겋게 달아오른 채 갑작스레 벽에서 튀어나온다면, 어떻게 해야 한단 말인가? 이러한 생각들 때문에 그녀는 땀을 두 배로 흘려댔다.

막장으로부터 80미터 떨어진 곳에 위치한 교대지점에서 또 다른 여조차부가 탄차를 인계받아서 80미터 떨어진 경사면 발치까지 밀고가면, 석탄 수납꾼은 위에 있는 다른 갱도들로부터 내려온 것들과 함께 그것을 신속히 처리했다.

"아이고! 이제 편하겠군!" 서른 살 먹은 마른 과부가 속옷 차림의 카트린을 보고 말했다. "나는 그렇게 할 수가 없어. 경사면 견습광부 애들이 막 놀려대서 말이야."

"아, 그래요!" 어린 처녀가 대꾸했다. "나는 남자들은 상관 않기로 했어요! 너무 힘드니까."

그녀는 빈 탄차를 밀며 다시 떠났다. 최악은 막장에 있는 궤도였다. 타르타레와 인접해 있는데다 또 다른 이유 때문에 열을 견딜 수가 없었다. 이곳은 지금은 폐광이 된 가스통-마리 수갱의 아주 깊은 한 갱도와 이웃하고 있었는데, 이 옛 작업장에서 10년 전에 가스폭발이 일어나 탄맥에 불이 붙었고 그 불은 지금까지 타고 있었다. 불이 번지는 것을 막기 위해서 그 뒤편으로 점토벽을 설치했고 그것을 계속해서 수리해야만 했다. 공기가 없으면 불은 당연히 꺼져야 했을 것이다. 그러나 어디선가 흘러들어오는 공기가 불을 부채질했고, 10년이 넘어도 불은 꺼지지 않고 있었다. 이 불은 화로의 벽돌을 달구듯 점토벽을 달궜고, 지나가다 스치면 데일 정도로 뜨거웠다. 탄차 운반은 길이 100미터가 넘는 점토벽을 따라 이뤄졌고 온도는 60도였다.

두 차례 운반을 하고 난 카트린은 다시 숨이 막혀 왔다. 데지레 탄맥은 이 지역에서 가장 두터운 탄맥 중의 하나였고, 그래서 다행히 탄차궤도는 넓고 편했다. 탄층의 두께가 1미터 90센티미터였기 때문에 노동자들은 서서 일할 수가 있었다. 그렇지만 그들은 목을 비틀며 일하는 한이 있어도 조금 시원했으면 했다.

"야! 너 지금 졸고 있니?" 탄차 굴러가는 소리가 멈추자마자 샤발이 또다시 다그쳤다.

"누가 저런 화냥년을 나한테 붙였을까? 탄차를 채우고 빨리 굴려!"

그녀는 갱 아래쪽에서 몸을 삽에 기대고 있었다. 그녀는 엄습하는 불안감 속에서 그의 말을 따르지 않고 멍청한 표정으로 그들을 바라보았다. 그들이 제대로 보이지 않았다. 램프의 불그스름한 미광에 비친 그들은 짐승처럼 완전히 벗고 있었지만 너무나 시커멓고 땀과 석탄이 뒤범벅되어 그들의 알몸은 조금도 거북살스럽지 않았다. 그것은 어둠의 노동이었고, 그들은 척추를 꼿꼿이 세운 원숭이들이었고, 둔중하게 때리는 타격음과 신음소리 속에서 갈색 팔다리들이 탈진하는 지옥의 광경이었다. 그들은 그녀를 더 훤히 보고 있음에 틀림없었다. 왜냐하면 곡괭이질을 멈춘 그들은 바지를 벗어버린 그녀에게 농지거리를 해댔기 때문이었다.

"야! 감기 걸릴라, 조심해야지!"

"와! 다리 끝내주는데! 이봐, 샤발! 두 사람은 돼야겠는데!"

"아! 좀 봐야겠어, 속옷을 더 올려봐, 더! 더!"

그런데 샤발은 이러한 희롱에도 화를 내지 않은 채 다시 욕을 해댔다.

"맞는 말이야. 염병할!… 더럽긴 해도 괜찮긴 하지. 내일 아침까지도 그렇게 서서 희롱을 받아줄 거야."

힘이 들었지만 카트린은 탄차를 채우기로 마음먹었다. 그리고 그것을 밀었다. 갱도는 너무 넓어서 양쪽 갱목들에 발을 받치고 탄차를 밀을 수가 없었고, 디딜 곳을 찾고 있는 그녀의 맨발은 레일 속에서 뒤틀렸다. 그러면서 그녀는 팔을 앞으로 꼿꼿이 펴고 허리를 앞으로 꺾은 채 천천히 나아갔다. 점토벽을 따라가자마자 불의 형벌이 다시 시작되었고, 곧 굵은 땀방울이 온몸에 소낙비처럼 떨어졌다. 교대지점 3분의 1에 가까스로 오면 땀이 흘러내려 눈을 뜰 수가 없었고, 그녀 역시 시커먼 진흙으로 뒤범벅되어 있었다. 그녀의 꼭 끼는 속옷은 잉크에 담근 듯했고, 피부에 딱 달라붙어 허벅지를 움직이면 허리까지 올라왔다. 너무나 고통스럽게 몸을 동여매 그녀는 또다시 일을 놓아야만 했다.

도대체 오늘은 왜 이런 것일까? 결코 그녀는 이렇게 뼈가 무너져 내리는 느낌을 가져본 적이 없었다. 아마도 나쁜 공기 탓이리라. 이 외떨어진 갱도는 환기가 제대로 되지 않았다. 광부들은 여기에서 샘물 솟는 작은 소리를 내며 석탄에서 빠져나오는 온갖 종류의 수증기를 들이마셨고, 종종 수증기가 너무 많아 램프불이 꺼지기도 했다. 가연성 가스에 대해서는 말하지도 않았고 더 이상 신경 쓰지도 않았다. 탄맥은 노동자들의 코에 가연성 가스를 보름이 되고 나면 또다시 보름 내내 불어넣었다. 그녀는 광부들이 죽음의 가스라 말하는 이 나쁜 공기를 잘 알고 있었다. 무거운 질식 가스는 아래로 깔리고 가벼운 가스는 위로 오르는 이것은 불이 붙으면 수갱의 전 작업장과 수백 명의 사람을 단 한 번의 뇌성으로 벼락을 때렸다. 어린 시절부터 그녀는 이것을 너무나 많이 마셔왔기 때문에 잘 견디지 못하고 귀가 윙윙거리며 목구멍이 타는 것이 이상하게만 여겨졌다.

더는 어떻게 할 수가 없어서 그녀는 속옷마저 벗고 싶었다. 이제 속옷은 그녀에게 고문이었다. 속옷의 세밀한 주름들이 그녀의 살을 베었고 불태웠다. 그녀는 참으며 다시 탄차를 밀려고 했으나 그대로 서 있어야만 했다. 그리고 교대지점에 가서 다시 걸치자고 생각하면서 급히 허리끈, 속옷까지 모든 것을 벗어던졌다. 너무나 신열이 나서 할 수만 있었다면 살갗까지 벗겼을 것이었다. 그리고 이제 알몸이 된 그녀는 가련하게 진흙 길에서 먹을 것을 찾는 암컷으로 전락한 채 뛰어갔다. 그녀의 엉덩이는 땀으로 뒤범벅되었고 진흙이 배에까지 들러붙어 그녀는 마치 삯마차를 끄는 암말 같았다. 그녀는 네 발로 탄차를 밀었다.

그러나 절망감이 들었다. 벌거벗었지만 나아지지 않았다. 또 무얼 벗는단 말인가? 윙윙거리는 소리에 귀가 멍해졌고, 관자놀이를 바이스가 조이는 것 같았다. 그녀는 무릎을 꿇으면서 주저앉았다. 탄차의 석탄에 고정시킨 램프가 꺼지는 듯했다. 램프의 심지를 돋워야겠다는 생각만이 혼란스럽게 떠다녔다. 두 번 심지를 검사해보려 그 두 번 다 램프를 그녀 앞 땅바닥에 놓자, 점점 더 램프의 불빛은 창백해졌고, 그녀 역시 숨이 끊기는 것 같았다. 갑자기 램프가 꺼졌다. 그러자 모든 것이 어둠 속으로 굴러 떨어졌고, 그녀의 머릿속에서는 맷돌이 돌았다. 심장은 약해지며 박동을 멈췄고, 이제 거대한 피로에 마비된 심장은 그녀의 팔다리를 잠들게 했다. 그녀는 뒤로 쓰러졌고 땅바닥을 스치는 질식 가스로 죽어가고 있었다.

"이럴 줄 알았어, 염병할! 저년이 또 빈둥거리고 있어." 샤발이 볼멘소리를 했다.

그는 갱 위에서 귀를 기울였지만 바퀴 구르는 소리가 전혀 들리지 않았다.

"야! 카트린, 이 굼벵이 년아!"

그의 목소리는 멀리 검은 갱도 속으로 사라졌고, 숨소리 하나 응답하지 않았다.

"내가 가서 널 꿈지럭거리게 만들겠어!"

아무것도 움직이지 않았고 여전히 죽음의 침묵뿐이었다. 화가 난 그는 아래로 내려와 램프를 들고 뛰어갔다. 너무나 거세게 달려가 갱도를 막고 있는 여조차부의 몸에 걸려 넘어질 뻔했다. 그는 입을 벌리고 그녀를 바라보았다. 도대체 어떻게 된 거야? 정말 잠이나 자려는 속임수는 아니겠지? 그녀의 얼굴을 비추기 위해 램프를 아래로 내리자 램프가 꺼지려 했다. 그는 그녀를 일으켜 세웠다가 다시 눕히면서 마침내 깨달았다. 나쁜 공기를 마셨음에 틀림없다! 난폭함이 사그라졌고, 광부의 헌신의 정신이 위험에 빠진 동료 앞에서 되살아났다. 이미 그는 그녀의 속옷을 찾아오라고 소리쳤고, 알몸인 처녀를 두 팔로 완전히 감싸 안으며 정신을 잃은 그녀를 가능한 한 높이 올렸다. 그녀의 어깨 위로 옷가지들이 던져지자, 그는 한 손으로는 카트린을 들고 다른 한 손으로는 두 개의 램프를 들고 뛰는 걸음으로 달려 나갔다. 깊은 갱도들이 펼쳐졌다. 그는 질주했고, 오른쪽으로 갔다가 왼쪽으로 갔고, 환풍기가 불어넣는 평원의 차가운 공기 속에서 생명을 찾고자 했다. 마침내 샘물 소리가 나자 그는 멈췄다. 그것은 바위를 통해 흘러드는 가느다란 물줄기였고, 이것은 예전에 가스통-마리로 통했던 커다란 탄차 운반 갱도의 분기점에 위치하고 있었다. 거기에는 환풍기가 폭풍과도 같은 바람을 불어넣고 있었고, 바람은 너무나 서늘해 몸이 떨릴 정도였다. 그가 땅바닥에 앉아 갱목에 기댔을 때 그의 정부는 여전히 의식이 없었고 두 눈을 감고 있었다.

"이봐, 카트린, 제기랄! 장난이 아니잖아… 정신 좀 차려봐, 이렇게 물에 담그고 있잖아."

그녀의 몸이 너무나 무기력해 그는 겁에 질렸다. 그렇지만 그는 속옷을 샘물에 담글 수 있었고, 그것으로 그녀의 얼굴을 닦아주었다. 그녀는 죽어서 이미 땅 속에 묻힌 사람 같았다. 아직도 성숙하지 못은 그녀의 가냘픈 육체에서는 사춘기 소녀의 모습들이 여전히 망설이고 있었다. 그리고 한 차례의 경련이 그녀의 어린애 같은 목덜미와 배 그리고 나이가 차기 전에 처녀성을 잃어버린 비참한 소녀의 허벅지 위를 지나갔다. 그녀는 눈을 떴다. 그리고는 더듬거리며 말했다.

"추워."

"아! 그렇지만 그게 더 낫지!" 한시름 놓은 샤발이 큰 소리로 말했다.

그는 그녀에게 옷을 입혀 주었다. 쉽게 속옷을 입혔지만 그녀가 몸을 가누지 못했기 때문에 바지를 입히는 것은 힘이 들었다. 그녀는 정신이 없었다. 자기가 어디에 있는지, 어째서 알몸인지도 알지 못했다. 기억이 되살아나자 그녀는 부끄러웠다. 어떻게 옷을 다 벗어던질 수 있었을까! 그녀는 그에게 물었다. 몸을 가릴만한 손수건 한 장도 없었던 자기 모습을 누가 보지는 않았어? 그는 짐짓 이야기를 꾸며대며 그녀를 놀렸다. 그는 수많은 동료들이 에워싼 가운데 이곳으로 데려왔다고 이야기했다. 자기 말을 곧이곧대로 듣고 엉덩이를 밖에 내놓다니! 그리고는 자기가 너무나도 빨리 달렸기 때문에 동료들은 그녀의 엉덩이가 둥근지, 사각인지도 모른다고 장담했다.

"제기랄! 추워 죽겠군." 이번에는 그가 옷을 입으면서 말했다.

그녀는 그토록 친절한 그를 한 번도 본 적이 없었다. 일반적으로 좋은 소리를 한 번 듣기 위해서는 두 번 욕을 먹어야 했다. 서로 사이좋게 지냈더라면 좋았을 텐데! 나른한 피로 속에서 불현듯 사랑의 감정이 지나갔다. 그에게 웃으면서 중얼거리듯 말했다.

"안아줘." 그는 그녀를 안고 그녀가 걸을 수 있을 때까지 그녀 곁에 누웠다.

"알지, 저 밑에서 나를 욕하면 안 돼. 나는 견딜 수가 없었어, 정말로! 갱 안은 덜 더워. 탄차 궤도에서는 살이 익는다는 것을 알기나 하라고!" 그녀가 다시 말했다.

"물론이지." 그가 대답했다. "나무들 아래 있으면 훨씬 좋을 텐데… 이 작업장에서 병이 난거야, 나도 알아, 딱하기도 하지."

367

자기 말을 받아주는 그를 보고 너무 감동한 나머지 그녀는 힘을 차렸다.

"아! 몸이 안 좋았고 그리고 오늘은 공기도 오염됐고… 그래도 내가 굼뱅이인지 아닌지 알게 될 거야. 일을 해야 할 때는 일을 해야 해, 안 그래? 일을 놓느니 차라리 일하다 죽을 거야."

침묵이 흘렀다. 그는 그녀의 허리를 잡고 아프지 않도록 자기 가슴에 그녀를 꼭 안았다. 이제는 작업장으로 돌아갈 수 있겠다고 느꼈지만 그녀는 황홀함에 자신을 잊고 있었다.

"나한테 조금만 잘해 줬으면 좋겠어… 그래, 조금이라도 서로 사랑한다면 만족해." 그녀가 아주 낮은 목소리로 말을 계속했다.

그리고 그녀는 조용히 울기 시작했다.

"나는 너를 사랑한다고!" 그가 큰 소리로 말했다. "너는 내 거잖아."

그녀는 대답 대신 고개만 끄덕였다. 종종 여자들의 행복 따위는 아랑곳 않고, 갖기 위해서만 여자를 취하는 사내들이 있다. 그녀의 눈물이 뜨겁게 흘러내렸다. 만약 그녀가 자기 허리를 늘 감싸는 다른 사내를 만났더라면 잘 살았으리라는 생각을 하니, 지금 처지가 절망스러웠다. 다른 사람? 이 다른 사람의 희미한 모습이 복받치는 감정 속에서 되살아났다. 그러나 모든 것이 끝났다. 너무 심하게 다그치지만 않는다면 이 사람과 끝까지 사는 것 외에는 다른 바람은 있을 수 없다.

"그리고 종종 이렇게 대해줬으면 좋겠어." 그녀가 말했다.

그녀는 울음에 복받쳐 말을 잇지 못했고, 그러자 그는 그녀를 다시 껴안았다.

"바보같이!… 정말로! 잘해 준다고 맹세할게. 누구보다도 잘해줄게, 두고 봐!"

그녀는 그를 바라보았다. 그리고 또다시 눈물을 글썽이며 웃었다. 아마도 그는 그럴 수밖에 없었으리라. 행복한 여자들을 결코 만날 수가 없었으니까. 그래서 그의 맹세를 믿지는 않았지만, 다정한 그를 바라보는 기쁨에 빠져버렸다. 제발! 이 기쁨이 계속되기를! 둘은 다시 안았다. 그리고 그들은 오래도록 껴안은 채 자리에서 일어나지 않았다. 그들이 지나가는 것을 보았던 세 명의 동료가 무슨 일인가 싶어 달려왔다.

모두 함께 그 자리를 떠났다. 10시가 다가오고 있었다. 다시 막장에 들어가 땀을 흘리기 전에 그들은 시원한 구석에서 점심을 먹었다. 그러나 그들이 두 겹으로 된 타르틴을 다 먹고 수통에 든 커피를 마시려고 할 때, 멀리 떨어진 작업장에서 요란한 소리가 들려와 그들은 불안해졌다. 도대체 무슨 일이야? 또 사고가 일어난 것일까? 그들은 일어나 달려갔다. 채탄부들, 여조차부들 그리고 견습광부들이 계속해서 그들과 엇갈리면서 뛰어갔다. 그러나 그 누구도 영문을 모르는 채 소리만 질러대고 있었다. 아마도 큰 사고임에 틀림없었다. 조금씩 광산 전체가 공포에 사로잡혔다. 그림자들이 미친 듯이 갱도를 빠져나가고 있었고, 불들이 춤을 추며 칠흑의 어둠 속으로 줄행랑쳤다. 어디로 가는 것일까? 왜 아무도 그것을 말하지 않는단 말인가?

갑자기 반장 하나가 큰 소리로 외치면서 지나갔다.

"케이블을 끊는다! 케이블을 끊는다!"

그러자 공포에 숨이 막혔다. 어두운 갱도를 가로질러 달렸다. 정신들이 없었다. 무엇 때문에 케이블을 끊는단 말인가? 사람들이 막장 속에 있는데 누가 케이블을 끊는단 말인가? 끔찍한 일인 듯했다.

또 다른 반장의 목소리가 터져 나왔고 그리고 사그라졌다.

"몽수 광부들이 케이블을 끊고 있다! 모두들 밖으로 나가!"

그제서 사태를 파악한 샤발은 카트린을 그 자리에 멈추게 했다. 바깥으로 나가면 저 위에서 몽수 광부들을 만난다는 생각에 그의 다리가 움직이지 않았다. 헌병들에게 잡혀있으리라 생각했던 저들이 그럼 여기에 왔단 말인가? 잠시 그는 길을 되돌아가 가스통-마리를 통해 바깥으로 나갈 생각을 했다. 그러나 그곳은 더 이상 조업을 하지 않는다. 그는 망설이면서 공포를 감추려고 욕을 해대며 바보같이 이렇게 뛸 필요가 없다고 되뇌었다. 아마도 그들을 막장 속에 내버려두지는 못하리라!

반장의 목소리가 또다시 울리며 다가왔다.

"모두들 밖으로 나가! 사다리로! 사다리로!"

그러자 샤발과 그의 동료들은 흥분했다. 그는 카트린을 떠밀었고 빨리 못 뛴다고 욕을 했다. 자기들만 수갱에 있다가 굶어 죽고 싶으냐? 왜냐하면 몽수의 강도들은 사람들이 나가기도 전에 사다리를 부숴버릴 수도 있기 때문이다. 이 같은 끔찍한 상상 때문에 모두들 혼비백산하여 갱도들을 따라 광폭하게 달아났고, 서로 다른 사람들 보다 먼저 사다리에 오르려 미친 듯이 뛰었다. 사람들은 사다리가 이미 부러졌으며, 이제 아무도 나갈 수 없다고 소리쳤다. 그러자 그들은 공포에 휩싸여 떼를 지어 석탄하치장 방으로 빠져 나가기 시작했다. 정말로 파도가 그들을 삼키는 듯했다. 그들은 운반갱을 향해 내달렸고 사다리들이 있는 통기갱의 좁은 문에서 서로를 깔아뭉겠다. 반면 한 늙은 마부는 침착하게 자기 말들을 우리 속에 넣고는 경멸하는 듯한 무심한 태도로 그들을 지켜보았다. 그는 며칠 밤이고 수갱 속에서 지내는 데 익숙했고, 언젠가는 그를 거기에서 꺼내준다는 것을 확신했던 것이었다.

"제기랄! 나보다 먼저 올라가겠다고!" 샤발이 카트린에게 말했다. "허긴 네가 떨어지면 내가 붙잡긴 하겠군."

얼이 빠진 채 3킬로미터를 뛰어 온몸이 땀으로 흠뻑 젖은 그녀는 무턱대고 혼란에 빠진 무리 속에 자신을 내맡겼다. 그러자 샤발은 그녀의 팔이 부러질 정도로 세게 끌어 당겼다. 그녀는 비명을 질렀고 눈물이 솟았다. 벌써 그는 맹세를 잊어버렸으니 자기는 결코 행복하지 못할 것이다.

"이제 지나가!" 그가 고함을 질렀다.

그는 그녀에게 너무나도 겁을 주고 있었다. 그녀가 그의 앞에서 올라갈 때면 언제나 그녀를 매몰차게 다루었다. 동료들이 미친 파도처럼 그들을 옆으로 밀쳐내는 동안 그녀는 힘을 다해 버텼다. 운반갱으로 새들어온 물이 굵은 물방울로 떨어졌고, 사람들이 몰린 석탄하치장의 바닥 널빤지는 10미터 깊이의 진흙탕물인 집수갱 위에서 요동쳤다. 바로 장-바르의 이곳에서 2년 전 케이블이 끊어지는 끔찍한 사고가 일어나 집수갱 속으로 케이지가 뒤엎어져 두 명이 익사했었다. 그래서 모두다 그 일을 생각했다. 이 널빤지에 몰려 있으면 모두 다 죽을지도 모를 일이었다.

"에이, 이런 골통!" 샤발이 외쳤다. "그럼, 죽어버려, 그래야 내가 편하지!"

그가 먼저 올라갔고 카트린은 그의 뒤를 따랐다.

밑바닥에서 빛에 이르기까지는 7미터 가량의 사다리가 102개 있었고, 그것들은 통기갱의 폭에 맞춘 좁은 층계참 위에 각각 설치되어 있었다. 그리고 통기갱의 사각형 구멍은 겨우 사람의 어깨가 빠져나갈 정도였다. 그것은 700미터 높이의 판판한 굴뚝같은 구멍으로 운반갱의 내벽과 채탄 구역의 격벽 사이에 위치했다. 이 축축하고 깜깜하며 끝도 없는 구멍 속에는 사다리들이 일직선으로 일정한 간격으로 층을 이루고 있었다. 힘이 센 사람도 이 거대한 기둥을 기어오르는 데는 25분이 소요되었다. 그래서 이 통기갱 사다리는 위급한 경우에만 사용되었다.

카트린은 처음에는 힘차게 올라갔다. 그녀의 맨발은 갱도의 날카로운 아역청탄에 단련되어 있었기 때문에, 마모를 방지하기 위해 삼각형 쇠를 덧댄 정방형 가로장을 밟으면서도 고통을 느끼지 않았다. 탄차 운반으로 딱딱하게 굳어진 두 손은 그녀에게는 너무나 굵은 사다리지주도 지치지 않고 움켜쥐었다. 이 예기치 못했던 사다리 오르기에 몰두한 나머지 그녀는 괴로움을 잊어 버렸다. 그리고 사람들은 긴 뱀처럼 머리는 빛을 향하고 꼬리는 여전히 집수갱 위로 늘어뜨린 채 사다리 하나에 세 명씩 기어 올라갔다. 그러나 아직도 많이 남아 있었다. 맨 앞에서 기어오르는 사람들은 이제 겨우 운반갱의 3분의 1되는 지점에 도달해 있었다. 아무도 더 이상 말하지 않았고 발소리만이 둔중하게 울렸다. 반면 램프들은 떠도는 별처럼 아래에서 위로 자리를 옮기며 계속해서 굵은 선을 그렸다.

카트린은 자기 뒤에서 올라오는 견습광부가 사다리 숫자를 세는 소리를 들었다. 이 때문에 그녀도 사다리 숫자를 세야겠다는 생각을 했다. 이미 열다섯 개의 사다리를 기어오른 사람들은 석탄하치장에 이르고 있었다. 그러나 바로 그 순간 그녀는 샤발의 다리에 부딪혔다. 그는 조심하라고 고함치면서 욕설을 퍼부었다. 점점 붙게 되자 모든 줄이 멈춰서며 움직이지 않았다. 뭐야? 무슨 일이야? 무슨 일이 일어난 거야? 각자 모두는 질문하는 자기 목소리를 들었고 겁을 먹었다. 밑바닥에서 올라가면 갈수록 불안감은 커져 갔다. 위에 무슨 일이 생겼는지 알 수 없는 까닭에 빛에 다가가면 갈수록 그들은 더욱 두려웠다. 사다리가 부서졌기 때문에 다시 내려가야 한다고 누군가가 알렸다. 허공 속에 있다는 두려움이 모든 사람을 사로잡았다. 또 다른 설명이 입에서 입으로 전해져 내려왔다. 채탄부 한 사람이 가로장에서 미끄러지는 사고가 났다는 것이었다. 그러나 고함소리 때문에 무슨 말인지 정확하게 알아들을 수가 없었다. 그럼 여기에서 잠을 자야 한단 말인가? 마침내 더 나은 해명도 듣지 못한 채 사람들은 조금 전과 똑같이 느리고 힘겹게 발 울리는 소리와 춤추는 램프 불빛 속에서 다시 오르기 시작했다. 보다 위쪽에 있는 사다리는 분명히 부서진 듯했다.

세 번째 석탄하치장을 지났기 때문에 서른두 번째 사다리에 이른 카트린은 팔과 다리가 뻣뻣해짐을 느꼈다. 처음에는 살을 콕콕 찌르는 느낌을 받았었다. 이제는 쇠와 나무의 느낌을 발아래서도, 손 안에서도 구분할 수 없었다. 약한 통증은 조금 조금씩 쓰려져 왔고 근육을 화끈거리게 했다. 엄습하는 현기증 속에서 그녀는 할아버지인 본모르 영감이 들려주었던 옛날 이야기를 생각했다. 통기갱이 없었던 시절, 열 살 먹은 소녀들은 석탄 바구니를 어깨에 메고 벌거벗은 채로 사다리를 타고 바깥으로 나오고 있었다. 그런데 소녀들 중 한 명이 미끄러졌거나 아니면 바구니에서 석탄 한 조각을 흘렸는데, 서너 명의 애들이 한꺼번에 굴러 떨어져 머리가 바닥에 처박혔다. 팔다리에 경련이 일어 그녀는 더는 참을 수가 없었고 결코 끝까지 가지 못할 듯했다.

또다시 멈추곤 하여 그녀는 숨을 돌릴 수 있었다. 그렇지만 멈출 때마다 저 위에서 부는 공포의 바람은 그녀의 얼을 빼놓았다. 위와 아래에서 몰아쉬는 숨소리는 그녀의 숨을 가로 막았고, 이 끝없는 상승으로 현기증에 시달린 그녀가 구토를 하는 바람에 자기뿐만 아니라 다른 동료들까지도 몸이 흔들렸다. 어둠에 혼미해진 그녀는 숨이 막혔고, 살갗을 짓누르는 통기갱의 내벽 때문에 고통은 더욱 심해졌다. 그리고 습기 때문에 몸이 떨렸고, 땀이 흐르는 몸은 굵은 물방울에 흥건히 젖어버렸다. 수평갱도에 다가오자 비가 세차게 때려 램프불이 꺼질 듯 위태로웠다.

두 번 샤발은 카트린에게 물었으나 아무런 대답이 없었다. 저 아래에서 도대체 뭘 하는 거야, 헛바닥을 땅에 떨어뜨렸나? 몸이 괜찮았다면 당연히 그에게 말할 수 있었으리라. 사람들은 벌써 30분 전부터 사다리를 오르고 있었다. 그렇지만 너무나 사람들이 많아 이제 겨우 쉰아홉 번째 사다리에 있었다. 아직도 마흔세 개의 사다리가 남아 있었다. 마침내 카트린은 그런대로 괜찮다고 더듬거리며 말했다. 만약 그녀가 힘들다고 말했더라면 그는 그녀를 굼벵이로 취급했을 것이었다. 가로장에 덧댄 쇠에 발을 다쳤는지 거기 뼈까지 톱으로 켜는 것 같았다. 팔을 뻗어 한번 오를 때마다 그녀는 살갗이 벗겨지고 손가락을 오므릴 수 없을 정도로 뻣뻣하게 굳어버린 두 손을 사다리 기둥에서 놔버리는 자신을 상상했다. 그리고 뒤로 추락하여 뜯겨진 어깨와 떨어져 나간 다리들이 계속 꿈틀거리는 모습을 떠올렸다. 그녀가 무엇보다도 고통스러웠던 것은 사다리에 경사가 없기 때문이었다. 사다리는 거의 직각으로 세워져 있었기 때문에 그녀는 나무에 배를 대고 손목힘으로 몸을 올려야만 했다. 이제 가쁜 숨소리가 발 울리는 소리를 덮어버렸다. 통기갱의 격벽 때문에 헐떡이는 숨소리는 엄청나게 증폭되었고, 저 밑바닥으로부터 올라오는 그 소리는 저 빛 속에서 죽어버렸다. 신음소리가 들렸고 여러 말들이 나돌았다. 한 견습광부가 방금 층계참 모서리에 부딪혀 머리가 깨졌다.

다시 카트린은 올라갔다. 수평갱도를 지나자 비가 멈췄고 안개가 무겁게 끼었으며, 녹슨 쇠와 축축한 갱목 냄새는 갱을 오염시켰다. 기계적으로 그녀는 아주 나지막하게 강박적으로 사다리 숫자를 세었다. 여든하나, 여든둘, 여든셋, 아직도 열아홉 개나 남아 있었다. 반복해서 세는 숫자의 리듬 덕분에 그녀는 몸의 균형을 유지할 수 있었다. 이제 그녀는 몸을 움직인다는 의식도 없었다. 눈을 들었을 때 램프들이 나선형으로 소용돌이치고 있었다. 피가 흘러내렸고, 죽는다는 느낌이 들었고, 입김만 불어도 아래로 추락할 것 같았다. 가장 힘든 것은 밑에 있는 사람들이 밀어대고 사다리에 달라붙은 모든 사람들이 피로에 지쳐 분노를 참지 못한 채, 태양을 보려는 맹렬한 욕구에 사로잡혀 위로만 달려드는 것이었다. 맨 앞의 동료들은 밖으로 나갔다. 따라서 부서진 사다리는 없었다. 그러나 위에서 사다리를 부숴버려 뒤에 있는 사람들은 나갈 수 없고 이미 나간 사람들은 저 위에서 쉬고 있다는 생각이 들자, 뒤에 있는 사람들은 미쳐버리고 말았다. 또다시 오르는 것이 멈추자 욕설이 난무했고, 모든 사람들은 계속 올라가며 서로를 밀쳤고, 어쨌든 도달하게 될 다른 사람들의 몸 위를 지나갔다.

그때 카트린이 떨어졌다. 그녀는 살려달라고 절망적으로 샤발의 이름을 부르짖었다. 그러나 그는 그 소리를 듣지 못했고 앞서 나가려고 발버둥 쳤다. 한 동료의 옆구리를 발뒤꿈치로 밀쳤다. 그녀는 굴러 떨어졌고 짓밟혔다. 그녀는 정신을 잃었고 꿈을 꿨다. 그녀는 옛날이야기에 나오는 어린 여조차부가 되었고, 위에서 석탄 한 조각이 바구니에서 떨어져 마치 조약돌에 맞은 참새처럼 운반갱 바닥에 내동댕이쳐졌다. 이제 다섯 개의 사다리만 오르면 되었고 여기까지 거의 한 시간이 걸렸다. 그녀는 어떻게 밖으로 나왔는지 전혀 알지 못했다. 사람들의 어깨로 들려진 채 숨이 막히도록 좁은 통기갱에 몸이 걸려있었다.

갑자기 그녀는 눈부신 태양 아래 있었고, 요란한 무리들은 그녀에게
야유를 퍼부었다.

3

동이 트기 전부터 탄광촌은 전율하기 시작했고, 이제 이 동요는 길거리와 모든 들판으로 퍼져나갔다. 그러나 출발은 예정했던 대로 이뤄지지 못했다. 용기병*과 헌병들이 평원을 휘젓고 다닌다는 소식이 퍼졌던 것이었다. 그들이 밤사이 두에**로부터 왔다고 사람들은 말했다. 모두들 라스뇌르가 엔느보 씨에게 상황을 알려주며 동료들을 팔아먹었다고 그를 비난했다. 한 여조차부까지 급송전문을 치러가는 엔느보의 하인을 보았다고 떠벌렸다. 광부들은 주먹을 쥐고 새벽의 희미한 빛이 새어드는 덧문 뒤에서 군인들을 살폈다.

일곱 시 반경 태양이 떠올랐을 때 또 다른 소문이 떠돌았고, 초조한 광부들은 마음을 놓았다. 그것은 잘못된 경보였고 단순한 군사 행군이었다. 장군은 파업이 일어난 이후, 릴 도지사의 바람대로 이따금씩 행군을 명령했던 것이었다. 파업 광부들은 릴 도지사를 증오했다. 중재를 하겠다고 약속해놓고는 그들을 속였다고 비난했다. 중재는 1주일에 한 번씩 군의 위용을 과시하기 위해 몽수에서 군이 행진하는 것

---

* 16~17세기 이래 유럽에 있었던 기마병으로 갑옷을 입고 용 모양의 개머리판을 한 총을 들었다.
** Douai. 벨기에 접경 북서부 지역의 소도시

으로 국한됐다. 따라서 광부들은 용기병과 헌병들이 굳은 땅을 속보로 달리며 탄광촌 전체를 멍하게 만들어놓은 것에 만족하면서 조용히 마르시엔을 향해 가는 것을 보고는, 바야흐로 일이 터지려할 때 발길을 돌리는 군인들과 순진한 도지사를 비웃었다. 아홉 시까지 그들은 평온한 표정으로 집 앞에서 즐거워하며 포장도로 위에서 마지막으로 떠나는 착하고 어진 헌병들의 등을 바라보았다. 몽수의 부르주아들은 아직도 그들의 커다란 침대 속에서 머리를 깃털 베개 속에 파묻은 채 잠을 자고 있었다. 회사 사택에서 엔느보 부인은 마차를 타고 떠난 터였고, 남은 엔느보 씨는 틀림없이 일을 하고 있는 듯했다. 왜냐하면 건물은 문이 닫힌 채 죽은 듯 고요했기 때문이었다. 어떤 수갱에서도 군을 경비로 세우지 않았다. 그것은 위험의 시각에 치명적인 선견지명의 부재, 당연히 재앙을 초래하는 바보짓이었다. 사태에 대한 정보를 파악하는 것이 중요한 시점에 정부가 범할 수 있는 실수의 모든 것이었다. 아홉 시를 알리는 종소리가 울리자 광부들은 전날 숲속에서 결의했던 회합에 참가하기 위해 마침내 방담 도로를 걷기 시작했다.

그런데 에티엔은 저 아래에 있는 장-바르 수갱에서는 그가 기대했던 3,000명의 동료들이 모이지 않을 거라는 사실을 곧바로 알아차렸다. 많은 사람들은 시위가 연기된 것으로 생각하고 있었고, 최악의 사태는 두세 무리의 동료들이 벌써 길을 떠났다는 것이었다. 에티엔이 선봉에 서지 않는다면 자칫 명분을 해칠지도 모를 일이었다. 해가 뜨기 전에 떠난 약 100명의 동료들은 숲의 너도밤나무 아래에 은신하면서 다른 동료들을 기다려야만 했다. 수바린은 에티엔이 자문을 구하려고 올라가자 어깨를 으쓱했다. 단호한 의지를 가진 열 명의 사내들이 한 무리의 사람들보다 더 많은 일을 하는 법이다. 그리고 그는 자기 앞에 펼쳐 놓은 책에 몰두했고 이번 일에 관여하기를 거부했다. 아주 간단하게 몽수를 불태워버리는 것으로 충분한 일을 감정적으로 흐르게 할 위험이 있다. 에티엔은 집 출입로로 나왔기 때문에 아주 창백한 얼굴로 주철 벽난로 앞에 앉아 있는 라스뇌르를 보았다. 반면 언제나 검은 옷을 입어 키가 커 보이는 그의 아내는 단호하고 예절바른 말로 그를 매도하고 있었다.

마외는 약속은 지켜야만 한다는 의견이었다. 이러한 회합은 신성한 것이다. 그러나 밤사이에 그들은 모두 흥분을 가라앉혔고, 그는 이제 불상사를 두려워했다. 그리고 그들의 의무는 거기에 있으면서 동료들이 정당성을 유지하도록 하는 것이라고 설명했다. 마외드도 찬성을 표했다. 에티엔은 혁명적으로 행동해야 하지만 생명에 위해를 가해서는 안 된다고 느긋하게 되뇌었다. 출발하기 전 그는 그 전날, 누군가가 노간주 술 한 병과 함께 갖다 주었던 자기 몫의 빵을 먹지 않겠다고 했다. 그러나 추위와 싸우려 한다며 그는 조그만 잔으로 연거푸 노간주 술 세 잔을 마셨다. 게다가 수통에도 술을 가득 채워 가져갔다. 알지르가 아이들을 돌보기로 했다. 본모르 영감은 전날 너무나 뛰어다닌 탓에 다리가 아파 침대에 드러누워 있었다.

신중을 기하기 위해 모두 한꺼번에 출발하지 않았다. 장랭은 이미 오래전에 자취를 감추었다. 마외와 마외드는 몽수 쪽으로 돌아가는 길을 택한 반면 에티엔은 숲 쪽으로 향했고, 거기에서 동료들과 합류했으면 했다. 도로로 가면서 그는 일단의 여자들을 따라잡았다. 그 속에서 그는 브륄레와 르바크 마누라를 알아봤다. 여자들은 무케트가 가져다 준 밤을 먹으면서 걷고 있었고, 배를 더 채우기 위해 껍질까지 삼켰다. 그러나 숲 속에는 아무도 없었고, 동료들은 벌써 장-바르에 있었다. 그러자 에티엔은 뛰기 시작했다. 그가 수갱 앞에 도착했을 때, 이미 르바크를 위시한 100명가량의 동료들이 집탄장 위로 뚫고 들어가고 있었다. 도처에서 광부들이 몰려들고 있었다. 마외 부부는 큰 도로 쪽에서, 여자들은 들판을 가로질러 지휘관도 무기도 없이 모두가 오합지졸로 마치 범람한 물이 언덕을 따라 흘러내리듯 자연스럽게 그곳으로 흘러들었다. 에티엔은 장랭을 보았고, 그는 구름다리 위로 기어올라가 연극이라도 볼 요량인 듯 자리를 잡았다. 에티엔은 더 빨리 뛰어 처음으로 도착한 사람들과 함께 들어갔다. 겨우

300명에 불과했다.

드뇔랭이 석탄수납장에 이르는 계단 위에 나타났을 때 사람들은 머뭇거렸다.

"원하는 게 뭐요?" 그가 힘찬 목소리로 물었다.

자기 딸들이 웃음을 보냈던 마차가 사라지는 것을 보고 난 후, 다시 수갱으로 돌아온 그는 막연한 불안감에 사로잡혔었다. 그렇지만 수갱에서는 모든 것이 질서정연했다. 광부들은 갱 속으로 내려가 채탄을 했기 때문에 그는 또다시 마음이 놓여 선임반장과 이야기를 나눴다. 그때 파업 광부들이 다가온다는 소식이 그에게 전해졌다. 재빨리 그는 선탄장 창가에 자리를 잡았고, 점점 더 집탄장으로 몰려드는 인파 앞에서 바로 무력감을 느꼈다. 사방으로 트여 있는 이 건물들을 무슨 재주로 방어한단 말인가? 자기 주위에 겨우 스무 명 정도의 노동자들을 불러 모을 수 있을 뿐이었다. 그는 낙담하고 말았다.

"원하는 게 뭐요?" 다시 울분으로 창백해진 그는 자신의 재앙을 꿋꿋하게 받아들이려 애를 쓰면서 되풀이해서 말했다.

무리들은 밀쳐대면서 포효했다. 에티엔이 마침내 앞으로 나와서 말했다.

"우리는 당신에게 해를 끼치려고 온 게 아닙니다. 그러나 모든 작업은 중단되어야만 합니다."

드뇔랭은 단호한 어조로 그를 바보 취급했다.

"당신이 내 수갱에서 작업을 중단시키면서 내게 적선한다고 생각하는 거야? 이건 내 등 뒤에서 총을 쏘는 거나 마찬가지야… 그래, 내 사람들은 갱 속에 있고, 그들은 올라오지 않을 거야. 올라오게 하려면 먼저 나를 죽여야만 할 거야!"

이 막무가내식 말에 소동이 일었다. 마외는 위협적으로 달려드는 르바크를 제지해야만 했고, 에티엔은 계속해서 드뇔랭과 담판하면서 자기들의 혁명적인 행동의 정당성을 납득시키려고 했다. 그러나 드뇔랭은 노동의 권리로 응수했다. 게다가 그는 이런 바보짓들을 논쟁하지 않으려 했다. 그는 자기 수갱에서 주인이고자 했다. 그는 오직 이 하찮은 것들을 쓸어버릴 네 명의 헌병들을 미리 대기시키지 못한 것을 후회했다.

"이건 순전히 내 잘못이야! 이런 일을 당해도 싸지. 당신들 같은 종자들에게는 오직 힘밖에 없어. 이건 양보를 함으로써 당신들을 매수할 수 있다고 착각하는 정부 때문이야. 만약에 정부가 당신들에게 무기를 쥐어주면 당신들은 정부를 타도할 거야. 끝장낼 거야."

에티엔은 분에 떨면서도 여전히 자제하고 있었다. 목소리를 낮췄다.

"부탁하는 데요, 사장님, 당신 노동자들에게 올라오라는 명령을 내리세요. 내 동료들이 어떻게 할지는 나도 장담 못합니다. 내 말대로 해야 불행을 피할 수 있어요."

"안 돼, 나를 내버려둬! 내가 당신을 알아? 당신은 내 알 바가 아냐. 당신은 나하고 말다툼할 것이 아무것도 없어. 당신들은 들판을 이렇게 쏘다니면서 집들을 약탈하는 도적떼일 뿐야."

분노의 함성이 이제 그의 목소리를 덮어버렸고, 특히 여자들이 그에게 욕을 퍼부었다. 그는 계속해서 그들과 맞섰고 권위의식을 버리고 솔직해지면서 홀가분함을 느꼈다. 모든 게 끝장 나버렸기 때문에 그는 쓸데없이 진부한 말은 비겁하다고 생각했다. 그러는 동안 파업 노동자들의 숫자는 계속 불어나서 거의 500명가량의 노동자들이 문 쪽으로 몰려들었고, 그는 봉변을 당하기 일보 직전이었다. 그때 선임 반장이 그를 거세게 뒤로 잡아당겼다.

"제발, 사장님!… 살인납니다. 아무 것도 아닌 일로 사람들을 죽이면 어쩌시려고요?"

그는 발버둥을 치며 무리들에게 마지막으로 소리쳐 항변했다.

"도적놈들, 우리가 힘이 더 세지면 두고 봐라!"

사람들이 그를 데리고 갔다. 몸싸움 때문에 앞줄에 선 사람들이 계단 쪽으로 밀렸고, 그 와중에 난간이 휘어져버렸다. 여자들은 비명들을 질러대며 남자들을 흥분시켰다. 곧이어 자물쇠를 채우지 않고 걸쇠로 잠근 문이 열렸다. 그러나 계단은 너무 좁은데다 서로 밀쳐댔기 때문에, 후미에서 포진하고 있었던 사람들이 다른 입구로 가자고 했다. 그렇지 않았더라면 무리들은 오랫동안 들어갈 수 없었을 것이었다. 이제 막사, 선탄장, 보일러 건물 등 사방으로부터 사람들이 밀려들어왔다. 불과 5분 만에 수갱 전체는 파업 노동자들에 의해 점령당했고, 그들은 저항하는 사장에 대한 승리의 기쁨에 흥분하여 광란의 몸짓과 괴성 속에서 수갱의 3층 모두를 휘젓고 돌아다녔다.

기겁한 마외는 앞줄로 뛰어나가면서 에티엔에게 말했다.

"그들이 사장을 죽여선 안 돼!"

에티엔은 이미 달려가고 있었다. 그리고 드뇔랭이 반장실에서 바리케이드를 친 것을 알았을 때 그는 응수했다.

"어떻게 하려고요? 이게 우리의 잘못입니까? 저렇게 분노한 게!"

그러는 동안 그는 불안감에 가득 찼지만 여전히 침착하게 이 발작적인 분노에 휩쓸리지 않았다. 그는 또한 자신의 권위에서 벗어나 인민의 의지를 냉정하게 실행할 수 없을 지경으로 흥분한 무리들을 보면서, 지도자로서 자존심에 상처를 받았다. 그는 냉정을 요구했고 불필요한 파괴 행동으로 적들에게 빌미를 주어서는 안 된다고 외쳤다. 하지만 허사였다.

"보일러실로!" 브륄레가 소리쳤다. "불들을 꺼버리자!"

르바크는 줄을 찾아냈고 그것을 단도처럼 휘두르며 끔찍한 외침으로 난동을 주도했다.

"케이블을 끊어버리자! 케이블을 끊어버리자!"

모든 사람들이 곧바로 그 외침을 되풀이했다. 오로지 에티엔과 마외만이 계속해서 만류하려 난동 속에서 정신없이 떠들어댔지만 조용해지질 않았다. 마침내 에티엔은 말을 할 수 있었다.

"동지 여러분! 막장에는 사람들이 있습니다."

소란은 더욱 심해졌고 사방에서 떠들어댔다.

"그것 참 안됐군! 내려가지 말았어야지!… 배반자들, 꼴좋다!… 그래, 그래, 그놈들 거기에 있어라!⋯ 그리고 사다리도 있잖아!"

그러자 사다리 때문에 그들은 더욱 강경해졌고, 에티엔은 자기가 양보해야만 한다는 것을 알아차렸다. 더 큰 재앙에 대한 두려움 속에서 그는 권양기 쪽으로 달려가 케이지들만이라도 다시 올리려 했다. 케이블이 운반갱 위쪽에서 줄질로 끊어질 경우, 엄청난 무게의 케이블이 케이지들 위로 떨어지면서 그것들을 부숴버릴 수도 있기 때문이었다. 기계공과 당번 노동자들은 어디론가 자취를 감춰버리고 없었다. 그는 조종간을 움켜쥐고 권양기를 조절했고, 그동안 르바크와 다른 두 명은 도르래를 지탱하고 있는 주철 구조물 위로 기어오르고 있었다. 케이지들이 굄목 위에 가까스로 고정되자마자 강철 케이블을 끊는 줄의 날카로운 쇳소리가 들려왔다. 커다란 침묵이 흘렀고, 이 쇳소리는 수갱 전체를 채우는 듯했다. 모든 사람들이 전율하며 고개를 들어 그것을 보았고 그 소리를 들었다. 맨 앞줄에 있었던 마외는 잔인한 기쁨이 엄습해오는 것을 느꼈다. 마치 줄의 이빨이 비참함으로 가득찬 이 갱구의 케이블을 먹어 치움으로써 거기에 더 이상 내려가지 못하게 하여, 그들을 불행에서 해방시켜 주는 것 같았다.

한편 브륄레는 막사 계단으로 사라지면서 계속해서 고함을 질렀다.

"불들을 엎어버려! 보일러실! 보일러실로!"

여자들은 그녀의 뒤를 좇았다. 마외드는 여자들이 전부 부수지 못하도록 서둘렀고, 마찬가지로 그녀의 남편도 동료들이 이성을 되찾기를 바랐다. 그녀는 가장 침착했다. 사람들에게 피해를 입히지 않고도 권리를 주장할 수 있다. 그녀가 기관실로 들어갔을 때 이미 여자들은 두 명의 화부를 내쫓은 터였고, 브륄레는 커다란 삽으로 한 화로 앞에서 몸을 굽히고 맹렬하게 그 안을 비워냈다. 작열하는 석탄을 벽돌로 지은 집탄장 위로 던졌고, 거기에서 퍼낸 석탄들이 검은 연기를 내며 계속해서 불탔다. 이곳에는 열 개의 화로가 다섯 대의 보일러를 가열하고 있었다. 곧바로 여자들은 화로로 달려들었다. 르바크 마누라는 양 손으로 삽질을 했고, 무케트는 불이 붙지 않도록 허벅지까지 옷을 걷어 올렸다. 모든 여자들이 마녀 집회의 요리를 해대느냐 커다란 불에 얼굴이 시뻘겋게 달아올랐고, 땀을 흘렸고, 머리는 봉두난발이었다. 석탄은 높이 쌓여만 갔고, 뜨거운 열 때문에 넓은 보일러실은 천장에 금이 갔다.

"이제 그만!" 마외드가 외쳤다. "이 망할 곳에 불나겠어."

"그럼 더 좋지!" 브륄레가 대답했다. "그래야 고생한 보람이 있지… 아! 염병할! 내가 죽은 남편의 원수를 갚겠다고 말했지!"

이때 장랭의 날카로운 목소리가 들렸다.

"나 좀 봐요! 내가 불을 꺼버릴래요, 내가! 모든 걸 끝장낼 게요!"

제일 먼저 여자들과 함께 들어왔던 녀석은 이 난리통속을 신나게 돌아다녔고, 이 법석에 환장해 무슨 못된 짓을 저지를까 궁리하고 있었다. 그리고 증기를 방출하는 밸브 꼭지를 돌릴 생각을 했다. 폭음과 함께 증기가 분출하기 시작했고, 다섯 대의 보일러는 고막이 터질 정도의 천둥 소리를 내며 폭풍과 함께 모든 것을 날려버렸다. 모든 것이 증기 속으로 사라졌다. 석탄더미 불은 꺼져가고 있었고, 여자들은 사지가 부러진 몸짓을 하는 유령에 지나지 않았다. 하얀 증기가 소용돌이치는 뒤쪽 통로 위로 올라간 아이만 유일하게 보일 뿐이었다. 녀석은 이 태풍을 일으켰다는 기쁨에 넋을 잃은 채 입을 헤벌리고 있었다.

이 폭풍은 15분 가까이 지속되었다. 여자들은 불을 완전히 끄기 위해 석탄더미 위에 양동이로 물을 퍼부었다. 화재의 위험은 사라졌다. 그러나 군중들의 분노는 사그라지지 않았고 반대로 더 열을 받았다. 남자들은 망치를 들고 내려갔고 여자들은 쇠막대로 무장했다. 증기기관들을 죽이고 기계들을 부수며, 수갱을 무너뜨리자고 말했다.

이를 예측한 에티엔은 마외와 함께 서둘러 달려갔다. 이제 그조차도 뜨거운 복수의 열기에 도취되고 있었다. 그렇지만 그는 그것과 싸우며, 이제는 케이블도 끊고 불도 꺼뜨렸으며 보일러들의 증기도 다 빼냈으니 작업은 불가능하다며 진정하라고 간청했다. 그러나 그의 말은 씨가 먹히지 않았다. 밖에서 함성이 올라오자 그들은 통기갱의 사다리로 통하는 낮고 작은 문으로 또다시 밀려들었다.

"배반자들을 죽여!… 아! 더러운 비겁한 새끼들!… 놈들을 올라오지 못하게 해! 아! 이 비굴한 놈들아!… 죽여! 죽여!"

막장에 있던 노동자들이 바깥으로 나오기 시작했다. 첫 번째로 나온 사람들은 햇빛에 눈이 보이지 않자 눈꺼풀을 깜박이며 그 자리에 있었다. 그리고 줄행랑을 쳤고 도로에 다다르자 도망갈 혈로를 찾으려 했다.

"이 비겁한 놈들을 죽여! 이 거짓 형제들을 죽여!"

파업 노동자 전체가 몰려들었다. 3분도 못 되어서 건물에는 한 사람도 남지 않았고, 몽수의 광부 500명은 두 줄로 섰다. 그리고 자기들을 배반하고 갱으로 내려갔던 방담의 광부들로 하여금 이 이중의 울타리 사이로 지나가게 했다. 통기갱 문으로 누더기 옷을 입고 검은 진흙이 묻은 광부들이 새로이 나타날 적마다 그들은 야유를 퍼부었고, 잔인한 욕설로 그들을 맞이했다. 아! 저놈, 엉덩이에서 다리까지 세 치밖에 안 되는구먼! 이 자식은 코를 볼캉의 갈보들에게 먹혔구먼! 그리고 저 자식의 눈에서 질질 흐르는 밀랍은 성당 열 군데에 나눠줘도 되겠어! 이 자식은 엉덩이는 없고 사순절 금식처럼 길기만 하네! 덩치가 큰 여조차부 하나가 튀어 나왔는데 젖가슴은 배에 있고, 배는 엉덩이에 있었다. 사람들은 미친 듯이 웃어댔다. 툭툭 때렸고, 농담은 심하다 못해 잔인해졌고, 주먹질이 쏟아졌다. 행렬이 계속되는 동안 이 가련한 자들은 추위에 벌벌 떨었고, 아무 말도 하지 못한 채 욕을 먹었고, 쩨려보던 눈총들이 만족할 때서야 비로소 수갱 밖으로 내달릴 수 있었다.

"아! 도대체 저 안에 얼마나 있는 거야?" 에티엔이 물었다.

그는 계속해서 통기갱을 빠져나오는 광부들을 보고 놀랐다. 배고픔을 못 이기고 반장들의 위협에 겁을 먹은 사람들이 몇 명 정도가 아니라는 사실에 화가 났다. 그렇다면 숲속에서 자기에게 거짓말을 했단 말인가? 장-바르의 거의 모든 사람이 내려갔던 것이었다. 한편 그는 자신도 모르게 소리를 지르며 통기갱 문턱 위에 서있는 샤발을 보자 달려들었다.

"이 새끼야! 이게 네가 우리를 오라고 한 약속 장소냐?"

저주의 욕설이 터졌고 사람들은 밀쳐대며 배신자에게 달려들었다. 이게 뭐야! 어젯밤 맹세했잖아, 그런데 다른 사람들과 함께 막장에 들어간 거야? 이렇게 우리를 바보로 만들다니!

"그 놈을 잡아! 운반갱에 처넣어! 운반갱에!"

겁에 질린 샤발은 더듬거리며 변명하려 했다. 그러나 에티엔이 그의 말을 가로막았다. 그 역시 분노에 사로잡혀 제 정신이 아니었다.

"네가 그러기를 원했으니, 너는 그렇게 될 거다… 가자! 걸어, 이 새끼야!"

또 다른 소란이 그의 목소리를 덮었다. 이번에는 카트린이 나와 밝은 태양빛에 눈을 뜨지 못한 채 야만인들 한가운데 겁에 질려 쓰러져 있었다. 102개의 사다리에 다리는 엉망이 되었고, 손바닥에서는 피를 흘렸고 숨을 헐떡였다. 그때 그녀를 보고 마외드가 손을 들고 달려들었다.

"아! 망할 년, 너까지도!… 어미는 배가 고파 죽어가는 데, 네 기둥서방을 위해 제 어미를 배반해!"

마외가 팔을 잡았고 뺨을 때리지 못하게 했다. 그러나 그는 자기 딸을 뒤흔들었고 아내처럼 분을 참지 못하고 딸의 소행을 꾸짖었다. 두 사람은 제 정신이 아니었고 동료들보다도 더 크게 소리를 질렀다.

카트린을 보자 에티엔은 분노를 폭발하고 말았다. 그는 되풀이해서 외쳤다.

"출발! 다른 수갱들로 갑시다! 그리고 너는 우리와 함께 간다, 이 더러운 돼지새끼야!"

샤발은 막사에 이르러서야 겨우 나막신을 신고 얼어붙은 어깨 위에 털실 스웨터를 걸칠 수가 있었다. 모든 사람들이 그를 끌고 가며 자기들 한가운데에서 뛰게 했다. 얼이 빠진 카트린 역시 나막신을 신고 추워지면 입었던 낡은 남자용 윗도리의 목 단추를 채웠다. 그리고 제 사내 뒤에서 뛰었고 그를 떠나지 않으려 했다. 왜냐하면 사람들이 당연히 그를 때려죽일 것이기 때문이었다.

그리고 2분 만에 장-바르는 텅 비었다. 경적 나팔을 주운 장랭은 마치 소떼라도 불러 모으듯 그 쉰 소리를 불어댔다. 브륄레, 르바크 마누라 그리고 무케트를 위시한 여자들은 치마를 걷어 올리고 뛰었다. 반면 르바크는 손에 도끼를 들고 마치 그것을 악대장의 지휘봉처럼 다뤘다. 다른 광부들이 계속해서 도착해 이제 거의 1,000명이 되었고, 무질서하게 또다시 도로로 흘러들면서 범람하는 급류로 변했다. 출구가 너무 좁아 결국 방책들이 쓰러지고 말았다.

"수갱으로! 배반자들을 죽여라! 작업을 중단하라!"

갑자기 장-바르 수갱은 커다란 침묵 속에 휩싸였다. 숨소리 하나 들리지 않았다. 드뇔랭은 반장실에서 나왔다. 그리고 그는 손을 들어 그를 뒤따르지 못하게 하고는 홀로 수갱을 돌아봤다. 그는 창백했지만 매우 침착했다. 먼저 운반갱 앞에서 멈췄고 눈을 들어 끊어진 케이블을 바라보았다. 강철 조각들이 쓸데없이 매달려 있었다. 줄이 물어뜯은 상처가 선명하게 남아 있었고, 방금 난 상처는 검은 윤활유 속에서 빛나고 있었다. 다음으로 그는 권양기로 올라가 중풍에 걸린 거대한 관절처럼 움직이지 않는 크랭크를 살폈고 이미 차가와진 쇠에 손을 댔다. 마치 시체를 건드린 것처럼 그 냉기에 소름이 끼쳤다. 그리고 그는 보일러실로 내려가 화로들 앞을 천천히 걸었다. 불은 꺼졌고 입들을 벌려 탄들은 흘러나왔으며, 발로 증기기관을 때리자 텅 빈 소리가 울렸다. 그래! 모든 게 끝났다. 파멸은 종지부를 찍었다. 케이블을 수리하고 불을 다시 지핀다 해도 어디서 사람들을 구한단 말인가? 앞으로 보름간 파업이 계속되면 자기는 파산이다. 그리고 자신의 재앙을 이렇게 확인하자 그는 더 이상 몽수의 불한당들에게 원한을 품지 않았다. 흔히 오래전부터 있어온 실수 때문이었지만 그는 모두가 자기의 파멸을 공모했다고 느꼈다. 그들은 틀림없이 맹수들이다. 글도 읽을 줄 모르고 배가 굶주림으로 죽어가는 맹수들이다.

4

무리들은 창백한 겨울 태양 아래 하얗게 서리가 긴 평원으로 떠났고, 도로가 사람들로 넘쳐나자 사탕무밭을 가로질렀다.

푸르슈-오-뵈프에서부터 에티엔은 군중들을 통솔했다. 걸음을 멈추지 않은 채 그는 질서를 외쳤고 대열을 정돈시켰다. 장랭은 선두에서 마구 경적 나팔을 불어대며 뛰어갔다. 그런데 앞줄에서는 여자들이 전진했고 그 중 몇 명은 몽둥이로 무장하고 있었다. 마외드는 야성의 눈으로 저 멀리서 정의가 약속된 도시를 찾는 듯했다. 브륄레와 르바크 마누라 그리고 무케트는 마치 전장으로 향하는 병사들처럼 남루한 옷을 입고 성큼성큼 걸어갔다. 나쁜 일들이 닥치면 헌병들이 여자들까지 때릴지는 두고 볼 일이었다. 그리고 남자들은 그 뒤를 짐승 떼처럼 혼잡스럽게 따르고 있었다. 대열은 후미로 갈수록 점점 넓어졌고 쇠막대들이 삐죽삐죽 솟아 있었으며, 르바크만이 갖고 있는 도끼날은 태양빛에 반짝이며 후미를 압도하고 있었다. 중심에 선 에티엔은 샤발에게서 눈을 떼지 않으려 그를 자기 앞에서 걷게끔 했다. 반면 마외는 뒤에서 음울한 표정으로 카트린에게 눈길을 주고 있었다. 카트린은 남자들 속에 있는 유일한 여자였고, 사람들이 자기 애인을 해치지 못하도록 고집스럽게 그와 가까운 곳에서 걷고 있었다. 모자를 쓰지 않은 머리들은 바람에 헝클어져 있었고, 오직 딸가닥거리는 나막신 소리만이 들렸다. 그것은 장랭이 불어대는 야만적인 경적 속에서 풀어놓은 가축 떼가 날뛰는 소리와 비슷했다.

곧바로 새로운 구호를 외쳐댔다.

"빵을 달라! 빵을 달라! 빵을 달라!"

정오였다. 이 야전 행군과 6주간의 파업으로 굶주린 배가 아픔을 참지 못하고 깨어났다. 아침에 조금 먹었던 빵 껍질과 무케트가 준 몇 개의 밤은 이미 오래 전에 꺼져 버렸다. 뱃속이 울부짖었고 이 고통에 배반자들에 대한 분노가 합해졌다.

"수갱으로! 작업을 중단하라! 빵을 달라!"

에티엔은 탄광촌에서 자기 몫의 빵을 사양했기 때문에 가슴을 쥐어뜯는 고통을 참을 수가 없었다. 그는 내색하지 않았다. 그러나 기계적으로 이따금씩 수통의 노간주 술을 한 모금씩 마셨다. 너무나 추웠기 때문에 끝까지 가기 위해서는 이렇게 해야 한다고 그는 생각했다. 뺨이 달아올랐고 눈에서는 불꽃이 일었다. 그러나 냉정함을 잃지 않고 여전히 쓸데없는 파괴는 피하고자 했다.

조아젤로 가는 길에 이르렀을 때 방담의 한 채탄부가 사장에게 복수를 하겠다며 무리에 합류했고, 동료들을 오른쪽 방향으로 돌리면서 외쳐댔다.

"가스통–마리로! 펌프를 멎게 하자! 장–바르를 물바다로 만들자!"

무리들은 물을 퍼내도록 내버려두자고 간청하는 에티엔의 반대에도 불구하고 이미 방향을 틀어버렸다. 무엇 때문에 갱도들을 파괴하는가? 그도 원한은 있었지만 노동자의 심정으로는 내키질 않았다. 마외 역시 기계를 부수는 것은 옳지 않다고 생각했다. 그렇지만 채탄부는 계속해서 복수를 외쳐댔다. 그래서 에티엔은 더 큰 소리로 외쳐야만 했다.

"미루로! 거기 막장에도 배반자들이 있습니다!… 미루로! 미루로!"

그는 왼쪽 길로 신호를 보내며 무리들의 방향을 틀었고, 장랭은 선두에 다시 서며 더 세게 경적을 불어댔다. 커다란 역류가 일어났다. 가스통-마리가 이번에는 화를 면한 것이었다.

그들은 미루까지 4킬로미터를 거의 뛰다시피 해 30분 만에 끝없는 평원을 주파했다. 이쪽 편으로는 얼어붙은 운하가 긴 리본처럼 평원을 가르고 있었다. 오직 서리가 끼어 거대한 촛대모양으로 변모한 제방의 헐벗은 나무들만이 마치 바다 속으로 사라지듯, 지평선의 하늘속으로 끝없이 사라지면서 평원의 밋밋한 단조로움을 깨뜨리고 있었다. 몽수와 마르시엔은 굽이치는 땅에 가려 보이지 않았다. 그것은 헐벗은 광활함 자체였다.

수갱에 도착했을 때 그들은 한 반장이 선탄장 구름다리 위에 서서 그들을 기다리고 있는 것을 보았다. 모두가 캉디외 영감이라는 것을 잘 알고 있었다. 그는 몽수의 최선임반장이었고 피부와 털 모두가 온통 하얀 노인이었다. 일흔이 다 되었지만 광산에서는 그야말로 기적에 가까운 건강을 유지하고 있었다.

"여기에는 뭣 하러 왔어, 이 부랑배 같은 놈들아?" 그가 외쳤다.

무리들은 멈춰 섰다. 그는 고용주가 아니라 동료였고 이 늙은 노동자에 대한 존경심 때문에 그들은 행동을 자제했다.

"막장에 들어간 사람이 있습니다." 에티엔이 말했다. "그들을 나오게 하세요."

"그래, 들어간 사람들이 있지." 캉디외 영감이 말했다. "일흔두 명이야, 다른 애들은 무서워서 못 들어갔어, 너희 못된 놈들 때문에!…경고하는데 한 명도 나오지 않을 거야, 나오게 하려면 나하고 일을 봐야할 거야!"

여기저기서 탄성이 터져 나오며 사내들은 밀쳤고 아낙네들은 나아갔다. 반장은 재빨리 구름다리에서 내려와 이제 문을 막아섰다.

그러자 마외가 나섰다.

"어르신! 이건 우리들의 권리입니다. 우리가 동료들에게 함께 하자고 몰아붙이지 않았다면, 어떻게 총파업에 이르게 됐겠습니까?"

노인은 잠시 말없이 있었다. 동맹파업에 대해 모르는 것은 노인이나 채탄부나 마찬가지였다. 마침내 노인이 대답했다.

"그건 자네들의 권리야. 거기에 대해서는 말하지 않겠네. 그러나 나는 지침밖에는 모르네… 여기에는 나 혼자뿐이야. 사람들은 세 시까지 막장에 일하러 갔고, 그러니 세 시까지 거기에 있을 거고."

마지막 말은 야유 때문에 들리지 않았다. 사내들은 주먹으로 그를 위협했고, 이미 여자들은 그의 귀에 소리를 질러대며 얼굴에 콧김을 뿜어댔다. 그러나 그는 눈처럼 흰 턱수염과 백발머리를 꼿꼿이 들고 버텼다. 그리고 그의 옹골찬 목소리가 소란 속에서도 또렷이 들려왔다.

"절대로! 못 들어가!… 이건 명명백백한 사실이야. 너희들이 케이블에 손대는 것을 내버려 두느니 내가 차라리 죽어버리겠어… 그러니 날 밀지 마, 너희들이 보는 앞에서 운반갱에 내 몸을 던지겠어!"

전율이 일었고 무리들은 뒤로 물러섰다. 그가 말을 계속했다.

"이것도 이해 못하는 돼지새끼가 있겠어?… 나 역시 너희들과 같은 노동자야. 나보고 지키라고 했으니 나는 지키는 거야."

캉디외 영감의 생각은 더 나아가질 못했다. 그의 좁은 두개골은 고집스럽게 군대식으로 책임을 완수했고, 반세기에 걸친 막장의 검은 슬픔에 그의 눈빛은 꺼져 있었다. 동료들은 웅성거리며 그를 바라보았고, 그가 위험 속에서 말한 군인의 복종심, 형제애, 인내심에 상당 부분 공감했다. 그들이 계속해서 머뭇거리자 그는 되풀이해서 말했다.

"너희들이 보는 앞에서 운반갱에 내 몸을 던지겠어!"

무리들 사이에서 커다란 동요가 일었다. 모든 사람이 등을 되돌렸고, 대지 한가운데로 끝없이 달리는 오른쪽 도로 위를 다시 뛰었다. 또다시 고함소리가 올라왔다.

"마들렌으로! 크레브쾨르로! 작업을 중단하라! 빵을 달라! 빵을 달라!"

그러나 대열 중심에서 힘찬 행진 도중 혼란이 일어났다. 샤발이 틈을 이용해 도망치려 했다고들 말했다. 에티엔이 그의 팔을 움켜잡으며 허튼 수작을 부리면 허리를 분질러 버리겠다고 위협했다. 샤발은 발버둥 치며 맹렬하게 저항했다.

"왜들 이러는 거야? 언제까지 이럴 거야?… 난 한 시간 전부터 얼어 죽겠어, 씻고 싶어. 나를 놔줘!"

사실 그는 땀으로 피부에 엉겨 붙은 석탄 때문에 죽을 지경이었고 그의 털실 스웨터는 아무 소용이 없었다.

"뛰어라, 그렇지 않으면 우리가 네 놈을 씻어줄 거다!" 에티엔이 대답했다. "허튼 짓으로 피를 부르게는 하지 마라."

사람들은 계속해서 달렸다. 에티엔은 결국 카트린에게 몸을 돌렸고, 그녀는 잘 버티고 있었다. 그 가까이에서 낡은 남자용 윗옷과 진흙투성이인 바지를 입은 채 너무나 비참하게 추위에 떠는 그녀의 모습에 에티엔은 절망했다. 그녀는 힘들어 죽을 지경이었지만 그래도 뛰었다.

"넌 가도 돼!" 마침내 에티엔이 말했다.

카트린은 그 말을 듣지 못한 듯했다. 에티엔과 잠시 마주친 그녀의 두 눈에선 비난의 불길만이 스칠 뿐이었다. 그리고 그녀는 결코 멈추지 않았다. 어떻게 그는 자기 남자를 버리라고 하는 것일까? 샤발은 물론 결코 착하지 않다. 심지어는 여러 차례 자기를 때렸다. 그래도 그는 자기를 처음으로 소유한 남자가 아니던가? 게다가 1,000명도 넘는 사람들이 그에게 덤벼든다는 것에 그녀는 분노했다. 그녀는 아무런 애정도 없이 자존심 때문에 그를 방어하는 듯했다.

"얼른 가!" 마외가 거세게 되풀이해서 말했다.

자기 아버지의 명령에 그녀는 잠시 뜀박질을 늦췄다. 그녀는 몸을 떨었고 눈에서는 눈물이 솟았다. 겁이 났지만 그래도 그녀는 제자리로 다시 와서 계속해서 뛰었다. 그러자 그녀를 내버려 두었다.

무리들은 조아젤로 가는 길을 가로지른 다음, 잠시 크롱 쪽으로 향했다가 쿠니를 향해 올라갔다. 이쪽 편은 공장 굴뚝들이 밋밋한 지평선에 줄을 그었고, 먼지 긴 커다란 출입구들이 보이는 목재 창고와 벽돌 공장들이 도로에 줄지어 서있었다. 사람들은 두 탄광촌, 쌍-카트르-뱅*과 수아상트-세즈**의 지붕이 낮은 가옥들을 차례차례 지나갔다. 그러자 두 탄광촌의 모든 가족들이 경적 소리와 모든 입들이 내뱉는 욕지거리 소리를 듣고 바깥으로 나왔다. 그리고 사내들, 아낙네들, 아이들 역시 뛰면서 동료들의 후미에 합류했다. 마침내 마들렌 수갱 앞에 도착했을 때 1,500명은 족히 되었다. 도로는 완만한 경사를 이루며 내려갔고, 파업 노동자들의 포효하는 물결은 경석장을 돌고는 집탄장 위로 퍼져나갔다.

이제 채 두 시도 되지 않았다. 그러나 소식을 전해들은 반장들은 서둘러 광부들을 나오게 했다. 무리들이 도착했을 때 케이지는 완전히 올라왔고, 막장에 있었던 이십여 명의 광부들이 케이지에서 내렸다. 그들은 도망쳤고, 사람들은 돌팔매질을 하며 그들을 쫓았다. 두 명이 돌에 맞았고 다른 한 사람은 붙잡혀 찢겨진 윗도리 소매를 버리고 달아났다. 이 인간 사냥 때문에 장비들은 살아남았다. 그들은 케이블도, 보일러도 손대지 않았다. 벌써 인파는 멀어져 가며 이웃 수갱을 표적으로 삼았다.

표적인 크레브쾨르는 마들렌으로부터 불과 500미터밖에 떨어져 있지 않았다. 거기에서도 무리들은 출구를 덮쳤다. 한 여조차부가 붙들려 여자들한테 얻어맞았고, 바지가 찢어져 드러난 엉덩이를 보고 사내들이 웃어댔다. 견습광부 몇 명은 따귀를 맞았으며, 채탄부들은 옆구리를 얻어맞아 멍이 들고 코피를 흘리면서 도망쳤다. 그리고 점점 심해져만 가는 잔인함과 해묵은 복수의 광기로 모든 사람들은 해까닥했고, 계속해서 소리를 질러대 목이 메었다. 배반자들의 죽음을 요구했고, 대가가 형편없는 노동을 증오했다. 주린 배들은 빵을 원했다. 사람들은 케이블을 끊기 시작했고, 그러나 줄은 들지 않았다. 계속해서 앞으로 나아가려는 열기에 사로잡힌 그들에게 줄질은 너무 더디기만

---

* 숫자로 180이다.
** 숫자로 76이다.

했다. 보일러실에서는 밸브꼭지가 부러졌고 화로들에 양동이로 물을 퍼부어 주물 쇠살대들이 깨져버렸다.

바깥으로 나온 무리들은 생-토마로 가자고 했다. 이 수갱은 가장 규율이 잘 잡혀 있는 곳으로 파업에 타격을 받지 않았고 거의 700명이 수갱에 내려갔음에 틀림없었다. 이러한 사실에 무리들은 분노했다. 그들은 몽둥이를 들고 전투 대열로 기다렸다가 올라오는 자들을 몇 명 때려 눕히기로 했다. 그러나 생-토마에는 아침에 속아 넘어갔던 헌병들이 있다는 소문이 떠돌았다. 그걸 어떻게 알았지? 아무도 말할 수가 없었다. 아무데면 어때! 그들은 두려움에 사로잡혀 프트리-캉텔로 방향을 정했다. 그들은 정신이 혼미했고, 모두 도로 위에서 다시 나막신을 딸가닥거리며 몰려갔다. 프트리-캉텔로! 프트리-캉텔로! 비겁한 놈들 400명이 거기에 또 있으니 녀석들을 갖고 놀자! 3킬로미터 지점에 위치한 그 수갱은 습곡 지대에 숨어 있었고 스카르프 강 가까이에 있었다. 이미 그들은 보니 길 너머에 있는 플라트리에르 언덕 위로 올랐다. 그때 누군지 모르지만 한 목소리가 저 아래 프트리-캉텔에 용기병들이 있다는 생각을 피력했다. 그러자 대열 앞에서 후미까지 용기병들이 저기에 있다고 되뇌었다. 머뭇거리면서 행진이 느려졌다. 조업 중단으로 잠들고 그들이 몇 시간 전부터 휘젓고 다녔던 이 고장에 공포가 슬금슬금 엄습했다. 왜 군인들과 맞닥뜨리지 않았을까? 지금까지는 용케 피했지만 무장진압이 다가오고 있다는 생각에 그들은 두려움에 떨었다.

새로운 명령이 어디에서 오는지도 모르는 채 그들은 또다시 다른 수갱으로 향했다.

"빅토아르로! 빅토아르로!"

빅토아르에는 헌병과 용기병이 없단 말인가? 아무도 몰랐다. 그러나 그들은 안심한 듯했다. 그들은 반회전하여 보몽 쪽으로 내려갔고, 들판을 가로지른 후 조아젤로 가는 도로를 다시 탔다. 철로가 그들을 가로막자 방책을 무너뜨리고 철로를 건넜다. 이제 그들은 몽수에 다가갔다. 완만하게 굽이치면서 지대가 낮아지고 있었고, 사탕무 밭이 마르시엔의 검은 집들까지 아주 멀리 바다처럼 펼쳐져 있었다.

이번에는 무려 5킬로미터를 달렸다. 엄청난 충동에 밀려 그들은 혹독한 피로도, 발이 찢어지고 멍든 것도 느끼지 못했다. 꼬리는 계속해서 길어졌고, 길에는 몰려나온 탄광촌 동료들이 늘어만 갔다. 마가슈 다리로 운하를 건너 빅토아르 수갱 앞에 도착했을 때 그들의 수는 2,000명이었다. 그러나 세 시 종이 이미 울렸고 수갱에 있던 사람들은 모두 나왔기 때문에 갱 속에는 한 사람도 남아있지 않았다. 그들은 실망하여 쓸데없는 행패만 부렸다. 할 수 있는 일이라고는 일을 하러 온 애꿎은 정지인부들에게 깨진 벽돌을 던지는 것이었다. 인부들마저 줄행랑을 치자 텅 빈 수갱은 그들 차지가 되었다. 뺨을 때릴 한 명의 배반자도 잡지 못한 것에 화가 난 그들은 물건들을 공격했다. 독을 품고 서서히 부풀어 오르던 앙심의 주머니가 그들 가슴 속에서 터졌다. 수년에 걸친 배고픔에 살육과 파괴의 허기가 그들을 괴롭혔다.

창고 뒤에 있었던 에티엔은 무개차에 석탄을 싣고 있던 적재부들을 발견했다.

"꺼지지 못해!" 그가 소리 질렀다. "석탄 한 조각도 못 나가!"

그의 명령에 100명가량의 파업 광부들이 달려왔다. 그러자 적재부들은 도망치기에 바빴다. 사람들은 놀란 말들의 고삐를 푼 다음 엉덩이를 찔러 달아나게 했다. 반면 다른 사람들은 무개차를 뒤집어엎고 그 연결봉을 부러뜨렸다.

르바크는 작업대를 향해 돌진했고 맹렬하게 도끼질을 해대며 구름다리를 무너뜨리려 했다. 신통하질 않자 그는 레일을 뜯어내 집탄장 한쪽 끝에서 다른 끝까지 난 철로를 끊어버릴 생각을 했다. 잠시 후 무리 전체가 이 일에 달려들었다. 쇠막대로 무장한 마외는 그것을 지렛대 삼아 주물로 만든 좌철*들을 떼어냈다. 그동안 브륄레는 여자들을

---

* 레일을 침목에 고정시키는 쇠붙이

이끌고 램프창고에 침입했고, 거기에서 몽둥이를 휘둘러 램프들의 잔해가 바닥을 뒤덮었다. 제 정신이 아닌 마외드는 르바크 마누라만큼이나 세게 두들겨댔다. 여자들 모두는 온통 기름으로 뒤범벅되었고, 무케트는 너무나 더러워진 여자들을 비웃으면서 치마에 손을 닦았다. 장난을 치기 위해 장랭은 그녀의 목에 기름을 부었다.

그러나 이러한 보복 행위들이 먹을 것을 주지는 못했다. 뱃속은 더 큰소리로 울부짖었다. 거대한 비탄의 외침이 그곳을 압도했다.

"빵을 달라! 빵을 달라! 빵을 달라!"

마침 빅토아르 수갱에서는 예전에 반장이었던 사람이 구내식당을 운영하고 있었다. 틀림없이 그는 겁을 먹고 자기 막사를 내팽겨 쳤다. 여자들이 되돌아오고 사내들이 철로를 다 파냈을 때, 그들은 간이식당으로 몰려들었고, 덧문들은 곧바로 부서졌다. 그러나 빵은 없었다. 있는 것이라고는 날고기 두 조각과 감자 한 자루뿐이었다. 단지 약탈에서 찾아낸 것은 50병 가량의 노간주 술뿐이었고, 그것은 모래가 물방울을 빨아들이듯 사라져 버렸다.

수통을 비워버린 에티엔은 그것을 다시 채울 수 있었다. 조금씩 못된 취기, 굶주린 자들의 취기 때문에 그의 눈에는 핏발이 섰고, 창백한 그의 입술 사이로 늑대 이빨이 솟아 나왔다. 그리고 갑자기 그는 샤발이 혼잡한 틈을 타 도망쳐 버렸다는 사실을 알았다. 그는 욕을 퍼부었고, 사람들이 달려가 도망자를 붙들었다. 그는 카트린과 함께 갱목 저장소 뒤쪽에 숨어 있었다.

"아! 더러운 새끼, 위험에 처하니 겁이 나는 모양이구나!" 에티엔이 소리 질렀다. "숲속에서 바로 네가 펌프가 멎게 하자며 기계공들의 파업을 요구했었어. 그런데 네가 우리들에게 후추 가루를 뿌려대! … 좋아! 염병할! 우리는 가스통-마리로 되돌아간다. 네 녀석이 펌프를 부숴 버려라. 그래, 젠장! 네놈이 펌프를 부숴 버려!"

그는 취해 있었다. 그는 자신이 몇 시간 전에 구해냈던 펌프를 이제는 부수자며 사람들을 끌고 갔다.

"가스통-마리로! 가스통-마리로!"

모든 사람이 환호하며 내달렸다. 반면 어깨를 붙잡힌 채 거칠게 떠밀리는 샤발은 계속해서 몸을 씻게 자기를 놔달라고 애원했다.

"이제 꺼져!" 마외가 카트린에게 소리 질렀다. 그러나 그녀는 조금도 물러서지 않으며 아버지에게 눈을 치켜떴다. 그리고는 계속해서 뛰어갔다.

무리들은 또다시 벌판을 관통했다. 그들은 긴 직선 도로들과 끝없이 펼쳐진 땅을 거쳐 왔던 길로 되돌아갔다. 네 시였다. 태양은 지평선 위로 기울었고, 광폭한 몸짓을 해대는 이 유목민의 그림자들은 언 땅 위로 길게 늘어졌다.

사람들은 몽수로 가는 길 대신 조아젤로 가는 위쪽 도로로 들어섰다. 그리고 푸르슈-오-뵈프의 우회로로 가지 않기 위해 피올렌 저택의 담장 밑으로 지나갔다.

그레그와르 부부는 바로 그때 집에서 나왔고, 먼저 공증인을 방문한 후 세실을 찾으러 엔느보 집에서 저녁 식사를 할 참이었다. 피올렌 저택은 인적이 없는 보리수나무 길과 겨울 동안 헐벗은 채소밭과 과수원 때문에 마치 잠들어 있는 듯했다. 집 안에서는 무엇 하나 움직이지 않았고, 닫힌 창문들에는 따스한 김이 서려 있었다. 그 깊은 침묵으로부터 선하고 안락한 인상, 좋은 잠자리와 좋은 식탁, 현명한 행복에 대한 가부장적 감각이 새어나오고 있었고, 그러한 주인들의 삶이 흘러나오고 있었다.

걸음을 멈추지 않은 채 무리들은 음울한 시선을 쇠창살 너머로 던졌다. 그들은 침입을 막기 위해 유리 조각이 날카롭게 솟아 있는 담장을 따라가며 다시 고함을 지르기 시작했다.

"빵을 달라! 빵을 달라! 빵을 달라!"

오직 담황색의 털을 가진 커다란 덴마크산 개 한 쌍만이 몸을 세우고 아가리를 벌린 채 맹렬하게 짖어대며 이에 응답했다. 그리고 닫힌 겉창 뒤에는 요리사인 멜라니와 침실하녀인 오노린 두 명밖에 없었고, 그녀들은 고함소리에 식은땀을 흘리며 하얗게 질린 채 이 야만인들의 행진을 지켜 보았다. 돌 하나에 가까운 창문의 격자유리 하나가 깨지는 소리를 듣는 순간, 그녀들은 주저앉으면서 이제는 죽었구나 생각했다. 그것은 장랭의 짓이었다. 그는 직접 만든 새총으로 지나가는 길에 그레그와르 사람들에게 짤막한 인사를 했던 것이었다. 이미 그는 경적을 다시 불어대기 시작했고, 무리들은 저 멀리까지 내달려가 그들의 고함도 희미해졌다.

"빵을 달라! 빵을 달라! 빵을 달라!"

가스통-마리에 도착했을 때 사람들은 계속 불어나 2,500명이 넘었다. 광폭한 그들은 불어난 급류처럼 모든 것을 부수고 휩쓸었다. 헌병들은 한 시간 전에 이곳을 이미 지나간 터였고, 농부들 말에 헷갈려 수갱을 지키는 초소 인원도 남기지 않은 채 서둘러 생-토마 쪽으로 가버렸다. 15분도 안 돼 불은 뒤엎어지고, 보일러의 증기는 다 빠져나갔고, 건물들은 쑥대밭이 되었다. 가장 위중한 곳은 펌프였다. 펌프가 증기를 내뿜으면서 최후의 숨을 쉬고 멎는 것으로 충분하지 않았다. 그들은 죽이고 싶은 사람에게처럼 펌프에 달려들었다.

"자, 네가 먼저 쳐라!" 에티엔이 샤발의 손에 망치를 들려주면서 되풀이해서 말했다. "빨리! 너는 다른 사람들과 맹세했잖아!"

샤발은 떨면서 뒤로 물러섰다. 떼밀리면서 망치가 떨어졌다. 그새를 기다리지 못하고 동료들은 쇠막대로, 벽돌로, 손에 잡히는 모든 것으로 펌프를 때려 죽였다. 어떤 사람들은 때리다 쇠막대를 부러뜨리기까지 했다. 나사들이 튀어 올랐고, 강철과 구리로 된 부품들이 마치 팔다리가 뜯겨나가듯 떨어져나갔다. 곡괭이를 힘껏 들어 주물로 된 몸체를 부수자 물이 빠져 나왔고, 텅 빈 펌프가 최후의 꾸르륵거리는 소리를 냈다. 그것은 숨넘어가는 단말마의 소리와 흡사했다.

그것이 끝이었다. 무리들은 밖에 나와 샤발을 붙들고 있는 에티엔의 뒤에서 미친 듯이 서로를 밀쳐댔다.

"배반자를 죽여라! 운반갱에 처넣자! 운반갱에 처넣자!"

납빛으로 처참한 샤발은 고정관념에 사로잡힌 바보의 집착으로 또다시 세수를 하고 싶다고 더듬거리면서 말했다.

"기다려, 정 그렇다면." 르바크 마누라가 말했다. "자! 저기 물통!"

그곳에는 펌프로부터 흘러나온 물이 고여 있었다. 그 웅덩이에는 하얀 얼음이 두껍게 얼어 있었다. 사람들은 샤발을 그쪽으로 밀었고, 얼음을 깬 다음 그의 머리를 차가운 물속에 처넣었다.

"들어가!" 브륄레가 되풀이해서 말했다. "망할 놈! 들어가지 않으면 쳐 넣고 말테다… 자, 이제 한 입 마셔! 그래, 그래! 짐승처럼 여물통에 아가리를 넣어!"

그는 네 발 짐승처럼 물을 마셔야만 했다. 모두가 잔인하게 웃어댔다. 한 여자가 그의 귀를 잡아당겼고, 다른 여자는 길에서 방금 주운 진흙 한 움큼을 그의 얼굴에 던졌다. 그의 낡은 스웨터는 누더기가 되었다. 공포에 질린 그는 비트적거리며 도망가려고 발버둥 쳤다.

마외는 그를 밀었고, 마외드는 다른 여자들과 함께 악착스레 그를 괴롭혔다. 두 사람 모두 옛 앙심을 풀고 있었다. 그러자 평상시에는 애인들의 좋은 동료로 남았던 무케트까지도 샤발에 대해 분노했다. 그를 아무짝에도 쓸모없는 놈으로 취급했고, 바지를 벗겨 아직도 사내인지 보자고 말했다.

에티엔이 그녀의 입을 다물게 했다.

"이제 됐어! 모든 사람이 이 놈 일에 신경 쓸 필요 없어… 네놈이 원하면… 우리 둘이서 끝내도록 하지?"

에티엔은 주먹을 움켜쥐었고 두 눈에는 살기가 번득였다. 술에 취한 그는 샤발을 죽이고 싶었다.

"준비 됐어? 우리 둘 중 하나만 사는 거야… 그에게 칼을 줘요. 나는 내 것이 있으니."

탈진한 카트린은 기겁하며 그를 바라보았다. 술을 마시면 석 잔째부터는 독이 퍼져 사람을 죽이고 싶은 충동이 생길 정도로 술주정뱅이 부모들은 그의 몸 속에 추악함을 남겼다고 한 그의 속내 얘기를 그녀는 기억했다. 갑자기 카트린은 앞으로 뛰어나가 두 손으로 에티엔의 뺨을 때리면서 그의 얼굴에 소리를 질렀고, 분노에 목이 메었다.

"비겁해! 비겁해! 비겁해!… 너무하지 않아, 이 가증스런 행동들이? 너는 그를 죽이려 하고 있어, 지금 서 있지도 못하는 사람을!"

그녀는 자기 아버지와 어머니 쪽으로 몸을 돌렸다가 다른 사람들 쪽을 향했다.

"당신들 모두 비겁자들예요! 비겁자란 말예요!… 저 사람과 함께 나도 죽여요. 당신들이 저 사람을 더 건들면 당신들 상판을 가만두지 않겠어요. 아! 비겁한 사람들!"

그리고 그녀는 자기 남자 앞에 버티고 서서 그를 방어했다. 자기는 그의 것이라는 생각에 복받쳐 그녀는 맞았던 매도 비참한 생활도 잊어버렸다. 사람들이 자기 몸을 가진 그를 이렇게 망가뜨리면, 그것은 자기 수치라고 생각했기 때문이었다.

에티엔은 이 여자의 뺨을 맞고 창백해졌다. 그는 먼저 그녀를 때려 죽일 뻔했다. 그리고 얼굴을 씻은 후 술이 깬 사람의 몸가짐으로 커다란 침묵 속에서 그는 샤발에게 말했다.

"그녀 말이 옳아! 이제 됐어!… 꺼져!"

곧바로 샤발은 줄행랑을 쳤고, 카트린은 그의 뒤를 따랐다. 무리들은 꼼짝 않고 그들이 길 모퉁이로 사라지는 것을 바라보았다. 오직 마외드만이 중얼거렸다.

"잘못했어. 저 놈을 잡아뒀어야 하는 건데. 저 놈은 분명히 또 우리를 배반할 거야."

무리들은 다시 행진을 시작했다. 다섯 시 종소리가 울리려 했고, 잉걸불처럼 붉은 태양은 지평선 가장자리의 거대한 평원에 불을 질렀다. 지나가던 행상이 그들에게 용기병들은 크레브쾨르 쪽으로 내려갔다고 알려주었다. 그러자 그들은 잠시 생각에 잠겼다. 명령이 전달되었다.

"몽수로! 사장실로!… 빵을 달라! 빵을 달라! 빵을 달라!"

5

엔느보 씨는 그의 집무실 창 앞에 서서 마르시엔에서 점심 식사를 하러 떠나는 아내가 탄 사륜마차를 바라보았다. 그는 마차 문 옆에서 말을 타고 가는 네그렐을 잠시 눈으로 좇았다. 그리고 돌아와 조용히 책상에 앉았다. 자기 아내와 조카가 사라지자 집은 텅 비고 사람이 사는 것 같지가 않았다. 방금 마부는 아내를 데리고 마르시엔으로 떠났고, 새로 온 침녀하녀 로즈는 다섯 시까지 외출이었다. 그래서 집에는 실내화를 신고 방들을 어슬렁거리는 침실하인 이폴리트와 집주인이 저녁에 베풀 식사에 쓸 냄비들과 씨름하느라 새벽부터 바쁜 요리사밖에 없었다. 마찬가지로 엔느보 씨에게도 사람 없는 이 적막한 집에서 온종일 해야 할 일들이 쌓여 있었다.

아무도 들이지 말라는 명령을 받았음에도 불구하고 아홉 시경에 이폴리트는 당사에르가 새로운 소식을 가져왔다고 알렸다. 사장은 그때서야 전날 밤 숲속에서 회합이 있었다는 것을 알게 되었다. 그리고 그 세부 내용은 너무나 뻔한 것이어서, 사장은 그의 말을 들으면서 파다하게 퍼진 그와 피에론과의 정사를 생각했다. 1주일에 두세 통의 투서가 선임반장의 방탕을 고발할 정도였다. 분명히 여자의 남편이 충동질해 저 경찰나리는 그자의 마누라와 한 베개를 벤다. 사장은 기회다

싫을 때 자신이 모든 것을 알고 있다는 것을 넌지시 알렸고, 최소한 추문은 일어나지 않도록 조심하라고 충고했다. 보고를 하는 도중 이러한 질책을 듣고 기겁한 당사에르는 아니라고 더듬거리면서 변명을 했다. 그러나 그의 커다란 코가 갑자기 빨개지며 죄를 실토하고 있었다. 게다가 그는 더 이상 부인하지 않았고 사장이 그 정도에 그친 것을 다행으로 생각했다. 왜냐하면 평소에 사장은 직원이 수갱에서 예쁜 여자와 재미를 보면, 결벽증에 걸린 사람처럼 가차 없이 그를 엄벌에 처했기 때문이었다. 파업에 대한 이야기가 계속되었다. 숲속에서의 회합은 여전히 짖어대기만 하는 개들의 허풍에 불과하기 때문에 심각하게 걱정할 일은 아니다. 여하튼 아침마다 군대 행렬이 광부들의 기를 죽이기 때문에 며칠간 광부들은 분명히 움직이지 않을 것이다.

다시 혼자 남게 되었을 때 엔느보 씨는 도지사에게 급송전문을 보내려 했다. 그렇지만 쓸데없이 불안의 증거만 주는 게 아닐까 하는 생각이 들어 그만 두었다. 그는 낌새를 알아채지 못한 자신을 이미 질책하고 있었다. 파업은 기껏해야 2주일 정도 갈 거라며 곳곳에 말했고, 심지어 회사 측에게는 문서로까지 보낸 터였다. 파업은 놀랍게도 거의 두 달 가까이 계속되고 있었다. 그는 절망했고 매일 몸무게가 주는 듯했다. 위험에 처한 그가 이사들의 신임을 되찾으려면 멋지게 한 방을 터뜨려야만 한다고 생각했다. 그는 만일의 사태에 대비해 이사들의 명령을 요청해 놓고 있었다. 회답이 늦어지고 있었지만 적어도 오후 우편으로는 도착하리라 기대하고 있었다. 그리고 그는 이사들의 의견 여하에 따라 전보를 날려 수갱에 군을 주둔시킬 때라고 생각했다. 그가 보기에는 피와 주검의 전쟁이 분명히 있을 듯했다. 이러한 일을 책임져야 한다는 사실 때문에 회사 일에 늘 온 힘을 쏟는 그는 괴로웠다.

열한 시까지 차분하게 일을 했다. 죽은 듯 고요한 한 집안에서는 이폴리트가 멀리 2층에서 밀랍 봉으로 방을 문지르는 소리만 들렸다. 그리고 연이어서 그는 두 통의 급송전문을 받았는데, 하나는 몽수의 무리들이 장-바르에 침입했다는 것이었고, 다른 하나는 케이블이 끊어졌고 화로가 뒤집혔으며, 모든 것이 피해를 입었다는 것이었다. 그는 이해할 수가 없었다. 무엇 때문에 파업 노동자들은 회사 소유의 수갱을 공격하지 않고 드뇔랭의 수갱에서 그런 짓을 했단 말인가? 어쨌든 그들이 방담을 파괴했다면, 그가 의도했던 광업권 획득 계획은 무르익은 셈이었다. 그리고 정오에 그는 넓은 방에서 발소리조차 내지 않는 하인의 시중을 말없이 받아가며 혼자 식사를 했다. 이러한 고독 때문에 그의 근심은 한층 더 심해졌고, 뛰다시피 온 반장 한 사람이 안내를 받고 들어와서는 무리들이 미루로 향한다고 얘기했을 때, 그는 심장이 서늘해지는 느낌이 들었다. 곧바로 커피를 마시자마자 그는 마들렌과 크레브쾨르가 위협받고 있다는 전보를 받았다. 그러자 그는 극도로 당황했다. 그는 두 시에 오는 우편물을 기다리고 있었다. 즉시 군대 투입을 요청해야만 하는가? 아니면 회사 측의 명령을 알기 전까지는 조처를 하지 않고 기다리는 편이 나은 것일까? 그는 자신이 전날 네그렐에게 작성을 부탁했던 도지사에게 보낼 쪽지를 읽어보기 위해 사무실로 돌아왔다. 그러나 그는 쪽지를 찾을 수가 없었고 아마도 네그렐이 그 쪽지를 자기 침실에 두었으리라 생각했다. 그는 거기에서 종종 글을 썼기 때문이었다. 그래서 그는 결정을 하지 못한 채 쪽지에 대한 생각에 쫓겨, 그것을 찾기 위해 급히 침실로 올라갔다.

방으로 들어선 엔느보 씨는 깜짝 놀랐다. 방은 치워져 있지 않았다. 아마도 이폴리트가 잊었거나 게으름을 부린 탓이리라. 방안은 축축한 온기와 난방기를 틀어 놓고 밤새도록 문을 닫아놓아 탁해진 열기로 가득 차있었다. 그리고 그는 코를 파고드는 강렬한 향내에 숨이 막혔고, 그것이 세면기에 차있는 화장수 냄새라고 생각했다. 방안은 엉망이었다. 옷가지들은 흩어져 있었고 물에 젖은 수건들이 의자 등받이에 걸려있었으며, 흐트러진 침대로부터 흘러나온 시트는 양탄자에까지 끌리고 있었다. 처음에는 그냥 산만하게 방안을 훑어보며 서류들로 뒤덮인 탁자를 보았으나 그는 노트를 찾을 수가 없었다. 두 번이나 서류들을 하나하나 살펴보았지만 노트는 분명히 없었다. 이 정신 나간 폴이란 녀석은 노트를 어디다 처박아둔 거야?

그래서 엔느보 씨는 방 한가운데로 와서 모든 가구들을 살펴보았고, 시트가 젖혀진 침대 속에서 불똥처럼 빛나는 반점 하나를 발견했다. 그는 기계적으로 다가가서 손을 내밀었다. 그것은 시트의 주름 사이에 있는 작은 황금빛 향수병이었다. 곧바로 그는 그것이 아내의 향수병임을 알아차렸다. 그녀가 늘 지니고 다니는 에테르 향수였다. 그러나 이 물건이 왜 여기에 있는지 납득할 수가 없었다. 어떻게 이것이 폴의 침대 속에 있을 수 있단 말인가? 그러다 갑자기 그는 하얗게 질렸다. 아내가 여기에서 잤다.

"죄송한데요." 이폴리트가 문에 대고 중얼거렸다. "올라오시는 걸 보았습니다…"

하인이 방안으로 들어왔다. 엉망인 방안을 보고 그는 아연실색했다.

"아이고! 방을 치우지 못했네요! 로즈도 모든 집안일을 몰라라하고 외출했고요!"

엔느보 씨는 향수병을 손 안에 감췄고 그것을 부스러지도록 움켜쥐었다.

"무슨 일이오?"

"사장님, 또 사람이 왔는데요… 크레브쾨르에서 왔고 편지가 있습니다."

"알겠소! 내버려두고 그에게 기다리라고 하시오."

아내가 여기에서 잤다! 그는 방문을 잠그고 손을 펴서 향수병을 바라보았고, 그 자국이 손바닥에 붉게 나있었다. 이 추잡한 짓거리는 벌써 여러 달 전부터 자기 집에서 행해졌다. 돌연 그는 그것을 두 눈으로 보고 귀로 들었다. 그는 옛 의심을 떠올렸고, 문을 스치는 소리와 밤이면 조용한 집안을 지나가던 맨발 소리들을 떠올렸다. 그래, 아내가 올라와 여기에서 잔 거다!

의자 위에 주저앉은 그는 자기 눈앞에 있는 침대를 물끄러미 바라보았고, 곤죽이 된 사람처럼 오래도록 가만히 있었다. 그는 문 두드리는 소리에 정신을 차렸고, 누군가 문을 열려 하고 있었다. 하인의 목소리임을 알았다.

"사장님… 아! 사장님 안에 계시죠…"

"또 무슨 일이야?"

"급한 일인가 봅니다. 노동자들이 죄다 부스고 있어요. 두 사람이 아래층에 와 있습니다. 급송전문도 있고요."

"날 좀 내버려둬! 곧 내려갈 거니까!"

만약에 이폴리트가 아침마다 방청소를 했다면, 그도 이 향수병을 발견했으리라는 생각이 들자 몸이 얼어붙는 듯했다. 그렇다면, 이 하인은 알고 있음에 틀림없다. 아마도 그는 간통으로 뜨듯해진 침대를, 베개 위에 떨어진 여주인의 머리카락을, 시트를 더럽힌 추악한 흔적들을 수십 번은 발견했으리라. 그가 자기를 끈질기게 귀찮게 구는 것은 일부러 못되게 구는 것이다. 아마도 그는 문에 귀를 대고 주인들의 방탕에 흥분했을지도 모를 일이다.

그래서 엔느보 씨는 움직이지 못했다. 그는 계속해서 침대를 바라보았다. 고통스런 긴 과거가 지나갔다. 이 여자와의 결혼, 곧 이어 찾아온 정욕의 오해, 짐작조차 할 수 없을 만큼 많았던 그녀의 애인들, 그러나 그는 환자에게 추잡한 취미를 용인하듯이 10년 동안 그것을 용인해 주었었다. 그리고 그들은 몽수로 왔다. 그녀를 고치겠다는 정신 나간 희망, 여러 달에 걸친 권태와 무기력한 유형생활, 다가오는 노년은 그녀를 그에게 되돌려 주었다. 그리고 조카가 왔고 아내는 폴의 어머니가 되었다. 그녀는 그에게 영원히 재에 묻힌 자신의 죽은 정욕을 이야기했다. 그런데 바보 같은 남편은 아무것도 눈치 채지 못했고, 수많은 남자들이 가졌던 그러나 오로지 그만은 가질 수 없었던 자기 여자를 열망하고 있었다. 그는 수치스런 정열로, 무릎을 꿇을 정도로 그녀를 열망했다. 다른 사내들에게 주고 남은 것이라도 아내가 자기에게 주고자 했다면! 다른 사내들에게 주고 남은 것을 그녀는 이 아이에게 줘버렸다.

이 때 멀리서 들려오는 초인종 소리에 엔느보 씨는 전율했다. 그는 무엇인지 알았다. 그것은 그의 지시로 우편부가 도착했을 때 치는 종소리였다. 그는 일어나 큰 목소리로 아픈 목으로 자신도 모르게 상스런 말들을 터뜨리고 말았다.

"야! 엿 먹으라고 해! 야! 그놈들의 급송전문이건 편지건, 내 알 바가 아냐!"

지금 그는 분노에 사로잡혔고 시궁창이 필요했으며, 거기에 이 추잡한 것들을 발길로 차서 처넣어야 했다. 이 년은 화냥년이다. 그는 상스런 말을 찾으려 했고 그 말로 그녀를 상상하며 뺨을 갈겼다. 그녀가 평온한 미소를 지으며 폴과 세실의 결혼을 추진한다는 생각이 불현듯 들자, 그는 분노를 참을 수가 없었다. 이 여자의 강렬한 관능의 밑바닥에는 정념도 질투도 없단 말인가? 그것은 이제 인간의 습성이 되어버린 변태적 장난, 디저트처럼 익숙한 일종의 오락일 뿐이었다. 그는 그녀의 모든 것을 욕했고, 조카애에게는 거의 모든 죄를 사해줬다. 그녀는 길에서 훔친 푸른 햇과일을 깨물 때 생기는 식욕으로 그 아이를 깨물었다. 이제 가족들 중에 함께 식사하고 잠을 자며, 중매를 받아들일 만큼 실리적이고 살가운 조카들이 없게 된다면, 그녀는 누구를 먹을 것이며 어디까지 떨어질 것인가?

누군가 조심스럽게 문들 두드렸다. 이폴리트의 목소리가 열쇠 구멍으로 새어 들어왔다.

"사장님! 우편물이… 그리고 또 당사에르 씨가 왔습니다. 사람들이 서로 죽인답니다…"

"내려간다고, 염병할!"

그들을 어떻게 한다? 악취 나는 짐승처럼 자기 집에 다시는 못 들도록 마르시엔에서 오자마자 그들을 내쫓아버리리라. 몽둥이를 들고 교미하며 만든 독을 다른 곳으로 가져가라고 소리치리라. 그들의 숨소리와 신음소리가 뒤엉켰고, 방안은 미적지근하고 축축한 공기로 탁해졌다. 자극적인 향내는 그의 숨을 막히게 했다. 그것은 아내의 살에서 풍기는 사향 냄새, 또 다른 변태적인 취향, 강렬한 향기에 대한 육체의 욕망이었다. 그래서 그는 늘어놓은 항아리들에서, 아직도 가득 차 있는 세면대에서, 흐트러진 침구들과 가구들에서, 악의 냄새를 풍기는 방 전체에서, 간음의 열기와 냄새, 생생한 간통을 또다시 찾아냈다. 성적 무능에 대한 분노에 못 이겨 그는 침대를 마구 때려 죽였고, 두 육체의 흔적이 남아 있는 곳들을 세차게 문질렀고, 그의 주먹질에 벗겨져 나온 침대 커버와 구겨지고 맥없이 흐물거리는 시트가 마치 온밤을 샌 정사로 기진맥진한 그들인 것처럼 격분했다.

그러나 갑자기 그는 이폴리트가 다시 올라오는 소리를 들었다고 생각했다. 수치심에 그는 동작을 멈췄다. 그는 잠시 숨을 헐떡이며 이마를 훔쳤고 뛰는 심장을 진정시켰다. 그는 거울 앞에 서서 자기 얼굴을 바라봤지만 너무나 일그러져 자신조차 알아볼 수가 없었다. 그리고 조금씩 진정되는 자신의 얼굴을 보았을 때 그는 최후의 안간힘을 다해 아래로 내려갔다.

아래층에는 당사에르 말고도 다섯 명이나 되는 소식통들이 선 채로 있었다. 그들 모두는 수갱 전체를 휘젓고 다니는 파업 노동자들의 행진이 점점 위중해지고 있다는 소식들을 가져왔다. 선임반장은 미루에서 일어난 일을 장황하게 이야기하면서, 캉디외 영감의 멋진 활약이 미루를 구했다고 말했다. 그는 들으면서 고개를 끄덕였다. 그러나 아무 말도 들리지 않았다. 그의 온 정신은 저 위 침실에 가 있었다. 마침내 그는 그들을 내보내며 필요한 조치들을 취하겠노라고 말했다. 그는 다시 혼자가 되자 사무실 책상 앞에 앉았고, 진정이 된 듯 두 손으로 얼굴을 감싸며 눈을 가렸다. 우편물이 있었고 그는 기다렸던 편지를 보기로 마음먹었다. 회사 측의 답장을 읽는데 글의 행렬들이 처음에는 춤을 추었다. 그러나 그는 이사들이 싸움을 원하고 있음을 알게 되었다. 확실히 이사들은 사태를 악화시키라는 명령을 내리지는 않았다. 그러나 소요가 거센 탄압을 촉발하면 파업의 파국이 앞당겨진다는 사실을 간파하도록 했다. 그때부터 그는 주저하지 않고 릴 도지사에게, 두에의 군부대 그리고 마르시엔의 헌병대 등 모든 곳에 급송전문을 날렸다. 마음이 홀가분했다. 집안에 틀어박혀 있기만 하면 되었다. 그러나 그는 자기가 통풍*을 앓고 있다는 소문까지 퍼뜨리게 했다. 그리고 오후 내내 사무실에 은거했다. 아무도 만나지 않고 계속해서 쏟아지는 급송전문과 편지들을 읽기만 했다. 그렇게 그는 아주 멀찍이 떨어진 곳에서 마들렌에서 크레브쾨르로, 크레브쾨르에서 빅토아르로, 빅토아르에서 가스통-마리로 향하는 무리의 뒤를 쫓고 있었다. 다른 한편으로는 공격당한 수갱들에게 계속해서 등을 돌리면서 갈팡질팡하는 헌병들과 용기병들의 정보 또한 그에게 전해졌다. 그들은 서로를 죽이고 모든 것을 파괴할지도 모른다. 그는 두 손으로 얼굴을 다시 감싸며 손가락으로 눈을 가렸고, 그리고는 텅 빈 집안의 커다란 침묵 속으로 빠져들었다. 거기에서는 이따금씩 저녁 만찬을 위해 불 위에 올려놓는 냄비 소리만이 들려올 뿐이었다.

황혼에 벌써 방안이 어두워졌다. 다섯 시가 되었을 때 요란한 소리에, 서류들 속에서 팔꿈치를 괴고 얼이 빠진 채 무기력하게 앉아 있던 엔느보 씨는 깜짝 놀랐다. 그는 한심한 두 연놈이 돌아왔구나 생각했다. 그러나 소란은 점점 커졌고, 그가 창가로 다가가는 순간 끔찍한 고함소리가 터졌다.

"빵을 달라! 빵을 달라! 빵을 달라!"

파업 노동자들이 몽수로 쳐들어오고 있었다. 그 동안 헌병들은 노동자들이 보뢰를 공격하는 줄로 믿고 뒤로 돌아 그 수갱을 점령하기 위해 달려가고 있었다.

바로 첫 집들로부터 2킬로미터 정도 떨어진 지점에서, 그러니까 간선도로와 방담으로 가는 길이 교차하는 사거리로부터 조금 떨어진 곳에서 엔느보 부인과 처녀들은 무리들의 행렬을 목격했다. 마르시엔에

---

* 관절이나 그 주위에 요산염이 쌓여 생긴 염증

서의 하루는 즐겁게 지나갔다. 그들은 포르쥬 제철 사장 집에서 점심 식사를 한 다음, 오후에는 여러 작업장들과 근처의 유리공장을 재미 있게 방문했다. 그리고 마침내 아름다운 겨울날의 투명한 저녁 햇살 을 받으며 몽수로 돌아오던 중, 세실은 길가에 면한 작은 농가를 발견 했고 우유를 한 잔 마시자는 엉뚱한 제안을 했다. 여자들이 사륜마차 에서 내리자 네그렐이 멋지게 말에서 뛰어내렸다. 반면 농부의 아내 는 이 아름다운 사람들을 보고 깜짝 놀라 분주히 뛰어다녔고, 식탁을 차리기 전에 식탁보를 깔라고 말했다. 그러나 뤼시와 잔느는 젖 짜는 것을 보고 싶다고 했고, 그들은 잔을 들고 축사로 가서 많은 잠자리 짚 을 쑤셔 넣는 것을 보고 웃으며 전원 파티를 했다.

엔느보 부인은 어머니의 상냥한 태도를 취하며 입술 끝으로 우유를 마셨다. 그때 바깥에서 울리는 이상한 소리에 그녀는 불안해졌다.

"도대체 무슨 일이지?"

길가에 지어진 축사는 건초 창고로도 사용되고 있었기 때문에 짐수 레가 드나들 수 있는 커다란 문이 있었다. 이미 고개를 빼고 바라보던 처녀들은 왼쪽에서 검은 물결을 보고 깜짝 놀랐다. 무리들이 포효하 면서 방담 길로부터 밀려오고 있었다.

"맙소사!" 다른 사람들과 마찬가지로 나와 있던 네그렐이 중얼거렸 다. "짖을 줄만 알았던 우리 개들이 드디어 화가 나셨군!"

"아마도 또 광부들일 거예요." 농부의 아내가 말했다. "벌써 두 번 째 지나가는 걸요. 일이 심상치 않네요. 저들이 이 고장 주인 행세를 해요."

그녀는 말 한마디 한마디를 신중하게 얘기하면서 사람들의 얼굴 표 정을 살폈다. 그리고 모든 사람들이 겁을 내며 무리들과 맞닥뜨리는 것을 적이 우려하자, 그녀는 재빨리 말을 마무리 졌다.

"거지 같은 놈들! 거지 같은 놈들!"

네그렐은 마차로 몽수에 가기에는 너무 늦었다고 보고, 마부에게 마차를 빨리 농가 마당으로 끌어다 헛간 뒤에 숨기라고 명령했다. 자신도 자기 말을 끌어다가 헛간 안에 맸고, 농부의 아이는 말고삐를 잡았다. 그가 돌아왔을 때, 겁을 먹은 아주머니와 처녀들은 자기 집에 숨으라는 농부 아내의 말을 듣고 뒤를 따르려 하고 있었다. 그러나 그는 이곳이 더 안전하다고 말했다. 아무도 이 건초더미를 뒤지러 오지는 않을 것이다. 그러나 짐수레가 드나드는 문은 제대로 닫히지 않았고, 너무나 틈들이 벌어져 있어 벌레 먹은 목재들 사이로 길을 내다볼 수 있었다.

"자, 용기들 내세요!" 그가 말했다. "우리들 목숨은 비싸니까요."

이 농담에 두려움은 더 커졌다. 소리는 점점 커지고 있었으나 아직은 아무것도 보이지 않았다. 텅 빈 길 위로는 큰 소나기가 오기 전에 부는 돌풍과도 같은 태풍이 부는 것만 같았다.

"아녜요, 아녜요, 전 보지 않을래요." 세실이 건초더미에 쪼그리고 앉으면서 말했다.

엔느보 부인은 매우 창백해졌고, 그녀의 즐거웠던 하루를 망쳐버린 이 작자들에게 화가 나 뒤쪽으로 가서 혐오스런 눈초리로 밖을 흘겨봤다. 반면 뤼시와 잔느는 떨면서도 어떤 장면도 놓치지 않으려 나무 틈들에 눈들을 대고 있었다.

천둥소리가 다가오면서 땅이 흔들렸고, 맨 앞에 선 장랭은 경적을 불어대며 뛰어갔다.

"향수병을 꺼내세요. 인민들의 땀 냄새가 지나가요!" 자신의 공화주의적 신념에도 불구하고 유한부인들과 함께 하층민들을 비웃기 좋아하는 네그렐이 속삭였다.

그러나 재치를 부린 그의 말은 폭풍우 같은 몸짓과 고함소리에 묻혀버렸다. 거의 1,000명에 달하는 여자들이 나타났고, 그녀들의 머리는 뛰어서 봉두난발이었고, 굶어죽을 애들을 낳느냐 지친 암컷들의 맨살이 드러나는 누더기를 걸치고 있었다. 몇몇 여자들은 팔로 품은 애를 들어 올리며 마치 죽음과 복수의 깃발처럼 애를 흔들어 댔다. 여전사들의 탄탄한 젖가슴을 가진 젊은 여자들은 몽둥이를 휘둘러 댔

410

다. 반면 추악한 모습의 늙은 여자들은 너무나 고함을 질러대, 앙상한 목의 힘줄이 끊어질 것만 같았다. 그리고 이어서 광분한 2,000명의 사내들이 밀려왔다. 견습광부들, 채탄부들, 갱도 수선공들은 서로 빽빽하게 뒤엉킨 채 한 덩어리가 되었고, 퇴색한 바지와 넝마가 된 털 스웨터는 하나같이 흙색이어서 누가 누군지 구분할 수 없었다. 눈은 불타고 있었고, 보이는 것이라고는 라마르세예즈*를 부르는 검은 입 구멍뿐이었다. 가사 구절은 딱딱한 대지 위에서 부딪치는 나막신 소리와 혼란스런 노호 속으로 사그라졌다. 그들 머리 위로는 쇠막대들이 비죽비죽 솟아 있었고, 똑바로 세운 도끼 하나가 지나갔다. 그리고 이 한 자루의 도끼는 무리들의 깃발과도 같았고 맑은 하늘 속에서 단두대 날의 날카로운 옆모습을 지니고 있었다.

"저 잔인한 얼굴들!" 엔느보 부인이 더듬거렸다.

네그렐이 이를 물고 말했다.

"누군지 알면 한 놈도 가만두지 않을 테다! 그런데 도대체 이 많은 강도들이 어디서 나타난 거야?"

그리고 울화, 배고픔, 두 달간의 고통과 수갱들을 휩쓰는 이 분노의 질주 때문에, 실제로 몽수 탄광부들의 평온한 얼굴은 야수의 아가리처럼 길게나와 있었다. 바로 이때 해가 졌고, 검붉은 마지막 햇살이 평원을 핏빛으로 물들였다. 그러자 도로에서는 피가 떠내려가는 것만 같았고, 사내들과 여자들은 한창 도살 중인 푸주한들처럼 피로 물든 채 계속해서 질주했다.

"와! 멋있다!" 이 아름다운 공포에 예술가의 기질을 갖고 있는 뤼시와 잔느가 감동을 받아 나지막한 목소리로 말했다.

그렇지만 그녀들은 겁에 질려 여물통에 기대어 있던 엔느보 부인 가까이로 물러섰다. 누군가 한 명이라도 이 엉성한 문 판자 사이를 들여다본다면 자신들은 맞아죽는다는 생각에 엔느보 부인의 몸은 얼

---

* 프랑스 혁명기에 불렸던 애국가로 1879년 프랑스 국가로 정해졌다. 자유를 찬양하고 독재와 외국 침입군을 물리치자는 군가이다.

어붙었다. 평소에 대단히 용감한 네그렐 역시 그의 의지를 넘어서는 공포, 알 수 없는 곳에서 불어오는 이 공포에 사로잡혀 얼굴이 창백해졌다. 건초더미 속에서 세실은 꼼짝도 하지 못했다. 그리고 다른 사람들은 눈을 돌리고 싶은 욕구에도 불구하고 그러질 못하고 밖을 바라보았다.

　그것은 이 세기말의 핏빛 저녁에 모든 사람을 치명적으로 휩쓸고 갈 붉은 혁명의 광경이었다. 그렇다, 어느 날 저녁 족쇄 풀린, 고삐 풀린 인민들은 이처럼 길들을 이리저리 달리리라. 그리고 그들은 부르주아의 피로 흥건히 젖으리라. 그들은 잘린 머리들을 끌고 다니고, 배를 딴 금고들의 금을 길 위에 뿌리리라. 여자들은 울부짖고, 남자들은 물어뜯기 위해 늑대의 턱을 벌리리라. 그렇다, 바로 이 누더기들, 천둥처럼 울리는 바로 이 나막신 소리들, 바로 이 더러운 살과 악취를 풍기는 숨결의 끔찍한 혼란이 넘쳐흐르는 야만인의 충동 속에서 낡은 세계를 휩쓸어버리리라. 모든 것들은 불탈 것이며, 도시들의 돌 하나도 서있게 내버려두지 않으리라. 가난한 자들은 밤새도록 여자들을 홀쭉하게 만들 거대한 발정을 끝내고, 부자들의 지하 창고를 비우는 거대한 향연을 마치고, 숲속의 야만적인 삶으로 돌아가리라. 아무것도 남지 않으리라. 한 푼의 재산도, 어떠한 기득권도 새로운 대지가 움트는 그날까지는 아마 아무것도 남지 않으리라. 그렇다, 이것들이 길 위에서 자연의 힘처럼 벌어지고 있었고, 그들은 이 끔찍한 바람을 얼굴 정면으로 맞고 있었다.

　커다란 외침이 라마르세예즈를 압도했다.

　"빵을 달라! 빵을 달라! 빵을 달라!"

　뤼시와 잔느는 기진맥진한 엔느보 부인에게 바싹 붙었다. 반면 네그렐은 자신의 몸으로 여자들을 보호하려는 듯 그들 앞을 있었다. 그렇다면 오늘 저녁 옛 사회가 괴멸한단 말인가? 그들은 이 장면을 보면서 얼이 빠져버리고 말았다. 무리들이 지나갔고 이제 뒤쳐진 후미 사람들만 있었다. 그때 무케트가 나타났다. 그녀는 느릿느릿 걷고 있었고, 정원의 대문들과 집 창문들에서 부르주아들의 동정을 살피고 있었다. 그리고 그들을 발견해도 얼굴에 침을 뱉을 수 없었기 때문에, 그녀는 자기 최고의 경멸을 보냈다. 그녀는 그들 중 한 사람을 발견했음에 틀림없었다. 왜냐하면 갑자기 치마를 걷어 올린 그녀는 꺼져 가는 태양 속에서 벌거벗은 거대한 엉덩이를 뒤로 내밀었기 때문이었다. 이 엉덩이에는 외설스러움이라고는 전혀 없었다. 그래서 이 성난 행동에 아무도 웃지 않았다.

모두가 사라졌다. 인파는 몽수로 가는 구불구불한 도로를 따라 요란스런 색깔로 칠해진 나지막한 집들 사이로 흘러들고 있었다. 사륜마차를 마당에 끌고 나왔지만 마부는 파업 노동자들이 길을 점령하고 있는 한 부인과 아가씨들을 무사히 모셔다드릴 자신이 없다고 말했다. 그리고 최악의 사실은 다른 길이 없다는 것이었다.

"그렇지만 우리는 돌아가야만 해요. 저녁 만찬이 있어요." 두려움으로 화가 난 엔느보 부인이 말했다. "이 더러운 노동자들은 또 내가 손님들을 초대한 날에 일을 일으켰어요. 그러니 가서 저녁을 멋지게 해야겠어요!"

뤼시와 잔느는 건초더미에서 세실을 데려오고 있었다. 그녀는 그 야만인들이 계속해서 지나가고 있는 줄로만 알고, 자기는 보지 않겠다고 되뇌며 발버둥치고 있었다. 마침내 모두 마차에 올랐다. 말 위에 오른 네그렐은 레키아르의 골목길로 가는 생각을 했다.

"천천히 가시오, 길이 나쁘니까." 그가 마부에게 말했다. "만약 사람들이 저 아래서 도로로 접어들지 못하게 하면 옛 수갱 뒤쪽에서 멈춰 있으시오. 그러면 우리는 걸어서 정원 쪽문을 통해 되돌아갈 테니까, 그 사이에 당신은 마차와 말들을 아무데나 넣어두도록 하시오. 여관의 헛간 같은데 말이오."

그들은 출발했다. 무리들은 저 멀리서 몽수로 흘러들고 있었다. 벌써 두 번씩이나 헌병들과 용기병들을 본 주민들은 동요했고 공포에 사로잡혔다. 끔찍한 이야기들이 나돌았고, 사람들은 부르주아의 배를 따겠다는 손으로 쓴 벽보들에 대해 얘기했다. 정작 그것들을 읽어본 사람은 아무도 없었으나 그래도 사람들은 그 문구들을 인용했다. 특히 공증인 집에서는 공포가 극에 달했다. 왜냐하면 방금 그는 우체국을 통해서 익명의 편지를 받은 터였고, 그 편지에는 만약 인민을 지지한다고 표명하지 않으면 지하실에 묻어둔 화약통을 폭파시켜버리겠다고 적혀져 있었기 때문이었다.

마침 그레그와르 부부 역시 이 편지 때문에 그들 방문이 늦어지고 있었다. 그들은 이 편지에 대해 얘기했고 장난꾼의 소행일 것이라고 추측했다. 그때 무리들이 거리에 밀어닥쳐 집 전체가 공포의 도가니였다. 그러나 그들은 미소를 잃지 않았다. 그들은 커튼의 가장자리를 들고 내다보며 어떠한 위험도 인정하지 않으려 했고, 모든 것이 잘 끝날 거라고 확신하며 말했다. 다섯 시가 울렸고, 앞 쪽에 있는 엔느보 집에 저녁을 먹으러 가기 위해서는 길이 비기를 기다려야만 했다. 그들은 세실이 이미 돌아와 거기에서 자신들을 기다리고 있을 거라고 분명히 생각했다. 그러나 몽수의 그 어느 누구도 그레그와르 부부처럼 안심하는 사람은 없었다. 사람들은 정신없이 뛰어다녔고, 대문과 창문을 꼭꼭 걸어 잠갔다. 두 사람은 길 반대쪽에서 메그라가 쇠막대들로 자기 상점에 방책 치는 것을 보았다. 그는 너무나 창백한 얼굴로 떨고 있었고, 작고 허약한 그의 아내에게 방책에 나사못을 박도록 윽박지르고 있었다.

무리들은 사장 저택 앞에서 멈췄고, 고함소리가 울려 퍼졌다.

"빵을 달라! 빵을 달라! 빵을 달라!"

엔느보 씨는 창가에 서 있었고, 그때 이폴리트가 들어와 돌팔매질에 창문이 깨질까 두려워 덧문을 닫았다. 그는 마찬가지로 1층의 모든 덧문도 닫았다. 그리고 그는 2층으로 올라갔고, 에스파냐 문고리개의 삐걱거리는 소리와 겉창이 부딪히는 소리가 들려왔다. 그러나 불행하게도 지하층에 있는 부엌의 창구는 닫을 수가 없었다. 그곳에서는 붉게 타오르는 냄비 불과 석쇠 불을 불안스럽게 내비치고 있었다.

기계적으로 엔느보 씨는 밖을 보고 싶어 3층으로 올라가 폴의 방으로 들어갔다. 왼쪽에 있는 그 방은 가장 밖이 잘 보이는 곳이었다. 왜냐하면 거기에서는 도로를 속속들이 들여다 볼 수 있고 회사의 자재 창고까지도 보이기 때문이었다. 그는 겉창 뒤에 서서 무리들을 내려다보았다. 그러나 그는 이 방에 다시 한 번 집착했다. 화장대는 손걸레로 닦여져 정돈되어 있었고, 깨끗한 시트는 팽팽하게 잡아당겨져 있어 침대는 차가와 보였다. 오후 내내 분노하며 커다란 침묵과 고독 속에서 맹렬한 전투를 벌였던 그는 이제 엄청나게 피로했다. 그는 이미 이 방처럼 차가와졌고 아침의 오물을 쓸어버렸으며, 다시 정돈된 일상 속으로 돌아와 있었다. 추문을 만들어 무엇 하겠는가? 자기 집에서 변한 것은 하나도 없지 않은가? 아내는 애인을 한명 더 가졌을 뿐이고, 그 애인을 가족 중에서 택했다는 사실 정도가 더 나빠진 것이다. 그런데 체면을 지켜주기도 하니 거기에는 좋은 점도 있지 않는가. 그는 자신의 광적인 질투를 기억하면서 자신을 측은하게 생각했다. 얼마나 우스운 짓인가. 이 침대를 주먹질했다는 게! 다른 남자도 용서했었는데 그놈을 용서 못 할 것은 없다. 그것은 좀 더 심한 모멸감의 문제일 뿐이다. 일체의 허망함, 영원한 삶의 고통, 언제나 이 여자를 찬미하고 욕망하면서도 그녀를 더러움 속에 방치하는 자신에 대한 모멸감으로 그의 입안은 끔찍하게 썼다.

창문 아래에서 고함들이 더 한층 격렬하게 터져 나왔다.

"빵을 달라! 빵을 달라! 빵을 달라!"

"얼간이들 같으니!" 엔느보 씨가 이를 물고 중얼댔다.

그는 자기의 고액 봉급에 대해 욕을 하고, 자기를 게으른 배불뚝이로 여기면서 노동자들은 배고픔으로 죽는데 좋은 것들을 처먹고 소화도 못시키는 더러운 돼지 취급을 하는 그들의 욕설을 들었다. 여자들은 요리하는 것을 알아차렸고, 불에 굽는 꿩고기와 소스의 기름진 냄새가 그녀들의 텅 빈 속을 훑고 가자 저주의 태풍이 일었다. 아! 더러운 부르주아 새끼들, 그들은 거기에다 샴페인과 송로까지 함께 먹고 방귀들을 뀌어댈 것이다!

"빵을 달라! 빵을 달라! 빵을 달라!"

"얼간이들 같으니!" 엔느보 씨가 되뇌었다. "내가 행복하다고?"

그는 아무것도 이해하지 못하는 이들에 대해 분노를 느꼈다. 그가 그들처럼 단단한 살가죽을 갖고 손쉽고 후회 없는 교접을 한다면, 자기는 고액 봉급을 그들에게 기꺼이 선물로 줄 것이다. 그들을 자기 식탁에 앉히고 그들에게 자기 꿩고기를 실컷 먹게 하고는, 자기는 하기 위해 울타리 뒤로 가서 처녀들을 쓰러뜨리고 자기보다 먼저 건드렸던 놈들을 비웃으리라! 만약 자기가 하루만이라도 너무나 방탕하고 막되먹은 자가 되어 자기 마누라의 뺨을 때리고 이웃집 여자들과 재미를 보는, 자기가 거느린 가장 비참한 말단 노동자가 될 수 있다면, 자기의 모든 것, 학력, 안락함, 사치, 사장의 힘을 다 주어버리리라. 그리고 그는 또한 굶주림으로 죽기를, 배가 텅 비기를, 경련으로 뒤틀린 위장이 현기증을 일으키며 뇌를 흔들어버리기를 원했다. 아마 그래야 이 영원한 고통을 없애 버리리라. 아! 짐승으로 살고 아무것도 없으며, 제일 못생기고 더러운 여조차부와 밀밭에서 해야 할지라도, 할 수만 있다면 그것에 만족하리라!

"빵을 달라! 빵을 달라! 빵을 달라!"

그러자 그는 화를 벌컥 내며 난리 속에서 격렬하게 외쳤다.

"빵을 달라고! 이 얼간이들아, 그거면 다 되는 줄 알아?"

그는 배불리 먹고 있었다. 그렇지만 그도 고통에 헐떡거렸다. 망가진 그의 부부생활과 괴롭기만 한 그의 전 인생이 단말마의 고통으로 목구멍까지 올라왔다. 빵을 갖는다고 모든 일이 제대로 되는 것은 아니다. 이 세상의 행복을 부의 분배로 보는 자는 얼마나 바보인가? 혁명가라고 하는 몽상가들은 한 사회를 파괴하고 또 다른 사회를 건설할 수 있을 것이다. 그들은 모든 이에게 타르틴을 잘라주지만 인류에게 어떤 기쁨도 더하지 못하고, 어떤 고통도 감하지 못할 것이다. 그들은 이 지상의 불행을 확대시킬지도 모른다. 그들이 광부들을 평온하게 만족하는 본능들을 빠져나오게 하여 채워지지 않는 정념의 고통을 부추기는 날, 본능은 절망의 개가 되어 울부짖을 것이다. 그건 아니다. 유일한 선은 그렇게 되지 않는 것이다. 만약 그렇게 된다면 나무가 되는 것이고, 돌이 되는 것이고, 더 심하게 말하면 행인들의 발굽 아래서 피를 흘릴 수 없는 모래알이 되는 것이다.

그리고 격분한 고통 속에서 엔느보 씨는 눈시울이 부어올랐고, 뺨을 따라 뜨거운 눈물이 흘러내렸다. 황혼이 길 위로 잦아들고 있었다. 그때 저택의 정면을 향해 돌들이 날아오기 시작했다. 그는 이제 이 굶주린 사람들에 대해서는 분노를 느끼지 않았고, 오직 자신의 쓰라린 정욕의 상처에만 격분했다. 그는 눈물을 흘리면서 더듬거리며 계속해서 말했다.

"멍청이들! 멍청이들!"

그러나 주린 배의 외침이 압도해 버렸고, 절규가 폭풍처럼 불어와 모든 것을 쓸어버렸다.

"빵을 달라! 빵을 달라! 빵을 달라!"

6

카트린에게 뺨을 맞고 술이 깬 에티엔은 동료들의 선두에 서 있었다. 쉰 목소리로 동료들을 몽수를 향해 돌진시키는 동안 그는 자기 자신 속에 있는 또 다른 목소리를 들었다. 이성의 목소리는 깜짝 놀라며 도대체 이게 다 뭐냐고 물었다. 그는 결코 이러한 사태를 바라지 않았었다. 냉정하게 행동하고 재앙을 막으려는 목적으로 장-바르로 향했던 자기가 어떻게 폭력으로 점철된 하루를 보내고, 마침내 사장의 저택을 포위한단 말인가?

바로 그는 여하튼 '멈추시오!'라고 외친 터였다. 이제 그에게는 사람들이 다 때려 부수자고 하는 회사의 자재창고를 보호해야겠다는 일념밖에는 남아 있지 않았다. 이미 저택의 정면을 향해 돌들을 던져대는 지금 그는 더 큰 재앙을 피하기 위해 정당한 먹잇감으로 무리들이 달려들도록 모색했으나 그것을 찾아낼 수가 없었다. 그가 길 한가운데에서 무력하게 홀로 서 있을 때 누군가가 그를 불렀다. 부른 사내는 선술집 티종의 문간에 서 있었고, 그 여주인은 출입문을 제외한 다른 모든 덧문들을 서둘러 닫고 있었다.

"그래, 나야⋯ 내 말 좀 들어봐."

라스뇌르였다. 되-상-카랑트 탄광촌에서 대부분 온 서른 명 가량의 사내와 여자들은 아침나절에는 자기들 집에 있다가 저녁에 파업 노동자들이 다가온다는 소식을 듣고 선술집 안으로 몰려 들어간 터였다. 자카리가 자기 마누라인 필로멘과 함께 탁자 하나를 차지하고 있었고, 더 안쪽에서는 피에롱과 피에론이 등을 돌려 얼굴을 숨기고 있었다. 그러나 술을 마시는 사람은 아무도 없었다. 단지 몸을 피하고 있던 것이었다.

에티엔이 라스뇌르를 보고 그냥 가버리자 라스뇌르가 덧붙여 말했다.

"내가 거북한가 보군, 안 그래?… 내가 자네에게 경고했듯이 일이 터지고 말았네. 지금은 빵을 달라고 요구할 수 있지만 그들이 주는 것은 총탄일 거야."

그러자 에티엔이 되돌아와 응수했다.

"나를 힘들게 하는 것은 목숨을 걸고 싸우는 우리를 팔짱을 끼고 지켜보는 비겁자들이오."

"자네 생각이라는 게 대놓고 약탈하는 거야?" 라스뇌르가 물었다.

"내 생각은 모두 함께 죽을 각오를 하고 동지들과 마지막까지 남는 거요."

절망한 에티엔은 죽을 각오를 하고 무리들 속으로 들어갔다. 그는 길 위에서 돌을 던져대고 있는 세 명의 아이들에게 발길질을 했고, 동료들이 멈추도록 유리창을 깨봐야 나아질 게 없다고 소리쳤다.

베베르와 리디는 장랭과 합류했고, 그에게서 새총 쏘는 법을 배웠다. 그들 모두는 새총을 쏘아대면서 누가 가장 큰 피해를 입히는지 내기를 했다. 리디는 잘못 쏴서 무리들 속에 있는 한 여자의 머리를 다치게 했다. 그러자 장랭과 베베르는 배꼽을 잡고 웃어댔다. 본모르와 무크는 녀석들 뒤쪽에 있는 걸상에 앉아 그들을 바라보고 있었다. 본모르는 부은 다리가 너무나 아파서 그곳까지 걸어오는데 몹시 힘이 들었다. 그는 흙빛 얼굴을 하고 묵묵부답으로 일관했기 때문에 무슨 호기심이 발동하여 거기에 왔는지 알 수가 없었다.

어느 누구도 에티엔의 말을 따르지 않았다. 그의 명령에도 불구하고 돌멩이들은 계속해서 우박처럼 쏟아졌고, 그는 자신으로 인해 명에가 풀린 이 난폭한 짐승들을 보고 깜짝 놀라 기겁했다. 그토록 더딘 감정을 가진 사람들이 끈질긴 분노 속에서 끔찍하고 잔인한 짐승들로 변해 있었다. 플랑드르의 옛 피가 거기에 있었다. 둔하고 평온하지만 몇 달에 걸쳐 달아오르면 역겨운 야만 행위에 몸을 던지고, 야수의 잔인함으로 배를 채울 때까지 누구의 말도 듣지 않았다. 에티엔의 고향인 남쪽 사람들은 쉽게 불붙었지만 그들보다는 이렇게 일을 저지르지는 않았다. 그는 르바크와 싸워서 도끼를 빼앗아야만 했다. 그렇지만 양 손으로 돌을 던져대는 마외 부부는 어떻게 할 도리가 없었다. 특히 그를 질리게 한 것은 여자들이었다. 르바크 마누라와 무케트를 위시한 여러 여자들은 살기등등하여 삐쩍 마른 몸으로 나대는 브륄레의 선동 아래 마치 개처럼 이빨과 손톱을 내밀면서 으르렁거렸다.

그러나 갑자기 멎었다. 에티엔이 아무리 애원해도 멈출 줄 모르던 무리들이 깜짝 놀라더니 잠시 평온해졌다. 그레그와르 부부가 그저 공증인과 작별을 결심하고 정면에 있는 사장집 쪽으로 오는 것이었다. 그들은 아주 평온해 보였다. 100년 전부터 체념하며 자신들을 먹여 살려온 착한 광부들이 그저 장난을 치고 있다고 진정으로 믿고 있는 것 같았다. 놀란 광부들은 하늘에서 내려온 이 신사와 귀부인이 다치지나 않을까 두려워, 돌 던지기를 실제로 멈췄다. 그들은 그레그와르 부부가 정원으로 들어가 현관 계단에 오른 다음 방책을 친 문을 두드리도록 내버려두었다. 그렇지만 아무도 문을 서둘러 열어주지 않았다. 그 때 침실하녀 로즈도 외출에서 돌아와, 몽수 출신이기 때문에 모두 다 아는 사이인 성난 노동자들에게 미소를 띠면서 들어갔다. 바로 그녀가 주먹으로 문을 두드리자 마침내 이폴리트가 문을 빼꼼히 열었다. 그때 그레그와르 부부가 사라지자 돌 우박이 또다시 쏟아지기 시작했다. 놀라움이 가신 무리들은 더욱 사납게 울부짖었다.

"부르주아들을 죽여라! 사회주의 공화국 만세!"

로즈는 저택 현관 안에서 계속해서 웃었다. 그녀는 자신이 행한 모험을 즐거워하며 겁먹은 하인에게 되풀이해서 말했다.

"나쁜 사람들이 아니라는 걸 나는 잘 알거든요."

그레그와르 씨는 아주 똑바로 모자를 걸었다. 그리고 그레그와르 부인이 두꺼운 나사 외투를 벗도록 도와주면서 말했다.

"틀림없이 저들 마음속에는 악의는 없는 것 같소. 저렇게 고함을 지르고 난 후에는 더 좋아진 입맛으로 저녁을 먹을 거요."

이 때 엔느보 씨가 3층으로부터 내려왔다. 장면을 지켜봤던 그는 보통 때처럼 차갑고도 공손한 태도로 손님들을 맞이했다. 창백한 안색만이 그를 뒤흔들어 놓았던 오열을 말해주고 있었다. 그는 스스로를 다스렸고 이제 그에게는 임무를 단호하게 수행하는 정확한 경영인만이 남아 있었다.

"아시겠지만 여자 분들은 아직 돌아오지 않았습니다." 그가 말했다.

처음으로 그레그와르 부부는 불안에 사로잡혔다. 세실이 돌아오지 않다니! 광부들의 장난이 계속된다면 어떻게 그 애가 돌아온단 말인가?

"집에 오시지 않도록 할 생각이었습니다만 불행하게도 저 혼자 여기에 있고, 어디로 하인을 보내 이 천민들을 쓸어버릴 분대장과 4명의 분대원을 데려 와야 할지도 모르겠고." 엔느보 씨가 덧붙였다.

그곳에 서 있던 로즈가 용기를 내어 살짝 말했다.

"아! 사장님. 저들은 나쁜 사람들이 아녜요."

사장이 고개를 끄덕였다. 그러는 동안 바깥에서는 소란이 더 심해지고 있었고, 돌멩이들이 날아와 건물 전면에 부딪히는 소리가 둔탁하게 들려왔다.

"나는 저 사람들을 원망하지 않아요. 나는 저들을 용서해줄 수도 있습니다. 우리가 악착스럽게 자기들을 불행하게 만든다고 생각한다면 분명히 그들은 바보들예요. 다만 저는 안정을 책임집니다만… 분명히 도로에 헌병들이 있다고 말했는데, 아침부터 지금까지 저는 한 명도 보질 못했네요!"

그가 하던 말을 멈추고 그레그와르 부인에게 길을 내주면서 말했다.

"부인! 거기에 계시지 말고 거실로 들어가시지요."

그러나 지하실에서 화가 나 올라온 요리사가 그들을 몇 분 더 현관에서 붙들었다. 그녀는 저녁 만찬이 잘못되어도 자기 책임이 아니라고 단호하게 말했다. 마르시엔의 제과점에 네 시에 도착하도록 볼로방* 파이 껍질을 주문했는데 아직도 도착하지 않기 때문이다. 분명히 제과점 주인은 폭도들에게 겁을 먹고 길을 헤매고 있을 것이다. 아마 벌써 폭도들은 그의 광주리를 빼앗았을지도 모른다. 볼로방은 수풀 뒤에서 포위를 당한 채 빵을 달라는 3,000명의 굶주린 배를 불리고 있을 것이다. 여하튼 사장님께 사정을 미리 말씀드렸으니, 혁명 때문에 볼로방을 못하게 되면 준비한 저녁을 불에 엎어버리고 싶다.

"조금만 더 기다리지." 엔느보 씨가 말했다. "아무것도 잃지 않고 제과점 주인은 올 거야."

그리고 거실 문을 열면서 그레그와르 부인 쪽으로 몸을 돌리던 그는 소스라치게 놀랐다. 현관의 작은 걸상엔 그때까지 있는지도 몰랐던 한 사내가 더해가는 어둠 속에 앉아 있었다.

"아이고! 메그라 씨, 당신이 어쩐 일이오?"

메그라가 일어서자 퉁퉁하고 두려움으로 창백하게 일그러진 그의 얼굴이 나타났다. 그는 더 이상 뚱뚱한 체격에 당당하고 침착한 사람이 아니었다. 그는 소심한 어조로 폭도들이 자기 상점을 공격할 경우를 대비하여 도움과 보호를 요청하기 위해 사장 집에 슬쩍 들어왔다고 말했다.

"당신도 알다시피 나 또한 위협을 받고 있소. 게다가 나에게는 아무도 없소." 엔느보 씨가 대답했다. "당신 집에서 물건들이나 지키고 있는 게 더 나을 거요."

---

* vol-au-vent. 파이 껍질 속에 고기, 생선 따위를 넣은 요리

"아! 저는 이미 쇠막대로 방책을 쳐놓았습니다. 그리고 제 아내를 남겨뒀고요."

사장은 참지 못하고 경멸을 숨기지 않았다. 그처럼 허약하고 매를 맞아 마른 사람을 보초로 세우다니!

"어쨌든, 나는 아무것도 할 수가 없소. 당신 몸은 당신이 지키시오. 충고하는데 바로 돌아가시오. 저 자들은 지금 빵을 달라고 하고 있소… 내 말을 들으시오."

사실 소란은 다시 심해지고 있었고, 메그라는 무리들의 고함 속에서 자기 이름 소리를 들었다고 생각했다. 돌아가다니, 안 될 말이다. 작살날 것이다. 다른 한편으로는 파산에 대한 생각으로 속이 뒤집어졌다. 그는 떨면서 문 유리창에 얼굴을 대고 식은땀을 흘리며 바깥을 내다봤다. 그러는 동안 그레그와르 부부는 거실 안으로 들어가기로 마음먹었다.

침착하게 엔느보 씨는 자기 집의 예의를 갖추는 척했다. 그는 그레그와르 부부에게 앉기를 권했지만 허사였다. 문을 닫고 겉창도 잠갔지만, 해가 지기 전에 두 개의 램프를 켠 방은 바깥에서 소란이 일 때마다 공포에 휩싸이곤 했다. 커튼과 타피스리가 숨 막히게 쳐진 방에는 무리들의 더욱 불길해진 분노가 막연하면서도 무시무시한 위협으로 울려대고 있었다. 그들의 이야기는 언제나 이 이해할 수 없는 폭동으로 되돌아왔다. 엔느보 씨는 이를 전혀 예상하지 못했다는 것에 의아했다. 그리고 사찰이 제대로 이뤄지지 않은 라스뇌르에 대해 특히 분개하며 그가 가증스런 영향력을 행사하고 있다고 말했다. 그러나 머지않아 헌병들이 올 것이고, 그들은 이런 식으로 놔두지는 않을 것이다. 그레그와르 부부는 오로지 딸만을 생각하고 있었다. 그토록 잘 놀라는 그 불쌍한 것이! 아마도 위험을 느낀 마차는 마르시엔으로 되돌아갔는지도 모른다. 15분을 더 기다렸다. 도로에서의 소란과 마치 북소리처럼 울리며 닫힌 덧문을 때리는 돌팔매질 소리는 그들의 신경을 날카롭게 했다. 이 상황을 더는 참을 수가 없었다. 엔느보 씨는 나가서 혼자서라도 저 짖는 개들을 쫓아내고 마차를 마중 나가겠다고 말했다. 그때 이폴리트가 소리치면서 나타났다.

"사장님! 사장님! 부인께서 오셨습니다. 사람들이 부인을 죽이려 합니다!"

마차는 협박하는 패거리들 한가운데 갇혀 레키아르의 골목길을 빠져나갈 수가 없었다. 네그렐은 당초 생각대로 수백 미터 떨어진 저택까지 걸어간 다음, 정원으로 통하며 부속 건물 가까이에 있는 쪽문을 두드리기로 했다. 정원사가 문 두드리는 소리를 듣거나, 거기에는 누군가가 항상 있으니 문을 열어줄 것이다. 그리고 처음에는 모든 일이 완벽하게 진행돼 이미 엔느보 부인과 아가씨들은 문을 두드리고 있었다. 그때 연락을 받은 아낙네들이 골목으로 달려들었다. 그리고는 모든 일이 틀어졌다. 아무도 문을 열어주지 않았고, 네그렐이 어깨로 문을 밀어봤지만 허사였다. 아낙네들의 물결이 불어났고, 그녀들이 덮칠까봐 겁이 났다. 그는 아주머니와 처녀들을 앞으로 밀면서 포위한 자들을 가로질러 현관 계단으로 가는 절망적인 선택을 했다. 그러나 이 술책은 밀고 밀치는 소란을 일으켰다. 떼거리들은 그들을 놓치지 않았고 고함을 지르면서 그들을 몰았다. 반면 무리들은 영문도 모르는 채 우왕좌왕했고, 이 난리 통에 잘 차려입고 얼이 빠진 귀부인들을 보고 그저 놀랄 뿐이었다. 이 순간 혼란은 극심해졌고 그야말로 설명할 수 없는 기가 막힐 일이 벌어지고 말았다. 현관 계단에 도달한 뤼시와 잔느는 침실하녀가 열어준 문틈으로 재빨리 들어갔다. 엔느보 부인 역시 뒤를 따라 무사히 들어갔다. 그리고 여자들 뒤에 있던 네그렐도 마침내 들어갔고, 제일 먼저 세실이 들어가는 것을 봤다고 확신하며 문에 빗장을 걸었다. 그러나 세실은 집에 들어오지 못했고 도로에서도 사라졌다. 너무나 겁에 질려 그녀는 집 뒤쪽으로 돌아가 버리고 말았고, 그래서 위험 한복판에 떨어지고 말았다.

무리들은 또다시 외치기 시작했다.

"사회주의 공화국 만세! 부르주아들을 죽여라! 죽여라!"

몇몇 사람은 멀리서 모자의 베일로 얼굴을 감춘 그녀를 보고 엔느 보 부인일 것이라고 생각했다. 어떤 사람들은 사장 부인의 친구인 인근 공장주의 젊은 아내이며 노동자들이 증오하는 여자라고 말했다. 그러나 그러한 사실은 하등 중요하지 않았다. 분노한 것은 바로 그녀의 비단옷, 모피 외투 그리고 흰 깃털까지 달린 모자 때문이었다. 그녀는 향수 냄새를 풍겼고, 손목시계를 찼고, 석탄이라고는 만져보지 않은 게으름뱅이의 고운 피부를 갖고 있었다.

"잠깐!" 브륄레가 외쳤다. "네 엉덩이에다가 레이스를 달아줄 테다!"

"우리에게서 이 잡년들이 훔쳐간 거야." 르바크 마누라가 말을 이었다. "우리들은 추워 죽겠는데 저년들은 자기 피부에 털이나 붙여… 저년을 홀랑 벗겨서 사는 게 뭔지를 가르쳐 줘야겠어!"

이번엔 무케트가 나섰다.

"그래, 그래! 매질을 해야 돼."

여자들은 이렇게 야만적인 경쟁을 하며 숨을 헐떡거렸고, 누더기들을 늘어뜨리고 각자 나름대로 키가 작은 부잣집 처녀를 욕보이고자 했다. 틀림없이 다른 여자보다 더 잘난 아랫도리를 가질 리가 없다. 저런 비싼 것들을 걸치면 다른 여자도 타락한다. 너무 오랫동안 불공평이 지속돼 왔다. 모든 여자들은 노동자들처럼 옷을 입도록 해야 한다. 이런 인형들은 치마 하나 세탁하는데도 50수를 써댄다니까!

이러한 광란의 한가운데서 세실은 마비된 다리를 떨면서 똑같은 말을 스무 번은 되풀이했다.

"제발 부탁이에요! 저를 해치지 말아요!"

그러나 목소리는 쉬었고, 차가운 손에 목덜미를 잡혔다. 본모르 영감이었다. 인파는 세실을 노인 곁으로 몰고 갔고, 노인은 그녀를 움켜잡았던 것이었다. 그는 배고픔에 취했고 오랜 비참에 정신이 몽롱했다. 반세기의 체념에서 갑작스레 빠져나온 알 수 없는 원한의 충동에 사로잡힌 듯했다. 그는 가연성 가스폭발이나 낙반 사고가 나면 뼈가 부러질 것을 각오하고 동료 열두 명을 죽음에서 구해냈었다. 그런 그가 뭐라고 얘기할 수 없는 사태와 그렇게 하고 싶다는 욕망 그리고 이 젊은 처녀가 지닌 하얀 목의 유혹에 굴복했던 것이었다. 말을 하지 않는 날이면 그렇듯 그는 불구가 된 늙은 짐승처럼 추억을 되새김질하면서 손아귀를 조였다.

"아니에요! 아니에요!" 여자들이 외쳐댔다. "엉덩이를 까요! 엉덩이를 까요!"

저택에서 이 뜻밖의 일을 알게 되자마자 네그렐과 엔느보 씨는 문을 열고 용감하게 세실을 구하러 나갔다. 그러나 이제 무리들은 정원의 철책을 향해 몰려들고 있었기 때문에 바깥으로 나가기가 쉽질 않았다. 거기에서 몸싸움이 벌어졌다. 그러는 동안 그레그와르 부부는 기겁하여 현관 층계로 나왔다.

"그 처녀를 놔주세요, 아버님! 피올렌 아가씨예요!" 마외드가 할아버지에게 소리쳤다. 한 여자가 베일을 찢는 바람에 세실을 알아본 것이었다.

에티엔으로서는 어린 처녀에 대한 이와 같은 보복에 당황해 무리들이 세실을 놓아주도록 안간힘을 다했다. 묘안이 떠올라 그는 르바크 손아귀에서 빼앗은 도끼를 휘두르면서 큰 소리로 외쳤다.

"메그라 가게로!… 그 안에는 빵이 있다. 메그라의 집을 부숴버리자!"

그리고 달려가서 제일 먼저 상점 문을 도끼로 내리찍었다. 르바크와 마외를 위시한 몇몇 동료들이 그의 뒤를 따랐다. 그러나 여자들은 악착같았다. 세실은 본모르 영감의 손아귀에서 브륄레의 손으로 넘어갔다. 리디와 베베르는 장랭을 따라 네 발로 기어가 규수의 아랫도리를 보기 위해 세실의 치마 속으로 들어갔다. 이미 사람들은 그녀를 마구 잡아당기고 있었다. 그녀의 옷이 소리를 내며 찢어졌을 때 말을 탄 사내가 나타났다. 그는 말을 몰면서 옆으로 빨리 비켜서지 않는 자들을 채찍으로 때렸다.

"아, 불한당 놈들! 네 놈들이 우리 딸에게까지 매질을 하는구나!"

바로 드늴랭이 저녁 모임을 위해 약속 장소에 도착한 것이었다. 재빨리 도로에 뛰어내린 그는 세실의 허리를 잡았다. 그리고 다른 손으로는 명민하고 놀라운 힘으로 말을 다뤘다. 그는 말을 살아있는 쐐기로 삼아 불의의 공격에 물러서는 무리들을 가르면서 앞으로 나아갔다. 철책에서는 아직도 싸움이 계속되고 있었다. 그렇지만 그는 지나가며 팔다리를 짓밟았다. 이 뜻하지 않은 도움으로 네그렐과 엔느보 씨는 욕설과 주먹질이 난무하는 커다란 위험에서 빠져나왔다. 그리고 청년이 기절한 세실과 함께 드디어 집안으로 들어가는 동안 드늴랭은 그의 커다란 몸으로 사장을 감싸 안았고, 현관 계단 위에서 무리들이 던진 돌에 맞아 하마터면 어깨를 못 쓰게 될 뻔했다.

"그래 좋다." 그가 외쳤다. "내 기계들을 부쉈으니 이제 내 뼈를 부숴라!"

그는 재빨리 문을 밀었다. 자갈들이 일제히 문을 덮쳤다.

"저 미친놈들!" 그가 다시 외쳤다. "2초만 더 있었어도 내 두개골은 속이 빈 호박처럼 깨졌을 거야… 저놈들에게는 더 이상 말이 필요 없어. 당신은 뭘 원해요? 저들은 아무 것도 몰라요. 그저 몽둥이로 두들겨 패야만 해요."

거실에서는 그레그와르 부부가 울면서 정신을 차리는 세실을 바라보고 있었다. 그녀는 아무데도 아프지 않았고 할퀸 곳 하나 없었다. 다만 베일만 없어졌을 뿐이었다. 그러나 그들 앞에 요리사 멜라니가 나타나, 폭도들이 피올렌 저택을 부쉈다고 얘기하자 그들은 더욱 기겁하고 말았다. 공포에 질린 그녀는 소식을 알리기 위해 주인들이 있는 곳으로 뛰어온 것이었다. 그녀 역시 싸움 와중에 아무에게도 들키지 않은 채 열린 현관문으로 들어올 수 있었다. 그리고 그녀의 이야기는 끝이 없었다. 유리창 하나를 깨뜨렸던 장랭의 돌멩이 하나는 질서정연한 포격이 되었고, 마침내는 벽들에 금이 갔다. 그러자 그레그와르 씨의 생각은 뒤죽박죽이 되었다. 딸의 목을 조르고 자기 집을 부쉈다면, 광부들은 그들의 노동으로 잘 살고 있는 자기에 대해 원한을 품을 수 있다는 말은 사실이 아니겠는가?

침실하려는 수건과 오드콜로뉴*를 가져오며 말했다.

"어쨌든 이상한 일예요, 그들은 나쁜 사람들이 아닌데."

엔느보 부인은 창백한 얼굴로 앉아 있었고 아직도 충격에서 벗어나지 못하고 있었다. 사람들이 네그렐을 칭찬했을 때 그녀는 그저 미소만 지을 뿐이었다. 세실의 부모들은 누구보다도 청년에게 감사했고 이제 결혼은 성사된 것이나 다름없었다. 엔느보 씨는 말없이 바라보았고, 시선은 자기 아내에게서 그가 아침에 죽이겠다고 맹세했던 청년에게로 갔다가, 자기에게서 아내의 정부를 조만간 틀림없이 치워줄 처녀에게로 향했다. 그는 조급한 마음을 전혀 갖고 있지 않았지만 한 가지 두려움은 남아 있었다. 그것은 자기 아내가 더 낮은 곳으로, 아마도 어떤 하인에게로 떨어질지 모른다는 두려움이었다.

"그런데 너희들, 내 예쁜 딸들, 부러진 데는 없니?" 드뇔랭이 딸들에게 물었다.

뤼시와 잔느는 몹시 두려웠지만 아버지의 멋진 모습을 본 것에 만족하고 있었다. 그녀들은 이제 미소를 지었다.

"제기랄!" 아버지가 계속해서 말했다. "정말 멋진 하루였어!… 지참금을 원하면 너희들이 벌어서 해가야 할 거야. 그리고 이 애비를 먹여 살려야 할 거고."

그는 떨리는 목소리로 농담을 했다. 두 딸이 품안으로 뛰어들자 그는 눈시울이 뜨거워졌다.

엔느보 씨는 그의 파산 고백을 듣고 있었다. 빠르게 스쳐가는 생각에 얼굴이 밝아졌다. 정말로 방담이 몽수 것이 되겠군. 그러면 기대했던 대로 손해를 벌충할 것이고, 이 횡재 덕택에 자기는 이사진의 신임을 되찾을 것이다. 그는 자기 삶에 재앙이 닥칠 때마다 받은 명령을 엄

---

* 농축 원액의 비율이 7%를 넘지 않는 가벼운 향수

격하게 수행하면서 위기를 피했고, 그의 줄어든 행복을 군대식 규율의 삶으로써 견뎌냈다.

어쨌든 사람들은 진정했고, 거실에는 두 개의 은은한 램프불과 숨이 답답한 커튼의 온기 때문에 나른한 평화가 감돌았다. 그런데 바깥은 어떻게 됐을까? 짖던 개들이 짖지 않았고 돌멩이들도 이제 날아오지 않았다. 단지 둔탁하게 멀리서 울려오는 장작 패는 소리만이 들려왔다. 궁금해진 사람들은 현관으로 가서 출입문에 붙어 있는 유리창을 통해 바깥을 조심스레 내다보았다. 부인들과 처녀들도 2층으로 올라가 겉창 뒤에 서서 동정을 살폈다.

"저기 정면, 저 술집 문 앞에 있는 라스뇌르, 저 불량배 보이세요?" 엔느보 씨가 드뇔랭에게 말했다. "저는 벌써 낌새를 알아챘어요. 분명히 저 놈의 소행예요."

그렇지만 라스뇌르가 아니라, 바로 에티엔이 메그라의 가게에 도끼질을 하고 있었다. 그는 계속해서 동료들을 부르고 있었다. 이 안에 있는 물건들은 탄광부들의 것이 아니겠는가? 너무 오랫동안 탄광부들을 착취해 왔고, 회사의 말 한 마디에 그들을 굶주리게 만들었던 이 도둑놈에게서 광부들의 재산을 되찾을 권리가 있지 않은가? 차츰 모든 사람들은 사장 저택을 내버려두고 근처에 있는 메그라의 가게를 약탈하기 위해 뛰어왔다. 빵을 달라! 빵을 달라! 빵을 달라! 고함소리가 또다시 울려 퍼졌다. 이 문 뒤에는 빵이 있을 것이다. 그들은 더 기다렸다가는 길 위에서 숨이 끊길 것처럼 갑자기 배고픔의 분노로 흥분했다. 엄청난 사람들이 가게 문으로 달려드는 바람에 에티엔은 자신의 도끼질에 누군가 다치지나 않을까 겁이 났다.

그 동안 메그라는 저택의 현관을 떠나 우선 부엌에 몸을 숨겼다. 그런데 갑자기 아무런 소리도 들리지 않았다. 그는 거기에서 자신의 가게가 공격당하는 끔찍한 상상을 했다. 그는 지하실에서 올라와 바깥에 있는 펌프 뒤에 몸을 숨겼고, 그때 문을 부수는 소리와 함께 자기의 이름이 섞인 약탈의 고함소리를 똑똑히 들었다. 그러므로 그것은 이제 악몽이 아니었다. 보이지는 않았지만 이제 소리가 들렸고, 윙윙거리는 두 귀로 그 소리에 주의를 기울였다. 도끼질 소리가 그의 가슴 속을 파고들었다. 경첩 하나가 튕겨 나갔음에 틀림없다. 5분이 더 지나고 가게는 점령당했다. 이것들이 그의 머릿속에서 생생하고 끔찍하게 그려졌다. 강도들이 달려들어 서랍이 부서지고, 자루들이 터지고, 모든 것을 먹어 치우고, 모든 것을 마셔 버리고, 집이 통째로 날아가 아무 것도 없고, 마을에 구걸하러 다닐 막대기 하나 남지 않았다. 아니다! 쑥대밭이 되도록 내버려두느니 차라리 목숨을 내놓는 게 나을 것이다. 거기에 있을 때부터 줄곧 그는 자기 집 뒤쪽 창문 뒤 유리창에서 창백하고 흐릿한 모습으로 서 있는 아내의 허약한 그림자를 알아봤다. 틀림없이 그녀는 맞고 사는 가련한 여자의 말없는 태도로 자기 집이 공격당하는 것을 바라보고 있었다. 그 밑으로는 헛간이 자리 잡고 있어서 저택 정원에서 경계 벽의 철책을 타고 넘으면 거기에 올라갈 수 있었다. 그리고 거기에서 기와 위로 기어올라 창문까지 가는 것은 쉬운 일이었다. 집으로 들어가야겠다는 생각이 괜히 집에서 나왔다는 후회와 함께 이제 그를 괴롭혔다. 집에 있었더라면 가구들로 가게 문에 바리케이드를 칠 시간이 있었을 것이었다. 게다가 다른 영웅적인 방어책들을 고안해 냈을 것이었다. 위에서 펄펄 끓는 기름과 불붙은 석유를 부었을 것이다. 자기 물건들에 대한 이러한 애착은 그의 두려움과 싸웠지만, 그는 비겁함에 져버렸고 숨을 헐떡거렸다. 그러나 갑자기 그는 보다 세게 울리는 도끼질 소리에 결심을 했다. 인색함이 두려움을 이겼던 것이었다. 빵을 내주느니 차라리 마누라와 함께 몸으로 물건 자루들을 덮기로 했다.

곧바로 함성이 터졌다.

"저기를 봐! 저기를 봐!… 수고양이가 저 위에 있다! 고양이를 잡아라! 고양이를 잡아라!"

무리들이 헛간 지붕 위에서 메그라를 발견한 것이었다. 열받은 그는 무거운 몸에도 불구하고 날렵한 동작으로 나무가 부러지는 것 따위는 아랑곳하지 않고 철책에 올라갔다. 이제 그는 몸을 납작하게 엎드린 다음 기와를 따라 창문에 도달하기 위해 안간힘을 썼다. 그러나 손톱으로 꽉 잡았지만 경사가 너무 급한데다가 뚱뚱한 배가 거추장스러웠다. 그렇지만 돌에 맞을까 두려워 몸을 떨지만 않았더라면, 그는 높은 곳까지 가까스로 올라갈 수 있었을 것이었다. 보이지 않는 무리들이 그의 밑에서 계속해서 고함을 질러댔다.

"고양이를 잡아라! 고양이를 잡아라!… 집을 무너뜨리자!"

그러자 갑자기 그는 두 손을 동시에 놓아 버렸고, 공처럼 굴러 떨어졌으며, 낙수 홈통에서 튀어 오른 다음 경계 벽에 가로로 떨어졌고, 불행하게도 길 쪽으로 다시 튕겨나가 경계석 모서리에 부딪쳐 머리통이 열렸다. 뇌장이 솟구쳐 나왔다. 그는 죽었다. 그의 아내는 위층 유리창 뒤에 서서 창백하고 흐릿한 모습으로 계속해서 바라보고 있었다.

모두가 대경실색했다. 에티엔은 동작을 멈췄고, 도끼가 손에서 미끄러지며 떨어졌다. 마외와 르바크를 위시한 다른 동료들은 가게를 잊어버린 채 벽 쪽으로 눈을 돌렸다. 거기에는 가느다란 핏줄기가 천천히 흐르고 있었다. 고함이 그쳤고, 침묵은 짙어가는 어둠 속에서 멀리 퍼져나갔다.

곧 함성이 다시 터졌다. 여자들이 피에 취해 메그라에게 달려들었다.

"천벌을 받아도 싸지! 아! 돼지 같은 놈, 이제 끝났군!"

여자들은 아직도 온기가 남아 있는 시체 주위를 둘러쌌다. 아낙네들은 웃으면서 욕을 해댔고, 그의 깨진 머리를 더러운 아가리로 대했으며, 죽은 자의 얼굴에 대고 빵 없이 살았던 자기들의 오랜 원한을 퍼부어 댔다.

"네놈에게 60프랑의 빚이 있었지만 다 갚았다, 도둑놈아!" 분개한 마외드가 말했다. "이제는 내게 외상을 안 주지 못하겠지… 죽지 말고 기다려! 기다려! 더 살찌게 해줄 테니."

그녀는 열 손가락으로 땅을 긁었고, 두 줌의 흙을 그의 입 속에 세게 처넣었다.

"자! 처먹어!··· 자! 처먹어, 우리를 잡아먹었던 놈아!"

욕은 더욱 심해졌고, 등을 대고 뻗어 있는 주검은 꼼짝도 않은 채 커다란 두 눈으로 어둠이 내리는 거대한 하늘을 물끄러미 바라보고 있었다. 그의 입 속에 쑤셔 넣은 흙은 그가 외상을 거절했던 빵이었다. 그는 이제 그 빵 이외에는 다른 것을 먹지 못하리라. 가난한 사람을 굶주리게 했기 때문에 그에게는 결코 행복이 오지 않았다.

그러나 여자들은 그 주검에 또 다른 복수를 해야만 했다. 그녀들은 암늑대처럼 주검의 냄새를 맡으며 주위를 맴돌았다. 모두의 가슴을 후련하게 해줄 능욕, 야만을 찾고 있었다.

브륄레가 날카로운 목소리로 말했다.

"저 수고양이의 거기를 잘라버려야 해!"

"맞아, 맞아! 잘라! 잘라!··· 저 놈은 너무나 많이 했어, 더러운 놈!"

이미 무케트는 단추를 풀고 바지를 잡아당겼고, 르바크 마누라는 다리를 쳐들었다. 그러자 브륄레는 늙은 여자의 메마른 손으로 벗겨진 넓적다리를 벌린 다음 죽은 생식기를 움켜쥐었다. 그녀는 메마른 척추를 바로 세웠고, 그녀의 커다란 팔에서 우두둑 소리가 날 정도로 힘을 주어 생식기 전체를 잡아당겼다. 물렁물렁한 살이 저항하자 그녀는 재차 해야만 했다. 마침내 그녀는 털이 무성하고 피를 흘리는 살덩이를 손에 들었고, 승리의 미소를 지으면서 그것을 흔들어댔다.

"내가 뽑았어! 내가 뽑았어!"

날카로운 목소리들이 이 혐오스런 전리품을 저주하며 환호했다.

"아! 개자식, 이제 우리 딸들에게 넣을 수 없겠지!"

"그래, 드디어 이 짐승에게 진 빚을 다 갚았어. 이제 더 이상 우리 모두는 빵 하나를 얻기 위해 뒤를 내밀지 않아도 돼."

"자! 난 네게 6프랑의 빚이 있어. 너는 선불을 원하지? 난 좋으니 할 수 있으면 해봐!"

여자들은 이러한 농담에 끔찍이도 기뻐하며 몸을 흔들어 댔다. 그녀들은 피 흘리는 살덩이를 못된 짐승처럼 바라봤다. 모두가 그것의 고통을 받아들여야만 했지만 마침내 뭉개버리고, 움직이지 않는 그것을 자기들 마음대로 보았다. 여자들은 그 위에 침을 뱉었고, 그녀들의 턱을 앞으로 내밀고 되풀이해서 광폭한 경멸을 토해냈다.

"이제 할 수 없어! 이놈은 이제 할 수 없어!… 땅에 묻을 인간이 못돼… 그러니 썩게 내버려 둬, 아무짝에도 쓸모없는 놈!"

브뢸레는 자기가 들고 있는 막대기 끝에다 살덩이를 꽂았다. 그리고 공중으로 올린 다음 그것을 깃발처럼 들고 길로 뛰어나갔다. 그 뒤를 여자들이 소리를 지르며 지리멸렬하게 따라갔다. 핏방울이 떨어지는 이 비참한 살덩이는 푸줏간 도마 위의 버려진 고기처럼 막대기에 매달려 있었다. 위층 창문에서는 메그라의 아내가 여전히 움직이지 않고 있었다. 그러나 석양의 마지막 빛을 받으며 흐릿해진 유리창의 왜곡 때문에 그녀의 하얀 얼굴은 웃고 있는 듯했다. 항상 얻어맞고 남편의 부정을 보면서 아침부터 저녁까지 장부 위로 어깨를 구부렸던 그녀는 여자들 무리가 막대기 끝에 못된 짐승, 뭉개진 짐승을 꽂고 달려갈 때 아마도 웃었으리라!

이 끔찍한 거세는 싸늘한 공포 속에서 이루어졌다. 에티엔도, 마외도, 그 어떤 다른 남자도 개입할 틈이 없었다. 그들은 이 광란의 질주 앞에서 멍하니 서 있기만 했다. 선술집 티종 문 위에 몇 사람이 모습을 나타냈다. 라스뇌르는 분노로 창백했고, 자카리와 필로멘은 그것을 보고 넋이 빠져 있었다. 본모르와 무크는 아주 심각하게 머리를 저어댔다. 오로지 장랭만이 즐거워하며 팔꿈치로 베베르를 밀어 리디의 코를 밀어 올리게 했다. 여자들은 이미 되돌아와서는 자기들끼리 원을 돌면서 사장집 창문들 아래로 지나갔다. 그리고 겉창 뒤에서 부인들과 처녀들은 목을 길게 빼고 있었다. 그녀들은 벽에 가려 거세 장면을 볼 수 없었고 깜깜해진 밤에 일어난 일을 제대로 알 수 없었다.

"저 여자들이 막대기 끝에 꽂고 있는 게 뭐예요?" 바깥을 내다볼 수 있으리만치 대담해진 세실이 물었다.

뤼시와 잔느는 토끼 가죽일 거라고 말했다.

"아니야, 아니야!" 엔느보 부인이 중얼거리듯 말했다. "저들은 아마도 돼지제품 가게를 약탈했을 거야. 아마 먹고 남은 돼지고기일 거야."

이때 그녀는 소스라치게 놀라면서 입을 다물었다. 그레그와르 부인이 그녀의 무릎을 쳤던 것이었다. 두 사람은 입을 벌린 채로 있었다. 너무나 창백해진 처녀들은 더 이상 묻지 않았고, 커다란 눈으로 칠흑의 어둠 속에서 움직이는 붉은 물건을 좇았다.

에티엔은 또다시 도끼를 휘둘렀다. 그러나 거북함은 가시지 않았고, 이제 시체가 길을 가로막고 가게를 지키고 있었다. 많은 사람들이 뒤로 물러섰다. 일종의 포만감 같은 것이 그들 모두를 진정시키고 있었다. 마외는 침울했다. 그때 누군가가 그의 귀에 대고 도망치라고 말했다. 그는 돌아서서 그것이 카트린임을 알았다. 그녀는 여전히 낡은 남자 윗옷을 입고 있었고, 시커멓고 숨을 헐떡거리고 있었다. 그는 단번에 그녀를 떠밀었다. 그녀의 말을 듣고 싶지 않아 그녀를 때리겠다고 위협했다. 그러자 그녀는 절망적인 몸짓으로 주저하다가 에티엔에게로 뛰어갔다.

"도망가, 도망가! 헌병들이 온단 말야!"

에티엔 역시 그녀를 쫓으며 욕을 해댔다. 그녀에게 따귀를 맞았던 두 뺨 위로 피가 솟구치는 듯했다. 그러나 그녀는 물러가지 않고 도끼를 버리도록 했다. 그리고 그의 두 팔을 완강하게 잡아 끌었다.

"헌병들이 온다고 말했잖아!… 내 말 좀 들어. 원한다면 말할게. 샤발이 헌병들을 데리고 오고 있단 말이야. 나는 그게 너무나 싫어서 왔단 말이야… 도망가, 붙잡히면 안 돼."

그리고 카트린은 그를 데리고 갔다. 그때 육중한 말발굽 소리가 멀리서 포장도로를 뒤흔들었다. 곧이어 고함이 터졌다. '헌병들이다! 헌병들이다!' 어쩔 줄 모르는 패주와 도주가 시작됐고, 2분도 안 돼 도로는 텅 비었다. 마치 폭풍우가 휩쓸고 지나간 듯 깨끗했다. 메그라의 시체만이 하얀 땅 위에 검은 얼룩으로 남아 있었다. 선술집 티종 앞에는 라스뇌르만이 홀로 남아 있었고, 그는 홀가분한 마음으로 얼굴을 펴고 칼들의 손쉬운 승리에 찬사를 보냈다. 반면 인적이 사라지고 불이 꺼진 몽수의 부르주아들은 도로 쪽 문과 겉창을 걸어 잠그고 침묵 속에서 식은땀을 흘렸고, 감히 한 눈으로도 밖을 내다보지 못한 채 두려움에 떨며 이를 부딪고 있었다. 평원은 두터운 어둠 속에 잠겼고, 거기에는 비극적인 하늘 속에서 불타오르는 용광로와 코크스 화로만이 보였다. 헌병들의 말발굽 소리가 묵직하게 다가오고 있었다. 그들은 식별할 수 없는 어두운 덩어리로 불쑥 나타났다. 그리고 그들 뒤에는 제과점 마차가 호위를 받으며 마르시엔에서 드디어 도착하고 있었다. 이륜 포장마차에서 뛰어내린 점원은 볼로방 파이 껍질을 싼 짐을 침착한 표정으로 풀기 시작했다.

제6부

I

2월의 첫 두 주일이 또 흘러갔다. 비참한 사람들을 아랑곳 않는 검은 추위로 혹독한 겨울은 길기만 했다. 또다시 릴 도지사, 검사 그리고 장군 등이 도로를 휘젓고 다녔다. 헌병들만으로는 충분치가 않아 1개 연대 전 병력이 몽수를 점령했고 그들은 보니에서 마르시엔에 이르는 지역에서 야영을 했다. 무장한 초소 병사들이 수갱들을 지켰고 모든 기계 앞에도 군인들이 있었다. 사장 저택과 회사 자재창고 그리고 몇몇 부르주아의 집까지도 착검한 총들이 보였다. 이제는 포장도로를 따라 천천히 순찰을 도는 군인들 소리 외에는 아무런 소리도 들리지 않았다. 보뢰의 경석장 위에서는 보초가 계속해서 헐벗은 벌판 위의 망루처럼 매섭게 불어대는 바람을 맞으며 서있었다. 그리고 매 두 시간마다 적의 점령지에서처럼 보초들의 외치는 소리가 울려 퍼졌다.

"누구냐?… 암구호!"

작업은 어디에서도 재개되지 않았다. 반대로 파업은 악화되고 있었다. 크레브쾨르, 미루, 마들렌은 보뢰처럼 채탄을 멈췄고, 프트리-캉텔과 빅토아르에서는 매일 아침 작업 인원이 줄어들었다. 그때까지 무사했던 생-토마에서도 인원이 부족했다. 광부들의 자존심을 상하게 만든 이런 공권력의 과시 앞에서 이제 그들은 무언의 고집을 부리

고 있었다. 사탕무밭으로 둘러싸인 탄광촌에는 사람이 살지 않는 듯
했다. 노동자들은 한 사람도 움직이지 않았고, 어쩌다 우연히 사람을
마주치면 힐끗 쳐다보기만 하고 붉은 바지* 앞으로 고개를 떨구고 지
나갔다. 그런데 음울하고 커다란 평온과 이 수동적인 고집 속에는 총
검에 완강히 버티는 거짓 부드러움이 있었다. 거기에는 조련사를 지
켜보다가 그가 등을 돌리면 목을 물어뜯으려는 철창 야수에게 강요된
복종과 인내가 있었다. 작업이 완전히 중단되자 파산에 몰린 회사는
벨기에 국경에 있는 보리나쥬** 광부들을 고용하겠다고 말했다. 그러
나 전혀 실행에 옮기지는 못하고 있었다. 그래서 전투는 자기들 집에
서 칩거하고 있는 광부들과 군대가 지키고 있는 죽은 수갱들 사이에
서 답보상태에 머물고 있었다.

끔찍했던 그날 다음 날부터 이러한 평온은 단번에 시작되었고, 엄
청난 공포를 숨기려 사람들은 그날의 피해와 잔인한 사건들에 대해
최대한 침묵으로 일관했다. 공개 수사는 메그라의 죽음을 추락사고로
결론지었고, 따라서 끔찍한 사체 거세는 이미 전설이 되어 흐릿해져
버렸다. 한편 회사 측은 당한 피해를 밝히지 않았고, 그레그와르 부부
역시 딸이 소송의 추문에 휘말리면서 증언을 하게하고는 싶지 않았
다. 그러는 동안 몇몇 사람들이 체포되었지만 언제나 그렇듯이 그들
은 아무 것도 모르는 채 바보처럼 소리만 질러댄 송사리들이었다. 실
수로 인해 피에롱은 수갑을 찬 채 마르시엔까지 끌려갔었는데 동료들
은 그 일을 아직까지 비웃고 있었다. 라스뇌르 또한 하마터면 헌병 두
명에게 끌려갈 뻔했었다. 회사 지도부는 해고 노동자 명단을 작성했
고, 노동자수첩을 대거 반환하는 것으로 일을 마무리 졌다. 마외는 노
동자수첩을 돌려받았고 르바크 역시 다른 서른네 명의 동료들과 함께
해고되었는데, 그들 모두는 하나같이 되-상-카랑트 탄광촌 사람들이
었다. 그리고 모든 중벌은 에티엔에게 떨어졌는데, 그는 사건 당일 저

---

* 1867부터 1914년, 그러니까 1차 세계대전 전까지 프랑스 보병들이 입었던 바지를 가리킨다.
** Borinage. 벨기에 중남부 지역으로 프랑스 국경과 접해 있는 탄광지역이다.

녁에 사라져 버렸고 종적을 찾을 수가 없었다. 증오심에 불타는 샤발은 자기 부모들을 살려 달라는 카트린의 애원에 다른 사람들의 이름은 들먹이지 않고 에티엔만을 고발했었다. 여러 날이 흘러갔지만 그 누구도 일이 끝났다고는 생각하지 않았다. 사람들은 불안한 마음으로 조마조마하게 일이 끝나기를 기다렸다.

그때부터 몽수의 부르주아들은 매일 밤 소스라치며 깨어났다. 귀에서는 경종소리가 환청으로 윙윙거렸고, 콧구멍에서는 화약 냄새가 떠나질 않았다. 그러나 그들이 가장 골치를 앓는 것은 새로 부임한 주임 사제 랑비에 신부의 설교였다. 그는 마른 몸에 빨간 잉걸불의 눈을 갖고 있었고 조아르 신부의 뒤를 이었다. 그는 전임자와 달라도 너무나 다르지 않은가! 전임자는 뚱뚱하고 온순하며 모든 사람과 평온하게 지내며 언제나 사려 깊은 미소를 지었다. 그런데 랑비에 신부는 이 고장의 명예를 더럽히는 가증스런 폭도들을 옹호하고 있지 않은가? 그는 파업 노동자들의 악랄한 소행을 변명하는가 하면, 부르주아 계급을 맹렬히 공격하면서 모든 책임을 그들에게 전가했다. 부르주아 계급은 교회를 좌지우지하기 위해 옛 교회가 가졌던 자유를 박탈했고, 이 세상을 불의로 고통 받는 저주의 땅으로 만들었다. 또한 부르주아 계급은 무신론을 통해 신앙생활과 초기 기독교도들의 우애의 전통으로 복귀하기를 거부함으로써 불화를 더했고 끔찍한 재앙을 초래했다. 그리고 그는 부자들을 감히 협박했고 그들에게 경고했다. 만약 하나님의 말씀을 계속해서 들으려 하지 않는다면 분명히 하나님은 가난한 사람들의 편에 설 것이다. 하나님은 신을 믿지 않는 향락적인 자들로부터 재산을 거둬들여 이 땅의 가난한 사람들에게 신의 영광을 위해 그것을 분배할 것이다. 이 설교에 신실한 자들은 떨었고, 공증인은 그의 설교에는 최악의 사회주의가 있다고 단언했다. 모든 사람들은 주임사제가 무리들의 선두에서 십자가를 휘두르며 대혁명으로 탄생한 부르주아 사회를 두들겨 부순다고 생각했다.

소식을 들은 엔느보 씨는 어깨를 움찔하며 이렇게만 말했다.

"그가 우리들을 짜증나게 하면 주교가 그를 치워줄 거요."

그리고 공포의 바람이 평원 한쪽 끝에서 저쪽 끝까지 불고 있는 동안, 에티엔은 땅 밑 레키아르의 막장에 있는 장랭의 굴속에서 살고 있었다. 그는 거기에 숨어들었고, 아무도 그가 그렇게 가까운 곳에 있으리라고는 생각하지 못하고 있었다. 광산 안에 있는 옛 운반갱의 방치된 통로에 자리 잡고 있는 이 대담하고도 조용한 피난처는 여러 수색 작업을 좌절시켰다. 위에는 인목나무와 산사나무들이 무너진 권양탑 골조들 사이로 자라나고 있어서 들어가는 구멍을 막고 있었다. 요령을 알지 못하면 감히 어느 누구도 내려갈 수가 없었다. 마가목의 뿌리를 붙잡고 몸을 내려뜨린 다음, 두려움 없이 손을 놓고 떨어져야만 아직도 튼튼한 사다리의 가로장에 닿을 수 있었다. 게다가 또 다른 장애물들이 에티엔의 피난처를 보호하고 있었다. 통기갱의 질식할 듯한 열기 속에서 120미터를 위험스럽게 내려가야 했고, 그런 다음 갱도의 좁은 내벽 사이를 바닥에 배를 대고 1킬로미터 가량이나 힘겹게 기어가야만 약탈물로 가득 찬 악당의 동굴을 찾아낼 수 있었다. 그는 그곳에서 풍요롭게 살았다. 노간주 술과 먹고 남은 마른 대구 외에도 온갖 종류의 식량들이 있었다. 커다란 건초 침대는 훌륭했고, 외풍이 없어 욕조처럼 따스한 온도가 유지되었다. 단지 빛을 밝힐 수 있는 것만이 모자랐다. 그의 물품 조달자를 자처한 야만스런 장랭은 신중하고 조심스럽게 헌병들을 조롱하는 재미에 빠졌고, 그에게 포마드까지 갖다 주었지만 양초 한 갑을 손에 넣지는 못했던 것이었다.

닷새째 되는 날부터 에티엔은 식사를 할 때만 불을 켰다. 어둠 속에서 음식물 조각을 삼키면 제대로 넘어가질 않았다. 이 끝없는 완전한 밤, 언제나 똑같은 밤이 그의 큰 고통이었다. 편안히 잠을 잤고, 빵이 있고 따뜻했지만, 밤이 이토록 무겁게 그의 두개골을 누른 적은 없었다. 밤은 그의 생각까지도 짓누르는 것 같았다. 지금 자기는 훔친 물건으로 살고 있다! 자신의 공산주의 이론에도 불구하고 낡은 교육이 주입시킨 양심의 가책이 생겨나 그는 마른 빵에 만족했고 그 양마저도 줄였다. 어떻게 할 것인가? 살아야만 한다, 임무는 끝나지 않았다. 또 다른 수치심이 그를 짓눌렀다. 그것은 너무나 추워서 빈속에 마셨던 노간주 술 때문에 야만인처럼 취해 칼을 들고 샤발에게 달려들었던 일에 대한 후회였다. 그것은 그의 마음속에 정말로 알 수 없는 공포를 불러일으켰다. 그 유전병은 한 방울의 술에도 살인의 광기에 빠지는 오랜 내력의 술주정이었다. 그럼 살인자로 끝난단 말인가? 이 고요하고 깊은 땅속의 은신처를 찾았을 때 그는 폭력의 포만감에 사로잡혀 배를 채우고 녹초가 된 짐승처럼 이틀 동안이나 잠을 잤다. 그리고 구역질이 계속됐다. 마치 끔찍한 정사를 치르고 난 뒤처럼 기진맥진했고 입안은 썼으며 머리는 아팠다. 1주일이 흘러갔다. 마외 부부는 사정을 알았지만 양초를 보낼 수가 없었다. 그는 먹을 때조차도 불 켜는 것을 포기했다.

이제 여러 시간 동안 에티엔은 건초더미 위에 누워 있었다. 생각해 본 적이 없다고 믿었었던 막연한 생각들이 그를 괴롭혔다. 그것은 자신을 다른 동료들과는 다르다고 생각하는 우월감이었고, 학습을 하면 할수록 생겨나는 자기 자신에 대한 찬탄이었다. 결코 그는 그런 것들을 그토록 심각하게 생각해본 적이 없었다. 그리고 수갱들을 휩쓸고 다녔던 그 다음날 왜 혐오감이 생겼는지도 자문해 보았다. 그러나 그는 저열한 탐욕, 상스런 본능 그리고 바람에 요동쳤던 모든 가난의 악취로 가득 찬 기억들 때문이라고 감히 대답할 수가 없었다. 칠흑 같은 어둠의 고통에도 불구하고 그는 탄광촌으로 돌아갈 날이 두려워졌다. 같은 함지에서 공동으로 몸을 씻으며 살아가는 비참한 인간들은 정말로 역겹지 않는가! 진지하게 정치 얘기를 할 사람 하나 없고 가축처럼 살며, 항상 양파 냄새로 찌든 공기는 너무나 숨 막히지 않는가! 자기는 그들에게 넓은 하늘을 주고 그들을 끌어올려 부르주아 계급의 유복함과 좋은 행실 속에서 살게 하며, 그들을 주인으로 만들고 싶었다. 그러나 그것은 요원한 얘기가 아니겠는가! 그리고 그는 이 굶주림의 도형장에서 승리를 기다릴 자신이 더 이상 없었다. 지도자가 되려는 허영심과 그들 입장을 생각해야 한다는 끊임없는 우려 때문에 그는 그들에게서 벗어나 버렸고, 그가 혐오하는 부르주아의 영혼을 자신에게 불어넣고 있었다.

어느 날 저녁 장랭은 짐 마차꾼의 램프에서 훔친 양초 토막 하나를 가져다주었다. 이것은 에티엔에게 커다란 마음의 안정을 주었다. 칠흑의 어둠이 정신을 혼미하게 하거나 두개골을 짓눌러 미칠 것 같으면 그는 잠시 불을 켰다. 그리고 불이 악몽을 쫓아내자마자 그는 불을 껐고, 빵만큼이나 그의 삶에 필요한 빛을 아꼈다. 침묵이 귀에서 윙윙거렸고, 그는 쥐떼들이 도망치는 소리와 오래된 갱목이 부러지는 소리 그리고 실을 뽑는 거미의 아주 작은 소리 외에는 다른 어떠한 소리도 듣지 못했다. 그리고 이 따스한 무의 심연 속에서 눈을 뜨면, 그는 저위에서 동료들은 무엇을 하고 있을까라는 고정관념으로 되돌아왔다. 몸을 사리면 가장 비겁한 자로 비칠 것이다. 이렇게 숨은 이유는 자유롭게 있으면서 조언하고 행동 지침을 주기 위해서다. 이런 오랜 공상들로 그는 야심을 확고하게 굳혔다. 사태가 나아지기를 기다리면서 그는 플뤼샤르처럼 되기를 원했다. 노동에서 손을 떼고 홀로 깨끗한 방에서 오로지 정치 공작만 하는 것이었다. 혼신을 다해 일해야 하기 때문에 정숙이 요구된다는 평계를 대고 말이다.

둘째 주가 시작되었을 때 아이는 에티엔에게 헌병들은 그가 벨기에로 간 것으로 믿고 있다고 말했다. 에티엔은 밤이 되자마자 구멍에서 대담하게 나왔다. 그는 바깥 상황을 파악하고, 사람들이 파업을 더욱 고수하고 있는지도 알고 싶었다. 현재 그는 타협안을 생각하고 있었다. 파업에 돌입하기 전에 그는 그 결과에 대해 회의적이었지만 당시 상황에서는 어쩔 수가 없었었다. 그리고 지금은 반항의 객기에서 깨어나 처음의 의심으로 되돌아왔고 회사를 굴복시키는 것을 포기하고 있었다. 그러나 아직은 이러한 생각을 드러내지는 않고 있었다. 그는 비참한 패배와 자신에게 고통스럽게 지워질 무거운 책임을 생각하면서 극심한 번민에 사로잡혔다. 파업의 종언, 그것은 자기 역할의 종언이자 야망의 붕괴며, 진력나는 광산, 역겨운 탄광촌의 삶으로 다시 추락하는 것이 아니겠는가? 그래서 정직하게, 비속한 거짓 계산을 하지 않고 신념을 되찾아 저항은 가능하며, 자본은 노동의 영웅적인 자살 앞에서 저 스스로 파괴된다는 것을 스스로 증명해 보이고 싶었다.

사실 이 고장 전체에는 파괴의 긴 반향이 울려 퍼지고 있었다. 밤마다 그는 숲속의 늑대처럼 검은 들판을 이리저리 방황했다. 평원의 한쪽 끝에서 다른 끝까지 모든 것이 파산하여 붕괴하는 소리가 들리는 것 같았다. 그가 따라가는 길 가장자리에 있는 공장들은 문을 닫고 죽어버렸고, 그 건물들은 창백한 하늘 아래에서 썩어가고 있었다. 설탕공장들이 특히 고통을 겪고 있었다. 오통 제당과 포벨 제당은 노동자들을 감원한 뒤 차례차례 무너졌다. 뒤티엘 제분은 제분기 가동을 이달 두 번째 토요일에 마지막으로 멈췄고, 광산 케이블을 생산하는 블뢰즈 철강은 휴업으로 마침내 죽어버렸다. 마르시엔 쪽의 상황은 나날이 악화되고 있었다. 가즈보아 유리는 모든 화로를 꺼버렸다. 손느빌 건설현장에서는 계속해서 해고를 했고, 포르쥐 제철의 세 개의 용광로는 단 하나만 불을 붙였다. 지평선에서 타오르던 코크스 화로들은 모두 불이 꺼져 있었다. 몽수 탄광부들의 파업은 2년 전부터 심해진 산업공황에서 비롯되었고, 그것으로 결국 파국을 향해 치닫고 있었다. 이러한 고통의 원인들에다 미국으로부터의 주문 중단, 생산 과잉 속에서 생산설비 자본의 과다 투자가 겹쳤고, 그나마 가동 중이던 얼마간의 증기기관들은 예기치 못한 석탄 부족에 직면하게 되었다. 석탄 부족은 최후의 고통이었다. 기계들이 먹을 빵을 수갱들이 더 이상 공급하지 않았기 때문이었다. 불안감이 만연하자 회사는 채탄을 줄였고, 파업을 방조하여 광부들을 굶주리게 했다. 12월말부터는 수갱들의 집탄장에는 한 조각의 석탄도 남지 않는 치명적인 상황에 처하게 되었다. 모든 것이 맞물려서 재앙은 멀리서 불어 닥쳤고, 파산은 또 다른 파산을 초래했다. 산업들은 서로를 밀고 밀치면서 너무나 빠르게 확산되는 일련의 재난들 속에서 나자빠지게 되었다. 그 충격의 여파는 인근 도시들, 릴, 두에 그리고 발랑시엔까지 미쳤고, 도망간 은행가들은 가족을 파탄에 빠뜨렸다.

종종 길모퉁이에서 에티엔은 걸음을 멈췄고 차가운 밤에 폐허의 잔해들이 우수수 쏟아지는 소리를 들었다. 그는 힘차게 칠흑의 어둠을 들이마시며 허무의 기쁨에 사로잡혔다. 그것은 낡은 세계가 끝장난 자리에서 해가 떠오르고, 낫이 지면 위를 스쳐간 것처럼 한 명의 부자도 서있지 않고 모두가 평등한 지면에 서는 그런 희망이었다. 그는 유독 이 대학살과 회사의 수갱들을 관련시켰다. 그는 어둠에 눈이 먼 채다시 걷기 시작했다. 그는 차례차례 수갱들을 둘러보았고 파손된 곳을 볼 때마다 행복감을 느꼈다. 낙반은 계속해서 발생했고 갱도를 방치함에 따라 점점 심각해졌다. 미루의 북쪽 갱도 위에서는 지반이 너무나 침하돼 조아젤 도로 주변 100미터 가량이 무너졌고, 이 바람에 지진이 난 것처럼 땅이 흔들렸다. 그러자 회사 측은 이 사고로 잡음이 날까 두려워 아무런 흥정도 하지 않고 해당 지주들에게 사라진 농지를 보상해 주었다. 크레브쾨르와 마들렌에서는 암반이 크게 무너져 갱도들이 계속해서 막히고 있었다. 빅토아르에서는 반장 두 명이 매몰됐다고 했다. 프트리-캉텔은 물에 침수되었다. 생-토마에서는 1킬로미터에 걸친 갱도 보강공사를 해야만 했고, 제대로 관리가 안 된 갱목들이 곳곳에서 부러졌다. 이렇게 매 시간마다 엄청난 비용이 소요되었고, 주주들의 배당금에 균열이 생겼다. 이렇게 빠른 속도로 파괴가 진행된다면, 수갱들은 한 세기 동안 100배로 불어난 그 유명한 몽수의 주식들을 마침내 모두 집어삼킬지도 모를 일이었다.

그런데 이처럼 반복되는 피해를 보면서 에티엔의 가슴에는 희망이 되살아났다. 저항한지 3개월이 되면 이 괴물, 저 미지의 장막 안에서 우상처럼 웅크린 채 포만감에 지쳐있는 이 야수를 끝장내 버릴 수 있을 것이라고 그는 마침내 믿게 되었다. 그는 또한 몽수의 소요사태 이후 파리의 신문들이 급박하게 예의주시하고 있다는 것을 알고 있었다. 비공식적인 지면들과 반정부 신문들 사이에서는 격렬한 논쟁이 일고 있었고, 처음에는 인터내셔널을 부추겼던 제2제정은 겁을 먹고 인터내셔널에 영장을 송달했다는 끔찍한 이야기들이 돌고 있었다. 그리고 회사 측은 이제 더 이상 귀를 막고 있을 수만 없어서 두 명의 이사를 조사차 왕림케 했다. 그러나 그들은 온 것을 후회하는 표정으로, 사태 종결에 아무런 걱정도 하지 않는 듯이 너무나 무관심하게 사흘후에 떠나가면서, 사태가 최선의 방향으로 갈 거라고 단언했다. 그렇지만 다른 한편으로는 체류하는 동안 이사 양반들은 줄곧 회의를 주재했고 열을 내며 움직였다. 일에 몰두했지만 그들 주변에 있었던 어느 누구도 그 일이 무엇인지는 입 밖에도 꺼내지 않는다고 사람들은 에티엔에게 말했다. 그러자 그는 그들이 자신 있는 척 연기한 것이라며 욕했고, 그들이 떠난 것을 줄행랑친 것으로 간주해버렸다. 그 혐오스런 인간들이 이제 모든 것에서 손을 뗐기 때문에 그는 승리를 확신했다.

그러나 에티엔은 그 다음날 밤 또다시 절망하고 말았다. 회사는 너무나 돈줄이 든든해 쉽게 굴복시킬 수는 없다. 회사는 수백만 프랑의 돈을 손해 본다 해도 훗날 노동자들의 빵을 갉아먹으면서 그 돈을 회수할 것이다. 그날 밤 장-바르까지 갔던 그는 사실을 간파했다. 경비원이 방담을 몽수로 양도하는 것에 대해 그들이 말하는 것을 들었다고 한 그에게 얘기한 것이었다. 사람들의 말에 따르면 드뇔랭 집은 부자들이 보기에는 애처로울 정도로 비참하다는 것이었다. 아버지는 무능함을 탓하다 병에 걸렸고, 돈 걱정에 늙어버렸으며, 딸들은 속옷을 건지기 위해 상인들과 싸운다는 것이었다. 남 몰래 물로 배를 채우는 이 부르주아 집보다는 굶주린 탄광촌 사람들이 덜 고생을 하는 셈이다. 장-바르에서는 작업이 재개되지 못하고 있었다. 가스통-마리의 펌프를 새것으로 바꾸어야만 했다. 그것 외에도 모두가 급한 일이었지만, 침수가 시작되면 필연적으로 커다란 비용이 소요되기 때문이었다. 드뇔랭은 마침내 그레그와르 부부에게 십만 프랑을 빌려달라고 해 보았다. 그러나 예상했던 대로 거절당했고 그는 끝장나고 말았다.

그레그와르 부부가 거절한 것은 그가 불가능한 싸움을 피하도록 하기 위한 애정 때문이었다. 그리고 그들은 그것을 팔라고 충고했다. 드널랭은 계속해서 팔지 않겠다고 격렬하게 말했다. 그는 파업으로 인한 비용을 충당해보려 광분했다. 처음에는 머리에 피가 솟구쳤고 뇌일혈로 목이 졸려 죽고만 싶었다. 그러면 무엇 하겠는가? 그는 여러 제안들을 들어 보았다. 최신 시설을 갖추고 새로 정비한 운반갱을 트집을 잡았고, 오직 운영자금이 부족해 채탄이 마비된 이 훌륭한 먹잇감을 형편없이 깎아내렸다. 거기에서 채권자들의 이자만이라도 건져내면 천만다행일 것이다. 그는 이틀 동안 몽수에 머무는 이사들과 맞서 싸웠다. 그는 자신의 곤경을 이용하는 이사들의 침착한 태도에 격분했고, 크게 울리는 목소리로 절대로 안 된다고 외쳤다. 일에 진전이 없자 이사들은 파리로 되돌아가서 그의 숨이 마지막에 다다를 때까지 참고 기다리기로 했다. 에티엔은 이번 재앙을 이렇게 벌충하려는 시도를 낌새챘다. 그러나 그는 싸움을 하면 더 강해지는 이 거대 자본의 꺾을 수 없는 힘 앞에서 용기를 잃고 말았다. 거대 자본은 자기 옆에 쓰러진 패배한 영세 자본의 시체를 먹으면서 자기 몸을 불리는 것이었다.

다음날 장랭은 다행히 그에게 좋은 소식을 가져다주었다. 보뢰 수갱의 운반갱 방수벽이 터지려하고 있으며 모든 접합부에서 물이 새어 나오고 있다. 회사 측에서는 황급히 목수들을 투입하여 수리해야만 했다.

그때까지 에티엔은 보뢰에는 가지 않고 있었다. 평원이 보이는 경석장 위에서 붙박인 듯 항상 서 있는 보초의 검은 그림자가 그를 불안하게 한 것이었다. 보초는 위에서 내려다보며 높은 곳의 군 깃발처럼 서있었고, 그의 눈을 피할 수가 없었다. 새벽 세 시 경 하늘이 어두워지자 에티엔은 수갱으로 갔다. 거기에서 동료들은 그에게 나쁜 방수벽의 상태를 설명했다. 그들 생각으로도 운반갱 전체를 긴급히 수선해야만 했다. 그것을 하면 3개월 동안은 채탄을 멈춰야 할 것이다. 그는 운반갱에서 목수들이 두드려대는 나무망치 소리에 귀를 기울이면서 오랫동안 주위를 배회했다. 붕대를 감아야만 하는 이 상처가 그를 기쁘게 했다.

동이 틀 무렵 은신처로 돌아오던 에티엔은 경석장 위에 서 있는 보초를 다시 보았다. 이번에는 보초도 확실히 그를 본 듯했다. 그는 걸어가면서 인민들 중에서 징집돼 인민들에게 총을 겨누는 이 군인들을 생각했다. 만약에 군대가 갑자기 인민을 지지한다면 혁명의 승리는 얼마나 손쉽게 이뤄질 것인가! 병영에 있는 노동자와 농민은 자기 출신 성분을 상기하기만 하면 된다. 부르주아들은 군대가 자기들에게서 이탈할 수도 있다고 생각한다면, 그것은 최고의 위협이며 그들은 커다란 공포에 사로잡혀 이빨 부딪는 소리를 내며 떨 것이다. 2시간 안에 혐오스럽고 쾌락으로 가득 찬 그들의 부당한 삶은 근절되고 소탕될 것이다. 이미 몇몇 연대 전체가 사회주의에 감염되어 있다고 했다. 정말일까? 정의는 부르주아들이 나누어준 탄창 덕분에 실현될 것인가? 또 다른 희망에 들뜬 청년은 수갱을 지키는 초소들의 연대가 파업에 돌입하고 회사 전체를 난사하여, 마침내 광산을 광부들에게 넘겨주는 몽상을 꿈꿨다.

그의 머릿속은 이러한 상념들로 번잡했고, 그때 그는 자신이 경석장 위로 올라가고 있다는 것을 알아챘다. 왜 이 병사와 얘기를 하지 않는단 말인가? 병사가 지닌 사상의 색깔을 알아내리라. 굴착한 흙더미 속에 남아있는 오래된 갱목들을 찾는 척하면서 그는 계속해서 병사를 향해 다가갔다. 보초는 꼼짝도 않고 서 있었다.

"어이, 친구, 날씨 더럽군!" 마침내 에티엔이 입을 열었다. "눈이 올 것 같아."

완전 금발에 작은 체구를 지닌 병사였다. 그의 얼굴은 주근깨로 뒤덮였고 부드럽고 창백했다. 외투를 입은 신병은 당황했다.

"예, 그렇긴 합니다." 그가 중얼거렸다.

그리고는 푸른 눈으로 납빛 하늘을 오래도록 바라보았다. 그날 새벽은 연기가 가득했고, 그을음은 납처럼 저 멀리서 평원을 누르고 있었다.

"무자비하게 자네를 거기에 세워두니 뼛속까지 얼어붙겠어!" 에티엔이 말을 계속했다. "코작* 군대를 기다리는 것도 아닐 텐데 말이야… 그런데 이렇게 바람이 부는 곳에 사람을 세워두다니!"

작은 체구의 병사는 아무런 불평 없이 떨고만 있었다. 거기에는 폭풍우가 몰아치는 밤이면 본모르 영감이 몸을 피하곤 하는 돌을 쌓아 만든 오두막이 있었다. 그러나 경석장 정상을 떠나지 말라는 명령을 받은 병사는 거기에서 움직이지 않았다. 손은 추위로 굳어버려 들고 있는 무기의 감각도 잃어버리고 있었다. 그는 60명으로 이루어진 보뢰 경비초소에 속해 있었다. 그런데 이 끔찍한 보초 근무는 너무 자주 돌아와 그는 발이 마비돼 벌써 죽을 뻔했었다. 군대는 그것을 원하고 있었고, 그는 수동적인 복종에 길들여져 있었다. 에티엔의 질문에 그는 잠자는 아이처럼 중얼거리며 대답했다.

15분 동안 에티엔은 그로 하여금 정치에 대한 생각을 말하게 하려 했으나 허사였다. 그는 이해하지 못하는 표정으로 '예'라고 말하거나 '아니오'라고만 말했다. 동료들은 중대장이 공화주의자라고 말한다. 그렇지만 자기는 아무런 생각도 관심도 없다. 만약에 발포하라고 하면 자기는 처벌받지 않기 위해 발포할 것이다. 에티엔은 그의 말을 들으며 군에 대하여, 붉은색 바지를 입으면 심장까지 바뀌는 이 형제들에 대해 증오심에 사로잡혔다.

"이름은?"

"쥘르."

"고향은?"

"저 아래 플로고프**."

되는 대로 그는 팔을 뻗었고 그곳이 브르타뉴 지방에 있다는 것 외

---

* 폴란드, 리투아니아, 모스크바 남부 접경 지역의 민족으로 러시아의 친위 기병대로 용맹을 떨쳤다.

** Plogof. 프랑스 중서부 브르타뉴 지방의 서쪽 끝에 있는 항구 도시

에는 그는 아는 것이 없었다. 그의 작고 창백한 얼굴이 생기를 띠었다. 추위가 가시자 웃기까지 했다.

"제게는 어머니와 누이가 있어요. 당연히 나를 기다리고 있죠. 아! 그러나 내일 당장 갈 수는 없죠… 제가 떠나올 때, 퐁-라베까지 배웅을 나왔어요. 우리는 르팔멕 씨 댁에서 말을 탔는데 하마터면 오디에른 내리막길 아래에서 말의 다리가 부러질 뻔했어요. 사촌인 샤를르가 소시지를 들고 우리를 기다렸어요. 그러나 여자들이 하도 울어대서 소시지가 목으로 넘어가질 않았죠… 아! 정말로 여기에서 고향은 너무나 멀어요!"

그는 계속해서 웃었지만 두 눈은 젖어 있었다. 플로고프의 인적 없는 황무지와 폭풍우에 시달린 거친 라즈 곶이 그의 눈에 선했고, 그곳은 찬란한 태양 아래 분홍색 히스* 꽃이 피는 계절이었다.

"그러니까요, 만약 제가 징계를 받지 않으면 2년 후에는 한 달 휴가를 주겠지요?" 그가 물었다.

그러자 에티엔은 아주 어려서 떠나왔던 프로방스** 지방에 대해서 이야기했다. 날이 밝아오고 있었고 눈송이들이 흙빛 하늘을 날아다니기 시작했다. 그리고 그는 가시덤불 숲에서 어슬렁거리는 장렝을 보고 불안감에 사로잡혔다. 장렝은 경석장 위에 있는 에티엔을 보고는 어리둥절해 하는 표정이었다. 그가 몸짓으로 에티엔을 불렀다. 병사와 우애를 나누겠다는 거예요? 몇 년이 지나고 또 몇 년이 지나야 되리라. 성공하리라 기대했던 시도가 소용없게 되자 그는 슬퍼졌다. 그러나 갑자기 그는 장렝의 몸짓을 이해했다. 군인들이 보초를 교대를 하러 오고 있었다. 그는 그 곳을 떠났고 뛰어서 레키아르로 돌아와 지하에 몸을 숨겼다. 패배에 대한 확신이 들자 다시 한 번 가슴이 무너졌다. 반면 그의 옆에서 뛰고 있던 장렝은 그 병사 새끼가 자기들을 쏘기

---

* 산성 토양에서 자라는 키가 작은 관목으로 잎이 작고 분홍색 꽃을 피우며 프랑스 대서양 인근 지역에서 광범위하게 자란다.
** provence. 프랑스 남동부 지역으로 지중해에 면해 있다.

위해 초소를 불렀다고 욕을 해댔다.

　경석장 위에서 쿨르는 꼼짝도 않은 채 떨어지는 눈을 멍하니 바라보고 있었다. 상사가 부하들과 함께 그의 곁으로 다가갔고, 규정을 외치며 보초를 교대시켰다.

　"누구냐?⋯ 암구호!"

　그리고 육중한 발걸음은 점령지에서처럼 울려 퍼지며 다시 떠나갔다. 날이 밝아오고 있었지만 탄광촌에서는 아무 것도 움직이지 않았다. 탄광부들은 군홧발 아래서 침묵하고 분노하고 있었다.

2

이틀 전부터 눈이 내렸다. 아침이 되자 눈은 그쳤고, 서리가 거대한 평원을 식탁보처럼 뒤덮었다. 이 검은 고장의 잉크빛 도로도, 석탄가루와 먼지가 낀 벽과 나무들도 모두 하얗게 변해 오직 백색만이 끝없이 펼쳐졌다. 되-상-카랑트 탄광촌은 눈 속에 묻혀 사라진 것 같았다. 지붕들에서는 연기 한 줄기 피어오르지 않았다. 불을 피우지 않은 집들은 길가의 돌처럼 차가웠고, 기와에 두껍게 쌓인 눈은 녹지 않고 있었다. 그것은 하얀 평원에 있는 하얀 판석 채석장이었고, 수의가 덮인 죽은 마을의 모습이었다. 길을 따라 지나가는 순찰병들만이 그들의 발자국을 진창으로 남길 뿐이었다.

마외의 집에서는 한 삽 남은 마지막 아역청탄을 전날 때버렸다. 경석장에서 땔감을 줍는다는 것은 참새들조차 풀 한 포기 구하지 못하는 이런 끔찍한 날씨에 상상도 못 할 일이었다. 고집스럽게 가여운 손으로 눈을 파헤쳤던 알지르가 죽어가고 있었다. 마외드는 누더기 이불보로 알지르를 감싼 채 의사 방데라쟁을 기다리고 있었다. 그녀는 벌써 두 번이나 그의 집에 갔지만 만날 수가 없었다. 그렇지만 하녀는 의사 선생이 밤이 되기 전에 탄광촌을 들르도록 말하겠다고 약속한 터였고, 마외드는 창문 앞에 서서 밖을 살폈다. 반면 아픈 어린 것은 아래층에 있기를 원했고, 식은 벽난로 곁에 있으면 아픈 게 나아질 거라는 환상을 갖고 의자 위에서 떨고 있었다. 다리가 나은 본모르 영감은 맞은편에서 잠이 든 듯했다. 레노르와 앙리는 장랭과 함께 길거리를 쏘다니면서 구걸을 하느라 집에 없었다. 마외만이 아무것도 없는 방에서 무거운 발걸음으로 서성거리고 있었다. 그는 방안을 돌 때마다 마치 철창을 보지 못하는 우둔한 짐승처럼 벽에 부딪쳤다. 석유 역시 다 떨어지고 없었다. 그러나 바깥은 눈이 반사되어 여전히 하얬고, 밤이 왔지만 그 빛은 방안을 희미하게 밝히고 있었다.

나막신 소리가 들렸고 르바크 마누라가 흥분하여 문을 밀어 젖혔다. 문지방에서부터 마외드에게 소리를 질러댔다.

"네가 그랬다며, 내가 하숙인과 자면서 20수를 받아냈다고!"

마외드는 어깨를 으쓱했다.

"짜증나게 하지 마, 난 그런 말한 적 없어… 대체 누가 그따위 소리를 해?"

"네가 그랬다고 사람들이 말하던데. 넌 누구인지 알 필요 없고… 게다가 네 집 벽 뒤에서 우리가 하는 소리를 들었다고 네가 말했다던데? 그리고 내가 항상 누워 그 짓만 해서 우리 집이 그렇게 더럽다고… 그런 말 한 적 없다고 또 말해보시지, 응?"

여자들이 계속해서 수다를 떨고 난 후에는 매일 싸움이 벌이지곤 했다. 특히 문을 맞대고 있는 집들에서는 싸움과 화해가 일상이 되어버렸다. 그러나 이처럼 신랄하게 서로를 욕했던 적은 결코 없었다. 파업이 시작된 이후 배고픔 때문에 심통이 사나워져서 부딪히며 싸울 상대가 필요했다. 그래서 두 여편네들의 시시비비는 남편들이 죽이겠다고 달려드는 싸움으로 끝이 나곤 했다.

바로 르바크가 이번에는 부틀루를 완력으로 끌고 나왔다.

"이봐 친구, 내 여편네와 자려고 20수를 주었는지 얘기 좀 해봐."

하숙인은 덥수룩한 턱수염 속에 착한 얼굴을 감추고 겁먹은 표정으로 더듬더듬 말했다.

“아! 아니야, 절대로 아냐, 절대로!”

갑자기 르바크는 마외의 얼굴에 주먹을 들이대며 위협했다.

“알지, 그러면 기분 나쁜 거, 그런 여편네랑 사는 놈은 작살내야
돼… 네 마누라가 말했다고는 생각하지?”

“야, 이 자식아!” 시름에 잠겨있던 마외가 분노하며 외쳤다. “이게
무슨 난리야? 더 비참해져야 되겠어? 날 좀 내버려 둬! 그렇지 않으면
가만 안 있어!… 그런데, 내 마누라가 그런 말을 했다고 도대체 어떤
놈이 그랬어?”

“누가 그랬냐고?… 피에론이 그랬다.”

마외드가 날카로운 웃음을 터뜨렸다. 그리고는 르바크 마누라 쪽으
로 오면서 말했다.

“아! 피에론이 그랬어?… 그럼 좋아! 그 여편네가 나한테 무슨 말을
했는지 말해주지. 그래! 너는 두 사내와 잔다고 하더라, 한 명은 위층
에서 다른 한 명은 아래층에서!”

그때부터 화해는 불가능했다. 모두들 분노했다. 르바크 내외는 피
에론이 그들에 대해 다른 얘기들을 했다며 맞받아쳤다. 카트린을 팔
아 먹었고, 둘 모두는 쓰레기며, 에티엔이 볼캉에서 옮아온 더러운 병
을 아이들에게까지 옮겼다고 했다.

“그년이 그런 말을 했어, 그년이 그런 말을 했단 말이야?” 마외가
소리쳤다. “좋아! 내가 직접 가지! 자기 입으로 말했다고 하면 내 손을
그 아가리에 처넣고 말거야.”

그는 바깥으로 뛰쳐나갔고, 르바크 내외는 증인으로 그를 따랐다.
반면 부틀루는 싸움에 겁을 먹고 슬그머니 집으로 들어갔다. 그 말에
열을 받은 마외드도 밖으로 나갔다. 그때 알지르의 신음소리가 나 멈
췄다. 그녀는 떨고 있는 여자아이의 몸을 이불로 동여맸고 다시 물끄
러미 창문 앞에 서있었다. 의사가 오지 않으면 어쩌지!

피에롱의 집문 앞에서 마외와 르바크 내외는 눈을 밟으며 노는 리
디를 만났다. 집은 닫혀 있었고 한 줄기 빛이 덧문 틈새로 새어나오고

있었다. 리디는 질문에 거북스럽게 대답했다. 아버지는 지금 집에 없고, 세탁소에서 할머니를 만나 빨래 바구니를 가지고 올 것이다. 그리고는 당황해 하면서 자기 엄마가 무엇을 하고 있는지는 말하지 않으려 했다. 그러나 결국 아이는 원한에 사무친 음흉한 웃음을 지으며 모든 것을 털어놓았다. 당사에르 씨가 왔고, 자기가 있으면 이야기를 제대로 할 수가 없기 때문에 엄마는 자기를 문밖으로 내보냈다. 당사에르는 아침부터 헌병 두 명과 함께 탄광촌을 돌아다니면서 광부들을 모으려 애쓰고 있었다. 그는 힘없는 사람들을 윽박지르면서 월요일에 보뢰 수갱으로 내려가지 않으면 회사에서는 보리나쥬 광부들을 고용하기로 했다는 사실을 도처에 알렸다. 그리고 밤이 오자 피에론이 혼자 있는 것을 알고 헌병들을 돌려보냈다. 그리고는 그녀의 집에 머물면서 잘타는 불 앞에서 노간주 술을 마시고 있었다.

"쉿! 조용히, 저들을 봐야겠어!" 르바크가 외설스러운 미소를 지으며 중얼거렸다. "우리는 잠시 후에 따지기로 하고… 넌 저리가, 꼬맹이는!"

리디는 몇 발자국 물러섰고 그동안 그는 덧문 틈새에 눈을 댔다. 그는 작은 신음소리를 억눌렀고 몸을 떨면서 크게 숨을 들이쉬었다. 이번에는 르바크 마누라가 들여다보았다. 그리고 복통이라도 난 표정으로 역겹다고 말했다. 마외 역시 보고 싶어서 르바크 마누라를 밀어내고는 선임반장의 돈을 보고 저러는 거라고 단언했다. 그들은 또다시 줄을 서며 연극을 보듯이 제 차례가 오면 들여다보았다. 방은 정갈하게 빛나고 있었고 커다란 불이 기분 좋게 타고 있었다. 탁자 위에는 과자들이 있었고 커다란 술병과 잔들이 있었다. 마지막으로 요란한 정사가 있었다. 방안을 잘 들여다보고 나서는 두 사내는 격분했다. 다른 때 같았더라면 그들은 아마도 여섯 달은 농지거리를 해댔을 것이었다. 치마를 걷어 올리고 목구멍에 쑤셔 넣으니 이상도 하다. 동료들은 얇은 빵 한 조각, 아역청탄 한 조각 없는데 그 짓을 하려고 저렇게 큰 불을 피우고, 비스킷으로 힘을 채우니 저것들이 돼지가 아니고 뭐란 말인가!

"아빠가 와요!" 리디가 달아나면서 소리쳤다.

피에롱은 빨래 바구니를 어깨 위에 얹고 침착하게 세탁장에서 돌아오고 있었다. 잠시 후 마외가 그에게 따져 물었다.

"말해봐, 내가 카트린을 팔아먹고 우리 집 식구 모두가 쓰레기라고 네 여편네가 말했다는데… 그리고 네 집에서 네 마누라의 살갗을 닳도록 빨아대는 신사 분은 네 마누라 몸값으로 무얼 지불하니?"

어리둥절한 피에롱은 무슨 말인지 이해하지 못했고, 그때 피에론은 소란스런 소리에 겁을 먹은 채 정신없이 무슨 일인가 하고 문을 살짝 열었다. 그들은 얼굴이 뻘겋고 보디스를 풀어 젖히고 걷어 올린 치마를 여전히 허리띠에 걸친 그녀를 보았다. 반면 방안에서 당사에르는 정신없이 바지를 입었다. 선임반장은 이 일이 사장 귀에 들어가지나 않을까 떨면서 줄행랑을 쳤다. 어쨌든 이것은 포복절도하며 야유와 욕설을 퍼부어댈 끔찍한 추문이었다.

"다른 여자들은 언제나 더럽다더니." 르바크 마누라가 피에론을 향해 소리쳤다. "우두머리들에게 그렇게 문질러 달라고 하니 네가 깨끗한 것은 당연하지 않겠어!"

"저게 말하라고 해!" 르바크가 말을 이었다. "어떤 갈보 년이 내 마누라가 나하고 하숙인하고 같이 잔다고 말했는지, 한 놈은 아래층에서 또 한 놈은 위층에서!… 그래, 그래, 네가 말했다고 그러던데."

그러나 피에론은 상스러운 소리에 침착하고 아주 경멸적인 태도로 맞섰다. 그녀는 자신이 가장 아름답고 가장 부자라는 것을 확신하고 있었다.

"그래, 내가 그렇게 말했어, 날 좀 내버려두시지, 응!… 왜 내 일들에 참견들이야, 질투가 쌓여 우리를 원망하는 거지, 우리는 돈을 넣거든, 저축은행에! 자, 자, 너희들이 아무리 말해 봤자 소용없어, 내 남편은 당사에르 씨가 우리 집에 왜 있었는지 잘 알고 있거든."

정말로 피에론은 분개하며 자기 아내를 옹호했다. 말싸움의 대상이 바뀌었다. 그를 돈에 팔린 놈, 밀정, 회사의 개로 취급했다. 배반의 대가로 집안에 틀어박혀 회사가 주는 맛있는 것들을 포식한다고 욕했다. 그 또한 맞받아치며 마외가 자기 집 문 아래에 십자가 모양의 시체 뼈와 그 위에 단도를 그린 종이를 밀어 넣으며 자신을 위협했다고 주장했다. 결국 배고픔 때문에 가장 순한 사람까지도 분을 못 참게 되면서부터는 모든 여자들의 말싸움은 이번에도 불가불 남자들끼리 죽고 죽이는 싸움으로 끝이 났다. 마외와 르바크는 피에롱에게 달려들어 주먹질을 했고 결국 그들을 뜯어말려야만 했다.

사위가 코피를 흘리고 있을 때 이번에는 브륄레가 세탁장으로부터 돌아왔다. 내용을 안 그녀는 흡족한 듯 말했다.

"이 돼지 같은 놈을 보면 오히려 내가 창피해!"

길에는 또다시 인적이 끊겼다. 벌거벗은 하얀 눈 위에 그림자 하나 얼씬거리지 않았다. 그리고 탄광촌은 또다시 주검처럼 움직이지 않았고, 매서운 추위 속에서 죽을 만큼 배가 고팠다.

"의사는?" 마외가 문을 닫으면서 물었다.

"안 왔어요." 여전히 창문 앞에 서서 마외드가 대답했다.

"애들은 들어왔어?"

"아니, 안 들어왔어요."

마외는 한 쪽 벽에서 다른 쪽 벽으로 도살장의 황소처럼 무거운 걸음으로 다시 오갔다. 의자에 뻣뻣하게 앉아 있는 본모르 영감은 고개조차 들지 않았다. 알지르는 더 이상 아무 말도 하지 않았고, 그들의 마음을 아프게 하지 않으려 떨지 않으려고 애썼다. 그러나 고통을 참아내려 용을 써 봐도 순간순간 너무나 떨려서, 허약한 어린 소녀의 메마른 몸이 이불 속에서 소스라치는 소리가 들려왔다. 아이는 눈을 크게 뜨고 온통 새하얀 정원에서 반사되는 파리한 빛을 천장에서 바라보고 있었다. 그 빛은 달빛처럼 어렴풋이 방을 밝히고 있었다.

이제 최후의 고통만이 남아 있었다. 집에는 아무 것도 없었고 마지막 헐벗음에 다다랐다. 양모에 뒤이어 매트리스 천까지 여자 고물장수에게 넘어갔고, 시트, 리넨 등 팔 수 있는 모든 것들을 넘겼다. 어느 날 저녁인가는 2수를 받고 노인의 손수건까지 팔았다. 가난한 살림살이들과 하나씩 이별을 할 때마다 눈물이 흘러내렸다. 그리고 마외드는 탄식을 하며 남편의 옛 선물인 분홍색 마분지로 만든 상자를 마치 어느 집 문 앞에 어린애를 내버리기라도 하듯, 어느 날 치마 속에 감추고 나가 팔았다. 그들은 헐벗었고 이제 팔 수 있는 것이라고는 그들의 살밖에 없었다. 그러나 그것도 너무나 상하고 더러워 어느 누구도 1리아르도 주지 않을 듯했다. 그들은 더 이상 그 무엇을 찾으려고 애쓰지 않았다. 이제는 아무 것도 없고 모든 것이 끝났으며, 양초 한 개, 석탄 한 조각, 감자 한 개도 바라서는 안 된다는 사실을 잘 알고 있었다. 그래서 그들은 굶어죽기를 기다리고 있었지만 애들을 생각하면 화가 났다. 왜냐하면 목을 조르면 다 끝날 일인데 그전에 쓸데없이 어린 딸을 아프게 하는 저 잔인함을 그들은 참을 수가 없기 때문이었다.

"이제 왔어요!" 마외드가 말했다.

검은 형체가 창문 앞을 지나갔고 문이 열렸다. 그러나 그 사람은 의사 방데라쟁이 아니었다. 새로 온 주임사제, 랑비에 신부였다. 그는 빛도, 불도, 빵도 없는 죽은 집에 들어서면서도 놀라는 기색이 없었다. 벌써 그는 근처의 세 집들을 들렀다 오는 길이었고, 마치 당사에르가 헌병들과 그랬듯이 각 가정에서 선의의 사람들을 모았다. 그리고 잠시 후 그는 과격파의 달뜬 목소리로 들른 목적을 설명했다.

"어째서 여러분은 일요 미사에 오지 않습니까? 잘못입니다. 교회만이 여러분을 구원할 수 있습니다… 자, 이번 일요일에는 오겠다고 약속하세요."

마외는 사제를 바라보고 나서는 아무 말 없이 무거운 발걸음으로 다시 걸었다. 마외드가 대답했다.

"미사엔 뭣 하러 갑니까, 신부님? 하나님께서는 우리들을 조롱하고 계시잖아요?… 들어봐요! 하나님은 열에 떨고 있는 내 딸에게 도대체 무엇을 했단 말예요? 더 비참해야 되나요? 하나님이 내 딸을 아프게 했을 때 나는 애에게 따뜻한 허브 차 한 잔도 줄 수가 없어요."

그러자 사제는 선 채로 오랫동안 이야기했다. 그는 파업, 이 끔찍한 가난, 배가 고파 악화된 원한을 이용하여 야만인들에게 설교하는 선교사의 열정으로 자신이 신봉하는 종교의 영광을 설파했다. 교회는 가난한 사람들과 함께 있으며 부자들의 죄에 대해 신의 분노를 부름으로써 언젠가 정의가 승리하게끔 할 것이라고 그는 말했다. 그리고 그날은 조만간 도래할 것이다. 왜냐하면 부자들은 신의 자리를 빼앗았고, 신의 권력을 파렴치하게 도둑질하여 신이 없는 세상을 지배하기에 이르렀기 때문이다. 그러나 노동자들이 지상의 재산을 공평하게 나누어 갖기를 원한다면, 그들은 하루바삐 사제들의 손에 자신들을 위탁하여야만 한다. 예수가 죽자 어린아이들과 가난한 자들이 사도들 주위로 모였던 것처럼 말이다. 그래야만 교황은 엄청난 힘을 가질 것이며, 성직자들은 수많은 노동자 무리들을 지휘하게 되리라! 1주일 만에 세상에서 사악한 자들을 씻어내고 부당한 주인들을 몰아낼 것이다. 마침내 신의 지배가 도래하여 각자는 자신의 달란트에 따라 보상받고, 노동법은 만유의 행복을 조정하게 될 것이다.

그의 말을 듣던 마외드는 가을이 시작되기 직전, 그들 고통의 종말을 예고했던 에티엔의 말을 듣는 듯했다. 다만 그녀는 언제나 성직자들을 불신하고 있었다.

"당신이 하는 말은 옳아요, 신부님." 그녀가 말했다. "그리고 당신은 부르주아들과 잘 지내지 않으니까요… 다른 모든 주임사제들은 회사 지도부 사람들과 저녁을 먹었지요. 그리고 우리가 빵을 요구하기만 하면 악마의 소행이라고 우리를 위협했어요."

그는 또다시 말을 시작했다. 그는 교회와 인민의 오해가 개탄스럽다고 말했다. 이제 완곡한 문장으로 그는 도시의 사제들, 주교들, 고위 성직자들을 공격했다. 그들은 기쁨을 만끽하고 실컷 지배하며 진보적 부르주아와 결탁하면서, 바보 같은 무지몽매함 속에서 바로 부르주아 계급이 세상의 주권을 빼앗아가고 있다는 것을 모르고 있다. 해방은 시골 사제들로부터 올 것이며, 모든 사람은 그리스도 왕국을 재건하기 위하여 가난한 자들과 함께 봉기할 것이다. 그리고 그는 이미 그 선두에 서있는 듯했다. 그는 뼈밖에 없는 허리를 곧추 세우고 무리의 수장으로, 복음의 혁명가로 두 눈을 빛으로 가득 채우고 이 어두운 방안을 밝혔다. 이 열정적인 강론은 광신적인 말들 속으로 빠져들었고, 오래 전부터 이 불쌍한 사람들은 그의 말을 이해하지 못하고 있었다.

"뭔 말이 그렇게 필요합니까?" 마외가 갑자기 불만을 토로했다. "빵 하나 갖다 주면서 시작하는 게 나을 게요."

"일요 미사에 오라고요." 사제가 큰 소리로 외쳤다. "하나님은 모든 것을 준다고요!"

그리고 그는 나가버렸다. 이번에는 르바크 내외에게 설교를 하기 위해 그들 집으로 들어갔다. 그는 교회의 최종 승리를 꿈꾸고 실제 현실을 극도로 경멸하면서, 목소리를 높이며 탄광촌들을 그렇게 뛰어다녔다. 아무런 적선도 주지 않고 빈손으로 이 딱한 사제는 고난을 구원의 유혹으로 간주하면서, 배고픔으로 죽어가는 무리들 사이를 열심히 돌아다녔다.

마외가 방안을 계속해서 걸어다녀 타일바닥이 규칙적으로 흔들리는 소리만 났다. 녹슨 도르래 소리를 내며 본모르 영감은 차가운 벽난로에 가래침을 뱉었다. 그리고 박자를 맞춘 발걸음 소리가 다시 시작되었다. 신열에 잠이 든 알지르는 나지막이 헛소리를 했고, 따스한 햇볕 속에서 놀고 있는지 웃기까지 했다.

"무슨 놈의 팔자니!" 알지르의 두 뺨을 만져본 마외드가 중얼거렸다. "불처럼 뜨겁네… 이 돼지 같은 놈은 이제 안 오겠지, 강도 놈들이 못 오게 했을 테니까."

그녀는 의사와 회사를 싸잡아 욕했다. 문이 다시 열리는 것을 보고 그녀는 기쁨의 탄성을 터뜨렸다. 그러나 쳐들었던 두 팔은 맥없이 처졌고 그녀는 음울한 표정으로 똑바로 서 있었다.

"저예요." 에티엔이 낮은 목소리로 말하며 조심스레 문을 닫았다.

종종 그는 캄캄한 밤에 이렇게 오곤 했다. 마외 내외는 그 이튿날부터 그가 숨어 지낸다는 것을 알고 있었다. 그러나 그것을 비밀로 했다. 탄광촌의 어느 누구도 이 청년이 어떻게 되었는지를 제대로 알지 못했다. 그것 때문에 에티엔을 둘러싼 전설이 생겨났다. 사람들은 계속해서 그를 믿었기 때문에 터무니없는 소문들이 떠돌았다. 그는 금화가 가득한 상자들을 갖고 군대와 함께 다시 나타날 것이다. 그것은 언제나 기적에 대한 종교적인 기다림, 이상의 실현, 그가 그들에게 약속했던 정의의 도시로의 돌연한 입성이었다. 어떤 사람들은 마르시엔의 도로에서 세 명의 신사와 함께 사륜마차 속에 있는 그를 보았다고 했고, 또 어떤 사람들은 그가 아직 이틀 더 영국에 머물 거라고 주장했다. 그러는 동안 드디어 그에 대한 불신이 생겨났다. 건달들은 그가 어떤 동굴 속에 숨어 있으며, 거기에서 무케트가 그를 달아오르게 하고 있다고 비난했다. 때문에 이 공공연한 관계는 그의 명성에 해를 끼쳤다. 그의 인기는 여전했지만 그를 못 마땅히 여기는 사람들과 절망에 사로잡혀 설득당한 사람들도 암암리에 생겨났고, 그런 사람의 수는 분명히 점점 많아지고 있었다.

"개 같은 날씨군!" 그가 덧붙였다. "새로운 일은 없고 계속해서 나빠지기만 하죠?… 꼬마 네그렐이 보리나쥬 광부들을 구하러 벨기에로 떠났다고들 하던데. 아! 제기랄, 그게 사실이라면 우리는 끝장이에요!"

차갑고 어두운 이 방에 들어서면서 그는 오한에 떨었고, 더 깜깜해진 어둠에 적응한 후에야 거기에 있는 불행한 사람들을 분간할 수 있었다. 그는 자기 계급에서 빠져나와 학습을 통해 세련되어지고 야심으로 자신을 가꾼 노동자가 갖는 역겨움, 거북함 같은 것을 경험했다. 엄청난 비참함, 냄새, 서로 포개어져 사는 육신들 그리고 그의 목을 조르는 역겨운 연민! 이 고통스런 광경에 너무나 마음이 흔들려 그는 항복을 권유할 말들을 찾았다.

그러나 그의 앞에 서 있던 마외가 사납게 외쳤다.

"보리나쥬 애들을! 그렇게는 못할 걸, 빌어먹을 놈들! 만약에 보리나쥬 애들을 수갱으로 내려 보내면 우리는 수갱을 붕괴시킬 거야!"

거북한 표정으로 에티엔은 이제는 움직일 수 없으며, 수갱을 지키는 군인들이 수갱으로 내려가는 벨기에 노동자들을 보호할 거라고 설명했다. 그러자 마외는 주먹을 쥐었고 등에 총검을 댈 거라고 말할 때는 더욱 역정을 냈다. 그러면 탄광부들은 이제 수갱의 주인이 될 수 없단 말인가? 그렇다면 탄광부들을 노예처럼 다루고, 총을 들이대며 작업을 강요하지 않겠는가? 자기는 운반갱을 사랑하고 있다. 그곳에 내려가지 못했던 지난 두 달은 자기에게 커다란 고통이었다. 이러한 모욕과 회사 측이 수갱에 투입하겠다고 위협하는 외국인들을 생각하자 마외의 얼굴이 상기되었다. 그리고 노동자 수첩을 돌려받았다는 것을 떠올리자 그는 억장이 무너졌다.

"왜 이렇게 화가 나는지 모르겠군." 그가 중얼거렸다. "나는 더 이상 몽수 소속의 광부가 아니지… 그들이 나를 여기에서 쫓아내면 길바닥에서 죽을 수도 있겠지."

"그만하세요!" 에티엔이 말했다. "원하기만 한다면 그들은 내일이라도 노동자수첩을 받아줄 거예요. 훌륭한 노동자들은 내보내지 않아요."

알지르의 신음소리를 듣고 깜짝 놀라 에티엔은 말을 멈추었다. 아이는 조용히 웃었고 열 때문에 헛소리를 했다. 그는 여전히 본모르 영감의 뻣뻣한 음영 외에는 다른 사람을 분간하지 못하고 있었고, 아픈 아이가 즐거워하는 것을 보고 기겁을 했다. 이제 어린 것들이 죽어간다니 이건 너무 하지 않는가. 떨리는 목소리로 마음을 굳게 먹고 말했다.

"봐요, 더 지속할 수는 없어요. 우리가 졌어요… 항복해야 합니다."

그때까지 꼼짝도 않고 아무 말이 없던 마외드가 갑자기 그의 얼굴에 대고 소리를 질렀다. 그에게 반말을 쓰면서 남자처럼 욕을 퍼부었다.

"뭐라고 했어? 네가 어떻게 그 따위 말을 해!"

그는 이유를 밝히려 했지만 그녀는 말할 틈을 주지 않았다.

"두 번 다시 말하지 마, 정말야! 그렇지 않으면 내가 여자라고 해도 내 손으로 네 뺨을 때릴 거야… 그래, 우리는 두 달 동안이나 죽을 고생을 했어, 내 살림살이를 팔아버리고 어린 것들은 병에 걸렸어. 그러나 이뤄진 것이라고는 아무것도 없어. 그렇게 되면 옳지 못한 일이 다시 시작될 거야!… 아! 그걸 생각하면 피가 거꾸로 솟아. 안 돼! 안 돼! 난 모든 것을 불질러 버리겠어, 항복을 하느니 차라리 모두를 죽여 버리고 말겠어."

그녀는 어둠 속에서 위협적인 커다란 몸짓으로 마외를 가리켰다.

"잘 들어, 만약 내 남편이 수갱으로 되돌아간다면 나는 길에서 기다리고 있다가 그의 얼굴에 침을 뱉고 비겁한 놈이라고 욕을 하겠어!"

에티엔은 그녀를 보지 않았지만 짖어대는 야수의 숨결, 열기 같은 것을 느꼈다. 그래서 그는 뒤로 물러섰고, 자기가 야기한 이 분노 앞에서 공포에 사로잡혔다. 너무도 변해서 그는 옛날에 그토록 신중했던 그녀를 더 이상 찾아볼 수가 없었다. 그녀는 그가 폭력적이라고 비난했었고 어떤 사람의 목숨도 해쳐서는 안 된다고 말했었다. 그런데 이제 이성의 목소리는 들으려 하지 않고 사람을 죽이겠다고 말하고 있었다. 이제 그가 아니라, 그녀가 부르주아들을 일거에 쓸어버리기를 바랐고 굶어죽는 자의 노동으로 살찌우는 이 부자 도둑놈들을 지상에서 몰아내기 위해 공화국과 단두대를 주장했다.

"그래, 내 열 손가락으로 그들의 살가죽을 벗기고 말겠어… 그래야 직성이 풀리겠어! 이제 우리들의 때가 왔다고 네가 그랬잖아… 아버지가, 할아버지가, 할아버지의 아버지가, 아니 그 이전의 모든 사람들이 지금 우리가 겪는 고통을 겪었었고, 우리 자식들이, 또 우리 자식들의 자식들이 그 고통을 또 겪는다고 생각하면 미쳐 버리겠어, 차라리 칼을 들겠어… 일전에 우리들은 제대로 하지 못했어. 몽수의 마지막 벽돌 한 장마저도 쓸어버려야 했어. 너도 알잖아? 나는 단 하나의 후회밖에 없어. 노인네가 피올렌 딸의 목을 조르도록 내버려두지 않은 거야… 굶주림이 내 어린 것들의 목을 조르는 것은 내버려두면서 말이야!"

그녀의 말은 도끼질처럼 밤을 찍어댔다. 닫힌 지평선은 결코 열리려 하지 않았고, 불가능한 이상은 고통으로 금이 간 두개골 속에서 독으로 변했다.

"내 말을 잘못 이해했어요." 에티엔은 엉거주춤 겨우 말을 했다.

"회사와 합의해야 해요. 내가 알기로는 운반갱의 상태가 아주 심각해요. 틀림없이 그들은 협상에 응할 겁니다."

"안 돼, 절대로!" 그녀는 울부짖었다.

바로 그때 레노르와 앙리가 들어왔고 빈손이었다. 한 신사가 그들에게 2수를 주었지만 누이가 어린 동생에게 계속해서 발길질을 하는 통에 동전을 눈 속에 떨어뜨리고 말았다. 그래서 장랭이 그들과 함께 잃어버린 동전을 찾으려 했지만 다시 발견하지 못했다.

"장랭은 어디 갔어?"

"사라졌어요, 엄마. 볼 일이 있대요."

에티엔은 그들의 말을 듣고 심장이 터질 것 같았다. 아이들이 손을 벌리면 죽여 버리겠다고 그녀는 위협했었다. 그러나 오늘 그녀는 아이들을 거리로 내보냈고, 모두 구걸해 보라고 말했다. 만 명의 몽수 탄광부들은 막대기와 비렁뱅이들의 가방을 든 채 공포에 떠는 고장을 여기저기 돌아다녔다.

그때 고통은 시커먼 방안에서 더욱 커져만 갔다. 꼬마들은 허기진 배로 돌아와서는 먹기를 원했다. 어째서 먹지 못해요? 그리고 그들은 투덜대며 몸을 끌고 가다가 죽어가는 누이의 발을 밟고 말았다. 흥분한 엄마는 어둠 속에서 마구 뺨을 때렸다. 그러자 그들은 더 크게 빵을 달라며 울었고, 그녀는 눈물을 터뜨리며 타일바닥에 주저앉았다. 그리고 그들과 어린 불구 딸을 한꺼번에 끌어안고 오랫동안 눈물을 흘렸다. 긴장이 풀리며 무기력하고 공허해진 그녀는 똑같은 말을 스무 번이나 중얼거리며 죽음을 불렀다. "하나님! 왜 우리를 데려가지 않나요? 하나님, 우리를 제발 데려가 주세요, 이 삶을 끝내 주세요!" 노인은 비바람에 뒤틀린 고목처럼 꼼짝도 않고 있었고, 아버지는 고개를 돌리지 않은 채 벽난로와 찬장 사이를 걸어 다녔다.

그리고 문이 열렸고 이번에는 의사 방데라쟁이었다.

"젠장!" 그가 말했다. "촛불을 켜면 당신들 눈이 나빠질 테고… 서두르자고, 난 바빠."

평소와 다름없이 일에 지쳐 있는 그는 투덜거렸다. 다행히 그는 성냥을 가지고 있었다. 마외는 하나씩 하나씩 여섯 개의 성냥개비에 불을 붙이며 그가 환자를 살펴볼 수 있도록 들고 있었다. 이불보를 풀자 눈 속에서 죽어가는 새처럼 메마른 아이가 가물거리는 성냥불 아래서 바르르 떨고 있었다. 너무나 쇠약해져서 그녀의 꼽추 등만 보였다. 그렇지만 아이는 두 눈을 크게 뜨고 죽어가는 사람의 휑한 미소로 웃고 있었다. 반면 가여운 두 손은 움푹 들어간 가슴 위에서 경련을 일으키고 있었다. 그러자 숨이 막힌 엄마는 유일하게 살림을 거들고 그토록 영리하고 착한 아이를 자기보다 먼저 데려가는 것이 마땅한 일이냐며 따져 물었다. 그러자 의사는 벌컥 화를 냈다.

"이것 봐! 아이가 지금 가고 있잖아… 당신 딸은 배가 고파 죽는 거야. 이 애뿐이 아냐, 또 다른 얘를 저 옆에서 봤다고… 당신들 모두 날 불러대지만 난 아무것도 할 수가 없어. 당신들을 치료하기 위해서는 고기가 필요해."

손가락이 타자 마외는 성냥개비를 놓았다. 그러자 암흑의 밤이 아직도 따스한 작은 시체 위로 또다시 떨어졌다. 의사는 뛰면서 다른 곳으로 갔다. 에티엔은 이 검은 방에서 마외드의 오열만을 들었다. 그녀는 되풀이해서 죽음을 호소했다. 이 통곡은 음울하고 끝이 없었다.

"하나님! 이제 내 차례입니다. 나를 데려가 주세요!… 하나님, 내 남편을 데려가 주세요, 나머지 자식들을 데려가 주세요! 제발, 이 삶을 끝내 주세요!"

3

그날 일요일 여덟 시부터 수바린은 라방타쥬 홀의 자기 자리에서 머리를 벽에 기댄 채 홀로 있었다. 어떤 탄광부도 맥주 한 잔 마실 2수를 구할 수 없었기 때문에 손님이 이처럼 줄은 적은 한 번도 없었다. 라스뇌르의 아내 역시 계산대에서 꼼짝도 하지 않으며 짜증스런 침묵을 지키고 있었다. 그동안 라스뇌르는 주철 벽난로 앞에 서서 골똘히 석탄에서 피어오르는 갈색 연기를 좇고 있었다.

갑자기 창문을 짧게 세 번 두드리는 소리에 너무 더운 방안의 무거운 평온이 깨졌고 수바린은 고개를 돌렸다. 그가 일어났다. 그는 이 소리가 빈 탁자에 앉아 담배를 피우는 그를 에티엔이 밖에서 부르기 위해 이미 여러 번 사용했던 신호라는 걸 알고 있었다. 그러나 기계공이 채 문에 가기도 전에 라스뇌르가 먼저 문을 열었다. 그리고 창문의 불빛을 받으며 거기에 있는 사내가 누구인지 알아본 라스뇌르가 말했다.

"내가 자네를 팔아먹을까봐 겁이 나는가 보군?… 길보다는 여기서 얘기하는 게 나을 거야."

에티엔은 술집 안으로 들어갔다. 라스뇌르의 아내가 친절하게 맥주 한 잔을 가져다주었지만 그는 손을 저으며 사양했다. 술집 주인이 말을 덧붙였다.

"자네가 어디에 숨어 있는지 나는 오래 전부터 짐작하고 있었어. 자네 친구들이 말하는 것처럼 내가 밀정이라면 1주일 전에 너 있는 곳으로 헌병들을 보냈을 거야."

"변명할 할 필요 없어요." 청년이 대답했다. "당신이 그 따위 빵은 절대 먹지 않는 걸 잘 알고 있으니까… 모두가 똑같은 생각은 할 수 없는 것이고, 사람들은 모두 자신이 옳다고 생각하니까요."

또다시 침묵이 지배했다. 수바린은 다시 의자로 다가가 벽에 등을 기대고 멍한 눈으로 자기가 뿜은 담배 연기를 바라보았다. 그러나 그는 불안감에 달뜬 손가락을 안절부절 못하고 있었다. 그의 손가락은 무릎을 따라 폴로뉴의 따스한 털을 찾는 듯했지만 그날 저녁에는 없었다. 그것은 의식하지 못하는 불안감, 딱히 집을 수는 없지만 자기에게 없는 그 무엇 때문이었다.

탁자 맞은편에 앉아 있는 에티엔이 마침내 입을 열었다.

"내일 보뢰는 작업을 재개해요. 벨기에 광부들이 꼬마 네그렐과 함께 도착했어요."

"그래! 밤이 어두워지자 도착했어." 라스뇌르가 선 채로 중얼거렸다. "또 서로 죽여서는 안 되는데!"

그리고 목소리를 높였다.

"자네도 알다시피 나는 또 자네와 다투고 싶지 않아. 그렇지만 자네들이 계속해서 고집을 부리면 골치 아프게 될 수밖에 없어… 자네들 일은 전적으로 자네가 가입한 인터내셔널에 달려있네. 일이 있어서 그저께 릴에 갔다가 플뤼샤르를 만났어. 조직이 삐걱대고 있는 듯했어."

그는 상세하게 이야기했다. 부르주아들이 지금도 떨고 있는 선전선동을 통해 세계의 전 노동자들을 장악했던 인터내셔널은 지금 자만심과 야심으로 가득 찬 내부 싸움으로, 물고 물어뜯기며 조금씩 매일 와해되어 가고 있다. 무정부주의자들이 조직을 장악하게 되면서 초기의 개량주의자들은 축출 당했고 조직 전체가 삐걱거리고 있다. 당초의 목표였던 임금제도 개혁은 당파 간의 알력 속에서 침몰해 버렸고, 식자 간부들은 동맹의 규율을 혐오함으로써 사분오열하고 있다. 그래서 한때 타락한 낡은 사회를 단숨에 파괴해버릴 것만 같았던 대중 봉기는 사산할 거라고 벌써들 예측하고 있다.

"때문에 플뤼샤르는 골치가 아파." 라스뇌르가 말을 계속했다. "그리고 그는 전혀 목소리를 내지 못하고 있어. 그렇지만 연설은 하고 있고 파리에 가서 연설을 하고 싶어 하더군… 그런데 그는 세 번이나 되풀이해서 우리 파업은 끝났다고 말했어."

에티엔은 바닥만 쳐다보며 말을 막지 않고 모두 다 말하도록 내버려두었다. 전날 그는 동료들과 얘기를 했었고 자신을 향해 스쳐 지나가는 그들의 원한과 의심의 숨결을 느꼈었다. 그에게 처음으로 불어닥친 이 쇠락의 숨결은 그의 실패를 예고하는 것이었다. 그래서 그는 참담했지만 사람들이 불만을 토로하려 드는 날, 그를 향해 야유할 거라고 예견했던 사람 앞에서는 자신의 패퇴를 인정하고 싶지 않았다.

"틀림없이 파업은 실패해요. 나도 플뤼샤르도 그것을 잘 알고 있어요." 에티엔이 다시 입을 열었다. "그리고 그것은 이미 예견했던 바예요. 우리는 마지못해 파업을 받아들였고 회사 측과 무슨 결말이 날 거라고는 전혀 기대하지 않았어요. 단지 사람들은 도취되었고 무언가를 희망하기 시작했어요. 그런데 일이 잘 돌아가지 않으니까 사람들은 자기들이 분명히 예상했던 것을 잊어버리고, 마치 재앙이 하늘에서 떨어진 것처럼 한탄하고 서로들 다투고 있는 거예요."

"그러면." 라스뇌르가 물었다. "만약 진 게임이라고 생각하면 어째서 자네는 동료들을 설득하려 하지 않지?"

청년은 라스뇌르를 뚫어지게 쳐다보았다.

"이제 그만 둡시다… 당신에게는 당신 생각이 있고 나에게는 내 생각이 있어요. 어쨌든 당신을 존중한다는 것을 보여주기 위해 나는 당신 집에 들어왔어요. 그러나 나는 언제나 이렇게 생각해요. 우리가 고통으로 죽는다면 굶어죽은 우리의 뼈는 당신처럼 현명한 사람의 정략보다 인민들의 대의에 더 크게 봉사할 거라고… 아! 저 돼지 같은 군인들 중 한 명의 총알이 내 심장 한복판에 틀어박혀 그렇게 죽어버리면 얼마나 좋겠어요!"

그의 두 눈은 젖어 있었고 그 외침 속에는 자신의 고통이 영원히 사라지는 곳으로 도피하려는 패배한 자의 은밀한 욕망이 폭발하고 있었다.

"맞아요!" 급진적 견해를 갖고 있는 라스뇌르의 아내가 경멸의 시선을 남편에게 던지면서 큰 소리로 말했다.

수바린의 눈은 무언가에 몰두했고 손은 신경질적으로 무릎 위를 더듬고 있었다. 아무 말도 듣지 않는 듯했다. 금발머리에 가느다란 코와 뾰족하고 잔 이를 가진 소녀 같은 그의 얼굴은 피로 물든 광경이 스쳐지나가는 광적인 망상 속에서 야수의 얼굴로 변했다. 그리고 그는 허황된 소리를 외쳐댔고 대화 도중에 거슬렸던 인터내셔널에 대한 라스뇌르의 말에 대해 응수했다.

"모두들 겁쟁이야. 그들의 조직을 끔찍한 파괴의 도구로 만들 사람은 단 한 명뿐이야. 그 사람이어야만 하는데 아무도 원치 않아. 그래서 혁명은 이번에도 실패할 수밖에 없어."

그는 역겨운 목소리로 인간의 어리석음에 대해서 계속해서 한탄했고, 두 사람은 암흑 속에서 말하는 몽유병자의 속내에 당황하고 있었다. 러시아에서는 아무런 진전도 없고, 자기는 전해 받은 소식들에 절망하고 있다. 자기의 옛 동지들, 사제와 소상공인들의 아들이었지만 유럽을 떨게 만들었던 그 유명한 허무주의자들은 모두 정치가들로 변신해 국민 해방 너머로 도약하지 못하고, 폭군을 죽이는 날 세계 해방이 이뤄진다고 믿고 있는 듯하다. 그래서 자기는 그들에게 무르익은 곡식처럼 낡은 인류를 베어내야 한다고 이야기했다. 자기가 공화국이라는 초보적인 단어를 발설하자마자 그들은 자기를 이해하지 못하고 불안감을 느꼈으며, 자신을 깎아내리며 세계 혁명주의의 열성분자 부류 속에 집어넣었다. 그러나 자기 심장은 여전히 애국심으로 뛰고 있다. 그래서 그는 쓰디쓴 고통을 느끼면서 즐겨 쓰는 말을 되풀이했다.

"바보짓이야!⋯ 결코 그들은 바보짓에서 헤어나지 못할 거야!"

그리고는 목소리를 낮춘 채 아주 신랄하게 우애에 대한 그의 옛 꿈을 이야기했다. 그는 오직 공동 노동에 기반을 둔 새로운 사회를 최종적으로 수립하려는 희망 속에서 자기 지위와 재산을 거부하고 노동자가 되었다. 주머니 속의 모든 동전들은 탄광촌 개구쟁이들에게 건네졌고 그는 광부들을 형제의 사랑으로 대했다. 그들의 불신에 미소로 답했고, 정확하고 말이 없는 노동자의 침착한 태도로 그들을 사로잡았다. 그러나 결단코 완전한 동화는 이루어지지 않았다. 모든 관계에 대한 경멸, 자만심과 쾌락 밖에서 자신을 용감하게 지키려는 의지 때문에 그는 그들의 이방인으로 남아 있었다. 그런데 그는 그날 아침부터 신문들에 실려 있는 한 기사를 읽고 유난히 분개하고 있었다.

목소리가 변하더니 두 눈이 빛났고 에티엔을 뚫어지게 바라보았다. 그는 다짜고짜 에티엔에게 말을 건넸다.

"너는 알지? 십만 프랑의 복금을 탄 모자 제조공들, 그들은 곧바로 국채를 샀어, 아무 것도 하지 않고 살겠다고 공표하면서!⋯ 그래, 그것이 당신들 생각이야. 당신들 모두, 프랑스 노동자들의 생각이야. 보물을 캐낸 다음 골방에서 혼자만 먹으려는 이기주의와 나태한 생각 말이야. 행운이 당신들에게 준 돈을 가난한 사람들에게 돌려줄 용기가 없으면 부자들을 향해 아무리 외쳐봤자 소용없어⋯ 어떤 것을 소유하려 든다면 결코 너희들은 행복을 누릴 자격이 없어. 부르주아에 대한 너희들의 증오는 그저 그들 대신 너희들이 부르주아가 되고 싶다는 광적인 욕망에서 비롯된 것일 뿐이야."

두 명의 마르세이유 노동자가 막대한 복금을 거부해야만 한다는 생각에 라스뇌르가 웃음을 터뜨렸다. 그러나 수바린은 창백해졌고 얼굴은 모든 인민들을 절멸시키겠다는 종교적 분노 속에서 무섭게 일그러졌다. 그가 외쳤다.

"너희들 모두를 낫으로 베어 쓰러뜨리고 쓰레기장에 내던질 거야. 비겁하고 향락적인 너희들 족속을 소멸시킬 종족이 탄생할 거야. 자! 내 두 손을 봐. 만약 내 손이 할 수 있다면 지구를 이렇게 쥐고 바스러질 때까지 뒤흔들 거야. 너희들 모두가 폐허 속에 파묻히도록"

"맞아요!" 라스뇌르의 아내가 공손하고도 확신에 찬 말투로 맞장구쳤다.

또다시 침묵이 흘렀다. 이윽고 에티엔이 보리나쥬 노동자들에 대해서 이야기하기 시작했다. 그는 수바린에게 회사가 보리 수갱에 대해 취한 조처들에 대해 질문했다. 그러나 강박관념에 다시 사로잡힌 기계공은 거의 대답을 하지 않았다. 그는 다만 수갱을 지키는 군인들에게 탄창이 분명히 지급됐을 거라고만 대답했다. 그리고 무릎 위에 있던 손가락은 더욱 신경질적으로 불안해져서 자기 손에 무언가가 없다고 의식하게 되었다. 그것은 부드럽게 그의 마음을 달래주는 친근한 토끼의 털이었다.

"근데 폴로뉴는 어디 있지?" 그가 물었다.

술집 주인은 자기 아내를 쳐다보면서 또다시 웃었다. 잠시 머뭇거린 후 그는 말하기로 마음먹었다.

"폴로뉴? 냄비 속에 있어."

장랭이 심하게 장난을 친 이후 새끼를 밴 폴로뉴는 틀림없이 충격을 받고 죽은 새끼들만을 낳았다. 그래서 라스뇌르는 단념하고 불필요한 입 하나를 줄이기 위해 그날 폴로뉴를 감자와 함께 요리를 했다.

"그래! 자네도 다리 하나를 오늘 저녁에 먹었어… 그렇지 않아? 손가락까지 빨며 먹던데!"

수바린은 처음에는 무슨 말인지 몰랐다. 그리고 얼굴이 매우 창백해졌고 턱이 굳어지며 구토를 했다. 그리고 그의 금욕주의적 의지에도 불구하고 두 줄기의 굵은 눈물이 흘러내렸다.

그러나 이 눈물에 신경 쓸 틈이 없었다. 문이 갑자기 열리더니 샤발이 나타났고 카트린을 앞으로 밀었다. 맥주에 취해 몽수의 모든 술집을 떠벌리고 다니던 그는 라방타쥐로 가서 옛 동료들에게 자기는 아무것도 겁내지 않는다는 것을 보여주려는 생각을 했다. 그는 들어오면서 자기 여자에게 말했다.

"에잇 씨! 내가 말했지? 너 저기에서 맥주 한 잔 마시라고! 나를 삐딱하게 처다보는 놈은 누구든 아가리를 부숴놓겠어!"

카트린은 에티엔을 보고 깜짝 놀랐고 하얗게 질린 채로 있었다. 샤발이 그를 알아봤을 때 그는 못된 표정으로 비웃었다.

"아주머니, 맥주 두 잔! 우리 작업 재개를 축하하며 마시자고."

술집 여주인은 아무 말 없이 맥주를 따랐다. 이 여자는 어느 누구에게도 맥주 판매를 거절하지 않았다. 술집 주인도 다른 두 사람도 그들 자리에서 꼼짝도 하지 않았다.

"어떤 놈들이 날더러 밀정이라고 했는지 나는 다 알아." 기고만장한 샤발이 말을 이었다. "그 자식들이 내 앞에서 다시 지껄였으면 좋겠어. 끝까지 따져보게."

아무도 대꾸하지 않았다. 사람들은 외면한 채 벽면을 물끄러미 바라보았다.

"척하는 놈들은 자기의 발자국을 숨기지." 그가 더 큰 목소리로 계속 말했다. "그러나 나는 아무 것도 안 숨겨! 나는 드뇔랭의 더러운 막사를 떠났어. 나는 내일 열두 명의 벨기에 애들과 보뢰로 내려가. 나를 인정해서 나에게 그 벨기에 애들을 통솔하라고 했어. 거슬리는 놈 있으면 얘기해봐. 상대해 줄 테니."

그러나 그의 도전적인 언사를 경멸하는 침묵으로 받아들이자 그는 카트린에게 화를 냈다.

"너 안 마셔, 제기랄!… 나와 함께 건배하자고, 일하기를 거부하는 모든 놈들이 죽을 때까지!"

그녀는 건배했다. 그러나 손이 너무나 떨려 잔들은 경미하게 부딪히는 소리만 냈다. 그는 이제 주머니에서 한 움큼의 흰 동전들을 꺼내 술주정꾼의 자기과시를 했다. 그는 자기 땀으로 이것을 벌었다고 말하면서, 척하는 놈들은 10수도 없을 것이라고 약 올렸다. 동료들의 태도에 분개한 그는 마침내 욕설을 퍼붓기 시작했다.

"그런데 두더지들은 밤에만 나오니? 도적놈들이 서로 만나는 걸 보니 헌병들은 잠만 자는가 보지?"

에티엔이 침착하고 단호하게 자리에서 일어섰다.

"잘 들어, 거슬리게 굴지 마… 그래, 네놈은 밀정이야, 네놈의 돈은 배반의 악취가 나. 매수된 네놈의 살갗에 손이 닿는 것도 역겨워, 마음대로 해! 그래 난 네 원수고 이미 오래 전에 둘 중의 하나는 상대방에 의해 없어져야 했어."

샤발이 주먹을 움켜쥐었다.

"그래, 좋아! 네놈 열 받게 말 좀 해야겠다, 이 비겁한 새끼야!… 너는 이제 바랐던 대로 완전 혼자야! 내가 당했던 개 같은 꼴을 고스란히 갚아줄 거다!"

카트린은 그들 사이로 나가 두 팔로 애원했다. 그러나 그들은 그녀를 밀어낼 필요가 없었다. 그녀는 어쩔 수 없는 싸움이라고 느끼고 스스로 천천히 물러섰던 것이었다. 벽에 기대어 서서 그녀는 입을 다물고 서 있었다. 고통에 마비된 그녀는 더 이상 몸을 떨지 않고 커다란 두 눈으로 자기 때문에 서로를 죽이려 하는 두 남자를 바라보고 있었다.

라스뇌르의 아내는 그저 계산대 위에 있던 잔들이 깨어질까 두려워 그것들을 치워버렸다. 그리고는 혹시 불쾌하게 보일지도 모를 호기심을 감추면서 걸상에 다시 앉았다. 그렇지만 두 명의 옛 동료들이 서로 목을 조르도록 내버려둘 수는 없었다. 라스뇌르는 한사코 그들 일에 끼어들려고 했다. 그래서 수바린은 그의 어깨를 잡고 탁자 근처로 데리고 가면서 말하지 않을 수가 없었다.

"당신하고는 상관없는 일예요… 둘 중의 하나는 죽어야 해요. 보다 강한 자가 살아남는 거예요."

이미 샤발은 먼저 허공에 그의 주먹을 날렸다. 키는 더 컸지만 다부

지지 못한 그는 격분하여 에티엔의 얼굴을 향해 마치 한 쌍의 칼을 쓰듯 양 팔을 바꿔가며 내리쳤다. 그는 계속해서 떠들어댔고, 구경하는 사람들을 의식하며 욕설을 퍼부었고 그들을 흥분시켰다.

"아! 개자식, 코를 박살내겠어! 너의 코를 날려버리겠어!··· 매춘부들을 꼬드기는 네 아가리를 내놔, 그걸로 돼지죽을 쑤게. 그래도 망할 년들이 네 꽁무니를 좇아다니는지 어디 한번 두고 보자!"

말없이 이를 악물고 에티엔은 작은 체구를 웅크렸다. 그는 가슴과 얼굴을 수없이 얻어맞으면서도 바른 자세를 지켰다. 그는 날카롭게 내려치는 주먹을 맞으면서도 기회를 엿보았고 몸의 탄력으로 그 충격을 완화시켰다.

처음에 그들은 서로에게 큰 타격을 입히지 못했다. 한 사람은 떠들썩하게 팔을 돌려 댔고, 다른 사람은 냉정하게 기다리면서 싸움을 계속했다. 의자 하나가 넘어졌고, 그들의 커다란 신발은 타일바닥 위에 뿌려진 흰 모래를 짓밟았다. 마침내 둘은 숨이 차 헉헉대는 숨소리를 내뱉었다. 그들의 얼굴은 속에서 타오르는 잉걸불처럼 붉게 충혈되었고, 그들의 눈빛에서는 불꽃이 타올랐다.

"네 놈의 급소를 때렸어!" 샤발이 소리쳤다.

실제로 그의 주먹은 비스듬히 내려치는 도리깨같이 적의 옆구리를 파고들었다. 에티엔은 고통의 신음을 참았다. 근육에 타박상을 입히는 소리만이 둔탁하게 들려왔다. 그러자 그는 가슴 한복판을 스트레이트 주먹으로 치며 응수했다. 만약 샤발이 염소처럼 계속해서 뛰어오르지 않고 멈췄다면, 그는 이 타격에 쓰러지고 말았을 것이었다. 그러나 그 주먹은 그의 왼쪽 옆구리를 때렸다. 그의 몸이 휘청했고 숨이 콱 막혔다. 격분에 사로잡힌 그는 고통으로 두 팔이 풀리는 것을 느꼈다. 그러자 그는 마치 야수처럼 달려들며 발꿈치로 에티엔의 배를 노렸다.

"네놈의 창자를!" 목소리가 막혀 더듬거렸다. "그걸 끄집어내고 말테다!"

에티엔은 타격을 피했지만 정정당당한 싸움의 규칙에 어긋나는 이 공격에 너무나 분노해 침묵을 깨고 입을 열었다.

"닥쳐, 이 새끼야! 발을 쓰지 마, 알겠어! 그렇지 않으면 의자로 때려죽이고 말겠어!"

그러자 싸움은 더욱 격렬해졌다. 라스뇌르는 화가 나서 또다시 끼어들려 했지만 만류하는 아내의 단호한 눈길에 그만두었다. 두 손님은 자기들의 일을 해결할 권리가 있지 않은가? 그는 그냥 벽난로 앞에 있었다. 왜냐하면 그들이 난로 속에 처박힐까봐 겁났기 때문이었다. 수바린은 평온한 모습으로 담배를 말았지만 성냥불 붙이는 것을 잊고 있었다. 카트린은 벽에 기댄 채 꼼짝도 않고 있었다. 두 손은 자신도 모르게 그녀의 허리춤에 올라와 있었다. 그리고 거기에서 두 손을 꼬아대며 규칙적으로 경련을 일으켰고 자꾸만 올라오는 옷을 잡아 당겼다. 그녀는 좋아하는 사람의 이름을 외치면서 사람을 죽이지 말라고 소리치지 않으려 무진 애를 썼다. 그런데 너무나 정신이 없어서 누구를 더 좋아하는지조차 알 수가 없었다.

곧 샤발은 땀에 흥건히 젖은 채 마구잡이로 주먹을 휘둘러 모든 힘이 빠졌다. 화가 났지만 에티엔은 계속해서 자신을 커버하며 거의 모든 주먹을 막았기 때문에 몇몇 주먹만이 스치고 지나갔다. 귀가 찢어졌고 손톱에 목의 살점이 떨어져나가 몹시 따가웠다. 그러자 그가 이번에는 욕설을 퍼부으며 강한 스트레이트 주먹을 날렸다. 다시 한 번 샤발은 깡충 뛰며 가슴을 방어했다. 그러나 몸을 구부리는 바람에 주먹에 얼굴을 맞았다. 코가 으스러지며 한 쪽 눈에 맞았다. 곧바로 콧구멍에서 핏줄기가 흘렀고 눈은 부어올라 푸른 멍이 들었다. 이 붉은 피로 앞을 볼 수 없게 된 가련한 자는 머리의 충격으로 얼이 빠져 두 팔을 허공에 마구 휘둘러댔다. 그때 또 다른 타격이 마침내 가슴 정중앙에 날아와 그는 끝나고 말았다. 석고 자루를 부릴 때 나는 둔중한 소리를 내며 그는 등 뒤로 쓰러졌다.

에티엔은 기다렸다.

"일어나. 네가 또 원하면 다시 한 번 해주지."

샤발은 대답하지 못한 채 몇 초 동안 멍청한 상태로 있다가 바닥에 널브러지며 사지를 비트적거렸다. 그는 고통스럽게 몸을 추슬렀다. 잠시 동안 무릎을 꿇은 채 몸을 공 모양으로 웅크렸고 아무도 몰래 주머니 속을 뒤졌다. 그리고 몸을 일으킨 그는 또다시 에티엔을 향해 목청이 터져라 고함을 지르며 달려들었다.

그러나 카트린은 이미 보고 있었다. 그래서 자신도 모르게 가슴속에서 나오는 비명을 질렀고, 그녀는 자기가 좋아하는 사람을 얼떨결에 고백한 것처럼 깜짝 놀랐다.

"조심해! 칼을 들었어!"

에티엔은 샤발의 첫 번째 공격을 팔로 막을 시간밖에 없었다. 그의 양모로 짠 털옷이 구리 칼코등이*로 회양목 자루에 고정시킨 칼날 중 무딘 쪽에 스치며 찢겨나갔다. 그는 이미 샤발의 손목을 움켜쥐며 무서운 싸움에 돌입했다. 그는 손목을 놓으면 끝장이라고 느끼고 있었고, 샤발은 손목을 빼낸 다음 공격하기 위해서 온 힘을 다 썼다. 무기는 조금씩 아래로 내려갔고, 그들의 뻣뻣해진 사지는 지쳐가고 있었다. 에티엔은 두 번 차가운 칼날이 자신의 피부에 닿는 것을 느꼈다. 그는 사력을 다해 샤발의 손목을 누르자 손이 풀어지면서 칼이 떨어졌다. 두 사람은 동시에 바닥 위로 몸을 던졌고, 에티엔이 칼을 주웠다. 이번에는 그가 칼을 휘둘러 댔다. 그는 나자빠진 샤발을 무릎으로 올라타고서 목을 따겠다고 위협했다.

"아! 이 배반자 새끼야! 오냐, 너를 보내 주마!"

흉물스런 목소리가 자기 귀를 멍하게 했다. 그 목소리는 내장으로부터 올라와 그의 머리를 망치처럼 두들겨 댔다. 그것은 급작스런 살인의 광기였고 피를 맛보려는 욕망이었다. 그는 여태껏 경험한 적이 없는 발작에 몸이 뒤흔들렸다. 그렇지만 그는 취한 상태가 아니었다.

---

* 칼자루의 목 쪽에 감은 쇠테

그래서 그는 사랑하는 여자가 강간당하기 직전 발버둥치는 것을 보고 광분하는 남자처럼 절망적으로 전율하며 유전병과 싸움을 벌였다. 마침내 자신을 이겨낸 그는 칼을 등 뒤로 내던지면서 쉰 목소리로 더듬거리며 말했다.

"일어나, 꺼져버려!"

이번에는 라스뇌르가 두 사람 사이로 달려들었지만 잘못하다 얻어맞을까 두려워 적극적으로 나서진 못했다. 그는 자기 집에서 살인이 일어나기를 바라지 않고 있었다. 그는 심하게 화를 냈고, 계산대에 있던 그의 아내는 언제나 그는 지나치게 빨리 소리를 지른다며 곧바로 바가지를 긁었다. 다리에 칼을 맞을 뻔했던 수바린은 담배에 불을 붙였다. 그럼 이제 다 끝난 셈인가? 카트린은 두 남자 앞에서 모두 다 살아 있는 한 사람, 한 사람을 멍청하게 바라보았다.

"꺼져버려!" 에티엔이 되풀이해서 외쳤다. "꺼져버려, 그렇지 않으면 죽여 버릴 테다!"

몸을 일으킨 샤발은 손등으로 계속 흘러내리는 코피를 닦았다. 그리고 피로 얼룩진 턱과 멍든 눈을 한 채 다리를 질질 끌면서 패배의 분노 속에서 떠나갔다. 기계적으로 카트린은 그의 뒤를 따랐다. 그러자 그는 몸을 추스리며 추잡한 말로 증오심을 뱉어냈다.

"아! 오지 마, 따라오지 마… 너는 그놈을 원하고 그놈과 자고, 더러운 년! 목숨이 아까우면 다시는 내 집에 발끝도 들이지 마!"

그는 문을 우악스럽게 닫았다. 커다란 침묵이 따스한 홀을 지배했다. 석탄 타들어 가는 소리가 나지막이 들렸다. 바닥에는 의자 하나가 넘어져 있었고 피가 흥건했다. 타일바닥 위에 깔린 모래 속으로 핏방울이 스며들고 있었다.

4

라스뇌르의 집에서 나온 에티엔과 카트린은 아무 말 없이 걸었다. 해빙이 시작되고 있었다. 추운 날씨에 해빙은 더디어 눈은 아직 녹지 않은 채 더러워지기만 했다. 납빛 하늘에는 보름달이 커다란 구름 뒤에 있는 듯했고, 폭풍은 아주 높은 곳에서 구름을 검은 누더기처럼 광폭하게 굴리고 있었다. 그런데 지상에는 바람 한 점 없었고 지붕의 물러진 눈뭉치들에서 흘러내리는 물방울 소리만 들렸다.

에티엔은 자기에게 있는 카트린이 당혹스러웠다. 할 말도 없었고 마음이 편치 않았다. 그녀를 데리고 레키아르에 함께 숨는다는 생각은 터무니없어 보였다. 그녀를 탄광촌의 부모 집에 데려다주려고 했다. 그러나 그녀는 겁에 질린 표정으로 싫다고 했다. 안 된다, 안 된다, 그토록 못되게 그들을 떠났는데 다시 그들의 짐이 되느니 다른 어떤 일이라도 하겠다. 그도 그녀도 더 이상 말없이 진흙탕으로 변한 길을 무작정 걸었다. 처음에는 보뢰를 향해 내려갔고, 다음에는 오른쪽으로 돌아 경석장과 운하 사이를 지났다.

"그렇지만 어디서 잠은 자야 할 것 아니야." 마침내 그가 말했다. "내게 방 하나만 있어도 그리로 데려갈 텐데…"

그러나 기이한 수줍음이 다가와 말문이 막혔다. 그들의 과거, 예전의 거친 욕망과 그 미묘함 그리고 그들을 함께 가지 못하게 했던 수치심이 되살아왔다. 이토록 혼란스럽고 새로운 욕망에 가슴이 조금씩 뜨거워지는 것을 느끼기 위해 언제나 그녀를 원했던 것일까? 가스통-마리에서 그녀에게 뺨을 맞았던 기억은 이제 그의 마음을 앙심으로 채우는 것이 아니라 오히려 그를 자극하고 있었다. 그래서 그는 놀랍게도 그녀를 레키아르로 데리고 간다는 생각을 아주 자연스럽게, 거리낌 없이 할 수 있었다.

"자, 이제 결정하지, 어디로 데려다주었으면 좋겠어?… 내가 싫으면 함께 있는 게 싫다고 하고."

그녀는 천천히 그의 뒤를 따랐지만 수레바퀴 자국이 난 길에서 나막신이 미끄러지는 바람에 뒤처져 있었다.

"힘들어 죽겠어, 어휴! 그만 갔으면 좋겠어. 네가 원하는 대로하면 어떻게 되겠어? 내게는 남자가 있고 너 또한 여자가 있는데."

그녀가 말하는 여자는 무케트였다. 그녀는 그가 무케트와 함께 있다고 생각했다. 보름 전부터 그런 소문이 떠돌고 있었기 때문이었다. 그는 아니라고 맹세했지만 그녀는 고개를 가로저으며 그들이 입술을 비비대던 밤을 상기했다.

"우리의 모든 어리석은 짓들이 아쉽지 않니?" 그가 걸음을 멈추면서 낮은 목소리로 말했다. "우린 정말 잘 맞았을 텐데!"

그녀는 살짝 몸을 떨면서 대답했다.

"가! 후회하지 말고. 나같이 형편없는 애를 알면 뭐하겠어. 두 푼어치 버터도 못 먹은 것처럼 마르고 약해 빠진 나는 결코 여자가 못 될 거야, 정말로!"

그녀는 거리낌 없이 말을 계속했다. 그녀는 너무나 늦어지고 있는 초경을 자신의 잘못으로 자책하고 있었다. 남자를 경험했음에도 불구하고 그것 때문에 자신을 깎아내리고 어린애로 생각했다. 그러나 애를 가질 수 있을 때는 아무것도 아닌 일이 되겠지만 말이다.

"딱하기도 하지!" 측은함에 사로잡힌 에티엔이 나지막이 말했다.

그들은 거대한 음영 덩어리 속에 묻힌 경석장 기슭에 있었다. 잉크빛 구름이 마침 달 위를 지나가자 그들은 서로의 얼굴조차도 분간할 수 없었고 숨결이 뒤엉키면서 서로의 입술을 찾았다. 그들은 키스하고 싶은 욕망 때문에 몇 달 동안이나 고통을 겪었던 터였다. 그러나 갑자기 달이 다시 나타났고, 그들은 달빛이 비친 위쪽 하얀 바위들 위에서 보뢰 수갱을 배경으로 우뚝 서 있는 보초를 보았다. 그래서 부끄러움 때문에 제대로 키스를 하지 못한 채 서로 떨어졌다. 이 오랜 부끄러움 속에는 울화, 알 수 없는 역겨움 그리고 커다란 우정이 뒤섞여 있었다. 그들은 발목까지 빠지는 진창 속을 힘겹게 다시 걸었다.

"정말로 나를 원치 않아?" 에티엔이 물었다.

"안 돼" 그녀가 대답했다. "샤발 다음에 너하고? 그리고 너 다음에 또 다른… 싫어, 그리고 나는 하는 게 재미없어, 그걸 왜 하지?"

그들은 입을 다문 채 말 한마디 나누지 않고 100보 정도를 걸어갔다.

"어디로 갈지 생각하고 가는 거야?" 그가 다시 말을 꺼냈다. "이 같은 한밤중에 자기를 바깥에 내버려둘 수는 없잖아."

그녀가 짤막하게 대답했다.

"돌아가겠어, 샤발은 내 남자고 나는 다른 곳에서 자면 안 돼."

"그러나 너를 때려죽이려 할 텐데."

침묵이 다시 흘렀다. 그녀는 체념한 듯 어깨를 움찔했다. 그는 그녀를 때릴 것이고 때리다 지치면 멈출 것이다. 창녀처럼 거리를 쏘다니느니 차라리 그게 더 낫지 않은가? 게다가 그녀는 뺨 맞는 것에 익숙하다고 말했다. 그녀는 열 명의 처녀 중 여덟은 자기와 비슷한 처지일 거라고 말하면서 스스로를 위로했다. 남자가 언젠가 결혼만 해주면 어쨌든 그녀에겐 감지덕지할 일이었다.

에티엔과 카트린은 기계적으로 몽수로 향했고, 몽수가 가까워지자 그들의 침묵은 더욱 길어졌다. 마치 그들은 벌써 함께 있는 사람들처럼 보이지 않았다. 그녀가 샤발과 함께 돌아가는 것을 봐야만 했을 때 느꼈던 커다란 슬픔에도 불구하고 그는 그녀를 설득할만한 건수를 찾을 수가 없었다. 그는 가슴이 아팠다. 그러나 그녀에게 더 잘해줄 수 있는 것이라고는 아무것도 없었다. 만약 한 병사의 총탄이 자기 머리를 부수기라도 한다면, 그녀에게는 비참한 도피의 삶만이, 내일을 기약할 수 없는 밤만이 남게 될 것이다. 또 다른 고통의 씨앗을 뿌리느니 차라리 겪었던 고통을 겪는 것이 더 현명하리라. 그래서 그는 고개를 숙인 채 항변하지 않고 그녀를 샤발의 집으로 다시 바래다주었다. 그때 그녀는 선술집 피케트로부터 약 20미터 떨어진 곳에 있는 회사 자재창고 대로변 모퉁이에서 그를 멈춰 세운 후 말했다.

"그만 가. 샤발이 너를 보면 또 못된 짓을 할 거야."

교회에서 11시를 알리는 종소리가 울렸다. 술집은 닫혀 있었지만 문 틈새로 약한 빛이 흘러나오고 있었다.

"잘 가." 그녀는 중얼거렸다.

그녀가 손을 내밀자 그는 손을 쥐었다. 그녀는 천천히 힘겹게 손을 뺀 다음 그를 떠났다. 그녀는 고개를 돌리지 않은 채 걸쇠를 열고 쪽문으로 들어갔다. 그러나 같은 자리에서 그는 집을 바라보며 무슨 일이 일어나지 않을까 걱정이 돼 떠날 수가 없었다. 그는 귀를 곤두세웠고 매 맞는 여자의 비명이 들릴까봐 두려워했다. 집은 까맣고 조용했다. 그는 2층 창문 하나에서 불이 켜지는 것을 그저 바라보았다. 이윽고 창문이 열렸고 가냘픈 그림자가 길 쪽을 내대보자 그는 앞으로 갔다.

카트린이 아주 나지막한 목소리로 말했다.

"그는 아직 안 돌아왔어. 나 잘께… 제발, 얼른 가!"

에티엔은 그곳을 떠났다. 해빙이 본격화되어 지붕들로부터 낙숫물이 소나기처럼 흘러내렸다. 공장 지대는 밤에 잠겨 있었고 혼잡한 모든 건물들의 벽과 울타리에서는 습기가 땀처럼 배어났다. 처음에 그는 레키아르로 향했다. 피로와 슬픔에 지친 그는 땅 속으로 사라져 거기에서 죽고만 싶었다. 그런데 보리에 대한 생각에 다시 사로잡혔다. 수갱으로 내려갈 벨기에 노동자들과 군인들에 격분하여 수갱에 외국인들이 들어가는 것을 용납하지 않기로 결심한 동료들을 생각했다.

그는 다시 운하를 따라 눈이 녹은 물웅덩이들을 지나갔다.

그가 경석장 근처에 다시 왔을 때 달은 아주 밝은 제 모습을 드러냈다. 그는 눈을 들어 하늘을 바라보았다. 거기에는 구름들이 저 높은 곳에서 거세게 부는 바람의 채찍질에 질주하고 있었다. 그러나 구름들은 하얗게 엷어지며 달 위에서 흩어졌고 흐린 물을 휘저은 듯 투명하게 되었다. 구름은 빠르게 내달리며 끊임없이 달을 가리고 투명한 달을 다시 드러내곤 했다.

순수한 이 빛을 하염없이 바라보던 에티엔은 고개를 숙였고, 그때 경석장 꼭대기의 한 장면에 걸음을 멈췄다. 추위로 굳어버린 보초병은 경석장을 오가고 있었다. 그는 마르시엔을 향해 몸을 돌려 스물다섯 발자국을 갔다가 다시 몸을 돌려 몽수 쪽으로 돌아오곤 했다. 보초의 검은 실루엣은 창백한 하늘 속에서 선명히 부각되었고 어깨 위의 총검은 하얗게 불탔다. 그리고 청년의 주의를 끄는 것이 있었다. 그것은 바로 폭풍우가 부는 밤이면 본모르가 피신하던 오두막 뒤에서 움직이는 그림자였다. 기어오르고 동정을 살피는 짐승은 담비의 길고 유연한 척추를 갖고 있었고, 그는 그것이 장랭임을 곧바로 알아차렸다. 보초병은 장랭의 존재를 전혀 눈치 채지 못하고 있었다. 이 어린 강도는 터무니없는 짓을 준비하고 있는 것이 분명했다. 왜냐하면 그는 군인들에 대한 반감을 풀지 않고 있었고, 총으로 사람들을 죽이라고 보낸 이 살인자들을 언제 없애버리느냐고 물었기 때문이었다.

잠시 에티엔은 그가 어떤 바보짓을 못하도록 그를 부를까말까 망설이고 있었다. 달이 모습을 감추자 에티엔은 몸을 웅크리고 튀어오를 채비를 하는 그를 보았다. 그러나 달이 다시 나타났고 아이는 몸을 웅크린 채 있었다. 보초는 오두막까지 나아갔고 거기에서 등을 돌려 다시 나아갔다. 그런데 갑자기 구름으로 사위가 캄캄해지자 장랭은 병사의 어깨 위로 들고양이처럼 힘차게 뛰어올랐다. 그는 날카로운 손톱으로 병사의 어깨를 움켜쥔 뒤 그의 목에 칼을 내리꽂았다. 목 칼라의 털갈기 때문에 칼이 잘 들어가지 않자 그는 칼자루를 두 손으로 누르며 거기에 온 체중을 실어야만 했다. 종종 그는 칼을 들고 농가 뒤로 숨어들어 기습적으로 닭의 목을 베곤 했었다. 이 일은 너무나 순식간에 일어나 숨 끊기는 외침만이 있을 뿐이었다. 그러는 동안 쇳소리를 내며 총이 떨어졌다. 벌써 달은 아주 하얗게 빛나고 있었다.

아연실색한 에티엔은 꼼짝도 못한 채 여전히 바라보기만 했다. 숨이 막힌 그는 입을 열 수가 없었다. 경석장 위는 텅 비어있었고 미친 듯이 질주하는 구름을 배경으로 어떤 그림자도 나타나지 않았다. 그는 뛰어 올라갔고, 팔을 뻗은 채 뒤로 누워 있는 시체 앞에서 네발로 엎드린 장랭을 발견했다. 투명한 달빛 아래 병사의 붉은 바지와 회색 외투가 눈 속에서 확연히 구분됐다. 피는 한 방울도 흘러나오지 않았고, 칼은 여전히 자루 부분까지 병사의 목에 꽂혀 있었다.

이성을 잃고 격분한 그는 주먹으로 시체 곁에 있던 아이를 후려쳤다.

"왜 이런 짓을 했어." 흥분한 그가 더듬거리며 말했다.

그는 비쩍 마른 고양이처럼 웅크리고 팔로 기었다. 그의 커다란 귀와 초록색 눈, 돌출한 턱은 못된 칼질로 흥분해 경련이 일며 불타오르고 있었다.

"야, 인마! 왜 이런 짓을 했어?"

"몰라요, 하고 싶었어요."

그는 고집스럽게 이 대답만 했다. 사흘 전부터 그렇게 하고 싶었다는 것이었다. 녀석은 이 욕구에 시달렸고 너무나 생각한 나머지 뒷골이 아팠다. 탄광에서 광부들을 귀찮게 구는 돼지 같은 군인들 때문에 속을 썩일 필요가 있는가? 숲에서의 과격한 연설들, 수갱을 다니면서 울부짖었던 파괴와 죽음의 구호들 중 대여섯 마디가 머릿속에 남았고, 혁명 놀이를 하던 아이는 그 구호를 외쳐대곤 했었다. 그는 그 이상은 알지 못했고, 어떤 사람도 그를 부추기지 않았다. 그것은 마치 밭에서 양파를 훔치고 싶은 욕망이 생긴 것처럼 저 스스로 생겨난 것이었다.

에티엔은 아이의 두개골 속에서 음험하게 자라는 범죄에 오싹해져 자신도 모르게 발길질을 해대는 짐승처럼 또다시 발길질을 하며 그를 쫓아버렸다. 에티엔은 보뢰의 초소에서 보초의 숨 끊어지는 외침을 듣지 않았을까 겁이 나서 달이 나타날 적마다 수갱 쪽으로 시선을 던졌다. 그러나 아무런 움직임도 없었다. 그는 몸을 굽혀 점점 차가와지는 손을 더듬었고, 외투 아래에서 박동을 멈춘 심장에 귀를 댔다. 뼈로 만든 칼의 손잡이만이 보였고 거기에는 '사랑'이라는 단순한 명구가 검은 글씨로 새겨져 있었다.

그의 두 눈이 목에서 얼굴로 옮겨갔다. 불현듯 그는 작은 체구의 병사임을 알아보았다. 그는 새벽에 에티엔과 얘기를 나눴던 신병 쥘르였다. 금발에 주근깨가 뒤덮인 부드러운 얼굴을 보자 에티엔은 커다란 연민에 사로잡혔다. 크게 뜬 푸른 눈은 하늘을 바라보고 있었고, 지평선을 향해 시선을 고정한 채 자기 고향을 찾고 있었다. 찬란한 태양 속에서 그에게 나타났던 플로고프는 어디에 있단 말인가? 저기, 저기에 있으리라. 바다는 멀리서 울부짖고, 오늘 밤 폭풍이 불 것이다. 저 위를 지나가는 바람은 아마도 플로고프의 황무지로 갈 것이다. 어머니와 누이, 두 여인 역시 두건을 손에 쥔 채 마치 이 시각에 수 백리 떨어진 곳에 있는 어린 아들의 모습을 볼 수 있는 것처럼 저 너머를 바라보며 서 있었다. 두 여인은 이제 그를 영원히 기다릴 것이다. 부자들 때문에 가난한 자들이 서로를 죽이는 것은 얼마나 추악한 일인가!

그러나 무엇보다도 먼저 시체를 치워야만 했다. 에티엔은 처음에는 그를 운하 속에 던질 생각을 했다. 그러나 쉽게 발견되리라는 확신이 들자 그만두었다. 그러자 불안은 극에 달했다. 시간이 급했다. 어떤 결정을 내린단 말인가? 갑자기 생각이 떠올랐다. 시체를 레키아르까지 가져갈 수만 있다면 그곳에 영원히 처박을 수 있을 것이다.

"이리 와!" 그가 장랭에게 말했다.

아이는 겁이 났다.

"날 때리려고요? 그리고 난 일이 있어요. 그만 갈게요."

사실 그는 베베르와 리디를 보뢰의 갱목 저장소 밑에 마련한 은신

485

처 구멍으로 오라고 했었다. 그것은 거창한 계획이었다. 벨기에 노동
자들이 수갱에 내려가고 사람들이 돌을 던져 그들의 뼈를 부러뜨리
면, 거기에 합세하기 위해서 그들은 그곳에서 밤을 보내기로 했었다.

"말 들어!" 에티엔이 다시 말했다. "이리 와, 그렇지 않으면 군인들
을 불러 네 목을 치게할 거야."

그러자 장랭은 마음을 정하고 피가 흐르지 않도록 칼을 빼지 않은
채 병사의 목을 손수건으로 돌려 힘껏 동여맸다. 눈이 녹고 있어서 땅
위에는 붉은 흔적도, 발버둥친 자국도 남아 있지 않았다.

"다리를 잡아."

장랭은 다리를 잡았고 에티엔은 등에 총을 멘 다음 어깨를 움켜쥐
었다. 그리고 두 사람은 바위들이 굴러 떨어지지 않도록 천천히 경석
장을 내려왔다. 다행히도 달은 구름에 가렸다. 그러나 그들이 운하를
따라 달아날 때 달이 다시 나타나 사방을 훤히 비추었다. 초소에서 그
들을 보지 못했다면 그것은 기적이었다. 그들은 아무 말도 하지 않고
서둘렀다. 시체가 흔들려 너무 힘들었기 때문에 그들은 100미터마다
시체를 땅바닥에 내려놓아야 했다. 레키아르의 길모퉁이에서 소리가
나자 그들의 몸은 얼어붙었다. 순찰을 피하기 위해 벽 뒤로 몸을 숨길
틈이 없었다. 조금 떨어진 곳에서 오던 사내가 그들을 봤지만 술에 취
해 있었다. 그는 그들에게 욕을 하면서 멀어져 갔다. 그들은 땀으로 뒤
덮인 채 마침내 옛 수갱에 도착했지만 너무나 겁에 질려 이빨 부딪는
소리가 날 정도였다.

물론 에티엔은 통기갱의 사다리를 통해 병사의 시체를 운반하는
일이 쉽지 않으리라는 것을 짐작하고 있었다. 그것은 끔찍이도 힘든
일이었다. 우선 위에 있는 장랭이 시체를 미끄러트리는 동안, 에티엔
은 가시덤불에 매달려 시체와 함께 사다리의 가로장이 부러져나간
첫 두 층계참을 내려가야만 했다. 그리고는 매 사다리마다 먼저 내려
가서 팔로 시체를 받는 똑같은 동작을 되풀이해야만 했다. 그는 그렇
게 사다리 서른 개의 높이인 210미터를 자기 위로 계속해서 떨어지

려는 시체와 함께 내려갔다. 총에 등을 긁혔고, 그가 아끼며 간직하고 있는 양초 토막을 장랭이 찾으러 가겠다는 것을 못하게 했다. 양초가 무슨 소용이 있단 말인가? 빛은 이 좁은 창자갱로 속에서는 거추장스럽기만 할 뿐이다. 그렇지만 숨을 헐떡이면서 석탄하치장에 도착했을 때 그는 아이에게 초를 가져오라고 했다. 그는 칠흑의 어둠 속에 앉아서 시체를 곁에 두고 크게 울리는 심장박동 소리를 들으며 장랭을 기다렸다.

장랭이 촛불을 들고 다시 나타나자 에티엔은 그에게 물었다. 왜냐하면 이 아이는 이 옛 작업장에서 사람이 지나갈 수 없는 틈새까지 이미 샅샅이 뒤져봤기 때문이었다. 그들은 다시 출발했고 미로와도 같은 폐허 갱도 속에서 사체를 거의 1킬로미터 끌고 갔다. 이윽고 갱도의 지붕이 낮아졌고, 그들은 반쯤 부러진 갱목들이 떠받치고 있는 무너진 바위 아래 무릎을 꿇었다. 그곳은 긴 상자 모양을 하고 있었고 거기에 어린 병사를 입관하듯 누였다. 그들은 총을 그의 옆구리에 놓았다. 그리고 깔릴 위험을 무릅쓰고 발뒤꿈치로 갱목들을 세게 쳐서 완전히 부러뜨렸다. 곧 바위가 갈라졌고 그들은 팔꿈치와 무릎으로 기어 가까스로 빠져나왔다. 에티엔이 호기심에 사로잡혀 뒤를 돌아보았을 때 천장이 계속 무너져 내리며 병사의 시체를 서서히 엄청난 압력으로 짓눌렀다. 그리고 아무것도 없었다. 두텁게 쌓인 흙더미 외에는 아무 것도 없었다.

간악한 동굴 구석 속에 있는 자기 집으로 되돌아온 장랭은 건초더미 위에 대자로 드러눕고 기진맥진하여 중얼거렸다.

"쳇! 애들이 기다리는데, 한 시간 동안 잠이나 자자!"

에티엔은 이제 끄트머리 밖에 남지 않은 촛불을 껐다. 그 역시 탈진했지만 잠은 오지 않았고, 고통스러운 생각의 악몽들이 커다란 망치처럼 두개골을 두드려대고 있었다. 곧바로 단 하나의 생각만이 남았고, 그것은 대답할 수 없는 질문으로 그를 괴롭히고 피곤하게 했다. 샤발의 칼을 빼앗았을 때 왜 그를 찌르지 않았을까? 그리고 왜 이 아이는 이름조차 모르는 병사의 목을 땄을까? 죽일 수 있는 용기, 혹은 죽일 수 있는 권리에 대한 생각이 그의 혁명에 대한 믿음들을 흔들리게 했다. 그렇다면 그는 비겁했던가? 건초더미에서 자는 아이는 마치 살인의 취기에서 깨어난 듯 술 취한 사람처럼 코를 골기 시작했다. 그래서 혐오감에 사로잡히고 짜증이 난 에티엔은 이 녀석을 알고 지내며 녀석의 말을 들어준다는 것이 괴로웠다. 갑자기 공포의 숨결이 얼굴 위로 지나갔고 그는 전율했다. 무엇인가 가볍게 스치며 흐느끼는 소리가 땅속 깊은 곳에서 들려오는 듯했다. 저 아래, 암석들 밑에 총과 함께 누워있는 어린 병사의 모습이 그의 등줄기를 오싹하게 했고 머리칼을 곤두서게 했다. 어리석은 짓이라고 외쳐대는 목소리가 전 광산을 채워 그는 다시 양초 불을 켜야만 했다. 이 창백한 빛으로 텅 빈 갱도들을 다시 보고나서야 마음이 가라앉았다.

다시 15분 동안 그는 똑같은 번민으로 괴로워하다 타오르는 심지 위에 눈을 고정시킨 채 깊은 생각에 잠겼다. 그러나 불이 소리를 내며 심지가 촛농에 잠겼고 모든 것이 칠흑의 어둠 속으로 떨어졌다. 그는 다시 전율했다. 심하게 코를 골지 못하도록 장랭의 뺨이라도 갈겨주고 싶었다. 녀석의 옆에 있는 것을 도저히 견딜 수 없게 된 에티엔은 바깥 공기를 쐬고 싶은 욕구를 참지 못하고, 마치 망령이 숨을 헐떡이며 그의 발꿈치를 쫓아오는 것처럼 황급히 갱도와 통기갱을 통해 그곳을 빠져나왔다.

위에서, 레키아르의 폐허 한가운데서 에티엔은 마침내 숨을 크게 쉴 수 있었다. 자기는 감히 사람을 죽이지 못하기 때문에 바로 자기가 죽어야 한다. 이미 그의 머릿속을 스쳐갔던 죽음에 대한 생각이 다시 떠오르며 머릿속에 최후의 희망처럼 들어박혔다. 위세당당하게 혁명을 위해 죽는 것, 그것이 모든 것을 종결시키고 자신의 공과를 정리할 것이며 더는 고민하지 않도록 해줄 것이다. 만약 동료들이 보리나 쥐인들을 공격한다면 자기는 맨 앞줄에 설 것이며 기꺼이 총알을 맞을 것이다. 그는 자신에 찬 걸음으로 보뢰 주위를 돌며 배회했다. 두 시를 알리는 종소리가 울리자 커다란 목소리가 반장 사무실에서 들렸다. 거기에는 수갱을 지키는 초소 군인들이 머물고 있었다. 보초병이 행방불명되자 초소는 발칵 뒤집어졌고, 병사들은 중대장을 깨우러 갔다. 주변 장소들을 주의 깊게 살펴본 후 결국 탈영으로 믿어버렸다. 어둠 속에서 동정을 살피던 에티엔은 어린 병사가 그에게 이야기해주었던 공화주의자 중대장을 기억했다. 그가 인민들 편으로 올지 누가 알겠는가! 만약 군대가 상관의 명령을 거부한다면 그것은 부르주아 학살의 신호가 될 수 있으리라. 새로운 망상이 그를 사로잡았고, 그는 더 이상 죽는 것을 생각하지 않았다. 그는 진흙 속에서 해빙의 이슬비를 어깨 위에 맞으며 승리가 가능하다는 희망에 다시 한 번 고취돼 몇 시간 동안이나 서 있었다.

다섯 시까지 그는 보리나쥬인들의 동태를 살폈다. 그리고 그는 회사 측이 간교하게 그들을 보뢰 내에서 재웠다는 것을 알아차렸다. 하강이 시작되었다. 정찰대로 배치된 되-상-카랑트 탄광촌의 몇몇 파업 노동자들은 이를 동료들에게 알려야 할지 주저하고 있었다. 바로 에티엔이 솜씨 좋게 동료들에게 알렸고, 그러자 그들은 탄광촌을 뛰쳐나갔다. 반면 그는 경석장 뒤쪽에 있는 예선도* 위에서 기다렸다. 여섯 시가 울렸다. 흙빛 하늘이 뿌옇게 변하며 붉은 새벽빛이 밝아왔을 때 랑비에 사제가 마른 정강이 위로 사제복을 걷어 올리고 오솔길로부터 나타났다. 월요일마다 그는 수갱 반대쪽에 위치한 수도원 예배당에서 아침 미사를 행하러 갔다.

"안녕하시오, 친구!" 사제는 번득이는 눈으로 뚫어지게 에티엔을 쳐다보더니 큰 소리로 외쳤다.

그러나 에티엔은 대답하지 않았다. 멀리 보뢰의 작업대 사이로 지나가는 한 여자를 본 터였고 불안감에 사로잡혀 달려 나갔다. 카트린이라고 생각했기 때문이었다.

---

* 배를 끌어당기는데 소용되는 길

조금 전부터 카트린은 눈이 녹고 있는 도로들을 걸어 다니고 있었다. 집에 돌아와 잠을 자고 있는 카트린을 본 샤발은 따귀를 때리며 일어나게 했다. 그는 그녀에게 창문으로 내던지기 전에 빨리 나가라고 소리쳤다. 그녀는 울면서 가까스로 옷을 입었다. 발길실로 다리에 멍이 든 채 2층에서 내려와야만 했고 나중에는 뺨을 맞으며 밖으로 떠밀려 나왔다. 그녀는 이렇게 난폭하게 쫓겨나자 정신이 없었다. 그녀는 경계석 위에 앉아 집을 바라보면서 샤발이 다시 불러주기를 계속해서 기다렸다. 있을 수 없는 일이기 때문에 그는 자기의 동정을 살피고, 아무도 맞아줄 사람 없이 홀로 버려진 채 이렇게 떨고 있으면, 다시 올라오라고 말하리라.

그리고 두 시간이 지나자, 길가에 버려진 개처럼 꼼짝도 하지 않은 채 추위에 시달리던 그녀는 마음을 정했다. 그녀는 몽수에서 나왔다가 제 자리로 되돌아갔으나 보도에서 샤발을 부르거나 문을 두드릴 용기가 나지 않았다. 결국 탄광촌의 부모에게로 갈 생각을 하고 포장도로를 통해 직선으로 난 커다란 도로로 출발했다. 그러나 막상 집 앞에 도착하자 너무나 창피한 생각이 들었다. 모두들 닫힌 겉창 뒤에서 무겁고 노곤한 잠을 자고 있었지만 혹시 누가 자기를 알아볼까 두려워 그녀는 정원을 따라 뛰었다. 그리고 그때부터 그녀는 조그만 소리에도 겁을 먹으며 여기저기를 방황했다. 마르시엔의 공창에 끌려가 창녀로 살아갈까 두려워 떨었고, 그녀는 몇 달 전부터 이 악몽에 시달리고 있었다. 두 번 그녀는 보뢰 수갱에 맞닥뜨렸고, 초소로부터 들려오는 커다란 목소리에 기겁하며 혹시 누가 쫓아오지나 않나 뒤를 돌아보면서 숨이 턱에 차도록 뛰었다. 레키아르의 골목길은 언제나 주정꾼들로 가득 차 있는 곳이었지만 그녀는 몇 시간 전에 자기가 거부했던 남자를 다시 만난다는 막연한 희망을 품고 그곳으로 되돌아갔다.

샤발은 그날 아침 수갱을 내려가야만 했다. 이 생각이 들자 카트린은 그에게 다시 말해보았자 아무런 소용이 없다는 것을 느끼면서도 수갱 쪽으로 발걸음을 옮겼다. 샤발은 장-바르에서는 아무도 일하지 않게 되자 그녀가 보뢰에서 다시 일을 하면 목 졸라 죽여 버리겠다고 욕설을 퍼부었었다. 그는 그녀 때문에 보뢰에서 자기 평판이 좋지 않게 될까봐 두려워하고 있었다. 그럼 어떻게 한단 말인가? 다른 곳으로 떠나 배를 곯으며 자기를 거쳐 갈 모든 사내들에게 얻어맞으며 살란 말인가? 그녀는 수레바퀴 자국이 난 진창길 속에서 비틀거리며 힘없이 걸었다. 다리는 끊어질 듯 아팠고 진흙은 등까지 튀어 올랐다. 얼음이 녹으면서 길들은 진창길로 변했고 그녀는 거기에 빠지며 계속 걸었다. 앉을만한 돌 하나도 찾질 못했다.

날이 밝았다. 카트린은 경석장을 조심스럽게 도는 샤발의 뒷모습을 방금 보았고, 갱목 저장소 아래에 있는 은신처에서 코를 내밀고 있는 리디와 베베르를 발견했다. 그들은 그곳에서 동정을 살피며 밤을 보낸 참이었다. 그곳에서 기다리라는 장랭의 명령을 받은 이상 그들은 집으로 돌아갈 수가 없었다. 반면 장랭은 레키아르에서 살인의 취기에서 깨어나고 있었고, 두 아이들은 몸을 덥히려 서로 껴안고 있었다. 밤나무와 참나무 가지들 사이로 바람이 불자 그들은 버려진 나무꾼의 오두막에서처럼 서로 몸을 둥글게 말았다. 리디는 매 맞는 어린 아내의 고통을 감히 큰 소리로 말할 수 없었고, 베베르 역시 뺨이 부을 지경으로 때리는 대장의 따귀에 대해 불평할 만한 용기가 없었다. 그러나 결국 그는 자기들을 너무나 속여먹고, 등골이 휘도록 도둑질을 하고나면 나눠 갖기를 거부한다. 그래서 그들의 가슴에는 반항심이 복받쳐 올라왔다. 장랭이 금지했고 어기면 보이지 않는 자의 따귀를 맞는다고 협박했음에도 불구하고 그들은 마침내 서로 껴안았다. 따귀가 날아오지 않자 그들은 계속해서 부드럽게 키스했다. 다른 생각은 하지 않고 오랫동안 얻어맞고 포기했던 정념과 그들 가슴 속에서 응어리진 모든 것을 이 애무에 쏟았다. 밤새도록 그들은 이렇게 몸을 달궜다. 이 외진 구멍 속에서 너무나 행복하여 튀김과 포도주를 먹던 화포제도 이보다 더 행복하다고는 생각하지 않았다.

갑작스런 나팔소리에 카트린은 소스라치게 놀랐다. 그녀는 몸을 일으켜 세웠고, 보뢰의 초소가 무장하는 것을 보았다. 에티엔이 뛰는 걸음으로 도착했고 베베르와 리디는 은신처에서 단번에 뛰어나왔다. 그리고 저기에서 점점 밝아오는 햇빛 아래 한 무리의 사내들과 여자들이 성난 몸짓으로 탄광촌에서 내려오고 있었다.

5

보뢰의 모든 출입구가 방금 닫혔다. 무기를 든 60명의 군인들은 세워총 자세로 단 하나의 문만을 열어둔 채 그 앞을 가로막고 서있었다. 이 열어둔 문으로 가야 반장 사무실과 막사에 면해 있는 좁은 계단을 통해 석탄수납장에 이르렀다. 중대장은 배후 공격을 피하기 위해 군인들을 벽돌 벽 앞에 두 줄로 세웠다.

탄광촌에서 내려온 광부들은 일단 거리를 유지했다. 그들은 기껏해야 서른 명 정도였고, 그들은 격한 말들로 왁자지껄대고 있었다.

마외드는 첫 번째로 도착했고 빗지 않은 머리를 손수건을 바삐 동여맸다. 잠든 에스텔을 팔에 안고 열에 달뜬 목소리로 되풀이해서 말했다.

"아무도 못 들어가고 아무도 못 나와! 안에 들어간 것들을 모두 끄집어내야 해!"

마외가 맞장구쳤을 때 무크 영감이 레키아르에서 도착했다. 사람들은 그가 지나가지 못하도록 했다. 그러나 그는 발버둥 치며 자기 말들은 어찌되었건 귀리를 먹어야 하며 혁명 따위는 모른다고 말했다. 게다가 말 한 마리가 죽었고 그놈을 밖으로 꺼내기 위해 기다리고 있는 중이었다. 에티엔은 늙은 마부를 놓아주었고 군인들도 운반갱으로 올라가도록 내버려두었다. 그리고 15분 후에 파업 노동자 무리들은 점점 불어나 위협적인 숫자가 되었다. 1층의 너른 문이 다시 열리며 사람들이 나타났고, 수레에는 죽은 짐승이 실려 있었다. 사람들은 밧줄로 묶은 비통한 짐 꾸러미를 눈이 녹아 생긴 진창 속에 내던졌다. 극도의 경악 속에서 사람들이 문 안으로 들어가는 것을 막을 수가 없었고 다시 문을 차단할 수도 없었다. 모든 사람이 머리가 허리 쪽으로 뒤틀린 채 굳어버린 말을 보았다. 사람들은 수군거렸다.

"트롱페트야, 맞지? 트롱페트야."

정말로 트롱페트였다. 수갱 속으로 내려간 이후 그 말은 그곳에 적응할 수가 없었다. 녀석은 음울했고 일에 흥미가 없었다. 그리고 빛이 없어 고통스러워했다. 탄광의 최고참 말인 바타이유가 옆구리를 정답게 비비고 목을 깨물며 십년 막장 생활에서 터득한 체념을 조금이라도 알려주려 했으나 허사였다. 이 애무 때문에 트롱페트의 우울은 더욱 심해졌고 어둠 속에서 늙은 동료가 털어놓는 속내에 그의 털은 전율했다. 두 녀석은 맞닥뜨리면 서로 몸을 흔들면서 이제는 옛일을 기억하지 못하는 늙은 말에게, 태양을 잊지 못하는 어린 말에게 서로서로 슬퍼하는 표정을 지었다. 두 녀석은 마구간 안에서 구유를 이웃하면서 머리를 숙인 채 서로에게 콧김을 불면서 빛에 대한 끊임없는 그리움을, 푸른 풀과 하얀 길, 끝없는 노란 빛의 광경을 함께 나눴다. 그리고 땀에 젖은 트롱페트가 잠자리 위에서 마지막 숨을 내쉴 때 바타이유는 오열하듯 짧게 킁킁거리면서 절망적으로 트롱페트의 냄새를 맡았었다. 녀석은 트롱페트의 몸이 차가워지는 것을 느꼈고 탄광은 녀석의 마지막 기쁨을 앗아갔다. 위에서 내려온 이 친구는 신선하고 좋은 냄새를 풍기고 있었고, 바타이유에게 초원에서 보냈던 젊은 시절을 기억나게 해주었었다. 트롱페트가 더 이상 움직이지 않자 바타이유는 두려움에 울부짖으면서 자기 몸을 매고 있는 끈을 끊어 버렸다.

그런데 무크 노인은 벌써 1주일 전부터 선임반장에게 이 사실을 알렸다. 하지만 지금이 어느 땐데 병든 말을 걱정한단 말인가? 높은 양반들은 말들을 옮기려 하지 않았다. 그렇지만 이제는 죽은 말을 바깥으로 내놓아야만 했다. 그 전날 마부는 두 사람과 함께 한 시간 동안 트롱페트를 묶었다. 운반갱까지 트롱페트를 운반하기 위해 바타이유를 수레에 맸다. 천천히 늙은 말은 죽은 동료를 끌고 갔고, 갱도는 너무 좁았기 때문에 바타이유는 몸을 긁히며 빠져나가야 했다. 기진맥진한 늙은 말은 폐마 도살장이 기다리고 있는 몸체가 바닥에 길게 끌리는 소리를 들으며 머리를 흔들어 댔다. 석탄하치장에 이르자 사람들은 바타이유를 수레에서 풀었고, 녀석은 음울한 눈으로 올릴 채비를 하는 모습을 지켜보았다. 사람들은 집수갱 위에 있는 가로장들 위로 그 몸을 밀어 올린 후 케이지 밑에 끈으로 묶었다. 드디어 적재부들은 '고기 왔소'라는 신호음을 울렸고, 바타이유는 고개를 들어 동료가 떠나는 것을 바라보았다. 처음에는 천천히 올라가던 케이지는 이내 칠흑의 어둠 속에 잠겼고 영원히 검은 구멍 위로 날아가 버렸다. 그러자 바타이유는 길게 목을 뺀 채 짐승의 가물대는 기억력으로 아마도 땅 위에서의 옛날을 회상하고 있는 듯했다. 그러나 모든 것이 끝났다. 트롱페트는 이제 아무것도 보지 못할 것이고, 바타이유 역시 측은한 짐 꾸러미로 묶여져 어느 날 저 위로 끌어올려질 것이었다. 녀석의 다리가 떨리기 시작했고 먼 들판에서 불어온 센 바람에 숨이 막혔다. 녀석은 취한 듯 무거운 걸음으로 마구간으로 돌아갔다.

집탄장 위에서 탄광부들은 트롱페트의 시체 앞에서 침울하게 있었다. 한 여자가 작은 목소리로 말했다.

"이젠 사람 차례야, 저 꼴이 되고 싶으면 수갱으로 내려가!"

노동자들이 탄광촌에서 새로이 밀려오고 있었다. 르바크가 선두에서 걸었고 그 뒤를 르바크 마누라와 부틀루가 따르고 있었다. 르바크가 외쳤다.

"보리나쥬 놈들을 죽여라! 우리 탄광에 외국인은 없다! 죽여라! 죽여라!"

모든 사람들이 돌진했고 에티엔은 그들을 제지해야만 했다. 그는 중대장에게 다가갔다. 키가 크고 늘씬한 그는 겨우 스물여덟 살이었고 결사적이고 단호한 얼굴을 하고 있었다. 에티엔은 사태를 설명하면서 그를 회유해보려 했고 자기 말이 먹히는지 살폈다. 쓸데없는 살육이 무슨 소용이 있겠는가? 정의는 광부들 편이 아닌가? 그들은 모두 형제이며 서로를 이해해야만 한다. 공화주의라는 말에 장교는 신경질적인 반응을 보였다. 그는 군인의 경직성으로 돌연 말했다.

"물러가시오! 나의 임무를 행하게 하지 마시오."

세 번이나 에티엔은 설득을 시도했다. 뒤에서는 동료 광부들이 분을 터뜨리고 있었다. 엔느보 씨가 수갱 안에 있다는 소문이 떠돌았고, 사람들은 그의 목을 잡고 수갱으로 내려가 과연 그가 석탄을 캐는지 보자고 말했다. 그러나 그것은 헛소문이었다. 안에는 네그렐과 당사에르만이 있었고, 둘 모두는 잠시 석탄수납장의 창문에 모습을 드러냈다. 선임반장은 피에론과의 추문 이후 당혹스럽고 창피해 뒤쪽에 있었다. 반면 엔지니어는 용감하게도 작고 생기 찬 눈으로 무리들을 훑어보고 있었다. 그들이 벌이는 일들이 우습다는 듯 빈정거리며 경멸에 찬 미소를 짓고 있었다. 고함소리가 터지자 그들은 사라졌다. 그리고 그 자리에 금발머리 수바린의 얼굴만이 보였다. 그는 거기에서 마침 일을 하고 있었고, 파업이 시작된 이후에도 하루도 기계 곁을 떠나지 않았다. 아무 말도 하지 않았고, 어떤 고정관념에 조금씩 몰입했고, 그의 창백한 두 눈 속에서는 강철못이 빛나는 듯했다.

"물러가시오!" 중대장이 아주 크게 또다시 외쳤다. "나는 어떤 말도 듣지 않는다. 나는 운반갱을 지키라는 명령을 받았고, 나는 그것을 지킬 것이다… 그리고 내 병사들을 밀치지 마라, 그러면 너희들을 물러가게 할 것이다."

그의 단호한 목소리에도 불구하고 계속 불어나기만 하는 광부들의 물결에 그의 불안감은 점점 커져 얼굴은 창백해졌다. 근무 교대는 정오에 이뤄짐이 틀림없었다. 그러나 그때까지 버티지 못할까 두려워 그는 증원을 요청하기 위해 수갱의 견습광부를 몽수로 보낸 터였다.

분노한 고함소리가 그의 말에 응답했다.

"외국인들을 죽여라! 보리나쥬 놈들을 죽여라!… 우리는 우리 수갱의 주인이 될 것이다!"

에티엔은 어쩔 수없이 물러났다. 이제 끝났다. 싸우다 죽는 수밖에 없다. 그는 동료들을 만류하지 않았고, 무리들은 소수의 군인들에게 나아갔다. 그들은 거의 400명이 되었고, 인근 탄광촌 사람들도 집을 비우고 뛰는 걸음으로 도착하고 있었다. 모두들 똑같이 외쳐대고 있었다. 마외와 르바크는 병사들에게 분노하여 말했다.

"꺼져! 우리들은 너희들과 싸울 일이 없다, 꺼져!"

"너희들과는 상관없는 일이야." 마외드가 말을 이었다. "우리 일을 방해하지 마!"

그리고 그녀 뒤에서 르바크 마누라가 보다 격렬하게 덧붙였다.

"너희들을 잡아먹고 지나가야 되겠니? 제발 꺼져 줘!"

심지어 리디의 가느다란 목소리도 들렸다. 리디는 베베르와 함께 제일 굵은 소리를 내겠다고 마음먹고 째지는 소리로 말했다.

"이 얼간이 군바리들아!"

카트린은 몇 발자국 떨어진 곳에서 모진 운명이 또다시 닥치게 만든 이 폭력사태 속에서 넋을 잃은 채 바라보고 듣고만 있었다. 이미 너무 많은 고통을 겪지 않았던가? 무슨 잘못을 그렇게 저질렀기에 불행은 자기를 쉬지 못하게 하는 것일까? 전날까지만 해도 그녀는 파업 노동자들의 분노를 전혀 이해하지 못했었다. 매를 맞을 때 더 매를 부르는 쓸데없는 짓이라고 생각했었다. 그런데 이제 그녀의 심장은 증오심으로 가득 찼다. 예전에 에티엔이 밤을 새워가며 이야기했던 것들을 기억하며 지금 그가 군인들에게 말하고 있는 것을 들어보려고 애썼다. 그는 군인들을 동료들처럼 대하면서 그들 또한 인민이며, 인민과 더불어 비참함을 착취하는 자들과 싸워야만 한다고 그들을 일깨우고 있었다.

그러나 무리들 속에서 동요가 계속됐고 한 노파가 고꾸라졌다. 그것은 끔찍하게 마른 브륄레였다. 목과 팔을 공중에 휘저으며 맹렬히 뛰어가는 통에 하얀 머리 타래에 눈이 가렸던 것이었다.

"아!, 세상에, 내가 말이야!" 그녀는 더듬거렸고 숨이 끊길 지경이었다. "배반자 피에롱이 글쎄 나를 지하실에 가두었어!"

그리고는 검은 입술로 욕설을 토해내면서 군인들에게 그냥 달려들었다.

"쌍놈들! 잡놈들! 높은 놈들 장화나 핥고 불쌍한 사람들한테만 용감하고!"

그러자 다른 사람들도 그녀와 합세했고 욕설이 봇물을 이뤘다. 몇몇 사람들은 계속해서 외쳐댔다. '병사들 만세! 장교는 운반갱 속에!' 그러나 곧 단 하나의 함성만 남았다. '붉은 바지들을 타도하자!' 군인들은 동요하지 않았고 흔들리지 않는 표정으로 우애를 호소하는 소리와 다정한 회유의 시도를 묵묵히 듣고 있었다. 그들은 계속해서 경직되고 수동적인 자세로 우박처럼 퍼붓는 욕설을 감내했다. 그들 뒤에 있던 중대장이 칼을 빼들었다. 그리고 무리들이 점점 더 압박해오며 그들을 벽에 으깨려 들자, 그는 병사들에게 착검하라고 명령을 내렸다. 병사들은 명령을 따랐고, 두 줄로 늘어선 칼끝이 파업 노동자들의 가슴을 겨누었다.

"아! 이 병신들!" 브륄레가 뒤로 물러서면서 외쳤다.

그러나 벌써 모든 사람들은 흥분하여 죽음을 경멸하며 다시 앞으로 갔다. 여자들이 달려들었고 마외드와 르바크 마누라는 소란을 피웠다.

"우리를 죽여라, 그래, 우리를 죽여라! 우리는 우리의 권리를 원한다."

르바크는 칼에 베일 것을 무릅쓰고 대검 세 개를 한 묶음으로 움켜쥐고 흔들었고, 그것을 빼앗으려 자기에게 잡아당겼다. 그리고 분노에 찬 힘으로 검들을 비틀었다. 반면 르바크를 따라다니는데 진력이 난 부틀루는 멀찌감치 떨어져서 그가 하는 것을 조용히 바라보고만 있었다.

"어디 한번 찔러봐." 마외가 되풀이해서 말했다. "찔러보라니까, 이 형편없는 놈들아!"

그는 윗도리 단추를 풀었고 속옷을 벌렸다. 털이 무성하고 문신처럼 석탄물이 배어 있는 맨가슴을 드러냈다. 그는 칼끝에 자기 몸을 들이댔고 이 대담하고 용감한 행동에 겁이 난 병사들은 뒤로 물러섰다. 만약에 대검들 중 하나가 그의 가슴을 찔렀다면, 그는 미치광이가 되어 더 깊이 검이 들어가 그의 늑골이 부러지는 소리가 나도록 날뛰었으리라.

"비겁한 놈들! 찌르지도 못하면서… 우리는 만 명이야. 그래, 너희들은 우리를 죽일 수 있어, 그래도 또 죽여야 할 만 명이 있어."

군인들의 처지는 점점 위급해졌다. 왜냐하면 그들은 극한 경우에만 무기를 사용하라는 엄중한 명령을 받았기 때문이었다. 그러니 자신들을 찌르라는 이 분노한 사람들을 어떻게 막아낸단 말인가? 게다가 공간은 점점 줄어들고 있었고, 그들은 이제 벽에 몰려 더는 뒤로 물러설 수도 없었다. 그러나 그들은 한 줌의 병력으로 이뤄진 소규모 부대였지만 밀물처럼 밀려드는 광부들의 앞에서 잘 버텨냈고 대위가 내린 간결한 명령들을 냉정하게 수행하고 있었다. 맑은 눈과 신경질적인 가는 입술을 가진 중대장은 단 하나만이 무서웠는데, 그것은 병사들이 욕설을 참지 못하고 흥분하는 것이었다. 마른 몸집에 키가 큰 젊은 하사관은 벌써 콧수염털 몇 개를 곤두세우며 불안스럽게 눈을 깜빡이고 있었다. 그의 곁에 서 있는 그을린 살가죽의 늙은 고참병은 수십 번의 야전을 치렀지만 자기 총검이 지푸라기처럼 비틀리는 것을 보자 사색이 되었다. 신병임에 틀림없는 또 다른 병사는 여전히 농사꾼 냄새를 풍기며 잡놈과 쌍놈 취급을 하는 욕을 들을 적마다 얼굴이 붉으락푸르락했다. 폭력적인 언사들은 그칠 줄을 몰랐다. 주먹들을 내뻗고 고약한 말들을 내뱉었으며, 엄청난 욕설과 비난들이 병사들의 얼굴에 휘몰아쳤다. 명령의 온전한 힘만이 군인들을 제지했다. 그들은 군 규율이 강요하는 거만하고 서글픈 침묵으로 정면을 응시했다.

군인들 뒤에서 훌륭한 헌병인 백발의 리슘 반장이 흥분을 못 이기며 나타났을 때 한 차례의 충돌은 불가피해 보였다. 그는 소리 높여 말했다.

"맙소사, 결국 바보짓거리군! 이따위 바보짓들을 용납할 수는 없어."

그는 총검과 광부들 사이로 뛰어들었다.

"동지들, 내 말을 들어… 여러분들은 내가 늙은 노동자고 언제나 당신 가족들 중 한 사람이었다는 것을 잘 알거야. 좋아! 제기랄! 내가 약속하겠어. 만약 당신들이 부당한 대우를 받고 있다면, 내가 윗사람들에게 그들의 문제점들을 까놓고 말하겠어… 그러나 이건 너무한 거야. 착한 사람들에게 못된 말들이나 내뱉고, 자기 배에 구멍이 나길 원한다면 도대체 나아질 게 뭐가 있겠어."

무리들은 이야기를 듣고 잠시 주춤했다. 그러나 얄궂게도 위에서 꼬마 네그렐의 날카로운 옆모습이 보였다. 그는 자기가 직접 나서지 못하고 반장 한 사람을 보냈다고 사람들이 비난하지 않을까 분명히 두려워하고 있었다. 그래서 네그렐은 말하려 했다. 그러나 그의 목소리는 너무나 무서운 소란 속으로 사라져 버리고 말았다. 그는 그저 어깨를 으쓱한 다음 또다시 창문에서 사라져야만 했다. 그때부터 리슘이 자신의 이름을 걸고 이번 일은 동료들끼리 해결해야 한다고 아무리 애원해 보았자 소용없는 일이 되었다. 사람들은 그를 거부하고 의심했다. 그러나 그는 고집을 부리며 그들 사이에 남아 있었다.

"제발! 내 머리가 박살나도 너희들이 이렇게 어리석은 짓을 하는 한 나는 너희들을 내버려둘 수가 없어!"

그는 저들이 말귀를 알아듣도록 도와달라고 에티엔에게 애원했지만 그는 어쩔 수 없다는 몸짓을 했다. 그것은 너무 때늦은 일이었다. 그들의 숫자는 이제 500명을 넘어섰다. 그리고 거기에는 보리나쥬 노동자들을 쫓아내기 위해 달려온 분노한 사람들뿐이었다. 호기심 많은 사람들과 싸움 구경하는 것을 즐기는 건달들은 물러서 있었다. 얼마간 떨어진 한 패거리 속에서 자카리와 필로멘은 너무나 태평하게 두 자식들, 아실과 데지레까지 데려와 재미난 구경거리처럼 바라보고 있었다. 새로운 무리들이 레키아르에서 밀려왔고 그들 중에는 무케와 무케트도 있었다. 무케는 비웃으면서 곧장 자기 친구인 자카리에게로 가서 그의 어깨를 두드렸다. 반면 무케트는 몹시 흥분해 불순분자들이 모여 있는 맨 앞줄로 뛰어갔다.

그러는 동안 중대장은 매 순간 몽수 도로 쪽을 돌아보고 있었다. 요청한 지원군은 도착하지 않았고 그의 병사 60명으로는 이제 더 버틸 수 없을 것 같았다. 마침내 그는 무리들의 허를 찌르는 생각을 했다. 그는 무리들 앞에서 총알을 장전하라고 명령을 내렸다. 병사들은 명령을 실행했으나 허세와 비웃음으로 동요는 더욱 심해지기만 했다.

"야! 저 허풍장이들이 표적을 찾았나 봐!" 브뢸레, 르바크 마누라, 다른 여자들이 조롱했다.

마외드는 에스텔의 작은 몸으로 내놓은 젖가슴을 가렸고, 아기는 잠에서 막 깨어나 울고 있었다. 그녀가 바짝 다가서자 하사관은 그 어린 갓난애와 함께 무얼 하러 왔냐고 물었다.

"그게 너하고 무슨 상관이야?" 그녀가 대답했다. "용기 있으면 이 위에 대고 당겨 보시지!"

사내들은 머리를 흔들며 경멸을 표했다. 어느 누구도 그들에게 총을 쏘리라고는 생각하지 않았다.

"제들 탄창에는 총알이 없어." 르바크가 말했다.

"아니, 우리가 코작 군대냐?" 마외가 외쳤다. "같은 프랑스 사람한테 쏘진 못하지, 아무렴!"

다른 사람들은 크리미아전쟁*에 갔을 때도 총알이 겁나지 않았다

---

* 제정 러시아는 1853년 오스만 터키 제국의 크리미아 반도를 공격했고, 영국과 프랑스는 러시아의 남하를 막기 위해 연합군으로 참전했다. 1856년 세바스토폴(Sebastopol)의 함락으로 러시아

고 되풀이해서 말했다. 이제 모든 사람들이 계속해서 총구를 향해 달려들었다. 만약 이 순간에 발포했더라면 무리들은 밀단처럼 쓰러졌을 것이었다.

맨 앞줄에 있던 무케트는 군인들이 여자들의 몸에 총알구멍을 내려 한다고 분노하면서 목이 터져라 소리를 질렀다. 그녀는 모든 욕설을 다 뱉었다. 천박한 욕설에도 성이 차질 않자 갑자기 그녀는 군인들의 코에 더할 나위 없이 치명적인 폭탄 공격을 했다. 그녀는 엉덩이를 깠다. 그녀는 두 손으로 치마를 허리까지 걷어 올렸고, 거대한 궁둥이를 펼쳐보였다.

"자 가져, 너희들 거야! 그런데 이건 너무 깨끗해, 너희들처럼 더러운 놈들에게는!"

그녀는 군인 모두가 제 각각 보도록 허리를 구부리고 엉덩이를 내밀고 돌렸다. 그들 한명 한명씩 밀치면서 이 짓을 되풀이했다.

"이건 장교용이야 ! 이건 하사관용이고! 이건 사병용이다!"

웃음이 폭풍처럼 터졌다. 베베르와 리디는 몸을 꼬아댔고, 침울하게 지켜보던 에티엔도 이 알몸 모욕에 갈채를 보냈다. 광분한 노동자들뿐만 아니라 건달들까지도 모두 오물을 뒤집어 쓴 군인들을 본 것처럼 야유를 보냈다. 오직 카트린 만이 외따로 떨어져 오래된 갱목들 위에 아무 말 없이 서있었다. 그러나 증오의 열기로 달아오른 피가 목구멍까지 올라오는 것을 느꼈다.

한 차례 밀고 밀리는 소동이 일어났다. 중대장은 부하들의 울화를 진정시키기 위해 소란을 피우는 자들을 체포하라고 했다. 무케트는 동료들 다리 사이로 뛰어들어 몸을 피했다. 세 명의 광부들, 르바크와 다른 두 명의 광부가 극렬분자들 중에서 붙잡혔고, 그들은 반장 사무실에 감금되었다.

위쪽에서 네그렐과 당사에르는 중대장에게 빨리 건물 안으로 들어

는 패퇴했다.

와 함께 숨자고 외쳤다. 그는 거절했다. 자물쇠도 없는 이 건물의 문들은 공격을 받으면 부서져버릴 것이고, 그렇게 되면 무장해제의 수모를 겪게 되리라고 느꼈다. 이미 그의 소규모 부대는 초조하게 으르렁거렸다. 나막신을 신은 이 비참한 무리 들 앞에서 도망갈 수는 없었다. 벽에 몰린 60명의 군인들은 장전한 총을 무리들 앞에 또다시 들이댔다.

처음에는 뒤로 물러섰고 깊은 침묵이 흘렀다. 파업 노동자들은 힘으로 맞서는 군대에 놀라고 있었다. 그리고 함성이 일며 포로들의 즉각적인 석방을 요구했다. 저 안에서 그들의 목을 조르고 있다는 소리들이 들려왔다. 그러자 아무런 얘기가 없었음에도 똑같은 충동, 모두 다 복수하겠다는 동일한 일념으로 이웃 벽돌더미로 달려갔다. 이 벽돌들은 이회암질의 점토를 작업현장에서 구워낸 것들이었다. 어린아이들은 한 장 한 장씩 주워 날랐고, 여자들은 치마 가득히 담아 옮겼다. 곧 모든 사람의 발치에는 수많은 벽돌들이 쌓였고 투석전이 시작되었다.

브륄레가 제일 먼저 벽돌 던질 자세를 취했다. 그녀는 마른 무릎 뼈로 벽돌들을 부쉈고 오른손으로 그리고 왼 손으로 두 개의 벽돌 조각을 던졌다. 르바크 마누라는 요란스럽게 어깨를 풀었지만 너무 뚱뚱하고 유약해서 제대로 맞히기 위해서는 앞으로 나가야만 했다. 부틀루는 남편이 갇혀 있으니만치 그녀를 집으로 데려갈 수 있다는 희망에 그녀를 뒤에서 잡아당기며 하지 말라고 애원을 했다. 모든 여자들이 흥분하고 있었다. 무케트는 너무나 퉁퉁한 허벅지에 대고 벽돌을 깨다가 피가 날까 겁이 나자 아예 벽돌을 통째로 던져댔다. 꼬마들도 대열에 들어왔고 베베르는 리디에게 힘들이지 않고 던지는 법을 가르쳐 주었다. 그것은 우박이었다. 둔탁한 소리를 내며 깨지는 거대한 우박 덩어리였다. 그런데 갑자기 이 분노한 사람들 한가운데에 카트린이 눈에 띠었다. 그녀 역시 꽉 쥔 손을 공중에 올리고 온 힘을 다해 작은 팔을 휘두르면서 두 쪽 난 벽돌 조각을 던져대고 있었다. 그녀는 왜 이렇게 숨이 막히도록 화가 나는지 말할 수는 없었지만 사람을 때려 죽이고 싶은 욕망에 시달렸다. 잠시 후면 이 망할 놈의 삶도 모두 끝장나버릴 게 아닌가? 그녀는 자기 남자에게 뺨을 맞고 쫓겨나고, 자기 아버지에게 수프 한 그릇 달라고 하지 못한 채 자기 혀를 수프처럼 삼키면서 집 잃은 개처럼 진창 속을 걸어 다닌 게 지겨웠다. 앞으로 더 나아질 리는 만무하고 반대로 철이 든 이후 더 망가지기만 했다. 그래서 그녀는 벽돌을 깼고, 모든 것을 다 쓸어버리겠다는 일념으로 핏발 선 눈으로 벽돌을 던져댔고, 자기가 누구의 턱을 으스러뜨렸는지도 알지 못했다.

에티엔은 군인들 앞에 있었기 때문에 하마터면 두개골이 부서질 뻔했다. 그의 귀가 부어올랐고 뒤를 돌아보았다. 그는 그 벽돌이 열에 달뜬 카트린의 꽉 쥔 손에서 날아온 것임을 알고 몸서리를 쳤다. 맞아 죽을지도 모를 위험에도 불구하고 그는 그 자리에 서서 그녀를 바라보았다. 다른 많은 사람들 역시 팔들을 휘둘러대며 전투에 여념이 없었고 제 정신이 아니었다. 무케는 마치 병마개 쓰러뜨리기 놀이를 구경하는 것처럼 돌팔매질의 점수를 매기고 있었다. 와! 저건 제대로 맞았는데! 저건 빗나갔어! 그는 농담을 지껄이며 팔꿈치로 자카리를 밀었다. 자카리는 전투를 보려는 아이들을 목마 태우기가 싫어서 뺨을 때렸고, 이 일로 필로멘과 말다툼을 하고 있었다. 도로를 따라 사람들이 멀리서부터 몰려들었다. 그리고 언덕 위쪽, 탄광촌 입구에 본모르 영감이 방금 모습을 나타냈다. 그는 지팡이를 짚고 몸을 끌고 오다가 이제는 움직이지 않은 채 녹슨 하늘 아래 서 있었다.

첫 번째 벽돌 투척이 시작되자마자 리숌 반장은 군인들과 광부들 사이에 또다시 끼어들었다. 그는 군인들에게 간청을 했고, 광부들에게는 훈계를 했다. 위험을 아랑곳하지 않았고 너무나 절망한 나머지 그의 두 눈에서는 굵은 눈물이 흘러 내렸다. 소란 속에서 그의 말소리는 전혀 들리지 않았고 단지 떨리는 커다란 회색 수염만 보였다.

그러나 벽돌 우박은 더욱 심해졌다. 사내들이 여자들을 따라서 투척을 시작했던 것이었다.

그때 마외드는 뒤에 가만히 서 있는 마외를 발견했다. 그는 손에 아무것도 들지 않고 어두운 표정으로 있었다.

"무슨 일 있어, 말해봐?" 그녀가 외쳤다. "당신 비겁쟁이야? 당신 동료들이 감옥에 끌려가도록 내버려둘 거야?… 아! 이 애가 없었으면 저것들을 그냥!"

울부짖으면서 목을 잡는 에스텔 때문에 그녀는 브륄레와 다른 여자들과 합세할 수가 없었다. 남편이 자기 말을 듣지 않는 듯하자 그녀는 그의 다리 사이로 벽돌들을 발로 밀었다.

"어휴! 안 들을 거예요? 사람들 앞에서 내가 당신 얼굴에 침을 뱉어야 용기를 내겠어요?"

얼굴이 시뻘겋게 된 마외는 벽돌을 깨서 그것들을 던졌다. 그녀는 바가지를 긁었고 그의 얼을 빼놓았다. 경련하는 두 팔로 에스텔을 자기 젖가슴에 숨이 막히도록 누르면서 그의 뒤에서 저주의 말들을 짖어댔다. 그는 계속해서 앞으로 나아가 총부리 앞에 있었다.

질풍처럼 몰아치는 돌팔매질 속에서 소규모 군대는 보이지도 않았다. 다행히 돌들은 상단부를 때렸고 벽은 상처투성이가 되었다. 어떻게 할 것인가? 등을 돌려 안으로 들어간다는 생각을 하자 중대장의 창백한 얼굴이 잠시 달아올랐다. 그러나 이것마저도 이제는 불가능하다. 조금이라도 움직이면 무리들은 자기들을 박살낼 것이다. 벽돌 하나가 그의 모자챙을 부러뜨렸고 그의 이마에서는 핏방울이 흘렀다. 병사들 중 여러 명이 부상을 당했다. 그는 부하들이 제 정신이 아니며 자기 보호본능의 고삐가 풀려 상관의 명령에 복종하지 않으리라는 것을 느꼈다. 하사관은 '씨팔!'을 내뱉었고 그의 왼쪽 어깨는 반쯤 탈구되었다. 살은 빨래 방망이로 둔탁하게 얻어맞은 듯 멍들어 있었다. 두 번 연거푸 돌에 스친 신병은 엄지가 부러졌고 오른쪽 무릎이 화끈거렸다. 또 이렇게 당하고만 있을 것인가? 튀어 오른 돌 하나가 늙은 고참병의 하복부를 때렸고 그의 두 뺨은 누르락푸르락했다. 그는 떨면서 마른 팔을 쭉 뻗어 총을 들이댔다. 세 번이나 중대장은 발포 명령을 내릴 뻔했었다. 그는 번민에 시달렸고 몇 초 동안 사상, 책무, 인간과 군인에 대한 온갖 믿음들이 서로 부딪히며 끝없이 싸웠다. 벽돌이 더 많이 쏟아졌고 그는 입을 열어 '발포!'를 외치려 했다. 그때 총구들은 저 스스로 발사했다. 처음에는 세 발, 다음에는 다섯 발, 그 다음에는 부대원의 전 총성이 울렸다. 그리고 한참 후 커다란 침묵 속에서 또 한 방의 총성이 울렸다.

망연자실했다. 군인들은 방아쇠를 당겼고, 무리들은 입을 벌린 채 그것을 여전히 믿지 못하는 듯 꼼짝 않고 있었다. 그러나 찢어지는 듯한 비명들을 외쳤고 사격 중지를 알리는 나팔소리가 울렸다. 그리고 공포가 미친 듯이 엄습해왔고 산탄 총격에 짐승들이 내달리듯 무리들은 진흙탕 속으로 정신없이 도망갔다.

베베르와 리디는 첫 번째 세 발의 총성이 울렸을 때 주저앉았다. 리디는 얼굴을 맞았고, 베베르는 왼쪽 어깨 아래를 맞았다. 리디는 벼락을 맞고 더는 움직이지 않았다. 그러나 베베르는 꿈틀거리며 단말마의 경련 속에서, 리디를 되찾고 그들이 지난밤을 지냈던 검은 은신처 속에서 그랬던 것처럼 소녀를 온 팔로 껴안았다. 그리고 바로 그때 장랭이 레키아르에서 잠에 부은 얼굴로 연기 속에서 뒤뚱거리며 달려왔다. 그는 베베르가 죽어가는 자기의 어린 여자를 껴안고 있는 것을 바라보았다.

또 다른 다섯 발의 총탄에 브륄레와 리숌 반장이 쓰러졌다. 동료들에게 간청을 하던 순간 등을 맞았고 무릎을 꿇으며 주저앉았다. 그리고 한쪽 엉덩이 쪽으로 미끄러지며 땅바닥에서 숨을 헐떡였고 울었던 두 눈에는 눈물이 가득 고여 있었다. 총알이 목을 관통한 노파는 마치 마른 나뭇단처럼 아주 뻣뻣하게 부러지는 소리를 내며 쓰러졌고 마지막 욕설을 꾸르륵 올라오는 피 속에서 더듬거리며 뱉어냈다.

그런데 그때 부대원의 전 총성이 지면을 휩쓸며 100보 뒤에서 전투를 비웃던 호기심 많은 무리들을 쓰러뜨렸다. 총알 한 발은 무케의 입

속으로 들어가 그를 박살냈다. 그는 자카리와 필로멘의 발치에서 나자빠졌고, 그들의 두 아기는 붉은 핏방울로 뒤덮였다. 같은 순간 무케트는 배에 두 발의 총알을 맞았다. 그녀는 군인들이 총을 어깨에 대는 것을 보았고, 착한 처녀의 본능적인 움직임으로 카트린 앞으로 몸을 던지면서 그녀에게 조심하라고 외쳤다. 그리고 커다란 비명을 지르며 모로 누웠고 경련으로 비트적거렸다. 에티엔이 달려와 그녀를 일으켜 세우고 옮기려 했다. 그러나 그녀는 손짓으로 자기는 끝났다고 말했다. 그리고 그녀는 마지막 숨을 삼켰고, 죽으면서 에티엔과 카트린이 함께 있는 것을 보는 게 행복한 듯 그들에게 연신 미소를 지었다.

우레와 같은 총성이 탄광촌 전면까지 울려 퍼지며 아득히 사라지자 모든 것이 끝난 듯했다. 그때 마지막 총성이 홀로 뒤늦게 울렸다.

마외는 심장 한복판을 맞았고 자신을 축으로 돌다가 석탄으로 검게 된 물웅덩이에 머리를 박고 쓰러졌다.

얼이 빠진 마외드가 몸을 굽혔다.

"이봐요! 여보, 일어나요, 무슨 일예요, 예?"

에스텔 때문에 손이 불편하여 어쩔 수 없이 팔 아래로 아이를 잡은 채 그녀는 남편의 고개를 돌렸다.

"말을 해봐요! 어디가 아파요?"

그의 두 눈은 텅 비어있었고 입에는 피거품이 묻어 있었다. 그녀는 그가 죽었다는 것을 알았다. 그래서 그녀는 진흙 바닥에 주저앉았고, 딸을 봇짐처럼 팔에 낀 채 넋이 빠진 얼굴로 남편을 쳐다보았다.

수갱에는 사람이 없었다. 신경질적인 몸짓으로 중대장은 돌에 맞아 챙이 부러진 군모를 꺼내 다시 썼다. 그리고 그는 창백하게 굳은 얼굴로 자기 일생일대의 재앙을 바라보았다. 그동안 그의 부하들은 입을 다문 채 다시 실탄을 장전했다. 네그렐과 당사에르는 석탄 수납장 창문에서 기겁한 얼굴을 하고 있었다. 수바린은 그들 뒤에 있었고 마치 대못처럼 박혀있는 그의 고정관념이 새겨놓은 것처럼 그의 이마에는 커다란 주름 하나가 위협적으로 그어져 있었다. 지평선 반대쪽 높은 평지 가장자리에서 본모르는 한 손으로는 지팡이를 짚고, 더 잘 보기 위해 다른 손은 눈썹 위에 갖다 대고 아래에서 일어나는 자기 가족의 살육을 바라보고 있었다. 부상자들은 울부짖었고 죽은 사람들은 뒤틀린 자세로 싸늘히 식어가고 있었다. 그들은 여기저기서 눈이 녹는 진창에 빠져 있었고, 눈으로 더럽혀진 누더기 아래에서는 잉크빛 석탄 얼룩들이 나타났다. 그리고 아주 작고 가난으로 비참하게 마른 듯한 사람들의 시체들 한 가운데에는 거대한 트롱페트의 사체가 누워 있었고, 이 죽은 살덩어리는 괴기스럽고 비통했다.

에티엔은 죽지 않고 살아 있었다. 그는 피로와 고통으로 쓰러진 카트린 곁에서 그녀가 깨어나기를 언제까지나 기다리고 있었다. 그때 그는 우렁차게 울리는 목소리에 전율했다. 미사를 마치고 돌아온 랑비에 사제였다. 그는 두 팔을 높이 들고 분노한 예언자의 음성으로 살인자들에게 신의 분노가 내려지길 빌었다. 그는 정의로운 시대의 도래와 하늘의 불로써 부르주아들을 절멸할 다음 세상을 예고했다. 부르주아들은 이 세상의 노동자들과 혜택 받지 못한 자들을 살육하는 극악한 범죄를 저질렀기 때문이었다.

제7부

I

몽수에서의 발포는 파리에까지 엄청난 반향을 불러일으켰다. 나흘 전부터 모든 야당 신문들은 크게 분개하며 1면에 끔직한 이야기들을 게재했다. 스물다섯 명 부상, 열네 명 사망, 그 중에는 두 명은 아이고 세 명은 여자였다. 그리고 여러 명이 체포되었다. 르바크는 일종의 영웅이 됐는데 그는 예심판사 앞에서 고대 그리스인의 위엄으로 답변을 했던 것이었다. 이 몇 발의 총탄에 정통으로 맞은 제2제정은 모든 것을 다 알고 있는 것처럼 태연했지만, 실제로는 권력이 받은 상처의 심각성을 알지 못하고 있었다. 그저 권력에게 그것은 유감스런 충돌이었고, 여론을 주도하는 파리의 포장도로에서 멀리 떨어진 검은 고장에서 일어난 불상사일 뿐이었다. 곧 잊을 듯싶었다. 회사 측은 짜증나게 지속될 경우 사회위기로 변질될 우려가 있기 때문에 이 파업을 종결시키라는 비공식적인 명령을 하달 받았다.

그래서 수요일 아침이 되자마자 세 명의 이사가 몽수에 도착했다. 그때까지 이 작은 도시는 심장이 약해 감히 살육을 기뻐하지 못했었지만 이제 숨을 내쉬며 드디어 구원받은 기쁨을 맛보았다. 마침 날씨는 개기 시작해 태양은 맑았다. 2월초 햇살의 온기에 라일락 가지에는 푸른 움이 트기 시작했다. 회사는 커다란 건물의 모든 겉창들을 열어젖히며 생명을 되찾은 듯했다. 아주 흥겨운 소리들이 흘러나왔고, 이번 재앙으로 너무나 가슴이 아픈 이 어르신들은 과오를 저지른 탄광촌 사람들을 아버지의 인자하신 팔로 보듬기 위해 달려왔다고들 했다. 피해는 틀림없이 이사들이 생각했던 것보다 훨씬 심각한 상태였기 때문에 그들은 때늦은 훌륭한 조처들을 발표했다. 우선 그들은 보리나쥬인들을 되돌려 보내며 노동자들에게 극단의 양보를 한다고 변죽을 울렸다. 그리고 그들은 수갱에 주둔한 군대를 철수시켰다. 진압당한 파업 노동자들은 더 이상 위협이 되지 못했다. 행방이 묘연한 보뢰의 보초병에 대해서 불문에 부친 것도 바로 이사들이었다. 고장 전체를 뒤졌지만 총도 시체도 찾을 수 없어서 어떤 범죄가 의심됨에도 불구하고 탈영병으로 처리해 버렸다. 모든 문제들에 있어서 이사들은 사건을 축소하려고 노력했다. 그들은 내일의 공포에 떨었지만 걷잡을 수 없는 야만성으로 옛 세상의 노후한 골조 위를 내달리는 무리들을 인정하는 것은 위험한 일이라고 판단했다. 게다가 이러한 화해 작업은 순전히 행정적인 일들을 잘 처리하는데도 나쁘지 않았다. 왜냐하면 드뇔랭은 회사 건물에 다시 와서 엔느보 씨를 만났기 때문이었다. 방담의 매입에 관한 협상이 계속되었고, 사람들은 그가 이사들의 제안을 받아들일 것이라고 확신하고 있었다.

그러나 특히 이 고장을 술렁이게 한 것은 바로 이사들이 수없이 붙이게 한 노란색의 커다란 공고문이었다. 거기에는 커다란 글씨로 다음과 같은 글이 몇 줄 적혀 있었다. '몽수 노동자 여러분, 우리는 여러분들이 일전에 보았던 과오의 슬픈 결과들 때문에, 현명하고 선의를 지닌 노동자들의 생계가 없어지는 것을 원치 않습니다. 따라서 우리는 월요일 아침 모든 수갱들을 열 것이며, 작업을 재개하면 우리는 열과 성을 다해서 상황이 개선될 수 있도록 검토할 것입니다. 우리는 정당하고 가능한 모든 것을 행할 것입니다.' 오전 내내 만 명의 탄광부들은 이 벽보 앞에 줄을 섰다. 아무도 말을 하지 않았고, 많은 사람들이 고개만 끄덕였다. 또 다른 사람들은 발을 질질 끌며 얼굴의 주름 하나

까닥하지 않은 채 자리를 떴다.

그때까지 되-상-카랑트 탄광촌은 완강한 저항을 고집하고 있었다. 수갱의 진흙을 붉게 물들였던 동료들의 피는 다른 동료들의 길을 막고 있는 듯했다. 열 명도 안 되는 광부들만이 수갱에 다시 내려갔다. 사람들은 피에롱과 그와 같은 유의 내통자들이 수갱에 갔다 오는 것을 침울한 표정으로 바라보기만 할 뿐, 아무런 제스처도 위협도 가하지 않았다. 또한 교회에 붙은 공고문을 은연중에 불신했다. 거기에는 돌려받은 노동자수첩에 대해서는 일절 언급이 없었던 것이었다. 회사는 돌려준 노동자수첩을 다시 받지 않겠다는 것인가? 그리고 보복의 두려움, 파업 주동자들의 해고를 항변하는 우애 정신이 그들 모두를 완강하게 버티게 했다. 아무래도 미심쩍으니 더 두고 봐야 한다. 운반갱으로 되돌아가면 그 양반들은 본색을 드러낼 것이다. 침묵이 나지막한 탄광촌을 짓누르고 있었고, 배고픔은 이제 아무것도 아니었다. 격렬한 죽음이 이 마을을 지나간 이상 어느 누구나 죽을 수 있었다.

어느 집보다도 마외의 집은 특히 검고 말이 없었으며 애도의 슬픔에 짓눌려 있었다. 공동묘지에서 남편을 배웅한 후 마외드는 악문 이를 떼지 않았다. 그녀는 전투 이후 진흙투성이가 된 채 반쯤 죽은 카트린을 에티엔이 집에 데려오자 그냥 내버려두었다. 그녀를 눕히기 위해 청년 앞에서 옷을 벗기던 마외드는 한순간 자기 딸마저 배에 총을 맞고 돌아왔구나 생각했었다. 왜냐하면 딸의 속옷에 커다란 핏자국이 있었기 때문이었다. 그러나 그녀는 곧바로 알아차렸다. 그것은 그 날의 끔찍한 충격으로 인해 마침내 터져 나온 초경의 핏물이었다. 아! 상처만 줄 행운이로군! 아이들을 낳을 수 있으니 아름다운 선물이지만 헌병 놈들이 나중에 그 애들의 목을 졸라 죽이겠지! 그녀는 카트린에게 말을 건네지 않았고 에티엔에게도 아무 말도 하지 않았다. 에티엔은 체포의 위험에도 불구하고 장랭과 함께 갔다. 몸서리나는 레키아르의 칠흑의 어둠 속으로 되돌아가느니 차라리 감옥으로 들어가는 게 더 나을 것 같았다. 그 모든 죽음이 있은 후 그는 밤마다 공포에 떨었고, 저 바위 아래에서 잠자고 있는 어린 병사를 생각할 때마다 말할 수 없는 두려움에 전율했다. 게다가 패배의 고통 속에서 그는 감옥을 피난처로써 꿈꾸고 있었다. 그러나 사람들은 그를 염려조차 하지 않았고, 그는 자기 몸을 어디에 혹사시킬지 알지 못한 채 비참한 시간을 때우고 있었다. 종종 마외드는 그저 그와 자기 딸에게 원한이 있는 듯 바라보았고, 자기 집에서 무슨 짓들을 하고 있는 거냐고 묻는 듯한 태도를 보였다.

또다시 한데 뭉쳐 자며 코를 골았다. 본모르 영감은 알지르가 큰 언니의 옆구리에 꼽사등을 더 이상 밀어 넣지 않게 되자, 두 꼬맹이들의 옛날 침대를 차지했고, 두 녀석은 카트린과 함께 잤다. 잠자리에 들 때면 마외드는 너무 넓어진 싸늘한 침대 속에서 집 안이 텅 빈 듯한 느낌을 가졌다. 빈 구멍을 채우기 위해 에스텔을 안아 보았자 허사였다. 아이가 그녀의 남자를 대신할 수는 없었다. 그래서 그녀는 소리 없이 몇 시간 동안 울곤 했다. 그리고 세월은 예전처럼 다시 흘러가기 시작했다. 언제나처럼 빵은 없었고, 그렇다고 해서 단 한 번에 죽을 기회가 있는 것도 아니었다. 여기저기서 주워 모은 것들이 그들을 비참하게 연명하도록 해주었다. 삶에서 바뀐 것이라고는 아무것도 없었다. 단지 그녀의 남편이 없다는 것뿐이었다.

닷새째 되는 날 오후에 에티엔은 이 말없는 여인을 보고 절망감을 느꼈다. 그는 거실을 나와 탄광촌의 포장길을 따라 천천히 걸었다. 그를 짓누르는 무력감에 팔을 덜렁덜렁 흔들며 고개는 숙인 채 똑같은 생각에 시달리며 계속해서 걸었다. 반시간 전부터 그는 그렇게 포장도로 위를 터벅터벅 걷고 있었다. 그때 그의 마음이 더욱 불편하게도 동료들이 문 밖에 나와 그를 본다는 것을 느꼈다. 그나마 남아 있던 그의 인기는 군인들이 발포하는 바람에 떠나가 버렸고, 지나갈 때면 원망에 불타는 눈으로 그를 바라보는 사람들만 만날 뿐이었다. 고개를 들면 눈으로 으름장을 놓는 사내들이 있었고, 여자들은 조그만 창문의 커튼을 벌리고 있었다. 여전히 입을 다문 그들의 비난과 배고픔과 눈물로 더 크게 뜬 눈에 담긴 그들의 분노 때문에 그는 몸 둘 바를 몰랐고, 제대로 걸을 수가 없었다. 언제나 그의 뒤에서 들리지 않는 비난은 커져만 갔다. 탄광촌의 모든 사람이 뛰어나와 그에게 그들의 비참함을 외치지 않을까 두려워 그는 몸을 떨면서 집으로 돌아왔다.

마외의 집에선 그를 완전히 뒤집어 놓을 싸움이 기다리고 있었다. 두 명의 이웃은 학살이 있던 날 바닥에 쓰러져 있는 본모르 영감을 발견했다. 그의 지팡이는 벼락 맞은 고목처럼 조각이 나 있었다. 그 이후로 그는 차가운 벽난로 가까운 곳에 있는 의자에 꼼짝 않고 앉아 있었다. 그리고 레노르와 앙리는 배고픔을 달래기 위해서 전날 양배추를 끓였던 낡은 냄비를 귀를 째는 듯한 소리를 내며 긁고 있었고, 그동안 마외드는 에스텔을 탁자 위에 올려놓고 똑바로 서서 카트린에게 주먹을 들이대고 있었다.

"다시 말해 봐, 이것아! 방금 했던 말을 다시 말하라고!"

카트린은 보뢰로 돌아가겠다고 말한 터였다. 먹을 빵도 벌지 않으면서 엄마 집에서 이렇게 거추장스럽고 무용한 짐승처럼 기대어 산다는 생각을 하면 하루하루를 견딜 수가 없다. 그래서 샤발에게 맞아도 좋으니, 화요일부터는 보뢰에 다시 내려갈 생각이다. 그녀는 더듬거리며 되뇌었다.

"뭘 원하는 거예요? 아무 일도 하지 않고 살 수는 없어요. 일을 하면 빵은 먹을 수 있을 거예요."

마외드가 그녀의 말을 가로막았다.

"잘 들어, 너희들 중 누구든 수갱에 먼저 내려가는 놈은 목을 졸라죽일 거야… 아! 안 돼, 이건 너무해. 아버지를 죽이고, 다음에는 그 아이들을 계속해서 착취하고! 지겨워, 차라리 이미 떠난 네 아버지처럼 너희들 모두를 관 속에 데려가고 싶어."

결국 그녀의 오랜 침묵이 깨지면서 말이 봇물처럼 터져 나왔다. 카트린이 자기에게 가져올 그 꼴 난 돈! 기껏해야 30수, 거기에 높은 것들이 저 도둑놈 장랭에게 일거리를 내주면 20수를 보탤 거고, 50수, 그러면 일곱 입이 먹고 산다고! 아이들은 수프를 삼키는 일에만 쓸모가 있다. 할아버지는 쓰러지면서 뇌가 어떻게 됐음에 틀림없다. 왜냐하면 바보처럼 보이니까. 피가 거꾸로 돌지 않는 한 어떻게 군인들이 동료들에게 총 쏘는 것을 볼 수 있었겠는가.

"안 그래요? 아버님, 그놈들이 아버님을 완전히 망가뜨려 놓았어요. 아무리 팔심이 좋아도 이제는 아무 소용없어요. 아버님은 끝났어요."

본모르는 아무 것도 알아듣지 못한 채 사그라진 눈으로 마외드를 쳐다보았다. 그는 몇 시간이고 한 곳만을 바라보았고, 이제 청결을 위해 그의 옆에 갖다 놓은 재로 채운 접시 위에 가래침을 뱉는 지력 밖에는 없었다.

"그리고 그들은 연금도 정산하지 않았어." 그녀가 말을 계속했다. "그들은 연금 지급을 거절할 게 분명해. 우리들 사상 때문에… 안 돼! 불행한 사람들에게 이건 정말 너무 해!"

"그러나 그들은 공고문으로 약속했어요…" 카트린이 용기를 내서 말했다.

"네가 그 공고문 애기로 내 복장을 터뜨릴 참이냐!… 그것은 또 우리를 잡아먹기 위한 끈끈이야. 우리 몸에 구멍을 내 놨으니 친절한 척 할 수는 있겠지."

"그럼 엄마, 우린 어디로 가요? 분명히 그들은 우리를 탄광촌에 두지 않을 거예요."

마외드는 겁에 질린 막연한 제스처를 했다. 어디로 가냐고? 전혀 알 수 없었고 생각하고 싶지도 않았다. 그것을 생각하면 미칠 것만 같았다. 다른 아무 데나 갈 것이다. 그리고 냄비 소리를 참을 수 없게 되자 마외드는 레노르와 앙리에게로 달려들어 뺨을 때렸다. 네발로 기어가던 에스텔이 바닥에 떨어지며 소란은 더욱 커졌다. 엄마는 저주스런 말로 애를 달랬다. 죽어 없어지면 얼마나 좋겠어! 그녀는 알지르 애기를 했고 다른 가족들에게 그 애가 복을 줄 거라고 말했다. 그리고 갑자기 벽에 머리를 대고 큰 울음을 터뜨렸다.

서있던 에티엔은 감히 끼어들 수가 없었다. 그는 이제 집에서조차 중요한 사람이 아니었다. 심지어 아이들까지도 미덥지 않은 듯 뒤로 물러섰다. 그러나 이 불행한 여인의 눈물에 마음이 울컥해 그는 중얼 거리듯 말했다.

"자, 자, 용기를 내세요! 이 곤경을 이겨내야죠."

그녀는 그의 말을 듣지 않은 듯 낮은 목소리로 계속 신세한탄을 했 다.

"아! 이렇게 비참할 수가 있는 거야? 이 끔찍한 일들이 일어나기 전 에는 그래도 살아왔었어. 마른 빵을 먹었지만 모두가 함께였어… 그런 데 무슨 일이 일어난 거야. 정말로! 우리가 무슨 일을 했기에 이 같은 슬픔을 겪는단 말이야? 몇 사람은 땅 속에 있고 몇 사람은 거기로 가 기만을 고대하고… 정말로 일하는 말처럼 우리는 멍에를 메고 일했어. 그런데 분배는 전혀 옳지 못 했어. 억지를 쓰며 속였고, 언제나 부자들 의 재산을 부풀려 주기만 했어. 우리는 좋은 것들을 맛볼 희망도 못 가 졌어. 삶의 기쁨도 가고 희망도 가버렸어. 그래, 더는 참을 수가 없었 어. 조금은 숨을 쉬어야만 했어… 그러나 누가 이렇게 될 줄 알았겠어! 이렇게 불행하게 됐는데 어떻게 정의를 바랄 수가 있겠냐고!"

한숨을 쉴 때마다 가슴이 부풀어 올랐고 엄청난 슬픔으로 목이 메 었다.

"그리고 약아빠진 놈들은 언제나 그래. 잘될 거라고 너희들에게 약 속하고 그로 인한 고통만 주지… 화가 나고 사는 것이 너무나 힘들어, 죽기만 바라고 있어. 나는 바보처럼 꿈을 꿨었어. 모든 사람과 좋은 우 정을 나누는 삶을 보았었어. 나는 공중으로 올라갔었지, 정말! 구름 속으로. 그런데 신세를 망치고 진흙으로 다시 떨어졌어… 사실이 아 니었어. 상상으로 보았던 것이 아래에는 아무 것도 없어. 있던 것이라 고는 여전히 비참함이야, 아! 그들이 원하는 비참함과 거기에 덤으로 총질까지!"

에티엔은 이 탄식을 들었고 그 탄식의 눈물에 양심의 가책을 느꼈다. 높은 이상으로부터 끔찍하게 추락해 모든 것이 다 부서진 마외드를 그는 무슨 말로 진정시켜야 할지 몰랐다. 그녀는 방 한가운데로 다시 와서 에티엔을 바라보았다. 그리고 반말로 그녀의 마지막 분노를 터뜨렸다.

"너는 지금 수갱으로 돌아가라고 말하고 있어. 그 안에서 우리들 모두 볼 장 다 보지 않았어?… 나는 너를 조금도 비난하지 않아. 다만 내가 너라면 괴로워 죽었을 거야. 동료들에게 그런 고통을 주었더라면."

그는 대답하고 싶었지만 절망적으로 어깨를 으쓱하고만 말았다. 고통 속에 있는 그녀가 이해하지도 못할 설명을 해본들 무슨 소용이 있겠는가? 너무도 괴로워 그는 바깥으로 나와 다시 정신없이 걷기 시작했다.

밖에서도 탄광촌 전체가 자기를 기다리고 있다는 느낌이 들었다. 사내들은 문간에 있었고 여자들은 창문에 있었다. 그가 나타나자마자 투덜대기 시작했고 사람들이 불어났다. 험담은 나흘 전부터 부풀어 올랐고 만인의 저주로 폭발했다. 그를 향해 주먹을 내보였고 여자들은 자식들에게 원한서린 몸짓으로 그를 가리켰다. 노인들은 그를 쳐다보면서 침을 뱉었다. 패배 이튿날부터 사람들은 돌변했고 그것은 인기의 숙명적인 이면이었다. 참았던 모든 고통이 보람 없이 끝나자 증오심은 격해지기만 했다. 그는 배고픔과 죽음의 대가를 치루고 있었다.

자카리는 필로멘과 함께 도착했고 집을 나서던 에티엔을 떠밀었다. 그리고 못되게 빈정거렸다.

"어이구! 살이 쪘는데… 다른 사람들 목숨으로 영양 보충을 했구먼!"

벌써 르바크 마누라는 부틀루와 함께 문 앞으로 나오고 있었다. 그녀는 총에 맞아 죽은 자기 아들 베베르 얘기를 하면서 소리를 질렀다.

"그래, 어린애들을 죽게 만든 비겁한 놈들이 있어. 땅 속으로 들어가. 내 아들을 찾아서 내게 데려와!"

부틀루가 집에 있기 때문에 그녀는 자기 남편이 갇혀있다는 것을 잊고 있었고 부부생활도 쉽지 않았다. 그러나 남편 생각이 나자 그녀는 째지는 목소리로 계속 말했다.

"내 원 참! 망나니들은 산보나 하고, 용감한 사람들은 잡혀 있으니!"

그녀를 피하자 에티엔은 정원을 가로질러 뛰어온 피에론과 맞닥뜨렸다. 그녀는 자기들 부부를 목매달아 죽이겠다고 위협했던 자기 엄마가 죽자 해방감을 맛보고 있었다. 그리고 이제는 없는 피에롱의 어린 딸에 대해서도 눈물 한 방울 흘리지 않았다. 그녀는 그 화냥년 리디가 죽은 것을 정말로 시원하게 여기고 있었다. 그리고 그녀는 이웃 여자들과 화해하려는 생각을 갖고 있었다.

"내 엄마와 내 어린 딸을 어떻게 할 거야? 다 봤어, 네가 그녀들 뒤에 숨는 것을. 그래서 네 대신 총알에 맞은 거야!"

어떻게 할 것인가? 피에론과 이 여자들을 목 졸라 죽여 버리고 탄광촌 사람들과 한판 붙어? 잠시 에티엔은 그러고 싶었다. 머릿속에서는 피가 끓었고, 동료들이 이제 짐승처럼 보였다. 현상의 논리로 그를 공격하는 이 무식한 야만인들에게 화가 치밀었다. 무식한 것들! 그들을 또다시 양순하게 할 수 없다는 무력감에 그는 그들에게 혐오감을 느꼈다. 그래서 욕설을 못들은 척하고 발걸음을 재촉했다. 그리고 곧바로 달아나자 그가 지나는 모든 집들에서 야유가 쏟아졌고, 사람들은 악착같이 그의 뒤에 달라붙었다. 모든 사람이 하나같이 점점 더 우레 같은 목소리로 그를 저주했고, 봇물처럼 증오를 쏟아냈다. 그는 착취자였고 살인자였으며, 불행의 유일한 원인이었다. 창백하게 질린 채 미친 듯이 달리면서 그는 탄광촌을 빠져나왔고, 무리들은 야유를 보내며 그를 쫓았다. 마침내 도로로 나서자 많은 사람들이 쫓아오지 않았다. 그러나 몇몇 사람들은 끈질기게 따라왔다. 그때 언덕 아래에 있는 라방타쥐 앞에서 그는 보뢰에서 나오는 또 다른 사람들과 맞닥뜨렸다.

무크 영감과 샤발도 거기에 있었다. 그의 딸 무케트와 아들 무케가 죽은 이후에도 노인은 단 한마디의 회한과 불평 없이 자신의 마부 일을 계속하고 있었다. 그러나 갑자기 에티엔을 보자 격분을 이기지 못했고 두 눈에서는 눈물이 터져 나왔다. 그리고 담배를 너무 씹어서 피가 흐르는 검은 입에서 욕설들이 쏟아져 나왔다.

"더러운 놈! 돼지 같은 놈! 상놈의 새끼… 기다려! 넌 내 불쌍한 자식새끼들의 대가를 치러야 돼! 너를 보내고 말 거야!"

그는 벽돌을 주워 그것을 깼고 에티엔을 향해 던졌다.

"맞아, 맞아, 저놈을 없애버려!" 복수에 신바람이 나서, 너무나 흥분한 샤발이 비웃으며 외쳤다. "우리 모두가 차례로… 벽에 붙어 있어, 이 비열한 새끼야!"

샤발 역시 돌을 던지면서 에티엔에게 달려들었다. 야만스런 소동이 일어났다. 모두들 벽돌을 주워 그것을 깼고, 군인들의 배에 구멍을 내기 원했던 것처럼 그의 배에 구멍을 내기 위해 벽돌을 던졌다. 아연실색한 에티엔은 도망치지 않고 정면으로 맞서며 말로써 진정시키려 했다. 예전에 그토록 뜨거운 환호를 받았던 연설을 그의 입술로 다시 행했다. 충실한 가축 떼처럼 그들을 쥐고 흔들던 시절, 그들을 도취시켰던 말들을 되풀이했다. 그러나 그의 힘은 살아 있지 않았다. 오로지 돌팔매질만이 돌아왔다. 그는 왼쪽 팔에 상처를 입고 커다란 위험을 느낀 나머지 뒤로 물러났다. 이제 그는 라방타쥬 술집 전면에 몰려 있었다.

조금 전부터 라스뇌르는 술집 문 앞에 있었다.

"들어와." 그가 짤막하게 말했다.

에티엔은 주저했다. 여기에 몸을 피한다는 생각을 하자 숨이 막혀 왔다.

"들어오라니까? 저들에게는 내가 말할게."

에티엔은 체념하고 홀 안쪽으로 몸을 숨겼다. 그동안 술집 주인은 넓은 어깨로 문을 막았다.

"이봐요 친구들, 진정들 합시다… 당신들은 내가 결코 속인 적이 없다는 것을 인정할 겁니다. 언제나 나는 조용히 일을 벌이자고 했고, 만약에 당신들이 내 말을 들었더라면 확신하건대 지금 이 지경까지는 이르지는 않았을 겁니다."

어깨와 배를 흔들어대면서 그는 오랫동안 청산유수로 말을 해나갔고, 따뜻한 물처럼 그들을 부드럽게 진정시켰다. 예전의 성공이 다시 오고 있었다. 동료들은 마치 한 달 전에 그에게 야유를 보내고 비겁한 놈으로 대했던 적이 없었던 것처럼 그를 대했고, 그는 힘들이지 않고 자연스럽게 그의 인기를 회복하고 있었다. 수많은 목소리들이 그의 말에 찬성했다. 좋아! 찬성이요! 바로 그거야! 곧이어 천둥 같은 환호가 터져 나왔다.

뒤에 있던 에티엔은 맥이 빠졌고 그의 가슴은 쓰라린 고통에 잠겼다. 그는 라스뇌르가 숲에서 했던 말을 떠올렸다. 그때 그는 에티엔에게 배은망덕한 무리들에게 당할 거라고 협박했었다. 이 얼마나 어리석은 짐승들인가! 그토록 베풀었건만 파렴치하게 잊어버리다니! 그것은 자기 자신을 저 스스로 잡아먹는 맹목적인 힘이었다. 그리고 그는 분노 속에서 이 야수들이 자기들의 명분을 그르치는 것을 보았다. 그는 무너지는 자기 자신과 자기 야심의 비극적 종말에 절망했다. 이게 뭐란 말인가! 벌써 끝이란 말인가? 그는 너도밤나무 숲 아래서 그의 심장소리에 메아리쳤던 3,000명의 박동소리를 회상했다. 그날 그는 자신의 인기를 두 손안에 거머쥐고 있었고 인민은 그의 것이었다. 그는 그들의 지도자임을 느꼈다. 그는 그때 미친 꿈에 도취되어 있었다. 몽수에 발을 딛고 저기 파리에서, 아마도 국회의원이 되어 의회 연단에서 노동자로서는 처음으로 연설을 하며 부르주아들에게 벼락 같은 호통을 치는 꿈이었다. 그런데 모든 것이 끝났다! 비참하고 미움받는 그는 미망에서 깨어났고, 그의 인민은 벽돌을 던지면서 그를 내쫓은 터였다.

라스뇌르가 목소리를 높였다.

"폭력은 결코 성공하지 못했습니다. 세상을 하루 만에 뒤바꿀 수는 없는 일입니다. 단번에 모든 것을 뒤바꾸겠노라고 당신들에게 약속하는 자들은 모두 다 익살꾼이거나 망나니들일 뿐입니다!"

"브라보! 브라보!" 무리들은 외쳤다.

도대체 누가 죄인이란 말인가? 에티엔이 스스로에게 제기한 이 질문은 그를 짓눌러 댔다. 피흘리는 그의 불행, 이 비참한 사람들, 저 살해당한 사람들, 야위고 빵이 없는 여자들과 아이들, 이것들이 정말로 자기의 과오란 말인가? 재앙들이 일어나기 전 어느 날 밤, 그는 이와 같은 비참한 광경을 떠올렸었다. 그러나 어떤 힘이 그를 들어 올렸고, 그는 다른 동료들과 함께 휩쓸려 버렸다. 게다가 자기는 동료들을 결코 지휘하지 않았었다. 바로 그들이 자기를 이끌었고, 하지 않았을 일들을 자기로 하여금 하게끔 했다. 폭력 사태가 일어날 때마다 자기는 사건들 앞에서 아연실색한 채로 있었다. 왜냐하면 자기는 그런 일들을 예측하지도, 전혀 원하지도 않았기 때문이었다. 자기를 따르던 탄광촌 사람들이 어느 날 돌을 던지며 자기를 쫓아내리라고 어떻게 상상이나 할 수 있었겠는가? 자기가 그들에게 일을 하지 않고 먹고 사는 삶을 약속했다고 비난한다면, 그 분노한 사람들이 거짓말을 하고 있는 것이다. 그리고 이런 합리화와 추론으로 양심의 가책과 싸워보려 했지만 자신의 임무에 걸 맞는 자신을 보여주지 못했다는 막연한 불안감과 자기는 얼치기 학자일 뿐이라는 끊임없는 자괴감 때문에 그는 마음이 뒤흔들렸다. 여하튼 그는 이제 용기가 나지 않았고, 이제 더 이상 동료들과 함께 할 마음도 없었다. 그는 그들이, 이 거대한 집단이 무서웠다. 맹목적이며 걷잡을 수 없는 인민들은 마치 자연의 힘처럼 지나가면서 규칙과 이론 밖에서 모든 것을 휩쓸어버리기 때문이었다. 어떤 혐오감으로 인해 그는 그들에게서 점점 유리되었다. 그의 섬세한 취향은 그들에게서 불편함을 느꼈고, 그의 전 존재는 보다 높은 계급을 향해 천천히 상승하고 있었다.

이때 라스뇌르의 목소리가 열광적인 함성 속으로 사라졌다.

"라스뇌르 만세! 라스뇌르 밖에 없어. 브라보, 브라보!"

숙집 주인은 출입문을 닫았고, 무리들은 뿔뿔이 흩어졌다. 두 사람은 침묵 속에서 서로를 바라보았다. 둘 모두는 어깨를 으쓱했다. 그들은 마침내 함께 맥주 한 잔을 마셨다.

같은 날 피올렌 저택에서는 네그렐과 세실의 약혼식을 축하하는 커다란 만찬이 있었다. 그레그와르 씨 부부는 전날부터 하인들을 시켜 식당 바닥에 밀랍 칠을 했고 거실의 먼지를 털게 했다. 멜라니는 요리를 담당하여 고기 굽는 것을 살피고 소스들을 저었고, 그 냄새는 다락방까지 올라갔다. 마부 프랑시스는 오노린이 음식 나르는 것을 돕기로 했다. 정원사의 아내는 식기를 닦아야 했고 정원사는 철책을 열 예정이었다. 성대한 연회 때문에 가부장적이고 검소한 피올렌 저택이 이토록 들떴던 적은 한 번도 없었다.

모든 것은 더할 나위 없이 잘 진행되었다. 엔느보 부인은 매력적인 태도로 세실을 대했고, 몽수의 공증인이 예비 부부의 행복을 위해 멋지게 건배를 제안했을 때 그녀는 네그렐에게 미소를 보냈다. 엔느보 씨 역시 아주 친절했다. 그의 웃는 모습은 참석자들에게 강한 인상을 주었고, 이사진의 신임을 다시 얻은 그는 파업을 열정적으로 진압한 공헌으로 조만간 레지옹도뇌르 장교*에 서임될 거라는 소문이 나돌았다. 사람들은 가급적이면 최근 사건들에 대한 얘기는 피했지만 만찬의 전반적인 기쁨은 파업의 승리에서 기인한 것이었기 때문에, 화제는 승리에 대한 공공연한 찬양으로 바뀌었다. 마침내 해방되어 다시 마음 편히 먹고 잠을 자게 되었다! 보뢰의 진흙을 피로 물들인 죽은 사람들에 대해서는 신중하게 암시적으로만 얘기했다. 그것은 필요한 교훈이었다. 그때 그레그와르 씨 부부가 이제 각자 탄광촌에서 그들의 상처를 보듬어줘야 한다고 덧붙였을 때 모든 사람은 숙연해졌다. 자기들은 관대한 평정심을 되찾았고 선한 광부들을 용서해줬다. 이미

---

* 레지옹도뇌르 훈장 수여는 1802년 나폴레옹 보나파르트에 의해 제정되었고, 국가에 공헌한 군인과 민간인에게 수여된다. 품위는 기사(chevalier), 장교(officier), 단장(commandeur), 장성(grand officier), 대십자성(grand-croix) 등 다섯 등급이 있다.

수갱의 막장으로 내려간 그들은 오랜 세월에 걸친 체념의 좋은 전례를 보여 주었다. 이제 더 이상 떨 필요가 없어진 몽수의 명사들은 임금 문제는 신중하게 검토되어져야 한다는데 동의했다. 구운 고기가 나왔을 때 엔느보 씨가 랑비에 사제의 이임을 알리는 주교의 편지를 읽었다. 이제 승리는 완전한 것이 되었다. 이 지방의 모든 부르주아들은 군인들을 살인자로 몰아세우는 이 사제에 대해 열정적으로 떠들어댔다. 그리고 공증인은 디저트가 나왔을 때 자신을 아주 결연하게 자유사상가로 내세웠다.

드뇔랭은 두 딸과 함께 거기에 있었다. 이 쾌활한 분위기 속에서 그는 파산의 우울함을 감추려고 애를 썼다. 그날 아침 그는 방담 광업권을 몽수 회사에 매각한다는 서류에 서명했다. 궁지에 몰려 목이 졸린 그는 이사들의 요구에 복종했고, 그들이 그토록 오랫동안 탐내 왔던 이 먹이를 채권자들에게 지불할 액수만을 가까스로 건진 채 그들에게 끝내 넘겨주고 말았다. 아울러 그는 마지막 순간에 그나마 다행으로 생각하며 그들의 제안을 체념하며 받아들였다. 자신의 전 재산을 삼켜버린 이 수갱을 봉급쟁이 엔지니어 지부장의 지위로서 감독하는 것이었다. 그것은 중소 개인기업의 파산을 알리는 종소리였다. 영세 기업주들은 끊임없이 배가 고픈 식인 자본에게 하나하나씩 잡아먹혔고, 밀려오는 대기업의 물결에 침몰하며 사라져 갔다. 드뇔랭만이 파업의 대가를 치렀다. 그는 사람들이 엔느보 씨의 레지옹도뇌르 수훈을 위하여 축배를 든다고 했지만, 실은 그의 재앙을 위하여 축배를 든다는 느낌이 들었다. 그래도 그는 뤼시와 잔느의 꿋꿋함을 보면서 다소 위안을 받았다. 옷을 수선해 입은 두 딸은 매력적이었고, 어여쁜 선머슴의 태도로 도산을 개의치 않고 돈 따위는 관심 없다는 듯 웃고 있었다.

모두들 커피를 마시기 위해 거실로 건너갔을 때 그레그와르 씨는 그의 사촌을 따로 불러 용기 있는 결정을 축하했다.

"어쩌겠나? 자네의 실수는 단 한 가지, 몽수 주식 백만 프랑을 방담에 걸었다는 것일세. 고생만 실컷 하고 그 개 같은 일에 주식은 녹아 없어지고… 내 서랍 속에 그대로 있는 내 주식은 아무 일도 하지 않는 나를 여전히 잘 먹여주고 있지. 내 주식은 내 손자의 자식들까지 잘 먹여줄 걸세."

2

일요일에 에티엔은 밤이 오자마자 탄광촌을 빠져나왔다. 아주 맑고 별이 박힌 하늘은 어스름밤의 푸른 광채를 띠며 대지를 밝히고 있었다. 그는 운하를 향해 내려왔고 제방을 따라 천천히 걸으면서 마르시엔 쪽으로 올라갔다. 이곳은 그가 좋아하는 산책길로 20리나 잔디가 깔려있었고, 끊임없이 녹아내리는 은괴처럼 흐르는 이 기하학적 물을 따라 똑바로 뻗어 있었다.

거기에서 그는 사람을 만난 적이 한 번도 없었다. 그러나 그날 다가오는 한 남자를 보자 짜증이 났다. 창백한 별빛 아래서 두 고독한 산보객은 서로의 얼굴을 마주보았다.

"아니! 당신였군요." 에티엔이 중얼거렸다.

수바린은 아무런 대답도 없이 고개를 끄덕였다. 잠시 동안 그들은 움직이지 않았다. 그리고 나란히 서서 마르시엔을 향해 다시 걸어갔다. 각자 계속해서 자기 생각만 하고 있어서 마치 그들은 멀리 떨어져 걷는 사람들 같았다.

"플뤼샤르가 파리에서 성공을 거뒀다는 기사, 신문에서 읽었어요?" 마침내 에티엔이 물었다. "사람들이 벨빌* 집회에서 나오는 그를 길에서 기다리다가 환호를 보냈대요… 아! 독감에 걸렸지만 그는 거기로 달려갔더군요. 이제 원하는 어디나 갈 수 있는 모양예요."

기계공은 어깨를 으쓱했다. 그는 구변 좋은 연설가들과 정계에 입문하는 투쟁가들을 경멸하고 있었고, 말로 수임료를 벌기 위해 법정에 들어서는 변호사 취급을 했다.

에티엔은 요즈음 다윈에 관심을 갖고 있었다. 그는 5수짜리 책 한 권에 다윈을 쉽게 요약한 단편들을 읽은 터였다. 따라서 잘 이해하지 못한 이 책을 통해 가난한 자가 부유한 자를 잡아먹고, 강한 인민이 창백한 부르주아들을 뜯어먹는 생존 투쟁의 혁명적 사고를 품고 있었다. 그러나 수바린은 화를 냈다. 그는 과학적 불평등의 사도인 다윈을 받아들이는 사회주의자들의 어리석음을 통박했고, 그의 유명한 자연도태설은 오직 귀족적인 철학자들에게만 유익하다고 했다. 그러나 에티엔은 고집을 부리며 따지고자 했다. 한 가설을 통해 자신의 의문들을 표현했다. 낡은 사회는 이미 존재하지 않으며 그 부스러기까지도 일소해 버렸다고 하자. 그렇다면 새로운 세상도 서서히 타락하여 과거의 불의를 저지르고, 어떤 사람들은 병들고 다른 어떤 사람들은 원기왕성하고, 보다 영리하고 약삭빠른 사람들은 모든 것을 차지하여 배를 불리고, 우둔하고 게으른 자들은 다시 노예로 전락할 거라고 격정할 필요가 없는 것일까? 그러자 이 영원한 비참 앞에서 기계공은 난폭하게 소리를 질렀다. 만약에 인간에게 있어서 정의가 가능하지 않다면 인간은 사라져야만 한다. 썩은 사회는 썩은 만큼 살육을 감행하여 마지막 한 사람까지도 절멸시켜야 한다. 그리고 또다시 침묵에 잠겼다.

오랫동안 머리를 숙인 채 수바린은 부드러운 풀 위를 걸었고, 너무나 생각에 몰두한 나머지 지붕 위를 걷는 몽유병자의 확고한 침착함으로 물 가장자리 끝을 따라갔다. 그리고 그는 어떤 망령에 맞닥뜨린 것처럼 이유 없이 몸을 떨었다. 그가 눈을 들자 얼굴은 너무나 창백했

---

* Belleville. 파리 시내 북쪽에 있는 구역 이름

다. 그는 천천히 동료에게 말했다.

"그녀가 어떻게 죽었는지 내가 얘기했던가?"

"누구요?"

"내 여자, 저기, 러시아에서."

에티엔은 언제나 무심한 태도를 보이며 타인에 대해서나 자신에 대해서 극기적인 이 친구가 떨리는 목소리로 갑작스레 속내를 하려하자 깜짝 놀라 애매한 제스처를 했다. 그는 단지 그 여자는 애인이었으며 모스크바에서 교수형에 처해졌다는 것만을 알고 있었다.

"일은 꼬여만 갔어." 수바린은 이제 운하의 하얀 물줄기를 멍하게 바라보며 커다란 나무들 사이에서 말했다. "우리는 철로에 폭탄을 부설하고 보름 동안이나 굴속에 있었어. 그러나 날려 보낸 것은 황제가 탄 기차가 아니라 승객 열차였지… 그런데 아누쉬카가 체포되었어. 그녀는 농부로 가장하고 매일 저녁 우리들에게 빵을 가져다주었지. 심지에 불을 붙인 것도 그녀였어. 왜냐하면 남자는 발각될 수 있었으니까… 나는 기나긴 엿새 동안 무리 속에 숨어서 그녀의 재판을 지켜봤어…"

그는 목소리가 막혔고 목이 졸린 것처럼 발작적인 기침을 했다.

"두 번, 나는 소리를 지르며 사람들 저 건너편에 있는 그녀를 안으러 뛰어나가려 했었어. 그러나 그게 무슨 소용이 있겠나? 남자 한 명이 사라지고 전사 한 명이 없어지는 것뿐이지… 그리고 나와 눈이 마주쳤을 때 그녀는 커다란 두 눈을 움직이지 않으며 그건 아니라고 말하고 있었어."

그는 또다시 기침을 했다.

"마지막 날, 나는 광장에 있었어… 비가 내렸지. 퍼부어대는 비 때문에 서툰 놈들은 정신이 없었어. 20분이 걸렸어, 다른 네 명의 목을 매다는 데만. 줄이 끊어져 네 번째 사람의 목을 매달 수가 없었어… 아누쉬카는 똑바로 서서 기다렸어. 그녀는 나를 보지 못하고 사람들 속에서 나를 찾고 있었어. 나는 길가의 경계석 위로 올라갔지. 그녀가 나를 보았고, 우리의 눈은 떠나질 않았어. 그녀가 죽었을 때도 여전히 나를 바라보고 있었어… 나는 모자를 흔들며 그곳을 떠났고."

또다시 침묵이 흘렀다. 하얀 운하 길이 끝없이 펼쳐지고 있었다. 둘 모두 다시 고립 속에서 발소리를 죽이며 걸어갔다. 수평선 끝에서 창백한 물이 빛으로 가는 구멍을 내며 하늘을 여는 듯했다.

"그것은 우리에게 내려진 형벌이었어." 수바린은 고통스럽게 말을 계속했다. "우리는 서로 사랑하는 죄를 지었던 거야… 그래, 그녀가 죽은 것은 잘 된 일이야. 그녀의 피로 영웅들이 태어날 테니까. 그래서 내 가슴에서 비겁함이 사라졌으니까… 아! 부모도, 여자도, 친구도! 그 무엇도 타인의 목숨을 빼앗거나 내 목숨을 내놔야만 하는 날, 내 손을 떨게 하지는 못해!"

에티엔은 선선한 밤기운에 몸을 떨면서 걸음을 멈추었다. 그는 묻지 않고 짤막하게 말했다.

"멀리까지 나왔는데 이제 그만 돌아갈래요?"

그들은 천천히 보뢰 쪽으로 향했고 몇 걸음을 간 뒤 에티엔이 덧붙였다.

"새로운 공고문들을 읽어봤어요?"

그것은 아침나절, 회사가 붙인 노란색의 커다란 공고문이었다. 회사 측은 보다 분명하고 유화적인 태도를 보이며 다음날 수갱으로 내려가는 광부들의 노동자수첩을 다시 받아주겠다고 약속했다. 모든 것은 불문에 붙여질 것이며 극렬 가담자들까지도 용서를 베풀 것이다.

"응, 봤어." 기계공이 대답했다.

"그래요! 그것에 대해 어떻게 생각해요?"

"나는 모든 게 끝났다고 생각하고 있어… 무리들은 다시 내려갈 거야. 너희들은 너무 비겁해."

에티엔은 흥분을 하며 동료들을 변호했다. 한 사람은 용감할 수 있지만 배가 고파 죽는 무리들은 힘이 없다. 한걸음 한걸음씩 그들은 보뢰로 되돌아왔다. 수갱의 검은 덩어리 앞에서 에티엔은 결코 그곳에 내려가지 않겠다고 계속해서 맹세했다. 그러나 수갱에 내려가는 동료들을 용서했다. 그리고 목수들이 아직도 운반갱의 방수벽 수리를 마치지 못했다는 소문이 돌고 있기 때문에 그는 그 진위를 알고 싶었다. 그게 사실인가? 운반갱 골조에 방수벽 구실을 해주는 나무들이 지반의 하중 때문에 안쪽으로 심하게 밀려 들어와 500미터가 넘는 통로를 오르내리는 케이지 하나가 거기에 스친다고 하던데? 침묵을 지키고 있던 수바린은 아주 간략하게만 대답했다. 자기는 어젯밤에 일했는데 실제로 케이지가 스쳤다. 그래서 기계공들이 그 지점을 지날 때에는 속도를 두 배로 올려야만 했다. 그러나 그것을 보고하면 모든 간부들은 하나같이 짜증을 냈다. 중요한 것은 석탄이며 나중에 보다 튼튼하게 수리할 것이다.

"그게 터진다는 것을 알잖아요!" 에티엔이 중얼거렸다. "난리가 날 텐데."

수갱에 두 눈을 고정시키고 어둠 속에서 희미하게 서 있던 수바린이 조용히 말을 맺었다.

"그게 터질지는 네 동료들이 잘 알거야. 네가 그들에게 수갱에 다시 내려가라고 하니까."

몽수의 종탑이 아홉 시를 알렸다. 그러자 수바린은 이제 그만 들어가서 자야겠다고 말한 뒤 악수도 하지 않은 채 말을 이었다.

"그럼 잘 있어. 난 떠나."

"떠난다고요?"

"그래, 난 노동자수첩을 다시 달라고 했어. 나는 다른 곳으로 갈 거야."

아연실색한 에티엔이 그를 뭉클한 마음으로 바라보았다. 그는 두 시간 동안이나 산책을 하고 나서 그런 얘기를 너무나 차분한 목소리로 말했다. 이 갑작스러운 통보에 그의 심장이 조여 왔다. 우리는 서로를 알고 고민을 나누지 않았던가. 다시는 못 본다는 생각을 하니 마음이 서글펐다.

"떠나면, 어디로 가는데요?"

"그냥 저기로, 생각해 보지 않았어."

"다시 볼 수 있을까요?"

"다시 못 볼 거야."

그들은 말을 하지 않았다. 그들은 무슨 말을 해야 할지 모르는 채 잠시 서로의 얼굴을 바라보았다.

"그럼, 잘 가요."

"잘 있어."

에티엔이 탄광촌으로 올라가고 있는 동안 수바린은 등을 돌려 다시 운하 제방으로 갔다. 거기에서 그는 홀로 머리를 숙인 채 한없이 걸었다. 짙은 어둠 속에 잠겨 그는 움직이는 밤의 유령에 지나지 않았다. 때때로 그는 걸음을 멈췄고 멀리서 들려오는 종소리를 세곤 했다. 자정을 알리는 종소리가 울리자 그는 제방을 떠나 보뢰로 향했다.

이때 수갱은 텅 비어 있었고 그는 잠으로 두 눈이 부은 반장 한 사람만 마주쳤다. 두 시에나 작업 재개를 위해 화로에 불을 붙이게 되어 있었다. 우선 그는 사물함 속에 있는 윗옷을 잊어버린 척하고는 그것을 가지러 간다며 위로 올라갔다. 도화선이 감긴 드릴, 아주 강한 작은 톱 그리고 망치와 줄 등 공구들이 윗옷에 말려 있었다. 그리고 그는 그곳을 떠났다. 그러나 그는 막사를 통해 바깥으로 나가지 않고 통기갱 사다리에 이르는 좁은 통로로 들어갔다. 그리고 윗옷을 팔 아래에 낀 채 램프도 없이 사다리 개수로 깊이를 계산하면서 천천히 아래로 내려갔다. 그는 케이지가 374미터 지점에 있는 다섯 번째 방수벽 통로에서 스친다는 것을 알고 있었다. 쉰 네 개의 사다리를 셌을 때 그는 손을 더듬어 안쪽으로 밀려들어온 나무들을 만져보았다. 바로 그곳이었다.

그러자 오랫동안 자신의 일을 숙고한 노동자의 훌륭한 민첩함과 냉정함으로 그는 일을 시작했다. 곧바로 그는 채탄 구역과 통하는 통기갱의 칸막이 판자를 톱으로 썰기 시작했다. 그리고 타오르다 꺼져버리는 성냥불로 그는 방수벽의 상태와 최근에 행한 수리의 정도를 파악할 수 있었다.

칼레와 발랑시엔 사이에 위치한 광산들은 운반갱을 팔 때 가장 낮은 계곡 높이에 위치한 광범위한 지하수 층을 관통해야 하는 전대미문의 난관에 봉착했었다. 널빤지로 술통을 짜는 것처럼 골조의 접합부를 연결하는 방수벽 공사만이 내벽을 두드려 대는 깊고 어두운 호수의 파도와 밀려오는 수원을 차단하고 운반갱을 격리시킬 수 있었다. 보뢰를 파내려가기 위해서는 두 군데에 방수벽을 설치해야만 했다. 하나는 상층 수평갱도에 위치한 것으로 무너지기 쉬운 사암과 백악층에 맞닿아 있는 백색 점토들 속에 있었고, 곳곳에서 균열이 생겨났고, 스펀지처럼 물이 차 있었다. 그리고 다른 하나는 석탄 지대 바로 위에 있는 하층 수평갱도에 위치한 것으로, 밀가루처럼 고운 노란 모래들 속에 물이 흐르고 있었다. 바로 거기가 지하 바다인 토랑*이 있는 곳이었다. 그곳은 북부 탄광의 공포의 대상으로 벽을 부수는 폭풍의 바다였고, 햇빛이 있는 지상 300미터 아래서 검은 물결이 넘실대는 예측할 수 없는 미지의 바다였다. 평소에는 이 방수벽들은 거대한 압력을 잘 버텨냈다. 단 하나 두려운 것은 옛 갱도들이 계속 무너지면서 흔들리는 인접 지반의 침하였다. 바위들이 내려앉으며 종종 균열들이 생겨났고, 그것들은 방수벽의 골조에까지 서서히 퍼져 나가 마침내 골조들이 변형되면서 운반갱 안쪽으로 밀려들어 왔다. 그래서 거기에는 붕괴와 침수라는 커다란 위험이 도사리고 있었다. 수갱은 토양이 무너져 내려 홍수로 매몰될 위기에 처해 있었다.

수바린은 자기 손으로 판 개구부에 걸터앉아 다섯 번째 방수벽 통로 부분에서 아주 심각한 변형을 확인했다. 나무들은 마치 배불뚝이처럼 틀 밖으로 튀어나와 있었고, 그 중 몇몇은 아예 버팀벽 바깥으로 나와 있었다. 그리고 광부들이 '피슈'라고 부르는 침투수가 접합 부위

---

* Torrent. 급류, 여울이라는 뜻

에서, 타르를 섞은 뱃밥*들 사이에서 뿜어져 나오고 있었다. 시간에 쫓긴 목수들은 모서리 부분에다가 강철 꺽쇠들만 박아놓았을 뿐이었다. 그것마저도 날림으로 해치운 바람에 나사못들이 제대로 조여 있지 않았다. 그 뒤쪽에 있는 토랑의 모래 속에서는 심한 요동이 일어나고 있음에 틀림없었다.

그러자 그는 드릴로 꺽쇠들의 나사를 풀었고, 아주 작은 압력에도 모든 꺽쇠들이 떨어져나가도록 했다. 그것은 무모하기 짝이 없는 미친 짓이었다. 이 짓을 하던 도중 그는 스무 번은 거꾸로 떨어질 뻔했고, 180미터 아래에 있는 바닥으로 뛰어내릴 뻔했다. 그는 케이지가 오르내리는 참나무로 만든 가이드 레일과 받침목을 붙잡고 있어야만 했다. 허공에 매달리며 거리를 두고 연결되어 있는 가이드 레일의 가로장들을 따라 이동했다. 그는 죽음 따위는 아랑곳하지 않고 슬그머니 안으로 들어갔다. 걸터앉고 몸을 젖히기도 했으며, 또 한쪽 팔꿈치와 무릎만으로 몸을 버텼다. 세 번 연거푸 바람이 불어 추락할 뻔했지만 그는 떨지 않고 가로장에 매달렸다. 무엇보다도 그는 손으로 더듬어가며 작업을 했고, 끈적거리는 들보들 속에서 방향을 잃었을 때에만 성냥불을 켰다. 나사를 푼 다음에는 널빤지들을 공격했다. 위험은 점점 더 커졌다. 그는 널빤지들을 지탱하고 있는 핵심 부위를 찾아냈다. 그는 악착같이 그곳을 공격했다. 구멍을 뚫고, 톱질을 했고, 깎아내어 힘을 견디지 못하도록 했다. 그러는 동안 구멍과 틈새들에서 새어나오는 가는 물줄기 때문에 그는 앞을 볼 수가 없었고, 차가운 빗물에 몸은 흠뻑 젖었다. 두 개의 성냥개비가 켜지지 않았다. 모든 것이 물에 젖었고 밑도끝도 없는 칠흑의 깊은 밤이었다.

이때부터 그는 미친 듯이 흥분했다. 보이지 않는 것들의 숨결에 취해 버렸고, 소나기가 내리치는 이 구멍의 검은 공포 때문에 그는 파괴의 격분 속에 내던져졌다. 그는 마구잡이로 방수벽에 달라붙었다. 그

---

* 물과 접촉하는 접합 부위의 틈새로 물이 새어 들지 못하도록 그 틈을 메우는 물건

가 할 수 있는 곳이면 때리고, 드릴로 뚫고, 톱질을 했다. 목숨을 걸고 곧바로 방수벽의 배를 가르고 싶은 욕망에 사로잡혔다. 그는 마치 극도로 증오하는 살아 있는 사람의 육신을 난도질하듯 잔인하게 달려들었다. 항상 아가리를 벌리고 수많은 인육을 집어삼키는 보뢰라는 이 못된 짐승을 죽여 버리고 말리라! 그의 연장들이 운반갱을 갉아먹는 소리가 계속해서 들렸다. 그는 척추를 길게 펴고 기어올랐고, 내려왔고, 다시 올랐다. 계속해서 흔들리면서 기적적으로 몸을 가눴고, 종탑의 골조를 가로지르는 밤새처럼 날아다녔다.

그러나 평정을 되찾자 그는 자신이 못마땅했다. 왜 냉정하게 일하지 못하는 것일까? 서두르지 않고 그는 숨을 내쉬었다. 사다리가 있는 통기갱으로 되돌아와 그가 톱질을 한 널빤지로 통기갱에 난 구멍을 막았다. 이 정도면 충분하다. 너무나 손상이 크면 경계심이 일어 곧장 수리에 들어갈 수도 있다. 배에 상처를 입었으니 이 짐승이 오늘 저녁까지 살는지는 두고 볼 일이었다. 그리고 그는 이 짐승이 제 명에 죽지 못했다는 것을 기겁한 자들이 알도록 그곳에다가 자기 이름을 썼다. 그리고 자기 윗옷에 공구들을 정석대로 감은 다음 천천히 사다리를 다시 올라갔다. 그리고 아무도 모르게 수갱을 빠져나왔을 때 그는 옷을 갈아입는다는 생각조차 하지 못했다. 세 시가 울렸다. 그는 도로 위에 붙박인 듯 서서 기다렸다.

같은 시각 에티엔은 잠이 들지 못한 채 방안의 두터운 어둠 속에서 들려오는 작은 소리에 불안감을 느끼고 있었다. 그는 아이들의 여린 숨소리와 본모르와 마외드의 코고는 소리를 구분했다. 반면 옆에서 자고 있는 장랭은 플루트의 길게 늘이는 소리를 내며 숨을 쉬었다. 틀림없이 자기는 꿈을 꾸었으리라. 그렇게 확신을 했을 때 또다시 소리가 들려왔다. 그것은 짚을 넣은 매트리스의 바스락거리는 소리였고, 누군가 일어나 숨을 죽이고 있었다. 그때 그는 카트린이 아픈 게 아닌가 생각했다.

"너지? 무슨 일이야?" 그가 낮은 목소리로 물었다.

아무도 대답하지 않았고 오직 다른 사람들의 코고는 소리만이 계속 들릴 뿐이었다. 5분 동안 무엇 하나 움직이지 않았다. 그리고 또다시 바스락거리는 소리가 났다. 그래서 이번에는 잘못 들은 것이 아니라고 확신하고 방을 가로지른 다음, 칠흑의 어둠 속으로 두 손을 내밀어 앞에 있는 침대를 더듬었다. 앉아 있는 젊은 처녀가 손에 닿자 그는 소스라치게 놀랐다. 그녀는 숨을 죽이고 밖을 살피고 있었다.

"야! 어째서 대답을 않는 거야? 도대체 무얼 하고 있어?"

그녀가 마침내 입을 열었다.

"일어났어."

"일어나다니, 이 시각에?"

"그래! 수갱에 일하러 가야겠어."

뭉클한 마음으로 에티엔은 매트리스 가장자리에 앉았고, 카트린은 그에게 그 이유를 설명했다. 자기를 짓누르는 비난의 눈길을 계속해서 느끼면서 이렇게 하릴없이 사는 것이 너무나 고통스럽다. 차라리 수갱에 내려가서 샤발에게 구박을 받는 편이 더 나을 듯싶다. 그리고 자기가 벌어오는 돈을 엄마가 거절한다 해도 어쩔 수가 없다! 이제 자기도 다 컸으니 앞가림을 하고 먹을 것은 벌어야 한다.

"가, 옷 입어야 해. 그리고 아무 말도 하지 마, 알았지? 그게 나를 위하는 거야."

그러나 그녀의 곁에서 그는 애틋한 슬픔과 연민을 느끼면서 그녀의 허리를 껴안았다. 속옷 차림으로 서로를 껴안은 그들은 밤에 자는 동안 덥혀진 잠자리 가장자리에서 그들 맨살의 온기를 느꼈다. 그녀는 처음에는 몸을 틀며 벗어나려고 했다. 그러나 그녀는 아주 작게 흐느끼기 시작하면서 이번에는 두 팔로 그의 목을 안고 잡아당기며 절망적인 포옹을 했다. 그리고 그들은 아무런 욕망도 없이, 불행하고 만족할 수 없었던 과거의 사랑을 간직한 채 그대로 있었다. 정말로 영원히 끝난 것일까? 이제는 자유롭게 됐으니 언젠가 용기를 내어 서로 사랑할 수 있지 않을까? 그들이 조금만 행복했더라면 함께 가지 못하게 하는 이 불편함과 수치심을 떨쳐버릴 수 있었으리라. 그러나 온갖 종류의 생각들 때문에 그들은 자신들의 생각을 명확히 읽어낼 수가 없었다.

"다시 가서 자." 그녀가 중얼거렸다. "불을 켜고 싶지 않아, 엄마가 깰지도 몰라… 이제 시간이 됐어, 갈게."

그는 그녀의 말을 듣지 않았고 엄청난 슬픔에 잠겨 미친 듯이 그녀를 부둥켜안았다. 평온에의 욕구와 거역할 수 없는 행복의 욕망이 그를 사로잡았다. 깨끗한 작은 집에서 둘이 함께 살다가 죽는 것 이외에는 그 어떤 야심도 없는 결혼한 자신의 모습을 그려 보았다. 빵만 있으면 족할 것이다. 설사 빵이 한 개 밖에 없다면 그것을 그녀에게 주리라. 다른 무엇이 소용 있겠는가? 삶이라는 것이 그 이상의 가치가 있단 말인가?

그러는 동안 그녀는 그의 맨 팔을 풀었다.

"제발, 갈게."

그러자 가슴이 복받쳐 그는 그녀의 귀에 대고 말했다.

"기다려, 함께 가겠어."

그는 이런 말을 한 자기 자신에 대해서 놀랐다. 그는 다시는 수갱에 내려가지 않겠다고 맹세했었다. 그런데 이런 결정이 별안간 생각치도 않게, 그녀와 말한 적도 없었는데 어떻게 입술을 통해 나왔단 말인가? 이제 그의 마음은 너무나 평온해졌고 의구심들은 완전히 사라졌다. 그는 우연에 의해 구조된 사람처럼, 마침내 고통에서 벗어날 유일한 출구를 찾아낸 것처럼 고집을 부렸다. 수갱에서 들을 욕설을 두려워하는 그녀를 위해 자신을 희생하려 한다는 것을 알아차린 그녀는 깜짝 놀랐지만, 그는 그녀의 말을 듣지 않았다. 자기는 모든 것을 아랑곳 않는다. 공고문들은 용서를 약속했고 그리고 그것이면 됐다.

"일을 하고 싶어. 이게 내 생각이야… 소리 내지 말고 옷이나 입자."

그들은 칠흑의 어둠 속에서 조심조심 옷을 입었다. 그녀는 전날 아무도 몰래 광부 옷가지를 준비해 둔 터였다. 그는 옷장에서 윗옷과 바지를 꺼냈다. 그리고 세숫대야 소리가 날까봐 세수도 하지 않았다. 모두들 잠들어 있었지만 마외드가 자고 있는 좁은 통로를 지나가야만 했다. 그들은 나갈 때 얄궂게도 의자에 부딪히고 말았다. 그녀가 잠을 깨며 잠에 취한 목소리로 물었다

"뭐야? 누구야?"

카트린은 떨면서 그 자리에 멈췄고 에티엔의 손을 꽉 쥐었다.

"접니다. 걱정 마세요." 에티엔이 말했다. "답답해서 바람 좀 쐬려고요."

"그래, 그래요."

그리고 마외드는 다시 잠들었다. 그러나 카트린은 더 움직일 수가 없었다. 마침내 그녀는 아래층 거실로 내려왔고, 몽수의 한 부인이 준 빵으로 미리 준비해 두었던 타르틴을 둘로 나누었다. 그리고 천천히 문을 닫고 떠났다.

수바린은 라방타쥬 근처 길모퉁이에 서 있었다. 30분 전부터 그는 일터로 되돌아가는 탄광부들을 바라보고 있었다. 그들은 어둠 속에서 짐승들의 둔중한 발걸음으로 혼잡스럽게 지나가고 있었다. 그는 마치 푸주한이 도살장으로 들어가는 짐승들의 수를 세듯 그들의 수를 셌다. 그리고 그는 그 수에 놀랐다. 비겁자들의 수가 이렇게 많을 줄은 비관적인 그조차 전혀 예상하지 못했었다. 행렬의 꼬리는 계속해서 길어졌고, 그의 몸은 굳어졌다. 너무 추워 이를 악 물고 맑은 눈으로 사람들을 살폈다.

그는 전율했다. 얼굴을 분간할 수 없는 사람들의 행렬 속에서 그는 한 사람을 그의 걸음걸이로 알아보았다. 그는 앞으로 뛰어나가 그를 멈추게 했다.

"어디 가?"

수바린에게 붙잡힌 에티엔은 대답은 하지 않고 어물거렸다.

"아니! 아직도 안 떠났어요?"

그리고 그는 사실을 말했다. 수갱으로 되돌아간다. 틀림없이 자기

는 맹세했었다. 그런데 아마도 100년 뒤에나 도래할 일들을 팔짱을 낀 채 기다리는 것은 사는 게 아니라는 생각이 그저 들었다. 그리고 여러 이유들이 이런 결심을 하게 했다.

수바린은 그의 말을 듣고 부들부들 떨었다. 그의 한쪽 어깨를 움켜 쥐며 탄광촌 쪽으로 그를 떠밀었다.

"집으로 돌아가, 내 부탁이야, 알겠어!"

그러나 카트린이 다가왔다. 그는 카트린을 알아봤고 그녀도 마찬가지였다. 에티엔은 항변하면서 그 누구도 자기 행동을 판단하지 말아달라고 단호히 말했다. 그러자 기계공은 처녀에게서 동료에게로 눈을 옮겼다. 그러면서 그는 한 발 뒤로 물러섰고 갑작스레 포기하는 듯한 몸짓을 했다. 한 남자의 가슴 속에 여자가 있을 때 남자는 끝난 것이며 여자를 위해 죽을 수도 있다. 아마도 그의 눈앞에 저기, 모스크바에서 교수형을 당한 애인의 모습이 다시 스쳐 지나갔으리라. 이 마지막 육체의 끈이 끊어졌기 때문에 그는 다른 사람들과 자기 자신의 생명으로부터 자유롭게 되었다. 그는 짤막하게 말했다.

"가."

어색해진 에티엔은 그냥 헤어질 수가 없어서 늦장을 부리면서 우정 어린 말을 생각해 보았다.

"그럼, 계속 떠나기만 할 거예요?"

"그래."

"좋아요! 악수, 잘 떠나요, 유감 풀고."

수바린은 친구도 여자도 소용없다는 듯 차가운 손을 내밀었다.

"잘 있어, 정말로."

"그래, 잘 가요."

그리고 수바린은 칠흑의 어둠 속에서 움직이지 않은 채, 보뢰로 들어가는 에티엔과 카트린을 바라보았다.

3

네 시에 하강이 시작됐다. 당사에르는 램프창고의 책상에 나와 앉아 출근한 광부들의 이름을 직접 기록했고, 그들 각각에게 램프 한 개씩을 내주게 했다. 그는 공고문의 약속대로 아무런 잔소리 없이 모든 광부들을 받아 주었다. 그러나 에티엔과 카트린이 창구에 나타나자 그는 얼굴이 붉어지며 큰소리로 이름을 기입하지 않겠다고 날뛰었다. 그리고 승리한 것에 만족하며 빈정거렸다. 아! 강자 중의 강자가 엎드리셨구먼! 몽수의 맹렬한 투사가 회사에 빵을 요구하면 회사는 그 교환권을 줘야하나? 에티엔은 아무 말 없이 램프를 받아들고 조차부와 함께 운반갱으로 올라갔다.

그러나 카트린이 동료들로부터 욕을 먹을까 겁먹고 있었던 곳은 바로 석탄수납장이었다. 안으로 들어가자마자 그녀는 이십여 명의 광부들 한 가운데에서 케이지가 비기를 기다리는 샤발을 발견했다. 그는 그녀를 향해 난폭하게 달려들다가 에티엔을 보자 멈췄다. 그리고 모욕적인 태도로 어깨를 움찔하면서 비웃는 말투로 뇌까렸다. 아주 좋아! 딴 놈이 아주 따끈한 자리를 차지해도 상관하지 않겠어. 아주 속이 시원해! 저놈은 먹고 남은 것을 사랑하시니 정말 신사야! 모욕적인 말을 퍼부으면서도 샤발은 질투로 몸을 떨었고 그의 눈은 불타올랐다. 게다가 동료들은 입을 다물고 눈을 내린 채 꿈적도 않고 있었다. 그들은 새로 온 두 사람을 쩨려보기만 했다. 그리고 의기소침한 얼굴로 화도 내지 않고 운반갱의 검은 입을 다시 물끄러미 바라보기 시작했다. 손에 램프를 들고 얇은 윗옷을 입은 그들은 계속해서 불어오는 커다란 방의 외풍에 몸을 떨었다.

마침내 케이지가 굄목 위에 고정되었고 올라타라는 고함소리가 들려왔다. 카트린과 에티엔은 한 탄차에 몸을 밀어 넣었다. 거기에는 피에롱과 두 명의 채탄부가 이미 있었다. 옆에 있는 또 다른 탄차에 오른 샤발은 무크 영감에게 아주 커다란 목소리로 회사 지도부가 이번 기회를 이용해 수갱을 타락시키는 잡놈들을 쫓아내지 않은 것은 너무나 잘못하는 거라고 말했다. 그러나 늙은 마부는 다시 그의 개 같은 삶에 이미 체념해 버렸다. 더 이상 자식들의 죽음에 대해서 화를 내지 않았고 단지 유화적인 제스처로 대답할 뿐이었다.

걸쇠가 벗겨지자 케이지는 어둠 속으로 질주했다. 아무도 말하지 않았다. 3분의 2정도 내려갔을 때 갑자기 끔찍한 마찰음이 들려왔다. 쇠들이 삐거덕거리는 소리를 냈고 사람들은 서로 부딪혔다.

"빌어먹을!" 에티엔이 투덜거렸다. "우리를 깔아 죽이겠군! 저 염병할 방수벽 때문에 우리 모두 죽고 말겠어. 저러고도 수리를 했다고 떠들어 대니!"

여하튼 케이지는 장애물을 통과했다. 케이지는 이제 폭우를 맞으며 하강했고, 노동자들은 불안한 마음으로 물 쏟아지는 소리를 들었다. 그렇다면 접합부의 뱃밥에서 물이 새나오고 있는 게 분명하지 않는가?

며칠 전부터 일을 해왔던 피에롱은 사람들의 질문을 받자 두려움을 드러내지 않으려 했다. 왜냐하면 두려움은 회사 지도부를 공격하는 것으로 간주될 수 있기 때문이었다. 그래서 그는 이렇게 대답했다.

"아! 위험하지 않아! 항상 그랬잖아. 틀림없이 침투수를 막을 시간이 없었을 거야." 그들의 머리 위에서 급류가 으르렁거렸고, 그들은 진짜 소나기를 맞으면서 마지막 석탄하치장에 도착했다. 어떤 반장도 방수벽을 살펴보기 위해 사다리를 올라갈 생각을 하고 있지 않았다. 펌프로 충분할 것이고 밤이 되면 뱃밥 목수들이 접합부위를 살필 것이다. 갱도들에서는 작업 재개에 많은 어려움이 뒤따르고 있었다. 채탄부들이 작업장에서 채탄을 하기에 앞서 엔지니어는 첫 닷새 동안은 전 인원이 절대적으로 위급한 보수공사를 확실히 실시한다는 결정을 내렸었다. 낙반의 위험이 도처에 도사리고 있었고, 갱도는 너무나 엉망이어서 수백 미터에 달하는 갱목을 수선해야만 했다. 그러므로 아래에서는 열 명으로 이뤄진 작업조들을 구성했고, 각각의 작업조를 한 명의 반장이 통솔했다. 그리고 그들을 가장 피해가 심한 장소의 복구 작업에 투입했다. 하강이 끝났을 때 총 322명이 내려간 것으로 집계됐고 이는 수갱이 완전 가동할 때 작업 인원의 절반에 해당하는 숫자였다.

알궂게도 샤발은 카트린과 에티엔이 들어간 작업조에 마지막으로 합류했다. 그런데 그것은 우연이 아니었다. 그는 우선 동료들 뒤에 숨어 있다가 반장에게 억지를 부렸던 것이었다. 이 작업조는 3킬로미터가량 떨어진 북쪽 갱도 끝에서 디-쥐트-푸스* 탄맥으로 가는 길목을 막고 있는 낙반을 치우기 위해 떠났다. 광부들은 곡괭이와 삽으로 무너진 바위들에 달려들었다. 에티엔과 샤발 그리고 다른 다섯 명은 무너진 낙반을 치우는 동안 카트린은 두 명의 견습광부와 함께 경사면으로 흙을 날랐다. 말을 거의 하지 않았고 반장은 그들 곁에 있었다. 그러는 동안 여조차부의 두 애인은 서로 뺨을 갈길 직전까지 다다랐다. 옛 애인은 이 갈보가 이제는 싫다고 투덜대면서도 그녀를 음험하게 밀쳐 대면서 집적거렸다. 그러자 새 애인은 그녀를 조용히 내버려두지 않으면 가만두지 않겠다며 위협했다. 그들은 서로 잡아먹을 듯 노려보았고, 동료들은 그들을 떼어놓아야만 했다.

---

* 디-쥐트는 숫자 18이며, 푸스(pouce)는 옛 측정 단위로 27mm에 해당된다. 따라서 디-쥐트-푸스는 탄맥의 두께가 장소 이름으로 바뀐 것이다.

여덟 시경 당사에르는 작업을 둘러보러 나갔다. 그는 기분이 아주 나쁜 듯 반장에게 마구 화를 냈다. 아무것도 되는 일이 없다. 갱목들을 점점 더 많이 교체해야 하고 이런 일에 끝장을 보고 있으니! 그리고는 엔지니어와 함께 다시 오겠다고 말하면서 자리를 떠났다. 그는 아침부터 네그렐을 기다리고 있었는데 그가 늦는 이유를 알 수가 없었다.

또다시 한 시간이 흘러갔다. 반장은 낙반 제거 작업을 중지시키며 갱도의 천장을 떠받치는 일에 모든 인력을 투입했다. 여조차부와 두 명의 견습광부들까지도 흙 나르는 일을 중지하고 갱목을 준비해 날랐다. 갱도 끝에서 일하고 있던 이 작업조는 탄광의 맨 가장자리에 고립되어 다른 작업장과는 연락을 취할 수가 없었기 때문에 전초부대의 상태로 있었다. 서너 차례에 걸쳐 멀리서 뛰는 듯한 이상한 소리들이 들려왔고, 그들은 머리를 돌려 서로를 바라보았다. 도대체 무슨 일이야? 갱도에 사람들이 없는 것 같다. 벌써 동료들이 위로 올라가고 있는 듯하다. 그것도 뛰는 걸음으로 말이다. 그러나 소란은 깊은 침묵 속으로 사라져버렸고, 그들은 다시 커다란 망치 소리에 귀가 멍멍한 채로 갱목들을 다시 고정시키기 시작했다. 이윽고 그들은 낙반을 치웠고 그것들을 날랐다.

처음 낙반을 나르고 돌아오던 카트린은 크게 놀란 얼굴로 경사면에 사람이 아무도 없다고 말했다.

"내가 불렀는데 아무런 대답이 없어요. 모두들 튀었어요."

소스라치게 놀란 열 명은 연장을 내팽개치고 내달렸다. 석탄하치장으로부터 아주 멀리 떨어져 있는 막장에 자기들만 내버려져 있다는 생각이 들자 그들은 제 정신이 아니었다. 오직 램프만을 들고 그들은 남자들, 아이들, 여조차부 순서로 줄을 지어 달렸다. 그리고 반장 역시 혼이 빠져 구조를 외쳐댔고 끝없이 펼쳐진 인적 없는 갱도의 침묵에 더욱 공포에 사로잡혔다. 도대체 무슨 일이야? 왜 한 사람도 없는 거야? 무슨 사고가 났기에 동료들이 없어진 거야? 그들의 공포는 불확실한 위험과 느끼고는 있지만 알 수 없는 위협으로 점점 커져만 했다.

마침내 석탄하치장에 다가갔을 때 급류가 그들을 가로막았다. 무릎까지 물이 차오르기 시작하였다. 그래서 그들은 더 이상 뛸 수가 없었다. 물살을 힘겹게 가르며 1분이라도 지체하다간 죽겠다는 생각을 했다.

"염병할! 방수벽이 터졌어." 에티엔이 소리쳤다. "내가 말했지, 여기서 죽을 거라고!"

하강이 시작되었을 때부터 피에롱은 매우 불안해하며 운반갱에서 쏟아지는 물이 불어나는 것을 보았다. 다른 두 사람과 함께 탄차에 오른 그가 머리를 들자 얼굴은 굵은 물방울로 흠뻑 젖었고, 위로부터 휘몰아치는 폭풍에 귀가 멍멍했다. 그리고 정말 무서웠던 것은 자기 아래에 있는 집수갱을 보았을 때였다. 깊이가 10미터인 이 유수지에는 물이 꽉 차 있었다. 이미 물이 널빤지 사이로 뿜겨져 나와 주철 슬레이트 위로 흘러넘치고 있었다. 이것은 펌프로는 새들어오는 물을 더 이상 퍼 올릴 수 없다는 증거였다. 그는 지쳐 헐떡거리는 펌프소리를 들었다. 그래서 당사에르에게 이 사실을 알렸지만 그는 화를 내며 엔지니어가 올 때까지 기다려야 한다고 대답했다. 그는 재차 요구했지만 선임반장은 화를 내며 어깨만 으쓱할 뿐이었다. 그래! 물이 차오르면 무얼 어떻게 하라고?

무크가 일을 하러 바타이유를 부리며 나타났다. 그런데 이 무기력한 늙은 말이 갑자기 뒷발을 짚고 튀어 오르는 바람에 두 손으로 고삐를 잡아야만 했다. 녀석은 운반갱을 향해 길게 목을 빼고 죽어라고 울어댔다.

"무슨 일이지, 이 철학자 녀석이? 왜 불안해하는 거야?… 아! 물이 떨어지고 있었군. 이리 와, 너하곤 상관없는 일이니까."

그러나 바타이유는 온몸의 털을 곤두세우며 떨었고, 노인은 녀석을 강제로 운반 갱도로 끌고 갔다.

무크와 바타이유가 갱도 속으로 사라지는 것과 거의 같은 순간에 공중에서 부서지는 소리가 났고 길게 추락하는 굉음이 뒤따랐다. 그것은 떨어져 나온 방수벽 판자가 180미터 아래로 떨어지며 내벽에 부딪혀 튕겨나가는 소리였다. 피에롱과 다른 적재부들은 가까스로 몸을 피했고, 떨어지던 참나무 판자는 빈 탄차만을 부숴 버렸다. 동시에 터진 벽에서 물줄기가 솟구쳤고 한 보따리의 물이 흘러내렸다. 당사에르는 올라가서 보려고 했다. 그러나 그가 말을 끝맺기도 전에 또 다른 판자가 굴러 떨어졌다. 이 위협적인 재난에 깜짝 놀란 그는 지체 없이 수갱에서 올라오라는 명령을 내렸고, 작업 현장에 있는 사람들에게 이 사실을 알리도록 반장들을 보냈다.

이윽고 무시무시한 혼란이 시작되었다. 모든 갱도로부터 줄지어 뛰어나온 노동자들이 케이지로 뛰어들었다. 빨리 타기 위해 서로를 짓밟고 서로를 죽어라고 밀쳐댔다. 통기갱의 사다리를 타려는 생각을 했던 사람들은 통로가 이미 막혔다고 외치면서 다시 내려왔다. 케이지가 떠날 때마다 남아 있는 사람들 모두는 공포에 휩싸였다. 이번 케이지는 지나갔지만 다음 케이지가 운반갱을 막고 있는 장애물을 뚫고 지나간다고 누가 장담한단 말인가? 위쪽에서는 붕괴가 계속 진행되고 있는 것이 분명했다. 나무들이 쪼개지는 둔중한 파열음이 연쇄적으로 들려왔고, 점점 더 심해지는 소나기 천둥소리가 터져 나왔다. 케이지 하나는 곧바로 사용할 수 없게 되었다. 밑바닥이 부서졌고 그것이 지나는 가이드 레일은 부러진 게 틀림없었다. 다른 케이지는 심하게 긁히면서 지나가는 바람에 당연히 케이블이 끊어지려고 했다. 밖으로 나갈 사람은 백여 명이 남아 있었고 모두 다 헐떡거렸다. 물에 흠뻑 젖은 채 피를 흘리며 서로를 꼭 붙들고 있었다. 널빤지가 떨어지는 바람에 두 사람이 목숨을 잃었다. 세 번째로 죽은 사람은 케이지에 매달렸다가 50미터 아래로 떨어져 집수갱 속으로 사라져 버렸다.

당사에르는 질서를 유지하려고 애를 썼다. 곡괭이로 무장한 그는 자신의 말을 따르지 않는 사람은 어느 놈이든지 먼저 머리통을 박살내 버리겠다고 위협했다. 그리고 그는 일렬로 줄을 서게 했고, 적재부들은 동료들을 태운 후 제일 나중에 나오라고 소리쳤다. 아무도 그의 말을 듣지 않았다. 그는 창백하게 질린 겁쟁이 피에롱이 앞줄에 끼어들지 못하게 했다. 케이지가 출발할 때마다 뺨을 때리며 그를 케이지에서 떼어놓아야 했다. 그러나 그 역시 두려움에 이가 부딪는 소리를 냈고, 1분이 지나자 공포는 그를 삼켰다. 위쪽에서는 벽 전부가 터져버려 골조에서는 강물이 범람하고 있었고 살인적인 비가 쏟아졌다. 몇 명의 노동자들이 또다시 케이지로 뛰어갔을 때 두려움에 미친 당사에르도 그의 뒤에 피에롱을 뛰어오르게 하면서 탄차에 올라탔다. 케이지는 위로 올라갔다.

이때 에티엔과 샤발의 작업조는 석탄하치장에 도착했다. 케이지가 사라지는 것을 보고 앞으로 뛰쳐나갔다. 그러나 그들은 방수벽이 마지막으로 무너져 내려 뒤로 물러서야만 했다. 운반갱이 막혀버렸으니 케이지는 다시 내려오지 않을 것이다. 카트린은 흐느껴 울었고, 샤발은 목이 터져라 욕을 퍼부어 댔다. 스무 명이나 남아 있는데 저 간부 돼지새끼들은 그들을 이렇게 버릴 수 있단 말인가? 바타이유를 다시 데려온 무크 영감은 서두르지 않았고 여전히 고삐를 쥐고 있었다. 노인과 말, 둘 모두는 급속하게 불어나는 물을 보면서 넋이 빠져 있었다. 물은 벌써 허벅지까지 차올랐다. 에티엔은 아무 말 없이 이를 악물며 두 팔로 카트린을 안아 올렸다. 그리고 스무 명의 사람들은 허공을 향해 울부짖었고, 바보들처럼 고집스럽게 운반갱을 바라보았다. 막혀버린 구멍은 강물을 토해냈고, 거기에서는 이제 어떤 구조도 그들에게 올 수 없었다.

바깥으로 나온 당사에르는 케이지에서 내리면서 네그렐이 달려오는 것을 보았다. 엔느보 부인은 운명의 장난으로 이날 아침 침대에서 내려온 그를 붙들고 신부에게 선물할 목록을 뽑았던 것이었다. 열 시였다.

"이봐! 도대체 무슨 일이요?" 그가 멀리서 외쳤다.

"수갱이 가버렸어요." 선임반장이 대답했다.

그리고 그는 더듬거리며 재앙을 애기했다. 반면 엔지니어는 믿을 수 없다는 듯 어깨를 으쓱했다. 가 봅시다! 방수벽이 그렇게 무너진단 말이요? 과장일 것이다. 아무튼 가서 보자.

"안에 갇힌 사람은 없겠죠, 그렇지 않아요?"

당사에르는 몸을 떨었다. 그렇다, 없다. 그렇기를 바란다. 그러나 뒤에 온 사람들이 있을 수 있다.

"뭐라고, 이런 개 같은!" 네그렐이 외쳤다. "그러면, 당신은 왜 나왔어? 부하들을 버리고 나왔다는 거요?"

곧장 그는 램프의 숫자를 세어보라고 명령했다. 아침에 322개의 램프를 나누어줬고, 255개를 다시 받았다. 단지 몇 명의 노동자들만이 서로 밀치고 떠미는 바람에 공포에 질려 램프를 저기에서 떨어뜨렸다고 실토했다. 호명을 하며 일을 처리하려 했지만 정확한 숫자를 알아내는 것은 불가능했다. 광부들은 도망친 데다 또 다른 광부들은 그들의 이름조차 알아듣질 못했다. 나오지 못한 광부들의 숫자는 말하는 사람마다 달랐다. 아마도 스무 명, 아마도 마흔 명은 될 것이다. 따라서 엔지니어에게는 단 한 가지만이 확실했다. 수갱 안에는 사람들이 있다는 것이었다. 운반갱 입구에 허리를 굽히자 물소리와 함께 무너진 골조들 틈새로 울부짖는 소리가 들려왔다.

네그렐은 무엇보다도 엔느보 씨를 찾아오라고 사람을 보냈고 수갱의 문을 닫고자 했다. 그러나 그것은 이미 때늦은 일이었다. 방수벽 무너지는 소리에 쫓기기라도 하듯 되-상-카랑트 탄광촌으로 달려갔던 탄광부들이 가족들을 기겁하게 만든 것이었다. 일단의 여자들, 노인들, 어린애들이 고함을 지르고 울음을 터뜨리면서 뛰어 내려왔다. 경비원들은 그들을 밀어내야만 했고, 작업에 방해가 될 수 있기 때문에 밧줄을 쳐서 그들이 들어오지 못하게 제지해야만 했다. 운반갱에서 살아 올라온 많은 노동자들은 멍청하게 거기에 그대로 있었다. 옷을 갈아입을 생각도 하지 못한 채 그들이 죽을 뻔했던 그 끔찍한 구멍 앞에서 공포에 사로잡혀 있었다. 넋이 빠진 여자들은 그들에게 애원하며 질문했고 이름을 물었다. 이 사람 거기에 있어요? 저 사람은요? 다른 사람은요? 그들은 아무 것도 알지 못해 더듬거리기만 했고, 심하게 떨며 광인의 몸짓을 했다. 떠나지 않는 끔찍한 모습을 떨쳐버리려는 몸짓을 했다. 무리는 급속하게 불어나고 있었고 비탄의 소리가 거리에서 올라왔다. 그리고 저 위 경석장 위에 있는 본모르의 오두막 안에는 땅바닥에 주저앉은 한 사내가 있었다. 그는 아직도 떠나지 않은 채 그것을 지켜보는 수바린이었다.

"이름을! 이름을 알려줘요!" 여자들이 눈물로 목이 메어 울부짖었다.

네그렐이 잠깐 나타나 이렇게 말했다.

"이름들을 알게 되면 즉시 알려드리겠습니다. 그러나 아무도 죽지 않았고 모든 사람이 구출될 것입니다… 내가 내려갑니다."

그러자 고통으로 말을 잃은 무리들은 기다렸다. 실제로 침착하고 용감한 엔지니어는 내려갈 채비를 했다. 그는 케이지를 떼어내고 케이블 끝에 승강통으로 바꾸어 달라는 명령을 내렸다. 그리고 물에 램프가 꺼질 것을 대비해 또 다른 램프를 승강통 밑에 부착시키도록 했다.

반장들은 창백하게 일그러진 얼굴로 준비를 도왔다.

"당사에르! 함께 내려갑시다." 네그렐이 짧막하게 말했다.

그리고는 그는 용기 없는 반장들과 공포에 질려 비트적거리는 선임 반장을 보자 경멸하는 손짓으로 뿌리쳤다.

"됐소! 귀찮기만 해… 혼자 내려가는 게 낫지."

이미 그는 케이블 끝에 흔들리고 있는 좁은 통 속에 들어가 있었다. 그리고 한 손으로 램프를 들고 다른 손으로는 신호 밧줄을 꽉 움켜쥔 다음 기계공에게 외쳤다.

"천천히!"

권양기가 돌아가자 보빈이 요동쳤고, 네그렐은 비참한 울부짖음 소리가 올라오는 심연 속으로 사라졌다.

위에서는 아무것도 움직이지 않았다. 그는 상층부 방수벽은 상태가 양호하다는 것을 확인했다. 운반갱 중간에서 균형을 잡은 그는 방향을 틀어 내벽을 비췄다. 접합부 사이의 누수는 미미하여 램프불은 꺼지지 않았다. 그러나 300미터 지점, 그가 하층부 방수벽에 이르자 예상대로 손에 든 램프불이 꺼졌고, 물줄기들로 승강통에는 물이 가득 찼다. 그때부터 그는 칠흑의 어둠 속에서 앞을 밝히는 매달린 램프에만 의지하여 그곳을 살폈다. 대담한 성격에도 불구하고 그는 재앙의 공포 앞에서 전율을 느꼈고 얼굴이 창백해졌다. 단지 몇 개의 나무판만 남아 있을 뿐 나머지들은 방수벽 틀들과 함께 모두 무너져 내려 있었다. 그 뒤쪽으로는 거대한 공동들이 패여 있었고 밀가루처럼 고운 노란색 모래들이 엄청나게 흘러나오고 있었다. 반면 폭풍이 몰아치며 무엇을 부수는지도 알 길 없는 이 지하 바다, 토랑의 물은 뚫린 수문으로 넘쳐나고 있었다. 더 내려가자 그는 끊임없이 더해가는 이 허공의 중심 속으로 사라졌고, 지하 수원의 물줄기를 맞으며 빙글빙글 선회했다. 그는 붉은 별처럼 어둡게 비추는 램프에 의지해 하강하면서 파괴된 도시의 거리들과 십자로들을 저 멀리서 움직이는 커다란 그림자들의 유희 속에서 본다는 생각을 했다. 어떠한 인간의 노동도 더는 가능해 보이지 않았다. 그는 단 하나의 희망, 위험에 처해 있는 부하들을 구해 내겠다는 희망만을 간직했다. 깊이 내려감에 따라서 울부짖는 소리는 더욱 커졌다. 그리고 멈춰야만 했다. 넘을 수 없는 장애물이 운반갱을 막고 있었다. 골조들이 쌓여 있었고 가이드 레일의 받침목들이 부러져 있었다. 통기갱의 칸막이들은 쪼개져 있었고, 그것들은 펌프에서 뜯겨져 나온 유도 밧줄과 뒤엉켜 있었다. 오랫동안 그것들을 바라보자 심장이 조여 왔고, 울부짖는 소리가 갑자기 멈췄다. 틀림없이 급속히 범람하는 물을 보고 조난자들은, 만약 입까지 물이 차지 않았다면, 갱도 안으로 도망친 것이었다.

네그렐은 포기하고 그를 다시 올리도록 신호 밧줄을 잡아당겨야만 했다. 그리고 그는 다시 멈추게 했다. 그는 망연자실한 채로 그대로 있었다. 이처럼 어이없고 갑작스런 사고의 원인을 이해할 수가 없었다. 그는 납득할만한 이유를 알고 싶어 아직까지 잘 붙어있는 방수벽의 판자들을 살펴보았다. 얼마 떨어지지 않은 곳에서 판자의 흠집들과 파낸 자국을 보고 그는 깜짝 놀랐다. 램프가 습기로 인해 가물거렸기 때문에 그는 손으로 만져보며 톱질 자국과 드릴 자국들을 분명하게 인지하였다. 수갱을 파괴하기 위해서 끔찍한 일을 저질렀던 것이었다. 분명히 이 재앙은 의도된 것이다. 그는 입을 벌린 채로 있었다. 판자들이 삐걱대며 틀과 함께 심연으로 떨어졌다. 마지막 판자와 함께 그도 떨어질 뻔했다. 그는 용기를 잃어버리고 말았다. 이 짓을 저지른 자를 생각하자 머리털이 곤두섰고 악에 대한 종교적인 공포심에 몸이 얼어붙었다. 칠흑의 어둠 속에 섞여 있는 그는 덩치가 크고 자신의 터무니없는 죄악을 보기 위해 아직도 거기에 있을 것만 같았다. 그는 소리를 지르며 신호 밧줄을 맹렬히 잡아당겼다. 게다가 그는 100미터 위에 있는 상층부 방수벽도 이제 흔들리기 시작했다는 것을 알아차렸다. 접합 부위가 열렸고, 뱃밥이 소실됐고, 물이 터져 나왔다. 이제 운반갱이 물로 가득차고 완전히 무너지는 것은 시간 문제였다.

바깥에서는 엔느보 씨가 근심어린 표정으로 네그렐을 기다리고 있었다.

"대체, 무슨 일이야?" 그가 물었다.

그러나 엔지니어는 목이 메어 아무 말도 하지 못했다. 그는 맥이 풀렸다.

"말도 안 돼, 결코 이런 적은 없었어… 살펴봤어?"

예, 그는 믿을 수 없다는 눈빛으로 고개만 끄덕였다. 그는 반장들이 듣는 앞에서 설명하기를 피하면서 그의 아저씨를 10미터 데리고 갔지만 충분치 않다고 판단했는지 더 뒤로 데려갔다. 그리고 귀에 대고 아주 작은 목소리로 마침내 수갱에 가해진 테러에 대해서 이야기했다. 판자에 구멍을 내고 톱질을 하여 수갱의 목은 피를 흘리고 헐떡거리고 있다. 창백해진 사장 역시 엽기적인 방탕과 범죄에 대해서는 말을 회피하는 본능이 발동해 목소리를 낮췄다. 나중에 어차피 알려지겠지만 만 명이나 되는 몽수의 노동자들 앞에서 떠는 모습을 보일 필요는 없었다. 그래서 둘 모두는 한 사내가 운반갱으로 내려가 허공 한복판에 매달린 채 자기 목숨을 걸고 이 끔찍한 일을 했다는 사실에 기가 질려, 속삭이는 목소리로 계속해서 이야기했다. 그들은 이렇게 용감한 파괴의 광기를 도저히 이해할 수가 없었다. 지상 30미터 높이의 창문에서 뛰어내려 도주한 그 유명한 죄수들의 탈옥 얘기를 믿지 못하는 것처럼, 그들은 명백한 증거에도 불구하고 이 사실을 믿고 싶지가 않았다.

엔느보 씨가 반장들에게 다가갔을 때 그의 얼굴은 신경질적인 경련을 일으키고 있었다. 그는 절망적인 몸짓으로 곧바로 수갱에서 사람들을 소개시키라는 명령을 내렸다. 그것은 수갱을 묻어버리는 비통한 퇴장이었고 묵언의 포기였다. 그는 텅 빈 채로 여전히 서 있으며, 이제는 아무 것도 구할 수 없는 이 벽돌로 이뤄진 커다란 몸덩이들을 몇 번이고 뒤돌아봤다.

그리고 사장과 엔지니어가 석탄수납장에서 마지막으로 내려오자 무리들은 그들에게 야유를 보내며 끈질기게 외쳐댔다.

"이름을! 이름을! 이름을 알려 달라!"

이제 마외드도 거기 여자들 속에 있었다. 그녀는 밤의 인기척을 떠올렸다. 딸과 하숙인은 틀림없이 수갱으로 함께 떠났고 막장에 함께 있었다. 그래서 그녀는 꼴좋다, 죽어도 싸다, 배알도 없는 것들, 비겁한 것들이라고 소리친 후에 달려왔다. 맨 앞줄에 있으면서 불안에 떨었다. 게다가 주위 사람들이 들먹이는 이름들을 듣고는 추호도 의심할 수가 없었다. 그래, 맞다, 카트린은 거기에 있고 에티엔도 거기에 있다. 한 동료가 그들을 보았다. 그러나 다른 사람들에 대해서는 언제나 의견이 분분했다. 아니다, 이 사람은 없었고 반대로 그 사람은 있었다. 아마도 샤발일 거다. 샤발과 함께 올라왔다고 한 견습광부가 맹세했다. 르바크 마누라와 피에론은 위험에 처한 가족이 한 명도 없었음에도 다른 사람들만치나 악착스럽게 애통해 했다. 맨 처음에 나온 자카리는 모든 것을 비웃던 예전의 태도와는 달리 눈물을 흘리면서 아내와 어머니를 껴안았다. 그리고 어머니 곁에 있으면서 함께 떨었다. 그는 여동생에 대한 넘쳐나는 사랑을 뜻밖에 드러내면서, 간부들이 공식적으로 확인하지 않는 한, 그녀가 저 아래에 있다는 것을 믿으려 하지 않았다.

"이름을! 이름을! 제발 이름을!"

짜증이 난 네그렐이 경비원들에게 큰 소리로 외쳤다.

"저 사람들 입 다물게 해! 신경질이 나 죽겠단 말이야. 우리는 그 이름을 몰라."

벌써 두 시간이 지났다. 처음에는 너무들 놀라서 아무도 다른 운반갱, 레키아르의 옛 운반갱을 생각하지 못했다. 엔느보 씨가 그쪽을 통해 구조를 시도하겠다고 발표하자 한 소문이 떠돌았다. 다섯 명의 노동자가 방금 홍수를 피해 사용하지 않는 옛 통기갱의 썩은 사다리를 통해 올라왔다. 그리고 사람들은 무크 영감을 거명하며 그 이름에 깜짝 놀랐다. 왜냐하면 아무도 그가 막장에 있다고 생각하지 않았기 때문이었다. 그러나 다섯 명이 빠져나왔다는 이야기에 사람들은 더욱 눈물을 흘렸다. 열다섯 명의 동료들은 그들을 좇아갈 수가 없었고, 길을 잃었고, 낙반에 갇혀 있다. 그래서 그들을 구하는 것은 불가능하다. 왜냐하면 벌써 레키아르에는 물이 10미터나 차올랐기 때문이다. 안에 갇힌 모든 사람들의 이름이 알려지자 하늘은 목멘 사람들의 신음소리로 가득 찼다.

"저들의 입을 다물게 해!" 네그렐이 분노하며 되풀이해서 외쳤다.

"그리고 물러나게 해! 그래, 그래, 100미터! 위험해, 그들을 밀어내, 그들을 밀어내."

그는 이 불쌍한 사람들과 싸워야만 했다. 그들은 또 다른 불행들을 상상하고 있었고, 그들에게서 사망자가 나오지 않도록 그들을 쫓아내야만했다. 그래서 반장들은 운반갱이 수갱을 곧 잡아먹을 것이라고 그들에게 설명해야만 했다. 이러한 사실에 충격을 받은 그들은 입을 다물고 마침내 한걸음 한걸음씩 뒤로 물러섰다. 그러나 그들을 제

지하기 위해서는 경비원을 두 배로 늘려야만 했다. 왜냐하면 그들은 자신도 모르게 앞으로 나와 언제나 제자리로 다시 왔기 때문이었다. 1,000명의 사람들이 도로에서 서로 밀치고 있었고, 몽수뿐만 아니라 모든 탄광촌에서도 사람들이 몰려왔다. 그런데 높은 경석장 위에서는 소녀의 얼굴을 한 금발머리 사내가 초조함을 달래기 위해 담배를 피우면서 그의 빛나는 눈으로 수갱을 줄곧 바라보고 있었다.

그리고 기다림이 시작되었다. 정오가 되었다. 아무도 먹지 않았고 자리를 뜨지 않았다. 더러운 회색빛 안개가 자욱한 하늘에는 녹슨 색깔의 구름들이 천천히 흘러갔다. 라스뇌르의 집 울타리 뒤에서는 커다란 개가 무리들의 번잡한 숨결에 짜증을 내며 쉬지 않고 사납게 짖어댔다. 그리고 이 무리들은 조금씩 주변 땅으로 퍼져나가 수갱을 중심으로 100미터의 원이 만들어졌다. 커다란 공터 중심에 보뢰가 우뚝 서 있었다. 사람 한 명 없고 소리 하나 들리지 않는 그곳은 일종의 사막이었다. 창문들과 문들은 열어 젖혀져 있었고 버려진 실내가 보였다. 버림받은 붉은 고양이 한 마리가 이 위협적인 고독의 냄새를 맡고는 계단 위로 뛰어오르더니 사라졌다. 증기기관 화실들은 가까스로 불이 꺼졌음에 틀림없었다. 왜냐하면 높은 벽돌 굴뚝에서는 여린 연기만이 어두운 구름 아래서 나오고 있었기 때문이었다. 반면 권양탑 위의 풍향계는 바람에 삐걱거리며 날카로운 소리를 나지막이 내고 있었다. 그것은 곧 죽어버릴 거대한 건물들에서 유일하게 들려오는 구슬픈 소리였다.

두 시가 되었으나 아무도 꼼짝하지 않았다. 엔느보 씨와 네그렐 그리고 달려온 또 다른 엔지니어들은 사람들 앞에서 프록코트와 검은 모자 차림으로 모여 있었다. 그리고 그들 역시 자리를 뜨지 않았다. 다리는 피곤해 끊어질 것 같았다. 흥분한 그들은 이 같은 재난을 무력하게 바라만 보는 것에 가슴 아파하면서 마치 죽어가는 환자의 병상에서처럼 몇 마디 말만 속삭일 뿐이었다. 상층부 방수벽이 완전히 무너졌음에 틀림없었다. 깊은 곳으로 추락하는 짧고 불규칙한 굉음들이 돌연히 울려 퍼졌고 그리고 커다란 침묵이 이어졌다. 수갱의 상처는 계속해서 커져만 갔다. 아래쪽에서 시작된 붕괴는 위로 올라와 지표면까지 다가왔다. 초조하고 신경이 날카로워진 네그렐은 보고 싶은 마음에 벌써 앞으로 나아가 홀로 이 끔찍하게 공허한 공간 앞에 서있었다. 그때 사람들이 그의 어깨를 잡았다. 그래 봐야 무슨 소용이 있나? 아무것도 막을 수 없다. 그러는 동안 늙은 광부 한 명이 감시를 따돌리고 막사 안까지 달려갔다. 그러나 그는 침착하게 다시 나타났다. 자기 나막신을 찾으러 간 것이었다.

세 시를 알리는 종소리가 울렸다. 여전히 꼼짝하지 않고 있었다. 소나기에 흠뻑 젖었지만 무리들은 한 발자국도 물러서지 않았다. 라스뇌르의 개가 다시 짖어대기 시작했다. 세 시 이십 분에서야 처음으로 땅이 흔들렸다. 견고하고 꼿꼿하게 서 있던 보뢰가 몸을 떨었다. 그리고 곧바로 두 번째 진동이 뒤따랐고 벌리고 있던 입들에서 긴 비명소리가 나왔다. 타르를 칠한 선탄장 창고가 두 번 휘청거리더니 끔찍한 소리를 내며 무너졌다. 엄청난 무게를 이기지 못한 골조들이 부러지면서 아주 세게 부딪혀 수많은 불똥들이 튀어 올랐다. 이 순간부터 땅은 끊임없이 흔들렸고 진동은 계속됐다. 지반은 무너져 내리며 분출하는 화산처럼 포효했다. 마치 다가오는 땅의 요동을 예고라도 하듯 멀리서 짖던 개도 더 이상 짖지 않고 구슬픈 신음소리를 냈다. 그리고 지켜보던 여자들, 아이들, 모든 사람들은 튀어 오르는 충격으로 그들 몸이 들려질 때마다 탄식의 함성을 참지 못했다. 10분도 안 돼 권양탑의 점판암 지붕이 무너졌고, 석탄수납장과 기계실이 갈라지며 커다란 균열이 생겼다. 그리고 굉음들이 잦아들며 붕괴가 멎었고, 또다시 커다란 침묵이 흘렀다.

한 시간 동안 야만족 군대의 폭격을 받은 것처럼 보뢰는 상처를 입은 채 그렇게 있었다. 사람들은 이제 비명을 지르지 않았고, 구경꾼들은 더 큰 원을 만들며 보뢰를 바라보고 있었다. 무너진 선탄장 기둥들 아래에는 깨진 탄차를 부리는 기계들과 터지고 찌그러진 선탄장 투입구들이 보였다. 특히 석탄수납장에는 부서진 잔해들이 엄청나게 쌓여 있었고 벽돌이 떨어져 내리며 모든 벽들은 완전히 무너졌다. 도르래가 달려 있던 철제 구조물은 휘어진 채 그 절반이 수갱에 처박혀 있었다. 케이지 하나는 여전히 매달려 있었고, 뜯겨진 케이블은 흔들거리고 있었다. 그리고 탄차들, 주철 슬레이트, 사다리들은 짓이겨져 있었다. 요행히 다치지 않은 램프창고 왼쪽으로는 작은 램프들이 밝은 빛을 내며 늘어서 있었다. 그리고 벽이 터져나간 기계실 안쪽에는 거대한 벽돌 좌대 위에 확고히 앉아 있는 권양기가 보였다. 구리들이 빛을 발했고, 강철로 된 굵은 사지들은 파괴할 수 없는 근육처럼 보였고, 공중에서 몸을 구부린 거대한 크랭크는 유유자적 누워 있는 거인의 강한 무릎과 닮아 보였다. 엔느보 씨는 이 휴지의 시간이 끝나자 희망이 되살아나는 것을 느꼈다. 지반이 더 이상 움직이지 않는다면 권양기와 부서지지 않은 건물들을 구할 수 있으리라. 그러나 그는 사람들의 접근을 계속해서 막으면서 30분을 더 기다리기로 했다. 기다리는 것을 참을 수가 없었고 희망 때문에 고통은 더욱 심해졌다. 모든 사람들의 심장이 두근거렸다. 지평선 위에서 점점 커져만 가는 먹구름은 저녁을 재촉했고, 대지가 일으킨 폭풍의 잔해물 위로 을씨년스럽게 해가 지고 있었다. 일곱 시가 지났지만 사람들은 움직이지도 먹지도 않았다.

그리고 엔지니어들이 조심스럽게 앞으로 나아가자 갑자기 지면이 극심하게 요동쳤고, 그들은 황급히 되돌아왔다. 지하 폭발이 일어났고, 괴물들의 전 포대가 심연에 포탄을 쏘아댔다. 지면 위에 서 있던 마지막 구조물들이 고꾸라지고 무너져 내렸다. 우선 회오리바람 같은 것이 선탄장과 석탄수납장의 잔해들을 휩쓸고 지나갔다. 다음에는 보일러 건물들이 터지더니 사라져 버렸다. 그리고 정방형 좌대에서 헐떡거리던 배수펌프는 총탄에 쓰러지는 사람처럼 앞으로 고꾸라졌다. 그리고 그때 사람들은 아주 끔찍한 광경을 보았다. 벽돌 좌대로부터 떨어져 나온 거대한 권양기가 사지를 찢긴 채 죽음에 맞서 싸우고 있었던 것이었다. 권양기가 움직이며 마치 일어서려는 듯 거인의 무릎 같은 크랭크를 폈다. 그러나 숨을 거두었고 부스러지며 심연에 삼켜졌다. 오직 30미터 높이의 굴뚝만이 폭풍우 속의 돛대처럼 흔들리며 서 있었다. 그것은 곧 조각나며 산산이 날아갈 것만 같았다. 굴뚝이 갑자기 통째로 내려앉으며 거대한 양초처럼 녹아 대지에 스며들었다. 비죽 나온 것이라고는 아무 것도 없었다. 피뢰침조차도 없었다. 모든 것이 끝난 것이었다. 이 공동 속에 몸을 웅크린 채 인육으로 배를 채웠던 못된 짐승은 더 이상 그 굵고 긴 숨을 내쉬지 못했다. 보뢰 전체가 심연으로 침몰해 버린 것이었다.

울부짖으면서 무리들은 도망쳤다. 여자들은 눈을 가린 채로 뛰었다. 남자들은 기겁하여 낙엽처럼 굴러갔다. 소리치고 싶지 않았지만 목구멍이 부어라 소리쳤고, 움푹 파인 거대한 구멍 앞에서는 허공에 대고 팔을 저었다. 이 사화산의 분화구는 깊이가 15미터였고 적어도 40미터의 너비로 도로에서 운하까지 다다랐다. 이 분화구 속에는 건물들, 거대한 작업대, 레일이 깔린 구름다리들, 탄차 대열, 화차 세 대 그리고 그 뒤에는 광산의 집탄장이 있었다. 말할 것도 없이 갱목 저장소, 벌목한 몇 필지의 나무숲도 지푸라기처럼 그 속에 함몰되었다. 저 깊은 곳에는 들보, 벽돌, 쇠, 석고벽의 잔해들이 구분할 수 없을 정도로 뒤엉킨 채 끔찍한 참화에 가담하고 있었다. 그리고 그 구멍은 점점 둥글게 되었고, 가장자리에서 시작된 균열은 들판을 가로질러 멀리까지 퍼져나갔다. 균열 중의 하나는 라스뇌르 집까지 올라가 건물 전면에 금이 가고 말았다. 탄광촌마저도 구덩이 속으로 들어가는 거 아냐? 이 고약한 날은 저물어가고 저 납빛 구름은 세상을 짓누르는데, 어디까지 도망가야 안전하단 말인가?

네그렐이 고통스럽게 소리를 질렀다. 뒤로 물러섰던 엔느보 씨는 눈물을 흘렸다. 재난은 이게 전부가 아니었다. 제방이 무너지며 삽시간에 운하의 물이 쏟아져 들어왔고, 물이 고인 수면에서는 균열 때문에 물방울이 끓어올랐다. 운하의 물은 균열 속으로 사라졌고, 그곳으로 깊은 계곡의 폭포처럼 떨어졌다. 광산은 이 계곡물을 마셨고, 이 범람으로 이제 갱도들은 수 년 동안 물에 잠기게 되었다. 곧바로 분화구는 물로 채워졌고, 진흙탕 호수가 방금 전 보뢰가 있었던 자리를 차지하여 이 호수 아래에는 저주받은 도시가 잠들어 있는 셈이었다. 무시무시한 침묵이 흘렀고, 대지의 내장 속에서는 코고는 소리를 내며 추락하는 물소리 외에는 다른 아무 소리도 들리지 않았다.

이윽고 흔들리는 경석장 위에서 수바린이 일어났다. 그는 막장에서 사경을 헤매는 그 비참한 조난자들을 짓누르는 이 엄청난 붕괴를 보며 오열하는 마외드와 자카리를 알아보았다. 그리고 그는 마지막으로 피운 담배를 버리더니 뒤를 돌아보지 않고 컴컴해지는 밤 속으로 멀어져 갔다. 저 멀리서 그의 그림자가 작아지더니 어둠 속에 섞여 버렸다. 그는 저기, 미지의 곳으로 가고 있었다. 그는 태연하게 이 세상을 끝장내러 가고 있었다. 도처에서 그는 다이너마이트로 도시들과 인간들을 날려버릴 것이다. 단말마의 고통에 시달리는 부르주아들은 한 발자국 걸을 때마다 그들의 발아래서 거리의 포석들이 폭발하는 소리를 듣게 될 것이며, 틀림없이 거기에는 그가 있을 것이다.

4

보뢰가 붕괴했던 그날 밤 엔느보 씨는 신문들이 소식을 알리기 전에 이사들에게 직접 사실을 보고하기 위해 파리로 떠났다. 다음날 파리로부터 돌아왔을 때 그는 정확한 경영자의 태도와 함께 아주 평온해 보였다. 그는 분명히 문책을 받지 않았고, 예상과는 반대로 그의 신임도 줄어들지 않은 듯했다. 그리고 레지옹도뇌르 장교 서임은 24시간 후에 서명되어졌다.

사장은 무사했지만 회사는 엄청난 충격에 흔들리고 있었다. 그것은 몇 백만 프랑의 손실 정도가 아니었다. 회사 수갱들 중의 하나가 척살 당하는 것을 눈앞에서 본다는 것은 허리에 상처를 입고 암묵적인 내일의 공포에 끊임없이 시달리는 것이었다. 회사는 엄청난 타격을 받았지만 다시 한 번 침묵의 필요성을 느꼈다. 이 끔찍한 일로 분란을 일으킨들 무슨 소용이 있겠는가? 그 도당을 찾아낸다 하더라도 그것은 순교자를 만드는 것이며, 그 무시무시한 영웅주의는 다른 자들의 머리를 이상하게 만들어 방화범과 암살자들을 줄줄이 생겨나게 할 텐데, 무엇 때문에 그들을 잡겠는가? 게다가 회사 측은 진범을 용의자 선상에 두지도 않고 결국 일단의 공모로 추정해 버렸다. 그토록 힘든 일을 단 한 사람이 그렇게 대담하게 한다는 것을 인정할 수 없었기 때문이었다. 그리고 바로 거기에 회사가 시달리는 강박적인 생각이 있었다. 그것은 회사 수갱들을 둘러싼 위협이 증대하고 있다는 것이었다. 사장은 광범위한 염탐망을 조직하고 범죄에 가담한 것으로 간주되는 위험인물들을 잡음 없이 하나하나씩 해고하라는 명령을 받았다. 회사는 고도의 신중한 정략으로 그들을 제거하는 것으로 만족하고자 했다.

즉각 해고된 단 한 사람은 선임반장인 당사에르였다. 피에론 집에서의 추문 이후 그는 자리를 지키는 것이 불가능했다. 회사는 위험 속에서 그가 취했던 태도, 자기 부하들을 버리는 우두머리의 비겁함을 문제 삼았다. 다른 한편으로 그것은 그를 증오하는 광부들에게 은밀하게 손을 내미는 것이기도 했다.

그러는 동안 항간에는 여러 소문들이 퍼지고 있었고, 회사 지도부는 파업 노동자들이 화약통에 불을 붙였다고 보도한 한 기사를 부인하기 위해서 일간지에 정정 요구서를 보내야만 했다. 이미 사건 조사를 서둘러 끝낸 정부 측 엔지니어는 지반 침하가 야기할 수 있는 방수벽의 자연 붕괴로 결론짓는 보고서를 제출했다. 그리고 회사 측은 입을 다문 채 관리감독 소홀의 비난을 감수하기로 했다. 파리의 언론들은 사흘째부터 그 재앙을 여러 다른 사실들로 부풀려 말하고 있었다. 사람들은 이제 막장에 갇혀 죽어가는 노동자들에 대해서만 이야기하며 매일 아침 발행되는 호외를 탐독한다. 몽수의 부르주아들은 보뢰라는 이름만 들어도 창백해지고 말을 잃는다. 가장 대담한 자들도 그들 귀에 대고 보뢰를 얘기하면 두려움에 떤다는 황당한 얘기가 생겨났다. 이 고장 전체가 희생자들에게 커다란 동정을 표하고 있으며, 파괴된 수갱을 둘러보고 수갱에 묻힌 실종자들을 짓누르는 이 폐허의 공포를 함께 하기 위해 가족과 함께 그곳에 달려오고 있다.

엔지니어 지부장으로 임명된 드널랭은 재앙이 일어난 현장 한복판에서 자신의 직무를 시작했다. 그가 첫 번째로 신경 써야 할 일은 운하를 원래의 하상으로 되돌려놓는 것이었다. 왜냐하면 운하에서 터져

나온 급류는 시시각각 피해를 가중시켰기 때문이었다. 대공사가 필요했고 그는 즉시 100여명의 노동자를 제방 쌓는 일에 투입했다. 그러나 세찬 물결은 처음에 쌓은 둑들을 두 번이나 쓸어가 버렸다. 이제 펌프들을 설치했고 사라진 땅을 되찾는 격렬하고 악착스런 투쟁이 하나하나씩 시작되었다.

한편 수갱이 삼킨 광부들의 구조 작업은 더욱 힘을 냈다. 네그렐의 담당 하에 최고의 노력을 다하고 있었기 때문에 일손은 전혀 모자라지 않았다. 모든 탄광부들이 복받쳐 오르는 우애 속에서 자신을 바치러 달려왔다. 그들은 파업을 잊어버렸고 임금을 조금도 개의치 않았다. 그들에게 아무 것도 줄 수 없다고 할지라도 동료들이 죽음의 위험에 처해 있는 이상, 그들은 목숨을 걸겠다며 자청했다. 모든 사람이 자신의 연장을 가지고 추위에 떨면서 거기에 있었고, 어디를 파내야 할지 알려주기만을 기다렸다. 많은 사람들이 붕괴 사건 이후 공포에 시달렸다. 안절부절못하며 신경질을 냈고, 계속해서 악몽을 꾸며 식은 땀에 젖은 채 잠에서 깨어났고, 극도의 분노 속에서 마치 복수를 해야 하는 것처럼 흙더미와 싸우기를 원했다. 그러나 불행하게도 작업에 필요한 질문 앞에서는 당혹스러워 했다. 무엇을 할 것인가? 어떻게 내려갈 것인가? 어느 쪽에서 바위들을 공격할 것인가?

네그렐의 견해에 따르면 조난자들 중 어떠한 사람도 살아남지 못했고, 열다섯 명은 필경 익사했거나 질식사했다. 단지 이러한 광산 재난 시 불문율은 막장에 갇힌 사람은 여전히 살아 있다고 가정하는 것이었다. 그리고 그는 이러한 방향에서 추론했다. 그가 제기한 첫 번째 문제는 그들이 어디로 피신할 수 있었겠는 가를 연역하는 것이었다. 그는 반장들, 늙은 광부들에게 의견을 물었고, 이 점에 대해서는 의견의 일치를 보았다. 불어나는 물 앞에서 동료들은 분명히 여러 갱도를 거쳐 가장 높은 곳에 있는 갱들로 올라갔다. 그 결과 그들은 틀림없이 상층 통로 어딘 가에 옴짝달싹 못한 채로 있다. 게다가 이것은 무크 영감의 정보와도 일치했다. 그의 혼미한 이야기에 따르면 이렇게 생각해 볼 수 있었다. 무리들은 미친 듯이 달아나며 소단위로 나눠지며, 가는 도중 모든 층 중간 중간에서 낙오자들이 생겨난다. 그러나 시행 가능한 구조 방법에 대한 토론으로 넘어가자 반장들의 의견은 갈렸다. 지표면에서 가장 가까운 곳에 위치한 통로들도 지하 150미터 지점에 있고, 운반갱을 뚫는 것은 꿈도 꿀 수가 없다. 레키아르만이 유일한 접근로며 다가갈 수 있는 유일한 지점이다. 최악의 사실은 이 오래된 수갱 역시 물에 잠겨 보뢰와 연결되지 않는다는 점이다. 따라서 수면 위에 있는 첫 번째 석탄하치장에 딸린 일부 갱도 구간들만 이동이 자유롭다. 물을 빼내기 위해서는 여러 해가 소요됨으로 최상의 결정은 이 갱도가 침수 통로들과 인접해 있는지 여부를 직접 살펴보는 것이다. 침수 통로들 끝에 실종 광부들이 존재한다고 추정해 볼 수 있기 때문이다. 이런 결론에 논리적으로 도달하기 위해서는 많은 토론을 하면서 실천 불가능한 계획들을 제외시켜야만 했다.

그때부터 네그렐은 먼지 쌓인 문서들을 살펴봤고, 마침내 두 수갱의 옛 설계도를 찾아내자 그것들을 연구해 수색해야 할 지점들을 결정했다. 조금씩 그는 이 수색 작업에 열을 내기 시작했다. 인간과 세상사에 대한 냉소적인 무관심에도 불구하고 그 역시 헌신의 열정에 사로잡혔다. 사람들은 레키아르에서 내려가는 어려움에 시작부터 봉착했다. 운반갱의 입구를 쳐내야만 했다. 마가목을 쓰러뜨리고 인목들과 산사나무들을 깨끗이 베어냈다. 또한 사다리들을 수리해야만 했다. 그리고 암중모색이 시작되었다. 엔지니어는 열 명의 노동자들과 함께 내려갔고, 그가 지적하는 탄맥의 이곳저곳을 연장의 쇠 부분으로 두드리게 했다. 그리고 커다란 침묵 속에서 각자는 석탄에 귀를 기울였다. 그러나 멀리서 응답하는 타격음은 들리지 않았다. 그리고 들어갈 수 있는 모든 갱도들을 다 찾아 돌아다니며 두드려 보았지만 허사였다. 어떤 응답도 되돌아오지 않았다. 난감해지기 시작했다. 지층의 어느 곳을 파야 한단 말인가? 저기에는 아무도 없는 듯한데 어느 쪽으로 간단 말인가? 점점 커져만 가는 초조함과 불안 속에서도 그들은 고집스럽게 수색을 계속해 나갔다.

첫날부터 마외드는 아침이면 레키아르에 왔다. 그녀는 운반갱 앞에 있는 들보 위에 앉아서 저녁까지 꼼짝도 안했다. 한 사람이 나올 때마다 그녀는 일어나서 눈빛으로 물어보았다. 못 찾았어요? 못 찾았다고! 그러면 그녀는 다시 앉아 한 마디 말도 없이 굳은 얼굴로 다시 기다렸다. 장랭 역시 사람들이 자기 소굴을 침범하는 것을 보면서 자기 굴의 약탈물이 발각될까 두려워, 포획당한 짐승의 놀란 표정으로 주위를 배회했다. 그리고 바위 아래에 누워있는 어린 병사를 생각했고, 혹시 사람들이 그의 숙면을 방해하지 않을까 걱정했다. 그러나 그쪽은 완전히 침수되어 있었고 게다가 수색 작업은 그곳보다 왼쪽에 있는 서쪽 갱도에서 진행됐다. 처음에는 필로멘도 수색 작업에 참여한 자카리와 함께 레키아르에 왔었다. 후에는 아무런 필요도, 성과도 없는데 추위에 떠는 것이 지겨웠다. 그래서 그녀는 탄광촌에 남았고, 무기력하고 무관심한 여자의 나날을 때우며 아침부터 저녁까지 기침만해댔다. 반면 자카리는 사는 것이 아니었다. 그는 여동생을 찾기 위해서라면 흙에 묻힐 태세였다. 그는 매일 밤 헛소리를 해댔고 굶주려 너무나 마른 카트린을 보았다. 목이 터져라 구조를 외쳐대는 그녀의 목소리를 들었다. 두 번 그는 저기에서 감이 온다며 명령도 없이 땅을 파고자 했었다. 엔지니어는 더 이상 그를 내려 보내지 않았다. 그래도 그는 쫓겨난 이 운반갱을 떠나지 않았다. 그는 앉을 수조차 없었다. 일하고 싶은 욕망에 안절부절 못하면서 쉼 없이 운반갱을 돌아보며 마외드 곁에 있었다.

사흘째 되던 날이었다. 절망에 빠진 네그렐은 그날 저녁에는 모든 것을 포기하기로 마음먹고 있었다. 정오에 식사를 마친 후 그는 마지막 수색 작업을 하기 위해 부하들과 함께 다시 왔고, 운반갱에서 나오는 자카리를 보고 깜짝 놀랐다. 그는 상기된 얼굴로 제스처를 써가며 소리쳤다.

"그 애가 안에 있어! 그 애가 나에게 대답했어! 어서 와, 어서 와보라고!"

경비원의 만류에도 불구하고 그는 사다리로 쏜살같이 내려갔고, 저기, 기욤 탄맥의 첫 번째 통로에서 두드리는 소리가 들렸다고 맹세했다.

"당신이 말하는 곳은 우리가 벌써 두 번이나 들렀었어." 믿기지 않는 네그렐이 지적했다. "어쨌든 가봅시다."

마외드가 일어났다. 그래서 내려가겠다는 그녀를 제지해야만 했다. 그녀는 운반갱 가장자리에 똑바로 선 채 칠흑같이 어두운 구멍을 내려다보았다.

밑으로 내려온 네그렐은 큰 간격을 두고 세 번 두드렸다. 그리고 광부들에게 최대한 조용하라면서 석탄 위에 귀를 갖다 댔다. 어떠한 소리도 들려오지 않았고 그는 고개를 흔들었다. 분명히 저 불쌍한 친구가 꿈을 꿨다. 이번에는 화가 난 자카리가 두들겼다. 그리고 다시 소리를 들었다. 그의 눈이 빛났고 기쁨에 팔다리가 떨렸다. 그러자 다른 노동자들이 차례차례 똑같은 행동을 되풀이했다. 모든 사람들의 얼굴에 생기가 돌았고, 멀리서 들려오는 응답을 분명히 인지했다. 깜짝 놀란 엔지니어는 다시 귀를 갖다 대며 가녀린 소리를, 가까스로 들리는 리듬에 맞춘 울림을 잡아냈다. 그것은 위험에 처한 모든 광부들이 탄맥을 두드릴 때 사용하는 박자였다. 석탄은 수정처럼 투명한 소리를 아주 멀리까지 전하는 속성이 있다.

거기에 있던 한 반장은 그들과 갇혀 있는 광부들 사이의 블록 두께가 50미터는 넘을 거라고 판단했다. 그러나 사람들은 벌써 그들에게 손을 뻗을 수 있는 것처럼 환호성을 질렀다. 네그렐은 즉시 접근 작업을 시작해야만 했다.

위로 올라온 자카리는 마외드를 보자 얼싸안았다.

"흥분해서는 안 돼." 이날 산책하다 호기심에 들린 피에론이 잔인하게 말했다. "만약에 카트린이 있지 않다면 나중에 더 괴로울 거야."

그것은 사실이었다. 카트린은 다른 곳에 있을 수도 있는 일이었다.

"상관 마요, 응!" 자카리가 화가 나서 외쳤다. "그 애는 거기에 있어요, 내가 안다고요!"

아무 말 없이, 표정 없이 마외드는 다시 앉았다. 그리고 다시 기다리기 시작했다.

그 이야기가 몽수에 퍼지자마자 새로운 사람들이 밀려왔다. 아무일이 없는데 그들은 거기에서 얼쩡거렸고, 이 궁금해 하는 사람들을 멀찌감치 떼어놓아야만 했다. 아래에서는 밤낮으로 작업을 했다. 장애물이라도 만나지 않을까 겁이 난 엔지니어는 광부들이 갇혀 있으리라 추정되는 지점에서 합류하는 세 개의 내리막 갱도를 탄맥에서 뚫도록 했다. 단 한 명의 채탄부만이 창자갱로의 채탄면에서 탄을 캘 수가 있었다. 채탄부들은 두 시간 간격으로 교대했다. 바구니에 채워진 석탄은 일렬로 늘어선 사람들의 손에서 손으로 운반되었고 구멍이 깊어짐에 따라 줄도 길어졌다. 작업은 처음에는 아주 빠른 속도로 진행되었다. 하루에 6미터를 파내려 갔다

자카리는 엘리트 광부로 발탁되어 채탄을 했다. 그것은 광부라면 누구나 차지하려 다투는 명예로운 자리였다. 그런데 그는 노역 규정에 따른 두 시간이 지난 후에 다른 광부들이 교대를 청해 오면 오히려 화를 냈다. 그는 동료들의 차례를 빼앗으며 곡괭이를 놓지 않았다. 그가 일하는 갱도는 곧바로 다른 갱도들을 앞섰고, 너무나 맹렬하게 석탄과 맞붙어 싸워 창자갱로에서 올라오는 그의 숨소리는 마치 대장간 화로가 타는 소리 같았다. 그가 거기에서 시커멓게 진흙으로 범벅이 된 채 피로에 취해 비틀거리며 나와 쓰러지면, 담요로 그의 몸을 감싸 줘야만 했다. 그리고 여전히 비틀거리면서 그는 그 안으로 다시 들어갔고, 다시 싸움을 시작했다. 그의 곡괭이질 소리가 둔중하게 울렸고 숨 막힌 신음소리가 들렸으며, 살육의 분노가 기승을 부렸다. 석탄이 점점 단단해지는 최악의 사태가 일어났고, 자카리는 두 번 곡괭이를 부러뜨렸다. 이제는 빨리 나아갈 수 없다는 것에 분개했다. 그는 또

한 열 때문에 고통스러웠다. 1미터만 나아가도 더 뜨거워졌고, 이 좁은 구멍 속에서는 공기가 순환되지 않아 견딜 수가 없었다. 휴대용 환풍기는 잘 돌아갔지만 환기가 제대로 되지 않아, 세 명의 채탄부가 연거푸 질식하여 그들을 끌어내야만 했다.

네그렐은 노동자들과 함께 막장 속에서 살았다. 식사도 아래로 내려왔고, 그는 가끔 두 시간 동안 짚더미 위에서 외투로 몸을 감싼 채 잠을 잤다. 그들이 용기를 잃지 않는 것은 저기에서 점점 더 분명하게 빨리 와달라고 두드리는 저 불쌍한 사람들의 신호음, 애원 때문이었다. 이제 그들의 신호는 하모니카의 얇은 막에 부딪히는 소리처럼 아주 맑고 낭랑한 음악 소리를 냈다. 그들은 포격 소리에 맞춰 전장으로 나아가는 군인처럼 그 수정 같은 소리를 길잡이로 삼아 나아갔다. 채탄부들이 교대를 할 때마다 네그렐은 내려가서 탄맥을 두드렸고 귀를 갖다 댔다. 지금까지는 응답 신호는 매번 빠르고 절박하게 왔다. 제대로 나아가고 있다는 사실에 의심할 여지가 없었다. 그러나 너무나 느려 생명이 위급하지 않는가! 결코 일찍은 도달하지 못하리라. 처음 이틀 동안은 13미터를 파내려갔다. 그러나 사흘째 되던 날에는 5미터로 떨어졌고, 나흘째 되는 날에는 3미터로 떨어졌다. 석탄은 너무나 단단하게 붙어 있어 이제는 겨우 2미터밖에 뚫지 못했다. 아흐레 동안 초인적인 힘을 쏟아 부은 끝에 32미터를 나아갔고, 따라서 앞으로 20미터가 남아 있는 셈이었다. 실종자들이 갇힌 지 벌써 열이틀 째였다. 따라서 그들은 12 곱하기 24시간 동안 빵도, 불도 없이 지낸 셈이었다. 그것도 차디찬 암흑 속에서! 이 끔찍한 생각을 하면 눈시울이 젖었고, 일을 너무나 해대 팔이 굳어버렸다. 사람을 잡아먹지 않는 기독교인들이 살아있다는 것은 이제 불가능해 보였다. 멀리서 두들기는 소리도 어제부터 약해졌고, 사람들은 그 소리가 멎을까 매 순간 불안에 떨었다.

마외드는 규칙적으로 운반갱 언저리에 와서는 늘 그렇게 앉아 있었다. 그녀는 아침부터 저녁까지 혼자 있을 수 없는 에스텔을 팔에 안고 데려왔다. 시시각각 그녀는 작업의 추이를 살폈고, 일하는 사람들과 희망을 함께 했고, 그들과 함께 낙담했다. 운반갱 주변에 머무는 사람들뿐만 아니라 몽수에 있는 사람들까지도 열에 달떠 기다렸고 끊임없이 토를 달았다. 이 고장의 모든 심장들은 저기 땅 아래서 고동치고 있었다.

아흐레 되던 날 점심시간에 사람들은 교대하기 위해 자카리를 불렀지만 그는 아무 대답이 없었다. 그는 미친 사람처럼 욕을 해대며 일에 매달리고 있었다. 네그렐이 잠깐 바깥으로 나갔기 때문에 아무도 그를 말릴 수가 없었다. 그리고 거기에는 반장 한 사람과 광부 세 명밖에 없었다. 틀림없이 자카리는 잘 보이지 않자 작업을 지연시키는 가물거리는 불에 울화통이 터져 램프를 열어두는 부주의를 범했다. 그렇지만 이미 엄격한 명령이 내려져 있었다. 왜냐하면 가연성 가스가 나오는 것이 분명했고, 환기 시설이 없는 이 좁은 통로들에는 엄청난 양의 가스가 머물고 있기 때문이었다. 갑자기 천둥이 터지더니 포탄이 장전된 대포 아가리에서처럼 창자갱로에서 불기둥이 뿜어져 나왔다. 모든 것이 불타올랐다. 갱도의 한 쪽 끝에서부터 다른 쪽 끝까지 가연성 가스로 가득 찬 공기가 화약처럼 불이 붙었다. 이 불길은 반장 한 명과 광부 세 명을 앗아갔고, 운반갱으로 올라오며 밖으로 솟구쳤고, 바위들과 골조 잔해들을 분출시켰다. 호기심에 왔던 사람들은 혼비백산하여 도망쳤고, 마외드는 일어서서 겁에 질린 에스텔을 가슴에 꼭 껴안았다.

돌아온 네그렐과 노동자들은 격분을 이기지 못했다. 그들은 어리석고 잔인한 변덕에 휩쓸려 우발적으로 아이들을 죽여 버린 계모처럼 발뒤꿈치로 땅을 때렸다. 그들은 온 몸을 바쳐 동료들을 구조하고 있었는데 또 동료들을 잃어야만 하다니! 장장 세 시간 동안 위험을 무릅쓰고 노력한 끝에 마침내 갱도 안으로 들어가 희생자들을 참혹한 심정으로 올려 보냈다. 반장도 노동자들도 죽지는 않았지만 끔찍한 상처가 온몸을 뒤덮고 있었고, 그들의 살에서는 탄 냄새가 났다. 그들은 불을 마셔 화상은 목구멍 속까지 내려가 있었다. 그들은 죽여 달라고 애원하면서 끊임없이 비명을 질러댔다. 세 광부 중 한 명은 파업 당시 가스통-마리의 펌프를 맨 나중에 곡괭이로 찍었던 사람이었다. 다른 두 사람은 병사들에게 벽돌을 마구 던져대 손에는 흉터가 있었고 손가락들은 까지고 찢겨 있었다. 무리들은 창백하게 질린 채 떨고 있었고, 그들이 숨을 거두자 모자를 벗었다.

선 채로 마외드는 기다렸다. 자카리의 몸이 마침내 나타났다. 옷은 다 타버렸고 몸뚱이는 새카맣게 그을려 형체를 알아볼 수 없는 검은 석탄에 불과했다. 머리는 폭발로 부서져 존재하지도 않았다. 그리고 사람들이 이 끔찍한 잔해를 들것 위에 실었을 때 마외드는 기계적인 걸음으로 그 뒤를 따랐다. 눈시울이 뜨거웠지만 눈물 한 방울도 흐르지 않았다. 그녀는 잠든 에스텔을 팔에 안고 바람에 머리카락을 두들겨 맞으며 비극적으로 떠나갔다. 탄광촌에서 필로멘은 멍청하게 있었고 두 눈은 샘물로 변했지만 금방 마음이 편해졌다. 그러나 벌써 어머니는 똑같은 걸음으로 레키아르로 되돌아가고 있었다. 그녀는 아들을 배웅하고 나서 딸을 기다리기 위해 그곳으로 다시 왔다.

사흘이 또 흘렀다. 엄청난 어려움 속에서 구조 작업은 재개되었다. 접근 갱도는 가연성 가스 폭발 후에도 다행히 무너지지 않았다. 단지 너무나 무겁고 유해한 공기가 타버렸기 때문에 또 다른 환풍기들을 설치해야만 했다. 매 20분마다 채탄부들은 교대했다. 계속 나아가 이제는 실종자들과 채 2미터도 떨어져 있지 않았다. 그러나 이제 그들은 냉담하게 일을 했고, 오직 복수심만으로 탄을 모질게 두드렸다. 왜냐하면 작고 맑은 소리로 박자에 맞춰 부르던 신호음은 이제 더 이상 울리지 않았기 때문이었다. 구조 작업을 한지 12일째였고 재앙이 있은 지 15일째였다. 그래서 아침부터 죽음의 침묵만이 흘렀다.

이 새로운 사고 때문에 몽수의 호기심은 더욱 커졌다. 부르주아들은 대단한 열의를 가지고 견학단을 조직했고, 그레그와르 씨 부부도 따라가기로 마음을 정했다. 견학 일정이 잡혔다. 그들은 자기들 마차를 타고 보뢰로 갔고, 엔느보 부인은 자기 마차에 뤼시와 잔느를 태워 가기로 했다. 드뇔랭이 자기 작업장을 구경시켜 주고나면, 그들은 레키아르를 거쳐 되돌아올 예정이었다. 그리고 레키아르에서 네그렐이 좋다고 하면, 어느 지점에 갱도들이 있는지 살펴볼 생각이었다. 마지막으로 그들은 저녁 식사를 함께 하기로 했다.

세 시경에 그레그와르 부부와 딸 세실은 무너진 수갱 앞으로 내려갔고, 그곳에서 먼저 도착한 엔느보 부인을 보았다. 그녀는 감청색 성장을 했고, 2월의 창백한 햇살을 양산으로 가리고 있었다. 하늘은 아주 맑았고 봄처럼 훈훈했다. 마침 엔느보 씨도 드뇔랭과 함께 거기에 있었다. 그리고 그녀는 운하의 제방을 다시 쌓기 위해 어떠한 노력을 해야만 하는지 드뇔랭이 자기에게 하는 설명을 무심히 듣고 있었다. 언제나 앨범을 들고 다니는 잔느는 공포의 모티프에 열광하며 스케치를 시작했다. 그리고 뤼시는 자기 곁에 있는 부서진 화차 위에 앉아 '기가 막히다'라며 마찬가지로 기쁨의 탄성을 지르고 있었다. 물막이가 아직 완성되지 않은 탓에 많은 양의 물이 새어들고 있었고, 그 물결은 포말을 일으키며 매몰된 수갱의 거대한 구멍 속으로 폭포처럼 떨어지고 있었다. 그럼에도 이 분화구에는 물이 차지 않았다. 물이 토사에 빨려들며 낮아지자 끔찍하게 지저분한 바닥이 드러났다. 아름다운 날의 부드러운 창공 아래 시궁창이 있었고, 파괴된 채 진흙 속에서 녹아 버린 도시의 폐허들이 있었다.

"보기만 해도 머리가 돌 것 같아!" 환멸을 느낀 그레그와르 씨가 외쳤다.

세실은 한창 장밋빛으로 피어올랐고 너무나 맑은 공기를 행복하게 숨 쉬었다. 그녀는 농담을 하며 즐거워했다. 반면 엔느보 부인은 역겨움에 뾰로통한 얼굴을 하며 중얼거렸다.

"사실 저건 전혀 예쁘지 않지."

엔지니어 두 명은 웃기 시작했다. 그들은 방문객들의 관심을 끌기 위해 노력했다. 그들을 이곳저곳을 안내하면서 펌프의 역할과 말뚝을 박는 동력 해머의 조작 방법에 대해서 설명했다. 그러나 부인들은 불안했다. 펌프를 수년 간, 아마도 6, 7년은 가동시켜야 운반갱을 재건설하고, 수갱의 모든 물을 뺄 수 있다는 사실을 알고는 부인들은 몸서리를 쳤다. 그만 하기로 하자, 부인들은 흥미가 없고, 이런 혼란스런 모습들을 보면 꿈자리만 뒤숭숭하다.

"가시죠." 엔느보 부인이 마차로 향하면서 말했다.

잔느와 뤼시는 아쉬워했다. 어머나, 이렇게 빨리! 그리고 데생은 끝나지도 않았는데! 좀 더 있고 싶다. 저녁때 아버지와 함께 갈것이다. 엔느보 씨만이 아내와 함께 마차에 올랐다. 왜냐하면 그 역시 네그렐에게 질문하고 싶은 게 있었기 때문이었다.

"그럼, 먼저들 가세요." 그레그와르 씨가 말했다. "뒤따라가지요. 우리는 탄광촌에 잠깐 들러야겠어요… 가세요, 먼저 가세요, 도착하실 즈음이면 우리도 레키아르에 있을 겁니다."

그는 아내와 세실에 뒤이어 마차에 올랐다. 잠시 후 엔느보 부인의 마차가 운하를 따라 가는 동안 그들의 마차는 언덕을 천천히 올라갔다.

자선을 베푸는 것으로 그날의 견학을 끝내야 했다. 자카리의 죽음으로 이 고장 사람들 모두가 얘기하는 마외 집안의 비극에 그들은 커다란 연민을 느끼고 있었다. 그들은 가장의 죽음에 대해서는 동정심을 느끼지 않고 있었다. 군인들을 죽인 날강도는 늑대처럼 죽여야 마땅하기 때문이었다. 단지 그의 아내가 딱했다. 남편을 잃고 난 다음 아들을 잃었고, 딸은 아마도 땅속에 시체로 있기 때문이다. 더군다나 사람들 말에 따르면 그녀의 시아버지는 불구가 되었고, 한 아이는 낙반 사고로 절름발이가 되었으며, 어린 딸은 파업 기간 중에 굶어 죽었다. 그리고 이 가족은 그들의 가증스런 사상 때문에 부분적으로는 불행을 겪어야 마땅하지만, 그래도 그레그와르 가족은 자선의 아량을, 지난 일은 잊어버리고 화해하고 싶은 마음을 직접 자선을 베풀며 분명히 전달하고 싶었다. 정성스럽게 포장한 두 개의 꾸러미가 마차 의자 밑에 놓여 있었다.

한 노파가 마부에게 마외의 집은 2동 16호라고 알려주었다. 그러나 그레그와르 가족이 꾸러미를 들고 마차에서 내려 문을 두드렸지만 허사였다. 그들은 마침내 주먹으로 문을 두들겨댔지만 응답이 없기는 마찬가지였다. 집은 오래전에 버려진 싸늘하고 시커먼 흉가처럼 음산하게만 울렸다.

"아무도 없어요." 실망한 세실이 말했다. "아이 짜증나! 이 짐을 다 어떡하죠?"

갑자기 옆집 문이 열리며 르바크 마누라가 나타났다.

"아! 어르신들, 미안합니다. 너무 죄송합니다! … 옆집 아줌마를 찾는군요. 그 여자 여기에 없고요, 레키아르에 있답니다…"

그녀는 봇물 터지듯 마외 집 이야기를 했고, 되풀이해서 서로 도와야 하며 자기 집에서 레노르와 앙리를 돌보고 있어서 마외드가 저기에 가서 딸을 기다릴 수 있다고 말했다. 꾸러미들을 보자 그녀는 탐욕스럽게 빛나는 눈으로 과부가 된 불쌍한 자기 딸과 자신이 겪는 비참함을 늘어놓았다. 그리고 주저하는 표정으로 중얼거렸다.

"제게 열쇠가 있어요. 두 분께서 꼭 들어가고 싶으시다면… 할아버지가 안에 있어요."

그레그와르 가족은 망연자실하게 그녀를 바라보았다. 뭐라고! 할아버지가 안에 있다고! 그러나 아무도 대답하지 않았다. 그러면 잡니까? 그러자 르바크 마누라는 문을 열기로 마음먹었고, 그 안을 보자 그레그와르 가족은 문지방 위에서 우뚝 멈추고 말았다.

본모르가 거기에 홀로 있었다. 차가운 벽로 앞에서 한 의자에 붙박인 듯 앉아 눈을 크게 뜨고 한곳만을 응시하고 있었다. 뻐꾸기시계도, 예전에 생기를 불어넣었던 니스칠을 한 전나무 가구도 없어져 그가 있는 거실은 더 넓어 보였다. 그리고 조악한 푸른 벽에는 오직 황제와 황후의 초상화만이 남아 있었고, 그들의 분홍색 입술에는 관례적인 인자함이 미소 짓고 있었다. 노인은 움직이지 않았고 문으로 들어온 빛에도 눈을 깜박이지 않았다. 사람들이 들어오는 것도 알지 못하는 듯 멍청한 표정을 짓고 있었다. 그의 발치에는 재를 깐 접시가 있었는데 그것은 고양이들의 오물을 받기 위해 놓은 그릇 같았다.

"노인네가 무례하더라도 신경 쓰지 마세요." 르바크 마누라가 공손하게 말했다. "뇌가 잘못된 것 같아요. 보름 전부터 말을 한 마디도 안 해요."

그러나 본모르는 몸을 뒤흔들며 뱃속으로부터 긁어 올린 듯한 검고 두터운 가래를 접시에 내뱉었다. 가래에 젖은 재는 석탄 진흙이었고 그것은 그의 목구멍에서 빼낸 광산의 모든 석탄이었다. 다시 그는 몸을 움직이지 않았다. 그리고 아주 가끔씩 가래를 뱉기 위해서만 몸을 움직였다.

당황스럽고 속이 메스꺼웠지만 그레그와르 가족은 따뜻한 격려의 말을 건네 보려 애썼다.

"여보쇼! 노인 양반, 감기에 걸렸소?" 그레그와르가 말했다.

벽을 보고 있던 노인은 고개도 돌리지 않았다. 그리고 다시 무거운 침묵에 잠겼다.

"허브차를 좀 끓여줬어야 하는데." 그레그와르 부인이 덧붙였다.

노인은 여전히 아무 말 없이 뻣뻣하게 앉아 있었다.

"그런데, 아빠, 사람들이 이 할아버지는 불구라고 했어요. 그런데 우리는 그것도 생각하지 못했네…" 세실이 속삭였다.

그녀는 아주 난처한 표정을 지으며 말을 멈췄다. 세실은 스튜와 포도주 두 병을 탁자 위에 올려놓은 뒤 두 번째 꾸러미를 풀었다. 그녀는 거기에서 커다란 구두 한 켤레를 꺼냈다. 그것은 노인에게 줄 선물이었다. 그녀는 양 손에 구두 하나씩을 들고 어쩔 줄을 모르며 결코 걸을 수 없을 불쌍한 노인의 부어오른 발을 주시했다.

"가족들이 잠시 후에 올 거예요, 안 그래요, 노인 양반?" 분위기를 좋게 하기 위해 그레그와르 씨가 다시 입을 열었다. "괜찮아, 언제든 쓸 수 있으니까."

본모르는 듣지도 대답하지도 않았고, 소름끼치는 얼굴을 하고 돌쳐럼 차갑게 굳어 있었다.

그러자 세실은 구두를 슬쩍 벽에 세워 놓았다. 그런데 조심하며 놓으려 했지만 구두 바닥에 박힌 징들이 소리를 냈다. 그리고 방 안에서 이 거대한 구두는 눈에 거슬리기만 했다.

"봐요, 고맙다는 말도 안하네." 깊은 탐욕의 눈으로 구두를 힐끗 본 르바크 마누라가 외쳤다. "죄송한 말씀이지만 이건 오리에게 안경을 씌워주는 거나 마찬가지예요."

그녀는 말을 계속하면서 그레그와르 가족을 자기 집에 끌어들여 그들이 자기에게도 동정을 베풀도록 수를 부렸다. 마침내 그녀는 핑계거리 하나를 생각해 냈다. 그녀는 그들에게 앙리와 레노르는 아주 착하고 귀엽다며 허풍을 떨어댔다. 너무나 영리해서 사람들의 질문에 천사처럼 대답한답니다! 그 애들은 두 분이 알고 싶어 하는 모든 것을 말해줄 것이다.

"너는 조금 더 있다 오겠니?" 빠져나가고 싶었던 그레그와르 씨가 세실에게 물었다.

"예, 뒤따라갈게요." 그녀가 대답했다.

세실은 홀로 본모르와 있었다. 무서워하면서도 노인에게 끌려 그녀가 거기에 있었던 것은 이 노인을 본 적이 있다는 생각 때문이었다. 어디서 석탄 문신이 새겨진 이 사각형 납빛 얼굴을 봤을까? 그리고 불현듯 그녀는 기억을 해냈다. 그녀를 에워싸고 울부짖는 인민의 물결을 다시 보았고, 자기 목을 조르던 차가운 손을 느꼈다. 바로 그였다. 그녀는 그를 다시 만났고 무릎에 놓인 그 손, 웅크린 노동자의 손을 보았다. 손의 모든 힘은 나이에도 불구하고 단단한 손목에 몰려 있었다. 조금 조금씩 본모르는 깨어나는 듯했고 그녀를 알아보았다. 그리고 입을 벌린 채 그 역시 그녀를 훑어보았다. 뺨에는 불꽃이 올라왔고, 입은 신경질적인 경련에 당겨졌고, 시커먼 침 한 줄기가 흘러내렸다. 두 사람은 서로에게 이끌려 마주 보았다. 그녀는 자기 종족의 배부른 안락과 오랜 무위도식 덕분에 윤기 있고 싱싱하게 피어나고 있었다. 그는 물에 붓고 아버지에서 아들로 이어지는 100년의 노동과 기아로 제엽염*에 걸린 짐승처럼 추리하고 추악하게 망가져 있었다.

10분이 지났을 때 그레그와르 씨 부부는 세실이 보이지 않자 깜짝 놀라 마외 집으로 되돌아왔다. 그들은 끔찍한 비명을 질렀다. 그들의 딸은 새파란 얼굴로 목이 졸린 채 땅바닥에 쓰러져 있었다. 목에는 거인의 손아귀 자국이 붉게 새겨져 있었다. 본모르의 죽은 다리는 비틀거리다 세실 곁에 쓰러졌고 다시 일어나지 못했다. 그의 손은 여전히 깍지를 끼고 있었고, 멍청한 표정으로 눈을 크게 뜨고 사람들을 바라보았다. 그리고 그는 쓰러지면서 접시를 깨뜨렸다. 재가 흩어져 있었고 검은 가래침 진흙은 방안에 튀어 있었다. 반면 커다란 구두는 아무 일 없이 무사하게 가지런히 벽에 세워져 있었다.

사건의 전말을 정확히 재구성하는 것은 불가능했다. 왜 세실은 다가갔을까? 어떻게 의자에 붙박여 있던 본모르가 그녀의 목을 움켜쥘 수 있었을까? 분명한 사실은 그녀를 잡자 그는 그녀가 마지막 숨을 거둘 때까지 악착같이 계속해서 목을 졸랐고, 외치는 소리를 틀어막았고, 그녀와 함께 고꾸라졌다는 것이었다. 어떠한 소리도, 어떠한 신음도 이웃집의 얇은 벽 너머로 들려오지 않았다. 처녀의 하얀 목을 보자 갑자기 정신착란이 일어났고, 설명할 수 없는 살인의 유혹이 있었다고 믿어야만 했다. 사람들은 순종하는 짐승처럼 착하게 살았고, 새로운 사상에 반대하며 살았던 이 불구 영감이 저지른 야만적 행동에 경악했다. 그렇다면 어떤 원한이 그 자신도 알지 못하는 사이에 서서히 독을 품고 그의 내장에서 두개골까지 올라왔단 말인가? 공포에 질려 의식이 없었던 것으로, 백치의 범죄였다고 결론지어야만 했다.

그러나 그레그와르 부부는 무릎을 꿇고 오열했다. 고통으로 숨이 막혔다. 사랑스러운 딸, 그토록 오랫동안 바랐던 딸, 태어나서는 자기들의 모든 선행들로 충만했던 딸, 발끝으로 걸어가서 잠든 모습을 보

---

* 소나 말의 발굽에 발생하는 급성 또는 만성 무균성 염증

았고 제대로 먹인 적이 없어 결코 통통한 적이 없었던 딸! 그러므로 딸의 죽음에 그들 삶은 무너져 내렸다. 딸이 없는 이 마당에 살아본들 무엇 소용이 있겠는가?

르바크 마누라가 미친 듯이 외쳐댔다.

"아! 늙은 개자식! 도대체 저기서 무슨 짓을 한 거야? 누가 저렇게 끔찍한 짓을 상상이나 했겠어!… 마외드는 저녁때나 올 거고! 내가 뛰어가서 찾아봐야지."

억장이 무너진 부모들은 아무런 대꾸도 하지 않았다.

"어쩐담?… 그게 좋겠지… 내가 가봐야지."

그러나 나가려던 르바크 마누라는 구두에 눈독을 들였다. 탄광촌 전체가 술렁거렸고, 한 무리의 사람들이 벌써 밀쳐대고 있었다. 필시 누군가 저 구두를 훔쳐 갈 것이다. 게다가 마외의 집에는 이제 저것을 신을 남자도 없다. 슬며시 그녀는 구두를 집어 들었다. 부틀루의 발에 틀림없이 꼭 맞을 것이다.

레키아르에서 엔느보 부부는 네그렐과 함께 오랫동안 그레그와르 가족들을 기다렸다. 수갱에서 올라온 네그렐은 세세한 설명을 했다. 저녁에는 실종자들을 찾을 것으로 기대하고 있다. 그러나 분명히 시체만을 구해낼 것이다. 왜냐하면 죽음의 침묵이 계속되고 있기 때문이다. 엔지니어의 뒤에서 마외드는 들보 위에 앉아 하얗게 질린 채 애기를 듣고 있었고, 그때 르바크 마누라가 그녀에게 노인이 저지른 끔찍한 일을 말했다. 그러자 마외드는 초조함과 짜증 섞인 몸짓을 크게 할 뿐이었다. 여하튼 그녀는 르바크 마누라를 따라갔다.

엔느보 부인은 실신했다. 어떻게 그런 끔찍한 일이! 불쌍한 세실, 오늘 한 시간 전에도 그렇게 명랑하고 활달했는데! 엔느보는 자기 아내를 잠시 무크 영감의 누옥에 눕혀야만 했다. 그는 서툰 손으로 아내 옷의 후크를 풀었고 열린 보디스에서 풍겨 나오는 사향 냄새에 정신이 혼미했다. 그런데 그녀는 눈물을 쏟아 내며 결혼을 끝장내버린 이 죽음에 얼이 빠진 네그렐을 껴안았다. 남편은 함께 탄식하는 그들을 바라보며 불안에서 벗어났다. 이 불행으로 모든 것이 제대로 될 것이다. 그는 아내가 마부와 놀아날지 모른다는 두려움 때문에 오히려 그녀가 자기 조카를 보살피길 원했다.

5

운반갱 아래에 비참하게 버려진 광부들은 공포로 울부짖었다. 이제 물은 배 위에까지 차올랐다. 쏟아지는 물줄기 소리에 귀가 멍했고, 방수벽이 마지막으로 떨어질 때는 이 세상이 박살나는 최후의 비명으로 들렸다. 그리고 그들을 가장 미치게 만들었던 것은 마구간에 갇힌 말들의 울음소리였다. 그것은 목이 졸려 죽어가는 짐승의 잊을 수 없는 끔찍한 울부짖음이었다.

무크는 바타이유를 풀어줬었다. 그러나 이 늙은 말은 그대로 거기에 있었고, 몸을 떨면서 계속해서 차오르는 물을 겁에 질린 눈으로 바라보았다. 석탄하치장은 금방 물이 찼고, 사람들은 둥근 천장에 매달려 여전히 타고 있는 세 램프의 어렴풋한 붉은 빛 아래서 초록색 물이 불어나는 것을 보고 있었다. 그리고 갑자기 차가운 물이 털을 적시자 바타이유는 편자 소리를 내며 맹렬히 내달리기 시작했고, 운반 갱도의 어둠속으로 빨려 들어가며 사라졌다.

그러자 사람들은 날 살려라 달아나며 말의 뒤를 좇았다.

"여기는 가망이 없어!" 무크가 외쳤다. "레키아르로 가야 해."

만약 통로가 끊기기 전에 이웃한 이 옛 수갱에 도착한다면, 그곳을 통해 밖으로 나갈 수 있다는 생각에 그들은 흥분했다. 스무 명은 밀쳐대며 줄을 섰고, 물에 젖어 꺼지지 않도록 램프를 높이 들었다. 다행히 갱도는 느낄 수 없을 정도의 오르막이었다. 그들은 200미터를 물과 싸우면서 갔지만 더 이상은 나아갈 수가 없었다. 잠들어 있던 옛 믿음들이 기겁한 영혼들 속에서 깨어나고 있었다. 그들은 대지에게 빌었다. 인간들이 대지의 동맥을 잘라냈기 때문에 대지는 복수를 하며 혈관의 피를 쏟아내고 있다. 한 늙은 광부는 엄지손가락을 손등 쪽으로 당기면서 잊어버렸던 기도를 중얼거리며 광산의 악령들을 달랬다.

그러나 첫 번째 십자로에서 이견이 생겨나고 말았다. 마부는 왼쪽으로 가자고 했고, 다른 사람들은 오른쪽이 지름길이라고 단언했다. 1분을 잃어버렸다.

"에이! 너희들 마음대로 해. 난 상관 않겠어!" 샤발이 난폭하게 소리쳤다. "나는 이쪽으로 갈 거야."

그는 오른쪽으로 향했고 동료 두 명이 그의 뒤를 따랐다. 다른 사람들은 레키아르 막장에서 잔뼈가 굵은 무크 영감을 따라 계속해서 달려갔다. 그렇지만 무크 영감도 주저했고 어느 쪽으로 돌아야 할지 몰랐다. 사람들은 길을 잃었고 고참 광부들도 그들 앞에 실타래처럼 뒤엉켜 있는 통로들의 방향을 이제는 알지 못했다. 갈림길이 나타날 적마다 그들은 자신이 없어 갑자기 멈춰 섰다. 여하튼 방향을 정해야만 했다.

에티엔은 카트린에 붙들려 제일 뒤에서 뛰었다. 그녀는 피로와 공포에 마비되어 있었다. 그도 오른 쪽이 옳은 길이라 생각했기 때문에 샤발과 함께 그쪽으로 가려고 했었다. 그러나 막장에서 죽을 것을 각오하고 그를 놓아 버렸다. 게다가 패주가 계속되면서 몇몇 동료들은 또다시 그들 방향에서 떨어져 나갔고, 이제 무크 영감 뒤를 따르는 사람들은 일곱 명밖에 되지 않았다.

"내 목에 매달려, 업을 테니까." 힘이 빠진 카트린을 보며 에티엔이 말했다.

"아냐, 먼저 가." 그녀가 중얼거리듯 말했다. "난 못 가겠어, 차라리 바로 죽었으면 좋겠어."

그들은 50미터 뒤처졌고, 그녀는 저항했지만 그는 그녀를 들어 안았다. 그때 갑자기 갱도가 막혀버렸다. 커다란 덩어리가 무너지며 앞사람들과 그들 사이를 막아 버렸다. 홍수물이 벌써 바위에까지 차올랐고 사방에서 낙반이 발생했다. 그들은 지나온 길로 되돌아가야만 했다. 그리고 이제는 어느 방향으로 걷고 있는지 알 수가 없었다. 이제 끝이었다. 레키아르를 통해 바깥으로 나간다는 생각을 포기해야만 했다. 그들의 유일한 희망은 상층부 갱들에 도달하는 것이었다. 물이 빠지면 거기로 그들을 구하러 사람들이 올 듯했다.

에티엔은 마침내 기욤 탄맥을 찾아냈다.

"됐어!" 그가 말했다. "우리가 어디에 있는지 알겠어. 제기랄! 길을 제대로 잡고 있었는데 이 꼴이 됐어!… 잘 들어. 곧장 간 다음 환기용 굴뚝을 통해 기어 올라갈 거야."

물결이 가슴을 때렸고 그들은 아주 천천히 걸어갔다. 불이 있는 한 절망하지 않으리라. 그래서 기름을 절약하기 위해 램프 하나를 끄고 그 기름을 다른 램프에 넣을 생각을 했다. 굴뚝에 도착했을 때 그들 뒤에서 소리가 나 몸을 돌렸다. 길이 막혀 되돌아온 동료들일까? 멀리서 코를 고는 듯한 숨소리를 내면서 포말을 튕기며 다가오는 이 폭풍의 정체를 알 수가 없었다. 그리고 거대한 하얀 물체가 어둠 속을 빠져나와 그들과 합류하기 위해 비좁은 갱목 사이에서 몸부림치는 것을 보았을 때 그들은 소리를 지르고 말았다.

그것은 바타이유였다. 석탄하치장을 떠난 녀석은 시커먼 갱도들을 따라 미친 듯이 달렸다. 그는 11년 전부터 살아온 이 지하 도시의 길을 다 알고 있는 듯했다. 그리고 녀석의 눈은 자기가 살아온 영원한 밤의 막장을 선명하게 볼 수 있었다. 녀석은 머리를 숙였고 다리를 모으면서 커다란 몸이 꽉 끼는 창자갱로들을 달리고 또 달렸다. 길은 계속이어졌고 십자로 갈림길이 나왔지만 주저하지 않았다. 어디를 향했던 것일까? 아마도 녀석은 저기 젊은 시절의 모습 속으로, 태어났던 스카르프 강가의 물레방앗간으로, 공중에서 커다란 램프처럼 불타는 태양의 혼미한 추억 속으로 갔으리라. 녀석은 살고 싶었고 기억이 깨어나고 있었다. 평원의 공기를 숨 쉬고 싶은 욕망에 따뜻한 하늘 아래서 빛나는 구멍, 출구를 찾을 때까지 앞으로 내달렸다. 그리고 옛 체념을 떨쳐버리고 자기를 눈멀게 한 후 죽였던 이 수갱에 반항했다. 수갱의 물은 녀석을 뒤쫓아 오면서 장딴지를 때렸고 엉덩이를 물어뜯었다. 그리고 안으로 들어가면 들어갈수록 갱도들의 천장은 낮아졌고 벽은 불거져 나왔다. 그렇지만 달렸다. 가죽이 벗겨지고 사지의 살점들이 갱목들에 떨어져 나갔다. 도처에서 광산은 녀석을 잡아 숨통을 막기 위해 점점 조여들어 오는 듯했다.

그때 에티엔과 카트린은 그들 가까이에 있는 바위 틈에 끼어 목이 졸린 녀석을 보았다. 바타이유는 부딪히고 넘어지는 바람에 앞다리 두 개가 모두 부러져 버렸다. 마지막 힘을 다해 녀석은 몇 미터를 기어왔다. 그러나 허리가 빠지지 않았다. 흙에 덮였고 꼼짝할 수가 없었다. 그리고 피가 흐르는 머리를 길게 늘어뜨렸고, 흐려진 커다란 눈으로 여전히 틈새를 찾았다. 이내 물이 몸을 덮어버리자 마구간에서 죽어버린 다른 말들처럼 길고 헐떡거리며 끔찍하게 울부짖기 시작했다. 그것은 무시무시한 단말마의 고통이었다. 이 늙은 짐승은 뼈가 부러져 움직이지 못한 채 빛에서 멀리 떨어진 이 깊은 곳에서 발버둥 쳤다. 그 고통의 비명은 그치지 않았고 갈기는 물에 잠겼다. 커다랗게 벌린 입을 위로 쳐들며 목이 쉰 비명을 질러댔다. 물이 가득 찬 통의 둔중한 소리를 내며 마지막 숨을 내쉬었다. 그리고 커다란 침묵에 잠겼다.

"아! 맙소사! 날 데려가 줘." 카트린이 오열했다. "아! 맙소사! 무서워, 죽고 싶지 않아… 날 데려가 줘! 날 데려가 줘!"

그녀는 죽음을 본 것이었다. 운반갱이 무너지고 수갱에 물이 찼지만 그 어떤 것도 마지막 숨을 거두는 바타이유의 저 끔찍한 울음만큼 그녀의 얼굴에 공포의 숨을 뿜어댄 것은 없었다. 그래서 그녀의 귀에는 계속해서 그 소리가 윙윙거렸고 그녀의 온 살에는 소름이 돋았다.

"날 데려가 줘! 날 데려가 줘!"

에티엔은 그녀를 잡고 들어올렸다. 게다가 어깨까지 물에 잠긴 그들은 이제 곧바로 환기용 굴뚝을 올라가야만 했다. 그는 그녀를 도와주어야만 했다. 그녀는 더 이상 갱목에 매달릴 힘이 없었기 때문에 그는 그녀가 자기를 놓쳐 그들 뒤에서 포효하는 깊은 바다의 조수 속으로 떨어졌다고 세 번이나 연거푸 생각했다. 그러는 동안 그들은 아직은 통행할 수 있는 첫 번째 통로를 만났다. 몇 분 동안 숨을 돌릴 수 있었다. 물이 다시 나타나자 그들은 또다시 몸을 당기며 올라가야만 했다. 그리고 계속해서 몇 시간 동안 올라갔다. 불어나는 물 때문에 그들은 통로에서 쫓겨나며 계속해서 위 통로로 올라가야만 했다. 여섯 번째 통로에서 휴식을 취할 때는 희망이 뜨겁게 달아올랐다. 수위가 멎은 듯 보였다. 그러나 더욱 세차게 물은 불어 올랐고, 일곱 번째 통로로 그리고 여덟 번째 통로로 기어 올라가야만 했다. 단 하나의 통로만 남아 있었다. 거기에 도달하자 그들은 1센티미터만 물이 불어나도 불안스럽게 물을 바라보았다. 물이 멈추지 않는다면 목구멍까지 물이 찬 채 천장에 으깨진 늙은 말처럼 그렇게 죽는단 말인가?

매순간 낙반 소리가 울려왔다. 광산 전체가 흔들렸고, 너무나 가느다란 내장들은 광산을 가득 채운 엄청난 물줄기에 터져 버렸다. 갱도들 끝에 밀려들어온 공기들은 겹쌓이며 압착되었다. 그리고 갈라진 바위 틈새와 전복된 지반 속에서 엄청난 폭발을 일으키며 빠져나갔다. 그것은 무시무시하게 소란스런 지각변동이었다. 그것은 홍수가 땅을 뒤집고 산들을 평원 아래 묻어 버렸던 고대 신화의 전쟁터를 방불케 했다.

그러자 카트린은 계속되는 붕괴에 충격을 받고, 얼이 빠진 채 두 손을 모으고 똑같은 말을 쉴 새 없이 중얼거렸다.

"죽고 싶지 않아… 죽고 싶지 않아…"

그녀를 안심시키기 위해 에티엔은 물은 이제 불어나지 않는다고 장담했다. 여섯 시간을 잘 버텼으니 사람들이 구조하러 내려올 것이다.

그는 대충 여섯 시간이라고 말했지만 정확한 시간 개념은 그들에게서 사라지고 없었다. 실제로는 기욤 탄맥을 오르고 가로지르는 사이 이미 만 하루가 지난 터였다.

물에 젖어 떨고 있던 그들은 자리를 잡고 앉았다. 그녀는 부끄러워하지 않고 옷을 벗었고 옷들을 비틀어 짰다. 그리고 그녀는 바지와 윗도리를 다시 입었고 옷들은 몸 위에서 말랐다. 그녀는 맨발이었기 때문에 에티엔은 신고 있던 나막신을 억지로 신겼다. 그들은 이제서야 견딜 만했다. 램프의 심지를 낮추며 불을 약하게 했다. 그러나 위에 경련이 일어 찢어질 듯 아팠고 둘 모두는 굶어죽으리라는 것을 알고 있었다. 지금까지 그들은 살아 있다는 느낌이 들지 않았다. 재난 당시 점심을 전혀 먹지 않았기 때문에 그들은 물에 불어 수프가 되어버린 타르틴을 꺼냈다. 그녀는 화를 내며 그가 자기 몫을 받도록 했다. 타르틴을 먹자마자 그녀는 노곤해 찬 바닥 위에서 잠이 들었다. 반면 그는 불면증으로 몸에 열이 났고, 턱을 괸 채 그녀를 줄곧 지켜봤다.

몇 시간이 지났을까? 뭐라 말할 수가 없었다. 그저 아는 것이라고는 앞에 있는 환기용 굴뚝 구멍에 검은 물결이 움직이며 다시 나타났고, 짐승의 등처럼 보이는 그것은 그들을 공격하기 위해 끊임없이 불어난다는 것이었다. 처음에는 가는 선, 마치 몸을 길게 뻗은 유연한 뱀 정도에 불과했다. 다음에는 우글거리며 기어오르는 척추 뼈로 커졌다. 그리고 곧바로 그것과 그들은 맞닿았고, 잠든 처녀의 발은 물에 젖고 있었다. 불안해진 에티엔은 그녀를 깨울까 말까 주저했다. 그녀는 아무 것도 모르는 채 아마도 태양이 비추는 야외에서 지내는 꿈을 꾸며 죽은 듯이 잠을 자고 있었다. 이 휴식에서 그녀를 잔인하게 끌어내야 한단 말인가? 그리고 어디로 도망간단 말인가? 그는 피할 곳을 찾았고, 이 탄맥 부위에 만들어 놓은 경사면이 상층부의 석탄하치장으로 통하는 지면과 서로 맞닿아 있다는 것을 기억했다. 이것이 출구였다. 그는 그녀가 가능한 한 더 자도록 내버려두었고, 도망가야 할 때까지 차오르는 물을 바라보았다. 마침내 그는 천천히 그녀를 들어올렸다.

그러자 그녀는 몸을 심하게 떨었다.

"아! 하나님! 진짜로!… 하나님, 또 시작이군요!"

그녀는 죽음이 임박했음을 다시 깨달으면서 외쳤다.

"아냐, 진정해!" 그가 중얼거리듯 말했다. "맹세하는데 우리는 빠져 나갈 수 있어."

경사면까지 가기 위해서는 몸을 완전히 굽히고 걸어야만 했고, 또 다시 어깨까지 물에 젖었다. 그리고 다시 오르기 시작했다. 전부 갱목을 댄 길이 100미터 가량의 이 구멍으로 올라간다는 것은 아까보다도 더 위험한 일이었다. 우선 그들은 케이블을 잡아당겨 짐수레 하나를 아래에 고정시키려 했다. 왜냐하면 그들이 오르는 동안 다른 짐수레가 내려온다면 그들은 박살날 것이기 때문이었다. 그러나 아무 것도 움직이지 않았다. 어떤 장애물에 장치가 걸린 것이었다. 겁이 나서 케이블을 감히 사용할 수 없었기 때문에 그들은 위험을 무릅쓰고 미끄러운 골조를 손톱으로 움켜잡았다. 그는 뒤에서 올라가다 카트린이 미끄러질 때면 머리로 그녀를 받쳤고 손에서는 피가 흘렀다. 갑자기 그들은 경사면을 막고 있는 부러진 들보에 부딪혔다. 흙이 흘러내렸고 낙반 때문에 더는 올라 갈 수가 없었다. 그러나 운 좋게도 문 하나가 열려 있어 통로 안으로 들어갔다.

그들은 앞에 있는 어렴풋한 램프 불빛에 대경실색했다. 한 사내가 그들에게 화를 내며 외쳤다.

"나만큼이나 똑똑한 멍청이들이 또 있었군!"

그들은 샤발임을 알았다. 그는 낙반으로 흙더미가 경사면을 덮는 바람에 꼼짝 못하고 있었다. 그리고 그와 함께 떠났던 두 동료들은 머리가 깨져 도중에 죽고 말았다. 반면 샤발은 팔꿈치를 다쳤지만 용기를 내어 무릎으로 기어서 되돌아갔다. 램프를 집어 들고 그들을 뒤져 타르틴을 빼왔다. 그가 빠져나왔을 때 그의 등 뒤에서 마지막 붕괴가 일어났고 갱도는 막혀 버렸다.

곧바로 그는 올라온 두 사람들에게 결코 식량을 주지 않겠다고 다

집했다. 그래야만 한다면 그들을 때려죽일 것이다. 잠시 후 그도 두 사람이 누군지 알아 보았다. 그러자 그는 화가 가셨다. 사악한 기쁨에 웃어대기 시작했다.

"아! 너로구나, 카트린! 차이고 나니까 자기 남자와 다시 결합하고 싶어졌구나? 좋아, 좋아! 우리 함께 놀아보자고."

그는 에티엔을 못 본 척했다. 에티엔은 그를 이렇게 만나자 속이 뒤집혔고 여조차부를 보호하려는 몸짓을 했다. 그녀는 그에게 몸을 붙였다. 그렇지만 이 상황을 받아들여야만 한다. 그는 마치 한 시간 전에 헤어진 좋은 친구에게 말하듯 짤막하게 물었다.

"저 안을 들여다봤어? 갱들을 통해 나갈 수 없겠어?"

샤발은 계속해서 비꼬았다.

"아! 어쩌나! 갱들을 통해 나가야 되는데! 갱들 역시 무너졌거든. 우리는 두 벽 사이에 갇혔어, 진짜 쥐덫에… 그러나 잠수를 잘 하시면 경사면으로 되돌아가실 수도 있겠지."

실제로 물은 불어올라 찰랑거리는 소리가 들렸다. 퇴로는 이미 끊겨버린 셈이었다. 그리고 샤발의 말은 옳았다. 그것은 쥐덫이었다. 갱도 끝은 심하게 함몰되어 앞뒤가 막혀 있었다. 출구는 없었고 3면이 벽이었다.

"그런데 너 여기 있을 거지?" 샤발이 빈정대는 말투로 물었다. "그래, 그게 최선일 거야. 나를 조용히만 내버려두면 난 네게 아무 말도 하지 않겠어. 여기에도 두 사람 있을 자리는 있으니까… 우리는 멀지 않아 누가 먼저 죽게 되는지 보게 될 거야. 사람들이 오지 않는 한 내가 보기에 너는 살기 힘들걸."

에티엔이 다시 입을 열었다.

"탄맥을 두드리면 혹시 그 소리를 들을지도 몰라."

"두드리는 것에 나는 지쳤어… 자! 네가 이 돌로 해봐."

에티엔은 샤발이 부서뜨린 사암 조각을 집어 들었고 막장에서 탄맥을 두드렸다. 그것은 광부들의 구조 신호였고, 위험에 처한 광부들이 그들이 살아있음을 알리는 연타음이었다. 그리고 그는 귀를 대고 소리를 들었다. 그는 스무 번을 연거푸 고집스럽게 되풀이했다. 그러나 아무런 응답이 없었다.

그러는 동안 샤발은 냉담하게 몇 안 되는 자기 살림을 정리하는 척했다. 우선 그는 세 개의 램프를 벽에 기대어 놓았다. 하나의 램프에만 불을 붙였고 나머지들은 나중에 사용할 것이었다. 그리고 갱목 위에 아직까지 남아있는 타르틴 두 개를 올려놓았다. 찬장인 셈이었고 아껴 먹는다면 이틀은 견딜 수 있었다. 그가 몸을 돌리면서 말했다.

"알지, 카트린, 배가 너무 고프면 절반을 먹도록 해."

카트린은 아무런 대답도 하지 않았다. 이 두 남자 사이에서 그녀는 말할 수 없이 불행했다.

그리고 끔찍한 생활이 시작되었다. 샤발과 에티엔은 입을 다문 채 몇 발자국 떨어져 앉았다. 샤발이 쓸데없이 사치스런 빛이라고 잔소리를 하자 에티엔은 자기 램프의 불을 꺼버렸다. 그리고 그들은 다시 침묵에 잠겼다. 카트린은 에티엔 곁에서 잤지만 옛 애인이 던지는 시선에 불안해했다. 시간은 흘렀고 끊임없이 올라오는 물소리가 나지막이 들려왔다. 반면 가끔씩 깊은 곳까지 뒤흔들며 멀리서 울려오는 소리는 광산이 마지막으로 침하하고 있음을 알려주었다. 램프의 기름이 떨어져 다른 램프에 불을 붙이기 위해 뚜껑을 열어야 했을 때, 잠시 그들은 가연성 가스의 공포에 사로잡혔다. 그러나 칠흑의 어둠 속에서 지내느니 차라리 가스 폭발로 죽어버리는 게 낫다고 생각했다. 어떠한 폭발도 없었다. 가연성 가스가 없었던 것이었다. 그들은 다시 길게 누웠고 시간은 다시 흘러가기 시작했다.

소리가 나자 에티엔과 카트린은 두근거리는 가슴으로 머리를 들었다. 샤발은 타르틴을 먹기로 작정했다. 그는 타르틴 하나를 둘로 갈랐고 오랫동안 씹었다. 조금씩 삼키려 노력했다. 배가 고파 죽을 지경이었던 두 사람은 그를 바라보았다.

"정말 너 안 먹을 거야?" 도발적인 어투로 그가 여조차부에게 말했다. "너 실수하는 거야."

유혹에 굴복할까 두려워 그녀는 고개를 숙였고, 심한 경련이 일며 위가 찢어질 듯 아파서 눈시울에 눈물이 어렸다. 그러나 그녀는 샤발이 요구하는 바를 알고 있었다. 아침에 벌써 그는 그녀의 목에 숨을 뿜어댔었다. 샤발은 그녀가 다른 남자 곁에 있는 것을 보자 또다시 예전의 광폭한 욕망에 사로잡혔다. 그녀를 부르는 그의 시선에는 그녀가 익히 알고 있는 불길이 타오르고 있었다. 그것은 자기 엄마의 하숙인과 추한 짓을 했다며 그녀에게 주먹질을 해댔던 발작적인 질투의 불길이었다. 그래서 그녀는 원치 않았다. 에티엔 곁으로 되돌아가면서 그녀는 두 사내가 사경을 헤매고 있는 이 좁은 동굴에서 서로 달려들지 않을까 몸을 떨었다. 하나님! 좋은 우정으로 끝날 수는 없는지요!

에티엔은 샤발에게 빵 한 입을 구걸하느니 차라리 굶어 죽을 참이었다. 무거운 침묵이 흘렀다. 단조로운 순간들이 느릿하게 영원히 지속됐고, 하나하나씩 희망도 없이 지나갔다. 그들이 함께 갇혀 있는 지도 하루가 되었다. 두 번째 램프가 흐릿해졌고 그들은 세 번째 램프에 불을 붙였다.

샤발은 또 다른 타르틴에 입을 대며 투덜댔다.

"이리 와, 병신아!"

카트린은 몸을 떨었다. 그녀가 마음대로 하도록 에티엔은 얼굴을 돌렸다. 그래도 그녀가 꼼짝도 하지 않자 에티엔은 나지막한 목소리로 말했다.

"얼른 가, 자기."

그러자 참고 있던 눈물이 흘러내렸다. 그녀는 오래도록 울었고 일어설 힘조차 없었다. 배가 고픈지도 몰랐고 온몸이 괴로웠다. 반면 그는 일어나 왔다 갔다 하면서 광부들의 구조 신호를 보냈지만 허사였다. 그는 증오하는 연적과 붙어서 남은 삶을 살아야만 하는 것에 분노했다. 서로 떨어져서 죽을 자리조차 없다니! 열 발자국만 걸어도 저 녀석과 부딪쳐 되돌아와야만 한다. 그리고 이 불쌍한 처녀 입장에서는 둘은 땅속에서까지도 서로 싸우고 있다! 나중에 죽는 자가 그녀를 가질 것이다. 만약 자기가 먼저 죽는다면 샤발은 자기에게서 그녀를 훔쳐 가리라. 이런 삶은 끝날 줄을 몰랐다. 시간이 가면 시간은 또 왔고, 혐오스런 잡거는 악취를 풍기는 호흡과 모두가 배설한 대소변으로 더욱 고약해지고 있었다. 두 번 그는 바위에 달려들어 주먹으로 그것을 깨려고 했다.

새로운 날이 끝나자 샤발은 카트린 곁에 앉아 마지막 남은 타르틴 반쪽을 그녀와 나눠 먹었다. 그녀는 그것을 몇 입에 걸쳐 고통스럽게 씹었고, 그 대가로 한 입에 한 번씩 그의 애무를 받아줘야만 했다. 샤발은 에티엔을 보면서 끈질긴 질투에 사로잡혔고, 그녀를 다시 갖기 전에는 죽고 싶지 않았다. 탈진한 그녀는 내버려 두었다. 그러나 그가 그녀를 취하려 하면 하소연을 했다.

"오, 그만 해, 내 뼈를 부러뜨리겠어."

에티엔은 몸을 떨면서 보지 않으려고 갱목에 이마를 댔다. 그는 미친 듯이 흥분하여 단번에 뛰어왔다.

"그만 해, 새끼야!"

"네가 무슨 상관이야?" 샤발이 말했다. "내 여자야, 암, 내 거라고!"

그리고 그녀를 다시 잡아 껴안았고 허세를 부리려 붉은 수염으로 그녀의 입술을 눌러대며 말했다.

"우릴 내버려 둬, 응! 우리가 하면, 너는 저기에서 구경이나 해."

그러자 에티엔은 입술이 하얘지며 외쳤다.

"놓지 않으면 목을 졸라 죽이겠어!"

재빨리 샤발이 일어섰다. 왜냐하면 그는 째지는 목소리에서 동료가 끝장을 보려 한다는 것을 알아챘기 때문이었다. 죽음은 그들에게 너무 느리게만 오는 듯했고, 당장 둘 중의 한 사람은 물러나야만 했다. 조만간 바로 옆에 누워 잠을 자야 할 땅에서 해묵은 싸움이 다시 시작되었다. 공간이 거의 없었기 때문에 주먹을 휘두르면 주먹이 다 까져 버렸다.

"조심해!" 샤발이 으르렁거렸다. "이번에는 내가 죽여 버릴거야."

에티엔은 이 순간 미쳐 버렸다. 그의 눈에는 붉은 김이 서렸고 그의 목은 핏줄기로 충혈되었다. 걷잡을 수 없는 살인의 욕구가 그를 사로잡았다. 그것은 신체적 욕구였으며 발작성 기침을 결정짓는 점액질을 피가 자극한 것이었다. 그것은 그의 의지 밖에서, 유전 질환의 충동으로 솟아오르며 터져 나왔다. 그는 벽에서 편암을 움켜쥐고 흔들어 아주 크고 무거운 편암 판을 뜯어냈다. 그리고 두 손으로 있는 힘을 다해 샤발의 두개골을 내리쳤다.

샤발은 미처 뒤로 도망갈 틈도 없었다. 얼굴이 부서졌고 두개골이 갈라진 채 쓰러졌다. 골수가 갱도의 천장에 튀었고 검붉은 핏줄기가 솟아나와 물이 용솟음치는 샘물 같았다. 곧바로 피 웅덩이가 생겨났고, 거기에는 그을음을 내며 타는 램프가 별처럼 비쳤다. 어둠은 이 꽉 막힌 방을 엄습했고, 바닥에 쓰러진 육신은 불룩 솟은 검은 아역청탄 무더기처럼 보였다.

그러자 에티엔은 몸을 숙인 채 눈을 크게 뜨고 샤발을 바라보았다. 결국 그렇게 그를 죽여 버리고 말았다. 싸움을 벌였던 모든 싸움의 기억들이 혼란스럽게 되살아났다. 그것은 그의 근육 속에서 잠자고 있었고 그의 종족 속에 천천히 쌓인 독약인 알코올에 맞섰던 부질없는 싸움이었다. 그는 단지 배고픔에 취해 있었지만, 그의 부모와는 거리가 먼 그 취기만으로도 살인을 하기에 충분했다. 자신이 저지른 살인의 공포 앞에서 그는 머리카락이 곤두섰고, 그가 받은 교육에 어긋남에도 불구하고 마침내 충족된 욕구에서 생겨난 동물적인 기쁨과 환희에 그의 심장은 고동쳤다. 그리고 어떤 자부심, 자신이 보다 강한 인간이라는 자부심이 생겨났다. 목에 어린아이의 칼을 맞고 죽은 어린 병사가 그에게 나타났다. 그 역시 사람을 죽였다.

카트린은 똑바로 선 채 커다란 비명을 질렀다.

"맙소사! 그가 죽었어!"

"서운하니?" 흉포해진 에티엔이 물었다.

그녀는 숨이 막혔고 말을 더듬었다. 그리고 비틀거리면서 그의 품에 뛰어들었다.

"아! 나도 죽여줘! 아냐, 둘이 함께 죽어!"

껴안으며 그녀는 에티엔의 어깨에 매달렸고, 에티엔 역시 그녀를 껴안았다. 그리고 그들은 함께 죽기를 바랐다. 그러나 죽음은 성급히 다가오지 않았고 그들은 팔을 풀었다. 그리고 그녀가 눈을 가리고 있는 동안 에티엔은 그 딱한 시체를 끌어다가 경사면에 던지며 그들이 여전히 살아야만 하는 좁은 장소로부터 그를 없앴다. 그들의 발치에 이 시체를 두고 산다는 것은 있을 수 없는 일이었다. 그리고 그들은 시체가 잠기며 거품이 솟구치는 소리를 들었을 때 기겁하고 말았다. 그렇다면 물이 벌써 이 구멍까지 찼단 말인가? 그들은 물이 갱도에 넘쳐 들어오고 있음을 알아차렸다.

그러자 새로운 싸움이 시작되었다. 그들은 마지막 램프에 불을 켰고, 그녀는 규칙적으로 고집스럽게 쉬지 않고 불어나는 물을 비춰보면서 맥이 빠졌다. 처음에는 발목까지만 찼던 물은 곧이어 그들의 무릎을 적셨다. 통로는 오르막이어서 그들은 그 끝으로 몸을 피했다. 거기에서 몇 시간 동안은 쉴 수 있었다. 그러나 물결은 그들을 따라잡으며 허리까지 차올랐다. 선 채로 바위에 척추를 바싹 붙이고 그들은 계속해서 불어 오르는 물을 바라보았다. 물이 입까지 찬다면 모든 것이 끝장나리라. 그들이 걸어 놓았던 램프는 잔물결이 이는 여울을 노랗게 물들였다. 램프불은 희미해졌고, 그들은 물이 들어오면서 점점 커지는 듯한 어둠에 잡아먹히는 것처럼 끊임없이 작아지는 램프의 반원 외에는 아무 것도 구분하지 못했다. 그리고 갑자기 어둠이 그들을 에워쌌고, 램프는 마지막 기름방울을 토해낸 후 꺼져 버렸다. 그것은 완전하고 절대적인 밤이었다. 태양빛에 다시는 눈을 뜨지 못한 채 그들이 잠들어 버릴 대지의 밤이었다.

"염병!" 에티엔이 음울하게 욕을 했다.

카트린은 칠흑의 밤에 포획 당했다고 느낀 것처럼 그에게 바싹 몸을 의지했다. 그녀는 낮은 목소리로 광부들의 말을 되뇌었다.

"램프불이 꺼지면 죽는다."

그러나 이러한 위협 앞에서도 삶의 본능은 싸우고 있었고, 삶의 열기로 그들은 되살아났다. 그는 맹렬하게 램프의 걸쇠로 편암을 파헤치기 시작했고, 그녀는 손톱으로 그를 도왔다. 그들은 일종의 높은 걸상을 만들었고, 거기에 둘 모두 몸을 추켜 올린 다음 다리를 늘어뜨렸고, 둥근 천장 때문에 머리를 숙이고 등을 구부린 채 앉아 있었다. 물은 발꿈치에만 차갑게 닿았다. 그러나 얼마 지나지 않자 쉬지 않고 움직이는 차가운 물에 어쩔 도리 없이 잠겨 발목, 종아리, 무릎이 끊어져나갈 것 같았다. 그리고 평평하지 않고 물기를 머금어 너무나 미끄러운 걸상 때문에 그들은 떨어지지 않기 위해 서로를 붙들어야만 했다. 이제는 끝났다. 이 벽감까지 몰렸으니 어떻게 구조를 기다릴 수 있겠는가? 여기에서는 동작 하나 할 수가 없었다. 탈진했고 허기졌으며, 이제는 빵도 빛도 없었다. 그리고 그들은 무엇보다도 칠흑의 어둠 때문에 고통을 겪었다. 그들은 죽음이 오는 것도 볼 수가 없었다. 커다란 침묵이 지배했고 목구멍까지 물이 찬 광산은 더 이상 움직이지 않았다. 그들은 이제 그들의 아래에 있는 갱도들 막장으로부터 소리 없이 불어나는 밀물의 바다만이 있다는 느낌을 가졌다.

시간들은 계속해서 이어졌고 모든 시간은 똑같이 검었다. 정확한 시간의 길이를 측정할 수 없었고 점점 더 시간 계산은 혼미해졌다. 고문을 당하는 그들에게는 일분일초가 길게 느껴져야 했음에도 불구하고 시간은 빠르게 지나갔다. 그들은 이틀 하룻밤 전부터 그곳에 갇혀 있다고 생각했지만 사실은 벌써 사흘이 지나가고 있었다. 모든 구조의 희망은 사라져 버렸고 아무도 그들이 있는 곳을 알지 못했다. 아무도 거기에 내려올 수 없었으며 홍수가 은총을 베풀지 않는다면 그들은 굶어 죽을 것이었다. 마지막으로 구조 신호를 두들겨 보낼 생각을 했다. 그러나 돌멩이는 물속에 있었다. 게다가 누가 그 소리를 듣겠는가?

카트린은 체념한 채 아픈 머리를 탄맥에 기댔다. 그때 그녀는 전율하며 몸을 세웠다.

"들어 봐!" 그녀가 말했다.

처음에 에티엔은 그녀가 계속해서 불어나는 작은 물소리에 대해 말하는 줄 알았다. 그는 거짓말로 그녀를 진정시키고 싶었다.

"내 소리야. 방금 다리를 움직였거든."

"아니, 아니야, 그 소리 말고… 저기, 들어 봐!"

그녀는 석탄에 귀를 댔다. 그는 알아듣고 그녀처럼 했다. 몇 초 동안 숨을 죽인 채 기다렸다. 그러자 아주 멀리서 아주 약한 세 번의 타격음이 긴 간격으로 들려왔다. 여전히 미심쩍었지만 그들의 귀에는 소리가 울렸다. 아마 지층 갈라지는 소리일 것이다. 그리고 그들은 응답하기 위하여 무엇으로 탄맥을 때려야 할지 알지 못했다.

에티엔에게 한 생각이 떠올랐다.

"나막신 굽으로 때려." 그녀는 탄맥을 두들겨 광부들의 구조 신호를 보냈다. 그리고 귀를 기울였다. 그러자 그들은 멀리서 또다시 보내온 세 번의 타격음을 들을 수 있었다. 그들은 스무 번은 되풀이했고 스무 번 응답이 왔다. 그들은 울었다. 균형을 잃을 수도 있었지만 서로를 껴안았다. 마침내 동료들이 저기에 있으며 그들이 도착할 것이다. 기쁨과 사랑이 넘쳐흘렀다. 기다림의 고통, 오랫동안 소용없었던 구조 요청의 분노가 사라졌고, 마치 구조 요원들은 손가락으로 톡 쳐서 바위를 깨뜨리며 그들을 구할 것만 같았다.

"와우!" 그녀가 기뻐 외쳤다. "벽에 머리를 기댄 것이 행운인 줄이야!"

"아! 정말 귀가 밝네!" 이번에는 에티엔이 외쳤다. "나는 아무것도 듣지 못했는데."

이때부터 그들은 번갈아가며 계속해서 귀를 기울였고 조그만 신호에도 화답할 준비를 했다. 곧이어 곡괭이질 소리를 포착했다. 접근 작업이 시작됐으니 갱도는 열릴 것이었다. 그들은 어떤 소리도 놓치지 않았다. 그러나 그들의 기쁨은 수그러들었다. 서로를 속이기 위해 아무리 웃어 보았자 소용없었다. 그들은 다시 조금씩 절망에 사로잡혔다. 처음에는 장황하게 설명을 늘어놓았었다. 분명히 레키아르를 통해서 오며 갱도는 탄층으로 내려간다. 아마도 여러 갱도들을 뚫고 있는 듯하다. 왜냐하면 세 사람이 채탄을 하고 있기 때문이다. 그리고 그들은 말수가 줄어들었다. 그들과 동료들을 가로막고 있는 거대한 탄맥 덩어리를 계산했을 때 결국 입을 다물고 말았다. 말없이 그들은 생각을 계속했고, 노동자 한 명이 그 엄청난 덩어리를 뚫는데 걸리는 날수들을 여러 방식으로 계산해 보았다. 결코 그들을 일찍 만나지는 못할 것이다. 그 전에 스무 번은 죽으리라. 침울해진 그들은 더욱 심해진 고통 속에서 말 한마디도 더 나눌 수가 없었다. 아직까지는 살아있다는 것을 다른 사람들에게 말하려는 기계적인 욕구만으로 아무런 희망도 없이 나막신으로 신호음에 응답했다.

하루가 지나고 이틀이 지났다. 그들은 엿새 전부터 막장에 갇혀 있었다. 무릎에서 멈춘 물은 더 이상 불어나지도 줄어들지도 않았다. 그리고 그들의 다리는 얼음 욕조에서 녹아버린 듯했다. 한 시간 동안 그들은 물에서 다리를 꺼낼 수 있었다. 그러나 자세가 너무나 불편해 다리는 심하게 쥐가 나 몸이 뒤틀렸고, 그래서 발꿈치를 다시 물속에 내려놓아야만 했다. 매 10분마다 그들은 허리에 힘을 주고 다리를 뻗어 미끄러운 바위 위에 올려놓았다. 석탄 조각이 등을 찔렀고, 머리를 부딪치지 않기 위해서 항상 목을 구부렸기 때문에 목은 뻣뻣하게 굳어서 심하게 아팠다. 그리고 물에 눌린 공기는 그들이 갇혀 있는 종 모양의 공간 속에서 압착되어 숨이 점점 막혔다. 그들의 목소리는 둔탁해져 아주 멀리서 얘기하는 듯했다. 이명 증상이 생겨났다. 광폭하게 울려대는 종소리가 들렸고, 끊임없이 쏟아지는 우박을 맞으며 질주하는 짐승떼 소리가 들렸다.

처음에 카트린은 배가 고파서 끔찍한 고통을 겪었다. 경련으로 뒤틀리는 딱한 손을 입으로 가져갔고 텅 빈 한숨을 쉬었다. 그리고 마치 집게가 위를 잡고 뜯는 듯해 애절한 신음소리를 계속해서 냈다. 에티엔도 같은 고통으로 목이 졸렸고, 어둠 속에서 달뜬 손으로 주변을 더듬었다. 그때 곁에 있던 반쯤 썩은 갱목 조각이 손가락에 닿자 그는 그것을 손톱으로 잘게 부쉈다. 그리고 그것을 여조차부에게 한 줌 건네줬고 그녀는 그것을 게걸스럽게 삼켰다. 이틀 동안 그들은 이 썩은 갱목을 먹고 살았고 그것을 모조리 먹어 치웠다. 그것마저도 떨어지자 그들은 절망했고, 여전히 단단하고 섬유질이 남아있는 다른 갱목들을 손대다 살갗이 벗겨졌다. 그들의 고통은 더욱 심해졌고, 자신들이 입고 있는 옷을 씹을 수 없게 되자 격분했다. 에티엔의 허리를 조르던 가죽혁대 덕분에 그들은 분을 어느 정도 삭혔다. 그들은 그것을 이빨로 잘게 끊은 다음 그것들을 씹어서 삼켜 보려고 무진 애를 썼다. 그것을 계속 씹어대자 그들은 먹고 있다는 환상을 가졌다. 그리고 혁대마저도 없어져 버렸을 때 그들은 헝겊을 입에 댔고 몇 시간이고 그것을 빨았다.

그러나 곧바로 이 격렬한 발작들도 누그러졌고, 이제 배고픔은 깊은 둔통에 지나지 않았다. 서서히 진행되는 힘의 소진 자체가 되어버렸다. 그토록 혐오하는 물을 먹지 못했더라면 그들은 벌써 죽었을 것이었다. 그저 몸을 굽혀 손으로 떠 마시기만 하면 되었다. 극심하게 목이 타들어와 스무 번 연거푸 물을 마셨지만 아무리 마셔도 갈증은 가시지 않았다.

이레째 카트린은 물을 마시기 위해 몸을 기울였고, 앞에서 떠다니는 어떤 물체와 손이 부딪치는 듯 했다.

"이것 좀 봐… 이게 뭐지?"

에티엔이 칠흑의 어둠 속에서 더듬었다.

"모르겠는데 통기갱 문 덮개 같은데?"

그녀는 물을 마셨다. 그러나 두 번째 마실 물을 뜨고 있을 때 그 물체가 손을 때렸다. 그러자 그녀는 끔찍한 비명을 질렀다.

"맙소사! 그야!"

"누구라고?"

"그라고, 모르겠어? 그의 턱수염이 손에 닿았어."

경사면에서 불어난 물에 떠밀려온 샤발의 시체였다. 에티엔은 팔을 뻗자 그의 턱수염과 부서진 코가 손에 닿았다. 그는 역겨움과 두려움으로 진저리를 쳤다. 카트린은 끔찍한 구토증에 입속의 물을 토해냈다. 방금 그의 피를 마셨으며 그녀 앞에 있는 이 깊은 물 전체가 그 사내의 피라고 생각되었다.

"기다려." 에티엔이 더듬거리며 말했다. "저리로 보낼게."

그는 시체를 발로 밀어 멀리 보냈다. 그러나 곧 시체가 다시 그들의 다리에 부딪치는 것을 느꼈다.

"맙소사! 꺼져 버리라고!"

그리고 세 번째는 그냥 내버려뒀다. 물길을 따라 그는 계속 오고 있었던 것이었다. 샤발은 떠나지 않았고 그들과 함께 있으면서 그들을 괴롭히고자 했다. 그는 진저리가 나도록 끔찍한 동반자였다. 온종일 그들은 물을 마시지 않고 참았다. 물을 마시느니 차라리 죽는 편이 나을 것 같았다. 그러나 그 다음날 고통을 이기지 못하고 마음을 굳게 먹었다. 어쨌든 한 모금의 물을 뜰 적마다 시체를 밀면서 물을 마셨다. 질투에 사로잡힌 그가 끈질기게 그와 그녀 사이에 끼어든다고 성질을 부릴 필요가 없었다. 그는 죽어서도 자기들이 함께 있는 것을 끝까지 방해할 테니까.

하루가 지나고 또 하루가 지났다. 물이 흔들릴 적마다 그가 죽였던 사내는 그를 툭툭 쳤고, 마치 옆 사람이 자기가 있다는 것을 말하려 팔꿈치로 건드리는 것만 같았다. 그리고 그럴 적마다 그는 몸서리를 쳤다. 계속해서 그는 물에 붓고 푸르죽죽하고 빨간 턱수염이 난 으깨진 얼굴을 보았다. 그리고 그는 샤발을 죽였다는 것을 더 이상 기억하지 못하게 되었다. 녀석은 수영을 하고 있고 자기를 물어뜯으려 한다. 카트린은 이제 발작적으로 울음을 터뜨렸고 한 번 울면 오랫동안 끊임없이 눈물을 흘렸다. 그러고 나면 기진맥진하여 초주검이 되었다. 그녀는 쓰러지며 누구도 어쩔 수 없는 반수면 상태 속에 빠져들었다. 그가 그녀를 깨우면 눈조차 뜨지 않은 채 몇 마디 중얼거리다 곧바로 다시 잠들어 버렸다. 그러면 그녀가 물에 빠지지 않을까 두려워 에티엔은 그녀의 허리를 팔로 감싸 안았다. 그가 이제 동료들에게 응답했다. 곡괭이질 소리는 다가오고 있었고 그의 등 뒤에서 들리는 듯했다. 그러나 그의 힘도 소진되었고 탄맥을 두드릴 용기조차 잃어버렸다. 여기에 있는 것을 알면서 왜 또 힘들게 구는 것일까? 그들이 온다 할지라도 이제 아무런 관심도 없었다. 기다림에 몽롱해진 그는 몇 시간 동안 자신이 무엇을 기다리고 있는지조차도 잊어버리고 말았다.

마음이 편해지자 그들은 약간 기운이 났다. 물은 낮아졌고 샤발의 시체도 멀어져 갔다. 아흐레째부터 그들은 탈출을 시도하려 처음으로 갱도에 몇 걸음을 내디뎠다. 그때 무시무시한 폭음에 그들은 땅바닥에 내동댕이쳐졌다. 서로를 찾으며 미친 듯이 껴안았고, 영문도 모르는 채 재앙이 다시 시작됐다고 생각했다. 아무것도 움직이지 않았다. 곡괭이질 소리도 멎었다.

그들은 구석에 나란히 앉았고 카트린은 살짝 웃었다.

"바깥 날씨가 좋은 것 같아… 자, 여기서 나가."

에티엔은 처음에는 이 착란과 싸웠다. 그러나 보다 확고한 그의 머리도 착란에 감염되어 흔들렸고 현실 감각마저도 잃어버렸다. 그들의 모든 감각은 왜곡되었고 특히 카트린의 감각은 신열에 흔들렸다. 이제 말하고 움직이고 싶은 욕망에 괴로웠다. 소란스러웠던 이명은 물 흐르는 소리와 새소리로 변했다. 그리고 그녀는 으깨진 풀의 강한 향기를 느꼈고, 그녀의 눈앞에는 커다란 황금빛 반점들이 널리 퍼지며 날고 있어서 밖으로 나와 운하 곁, 밀밭에서 화창한 날씨를 즐기고 있다고 믿었다.

"응? 정말 따뜻해!… 그러니 날 안아줘, 함께 있어줘, 오! 영원히, 영원히!"

그는 그녀를 안았고 그녀는 그를 오래도록 쓰다듬으며 행복한 소녀의 수다를 늘어놓았다.

"우린 참 바보였어, 그토록 오랫동안 기다렸으니! 곧바로 난 너를 원했을 거야, 그런데 너는 알지도 못한 채 말도 안하고… 그리고 생각나지, 우리 집에서 밤마다 잠 못들 때, 서로의 숨소리를 들으며 서로 껴안기를 엄청 바랐던 거?"

그녀의 기쁨은 그에게 번져왔고 그는 말하지 못한 사랑의 추억들을 장난삼아 얘기했다. "한 번 나를 때렸었지, 그래, 맞아! 두 뺨을 때렸었어!"

"그건 사랑했기 때문이야." 그녀가 속삭였다. "알겠지만, 네 생각을 안 하려고 했어, 이제는 끝났다고 나에게 말하곤 했었어. 그런데 사실은 언젠가 우리는 함께 있으리라는 것을 알고 있었어… 한 번의 기회, 어떤 행운이 한 번은 있었어야만 했어, 그렇지 않아?"

그는 얼어붙은 듯 떨면서 이 꿈을 북돋아주고 싶었다. 그래서 천천히 되뇌었다.

"아무것도 끝나지 않았어. 약간의 행운이 닿는다면 모든 것을 다시 시작할 수 있어."

"그럼 이번에는 정말로 나를 지켜줄 거지?"

쇠진한 그녀는 스르르 쓰러졌다. 그녀는 너무나 허약하여 막혀버린 목소리는 꺼져들었다. 깜짝 놀란 에티엔은 자기 심장에 그녀를 꼭 붙였다.

"아프니?"

그녀는 놀라며 몸을 바로 세웠다.

"아니, 전혀… 그런데 왜?"

이 질문에 그녀는 몽상에서 깨어났다. 그녀는 칠흑의 어둠을 넋을 잃고 바라보며 손을 비틀었고, 오열을 터뜨리며 새로운 발작을 시작했다.

"하나님! 하나님! 너무 깜깜해요!"

이제는 밀밭도, 풀의 향기도, 종달새의 노랫소리도, 커다란 황금빛 태양도 없었다. 무너지고 홍수가 난 수갱, 악취 나는 밤, 많은 날 이전부터 그들이 숨을 헐떡이고 있는 이 공동의 물 떨어지는 소리뿐이었다. 뒤틀린 감각 때문에 그녀는 더 한층 커다란 공포를 느끼고 있었고 어린 시절의 미신들에 사로잡혔다. 그녀는 검은 인간을 보았다. 이 죽은 늙은 광부는 수갱에 다시 들어와 타락한 처녀들의 목을 비틀었다.

"들어봐, 들었어?"

"아니, 아무 소리도 안 들리는데."

"알아? 검은 인간이라고… 어머나! 그가 저기 있어… 땅은 모든 혈관의 피를 쏟아냈어. 땅의 동맥을 잘라낸 복수로 그가 저기 있어, 보이지, 저기 봐! 밤보다도 더 시커멓고… 아! 무서워! 아! 무서워!"

그녀는 입을 다물고 벌벌 떨었다. 그리고 아주 낮은 목소리로 말을 계속했다.

"아니야, 언제나 다른 남자야."

"다른 남자라니?"

"우리와 함께 있는 남자, 이제는 없는 남자."

샤발의 환영이 그녀를 떠나지 않고 있었고 그녀는 그에 대해 횡설수설했다. 그들의 개 같은 삶과 단 하루 장-바르에서 다정했던 날에 대해 얘기했다. 그날 외에는 욕설과 따귀의 나날이었고, 그는 그녀를 때려 녹초로 만든 후에 애무하며 초주검으로 만들곤 했다.

"그가 오고 있어, 우리가 함께 가는 것을 또 방해하려고 해!… 질투심에 또 사로잡혔어… 오! 그를 쫓아줘! 나를 지켜줘! 나를 전부 지켜줘!"

그녀는 뛰어들며 에티엔에게 매달려 입술을 찾았다. 그의 입술에 자기 입술을 뜨겁게 갖다 댔다. 칠흑의 어둠이 밝아지며 그녀는 태양을 다시 보았고, 사랑받는 여자의 차분한 미소를 되찾았다. 누더기가 된 윗도리와 바지를 입어 반나체인 그녀가 자기 살에 닿자 그는 전율하면서 깨어나는 성욕에 그녀를 움켜잡았다. 그리고 마침내 그들의 초야가 이 무덤 속에서, 이 진흙 침대 위에서 행해졌다. 그것은 그들의 행복을 맛보기 전에는 죽을 수 없다는 욕망이었고, 살겠다는 끈질긴 욕망이었고, 마지막으로 삶을 만끽하려는 욕망이었다. 그들은 모든 절망 속에서, 죽음 속에서 서로 사랑을 나눴다.

그리고 더 이상 아무 것도 남지 않았다. 에티엔은 언제나 같은 구석 바닥에 앉아 있었고, 그의 무릎 위에서 카트린은 움직이지 않고 누워 있었다. 시간은 흐르고 또 흘렀다. 그는 그녀가 잠든 줄로 오랫동안 믿었다. 그리고 그녀를 만졌을 때 그녀는 너무나 싸늘했다. 그녀는 죽어 있었다. 그러나 그는 그녀가 잠에서 깰까봐 움직이지 않았다. 여자가 된 그녀를 그가 처음으로 가졌다는 생각 그리고 그녀가 임신할 수도 있다는 생각에 가슴이 뭉클했다. 또 다른 생각들, 그녀와 함께 떠나고 싶은 욕구, 훗날 둘이서 함께 할 일의 기쁨이 순간순간 다가왔다. 그러나 그 생각들은 너무나 흐릿해 잠의 숨결처럼 그의 이마를 가까스로 스치며 지나가는 듯했다. 그의 기력은 소진되었고 그에게는 가까스로 움직일 힘밖에는 남지 않았다. 천천히 손을 움직여 싸늘하게 굳은 그녀가 잘 있는지 잠든 아이처럼 만져 보았다. 모든 것이 무로 돌아갔고 밤조차도 침몰했다. 그는 어디에도 없었고 공간과 시간 밖에 있었다. 어떤 것이 그의 머리 바로 곁에서 두들겨 댔고 격렬한 타격음이 다가오고 있었다. 그러나 그는 거대한 피로에 마비돼 무엇보다도 가서 응답하기가 귀찮았다. 그리고 이제 그는 아무 것도 알지 못했다. 카트린이 나막신을 신고 앞으로 걸어오며 나지막이 딸가닥거리는 소리를 내는 꿈만 꿨다. 이틀이 지났다. 그녀는 움직이지 않았다. 그는 기계적인 동작으로 그녀를 만졌고 아주 평온한 그녀를 느끼며 마음을 놓았다.

에티엔은 흔들림을 느꼈다. 목소리들이 웅성거렸고 바위들이 그의 발치까지 굴러왔다. 램프를 봤을 때 그는 울었다. 그는 눈을 깜빡이며 불빛을 좇았고, 희열 속에서 칠흑의 어둠을 겨우 붉은 점으로 물들이는 그 불빛을 지칠 줄 모르고 바라보았다. 그리고 동료들은 그를 들어나르며 그의 꽉 다문 이빨 사이로 수프 몇 순갈을 밀어 넣었다. 레키아

596

르 갱도에 와서야 그는 한 사람을 알아보았다. 엔지니어 네그렐이 그의 앞에 서있었다. 서로를 경멸했던 반항적인 노동자와 회의적인 간부는 서로의 목을 와락 껴안았고, 그들 가슴 속에 있었던 모든 인간애를 쏟아내며 크게 오열했다. 그것은 거대한 슬픔, 여러 세대에 걸친 비참함, 삶이 떨어질 수 있는 극한의 고통을 넘어서는 것이었다.

바깥에서는 마외드가 죽은 카트린 옆에 쓰러져 울부짖고, 또 울부짖고, 또 울부짖었고, 커다란 신음소리는 아주 오랫동안 끝날 줄을 몰랐다. 여러 시체들이 이미 올라와 땅바닥에 줄지어 있었다. 샤발은 낙반에 깔려 죽었다고 사람들은 생각했고, 두개골이 비어 있고 배는 물에 부푼 한 명의 견습광부와 두 명의 채탄부도 낙반에 으스러졌다고 생각했다. 몇몇 여자들은 무리들 속에서 이성을 잃고 치마를 찢었고, 자신들의 얼굴을 할퀴었다. 램프 빛에 적응을 시키고 약간의 음식을 먹게 한 후 사람들은 마침내 에티엔을 밖으로 내보냈다. 그는 뼈만 남아 있었고 머리는 하얗게 세어 있었다. 그러자 사람들은 그에게서 떨어졌고, 이 늙은이 앞에서 몸을 떨었다. 마외드는 울음을 멈추고 크게 뜬 눈을 움직이지 않은 채 그를 멍청하게 바라보았다.

6

새벽 네 시였다. 4월의 신선한 밤은 먼동이 밝아오자 온기를 머금었다. 맑은 하늘에서는 별들이 깜빡거렸고 새벽빛은 동쪽 하늘을 보랏빛으로 물들였다. 그리고 잠들었던 검은 들판은 가까스로 몸을 떨었고 희미한 소음이 들리자 잠에서 깨어났다.

에티엔은 큰 걸음으로 방담 길을 따라갔다. 그는 몽수의 병원 침상에서 6주일을 보낸 터였다. 아직도 얼굴이 노랗고 몹시 야위었지만 그는 떠날 만한 기력을 찾았다고 느꼈다. 그래서 떠났다. 회사는 수갱들 때문에 여전히 어수선했고, 계속적으로 해고를 행했고, 그를 더는 고용할 수 없다고 통보했었다. 그러면서 너무 힘든 광산 일은 그만 두라고 아버지처럼 충고하면서 100프랑의 구호금까지 주었다. 그러나 그는 그 돈을 거절했다. 이미 플뤼샤르의 답장을 받은 터였고 편지에는 여비가 들어 있었다. 그는 에티엔을 파리로 불렀다. 그의 오랜 꿈이 실현된 것이었다. 전날 병원을 나오면서 그는 과부 데지르가 운영하는 봉—조아이유에서 잠을 잤다. 그리고 새벽같이 일어났다. 아직도 한 가지 욕구가 남아 있었기 때문이었다. 그것은 마르시엔에서 여덟 시 기차를 타기 전에 동료들에게 작별 인사를 하는 것이었다.

장밋빛으로 물든 길 위에서 에티엔은 잠시 멈췄다. 그는 이른 봄의 맑은 공기를 기분 좋게 들이마셨다. 아침은 화창한 날씨를 예고하고 있었다. 날은 천천히 밝아오고 대지의 생명은 태양과 함께 떠오르고 있었다. 그리고 그는 다시 걷기 시작했다. 산수유 지팡이를 힘차게 두들기며 그는 저 멀리 평원에서 간밤의 수증기가 빠져나가는 것을 보았다. 아무도 보지 못했었다. 마외드가 단 한 번 찾아왔을 뿐이었다. 그녀는 어쩔 수 없이 다시 올 수 없었다. 그는 되-상-카랑트 탄광촌 사람들이 이제 장-바르 수갱으로 내려가고 있으며, 그녀 역시 거기에서 일을 시작했다는 것을 알고 있었다.

조금 조금씩 인적이 없던 길에 사람들이 몰려들었고, 탄광부들은 입을 다문 창백한 얼굴의 에티엔 곁을 계속해서 지나갔다. 사람들은 승리한 회사 측이 너무한다고 말들을 했다. 두 달 반의 파업이 끝난 후 배고픔을 이기지 못한 그들은 수갱으로 되돌아갔고, 실질적인 임금 하락을 숨기며 수많은 동료들의 피를 불렀던 가증스런 갱목작업 수당제를 이제는 받아들여야만 했다. 회사는 광부들에게서 한 시간의 노동을 도둑질했고 복종하지 않겠다던 그들의 맹세를 거짓으로 만들었고, 이 거짓 맹세는 담낭처럼 그들의 목구멍에 걸려 있었다. 작업은 미루, 마들렌, 크레브쾨르, 빅토아르 등 모든 곳에서 재개되었다. 아침 안개 속에서 칠흑의 어둠에 잠겼던 길들을 따라 도처에서 광부들이 무리를 지어 땅을 울리며 걸어갔고, 땅을 향해 코를 박고 종종걸음으로 걸어가는 그들의 행렬은 마치 도살장에 끌려가는 가축들처럼 보였다. 그들은 얇은 헝겊 옷을 입고 벌벌 떨면서 팔짱을 끼고 허리를 흔들었고, 속옷과 겉옷 사이에는 브리케를 넣어 등은 꼽추처럼 불거져 나와 있었다. 그리고 일터로 되돌아가는 무리들은 입을 다물었다. 온통 시커먼 망령들처럼 웃지도 옆도 보지 않았다. 그들은 분노로 이를 악물었고, 심장은 증오심으로 가득 차있었으며, 오로지 먹기 위해서 체념하고 있었다.

에티엔이 수갱으로 다가갈수록 사람들의 숫자는 불어났다. 삼삼오오 왔던 그들은 이제 거의 모두 홀로 떨어져 걸으며 줄을 지어 서로를 쫓았다. 벌써 지친 듯 타인들에 대해서나 자신들에 대해서 지겨워하고 있었다. 그들 중 납빛 이마 아래서 석탄처럼 빛나는 눈을 가진 늙은 이는 그가 아는 사람이었다. 또 다른 아는 사람은 젊은 사람이었고 폭풍 같은 숨을 몰아쉬고 있었다. 많은 사람들이 나막신을 손에 들고 있었다. 그래서 바닥에서는 두껍고 긴 모직 양말의 무른 소리만이 가까스로 들려왔다. 그것은 끝없이 흐르는 물줄기, 궤주, 언제나 머리를 숙이고 가지만 투쟁을 재개하고 복수하려는 욕망으로 음험하게 분노하는 패퇴한 군대의 강제 행군이었다.

에티엔이 도착했을 때 장-바르는 어둠에서 벗어나고 있었고, 작업대 위에 매달린 등에는 아직도 불이 붙어 있었다. 어두운 건물 위로는 굴뚝 연기가 하얀 깃털처럼 피어오르고 있었다. 그것은 미세한 진홍빛으로 물들어 있었다. 그는 선탄장 계단을 통해 석탄수납장으로 갔다.

하강이 시작돼 노동자들은 막사로부터 올라갔다. 잠시 그는 이 소란한 움직임 속에서 움직이지 않고 있었다. 굴러가는 탄차들이 주철 슬레이트를 뒤흔들었고, 보빈들이 돌아갔고, 케이블이 풀려나갔다. 이 와중에 확성기에서는 고함이 터졌고, 종소리가 울렸고, 신호 망치는 받침대를 두들겼다. 그리고 그는 하루 분의 인육을 집어삼키는 괴물과 솟아오르고 떨어지면서 한 번도 쉬지 않고 게걸스런 거인의 쉬운 목 넘김으로 인간 화물들을 먹어치우는 케이지들을 다시 보았다. 그는 사고 이후 광산에 대해서 신경증적인 공포심을 갖고 있었다. 아래로 처박히는 케이지들은 그의 내장을 잡아당겼다. 운반갱은 그 공포심을 격화시켜 그는 고개를 돌려야만 했다.

한편 드넓은 건물 내부는 여전히 어두웠다. 기름이 다 된 등은 흐릿하게 그곳을 비춰 그는 낯익은 얼굴을 찾아낼 수가 없었다. 거기에서 광부들은 손에 램프를 들고 맨발로 케이지를 기다리면서 커다란 눈으로 에티엔을 불안스럽게 바라보았고, 창피한 표정으로 고개를 떨구며 뒤로 물러섰다. 그들은 틀림없이 에티엔이 어떤 사람인지 알고 있었다. 그래서 이제 더 이상 그에게 원한을 품지 않았다. 오히려 반대로 그가 그들을 비겁자들이라고 비난을 퍼부을지 모른다는 생각에 얼굴을 붉히며 두려워하는 듯했다. 이러한 태도에 그는 담대해졌고, 이 불쌍한 사람들이 그에게 돌을 던졌다는 것도 잊어버린 채 그들을 영웅으로 만들고 자기 자신을 저 스스로 잡아먹는 저 인민을, 저 자연의 힘을 지도하겠다는 꿈을 다시 꾸기 시작했다.

케이지는 사람들을 태웠고 한 차분의 광부들이 사라졌다. 또 다른 광부들이 도착했고, 그는 마침내 파업을 주동했던 한 사람, 죽기를 각오했던 용감한 사람을 알아봤다.

"당신마저!" 에티엔이 상심하여 중얼거렸다.

그는 얼굴이 창백해졌고, 입술을 떨었고, 변명하는 몸짓을 했다.

"어쩌겠나? 아내가 있는데."

이제 막사에서 새로 올라온 인파 속에서 그는 모두를 알아보았다.

"당신도! 당신도! 당신도!"

그러자 모두들 떨면서 숨 막힌 목소리로 더듬거리며 말했다.

"어머니가 있어… 애들이 있어… 먹고는 살아야지."

케이지가 오지 않고 있었고, 그들은 침울한 표정으로 너무나 큰 패배의 고통 속에서 케이지를 기다렸다. 서로 눈이 마주치는 것을 피한 채 운반갱을 고집스럽게 응시했다.

"마외드는?" 에티엔이 물었다.

그들은 아무 대답도 하지 않았다. 한 사람이 곧 올 거라는 몸짓을 했다. 다른 사람들은 연민에 떠는 팔들을 들어 올렸다. 아, 불쌍한 여자! 너무나 딱해! 침묵이 이어졌다. 그가 동료들에게 손을 내밀고 작별인사를 할 때 모두들 그를 껴안았고, 모두들 이 말 없는 포옹 속에 패배의 분노와 복수의 뜨거운 희망을 담았다. 케이지가 와 있었다. 그들은 승차했고 구렁 속으로 빠져들며 심연에 먹혀 버렸다.

피에롱은 반장들이 사용하는 부착 램프를 가죽모자 챙에 달고 나타났다. 1주일 전부터 그는 석탄하치장을 담당하는 작업조장이 되었고,

얼마나 으스댔던지 노동자들은 그에게 가까이 가지 않았다. 에티엔을 보자 귀찮았지만 다가왔고, 에티엔이 떠난다고 말하자 그는 드디어 안도의 표정을 지었다. 그들은 얘기를 나눴다. 자기 아내는 지금 술집 프로그레를 운영하고 있으며 그것은 아내에게 호의적인 이곳 신사들 지원 덕분이었다. 그러나 말을 중단하며 무크 영감에게 말들의 오물을 규정된 시간에 올리지 않았다고 화를 냈다. 노인은 그의 말을 들으면서 허리를 구부렸다. 그리고 피에롱으로부터 숨이 막히도록 욕을 먹은 그는 운반갱으로 내려가기 전에 에티엔과 악수를 했다. 그 역시 다른 광부들과 마찬가지로 참고 있는 울화 때문에 뜨겁게 오랫동안 악수를 했고 미래에 있을 반란에 전율했다. 그래서 이 노인의 손은 그의 손 안에서 떨고 있었다. 그는 죽은 자식들에 대해 에티엔을 탓하지 않았다. 에티엔은 너무나 가슴이 뭉클하여 말 한마디 하지 못하고 사라지는 노인을 지켜보았다.

"마외드는 오늘 아침 나오지 않나 보죠?" 그가 피에롱에게 잠시 후에 물었다.

처음에는 피에롱은 못 들은 척했다. 왜냐하면 그녀에 대해 말만 해도 재수가 옴 붙을까 두려웠기 때문이었다. 그리고 지시할 게 있다는 핑계를 대고 그를 떠나면서 결국은 말하고야 말았다.

"아니? 마외드가… 저기 오네."

실제로 마외드는 막사로부터 와있었다. 그녀는 램프를 들고 바지와 윗옷을 입고 두건으로 머리를 매고 있었다. 회사는 너무나 끔찍한 일을 겪은 이 불행한 여자의 운명에 연민을 느끼고 마흔의 나이에 수갱으로 다시 내려가는 것을 기꺼이 받아줬다. 그녀가 운반 갱도에서 일하는 것은 힘들어 보였기 때문에 회사는 그녀에게 작은 환풍기 돌리는 일을 맡겼다. 이 환풍기는 북쪽 갱도, 타르타레 밑에 위치한 지옥의 지역에 환기가 되지 않아 얼마 전에 새로이 설치한 것이었다. 그녀는 열 시간 동안 허리가 끊어지도록 창자갱로 막장에서 40도의 열에 살을 구워가며 환풍기 바퀴를 돌려야만 했다. 그녀는 30수를 벌었다.

남자 옷차림에 젖가슴과 배가 갱들의 습기로 불룩하게 드러난 불쌍한 마외드를 알아봤을 때 에티엔은 너무 놀라 말을 더듬거렸다. 떠나며 작별 인사를 하고 싶었다는 것을 무슨 말로 그녀에게 설명해야 할지 몰랐다.

그녀는 그를 바라보았지만 그의 말을 제대로 듣지 않고 있었다. 그녀가 마침내 반말로 말했다.

"그렇지? 나를 보고 놀랐지⋯ 정말로 나는 식구 중 누구라도 먼저 수갱에 내려가는 사람은 목을 졸라 죽이겠다고 으름장을 놨었지. 그런데 내가 내려갔으니, 내가 내 목을 졸라야겠지, 안 그래?⋯ 아! 아마도 집에 노인네와 어린애들만 없었어도 벌써 그랬을 거야!"

그녀는 지친 목소리로 나지막이 말을 계속했다. 그녀는 이제 더 이상 아무런 변명도 하지 않았고, 굶어 죽었을는지도 모를 여러 얘기들을 담담하게 말했다. 결국 탄광촌에서 쫓겨나지 않기 위해서 수갱으로 내려갈 결심했다고 말했다.

"노인은 어때요?" 에티엔이 물었다.

"언제나 아주 착하고, 아주 깨끗하지⋯ 그러나 머리는 완전히 가버렸고⋯ 그 일 때문에 처벌받지는 않았어, 알지? 그를 정신병원에 넣느냐가 문제였지. 나는 원하지 않았어. 멀건 수프나 주면서 혼나기만 할 것 같았어⋯ 그 일은 어쨌든 우리 가족에게 많은 피해를 줬어. 연금을 한 푼도 못 받았거든. 그 양반들 중 한 사람이 나에게 말했어. 그에게 한 푼의 연금이라도 준다면 그것은 비도덕적인 일이라고."

"장랭은 일을 해요?"

"그래. 그 양반들이 낮일을 주었어. 그 애는 20수를 벌어⋯ 아! 난 괜찮아. 간부들은 내게 너무 친절해. 직접 설명도 해주고 말이야⋯ 꼬맹이가 번 20수와 내가 번 30수를 합하면 50수가 된다나. 식구가 여섯 명은 아니니 먹고 살만은 할 거라고. 에스텔은 이제 엄청 먹어대. 그리고 제일 끔찍한 것은 4, 5년은 기다려야 레노르와 앙리가 수갱에 들어갈 나이가 된다는 거지."

에티엔은 참을 수가 없어 고통스런 몸짓을 했다.

"그 애들까지도!"

마외드의 창백한 뺨이 붉어졌고 눈이 빛났다. 그러나 운명에 짓눌린 듯 그녀의 어깨는 축 처졌다.

"그럼 어떡해? 이제 그 애들이야… 모두 차례가 되면 수갱에 목숨을 내놓았어, 이제 그애들 차례야."

그녀는 말을 그쳤다. 탄차를 굴리는 탄차하역부들 때문에 더 이상 말할 수가 없었다. 먼지 긴 커다란 창문들을 통해서 여린 빛이 들어왔고, 등불은 회색 여명에 잠겨 버렸다. 그리고 매 3분마다 권양기가 요동쳤고 케이블들이 풀려 나갔다. 케이지들은 끊임없이 사람들을 집어 삼켰다.

"자, 빈둥거리지 말고 서두릅시다!" 피에롱이 외쳤다. "승차해, 이러다간 절대로 오늘 일을 못 끝내."

피에롱이 바라봤지만 마외드는 꼼짝도 안 했다. 그녀는 벌써 세 번이나 케이지를 내려 보냈고, 잠에서 깨어난 듯 에티엔이 처음에 했던 말을 기억하면서 애기했다.

"그래, 떠나니?"

"예, 오늘 아침에."

"잘 생각했어, 갈 수 있을 때 다른 곳으로 가는 게 좋지… 너를 볼 수 있어서 기뻤어. 적어도 내가 너한테 아무런 반감도 없다는 것을 네가 알고 있으니까. 모두들 그렇게 죽은 후에 한 때는 너를 때려 죽이고 싶었어. 그러나 생각을 해보게 되지, 그렇지 않아? 이제는 다 알아, 누구의 잘못도 아니라는 걸… 아니지, 네 잘못이 결코 아니지, 그것은 모든 사람들의 잘못이지."

이제 그녀는 죽은 가족들, 그녀의 남편, 자카리, 카트린에 대해 담담하게 얘기했다. 그리고 알지르의 이름을 말할 때에만 눈물을 내비쳤다. 그녀는 침착하고 사려 깊은 여자로 되돌아갔고 여러 일들을 아주 현명하게 판단했다. 가난한 사람들을 그렇게 많이 죽인 것은 부르주아들에게 득이 되지 못할 것이다. 당연히 그들은 언젠가 그 벌을 받게 될 것이다. 왜냐하면 모든 일은 그 대가를 치러야하니까. 그런 일에 끼어들 하등의 이유가 없다. 상점은 저절로 날아갈 것이고, 군인들은 그들이 노동자들을 향해 당겼던 것처럼 주인들에게도 방아쇠를 당길 것이기 때문이다. 그리고 해묵은 체념 속에서, 또다시 허리를 굽히게 하는 세습적 규율 속에서 노동은 그렇게 행해졌지만, 확실한 것은 불의는 더 지속될 수 없다. 선하신 하나님이 없다고 할지라도 또 다른 신이 거기에서 나와 비참한 사람들의 복수를 해줄 것이다.

그녀는 낮은 목소리로 말하며 주위를 경계했다. 그리고 피에롱이 다가오자 아주 큰 소리로 덧붙였다.

"그럼 좋아! 떠날 거면 우리 집에서 네 짐들을 챙겨가… 속옷 두 개, 손수건 세 장, 낡은 바지 하나."

에티엔은 고물 장수들의 손에 넘어가지 않은 이 옷가지들을 거절하는 제스처를 했다.

"아녜요, 그러고 싶지 않아요. 애들 주세요… 파리에서 마련하지요."

두 대의 케이지가 또 내려가자 피에롱은 마외드를 직접 부르기로 마음먹었다.

"거기에서 뭐하는 거야. 밑에서 사람들이 기다리고 있잖아! 그 잡담 곧 끝나지?"

그러자 그녀는 등을 돌렸다. 저 지조 없는 자는 뭣 땜에 저렇게 열성일까? 내려가는 건 자기 소관도 아닌데 말이다. 그가 맡은 석탄하치장에서 일하는 부하들은 벌써 그를 증오하고 있다. 그리고 그녀는 램프를 손가락으로 든 채 계속해서 그대로 있었다. 온화한 계절임에도 불구하고 외풍에 그녀의 몸은 얼어붙었다.

에티엔도 마외드도 무슨 말을 해야 할지 몰랐다. 그들은 서로 마주 보았고, 너무나 가슴이 벅차 서로에게 무언가 더 말하고 싶었다.

마침내 그녀가 그저 말을 잇기 위해 얘기를 했다.

"르바크 마누라가 임신했어. 르바크는 아직도 감옥에 있고, 나올 때까지 부틀루가 그를 대신하고 있어."

"아! 예, 부틀루."

"그리고 들어봐, 아, 내가 벌써 얘기했던가… 필로멘은 떠났어."

"아니, 떠나다니요?"

"그래, 파-드-칼레의 한 광부와 함께 떠났어. 두 아이를 내게 남겨놓고 갈까 봐 겁을 먹었었지. 그러나 아니었어, 데리고 갔어… 대단하지 않아? 피를 토하고 계속해서 죽을 것만 같던 애가 말이야…"

그녀는 잠깐 무언가 생각하더니 느린 목소리로 말을 계속했다.

"별 얘기들을 다 했어, 나에 대해서!… 기억하니, 내가 너와 잤다고 얘기들 한 거. 염병할! 내 남편이 죽고 내가 더 젊었더라면 그런 소문이 날 수도 있겠지, 안 그래? 한편 지금 생각해보면 그런 일이 없었던 게 다행이야. 왜냐하면 우리는 분명히 후회했을 테니까."

"예, 후회했을 테니까." 에티엔은 그저 따라 말했다.

그것이 전부였고 그들은 더 이상 말하지 않았다. 케이지가 그녀를 기다리고 있었고, 사람들은 화를 내며 그녀를 불렀고, 벌금을 물리겠다고 협박했다. 그러자 그녀는 결심을 하고 악수를 했다. 너무나 마음이 뭉클해진 그는 너무나 상하고 늙어버린 그녀를 계속해서 바라보았다. 그녀의 얼굴은 납빛이었고, 탈색된 머리카락은 푸른색 두건 바깥으로 삐져나와 있었다. 순한 짐승처럼 너무나 풍만했던 몸은 바지와 헝겊으로 된 윗옷 속에서 망가져 있었다. 그리고 마지막으로 그녀와 악수하면서 그는 동료들과 했던 악수와 똑같은 느낌을 가졌다. 그것은 다시 시작할 날을 그와 약속하는 길고 말없는 포옹이었다. 그는 온전히 이해했고, 그녀의 눈 속에는 평온한 믿음이 있었다. 조만간 볼 것이다. 그리고 그때는 제대로 한 방 먹일 것이다.

"저런 게으름뱅이 여편네가 있나!" 피에롱이 고함을 질렀다.

밀고 밀치며 마외드는 다른 네 명과 함께 탄차 안에 몸을 쑤셔 넣었다. 신호 밧줄을 잡아당기며 '고기 왔소'하고 때리자 이내 걸쇠가 벗겨지면서 케이지는 밤 속으로 떨어졌다. 그리고 빠르게 달아나는 케이블 외에는 아무 것도 없었다.

이윽고 에티엔은 수갱을 떠났다. 그는 저기 선탄장 창고 아래에 있는 석탄더미 한가운데에서 다리를 뻗고 바닥에 주저앉은 한 사람을 발견했다. 그는 장랭이었고 '괴탄 청소부'로 일하고 있었다. 그는 두 허벅지로 괴탄 덩어리를 잡고 망치로 두드려 편암 조각들을 제거하고 있었다. 고운 석탄가루들이 흘러내리는 땀에 녹아 있었다. 그래서 만약 이 아이가 쪽박귀와 작은 녹색 눈을 가진 원숭이 얼굴을 쳐들지 않았더라면 에티엔은 그를 알아보지 못할 뻔했다. 아이는 짓궂게 웃으며 괴탄 덩어리를 마저 깨고는 피어오르는 검은 먼지 속으로 사라졌다.

밖으로 나온 에티엔은 깊은 생각에 잠긴 채 잠시 도로를 따라 걸어갔다. 갖가지 생각들이 그의 머릿속에서 들끓었다. 그러나 그는 충만한 대기와 자유로운 하늘을 느꼈다. 그는 크게 숨을 들이마셨다. 태양이 영광의 지평선 위로 나타났고 들판 전체가 경쾌하게 깨어나고 있었다. 황금 물결이 동쪽에서 서쪽으로 거대한 평원을 달려갔다. 생명의 열기는 이제 널리 퍼져 나갔고, 전율하는 젊음 속에서 대지는 숨 쉬고 새들은 노래하며, 물과 나무들은 온갖 소리로 소곤거렸다. 산다는 것은 좋은 일이다. 낡은 세계마저도 다시 봄을 살고자 한다.

파고드는 이 희망에 에티엔은 걸음을 늦췄고, 새로운 계절의 기쁨 속에서 망연히 여기저기를 바라보았다. 자기 자신을 생각해 보았고, 막장에서의 혹독한 시련으로 강해지고 성숙한 자신을 느꼈다. 이제 공부를 마치고 혁명을 논하는 군인으로 무장하고 길을 떠나면서 그는 자신이 보았고 자신이 유죄 판결을 내린 이 사회에 전쟁을 선포했다. 플뤼샤르를 다시 만나고 플뤼샤르처럼 연설을 하는 우두머리가 된다는 기쁨에 그는 연설 문장을 구상하고 정리했다. 그는 혁명 계획을 확장하고자 숙고했고, 부르주아의 세련됨 덕분에 자기 계급 위로 상승했지만 부르주아에 대한 그의 증오는 더욱 커져만 갔다. 이 노동자들의 비참한 냄새는 이제 그를 역겹게 했지만 그들을 영광의 자리에 앉히고 싶은 욕구를 느꼈다. 그들만을 위대한 자들로, 오직 순결한 자들로, 인류를 다시 담금질할 수 있는 유일무이한 귀족으로, 유일무이한 힘으로 보여주고 싶었다. 벌써 그는 연단 위에 섰고 인민이 그를 잡아먹지 않는다면 인민과 더불어 승리하는 자신을 그려보았다.

아주 높이서 종달새가 노래하는 하늘을 바라보았다. 붉은색 작은 구름과 마지막 남은 밤의 수증기가 창공에서 녹아들고 있었다. 수바린과 라스뇌르의 희미한 모습이 나타났다. 각자가 자기에게로 권력을 잡아당기면 결단코 모든 일을 그르치리라. 따라서 세계를 새롭게 할 수 있었을 저 유명한 인터내셔널은, 그 엄청난 군대는 분열되고 내홍으로 조각나면서 무기력하게 유산됐다. 다윈은 그러므로 옳았다. 세상은 전쟁터일 뿐이며 강자는 아름다움과 자기 종족을 보존하기 위해 약자를 잡아먹고 있지 않는가? 그는 자기 학문에 만족하는 사람처럼 단언했지만 이러한 질문은 그를 혼란에 빠뜨렸다. 그러나 한 생각을 하면서 그는 이러한 의심을 몰아내고 기뻐했다. 그것은 자신이 하게 될 첫 번째 연설에서 이 이론에 대한 옛날의 해석을 수정한다는 생각이었다. 만약에 한 계급이 잡아먹혀야만 한다면 힘차고 여전히 새로운 인민이 향락으로 탈진한 부르주아 계급을 잡아먹어야 하지 않겠는가? 새로운 피가 새로운 사회를 만들 것이다. 그리고 야만스런 인민의 공격을 기다리면서 낡아빠진 국가들을 갱생시키는 임박한 혁명, 진정한 노동자들의 혁명에 대한 그의 절대적 믿음이 되살아났다. 그 혁명의 불길은 자기가 바라보고 있는 하늘을 피로 물들이고, 저 떠오르는 태양의 진홍빛으로 이 세기말을 불살라버리리라.

그는 계속 걸으며 여러 생각에 잠겼고 산수유 지팡이로 도로의 자갈들을 때렸다. 그리고 주위에 눈길을 돌렸을 때 그는 이 고장의 구석구석을 알아보았다. 푸르슈-오-뵈프에서 그는 자신이 지휘했던 무리들이 수갱들을 휩쓸었던 그날 아침을 회상했다. 그러나 오늘 죽을 만큼 고되고 제대로 돈을 받지 못하는 짐승의 노동이 다시 시작되었다.

저기 땅 밑 700미터에서 때리는 둔중하고 규칙적인 타격음이 계속해서 들려오는 듯했다. 그가 방금 내려가는 것을 보았던 바로 그 동료들이, 그 시커먼 동료들이 말없는 분노 속에서 탄맥을 두들기고 있는 것이었다. 틀림없이 그들은 패배했고 돈과 목숨을 잃었다. 그러나 파리는 결코 보뢰에서의 총격을 잊지 않을 것이며, 이 치유할 수 없는 상처 때문에 제2제정도 피를 흘리게 될 것이다. 그리고 산업공황이 끝나고 공장들이 하나하나씩 다시 문을 연다 해도 전쟁 선포는 여전히 계속될 것이며, 평화는 이제 가능하지 않을 것이다. 탄광부들은 이제 중요한 존재가 되었다. 그들은 자신들의 힘을 시험해보았고, 정의의 외침으로 전 프랑스의 노동자들을 흔들었다. 또한 그들의 패배에 누구도 안심하지 못했다. 승리한 몽수의 부르주아들은 훗날 닥쳐올 파업에 은근히 불안해했고, 그들의 피할 수 없는 종말이 이 거대한 침묵 속에 숨어 있지 않나 뒤를 돌아보곤 했다. 그들은 혁명이 아마도 내일, 총파업과 함께 끊임없이 다시 태어난다는 것을 알고 있었다. 모든 노동자들은 구호 기금을 만드는데 합의할 것이고 몇 달 동안 빵을 먹으면서 버틸 수 있을 것이다. 또한 이번 파업은 폐허가 된 사회에 가한 일격이었고, 부르주아들은 또 다른 동요가, 또 다른 충격이 계속 올라와 흔들린 낡은 건물이 무너지면서 보뢰처럼 심연 속으로 빨려들어 간다는 것을 느끼고 있었다.

에티엔은 왼쪽에 있는 조아젤 길로 들어섰다. 그는 여기에서 가스통-마리로 몰려가려던 무리들을 제지했던 일이 생각났다. 저 멀리 맑은 태양 속에서 그는 솟아 있는 여러 수갱들의 권양탑을 보았다. 오른편에는 미루가 있고 그 옆에 마들렌과 크레브쾨르가 나란히 있었다. 도처에서 포효하는 노동의 소리가 들려왔다. 땅속에서 그가 잡은 듯한 곡괭이는 평원의 한 쪽 끝에서 다른 끝까지 탄맥을 때렸다. 한 번, 또 한 번 그리고 계속되는 타격음이 태양빛에 웃고 있는 들판, 도로, 마을들 아래에서 들려왔다. 저 지하 도형장의 시커먼 노역은 너무나 거대한 암반에 짓눌리고 있다. 그 커다란 고통의 한숨 소리를 제대로 듣기 위해서는 저 아래에서 행해지는 그 노동을 알아야만 했다. 그리고 그는 이제 폭력은 문제의 해결을 앞당기지 못한다고 생각하고 있었다. 케이블을 끊고, 레일을 뜯어내고, 램프를 깨는 짓은 쓸데없는 헛고생이었다! 이리 뛰고 저리 뛰며 고생한 3,000명을 폭도로 깎아내리는 것이었다! 막연하게나마 그는 합법적인 행동이 언젠가는 더 무서울 수 있으리라는 것을 예감했다. 그의 이성은 성숙하고 있었다. 그는 원한에 사로잡혀 객기를 부렸었다. 그렇다, 마외드가 양식 있게 잘 말했다. 커다란 충격을 주기 위해서는 조용히 조직을 만들고 서로를 알고 지내면서 법이 허용할 때 노조로 결집하여야 한다. 그리고 서로의 팔꿈치가 닿을 정도로 그 수가 많아져 수백만의 노동자들이 수천 명의 게으름뱅이들과 맞서게 되는 날 아침, 그들은 권력을 잡고 세상의 주인이 될 것이다. 아! 그때가 진리와 정의가 잠을 깨는 날이리라! 포만감에 지쳐 웅크리고 있는 신은, 어느 노동자도 결코 볼 수 없는 성전 속에 몸을 숨긴 채 저 알 수 없는 먼 곳에서 비참한 사람들의 살로 배를 채우던 그 흉물스런 우상은 그 시각에 죽어버릴 것이다.

에티엔은 방담 길을 벗어나 포장도로로 접어들었다. 그는 오른쪽에서 함몰되어 사라진 몽수를 알아봤다. 앞에는 보뢰의 잔해들이 있었고, 저주받은 구멍에서는 세 개의 펌프가 쉴 새 없이 물을 퍼 올리고 있었다. 그리고 지평선에는 빅토아르, 생-토마, 프트리-캉텔 등 다른 수갱들이 있었다. 반면 북쪽으로는 용광로들과 일련의 코크스 화로들의 높은 굴뚝들이 청명한 아침 대기에 연기를 뿜어대고 있었다. 여덟 시 기차를 놓치기 위해서는 서둘러야만 했다. 아직도 6킬로미터나 더 남아 있기 때문이었다.

그리고 그의 발아래에서는 곡괭이의 깊은 타격음, 고집스런 타격음이 계속되고 있었다. 동료들 모두가 거기에 있었고, 그는 발걸음을 내디딜 때마다 동료들이 따라오는 소리를 들었다. 이 사탕무밭 아래에는 허리가 끊어지게 아픈 마외드가 있는 것은 아닐까? 환풍기가 돌아가는 소리와 함께 목까지 차오른 그녀의 쉰 숨소리가 들리는 듯했다. 왼쪽, 오른쪽, 좀 더 먼 곳에 있는 밀밭, 산울타리, 어린 나무 아래서 일하는 다른 사람들이 누군지 알겠다고 그는 생각했다. 이제 드넓은 하늘에는 4월의 태양이 영광 속에 빛나며 생명을 분만하는 대지를 덥혀주고 있었다. 살찌우는 태내로부터 생명이 용솟음쳤다. 어린 싹들은 푸른 잎을 터뜨리고 있었고, 들판은 솟아오르는 풀들로 전율하고 있었다. 사방에서 씨앗들이 부풀어 오르고 몸을 길게 늘이며 평원에 틈을 냈고, 열과 빛에 대한 욕망으로 부산을 떨었다. 수액은 넘쳐흐르며 소곤거리고, 싹트는 소리는 커다란 입맞춤으로 퍼져나갔다. 계속해서 점점 더 분명하게 마치 지면으로 다가오듯이 동료들은 대지를 두드리고 있었다. 불붙은 햇살에, 이 젊은 아침나절에, 이 북적거림으로 들판은 가득 채워지고 있었다. 사람들이 싹트고 있었다. 검은 군대가 복수를 위해 고랑 속에서 천천히 움트며 다가오는 세기의 추수를 위해 자라나고 있었다. 움튼 싹은 머지않아 대지를 터뜨리고야 말리라.

1840년 4월 2일. 파리에서 출생

1843년 프랑스 남부 도시, 엑-상-프로방스(Aix-en-Provence)로 이주

1847년 아버지 사망

1858년 파리로 이주. 생-루이(Saint-Louis)고등학교 이과반으로 전학

1859년 대학입학자격시험(baccalauréat)에 두 번 낙방

1860년 세관 부두창고에서 일하다가 두 달 만에 사직

1862년 아셰트(Hachette)출판사에 입사

1863년 아셰트출판사 사장의 충고로 시를 중단하고 소설 시작

1864년 『니농에게 주는 콩트(Contes à Ninon)』 출간

1866년 아셰트출판사 사직, 「레벤느망(L'Evenement)」지에 서평과 미술평론을 게재

1867년 『테레즈 라켕(Thérèse Raquin)』 출간

1868년 『테레즈 라켕』 제2판 서문에서 자연주의 문학론 개진. 루공-마카르(Les Rougon-
Macquart)총서 구상

1870년 알렉상드린 멜린(Alexandrine Meline)과 결혼

1871년 루공-마카르 총서 제1권 『루공가의 운명(La Fortune des Rougon)』을 출간

1877년 루공-마카르 총서 제7권 『목로주점(L'Assommoir)』 출간

1880년 루공-마카르 총서 제9권 『나나(Nana)』 출간, 에세이 〈실험소설론
(Le Romanexpérimental)〉 발표

1883년 문학사학자이자 비평가인 브륀티에르(Ferdinand Brunetière) 졸라 비판

1885년 루공-마카르 총서 제13권 『제르미날(Germinal)』 출간

1886년 루공-마카르 총서 제14권 『작품(L'Œuvre)』 출간

1887년 루공-마카르 총서 제15권 『대지(La Terre)』 출간

1888년 레지옹도뇌르 훈장 수훈, 루공-마카르 총서 제16권 『꿈(Le Rêve)』 출간

1889년 내연녀 잔느 로즈로(Jeanne Rozerot)와의 사이에서 딸 드니즈(Denise) 출생

1890년 루공-마카르 총서 제17권 『수인(La Bête humaine)』 출간

1891년 루공-마카르 총서 제18권 『돈(L'Argent)』 출간

1893년 루공-마카르 총서 최종권인 제20권 『파스칼 박사(Le Docteur Pascal)』 출간

1898년 「로로르(L'Aurore)」지에 '공화국 대통령 펠릭스 포르(Félix Faure)에게 보내는 공개 서한'
의 형식으로, 드레퓌스(Dreyfus) 대위의 무죄를 주장하는 〈나는 고발한다(J'accuse)〉를
게재, 징역 1년과 벌금 3,000프랑을 선고받고 영국으로 망명

1899년 드레퓌스 재심 결정, 영국에서 귀국

1902년 파리에서 사망, 파리 몽마르트르(Montmartre) 묘지에 안장

1908년 국가 유공자 묘역인 팡테옹(Panthéon)으로 유해 이장